文/白/对/照

太平廣記

三

〔北宋〕李昉 等 编纂
谦德书院 译

團結出版社

图书在版编目（CIP）数据

文白对照太平广记 / (北宋) 李昉等编纂；谦德书院译. -- 北京 : 团结出版社, 2022.10

ISBN 978-7-5126-9290-9

Ⅰ. ①文… Ⅱ. ①李… ②谦… Ⅲ. ①笔记小说—小说集—中国—北宋②《太平广记》—译文 Ⅳ. ①I242.1

中国版本图书馆CIP数据核字(2022)第001044号

出版：团结出版社

（北京市东城区东皇城根南街84号 邮编：100006）

电话：（010）65228880　65244790（传真）

网址：www.tjpress.com

Email：65244790@163.com

经销：全国新华书店

印刷：北京天宇万达印刷有限公司

开本：145×210　1/32

印张：286.75

字数：8200千字

版次：2022年10月　第1版

印次：2022年10月　第1次印刷

书号：978-7-5126-9290-9

定价：880.00元（全十四册）

目 录

卷第八十六　异人六

卷第八十七　异僧一

卷第八十八　异僧二

卷第八十九　异僧三

卷第九十　异僧四

卷第九十一　异僧五

卷第九十二　异僧六

卷第九十三　异僧七

卷第九十四　异僧八

卷第九十五　异僧九

卷第九十六　异僧十

卷第九十七 异僧十一

卷第九十八 异僧十二

卷第九十九 释证一

卷第一百　释证二

卷第一百一　释证三

卷第一百二　报应一金刚经

卷第一百三　报应二金刚经

卷第一百四 报应三金刚经

卷第一百五 报应四金刚经

卷第一百六 报应五金刚经

卷第一百七　报应六金刚经

卷第一百八　报应七金刚经

卷第一百九　报应八法华经

卷第一百一十　报应九观音经

卷第一百一十一　报应十观音经

卷第一百一十二

报应十一崇经像

卷第一百一十三

报应十二崇经像

卷第一百一十四

报应十三崇经像

卷第一百一十五

报应十四崇经像

卷第一百一十六

报应十五崇经像

卷第一百一十七　报应十六阴德

卷第一百一十八　报应十七异类

卷第一百一十九　报应十八冤报

卷第一百二十　报应十九冤报

卷第八十六—卷第一百二十二

卷第八十六　异人六

黄万祐

黄万祐修道于黔南无人之境，累世常在。每三二十年一出成都卖药，言人灾祸无不神验。蜀王建迎入宫，尽礼事之。问其服食，皆秘而不言。曰："吾非神仙，亦非服饵之士。但虚心养气，仁其行，鲜其过而已。"问其齿，则曰："吾只记夜郎侯王蜀之岁，蚕丛氏都郫之年，时被请出。尔后乌兔交驰，花开木落，竟不记其甲子矣。"忽一日，南望嘉州曰："犍为之地，何其炎炎，请遣人赴之。"如其言，使至嘉州，市肆已为瓦砾矣。后坚辞归山，建泣留不住，问其后事，皆不言之。既去，于所居壁间见题处曰："莫交牵动青猪足，动即炎炎不可扑。鹜兽不欲两头黄，黄即其年天下哭。"智者不能详之。至乙亥年，起师东取秦凤诸州。报捷之际，宫内延火，应是珍宝帑藏并为煨烬矣。乃知太岁乙亥，是为青猪，为焚爇之期也。后三年，岁在戊寅土而建殂。方知寅为鹜兽，干与纳音俱是土，土黄色，是以言鹜兽两头黄，此言不差毫发。（出《录异记》）

任三郎

凤州宾祐王鄯员外，时在相国满存幕中筹画，宾佐最为相善。有客任三郎者在焉，府中僚属咸与之相识，而独亲于王。居无何，忽谓王曰："或有小失意，即吾子之福也。"又旬月，王忽失主公意，因称疾百余日。主公致于度外，音问杳绝。任亦时来，一日谓王曰："此地将受灾，官街大树自枯，事将逼矣。叶堕之时，事

黄万祐

黄万祐在黔南杳无人烟处修行，几代过去了他还在那里。每隔二三十年出来一次到成都卖药，预言他人灾祸无不应验。蜀国主王建迎他入宫，极尽礼待。问他服用何药，他严守秘密不跟人说，他说："我并非神仙，也不是靠了服用什么药物。只是虚心养气，端正品行，少犯错罢了。"问他年岁几何，他说："我只记得夜郎侯任蜀王时，蚕丛氏以郫为京都，常请我出山。此后日月交替，花开叶落，竟不知过了多少年。"忽一日，他向南远眺嘉州，说："犍为一带，火势迅猛，请派人援救。"依他所言派人至嘉州，市场已烧得只剩瓦砾。后来他一心回山，王建哭泣也无法挽留，问他未来之事，他一言不发。离去后，见他居所外墙上题有："莫交牵动青猪足，动即炎炎不可扑。鸷兽不欲两头黄，黄即其年天下哭。"智者难解其中奥义。乙亥年，蜀国起兵东伐，攻占秦凤各州。捷报传来，宫内却发生火灾，全部珍宝藏品烧为灰烬。这才知太岁乙亥年是青猪年，乃是烧毁之时。三年后，戊寅年王建逝世。这才知寅为鸷兽，干与纳音都是土，土为黄色，是故鸷兽两头黄。黄万祐的预言与事实分毫不差。（出《录异记》）

任三郎

凤州宾祐王郜员外，当时为相国满存筹谋，众幕僚与他交好。有位门客叫任三郎，也在相府，府中僚属都与他相识，但他只亲厚王郜。不久，任三郎忽然对王郜说："近日怕是要发生失意之事，但却是你的福分。"又过一月，王郜忽然招致相国不满，称病告假百余天。相国已将此事抛在脑后，不问音信。任三郎仍时常寻王郜，一日对王郜说："此地将有灾祸，街上树木自行干枯，说明祸事不远了。落叶行也。速求寻医，以脱此祸。”王以主公之怒未息，深以为不可。任曰：“但三贡启事，必有指挥。”如其言，数日内三贡启，乞于关陇已来寻医。果使人传旨相勉，遽以出院例钱匹段相遗，倍厚于常。王乃入谢，留宴，又遗彩缬锦绣之物及其家。不旬，即促行北去。满相于郊外宴饯。临歧之际，仅二百余人。五六日至吴山县僦居，又十日至凤州。人言已军变矣，满公归褒中，同院皆死于难，王独免其祸。又其年至长安开化坊西北角酒肆中，复见任公。问其所舍，再往谒之，失其所在矣。（出《录异记》）

黄 齐

黄齐者，蜀之偏裨也。常好道，行阴功有岁年矣。于朝天岭遇一老人，髭发皎白，颜色婴孺，肌肤如玉。与之语曰：“子既好道，五年之后，当有大厄，吾必相救。勉思阴德，无退前志。”其后齐下峡，舟船覆溺，至滩上，如有人相拯。得及于岸，视之，乃前所遇老人也，寻失所在。自是往往见之。忽于什邡县市中相见，召齐过其所居。出北郭外，行桤林中，可三二里，即到其家。山川林木，境趣幽胜。留止一宿，及明，相送出门，已在后城山内，去县七十余里。既归，亦话于人。（出《录异记》）

王处回

王侍中处回常于私第延接布素之士。一旦有道士，庞眉大鼻，布衣褴褛，山童从后，擎柱杖药囊而已，造诣王公。于竹叶上大书“道士王挑杖奉谒”。王公素重士，得以相见，因从容致酒。观其谈论，清风飒然。处回曰：“弟子有志清闲，愿于青城山下致小道院，以适闲性。”道士曰：“未也。”因于山童处取剑，细点阶前土广尺余，囊中取花子二粒种子，令以盆覆于上。逡巡去盆，花之时便是事发之时。速请相国求医问药，解除此祸。”王鄑以为相国怒气未消，万不可行此事。任三郎说：“此次三贡声明此事，背后定有人指挥。”果然如他所言，数日内三贡声明此事，于关陇求得良医，果然皇上传旨嘉奖了三贡。相国立即赠他例银和几匹绸缎，比平常加倍厚待他。他到相府道谢，相国设宴款待，又送了色泽艳丽的文饰织物到他家里。不足十天，催他动身北去，相国在郊外设宴饯行。临行时，送行的有二百人之多。走了五六日行至吴山县，租房住下，又过十天到达凤州。传言发生了军变，相国已回褒中老家。王鄑同院之人命丧祸乱，唯王鄑幸免。那年他到长安开化坊西北角酒肆，想再见任三郎。他打听任三郎住处，前去拜谒，已不知去向。（出《录异记》）

黄齐

黄齐，任蜀国将佐。他好道，行善积德多年。他在朝天岭上遇到一老者，鹤发童颜，肤白如玉。他对黄齐说：“你既好道，五年后，大难将至，我会救你。你当勤勉行善，坚定本心。”后来黄齐沿江过巫峡，船翻溺水，却顺利上岸，像是有人出手相救。上岸后再看，原来是先前遇到的老者，只是转眼间消失不见。此后黄齐常能看到他。一日，二人在什邡县偶遇，老者招呼黄齐到自己住处。出北城门，穿过桤树林，走了大致二三里就到了。此处山川秀丽，林木成荫，环境幽静。老者留他过夜，天亮后送他离去，刚出门，就到城后山中，距离县城七十多里远。黄齐回家后，将此经历转告他人。（出《录异记》）

王处回

侍中王处回常在私宅接待布衣之士。一日，有位道士，宽眉大鼻，衣衫褴褛，身后跟着个山童，柱杖带着药囊而来。他在竹叶上写道：“道士王挑杖前来拜谒。”王处回向来礼敬道士，立即迎来相见，以酒水礼待。看这道士言谈，飒爽舒徐，王处回说：“弟子志存清闲，愿在青城山下修一小道院，成全自己的闲情雅致。”道士说：“不可。”从山童处取过剑，细细指点阶前寸许土地，从袋中取两粒花籽已生矣，渐渐长大，颇长五尺已来，层层有花，烂然可爱者两苗。尊师曰："聊以寓目适性，此则仙家旌节花也。"命食不餐，唯饮数杯而退。曰："珍重，善为保爱。"言讫而去，出门不知所之。后王公果除二节镇，方致仕。自后往往有人收得其花种。（出《野人闲话》）

天自在

利州市廛中，有一人，被发跣足，衣短布襦。与人语，多说天上事。或遇纸笔，则欣然画楼台人物，执持乐器，或云龙鸾凤之像。夜则宿神庙中，人谓之天自在。州之南有市，人甚阗咽。一夕火起，烟焰亘天。天自在于庙中独语曰："此方人为恶日久，天将杀之。"遂以手探阶前石盆中水，望空浇洒。逡巡有异气自庙门出，变为大雨，尽灭其火。掌庙者往往与人说之，天自在遂潜遁去。其后居人果为大火漂荡，始信前言有征。（出《野人闲话》）

掩耳道士

利州南门外，乃商贾交易之所。一旦有道士，羽衣褴褛，来于稠人中，卖葫芦子种。云："一二年间，甚有用处。每一苗只生一颗，盘地而成。"兼以白土画样于地以示人，其模甚大。逾时竟无买者，皆云："狂人不足可听。"道士又以两手掩耳急走，言"风水之声何太甚耶？"巷陌孩童，竞相随而笑侮之，时呼为掩耳道士。至来年秋，嘉陵江水，一夕泛涨，漂数百家。水方渺瀰，众人遥见道士在水上，坐一大瓢，出手掩耳，大叫"水声风声何太甚耶？"泛泛而去，莫知所之。（出《野人闲话》）

种下，用盆盖上。过了一会儿去掉盆子，花已长出，逐渐长大，有五尺来高，层层开花，有两朵尤为灿烂可爱。道士说：“以此借你欣赏陶冶性情，此乃仙家旌节花。”王处回留他用饭，他不吃饭只喝了几杯酒，嘱咐道：“兀自珍重，保全自身。”说完离去，出门后不知去向。后来王处回果然任两镇节度使，走上仕途。此后常有人收到旌节花种。（出《野人闲话》）

天自在

利州市区内有一人，披发赤足，着短布衣。他与人交谈多说天上事，有时碰到纸笔，会欣然画上楼台人物，画间人物手持乐器，或画上云龙鸾凤。夜间他在神庙中休息，人称天自在。利州南边有个集市，很是热闹。一夜集市失火，烟雾弥漫。天自在在庙中自言自语：“是这里的人长期作恶，天要灭亡你们。”随后伸手探阶前石盆的水，泼洒到空中。不一会儿，庙门飘出异味，化为瓢泼大雨，浇灭大火。神庙掌事常与人讲起此事，天自在便悄悄走了。后来，这处居民果然被一场大火烧尽，验证了天自在先前所言。（出《野人闲话》）

掩耳道士

利州南门外，乃是商人买卖交易之所。一日有位道士，衣衫褴褛，在人流密集处卖葫芦苗，边卖边说：“一二年间，有大用处。每棵苗结一只，藤蔓盘在地上便可生长。”还用白土画在地上给人们演示，葫芦的样子看着很大。许久无人购买，人们都说：“狂人妄言不能听信。”道士又双手捂耳急忙跑走，边跑边说：“风声水声何以如此吵闹！”街巷上孩童嘲笑侮辱他，当时人称他掩耳道士。到来年秋季，嘉陵江水一夜暴涨，淹没百户人家。江水泛滥，人们远远望见道士坐着一大瓢漂在水上，双手捂着耳朵大喊：“风声水声何以如此吵闹！”只见他从水上漂过，不知去向。（出《野人闲话》）

抱龙道士

灌口白沙有太山府君庙。每至春三月，蜀人多往设斋，乃至诸州医卜之人，亦尝集会。时有一人，鹑衣百结，颜貌憔悴，亦往庙所，众人轻之。行次江际，众人憩于树阴，贫士亦坐石上。逡巡谓人曰："此水中有一龙睡。"众不之应。旁有一叟曰："何得见？"贫士曰："我则见。"众曰："我等要见如何？"贫士曰："亦不难。"遂解衣入水，抱一睡龙出，腥秽颇甚，深闭两目，而爪牙鳞角悉备。云雾旋合，风起水涌。众皆惊走遥礼，谓之圣人。遂却沉龙于水底，自挂鹑衣而行。谓众人曰："诸人皆以医卜为业，救人疾急，知人吉凶，亦近于道也，切不得见贫素之士便轻侮之。"众人惭谢而已。复同行十里，瞥然不见。（出《野人闲话》）

何昭翰

伪蜀度支员外郎何昭翰，尝从知于黔南。暇日，因闲步野径，于水际见钓者，谓翰曰："子何判官乎？"曰："然。"曰："我则野人张涉也。余比与子交知久矣，子今忘我也。"翰懵然不醒，因籍草坐，谓翰曰："子有数任官，然终于青城县令。我则住青城山也，待君官满，与君同归山中，今不及到君公署也。"遂辞而去。翰深志之。后累历官，及出为青城县令，有忧色。钓者亦常来往，何甚重之。一旦大军到城，劫贼四起，钓者与翰相携入山，何之骨肉尽在城内。贼众入县，言杀县令，脔而食之。贼首之子自号小将军，其日寻觅不见。细视县宰之首，即小将军之首也。贼于是自相残害，莫知县令所之。后有人入山，见何与张同行。何因寄语妻子曰："吾本不死，却归旧山。尔等善为生计，无相追忆也。"自此人不复见，莫知所之。（出《野人闲话》）

抱龙道士

灌口白沙有座太山府君庙。每逢春季三月，蜀人大都前往斋祭，乃至各州看病、算命之人，也常在庙上集会。当时有一人，衣衫褴褛，容颜憔悴，也前往此庙，众人瞧不起他。行至江边，众人在树荫下歇息，这贫士也坐在石上。坐了一会儿，他对众人说：“这江中有龙在睡觉。”众人都不理睬他，旁边有位老翁说：“何以知晓？”贫士说：“我见过。”众人说：“我们也要一探究竟，如何？”贫士说：“不难。”他解衣入水，抱出一睡龙，这龙很是腥臭，双眼紧闭，爪牙鳞角俱全，云雾盘旋聚合，风起水涌。众人惊骇跑走，在远处向贫士行礼，说他是圣人。贫士放龙沉入江底，捡起破旧衣衫搭在肩上离去，对众人说：“诸位都以看病算命为业，治病救人，预知吉凶，也算的上是同道中人了，不要因为他人贫困便轻视侮辱他。”众人惭愧道谢，同行十里后，他便消失不见了。（出《野人闲话》）

何昭翰

伪蜀度支员外郎何昭翰，曾在黔南任职。闲暇时，他漫步野外，在河边见一垂钓者，这人对何昭翰说：“您是何判官？”何昭翰说：“是。”这人说：“我是山野之人张涉，我曾与你相识，如今你却不记得我了。”何昭翰懵懂不解，在草地坐下，这人又说：“你有数任官职，最终官拜青城县令。我住青城山，等你官期完满，与你一同归山，今天来不及到你官署做客了。”随后垂钓者告辞离去。何昭翰对此事印象颇深，后来辗转仕途，直至官拜青城县令，内心忧虑。那垂钓者常与他往来，何昭翰对他礼敬有加。一日兵临城下，贼寇四起，垂钓者与何昭翰结伴隐入山中，何昭翰的亲人全在城中。贼寇入县，扬言要处死县令，剁成肉酱吃。贼首之子自称小将军，那日小将军消失不见。细看县令头颅，却是小将军头颅。贼寇乱作一团，互相残杀，无人知县令所在何处。后来有人进山，看到何昭翰与张涉同行，何昭翰托他给妻子带信说：“我并没有死，已隐入旧山，你们好好生活，勿念。”自此不再出世，不知去向。（出《野人闲话》）

卢延贵

卢延贵者，为宣州安仁场官，赴职中涂阻风，泊大江次数日。因登岸闲步，不觉行远，遥望大树下若有屋室。稍近，见室中一物，若人若兽。见人即行起而来，延贵惧而却走。此物连呼："无惧，吾乃人也。"即往就之，状貌奇伟，裸袒而通身有毛，长数寸。自言商贾也，顷岁泛舟，至此遇风，举家没溺。而身独得就岸，数日食草根，饮涧水，因得不死。岁余，身乃生毛。自尔乃不饮不食，自伤孤独，无复世念。结庐于此，已十余年矣。因问："独居于此，得无虎豹之害乎？"答曰："吾已能腾空上下，虎豹无奈何也。"延贵留久之，又问："有所须乎？"对曰："亦有之。每浴于溪中，恒患身不速干，得数尺布为巾，乃佳也。又得小刀，以掘药物，益善。君能致之耶？"延贵延之至船，固不肯，乃送巾与刀而去。罢任，复寻之，遂迷失路。后无有遇之者。（出《稽神录》）

杜鲁宾

建康人杜鲁宾，以卖药为事。尝有客自称豫章人，恒来市药，未尝还直，鲁宾善待之。一日复至，市药甚多，曰："吾欠君药钱多矣，今更从君求此。吾将还西，天市版木。比及再求，足以并酬君矣。"杜许之。既去，久之乃还，赠杜山桃木十条，委之而去，莫知所之。杜得之，不以介意，转移亲友，所存三条。偶命工人剖之，其中得小铁杵臼一具，高可五六寸，臼有八足，间作兽头，制作精巧，不类人力。杜亦凡人，不知所用，竟为人取，今失所在。杜又常治舍，有卖土者，自言金坛县人，来往甚数，杜亦厚资给之。治舍毕，卖土者将去，留方尺之土曰："以此为别。"遂去不复来。其土坚致，有异于常。杜置药肆中，不以为贵。数年，杜之居为火所焚，屋坏土裂。视之，有小赤蛇在其隙中，剖之，蛇萦绕一白石

卢延贵

卢延贵，任宣州安仁场官员，上任途中遇大风，停靠江岸数日。登岸漫步，不觉间走出很远，远眺大树下有屋室，走近看，见屋中有一物，像人又像野兽，看到他后起身走近。卢延贵恐惧，急急忙忙逃走，此物连声大喊："勿怕，我是人。"卢延贵行至近前，见那人身材高大，全身裸露，通体有数寸长毛。他自己说是商人，往年行船，至此遇大风，举家溺亡，独留自己在岸，日日食草根饮山涧水，得以幸存。一年多后他身上长出长毛。此后不吃不喝，孤独哀戚，对世间再无念想，定居于此，至今已十多年。卢延贵问他独居此处，难道不害怕虎豹等猛兽吗？他答："我已能上下腾空，虎豹等不能奈我何。"卢延贵留了许久，问他有无需要之物。他说："也有，我每次在溪中沐浴后，总发愁身体不能快速变干，若得数尺布做毛巾，便是极好。再得一小刀，用来采药，便是锦上添花。您能满足我吗？"卢延贵请他到船上，他坚决不肯，卢延贵只得送去毛巾和小刀后离去。卸任后，卢延贵又去寻那人，结果迷了路，再没遇到那人。（出《稽神录》）

杜鲁宾

建康人杜鲁宾，以卖药维持生计。曾有顾客自称豫章人，常来买药，未曾付过款，杜鲁宾仍对他很是和善。一日他又来，买了很多药，说："我欠药钱甚多，今日又买下不少。我将返回西边，承天意买卖木材，等再回来，足以还你药钱。"杜鲁宾应允。那人离去后，很久才回来，赠予杜鲁宾十根山桃木，放在地上就走了，不知去向。杜鲁宾得了山桃木，并不在意，转赠亲友，自己留下三根。偶然请工人劈开，得到一套铁杵臼，杵高五六寸，臼下有八足，其间点缀兽头状装饰，做工精巧，不似凡人所为。杜鲁宾只是寻常人，不知此物有何用，被人拿走，现今已不知所在。杜鲁宾常修整房子，有位卖土料的，说自己是金坛县人，二人来往频繁，杜鲁宾付给他很多钱。房子修整好后，卖土者要离去，留给杜鲁宾一尺见方的土块，说："以此赠别。"随后离去，没再回来。这土质地坚实，不同寻常。杜鲁宾将

龟，大可三二寸。蛇去龟存，至今宝于杜氏。（出《稽神录》）

建州狂僧

建州有僧不知其名，常如狂人。其所言动，多有征验。邵武县前临溪，有大磐石，去水犹百步。一日忽以墨画其石之半，因坐石上，持竿为钓鱼之状。明日山水大发，适至其墨画而退。癸卯岁，尽斫去临路树枝之向南者。人问之，曰："免碍旗幡。"又曰："要归一边。"及吴师之人，皆行其下。又城外僧寺，大署其壁，某等若干人处书之。及军至城下，分据僧寺，以为栅所，安置人数，一无所差。其僧竟为军士所杀。初王氏之季，闽建多难，民不聊生。或问狂僧曰："时世何时当安？"答曰："侬去即安矣。"及其既死，闽岭克平，皆如其言。（出《稽神录》）

刘申

有人姓刘，在朱方，不得共语。若与之言，人必遭祸难，或本身死疾。唯一士谓无此理，偶值人有屯塞耳。刘闻之，忻然而往，自说被谤，君能见明。答云："世人雷同，何足恤？"须臾火发，资畜服玩荡尽。于是举世号为鸺鹠。脱遇诸涂，皆闲车走马，掩目奔避。刘亦杜门自守。岁时一出，则人惊散，过于见鬼。（出《异苑》）

卢婴

淮南有居客卢婴者，气质文学，俱为郡中绝，人悉以卢三郎它放在药店，并未视作稀罕物件。数年后，杜鲁宾家中走水，房子焚毁，土块也被烧裂。细看，裂缝间有一小赤蛇，剖开后，小蛇缠绕一白石龟，二三寸大。蛇离开后，留下石龟，至今珍藏在杜氏家中。（出《稽神录》）

建州狂僧

建州有位僧人，不知姓甚名谁，他行径好似癫狂，言行举止多能被事实验证。邵武县前临近溪流，有块大磐石，距离河水百步。一日狂僧忽然用墨标记磐石一半处，坐在石顶，持竿像是在钓鱼。第二日山洪暴发，恰巧涨至墨水标记处退潮。癸卯年，狂僧砍尽路旁向南的树枝，人们问他缘由，他说："免得阻碍旗幡。"又说："应靠一边行走。"等到吴军入城，都从砍掉树枝处走过。他又在城外寺庙墙上大书："某等若干人曾借住此处。"。军行城下，用栅栏将寺庙分作几部分，安排住人，与狂僧墙上所题丝毫无差。这狂僧最后被兵士杀害。起初王氏统治闽建地区，祸事频发，民不聊生，有人问狂僧："何时可得太平？"他答："我去世后方得安定。"等他去世后，闽岭平定，一如他所言。（出《稽神录》）

刘申

有一人姓刘，住在朱方，无法与人交谈。若与人交谈，那人定遭逢灾祸，或患病去世。唯独一人说断无此理，恰逢那人有厄运罢了。刘申听后，欣然寻得那人，说自己被世人诽谤，只有他能明辨。那人答道："世人大都如此，不必在意。"不一会儿那人家中起火，烧得倾家荡产。此后人们都称刘申为大不吉祥的鸺鹠。若路上遇到他，都丢下车马，捂住耳朵逃跑。刘申也闭门不出。一年中偶尔出门一次，人们都惊骇四散，比见鬼还害怕。（出《异苑》）

卢婴

淮南有位他乡客卢婴，他的气质才华，都是郡中翘楚，人们都称呼之。但甚奇蹇，若在群聚中，主人必有横祸，或小儿堕井，幼女入火。既久有验，人皆捐之。时元伯和为郡守，始至，爱其材气，特开中堂设宴，众客咸集。食毕，伯和戏问左右曰："小儿堕井乎？"曰："否。""小女入火乎？"曰："否。"伯和谓坐客曰："众君不胜故也。"顷之合饮，群客相目惴惴然。是日，军吏围宅，擒伯和弃市。时节度使陈少游，甚异之，复见其才貌。谓曰："此人一举，非摩天不尽其才。"即厚以金帛宠荐之。行至潼关，西望烟尘，有东驰者曰："朱泚作乱，上幸奉天县矣。"（出《独异志》）

赵燕奴

赵燕奴者，合州石镜人也，居大云寺地中。初其母孕，数月产一虎，弃于江中；复孕，数月产一巨鳖，又弃之；又孕，数月产一夜叉，长尺余，弃之；复孕，数月而产燕奴，眉目耳鼻口一一皆具，自项已下，其身如断瓠。亦有肩髀，两手足各长数寸，无肘臂腕掌，于圆肉上各生六指，才寸余，爪甲亦具。其下布两足，一二寸，亦皆六指。既产，不忍弃之。及长，只长二尺余。善入水，能乘舟，性甚狡慧，词喙辩给，颇好杀戮，以捕鱼宰豚为业。每斗船驱傩，及歌《竹枝词》较胜，必为首冠。市肆交易，必为牙保。常发髡缁衣，民间呼为赵师。晚岁但秃头白衫而已。或拜跪跳跃，倒踣于地，形裸露，人多笑之。或乘驴远适，只使人持之，横卧鞍中，若衣囊焉。有二妻一女，衣食丰足。或击室家，力不可制。乾德初，年仅六十，腰腹数围，面目如常人无异。其女右手无名指长七八寸，亦异于人。（出《录异记》）

他卢三郎。他命途多舛，若与他人相聚，主人必将遭受灾祸，不是小孩坠井，就是幼女困在火中。长久以来一直被应验，世人都厌弃他。当时元伯和任郡守，他刚到此处时，欣赏卢婴的才气，特地打开正厅设宴款待，宾客云集，食毕，元伯和与近臣玩笑道："我的小儿子坠井了吗？"答："没有。"又问："我的小女儿被困火中了吗？"答："没有。"元伯和对在座宾客说："诸位难敌命运。"宾客一起宴饮，众人面面相觑惴惴不安。这日，军队包围府宅，捉拿元伯和后将他暴尸街头。当时节度使陈少游，对卢婴深感惊异，又目睹他的才貌，对别人说："此人一旦被推举，若非与天比肩难以将他的才能发挥到淋漓尽致。"便赠予他许多钱财并极力推举他。陈少游行至潼关，远望西方烟尘滚滚，有骑马往东的人说："朱泚起兵叛乱，皇上前往奉天县了。"（出《独异志》）

赵燕奴

赵燕奴，合州石镜县人，居于大云寺。起初他母亲怀孕，数月后诞下一虎，弃于江中；第二次怀孕，数月后诞下一巨龟，再次丢弃；第三次怀孕，数月后诞下一夜叉，长数尺，再次丢弃；第四次怀孕，数月后诞下燕奴，眉眼耳鼻口俱全，从颈部往下，身体宛如被截断的冬瓜。肩膀是完整的，双手长数寸，没有手肘、手臂、手腕、手掌，只是在圆肉上各长出六个指头，指头长寸余，指甲齐全。身子下长有双足，一二寸长，也长有六趾。燕奴诞生后，他母亲不忍再将他丢弃。等他长大后，身高仅二尺有余，擅长游泳、划船，生性敏锐聪慧，能言善辩，弑杀残忍，以捕鱼杀猪谋生。每逢赛船、驱傩及歌唱《竹枝词》等活动时，他必夺冠。在市场贸易时，他必担任保人。晚年他仍是秃头着白衫，有时他跪拜跳跃跌倒在地，下身裸露在外，人们见后耻笑他。有时他骑驴远行，请人牵着驴，自己横躺在鞍上，犹如一个放衣服的包裹。他有两个妻子一个女儿，丰衣足食。他有时殴打妻子，力大无比，难以遏制。乾德初年，燕奴仅六十岁，腰粗数围，面目与常人无异。他女儿右手的无名指，长七八寸，也异于常人。（出《录异记》）

卷第八十七　异僧一

释摩腾　竺法兰　康僧会　支遁

释摩腾

释摩腾，本中天竺人也，美风仪，解大小乘经，常游化为狂。昔经往天竺附庸小国，讲《金光明经》，会敌国侵境，腾惟曰："经云：'能说此法，为地神所护，使所居安乐。'今锋镝方始，曾是为益乎？"乃誓以罄身，躬往和劝，遂二国交欢，由是显誉。逮汉永平中，明帝夜梦金人飞空而至。乃大集群臣以占所梦，通事傅毅奏曰："臣闻西域有神，其名曰佛。陛下所梦，将必是乎？"帝以为然。即遣郎中蔡愔、博士弟子秦景等使往天竺，寻访佛法。愔等于彼，遇见摩腾，要还汉地。腾誓志弘通，不惮疲苦，冒涉流沙，至乎洛邑。明帝甚加赏接，于城西门外立精舍以处之。汉地有沙门之始也。但大法初传，人未皈信，故蕴其深解，无所宣述。后少时，卒于洛阳。有记云：腾译《四十二章经》一卷，初缄在兰台石室第十四间中。腾所住处，今洛阳城西雍门外白马寺是也。相传云，外夷国王尝毁破诸寺，唯招提寺未及毁坏，夜有一白马绕塔悲鸣。即以启王，王即停坏诸寺。因改招提以为白马，故诸寺立名，多取则焉。（出《高僧传》）

竺法兰

竺法兰，中天竺人也。自言诵经论数万章，为天竺学者之师。时蔡愔既至彼国，兰与摩腾共契游化，遂相随而来。会彼学徒留碍，兰乃间行而至之。既达洛阳，与腾同止。少时便善汉言，愔于西域获经，即为翻译。所谓《十地断结》《佛本生》《法海藏》《佛本行》《四十二章》等五部。会移都寇乱，四部失本，不传江左。

释摩腾

僧人摩腾，本是中天竺人，容止可观，通晓大小乘经，致力于游方行化。他曾游至天竺的附庸国，宣讲《金光明经》，恰逢敌国侵扰边境，摩腾说："佛经有云：'能宣讲佛法之地，受地神庇佑，世人可安居乐业。'如今刀兵四起，何益之有？"于是决心孤身前往劝和，最终两国交好，摩腾由此声名大噪。汉朝永平年间，汉明帝夜间梦到一金人从天而降，召群臣解梦。翻译官傅毅启奏："臣闻西域有神，名为佛。陛下所梦之人，想必是佛。"明帝深以为然，随即派郎中蔡愔、博士弟子秦景等人出使天竺，寻访佛法。蔡愔到天竺后，遇见摩腾，邀请他到中原。摩腾立志弘扬佛法，不辞辛劳，冒死穿越流沙，长途跋涉抵达洛邑。明帝盛情接见，在城西门外建说法布道之所，安排他住在寺中。这是中国佛门的源头。但佛法传播初期，皈依者鲜少，摩腾只得将对佛法的深厚见解蕴藏心底，无处宣讲。过了不久，摩腾于洛邑逝世。有关于他的记载说：摩腾翻译《四十二章经》一卷，起初藏在兰台石室第十四间。他的住所，即是当今洛阳城西雍门外的白马寺。相传异族国王曾企图摧毁诸寺，唯招提寺还没来得及损毁，因为夜间有一白马绕塔悲鸣，此事被禀报国王，国王就此罢手。因此招提寺改名为白马寺，其他诸寺命名，多效此法。（出《高僧传》）

竺法兰

竺法兰是中天竺人。据他自己所说，曾诵读经书上万章，是天竺学者的老师。当时汉朝使者蔡愔已到天竺，竺法兰与释摩腾一同游方行化，二人一并来到中国，因学生挽留，只得秘密起程。抵达洛阳后，与释摩腾同住。竺法兰年少时便通晓汉语，蔡愔于西域取得经书，他再翻译成汉语。他翻译的经书有《十住断结经》《佛本生经》

唯《四十二章经》今见在，可二千余言。汉地见存诸经，唯此为始也。愔又于西域得画释迦倚像，是优田王旃檀像师第四作。既至洛阳，明帝即令画工图写置清凉台中及显节陵上，旧像今不复存焉。又昔汉武穿昆明池底，得黑灰，问东方朔，朔云："可问西域梵人。"后法兰既至，众人追问之。兰云："世界终尽，劫火洞烧，此灰是也。"朔言有征，信者甚众。兰后卒于洛阳，春秋六十余矣。（出《高僧传》）

康僧会

康僧会，其先康居国人，世居天竺，其父因商贾移于交趾。会年十余岁，二亲并亡，以至性奉孝。服毕出家，厉行甚峻。为人弘雅有识量，笃志好学，明解三藏，博览六经，天文图纬，多所综涉，辨于枢机，颇属文翰。时孙权已制江右，而佛教未行。先有优婆塞支谦字恭明，一名越，本月支人，来游汉境。初汉桓灵之世，有支谶译出众经。有支亮，字绝明，亮学于谶，谦又受业于亮。博览经籍，莫不谙究，世间伎艺，多所综习，遍学异书，通六国语。其为人细长黑瘦，眼多白而睛黄。时人为之语曰："支郎眼中黄，形躯虽细是智囊。"

汉末遇乱，避地于吴。孙权闻其才慧，召见之日，拜为博士，使辅导东宫。与韦曜诸人共尽匡益，但生自外域，故《吴志》不载。谦以大教虽行，而经多梵文，未尽翻译，已妙善方言，方欲集众本，译为汉文。从吴黄武元年至建兴中，所出《维摩》《大般若》《泥洹》《法句》《瑞应本起》等四十九经，曲得圣仪，辞旨文雅。又依《无量寿》《中本起》，制《菩萨连句梵呗》三契，并注《了本先死经》等，皆行于世。时吴地初染大法，风化未全。僧会欲使道振江左，兴立图寺，乃杖锡东游。以吴赤乌十年，初达建

《法海藏经》《佛本行经》《四十二章经》等五部。迁都与动乱时遗失四部，不再流传于世。唯《四十二章经》留存至今，大概两千余字，古代藏经自此开始。蔡愔还于西域取得释迦牟尼倚坐着的画像，是优填王旃檀像师第四所绘，被带到洛阳后，汉明帝令画师绘制在清凉台与显节陵，原作已不在。昔日汉武帝在昆明湖底得黑色灰烬，问东方朔那是何物，东方朔答："可问西域僧人。"后来竺法兰来到中原，世人询问他，竺法兰说："世界尽头，劫火熊熊，这灰便是劫火灰烬。"东方朔当年所言被验证，相信的人颇多。竺法兰后来于洛阳逝世，享年六十余岁。（出《高僧传》）

康僧会

康僧会，祖先是康居国人，世代定居于天竺，其父因经商移居交趾。时年十几岁，双亲并亡，他诚挚尽孝，服孝期满后出家，律己严苛。康僧会为人高雅博识，专注好学，通晓三藏，博览六经，天文占验，涉猎广泛，博采众长，明辨关键，文采斐然。当时孙权已统领江右，但佛法尚未流传。此前有位居士名支谦，字恭明，又名越，月支人，来到中国。起初汉桓帝、汉灵帝在世时，支谦翻译出大量经书。支亮，字绝明，支亮受业于谶，而支谦又受业于支亮。支谦博览群经，悉数研读，深谙义理，世间诸多技艺，多有涉猎，遍读异书，通晓六国语言。其人纤长黑瘦，眼白多瞳孔色黄，当时人道："支郎眼中黄，形躯虽细是智囊。"

汉末动荡，支谦在吴地避乱。孙权听闻他聪慧，召见他封为博士，教辅太子。他与韦曜等人匡正补益，但因是异族，所以《吴志》未有记载。支谦以为佛法虽传扬开来，但经书多是梵文，尚未尽数译为汉文，自己擅长语言，便想收集群经，译为汉文。从吴黄武元年起至建兴年间，译出《维摩经》《大般若经》《泥洹经》《法句经》《瑞应本起经》等四十九部经书，深得帝王赏识。他所译经书，言辞文雅，又依据《无量寿经》《中本起经》，创作《赞菩萨连句梵呗》三契，并且注译《本先死经》等。以上译著皆流传于世。当时吴地佛法刚开始传播，尚未融入风俗教化，康僧会想在江东传扬佛法，建浮图寺，业，营立茅茨，设像行道。时吴国以初见沙门服形，未及其道，疑为矫异。有司奏曰：“有异人入境，自称沙门，容服非恒，事应察检。”权曰：“昔汉明梦神，号称为佛。彼之所事，岂其遗风耶？”即召会诘问：“有何灵验？”会曰：“如来迁迹，忽逾千载，遗骨舍利，神曜无方。昔阿育王起塔，及八万四千。夫塔寺之兴，以表遗化也。”权以为夸诞，乃谓会曰：“若能得舍利，当为造塔，苟其虚妄，国有常刑。”会请期七日。乃谓其属曰：“法之兴废，在此一举，今不至诚，后将何及？”乃共洁斋静室，以铜瓶加几，烧香礼请。七日期毕，寂然无应。求申二七，亦复如之。权曰：“此欺诳。”将欲加罪，会更请三七日，权又特听。会请法侣曰：“宣尼有言：‘文王既没，文不在兹乎？’法云应降，而吾等无感，何假王宪？当以誓死为期耳。”三七日暮，犹无所见，莫不震惧。既入五更，忽闻瓶中铿然有声，会自往视，果获舍利。明旦，权自手执瓶，泻于铜盘。舍利所冲，盘即破碎。权大肃然惊起，而曰：“希有之瑞也。”会进而言曰：“舍利威神，岂直光相而已？乃却烧之，火不能焚，金刚之杵不能碎。”权命令试之。会更誓曰：“法云方被，苍生仰泽，愿更垂神迹，以广示威灵。”乃置舍利于铁砧锤上，使力者击之，于是砧锤俱陷，舍利无损。权大嗟伏，即为建塔。以始有佛寺，故号建初寺，因名其地为陁里，由是江左大法遂兴。

至孙皓即位，法令苛虐，废弃淫祠，及佛寺并欲毁坏。皓曰：“此又何由而兴？若其义教贞正，与圣典相应者，当存奉其道。如其无实，皆悉焚之。”诸臣佥曰：“佛之威力，不同于神。康会感瑞，大皇创寺。今若轻毁，恐贻后悔。”皓遣张昱诣寺诘会。昱雅有才辩，难问纵横。会应机骋辞，文理锋出。自旦之夕，昱不能屈。

便带锡杖东游。他于吴赤乌十年初次抵达建业，营建茅屋居住，摆设佛像宣扬佛法。当时吴国人因初次见沙门衣着，还未了解佛法，怀疑他是异端。官员奏报：“有异人入境，自称沙门，服饰容貌不同寻常，当查验此人。”孙权说：“昔日汉明帝梦到神，号称佛。你所说的，难道是佛的遗风？”他召见康僧会，问道：“你所行的道，有何灵验？”康僧会说：“如来迁迹，转眼已千年之久，其遗骨舍利光照无极。昔日阿育王建塔八万四千座，塔寺兴旺彰显佛法奇伟。”孙权觉得都是无稽之谈，就对康僧会说：“若得舍利，我当为之建塔，若你妄言，小心国法惩治。”康僧会请求以七日为期限，对从属说：“佛法兴废，在此一举，如今若不能诚挚礼佛，来日悔之何及？”便一同清洁静室，在案上摆好铜瓶，焚香行礼。七日期满，沉静无应。再请延期七日，结果一样。孙权说：“此乃妄言欺诈。”欲治罪，康僧会三请延期七日，孙权应允。康僧会对法侣说：“孔子有言：‘文王故去，文王就不复存在了吗？’法云理应降临，我们却无感悟，何须王法要求？我等誓死在期限内完成。”三七最后一日傍晚，仍无所获，僧人无不惶恐。五更时分，忽闻铜瓶中发出敲击金石声，康僧会亲自探查，果然得到舍利。第二日清晨，孙权手持瓶子往铜盘上倾倒，舍利冲击铜盘破碎。孙权肃然惊起道：“此乃稀世之宝。”康僧会上前道：“舍利威神，何止表面！拿去烧炼，不受烈火影响，连金刚杵也不能将它捣碎。”孙权命人试验，康僧会又说：“佛法如云，包含一切，苍生仰泽，愿再降奇迹，彰显威灵。”随即将舍利放在铁砧上，让大力士用铁锤锤打，然后铁砧铁锤都凹陷了，舍利却毫无损伤。孙权叹服，同意建塔。自此便有了佛寺，命名为建初寺，命名建塔处为陁里，从此江东佛教兴盛。

孙皓即位，施行严刑峻法，废除一切朝廷规定正式祭典之外的祠庙，包括佛寺。孙皓说：“佛寺为何兴盛？若佛法旨在教化世人坚贞端方，与儒学相辅相成，理当奉行佛法。如果不是这样，便应尽数销毁。”诸臣启奏：“佛的威灵，与神不同。康僧会当年感化佛祖降下舍利，大皇才创建佛寺。如今若轻易损毁，恐将来会后悔。”孙皓派张昱到寺庙诘难康僧会。张昱能言善辩，但于康僧会面前难以既退，会送于门。时寺侧有淫祠在，昱曰："玄化既敷，此辈何故近而不革？"会曰："震霆破山，聋者不闻，非音之细。苟在理通，则万里悬应；如其阻塞，则肝胆楚越。"昱还，叹会材明，非臣所测，愿天鉴察之。皓大集朝贤，以车马迎会。会既坐，皓问曰："佛教所明，善恶报应，何者是耶？"会对曰："夫明主以孝慈训世，则赤鸟翔而老人见；仁德育物，则醴泉涌而嘉苗出。善既有瑞，恶亦如之。故为恶于隐，鬼得而诛之；为恶于显，人得而诛之。《易》称'积善余庆'，《诗》咏'求福不回'。虽儒典之格言，即佛教之明训。"皓曰："若然，则周孔已明，何用佛教？"会曰："周孔所言，略示近迹，至于释教，则备极幽微。故行恶则有地狱长苦，修善则有天宫永乐。举兹以明劝沮，不亦大哉？"皓当时无以折其言。

皓虽闻正法，而昏暴之性，不胜其虐。后使宿卫兵入后宫治园，于地得一金像，高数尺，呈皓。皓使著不净处，以秽汁灌之，共诸群臣，笑以为乐。俄尔之间，举身大肿，阴处尤痛，叫呼彻天。太史占言："犯大神所为。"即祈祝诸庙求福，命彩女即迎像置殿上，香汤洗数十遍，烧香忏悔。皓叩头于地，自陈罪状。有顷痛间，遣使至寺，请会说法。会即随入，皓具问罪福之由。会为敷折，辞甚精要。皓先有才解，忻然大悦，因求看沙门戒。会以戒文禁秘，不可轻宣，乃取本业百三十五愿，分作二百五十事，行住坐卧，皆愿众生。皓见慈愿广普，益增善意，即就会受五戒，旬日疾瘳。乃于会所住，更加修饰，宣示宗室，莫不毕奉。会在吴朝，亟说正法，以皓性凶粗，不及妙义，唯叙报应近事，以开其心。

相对。康僧会伺机针对对方提出的问题展开议论，从容不迫，旁征博引。由早到晚，张昱未能使康僧会屈服。张昱辞去，康僧会送他出门。当时佛寺旁尚有淫祠留存，张昱说：“佛法教化既已张扬，淫祠中人如此靠近为何不能改变？”康僧会说：“炸雷开山，聋者听不到，绝非雷声细弱。若义理通顺，万里之外亦有回响；若阻塞不通，则近在咫尺也没有。”张昱回去后，赞叹康僧会才学，出乎自己预料，谏言孙皓考量三思。孙皓召集贤臣，用车马接康僧会入朝。康僧会落座，孙皓问：“佛法所言，善恶报应，是何？”康僧会答：“贤君以孝慈教诲世人，就有赤乌翔而老人见；以仁德教化万物，就有醴泉喷涌嘉苗萌生。善行既有祥瑞，恶行也同理。所以有人私底下做坏事，那么鬼神便不会放过他；明目张胆地做坏事，那么世人便不会放过他。《易经》上说‘积善余庆’，《诗经》吟咏‘求福不回’，这虽是儒学典籍中的著述，但也是佛法的训词。”孙皓说：“诚然如此，则周孔已明，何用佛教？”康僧会说：“周孔所言，略示近迹，至于释教，则备极幽微。故行恶则有地狱长苦，修善则有天宫永乐。举兹以明劝沮，不亦大哉。”孙皓当时无言以对。

他虽听过正法，但昏庸暴虐成性，百姓难堪他的虐待。后来他差卫兵在后宫收拾花园，在地下挖得一尊金身佛像，高数尺，卫兵将佛像呈给孙皓，孙皓差人将佛像放到污秽处，用污水浇灌，他与群臣在一旁嬉笑。顷刻间，孙皓全身肿痛，私处尤为严重，呼痛声响彻天地，太史占卜道：“这是冒犯大神招致的报应。”孙皓即刻到寺庙祈福，请彩女将佛像放在殿上，用香水冲洗数十遍，烧香忏悔，孙皓跪地叩首，自陈罪状。不久，痛疼缓解。孙皓请使臣到寺庙，请康僧会为他讲经说法。康僧会随使臣入宫，孙皓询问他获罪与赐福的缘由。康僧会言简意赅，孙皓因之前的经历，豁然开朗，很是欣喜，向康僧会借阅《沙门戒》。康僧会因戒文是隐秘，不能轻易对外宣扬，只得选取本业一百三十五愿，分成二百五十事，包含行住坐卧各方面，为众生祈福。孙皓见慈愿普遍，增加了积德行善的意愿，在康僧会处接受五戒，十日后病就好了。此后孙皓在康僧会住所再加修饰，宣讲给宗室，无人不信奉佛法。康僧会在吴朝大力宣讲佛法，会于建初寺译出众经，所谓《阿难念弥陀经》《镜面王》《察微王》《梵皇经》等，又出《小品》及《六度集》《杂譬喻》等经。并妙得经体，文义允正。又传《泥洹呗声》，清靡哀亮，一代模式。又注《安般守意》《法镜》《道树》等三经。并制经序，辞趣雅俊，义旨微密，并见行于世。

吴天纪四年四月，皓降晋。九月，会遘疾而终。是岁晋武太康元年也。至晋成帝咸和中，苏峻作乱，焚会所建塔，司空何充复更修造。平西将军赵诱世不奉法，傲蔑三宝，入此寺，谓诸道人曰："久闻此塔屡放光明，虚诞不经。所谓能信，若必目睹，所不能耳。"言竟，塔即出五色光，照耀堂刹。诱肃然毛竖，由此信敬。于寺东更立小塔。远由大圣神感，近亦康会之力也，故图写厥像，传之于今尔。（出《高僧传》）

支遁

支遁字道林，本姓关氏，陈留人，或云河东林虑人。幼有神理，聪明秀彻。晋时初至京师，太原王濛甚重之，曰："造微之功，不减辅嗣。"陈郡殷融尝与卫玠交，谓其神情隽彻，后进莫有继之者。及见遁叹息，以为重见若人。家世事佛，早悟非常之理。隐居余杭山，沉思道行之品，委曲惠印之经，卓焉独拔，得自天心。年二十五出家，每至讲肆，善标宗会，而章句或有所遗，时为守文者所陋。谢安闻而喜之曰："乃比古人之相马也，略其玄黄而取其骏也。"时谢安、殷浩等，并一代名流，皆著尘外之狎。

遁尝在白马寺，与刘系之等谈庄子逍遥云："各适性以为逍因孙皓性情凶恶，难以领悟佛法精深，只得向他讲述因果报应的事实，借此开化他的心窍。

康僧会在建初寺翻译了很多经书，诸如《阿难念弥陀经》《镜面王察微王梵皇经》等，还有《小品般若经》及《六度集》《杂譬喻经》等。译文兼具经文的妙义，言辞妥帖。又有《泥洹呗声》传世，音韵清峻哀婉，堪称典范。他又注解了《安般守意》《法镜》《道树》等三经。又为经书作序，言辞典雅隽永，义旨微妙严密，这些经书都流传于世。

东吴天纪四年四月，孙皓投降晋朝，九月，康僧会患病去世，这年是晋朝太康元年。到了东晋成帝咸和中年，苏峻叛乱，焚毁了康僧会修建的佛塔，后来司空何充再次修建。平西将军赵诱不信佛法，蔑视僧人，他闯入寺中，对寺僧说："久闻此塔数次绽放光明，实在谎诞，只有亲眼目睹才值得相信。"言罢，佛塔绽放五色光芒，光照整个寺院。赵诱惊吓不已汗毛倒竖，不觉肃然起敬。以后赵诱在佛寺东又建起佛塔。这些变化，远处看是受佛祖感化，近处看是康僧会传扬佛法的结果，所以有人画下他的肖像，流传至今。（出《高僧传》）

支遁

支遁，字道林，本姓关，陈留人，又说是河东林虑人。自幼有慧根，聪慧明澈。晋时初到京都，受太原王濛器重，评价他道："造诣之精妙，不亚于王弼。"陈郡殷融曾与卫玠交好，惊讶其神态俊逸酷似卫玠。支遁家世代奉佛，耳濡目染幼年时悟得佛法。年长后隐居余杭山，沉思道行的奥义，深究佛经，对佛法理解深刻，见解独到。二十五岁时出家，每到讲经处，总结经文大义，但有时会遗漏个别章句，所以受当时恪守文本之人鄙夷。谢安听闻此事后很是欣赏道："这犹如古人相马，忽略马皮毛的玄黄而取精神的俊朗。"当时谢安、殷浩等人，都是一代名流，超尘脱俗。

支遁曾于白马寺与刘系之等人谈论庄子的逍遥讲到："随心所欲

遥。”遁曰：“不然，夫桀、跖以残害为性，若适性为得者，彼亦逍遥矣。”为是退而注《逍遥篇》，群儒旧学，莫不叹伏。后还吴，住支硎山寺。晚欲入剡，谢安在吴，与遁书曰：“思君日积，计辰倾迟。知欲还剡自治，甚以怅然。人生如寄耳，顷风流得意之事，殆为都尽。终日戚戚，触事惆怅。唯迟君来，以晤言消之，一日当千载耳。此多山水，山县闲静，差可养疾。事不异剡，而医药不同。必思此缘，副其积想也。”王羲之时在会稽，素闻遁名，未之信。谓人曰：“一狂僧耳，何足言？”后遁既还剡，径游于郡，王故迓遁，观其风力。既至，王谓遁曰：“《逍遥篇》可闻乎？”遁乃作数千言，摽揭新理，才藻警绝。王遂披襟解带，留连不能去，仍请住灵嘉寺，意存相近。

俄又投迹剡山，于沃州小岭，立寺行道。僧众百余，常随禀学。时或有随者，遁乃著座右铭以勖之。时论以遁才堪经赞，而洁己拔俗，有违兼济之道，遁乃作《释矇论》。晚过石城山，又立栖光寺。宴坐山门，游心禅苑，木餐涧饮，浪志无生。乃注《安般》《四禅》诸经及《即色游玄论》。遁淹留建业，涉将三载。乃还东山，上书告辞，优诏许之。资给发遣，事事丰厚。一时名流，并饯离于征虏亭。时蔡子叔前至，近遁而坐，谢万石后至，值蔡暂起，谢便移就其处。蔡还，复欲据谢坐地，谢不以介意。其为时贤所慕如此。

既而收迹剡山，毕命林泽。人尝有遗遁马者，遁受而养之。时或有讥之者，遁曰：“爱其神骏，聊复畜耳。”后有饷鹤者，遁曰：“尔冲天之物，宁为耳目之玩乎？”遂放之。遁幼时，尝与师共论物类，谓鸡卵生用，未足为杀。师不能屈。师寻亡，忽见形，投卵于地，壳破雏行，顷之俱灭。遁乃感悟，由是蔬食终身。

即为逍遥。”支遁说：“非也，夏外、盗跖生性凶残，若随心所欲便能逍遥，那他们也能逍遥。”为此他隐居注解《逍遥游》，饱读经书的文人儒生无不叹服。后来他返回吴地，居于支硎山寺。晚年他欲前往剡地，当时谢安在吴地，修书支遁道：“思君日积，计辰倾迟。知欲还剡自治，甚以怅然。人生如寄耳。顷风流得意之事，殆为都尽。终日戚戚，触事惆怅。唯迟君来。以晤言消之，一日当千载耳。此多山水，山县闲静，差可养疾。事不异剡，而医药不同。必思此缘，副其积想也。”王羲之当时在会稽，久闻支遁圣名，心有疑虑，他对他人道：“一狂僧耳，何足言。”后来支遁返回剡地，在会稽游览，王羲之特意相迎，借机观望其学识。见面后，王羲之问支遁道：“《逍遥游》你可曾听闻？”支遁即兴阐发数千言论，见解新颖，语惊四座。王羲之听后解开衣带，敞开心怀，留恋不舍，还请支遁住在灵嘉寺，想与支遁结交。

支遁又投身剡山，居于沃州小岭，建寺修道，上百僧众追随他修习佛法，支遁偶尔为弟子撰写座右铭，用以勉励他们。时人赞扬支遁的才学足以辅政，他淡泊超凡，违背“兼济天下”之道，于是支遁又作《释矇论》。晚年支遁行经石城山，建栖光寺。他静坐于山门，游心佛法，食草木饮山泉，寄情佛理忘乎所以。他注解了《安般》《四禅》等各种经书，编纂《即色游玄论》。支遁在建业停留了三年，意欲返回东山，上书向晋帝告辞，晋帝特许，回程上事无巨细都有丰厚的资助。当时的名流，云集在征虏亭为他饯行。当时蔡子叔来得早，所以座位靠近支遁，谢万石来得迟，便趁蔡子叔起身，移到蔡子叔的座位上。蔡子叔返回后，谢万石遭到拒绝坐在地上，但毫不介意。支遁受当名流敬仰至此。

后来，支遁隐居剡山，终老林泽。有人曾赠予支遁一匹马，支遁接受并照料着这匹马，当时有人讥笑他，他说：“我爱它的神骏，姑且就养一养。”后来，又有人送支遁一只仙鹤，支遁说：“你是冲天之物，怎么能供人们来赏玩呢？”便把仙鹤放走了。支遁年幼时，曾经和师父一起辩论事物，说吃生鸡蛋不算杀生。师父一时不能驳倒他。不久，师父圆寂，忽然又现形，将一只鸡蛋扔在地上，只见蛋遁先经余姚坞山中住，至于晚年，犹还坞中。或问其意，答云：“谢安石昔数来见，辄移旬日。今触情举目，莫不兴想。”后病甚，移还坞中，以晋太和元年闰四月四日终于所住，春秋五十有三。即窆于坞中，厥冢存焉。或云终剡，未详。郗超为之序传，袁宏为之铭赞，周云宝为之作诔焉。（出《高僧传》）

壳破裂，走出一只小鸡，转眼蛋壳和小鸡都消失了。支遁于是有所感悟，此后终生只吃素食。

支遁曾居于余姚坞山，晚年时，返回坞中，有人问他缘由，他说："谢安石昔日经常前来探望，动辄停留十多天。现在触物生情，无不勾起对往事的思念。"此后支遁病重，移居余姚坞，于晋太和元年闰四月四日在居所逝世，享年五十三岁，遗体安葬于坞中，坟墓仍保存至今。也有传言他死于剡地，具体情况不详。郗超为支遁作传，袁宏作铭，周云宝作诔。（出《高僧传》）

卷第八十八　异僧二

佛图澄

佛图澄

佛图澄者，西域人也，本姓帛氏。少出家，清真幼学，诵经数百万言。以晋怀帝永嘉四年来适洛阳，志弘大法。善念神咒，能役使鬼物。以麻油杂烟灰涂掌，千里外事，皆彻见掌中，如对面焉，亦能令洁斋者见。又听铃音以言事，无不效验。欲于洛阳立寺，值刘曜寇斥洛台，帝京扰乱，澄立寺之志遂不果，乃潜身草野，以观世变。

时石勒屯兵葛陂，专以杀戮为威，沙门遇害者甚众。澄悯念苍生，欲以道化勒，于是杖策到军门。勒大将郭黑略素奉法，澄即投止略家。略从受五戒，崇弟子之礼。略后从勒征伐，辄预克胜负，勒疑而问曰："孤不觉卿有出众智谋，而每知行军吉凶，何也？"略曰："将军天挺神武，幽灵所助。有一沙门，术智非常，云将军当略有区夏，已应为师。臣前后所白，皆其言也。"勒喜曰："天赐也。"召澄问曰："佛道有何灵验？"澄知勒不达深理，正可以道术为教，因言曰："至道虽远，亦可以近事为证。"即取器盛水，烧香咒之。须臾生青莲华，光色曜日。勒由此信伏。澄因谏曰："夫王者德化洽于宇内则四灵表瑞，政弊道消则彗孛见于上。恒象著见，体咎随行，斯乃古今之常理，天人之明戒。"勒甚悦之。凡应被诛残蒙其益者，十有八九，于是中州之胡，皆愿奉佛。时有痼疾，世莫能知者，澄为医疗，应时瘳损。阴施默益者，不可胜记。

佛图澄

佛图澄是西域人，本姓帛氏。他年少出家，自幼纯真朴素，致力于修佛，诵经数百万。晋怀帝永嘉四年佛图澄到洛阳，立志弘扬佛法，心存善念，祈神消灾，驱策鬼怪。佛图澄将麻油的烟灰涂于手掌，千里外之事，如发生在眼前一般在掌上清晰可见，也可让洁斋者看见。他可根据佛塔上的铃声预言吉凶，无不应验。他想在洛阳建寺，正逢刘曜攻陷洛阳，京都动乱，建寺之愿未能实现，于是隐居草野，静观世事变迁。

当时石勒屯兵葛陂，肆意虐杀立威，佛门中不少人遇害。佛图澄悲悯苍生，想教化石勒，于是拄杖行至军门，石勒旗下大将郭黑略向来遵奉佛教，佛图澄便住在他家。郭黑略随佛图澄受五戒，奉弟子礼。郭黑略随石勒出征，佛图澄为他预卜胜负，石勒惊异地问："孤不曾发觉你智谋出众，每次出征都可预知吉凶，何以做到？"郭黑略说："将军天生卓越威武，受神灵庇护。有位沙门，术法才智非比寻常，说您有一统华夏之才。臣已拜他为师，前后几次吉凶预言，都出自师傅之口。"石勒高兴地说："真乃天赐。"于是召见佛图澄问道："佛法有何灵验？"佛图澄知石勒不懂深奥义理，恰可以佛法教化，就说："极致的佛法虽深远，但也可以眼前事验证。"随后拿来一容器盛上水，焚香念咒。顷刻容器内生出青莲花，光焰映日，石勒由此信服。佛图澄随即劝谏："王者寰宇内施仁布德则四灵敬奉祥瑞，暴政无道则彗孛显像。自然天象，预示吉凶善恶，此乃亘古不变的道理，也是上天对于世人的告诫。"石勒听后心悦诚服。凡应处死之人十之八九因此番劝谏而免于被害，中原境内的胡人都愿奉佛。凡久病难医之人，佛图澄出手医治便可逐渐痊愈。受他私下帮扶的人，不可胜记。

勒自葛陂还河北，过坊头，人夜欲斫营，澄语黑略曰："须臾贼至，可令公知。"果如其言，有备故不败。勒欲试澄，夜冠胄衣甲执刃而坐，遣人告澄云："夜来不知大将军所在。"使人始至，未及有言，澄逆问曰："平居无寇，何故夜严？"勒益敬之。勒后因忿，欲害诸道士，并欲苦澄。澄乃避至黑略舍，语弟子曰："若将军使至，问吾所在者，报云不知所之。"使人寻至，觅澄不得，使还报勒。勒惊曰："吾有恶意向圣人，圣人舍我去矣。"通夜不寝，思欲见澄。澄知勒意悔，明旦造勒，勒曰："昨夜何行？"澄曰："公有怒心，昨故权避；公今改意，是以敢来。"勒大笑曰："道人谬耳。"

襄国城堑水源，在城西北五里，其水源暴竭。勒问澄："何以致水？"澄曰："今当敕龙取水。"勒字世龙，谓澄嘲己，答曰："正以龙不能致水，故相问耳。"澄曰："此诚言，非戏也。水泉之源，必有神龙居之，往以敕语告之，水必可得。"乃与弟子法首等数人，至故泉源上。其源故处，久已干燥，坼如车辙，从者心疑致水难得。澄坐绳床，烧安息香，咒愿数百言。如此三日，水泫然微流，有一小龙，长五六寸许，随水来出。诸道士竞往视之，澄曰："龙有毒，勿临其上。"有顷，水大至，隍堑皆满。

澄闲坐叹曰："后二日，当有一小人惊动此下。"既而襄国人薛合，有二子，既小且骄，轻侮鲜卑奴。奴忿，抽刃刺杀其弟，执兄于室，以刀拟心，若人入屋，便欲加手，谓薛合曰："送我还国，我活汝儿。不然，共死于此。"内外惊愕，莫敢往观。勒乃自往视之，谓薛合曰："送奴以全卿子，诚为善事。此法一开，方为后害，卿且宽情，国有常宪。"命人取奴，奴遂杀儿而死。鲜卑段末波攻勒，其众甚盛。勒惧问澄，澄曰："昨日寺铃鸣云：'明旦食时，当擒段末波。'"与勒登城望波军，不见前后，失色曰："岂可获？是公安石勒自葛陂回河北，途经坊头，有人企图夜劫军营，佛图澄对郭黑略说：“不久贼寇将至，你可通报主公。”果如他所言，由于做了预先防备，敌军偷袭失败。石勒想考验佛图澄，晚间披甲执刃坐着，派人对佛图澄说：“入夜后寻不到大将军。”送口信的人到了，没来得及张嘴，佛图澄反问：“安然无敌军来犯，何故深夜披甲？”石勒越发敬佩他了。石勒因某事愤懑，企图降罪于修佛之人，且想佛图澄吃点苦头。佛图澄躲到郭黑略家中，对弟子说：“若将军派人问我在哪儿，就回不知道。”差使顷刻便至，没找到佛图澄，回去奏报。石勒惊讶地说：“我对圣人心生恶意，圣人舍我而去。”石勒彻夜难眠，想见佛图澄。佛图澄知道石勒心有悔意，第二日清晨登门造访，石勒说：“昨夜您在哪？”佛图澄说：“您心有不满，所以昨夜我暂且躲避。您现今回心转意，我才敢见您。”石勒大笑：“是您想多了。”

襄国护城河的水源在城西北五里处，此水源忽然枯竭，石勒问佛图澄：“如何引水？”佛图澄说：“当下该请龙取水。”石勒字世龙，他以为佛图澄嘲讽自己，便说：“正因龙取不到水，所以才问您。”佛图澄说：“这是我诚心建议，绝非玩笑。水的源头，定有神龙居住，诏令相告，定能得水。”他与弟子法首等数人，来到水源处，那里干涸日久，已开裂出车辙般的口子，随行众人担心取水不成。佛图澄坐在绳床上，焚安息香，诵数百句咒言。如此三日，细微水流涌出，伴随一小龙，五六寸长。众人竞相上前围观，佛图澄说：“此龙有毒，切勿靠近。”过了一会儿，水流变大，灌满护城河。

佛图澄闲坐感慨：“两日后，将有一小人惊扰时局。”不久襄国人薛合的两个儿子，年幼骄横，侮辱了一位鲜卑奴才，鲜卑奴才愤恨，抽刀刺死了弟弟，把哥哥抓进一间房子，用刀抵着心口，扬言若有人进屋，便下手杀人，鲜卑奴才对薛合说：“送我回国，我可放了你儿子，否则，我们二人一并葬身此处。”薛家上下惊惧，不敢靠近。石勒独自上前查探，对薛合说：“送鲜卑奴才回国保全你的儿子，实为善事。但开了此等先例，后患无穷，请你先放下私情，用国法处置。”便命人抓拿鲜卑奴才，鲜卑奴才杀了薛合之子后自己也死了。鲜卑人段末波出兵攻打石勒，来势汹汹，石勒惊惧，求问佛图澄。佛图澄说：

我辞耳。”更遣夔安问澄，澄曰：“已获波矣。”时城北伏兵出，遇波执之。澄劝勒宥波，遣还本国，勒从之，卒获其用。

时刘载已死，载从弟曜篡袭伪立，称元光初。光初八年，曜遣从弟中山王岳将兵攻勒，勒遣石虎率步骑拒之，大战洛西，岳败，保石梁坞，虎坚栅守之。澄与弟子白宫寺至中寺，始入寺门，叹曰：“刘岳可悯！”弟子法祚问其故，澄曰：“昨亥时岳已被执。”果如所言。光初十一年，曜自率兵攻洛阳，勒欲自往拒曜，内外僚佐，无不毕谏。勒以访澄，澄曰：“相轮铃音云：‘秀支替戾冈，仆谷劬秃当。’此羯语也。‘秀支替戾冈’出也，‘仆谷’刘曜胡位，‘劬秃当’捉也，此言军出捉得曜也。”时徐光闻澄此言苦劝。勒乃留长子石弘，共澄以镇襄国，自率中军步骑直指洛城。两阵才交，曜军大溃，曜马没水中，石堪生擒之送勒。澄时以物涂掌观之，见有大众，中缚一人，朱丝约其肘。因以告弘。当尔之时，正生擒曜也。时平之后，勒乃僭称赵天王行皇帝事，改元建平，是岁晋成皇帝咸和五年也。

勒登位已后，事澄益笃。时石葱叛，其年，澄戒勒曰：“今年葱中有虫，食必害人，可令百姓无食葱也。”勒颁告境内，慎无食葱。到八月，石葱果走。勒益加尊重，有事必咨而后行，号大和尚。石虎有子名斌，后勒以为子。勒爱之甚重，忽暴病而亡，已涉二日。勒曰：“朕闻虢太子死，扁鹊能生。大和尚国之神人，可急往告，必能致福。”澄乃取杨枝咒之，须臾能起，有顷平复。由是勒诸稚子多在佛寺中养之。每至四月八日，勒躬自诣寺，观佛像而发愿。

至建平四年四月，天静无风，而塔上一铃独鸣。澄谓众曰：

“昨日寺铃鸣响，说‘明日早饭之时，便可擒获段末波。’”二人登城远望段军，望不见首尾，石勒大惊失色道：“怎能擒获？只是您安慰我的说辞罢了。”他让夔安去问佛图澄，佛图澄说：“已擒获段末波。”当时城北伏兵出击，遭逢段末波，顺手将其擒获。佛图澄劝石勒饶恕段末波，遣送回国，石勒听从。

当时刘载逝世，他的堂弟刘曜篡位，年号光初。光初八年，刘曜派堂弟中山王刘岳出兵攻打石勒，石勒派石虎率步兵骑兵迎击，两军交战于洛西，刘岳败北，保住了石梁坞，石虎关紧城门坚守石梁坞。佛图澄与弟子从官寺行至中寺，刚进寺门就叹道：“刘岳可怜！”弟子法祚问他缘故，佛图澄说：“昨日亥时刘岳已被抓获。”果如他所言。光初十一年，刘曜亲自率兵攻进洛阳，石勒想亲自迎敌，朝廷上下无不劝阻，石勒问佛图澄，佛图澄说：“寺庙里的铃声说：‘秀支替戾冈，仆谷劬秃当。’此乃羯语，‘秀支替戾冈’是‘出’的意思，‘仆谷’是刘曜的胡位，‘劬秃当’是‘捉’的意思，这句话意思是，出兵可捉拿刘曜。”徐光听闻佛图澄此言仍苦苦相劝。石勒留下长子石弘，与佛图澄共守襄国，亲自率中军兵马直指洛阳。两军刚交战，刘军大败，刘曜战马没入水中，石堪将他生擒送给石勒。佛图澄将烟灰涂在手掌上观看战况，只见大批人马中捆着一人，红绳束着他的双肘，佛图澄把此景告诉石弘。此景，呈现的正是生擒刘曜之时。时局稳定后，石勒自号赵天王称帝，改年号建平，其年晋成帝咸和五年。

石勒即位，越发器重佛图澄。时逢石葱反叛，佛图澄告诫石勒：“今年葱中有虫，食用必受其害，可劝百姓勿食葱。”石勒布告境内，切勿食葱。到了八月，石葱果然逃遁。石勒待佛图澄更为敬重，有事必定征求其意见后行动，尊他为“大和尚”。石虎有子名石斌，后来石勒将他当作自己的儿子，疼爱有加。石斌暴病身亡，已过两日，石勒说：“朕听闻虢国太子去世，扁鹊能让他起死回生。大和尚乃国之神人，尽快将此事告知他，定能招来福音。”佛图澄拿杨树枝念咒，石斌顷刻起身，一段时间后恢复如常。由此石勒诸子大多养在寺中，每年四月八日，石勒亲自到佛寺，对着佛像祷告。

建平四年四月，天静无风，佛塔上一铜铃独鸣，佛图澄对众人

“铃音云：‘国有大丧，不出今年矣。’”是岁七月勒死，太子弘袭位。少时，虎废弘自立，迁都于邺，改元建武。倾心事澄，又重于勒。乃下书曰：“和尚国之大宝，荣爵不加，高禄不受，荣禄匪颁，何以旌德。从此已往，宜衣以绫锦，乘以雕辇。朝会之日，和尚升殿，常侍已下，悉助举舁，太子诸公，扶辇而上。主者唱大和尚，众座皆起，以彰其尊。”又敕伪司空李农旦夕亲问，太子诸公五日一朝，表朕敬焉。

澄时止邺城内中寺，遣弟子法常北至襄国，弟子法佐从襄国还，相遇，在梁塞城下共宿。对车夜谈，言及和尚，比旦各去。法佐至，始人觐澄。澄逆笑曰：“昨夜尔与法常交车共说汝师耶？先民有言：‘不曰敬乎？幽而不改；不曰慎乎？独而不怠。’幽独者敬慎之本，而不识乎？”佐愕然愧忏。于是国人每共相语曰：“莫起恶心，和尚知汝。”及澄之所在，无敢向其方面涕唾便利者。

时太子石邃有二子在襄国，澄语邃曰：“小阿弥比当得疾，可往迎之。”邃即驰信往视，果已得疾。太医殷腾及外国道士自言能治，澄告弟子法常曰：“正使圣人复出，不愈此疾，况此等乎？”后三日果死。石邃荒酒，将图为逆，谓内竖曰：“和尚神通，傥发吾谋，明日来者，当先除之。”澄月望将入觐虎，谓弟子僧慧曰：“昨夜天神呼我曰：‘明日若入，还勿过人。’我傥有所过，汝当止我。”澄常入，必过邃。知澄入，要候甚苦。澄将上南台，僧慧引衣，澄曰：“事不得止。”坐未安，便起，邃固留不住，所谋遂止。还寺叹曰：“太子作乱，其形将成。”欲言难言，欲忍难忍，乃因事从容箴虎，虎终不解。俄而事发，方悟澄言。

说："铃音云：'国丧将至，不出今年。'"这年七月石勒驾崩，太子石弘继位，不久，石虎废石弘自立为帝，迁都于邺，改元建武。石虎竭尽诚心礼敬佛图澄，下诏："和尚乃国之大宝，加官进爵，高官厚禄他不要，不以名利嘉奖，何以表彰圣德？此后，应当让他穿锦衣玉带，坐宝马雕车。朝会之日，进殿临朝，常侍以下，皆要抬轿，太子诸公，悉数扶辇。主者齐唱'大和尚'，举座皆起，彰显尊崇。"他又令司空李农早晚亲自向佛图澄问安，太子诸公五日一朝谒，以表圣上敬意。

佛图澄当时住邺城中寺，派弟子法常北行襄国，弟子法佐正从襄国返回，二人途中相遇，在梁塞城下同宿。两人对车夜谈，其间谈及大和尚，天亮后各自上路。法佐到邺城后，先觐见佛图澄，佛图澄冲他笑道："昨夜你与法常相遇谈及师父了吧？先人有言：'不曰敬乎？幽而不改；不曰慎乎？独而不怠。'独处仍以敬慎为本，你们难道不懂吗？"法佐惊愕悔恨。此后国人互相交谈就说："莫起恶心，和尚有知。"佛图澄所在之处，无人敢朝那个方向擤鼻涕、吐口水、大小便。

当时太子石邃有两子在襄国，佛图澄对石邃说："你的小儿子如今患病，应接回来。"石邃即刻遣亲信快马加鞭探望，儿子果然患病。太医殷腾与外国道士都说自己会医治，佛图澄告诉弟子法常："即便圣人出世，也治不了此病，何况他们！"三日后石邃小儿子果然病逝。石邃酗酒，企图谋反，对宫内小臣说："大和尚有神通，恐怕会察觉我的阴谋，明日进宫，当先除掉他。"佛图澄十五日觐见石虎，对弟子僧慧说："昨夜天神告诉我：'明日若入朝，立即返回，切勿探望他人。'倘若我要探望，你须得制止我。"佛图澄如往常入朝，定要探望石邃，石邃知他今日入朝，定会苦等，佛图澄将上南台，僧慧拉他衣服，佛图澄说："此事不可制止。"还未坐稳，就起身告辞，石邃极力挽留不成，预谋只得作罢。佛图澄回寺院后感叹："太子作乱，已成定局。"他想告诉石虎又难于开口，想忍又难以忍住，只得借其他事委婉提示，石虎始终没明白他的深意，不久事发，石虎才明白佛图澄的深意。

后郭黑略将兵征长安北山羌，堕羌伏中。时澄在堂上座，弟子法常在侧，澄忽惨然改容曰：“郭公陷狄。”令众生咒愿，澄又自咒愿，须臾更白：“若东南出者活，余向则困。”复更咒愿，有顷曰：“脱矣。”后月余日，黑略还说：“随羌围中东南走，马乏，正遇帐下人推马与之，曰：‘公乘此，小人乘公马，济与不济，任命也。’”略得其马，故获免。推验日时，正是澄咒愿时也。

伪大司马燕公石斌，虎以为幽州牧，镇有群凶凑聚，因以肆暴。澄戒虎曰：“天神昨夜言：‘疾牧马还。至秋，齐当痈烂。’”虎不解此语，即敕诸处牧马送还。其秋，有人谮斌于虎，虎召斌，鞭之三百，杀其所生齐氏。虎弯弓捻矢，自视行斌罚。罚轻，虎乃手杀五百人。澄谏曰：“心不可纵，死不可生。礼不亲杀，以伤恩也。何有天子亲行罚乎？”虎乃止。

后晋军出淮泗，陇北瓦城皆被侵逼，三方告急，人情危扰，虎乃瞋曰：“吾之奉佛，而更致外寇，佛无神矣。”澄明旦早入，虎以事问澄，因让虎曰：“王过世经为大商主，至罽宾寺，尝供大会，中有六十罗汉，吾此身亦预斯会。时得道人谓吾曰：‘此主人命尽，当更化身，后晋王地。’今王为王，岂非福耶？疆场军寇，国之常耳，何为怨谤三宝，夜兴毒念乎？”虎乃信悟，跪而谢焉。

虎常问澄：“佛法不杀，朕为天下之主，非刑杀无以肃清海内，既违戒杀生，虽复事佛，谁获福耶？”澄曰：“帝王事佛，当在体恭心顺，显扬三宝，不为暴虐，不害无辜。至于凶暴无赖，非化所迁，有罪不得不杀，有恶不得不刑，但当杀可杀，当刑可刑耳。若暴虐恣意，杀害非罪，虽复轻刑事法，无解殃祸。愿陛下省欲兴慈，广及一切，则佛教永隆，福祚方远。”虎虽不能尽从，而为益不少。

后来郭黑略出兵征伐长安北部山中的羌人，中了敌人埋伏。当时佛图澄正在佛堂打坐，弟子法常在侧，佛图澄忽然面容惨淡，道："郭公陷入包围。"他令众弟子念咒祷告，又亲自诵咒，一会儿又说："若从东南方向突围便可活命，其他方向都难逃一死。"说罢再念咒语，过了一阵说："逃脱了。"一个多月后，郭黑略回来说："陷入包围后从东南方逃走，马累了，正巧帐下士兵推马给他说：'公乘此马，小人乘您的马，能否逃脱，听天由命。'"郭黑略乘上那马才得以逃脱。推算时间，正是佛图澄为他祝告之时。

石虎任命大司马燕公石斌为幽州牧，镇上众多凶徒集结，残暴无度，佛图澄告诫石虎："天神昨夜有言：'疾牧马还。至秋，齐当摊烂。'"石虎不解，令各处送还牧马。那年秋，有人告发石斌，石虎召回石斌，责罚三百鞭，处死他母亲齐氏。石虎弯弓搭箭亲自监刑，施刑轻的，石虎亲手射杀。佛图澄劝石虎道："祸心不可纵容，该当死罪不可饶命。但依礼君王不可亲自施刑，以免有伤恩情。哪有天子亲自执刑的呢？"石虎于是作罢。

后来晋军从淮河出击，陇北、瓦城都沦陷，三方告急，人心惶惶，石虎瞋目说："我诚心礼佛，外寇却侵扰不断，这是佛无神威！"第二日清晨佛图澄入朝，石虎质问佛图澄，佛图澄责备石虎道："大王您前世为商人，到罽宾寺筹办大会，其中有六十罗汉，我也参与了此会，当时有位得道高僧对我说：'此大会主人大限将至，转世后将为王。'如今您已为王，这不是福分吗？沙场御敌，国君本职，何来抱怨诋毁三宝，萌生邪念？"石虎听后顿悟，跪地谢罪。

石虎常问佛图澄："佛法不杀生，朕为天下之主，除刑杀难以肃清天下，既已违戒杀生，就算再虔诚信奉，何能受佛祖保祐？"佛图澄说："帝王礼佛，关键在体恭心顺，弘扬佛法，不施暴政，不伤无辜。对于凶徒无赖，绝非教化所能改变，犯罪不得不杀，作恶不得不刑，且该杀则杀，该刑则刑。若暴虐恣意，杀害无辜，即便减轻刑罚，也不能消灾减祸。愿陛下节欲兴慈，恩惠寰宇，佛教永隆，福祚久远。"石虎虽难以尽数遵守，但此言对他行事还是很有教益的。

虎尚书张离、张良，家富事佛，各起大塔。澄谓曰：“事佛在于清静无欲，慈矜为心。檀越虽仪奉大法，而贪吝未已，游猎无度，积聚不穷，方受玩世之罪，何福报之可希耶？”离等后并被戮灭。

时又久旱，自正月至六月，虎遣太子诣临漳西釜口祈雨，久而不降。虎令澄自行，即有白龙二头降于祠所，其日大雨，方数千里，其年大收。戎貊之徒，先不识法，闻澄神验，皆遥向礼拜，并不言而化焉。

澄常遣弟子向西城中市香，既行，澄告余弟子，掌中见买香弟子在某处被劫，垂死。因烧香咒愿，遥救护之。弟子后还，云某月某日某处，为贼所劫，垂当见杀，忽闻香气，贼无故自惊曰：“救兵已至。”弃之而走。

虎于临漳修治旧塔，少承露盘，澄曰：“临淄城内有古阿育王塔，地中有承露盘及佛像，其上林木茂盛，可掘取之。”即画图与使，依言掘取，果得盘像。虎每欲伐燕，澄谏曰：“燕国运未终，卒难可克。”屡行败绩，方信澄戒。

澄道化既行，以人多奉佛，皆营造塔庙，相竞出家，真伪混淆，多生愆过。虎下书问中书曰：“佛号世尊，国家所奉。里闾小人无爵秩者，为应得事佛与不？又沙门皆应高洁贞正，行能精进，然后可为道士。今沙门甚众，或有奸宄避役，多非其人。卿可同议。”伪中书著作郎王度奏曰：“夫王者郊祀天地，祭奉百神，载在祀典，礼有常飨。佛出西域，外国之神，功不施民，非天子诸华所应祠奉。往者汉明感梦，初传其道，唯听西域人得立寺都邑，以奉其神，汉人皆不得出家。魏承汉制，亦循前轨。今大赵受命，率由旧章，华戎制异，人神流别，外不同内，飨祭殊礼。荒下服礼，石虎的尚书张离、张良，家境优渥，礼敬佛教，都建造了佛塔。佛图澄对他们说："事佛在于清心寡欲，慈悲为怀，施主虽信奉佛法，却贪得无厌，游猎无度，敛财无数；现今正受玩世之罪，能求得什么福报？"张离等人后来一并被杀。

时年久旱，旱情从正月到六月未得缓解，石虎派太子到临漳西釜口祈雨，许久未能求得。石虎请佛图澄祈雨，即刻有两条白龙降临祈雨之处，当日方圆千里普降喜雨，这年收成大好。戎貊等偏远边民，原不懂佛法，后听闻佛图澄神验，都在远方礼拜，佛图澄从未向他们宣讲佛法但借实际行动感化了他们。

佛图澄常派弟子到西域买香，一日买香弟子在途中，佛图澄对其余弟子说，他在掌上见那买香弟子在途中被劫，性命垂危，召集众弟子焚香祝告，在远处护佑那弟子。那弟子回来后，说某月某日于某处被贼人抢劫，千钧一发之际，忽闻异香，盗贼无故惊乱道："这僧人的救兵来了。"于是丢下他逃跑。

石虎在临漳修缮佛塔，缺少承露盘，佛图澄说："临淄城内有一座古阿育王塔，地下埋有承露盘和佛像，上面林木茂盛，可掘出使用。"他画了示意图给使臣，依照他所言挖掘，果然挖到承露盘和佛像。石虎几次想出征燕国，佛图澄劝谏道："燕国国祚未终，难以攻克。"石虎屡战不胜，信了佛图澄的规劝。

佛图澄传扬佛法有效，世上信众甚多，建造了大量塔庙，一时修佛成风，世人争相出家，结果真伪混淆，罪恶频生。石虎下书问中书："佛号世尊，国君信奉。民间百姓无官爵者，可以奉佛吗？沙门皆应高洁坚贞端方，虔心精诚，方能有所得。如今沙门甚多，其中混杂犯法作乱逃避刑役之人，大有假意奉佛。卿等可同朕议论此事。"中书著作郎王度启奏："王者于郊外祭祀天地，供奉神明，祀典有书，礼制有常。佛源自西域，乃是外国之神，不庇佑我国子民，绝非天子炎黄子孙应供奉的。昔日汉明帝感梦，佛道传入中原，只听闻西域人在都城建立佛寺，供奉他们的神，汉人皆不得出家。魏承汉制，遵循旧规。如今大赵依天命立国，遵循旧章。华夏戎狄礼制不一，人神不宜杂错。国家可断赵人，悉不听诣寺烧香礼拜，以尊典礼。其百辟卿士，下逮众隶，例皆禁之。其有犯者，与淫祀同罪。赵人为沙门者，还从四民之服。”伪中书令王波同度所奏。虎下书曰：“度议云：‘佛是外国之神，非天子诸华所可宜奉。’朕生自边壤，忝当期运，君临诸夏，至于飨礼，应兼从本俗。佛是戎神，正所应奉。夫制由上行，永世作则，苟事克无亏，何拘前代。其夷赵百蛮，有舍其淫礼乐事佛者，悉听为道。”于是慢戒之徒，因之以厉。黄河中旧不生鼋，忽得一以献虎，澄见而叹曰：“桓温其入河不久。”温字元子。后果如言也。

时魏县有一流民，莫识氏族，恒著麻襦布裳，在魏县市中乞丐，时人谓之麻襦。言语卓越，状如狂病，乞得米谷不食，辄散置大路，云饲天马。赵兴太守藉拔收送诣虎。先是澄谓虎曰：“国东二百里某月某日当送一非常人，勿杀之也。”如期果至。虎与共语，了无异言，唯道：“陛下当终一柱殿下。”虎不解此语，令送以诣澄。麻襦谓澄曰：“昔在元和中会，奄至今日。有戎受玄命，绝历终有期。金离销于壤，边荒不能尊。驱除灵期迹，莫已已之懿。裔苗叶繁，其来方积，休期如何斯？永以叹之！”澄曰：“天回运极，否将不支。九木水为难，无可以术学。玄哲虽存世，莫能基必馥。久游阎浮利，扰扰多此患。行登凌云宇，会于虚游间。”澄与麻襦，讲语终日，人莫能解。有窃听者，唯得此数言，推计似如论数百年事。虎遣马驿送还本县，既出城外，辞能步行，云：“我当有所过，未便得发。至合口桥，可留见待。”使如言驰去，未至合口，而麻襦已在桥上。考其行步，有若飞也。

澄有弟子道进，学通内外，为虎所重。尝言及隐士，虎谓进曰：“有杨轲者，朕之民也，征之十余年，不恭王命，故往省视，傲流派有别，祭祀礼仪各异。一国上下遵行的礼法，不应混杂。国家可明令赵人，一律不许到佛寺焚香礼拜，以维护旧制。上自公卿士人下至布衣平民，一律禁止礼佛。如有违者，与私立淫祠妄滥祭祀同罪。赵人已为沙门之人，须得恢复四民职务。”中书令王波附议。石虎下书：“王度议云：‘佛乃外国之神，非天子华夏子孙可遵奉。’朕生于边境，恰逢时运，君临诸夏。至于祭祀，当遵循传统习俗。佛乃外族之神，正是理应供奉的。礼制由统治者规定，世代延续，若无碍于事，何必固守前代规定？赵国各族万姓，舍弃乱杂礼制信佛者，可自由选择。”于是不守戒律之徒，恣意猖狂。黄河中原来不生鼋，一日有人偶然抓到一只敬献石虎，佛图澄见后叹息：“桓温此人入河不久。”桓温字元子，后来果然如佛图澄所言。

当时魏县有一流浪汉，不知他是何氏族，一直身着麻布衣裳，在魏县市集乞讨，当时人称麻襦。他口若悬河，举止癫狂，讨得干粮不吃，常常撒在路上，说是喂天马。赵兴太守藉拔收留他送给石虎。此前佛图澄对石虎说：“国都东二百里某月某日将送一非常人，切勿杀他。”果然如期而至。石虎与他交谈，他不说别的只反复说“陛下当终一柱殿下。”石虎不解，令人送他到佛图澄处。麻襦对佛图澄说：“昔日元和年间一见，匆匆至今日，有戎受天命，此番经历终有期限。金离销于壤，边荒不能尊。驱除灵期迹，莫已已之懿。子嗣繁盛，绵延不断，何时可终？徒有歌咏感慨。”佛图澄道：“天回运转无终期，否则将难以支持。枯木太多水难养，术数学问皆无济。妙理圣哲虽存世，也无力回天。久游阎浮洲，扰扰多此患，所幸即将登天宇，届时再会虚游间。”佛图澄与麻襦交谈至天黑，无人能解二人所言，窃听者只记得几句，推想二人似是谈论数百年风云。石虎派马通过驿道送麻襦回本县，刚出城门，他下马步行，并说：“我将拜访一人，此时还不能出发。你们先去合口桥，请诸位在那等我。”使者依言离去，还未到合口，麻襦已在桥上。推算他的速度，若飞一般。

佛图澄有位弟子叫道进，学贯中外，被石虎器重。曾谈及隐士，石虎对他说：“有人叫杨轲，乃是朕的子民，征召十余年，未从王命，所以亲自前去探访。他傲然而卧，朕虽未君临万邦，但所到之处，天然而卧。虽不得君临万邦，乘舆所向，天沸地涌。虽不能令木石屈膝，何匹夫而长傲耶？昔太公之齐，先诛华士。太公贤哲，岂其谬乎？”进对曰：“昔舜优蒲衣，禹造伯成，魏饰干木，汉美周党，管宁不应曹氏，皇甫不屈晋世，二圣四君，共嘉其节，将欲激厉贪竞，以峻清风。愿陛下遵舜、禹之德，勿效太公用刑。君举必书，岂可令赵史遂无隐遁之传乎？”虎悦其言，即遣轲还其所止，遣十家供给之。进还，具以白澄，澄睆然笑曰：“汝言善也，但轲命有所县矣！”后秦州兵乱，轲弟子以牛负轲西奔，戍军追擒，并为所害。

虎尝昼寝，梦见群羊负鱼，从东北来。寤已访澄，澄曰：“不祥也。鲜卑其有中原乎？”慕容氏后果都之。澄尝与虎共处中堂，澄忽惊曰：“幽州当火灾。”仍取酒洒之，久而笑曰：“救已得矣。”虎遣验幽州，云：“尔日火从四门起，西南有黑云来，骤雨灭之，雨亦颇有酒气。”

至虎建武十四年七月，石宣、石韬将图相杀。宣时到寺，与澄同坐。浮图一铃独鸣，澄谓宣曰：“解铃音乎？铃云：‘胡子洛度。’”宣变色曰：“是何言与？”澄谬曰：“老胡为道，不能山居无言，重茵美服，岂非洛度乎？”石韬后至，澄熟视良久，韬惧而问澄，澄曰：“怪公血臭，故相视耳。”至八月，澄使弟子十人斋于别室，澄时暂入东阁。虎与后杜氏问讯，澄曰：“胁下有贼，不出十日，自佛图从西，北殿以东，当有流血，慎勿东行也。”杜后曰：“和尚耄耶，何处有贼？”澄即易语云：“六情所受，皆悉是贼。老自应耄，但使少者不愍。”遂便寓言，不复章的。后二日，宣果遣人害韬于佛寺中，欲因虎临丧，仍行大逆。虎以澄先戒，故获免。及宣事发被收，澄谏虎曰：“既是陛下之子，何为重祸耶？陛下若忍怒加慈者，尚可六十余岁。如必诛之，宣当为彗星，下扫邺宫也。”

沸地涌。朕虽不能令木石屈膝，但他一介匹夫缘何如此傲慢？昔日太公到齐国，先除浮华之士，太公乃贤哲，难道他有错？”道进说：“昔日舜优待蒲衣子，禹造访伯成子高，魏讴歌段干木，汉赞誉周党，管宁不侍曹操，皇甫嵩不从晋世祖。两位圣贤与四位君子高风亮节，可借此讽喻贪竞之人，以树清风。愿陛下承袭舜、禹仁德，切勿效法太公滥用刑罚。您的举措尽数记于史册，怎能让赵史无隐士传记？”石虎心悦诚服，随即派人送杨轲回家，并派十户人家供给衣食。道进回去将此事告诉佛图澄，佛图澄微笑道：“你说得很好。但杨轲有性命之忧。”后来秦州战乱，杨轲弟子用牛驮着他往西逃，他被敌军擒杀害。

石虎曾白天睡觉时，梦到一群羊驮着鱼从东北而来。醒后石虎问佛图澄，佛图澄说：“此梦不祥，难道鲜卑族想踏足中原？”慕容氏后来果然建都中原。佛图澄曾与石虎共坐中堂，佛图澄忽然惊道：“幽州失火。”他把酒泼出，过了一会儿，笑道：“已救火。”石虎派人探查幽州，回报：“那日大火从四门起，西南有黑云飘来，骤然降雨浇灭大火，雨水酒气很重。”

建武十四年七月，石宣、石韬企图互相残杀。石宣到佛寺，与佛图澄同坐，寺塔一铜铃独鸣，佛图澄对石宣说：“能听懂铃音吗？铃音云：‘胡子洛度。’”石宣脸色大变，说：“此乃何意？”佛图澄撒谎道：“我这老胡人修佛，不可像隐士不言语，且受优待，岂不是洛度？”石韬后来到佛图澄处，佛图澄盯着他看了许久，石韬惊惧，问佛图澄，佛图澄说：“我奇怪你身上有血腥气，所以一直看你。”到了八月，佛图澄让弟子十人斋戒于另一间屋子，自己暂时入东阁，石虎与杜后前来问讯，佛图澄说：“你身边有贼，不出十日，自佛寺以西，北殿以东，将有血光之灾，切勿东行。”杜后说：“和尚老胡涂了，何来贼人？”佛图澄立即改口道：“受六情左右，皆为贼。年老难免，只要年少的不糊涂就好。”他借机暗示，不愿直说。过了两日，石宣果派人在佛寺谋害石韬，企图借石虎凭吊一事，篡夺王位。石虎因佛图澄之言预先防备，得以幸免。石宣事发被收监，佛图澄劝石虎道：“既然是陛下之子，何必重刑？陛下若忍怒仁慈相待，王位可延至虎不从，以铁鏁穿宣领，牵上薪积而焚之，收其官属三百余人，皆车裂支解，投之漳河。澄乃敕弟子罢别室斋也。

后月余日，有一妖马，髦尾皆有烧状，入中阳门，出显阳门，东首东宫，皆不得入，走向东北，俄尔不见。澄闻而叹曰："灾其及矣。"至十一月，虎大飨群臣于太武前殿，澄吟曰："殿乎殿乎，棘子成林，将坏人衣。"虎令发殿石下视之，有棘生焉。澄还寺，视佛像曰："怅恨不得庄严。"独语曰："得三年乎？"自答："不得不得。"又曰："得二年、一年、百日、一月乎？"自答："不得。"乃无复言，还房，谓弟子法祚曰："戊申岁祸乱渐萌，己酉石氏当灭。吾及其未乱，先从化矣。"既遣人与虎辞曰："物理必迁，身命非保，贫道焰幻之躯，化期已及。既荷恩殊重，故逆以仰闻。"虎怆然曰："不闻和尚有疾，乃忽尔告终。"即自出至寺而慰谕焉。澄谓虎曰："出入生死，道之常也。修短分定，非所能言。夫道重行全，德贵无怠，苟业操无亏，虽亡若在。违而获延，非其所愿。今意未尽者，以国家心存佛理，奉法无吝。兴起寺庙，崇显壮丽。称斯德也，宜享休祉。而布政猛烈，刑酷罪滥，显违圣典，幽背法戒，以不自惩革，终无佛祐。若降心易虑，惠此下民，则国祚延长，道俗庆赖。毕命就尽，没无遗恨。"虎悲动呜咽，知其必逝，即为凿圹营坟。至十二月八日，卒于邺宫寺，是岁晋穆帝永和四年也。士庶悲哀，号赴倾国。春秋一百一十七年矣。仍窆于临漳西紫陌，即虎所创冢也。

俄而梁犊作乱，明年虎死，冉闵篡戮，石种都尽。闵小字棘奴，澄先所谓"棘子成林"者也。澄左乳旁先有一孔，围四五寸，通彻腹内，有时光从中出，或以絮塞孔，夜欲读书，辄拔絮，则一室洞明。又斋日辄至水边，引肠洗之，还复内中。澄身长八尺，风姿甚美，妙解深经，旁通世论。讲说之日，正标宗致，使始末文六十余岁，若定要处死他，石宣将为彗星，下扫邺宫。”石虎不从，用铁锁贯穿石宣颈部，牵到柴上焚烤，抓其官属三百余人全部车裂，抛尸漳河。佛图澄令弟子停止斋戒于另一屋。

一个月后的一日，有一妖马，鬃毛马尾都有灼烧的痕迹，进中阳门，出显阳门，直冲东宫，但都进不去，便转向东北，顷刻消失。佛图澄听说后叹惋：“大难将至。”十一月，石虎大宴群臣于太武前殿，佛图澄吟唱道：“殿乎殿乎，棘子成林，将坏人衣。”石虎令人掀开殿石细看，石下生出棘子，佛图澄回到寺院，看着佛像说：“很遗憾，没能维护佛祖庄严。”又自语道：“可宽限三年吗？”自答：“不能，不能。”又自语道：“那二年、一年、一百天、一个月，可以吗？”自答：“都不可。”于是不再说话，走回房间，对弟子法祚说：“戊申年祸乱萌生，己酉年石氏覆灭。我赶在未乱之前，先行从化了。”随即遣人与石虎辞别道：“万物之理在于变迁，性命难保，贫僧焰幻之躯，从化之期已至。蒙恩圣上殊重，特此辞别。”石虎悲怆道：“未听闻和尚患病，为何忽然告终？”即刻亲自出宫到寺院探望。佛图澄对石虎说：“生死乃寻常之事，寿命长短皆为命定，不是人能左右的。佛法重于功德圆满，德贵在毫无懈怠，如操守无亏损，虽死犹存。违逆而求长生，绝非我所愿。如今意有未尽的是，国家心存佛理，诚心敬奉，修建寺庙，弘扬佛法，功德无量，应享福祉；但苛政酷刑，有违圣典，背离戒律，若不自省改革，终当无佛护佑。若潜心变法，施惠于民，国运则可延长，而僧人百姓也都欢喜。贫僧将去，死而无憾。”石虎悲痛呜咽，知其必逝，立即为他挖圹建坟。十二月八日，佛图澄逝世于邺宫寺，时年晋穆帝永和四年，享年一百一十七岁，举国上下无不哀悼悲痛。他被葬于临漳西紫陌，即石虎为他修造的坟地。

不久梁犊作乱，第二年石虎驾崩，冉闵篡位屠灭石氏，冉闵小字棘奴，正是佛图澄所谓“棘子成林”。佛图澄左乳房旁原先有一孔，周长约四五寸，贯穿胸腔，时常有光透出，他偶尔用棉絮塞住小孔，夜间想读书，就拔掉棉絮，满屋透亮。每逢斋日，他就到水边把肠子从小孔中掏出清洗，洗完放回。佛图澄身高八尺，风姿俊美，精通深言，昭然可了。加复慈洽苍生，拯救危苦，二石凶强，虐害非道，若不以与澄同日，孰可言哉！但百姓蒙益，日用而不知耳。

佛调、须菩提等数十名僧，出自天竺、康居，不远数万之路，足涉流沙，诣澄受训。樊沔释道安、中山竺法雅，并跨越关河，听澄讲说。皆妙达精理，研测幽微。澄自说生处去邺九万余里，弃家入道一百九年，酒不逾齿，过中不食，非戒不履，无欲无求。受业追随，常有数百，前后门徒，几且一万。所历州郡，兴立佛寺八百九十三所，弘法之盛，莫与先矣。

初，虎殓澄，以生时锡杖及钵内棺中。后冉闵篡位，开棺唯得钵杖，不得见尸。或言澄死之日，有人见澄于流沙。虎疑其不死，因发墓开棺视之，唯见一石，虎曰："石者朕也，师葬我而去矣。"未几虎死。后慕容儁都邺，处石虎宫中，每梦见虎啮其臂，意谓石虎为祟。乃募觅虎尸，于东明馆掘得之，尸僵不毁。儁蹹之骂曰："死胡敢怖生天子！汝作宫殿成，而为汝儿所图，况复他耶！"鞭挞毁辱，投之漳河。尸倚桥柱不移，秦将王猛乃收而葬之，麻襦所言"一柱殿"也。后苻坚征邺，儁子暐为坚大将郭神虎所执，实先梦虎之验也。田融《赵记》云："澄未亡数年，自营冢圹。"澄既知冢必开，又尸不在中，何容预作？恐融之谬矣。澄，或言佛图澄，或言佛屠澄，皆取梵音之不同耳。（出《高僧传》）

奥经文，兼通其他宗教、学派言论。他讲经时，正中要旨，始末缘由、细枝末节、晦涩词句，都能讲得清晰易懂。他慈航普度，救苦救难。石勒、石虎二君，凶残暴虐，草菅人命，若不是佛图澄佐政，谁可劝谏二人？百姓虽每日受恩泽庇护，却不知一切源于佛图澄。

佛天、须菩提等数十位高僧，出自天竺、康居等地，不远万里，穿越流沙，前来受佛图澄教诲。樊沔释道安、中山竺法雅等高僧，跋山涉水、翻山越岭前来听他讲经，其后越发明晰义理，通晓佛法深奥精微之处。佛图澄自己说他出生地距邺城九万余里，他弃家入道一百零九年，平生不沾酒，过午不食，从未犯戒，无欲无求。追随他修佛受业的弟子寻常数量可达百人，前后门徒共计近万人，传扬佛法经过的州郡，兴立佛寺八百九十三座，他弘扬佛法的盛况，前无古人。

当初，石虎将佛图澄生前所用锡杖、钵盂装殓棺中，后来冉闵篡位，开棺只见锡杖、钵盂，不见尸身。有传言佛图澄逝世那日，有人在流沙见过他。石虎怀疑他并未去世，挖坟墓开棺检视，只见到一块石头，石虎说："石头就是我呀，法师埋葬了我而他却离开了。"不久石虎驾崩。后来慕容儁建都邺城，住在石虎宫中，常梦到老虎咬他的胳膊，心想定是石虎作祟，招人寻石虎尸身，在东明馆掘得，尸体僵硬没有腐坏。慕容儁踩着尸体咒骂："死胡人竟敢恐吓在世的天子！你建成宫殿，亲生儿子都要图谋，何况其他人！？"鞭尸毁辱后丢进漳河，尸体倚着桥柱不动，秦将王猛将尸体捞回安葬，此桥柱就是当年麻襦所言"一柱殿"。后来苻坚攻占邺城，慕容儁之子慕容暐被苻坚大将郭神虎抓获，这就是慕容儁夜间梦到老虎的验证。田融在《赵记》中记载："佛图澄逝世前数年，自己建造了墓穴。"佛图澄知道墓穴定会被掘开，他的尸身不在其中，为何还要预先营造？这恐怕是田融的谬误。澄，或称佛图澄，或称佛屠澄，这都是梵文音译的不同版本。（出《高僧传》）

卷第八十九　异僧三

释道安　鸠摩罗什　法　朗　李恒沙门

释道安

释道安姓魏氏，常山扶柳人也。家世为儒，早失覆荫，为外兄孔氏所养。年七岁，读书再览能诵，乡邻嗟异。至年十二出家，神性聪敏，而形貌甚陋，不为师之所重。数岁之后，方启师求经，与《辩意经》一卷，可五千言。安赍经入田，因休息就览。暮归，以经还师，更求余者。师曰："昨经未读，今复求耶？"答曰："即以暗诵。"师虽异之，而未言也，复与《成具光明经》一卷，不减一万言。赍之如初，暮复还师。师执覆之，不差一字。师大惊嗟，敬而异之。

后为受具戒，恣其游学。至邺，遇佛图澄，因事澄为师。及石氏将乱，与弟子惠远等四百余人渡河南游，夜行值雷雨，乘电光而进。前行得人家，见门里有一马桩，桩之间悬一马兜，可容一斛。安使呼林百升，百升谓是神人，厚相赏接。既而弟子问："何以知其姓字？"安曰："两木为林，兜容百升也。"

既达襄阳，复宣佛法。时襄阳习凿齿锋辩天逸，笼罩当时。其先藉安高名，及闻安至止，即往修造。既坐，称言："四海习凿齿。"安曰："弥天释道安。"时人以为名答。时苻坚素闻安名，每云："襄阳有释道安，是神器，方欲致之，以辅朕躬。"后遣苻平南攻襄阳，安与朱序俱获于坚。坚谓仆射权翼曰："朕以十万之师取襄阳，唯得一人半。"翼曰："谁耶？"坚曰："安公一人，习凿齿半人也。"既至，住长安五重寺。

释道安

僧人道安俗姓魏，是常山扶柳人。生在书香世家，年少父母双亡，由外兄孔氏抚养，七岁读书，翻看后便可背诵，乡邻赞叹。十二岁出家，神性聪敏，但外貌丑陋，不受师父器重，出家几年后才求师傅传授经文，师父给他一卷《辩意经》，约五千字。道安带着经书在田间干活，闲暇时翻阅。晚上回去，将经书还给师父，求师傅再借给他一卷。师父说："昨日给你的经书还未读完，今日求新的有什么用？"道安答道："昨日那卷已能默诵。"师父虽很是诧异，但没说什么，又给他一卷《成具光明经》，不少于一万字。他拿到后像上次一样，晚上回来还给师父。师父拿着经书听他背诵，一字不差。师父大为震惊，敬重他的才能，一改先前的态度。

后来为他施行具足戒，允许他随意外出游学。道安到邺城，遇到佛图澄，以师礼侍候佛图澄。后来石氏政变，道安与弟子惠远等四百余人渡黄河南下，夜间赶路遇上雷雨，他们借闪电的光亮前行。途中遇见一户人家，门里有一对马桩，桩间挂一马兜，可容量有一斛之多。道安高呼林百升，林百升说神人来访，厚礼相待。后来弟子问道安如何得知那人姓名，道安说："两木桩为'林'字，马兜可容纳'百升'。"

抵达襄阳后，道安便在此处宣讲佛法。当时襄阳有人叫习凿齿，能言善辩，天性放逸，声名显赫。他久仰道安大名，听闻道安来到襄阳，前去拜访。坐定后，习凿齿自称："四海习凿齿。"道安对曰："弥天释道安。"当时人盛赞此对答，一时间成为名对。苻坚早闻道安盛名，常说："襄阳有位僧人道安，是神才，朕想召他为己用。"后来派苻平南下进攻襄阳，道安与朱序一并被抓获送往苻坚处。苻坚对仆射权翼说："朕以十万大军攻取襄阳，只为一个半人。"权翼问道：

初，坚承石氏之乱，至是户民殷富，四方略定。唯建业一隅，未能克伏。每与侍臣谈语，未尝不欲平一江左。坚弟平阳公融及朝臣石越、原绍等并切谏，终不能回。众以安为坚所信敬，乃共请曰："主上将有事东南，公何能不为苍生致一言耶？"会坚出东苑，命安外辇同载。仆射权翼谏曰："臣闻天子法驾，侍中陪乘。道安毁形，宁可参厕？"坚勃然作色曰："安公道德可尊，朕以天下不易，舆辇之荣，未称其德。"即敕仆射扶安登辇。俄尔顾谓安曰："朕将与公南游吴越，整六师而巡狩，陟会稽以观沧海，不亦乐乎？"安对曰："陛下应天御世，有八州之富，居中土而制四海，宜栖神无为，与尧舜比隆。今欲以百万之师，求厥田下之土，且东南一隅，地卑气厉，禹游而止，舜狩而殂，秦王适而不归。以贫道观之，非愚心所同也。平阳公懿戚，石越重臣，谓并不可，犹尚见距。贫道轻浅，言必不允。既荷厚遇，故尽丹诚耳。"坚曰："非为地不广，民不足治也，将简天心，明大运所在耳。顺时巡狩，亦著前典。若如师言，则先帝王无省方之文乎？"安曰："若銮驾必动，可先幸洛阳，抗威蓄锐，传檄江南，如其不伏，伐之未晚。"坚不从，遣平阳公融等精锐二十五万为前锋，坚躬率步骑六十万，至须城。晋遣征虏将军谢石、徐州刺史谢玄距之。坚前军大溃于八公山，晋军遂北三十余里，坚单骑而遁，如所谏焉。

安注诸经，恐不合理，乃誓曰："若所说不甚远理，愿见瑞

“是谁？”苻坚说：“道安是一个人，习凿齿是半个人。”道安进京，住在长安五重寺。

苻坚当初接手石氏江山，社稷混沌政治迷乱，如今百姓富足殷实，邦国基本平定，唯独建业一处，始终未能攻克。苻坚每与大臣谈及，未曾不渴求平定江左。苻坚弟弟平阳公符融与朝臣石越、原绍等人，一并力谏劝阻，终不能使苻坚改变主意。众人认为道安是苻坚最为敬重信服的人，便一同去请他，对他说：“主上想起兵进攻东南，您难道不为苍生劝他一句吗？”正赶上苻坚从东苑走出，命道安与自己同乘一辇，坐在自己身侧。仆射权翼劝谏道：“臣闻天子车驾，依法只可侍中陪乘。道安剃度形体受损，怎可陪坐在您身侧？”苻坚勃然大怒道：“道安法师德高望重，朕以天下换他都不为过，同辇的尊荣，配不上他的德行。”当即敕令仆射扶道安上辇。过一会儿，苻坚看着道安对他说：“朕想邀您一起南游吴越，率六师巡行，登会稽山以观沧海，不也很惬意吗？”道安说：“陛下顺应天命掌管世间，坐拥八州疆土，身在中原统率四海，理当静心无为，休养生息，比肩尧舜。现今想以百万之师，争夺寸土之地，且东南一带，位置偏僻气候恶劣，大禹巡游停在东南，舜帝巡狩身死东南，秦王行至东南不归。以贫僧之见，不可出兵。平阳公乃是皇亲国戚，石越乃是国之重臣，他们一致劝谏不可，尚且被您拒绝，贫僧人微言轻，谏言定不被采纳。但承蒙陛下厚待，所以竭尽赤诚之心相劝。”苻坚说：“不是因领地不大，百姓不足，不足以治理。而是为了弘扬天意，彰明天运所在。朕顺应天时巡狩四方，符合先人典制。若如法师所言，那么先前的帝王岂不是没有视察四方的举动和文字记载了吗？”道安说：“如銮驾定要出巡，可先驾临洛阳，在那御敌积蓄兵力，发布声讨文书到江南，若他们不愿顺服，再兴兵讨伐也不晚。”苻坚没有听从，派平阳公符融率精兵二十五万为前锋，苻坚亲率步骑六十万，挥师须城。东晋派征虏将军谢石、徐州刺史谢玄迎战。苻坚前锋部队于八公山战败，晋军向北推进三十余里，苻坚独自逃遁，一如道安劝谏时所言。

道安注解诸经，担心自己的注解有违义理，便祈愿：“若所言与相。”乃梦见道人，头白眉长，语安云：“君所注经，殊合道理。我不得入泥洹，住在西域，当相助通，可时时设食。”后《十诵律》至，远公乃知和尚所梦宾头卢也。

后至秦建元二十一年正月二十七日，忽有异僧，形甚庸陋，来寺寄宿。寺房既窄，处之讲堂。时维那值殿，夜见此僧，从窗而出入，遽以白安。安惊起礼讯，问其来意，答云：“特相为来。”安曰：“自惟罪深，讵可度脱。”答云：“甚可以度耳。”安请问来生所生之处，彼乃以手虚拨天之西北，即见云开，备睹兜率妙胜之报。安至其年二月八日忽告众曰：“吾当去矣。”是日斋毕，无疾而卒，葬城内五级寺中，是岁晋太元元年也。（出《高僧传》）

鸠摩罗什

鸠摩罗什，此云童寿，天竺人也。善经律论，化行于西域。及东游龟兹，龟兹王为造金狮子座一处之。

时苻坚僭号关中，有外国前部王及龟兹王弟并来朝坚。坚引见，二王说坚云：“西域多产珍奇，请兵往定，以求内附。”至坚建元十三年正月，太史奏云：“有星见外国分野，当有大德智人入辅中国。”坚曰：“朕闻西戎有鸠摩罗什，襄阳有沙门道安，将非此耶？”即遣使求之。至十七年二月，鄯善上前部王等又说坚，请兵西伐。十八年九月，坚遣骁将吕光、凌江将军姜飞将前部王及车师王等率兵七万西伐龟兹。临发，坚饯光于建章，谓光曰：“夫帝王应天而治，以子爱苍生为本，岂贪其地而伐之？正以怀远之人故也。朕闻西域有鸠摩罗什，深解法相，善闲阴阳，为后学之宗，朕甚思之。贤哲者，国之大宝，若克龟兹，即驰驿送什。”光军未至，什谓龟兹王白纯曰：“国运衰矣，尚有劲敌从东方来，宜恭承之，勿抗其锋。”纯不从而战，光遂破龟兹，杀纯，立纯弟震为主。

佛理相差不大，愿佛祖显像。”于是梦到一位僧人，白发长眉，对道安说：“你的注释，甚是符合佛理。我不能入泥淖一般的世俗，住在西域，可助你通达，你可时常供奉。”后来《十诵律》至，慧远法师便知道安所梦之人为宾头卢尊者。

到了秦建元二十一年正月二十七日，忽然有位异僧，外貌很是平庸浅陋，投宿寺中。寺房狭窄，将他安置在讲经堂中，当时是维那守殿，夜间见此僧从窗口出入，立即报告道安。道安慌忙起身，依礼询问其来意，异僧答道：“特意为您而来。”道安说：“自觉罪孽深重，您如何超度我？”答道：“可以超度。”道安问来生出生何处，那人便举手拨弄天空的西北向，那处顿时云雾四散，兜率天的妙胜清晰可见。道安于这年二月八日忽然告诉众僧：“我将离世。”这日斋戒后，他无病圆寂，安葬于城内五极寺，时年晋太元元年。（出《高僧传》）

鸠摩罗什

鸠摩罗什，汉语意译为童寿，天竺人，通晓经、律、论，于西域传扬佛法。东游龟兹时，龟兹王为他铸造了一座金狮。

当时苻坚篡权称帝号令关中，有外国前部王与龟兹王弟一并朝见苻坚，苻坚召见二王，二王对苻坚说：“西域多奇珍异宝，请出兵收复，尽收珍宝。”苻坚建元十三年正月，太史奏报：“外国界内出现一星宿，将有智士贤者前来辅助中国。”苻坚说：“朕听闻西域有鸠摩罗什，襄阳有沙门道安，莫非是他们？即刻派使臣诚挚邀请。”到了建元十七年二月，鄯善国上次来访的前部王等人又来说服苻坚出兵西伐。十八年九月，苻坚派骁将吕光、凌江将军姜飞，并同前部王与车师王等人，领兵七万西征龟兹。临行前，苻坚在建章为吕光饯行，他对吕光说：“帝王顺应天道治理天下，慈爱仁义以民为本，岂能贪慕他国国土进行侵略呢？此次出兵只是怀柔之策。朕听闻西域鸠摩罗什通晓诸法真意，擅长阴阳学说，为学者楷模，朕甚是惦念。贤哲之人，国之珍宝，若收复龟兹，即刻快马送鸠摩罗什见朕。”吕光大军未到，鸠摩罗什对龟兹国王白纯说：“国家气运衰微，再加上劲敌从东来犯，当恭顺依从，切勿对抗交锋。”白纯不听劝阻而迎战，吕光既获什，未测其智量，见年齿尚少，及以凡人戏之，强妻以龟兹王女。什拒而不受，辞甚苦至。光曰："道士之操，不逾先父，何所因辞？"乃饮以醇酒，同闭密室。什被逼既至，遂亏其节。或令骑牛及乘恶马，欲使堕落。什常怀忍辱，曾无异色，光惭愧而已。光还中路，置军于山下，将士已休。什曰："不可在此，必见狼狈，宜徙军陇上。"光不纳。至夜，果有大雨，洪潦暴起，水深数丈，死者数千。光始密而异之。什谓光曰："此凶亡之地，不宜淹留，推迁揆数，应速言归，中路必有福土可居。"光从之。至凉州，闻苻坚已为姚苌所害，光三军缟素，大临城南。于是窃号关外，年称太安。

太安二年正月，姑臧大风。什曰："不祥之风，当有奸叛，然不劳自定也。"俄尔梁谦、彭晃相系而反，寻亦殄灭。至光龙飞二年，张掖临松卢水胡沮渠男成及从弟蒙逊反，推建康太守段业为主。遣庶子秦州刺史太原公纂，率众五万讨之。时论谓业等乌合，纂有威声，势必全克。光以访什，什曰："观察此行，未见其利。"既而纂败绩于合黎。俄有郭馨作乱，纂委大军轻还，为馨所败，仅以身免。光中书监张资，文翰温雅，光甚器之。资病，光博营救疗。有外国道人罗叉，云能差资疾，光喜，给赐甚重。什知叉诳诈，告资曰："叉不能为，徒烦费耳。冥运虽隐，可以事试也。"乃以五色丝作绳，结之，烧为灰末投水中，灰若出水还成绳者，病不可愈。须臾，灰聚浮出，复绳本形。既叉治无效，少日资亡。顷之，光又卒，子绍袭位。数日，光庶子纂杀绍自立，称元咸宁。

咸宁二年，猪生子，一身三头，龙出东箱井中，到殿前蟠卧，光攻陷龟兹，处死白纯，立白纯弟弟白震为龟兹王。

吕光见到鸠摩罗什，不知他才智学识几何，见他年岁尚轻，便像戏弄寻常人那样待他，强迫他娶龟兹王女儿为妻。鸠摩罗什苦苦拒绝，吕光却说："您的操行，比不上先父，为何推辞？"随后奉上美酒，将二人囚在密室中，鸠摩罗什被迫与龟兹王女儿行夫妻之礼，有损操行。吕光还让他骑牛和野马，想害他坠落，鸠摩罗什大度容忍，面无怨恨之色，吕光惭愧不已。吕光返回关中路上，扎营山下，将士们已休息，鸠摩罗什说："不应在此久留，否则将陷危难之中，应转移大军至土埂上。"吕光并未采纳。入夜，果然天降大雨，山洪暴发，水涨数丈，数千人溺亡，吕光由此暗自觉得他非同寻常。鸠摩罗什对吕光说："此处凶险，不宜久留，推算时运，应速速归去，途中定有福地安居休息。"吕光听从，大军行至凉州，听闻苻坚已被姚苌杀害，吕光三军服丧，兵临城南，于关外称王，年号太安。

太安二年正月，姑臧狂风肆虐，鸠摩罗什说："此风不祥，将有内奸叛乱，但无需担忧，叛乱自会平息。"很快梁谦、彭晃接连谋反，但没过多久就被平定了。到吕光龙飞二年，张掖临松卢水胡人沮渠男成与其堂弟沮渠蒙逊谋反，推举建康太守段业为皇帝。吕光派庶子秦州刺史太原公吕纂率兵五万讨伐。当时人评说段业等人乃乌合之众，吕纂素有声名威望，此战势必大获全胜。吕光为此询问鸠摩罗什，鸠摩罗什说："我看此战，未必获胜。"其后吕纂兵败于合黎。不久郭麐起兵谋反，吕纂轻敌令大军返还，结果被郭麐打败，仅他一人幸免。吕光朝内中书监张资，文采斐然性情温雅，深得吕光器重。张资患病，吕光寻求多方诊疗救治。有位外国人叫罗叉，说能治愈张资，吕光欣喜，厚赏罗叉。鸠摩罗什知罗叉欺诈，告诉张资："罗叉无法医治你，不过徒劳。寿数虽没有实体，可用一事来验证。"他将五色丝线捻绳，打结，烧成灰烬投入水中，若灰烬浮出水面还原成绳，则为不治之症。很快，灰烬聚集再浮现，还原成绳。所以罗叉医治无效，没几日张资病亡。不久，吕光驾崩，儿子吕绍继位。没几日，吕光庶子吕纂杀吕绍自立为王，年号咸宁。

咸宁二年，一猪生出一身三头的猪仔，一龙从东厢井中飞到大殿比且失之。纂以为美瑞，号大殿为龙翔殿。俄而有黑龙升于当阳九宫门，纂改为龙兴门。什奏曰：“此日潜龙出游，豕妖来异。龙者阴类，出入有时，而今屡见，则为灾眚。必有下人谋上之变，宜克己修德，以答天戒。”纂不纳，与什博戏，杀棋曰：“斫胡奴头。”什曰：“不能斫胡奴头，胡奴将斫人头。”此言有旨，而纂终不悟也。光弟保，有子名超，超小字胡奴。后果杀纂斩首，立其兄隆为主，时人方验什之言也。

什住凉积年，吕光父子既不弘道教，故蕴其深解，无所宣化。苻坚已亡，竟不相见。及姚苌僭有关中，亦挹其高名，虚心要请。吕以什智计多解，恐为姚谋，不许东入。及苌卒，子兴袭位，复遣敦请。兴弘始三年三月，有树连理，生于庙庭逍遥园，葱变为茝，以为美瑞，谓智人应入。至五月，兴遣陇西公硕德西伐吕隆，隆军大破。至九月，隆上表归降，方得迎什入关，以其年十二月二十日至于长安。兴待以国师之礼，甚见优宠。

自大法东被，始于汉明，涉历魏晋，经论渐多，而支竺所出，多滞文格义。兴少崇三宝，锐志讲集，什既至止，仍请入西明阁及逍遥园译出众经。什既率多谙诵，无不究尽，转能汉言，音译流便。既览旧经，义多纰僻，皆由先度失旨，不与梵本相应。于是兴使沙门僧䂮、僧迁、法钦、道流、道恒、道标、僧叡、僧肇等八百余人，谘受什旨。更令出《大品》，什持梵本，兴执旧经，以相雠校。其新文异旧者，义皆圆通，众心惬伏，莫不欣赞。

什为人神情鉴彻，傲岸出群，应机领会，鲜有其匹。且笃性前蟠卧，第二日清晨消失。吕纂以为这是祥兆，给大殿改名为龙翔殿。不久一黑龙飞上当阳九宫门头，宫门改名为龙兴门。鸠摩罗什上奏："近日潜龙飞出，猪妖诞下异物。龙属阴，出入有定时。如今多次现身，定是灾祸，将有人犯上作乱，为君当克己修德，以回应上天警示。"吕纂不接纳谏言，与鸠摩罗什打赌，说他要斩掉胡奴头颅。鸠摩罗什说："无法斩去胡奴头颅，反倒胡奴斩掉别人的头颅。"此言意有所指，吕纂终究未解其意。吕光弟弟吕保的儿子叫吕超，小名胡奴。胡奴后来果然斩了吕纂首级，立兄长吕隆为王，此事后当时人才知道鸠摩罗什所言的含义。

鸠摩罗什居住凉州多年，吕光父子从未弘扬佛法，他只得蕴藏自己对佛法的深刻见解，没机会讲经行化。苻坚虽仰慕他但早已灭亡，二人无缘相见。姚苌篡位称帝关中，也仰慕鸠摩罗什高名，虚心请求辅佐，吕光父子因鸠摩罗什足智多谋，担心他为姚苌出谋划策，不许他东行。姚苌驾崩，其子姚兴继位，又派人敦请。姚兴弘始三年三月，宫内逍遥园的树生成连理枝，葱变为香草，人们认为此乃祥瑞，传言智者将应召入关。五月，姚兴派陇西公硕德西征吕隆，吕隆兵败。九月，吕隆上表归降，这才得以迎鸠摩罗什入关，他十二月二十日入长安。姚兴待他以国师之礼，鸠摩罗什备受赏识恩宠。

自佛教东传，从汉明帝起，历经魏晋，流传在中国的经书日益增加，但大多出自天竺，晦涩难懂。姚兴年少时崇敬佛法，致力于讲经说法，鸠摩罗什到长安后，被请入西明阁、逍遥园翻译群经。这些经书鸠摩罗什都曾熟读，其中义理无不明晰通晓，且他汉语精熟，音译流畅。他浏览旧时翻译的经文，发现有许多纰漏，都是由于旧时译者于经文旨意上理解有偏差，与梵文原著大相径庭造成的。姚兴下旨请沙门学者僧䂮、僧迁、法钦、道流、道恒、道标、僧睿、僧肇等八百余人前来聆听鸠摩罗什的教诲见解。还让他们拿出《大品般若经》，鸠摩罗什拿着梵文原著，姚兴持旧译经书，两相校雠。新译文与旧译不同之处，更改后更加完整通达，众人读后无不心悦诚服、交口称誉。

鸠摩罗什其人神采奕奕，傲岸非凡，随机应变机智聪颖，很少仁厚，泛爱为心，虚己善诱，终日无倦。姚兴常谓什曰：“大师聪明超悟，天下莫二。若一旦后世，何可使法种无嗣？”遂以妓女十人，逼令受之。自尔已来，不住僧坊，别立廨舍，供给丰盈。每至讲说，常先自说譬，譬如臭泥中生莲华，但采莲华，勿取臭泥也。

什初在龟兹，从卑摩罗叉律师受律。卑摩后入关中，什闻至欣然，师敬尽礼。卑摩未知被逼之事，因问什曰：“汝于汉地，大有重缘，受法弟子，可有几人？”什答云：“汉境经律未备，新经及诸论等，多是什所传出。三千徒众，皆从什受法。但什累业障深，故不受师敬耳。”又杯渡比丘在彭城，闻什在长安，乃叹曰：“吾与此子戏，别三百余年，杳然未期。迟有遇于来生耳。”

什未终少日，觉四大不愈，乃口出三番神咒，令外国弟子诵之以自救，未及致力，转觉危殆，于是力疾。与众僧告别曰：“因法相遇，殊未尽心。方复后世，恻怆何言！自以暗昧，谬充传谭。凡所出经论三百余卷，唯《十诵》一部，未及删繁。存其本旨，必无差失。愿凡所宣谭，传流后世，咸共弘通。今于众前，发诚实誓：若所传无谬者，当使焚身之后，舌不焦烂。”以伪秦弘始十一年八月二十日卒于长安，是岁晋义熙五年也。即于逍遥园依外国法以火焚尸，薪灭形碎，唯舌不灰耳。（出《高僧传》）

法朗

晋沙门康法朗学于中山。永嘉中，与一比丘西入天竺。行过流沙千有余里，见道边败坏佛图，无复堂殿，蓬蒿没人。法朗等下拜瞻礼，见有二僧，各居其旁。一人读经，一人患痢，秽污盈房。其读经者，了不营视。朗等恻然兴念，留为煮粥，扫除浣濯。至六日，病者稍困，注痢如泉。朗等共料理之。其夜，朗等并谓病者有人可与之媲美，且秉性仁厚，慈悲为怀，不矜不伐，循循善诱，孜孜不倦。姚兴常对他说：“大师聪颖超悟，天下第一。圆寂后，法种怎能无后继之人？”于是赠予他舞女十人，强迫他接受。此后，他不再住寺院，另立宅院，朝中给予的供给丰盈。每到讲经说法时，常先以自身做譬喻，譬如臭泥中生莲花，只取莲之精华，勿取污泥。

鸠摩罗什当初在龟兹时，跟随卑摩罗叉律师修习音律，卑摩罗叉后来来到关中，鸠摩罗什听闻后很是欣喜，以师礼相待，极尽恭敬。卑摩罗叉不知鸠摩罗什被迫接受舞女一事，问鸠摩罗什：“你在汉地，极有缘分，随你受法的弟子，有几人？”鸠摩罗什答：“汉地经律尚未完备，新译经书与诸多论著，多为我所著。三千弟子，随我学习佛法。但我业障深重，所以不得众人以师礼敬重。”僧人杯度在彭城，听闻鸠摩罗什在长安，叹道：“我与这小子开玩笑，相别三百余年，杳无音讯相逢无期，迟些来生再会。”

鸠摩罗什临终前几日，身体不适，于是念三番神咒，请外国弟子诵读以疗愈自己，还未奏效，就已性命垂危，病情急转直下。他与众僧告别：“因佛法与诸位相遇，情念未尽很是不舍，如今将去，悲痛无以言表！我私德有亏，勉强翻译经文，译著三百余卷，唯独《十诵》未及校订，保留其本旨，定无纰漏。愿我平生所讲经文，可流传后世，传诵世间。今日在众位面前诚挚发愿：‘若所传经义无谬误，尸身火化后舌不焦烂。’弘始十一年八月二十日鸠摩罗什于长安圆寂，时年东晋义熙五年。其尸身于逍遥园依照西域习俗火化，薪火熄灭后徒留碎骨块，唯有舌没化作灰烬。（出《高僧传》）

法朗

晋朝沙门康法朗在山中修习佛法。永嘉年间，康法朗与一比丘西游天竺，穿越荒漠千余里，见路旁有一破庙，殿堂已不复存在，杂草能把人遮没。法朗等人行礼进庙，见里面有两位僧人，各坐一边，一人诵经，一人身患痢疾，满屋污秽，那诵经之人专心致志不为所动。法朗等人心生恻隐，留下为病人煮粥，并为他换洗打理。第六日，病人稍有乏困，痢泻如注，法朗等人共同料理。这夜，法朗等人必不起，至明晨往视之，容色光悦，病状顿除。然屋中秽物，皆是华馨。朗等乃悟是得道之士以试人也。病者曰：“隔房比丘，是我和尚，久得道惠，可往礼觐。”法朗等先嫌读经沙门无慈爱心，闻已，乃作礼悔过。读经者曰：“诸君诚契并至，同当入道。朗公宿学业浅，此世未得愿也。”谓朗伴云：“惠若植根深，当现世得愿。”因而留之。法朗后还山中，为大法师，道俗宗之。（出《冥祥记》）

李恒沙门

晋李恒字元文，谯国人。少时，有一沙门造恒谓曰：“君福报对至，而复对来随之。君能守贫修道，不仕宦者，福增对灭。君其勉之。”恒性躁，又寒门，但问仕宦当何所至，了不寻究修道意也。沙门与一卷经，恒不肯取，固问荣途贵贱何如。沙门曰：“当带金紫，极于三郡。若能于一郡止者，亦为善道。”恒曰：“且当富贵，何顾后患！”因留宿。恒夜起，见沙门身满一床，入呼家人窥视。复变为大鸟跱屋梁上，天晓而形如旧。恒送出门，忽不复见。知是神人，因此事佛，而亦不能精至。后为西阳、江夏、庐江太守，加龙骧将军。太兴中，预钱凤之乱，被诛。（出《法苑珠林》）

都说病人怕是无法好转，第二日清晨前去探望，却见他容光焕发，病状全无，且屋中污秽都变作芳华。法朗等人这才省悟，这都是得道高僧的试探，病人说："隔壁屋中那位比丘，是我师父，他得道久矣，你们可去行礼。"法朗等人原先嫌恶诵经人毫无慈悲心，听闻此番话后，便向他赔礼悔过。诵经和尚说："诸位虔诚之至，理应修成。法朗平日修习尚浅，今生不能如愿。"对法朗同伴说："惠若佛心深种，此世即可如愿。"于是将他留下。法朗后来返回山中，修成大法师，出家人与世人都尊他为宗师。（出《冥祥记》）

李恒沙门

晋朝有个人叫李恒，字元文，是谯国人。李恒年少时，有位沙门造访他家，对他说："您福报临门，灾祸随行。若您愿守贫修佛，不走仕途，福报增灾祸减，您自当勤勉修习。"李恒性情急躁，又出身贫寒，只关心何时官运亨通，丝毫不关心沙门语中深意。沙门赠予他一卷经书，李恒不愿收下，一心询问富贵名利。沙门说："可带金紫，官拜三郡。若能止于一郡，不失为善道。"李恒说："只要眼前能够富贵，哪管来日之忧？"沙门留宿家中，李恒起夜，见沙门一人躺满整张床，喊家人来看，又见沙门变作大鸟站在房梁，天亮后沙门形态恢复如初。李恒送他出门，忽然沙门不见踪迹，便知此乃神人。此后李恒仍然奉佛，但不能专心虔诚，之后辗转任西阳、江夏、庐江三郡太守，又加封龙骧将军。太兴年间，李恒参与钱凤之乱，被处死。（出《法苑珠林》）

卷第九十 异僧四

杯 渡 释宝志

杯 渡

杯渡者，不知姓名，常乘木杯渡水，因而为号。初在冀州，不修细行，神力卓越，世莫测其由。尝于北方，寄宿一家，家有一金像，渡窃而将去。家主觉而追之，见渡徐行，走马逐之不及。至于孟津河，浮木杯于水，凭之渡河，不假风棹，轻疾如飞。俄而渡岸，达于京师。见时可年四十许，带索褴缕，殆不蔽身。言语出没，喜怒不均。或剖冰扣冻而洗浴，或著履上山，或徒行入市。唯荷一芦圌子，更无余物。尝往延贤寺法意道人处，意以别房待之。后欲往瓜步，至于江侧，就航人告渡，不肯载之。复累足杯中，顾眄言咏，杯自然流，直渡北岸，向广陵。

遇村舍李家八关斋，先不相识，乃直入斋堂而坐，置圌于中庭。众以其形陋，无恭敬之心。李见芦圌当道，欲移置墙边。数人举不能动。渡食竟，提之而去，笑曰："四天王李家。"于时有一竖子，窥其圌中，有四小儿，并长数寸，面目端正，衣裳鲜洁，于是追觅，不知所在。后三日，乃见在西界蒙龙树下坐，李礼拜请还家，日日供养。渡不甚持斋，饮酒啖肉，至于辛脍，与俗不殊。百姓奉上，或受不受。沛国刘兴伯为兖州刺史，遣使要之，负圌而来。兴伯使人举视，十余人不胜。伯自看，唯见一败衲及一木杯。后李家复得二十余日，清旦忽云："欲得一袈裟，中时令办。"李即经营，至中未成。渡云暂出，至暝不返。合境闻有异香，疑之为怪。处处觅渡，乃见在北岩下，敷败袈裟于地，卧之而死。头前脚后，背生

杯渡

杯渡，不知他姓甚名谁，因其常乘木杯渡水，所以被称“杯渡”。他在冀州时，修行上不拘小节，身负非凡神力，世人不知此事缘由。他曾在北方，借宿于一户人家，这户人家有一金身佛像，杯渡窃取佛像打算出逃。主人察觉后紧追，杯渡徐行在前，但奔驰的骏马追不上他。行至孟津河，杯渡将木杯浮在水上，乘坐杯子过河，不用借助风力与船桨，轻便迅捷有如飞行，很快渡河，抵达京城，当时他四十多岁，衣衫褴褛，捉襟见肘，言谈举止，喜怒无常。他有时凿冰用冰水洗澡，有时穿草鞋爬山，或是赤足走在街市，只带着一芦草圌子，别无他物。他曾借住延贤寺法意道人处，法意用别的房间招待他。后来他想去往瓜步，行至江边，告诉船夫自己要渡江，船夫不愿载他。他便将双脚放在木杯中，环顾四周吟咏风景，木杯自然地随水流前行，直往对岸，他往广陵去。

路遇村舍，李家设八关斋，此前他与李家并不熟识，他径直到斋堂坐下，将芦草圌子放在院中，众人觉得他外表鄙陋，毫无恭敬之心。李某见芦草圌子挡道，想挪到墙脚，好几人无法将其举起，杯渡吃完后，提起圌子离开，并笑道：“四天王李家。”这时有一个小子，窥见圌子中有四个小孩，几寸高，样貌端正，衣着干净艳丽。便追了出去，但不知杯渡去了何处。三日后，见杯渡坐在西边蒙龙树下，李某行礼请杯渡到家中，日日供养，杯渡不讲究斋戒，饮酒吃肉，甚至辛辣刺激的食物都吃，与常人无异。百姓的供奉，他有时会接受，有时不会。沛国刘兴伯任衮州刺史，派人邀请杯渡，杯渡带芦草圌子前去。刘兴伯的差使将其举起端详，十几人难及，刘兴伯亲自看，只见一破僧衣与一木杯。后来李某又请杯渡回去住了二十多日，一日清晨杯渡忽然说：“我想要一件袈裟，午时请将此事办妥。”李某即刻操莲华，极鲜香，一夕而萎。邑共殡葬之。后日有人从北来云："见渡负芦圌，行向彭城。"乃共开棺，唯见败衣。

既至彭城，遇有白衣黄欣，深信佛法，见渡礼拜，请还家。至贫，但有麦饭而已，渡食之怡然。止得半年，忽语欣云："可觅芦圌三十六枚，吾须用之。"答云："此间止可有十枚，贫无以买，恐不尽办。"渡曰："汝但检觅，宅中应有。"欣即穷检，果得三十六枚，列之庭中。虽有其数，亦多破败。命欣次第孰视，皆已新完。渡密封之，因语欣令开，乃见钱帛皆满，可堪百许万。识者谓杯渡分身他土，所得䞋施，回以施欣。欣受之，皆为功德。经一年许，渡辞出，欣为办粮食。明晨，见粮食皆存，不知渡所在。

经一月许，复至京师。时潮沟有朱文殊者，少奉佛法。渡多来其家，文殊谓渡云："弟子脱舍身没后，愿见救济，脱在好处，愿为法侣。"渡不答。文殊喜，佛法默默，已为许矣。后东游入吴郡，路见钓鱼师，因就乞鱼。鱼师施一馁者，渡手弄反覆，还投水，游活而去。又见网师，更从乞鱼。网师瞋骂不与，渡乃拾取两石子掷水中。俄而有两水牛斗其网中，网碎败，不复见牛，渡亦已隐。行至松江，乃仰盖于水中，乘而渡岸。经涉会稽剡县，登天台山。数月而反京师。少时，游止无定，请召或往不往。

时南州有陈家，颇有衣食，渡往其家，甚见迎奉。闻都下复有一杯渡，陈父子五人，咸不信，故下都看之，果于其家杯渡形相一办，到午时尚未办成。杯渡说他暂时外出，但直到晚间也没回去，城中满是异香，人们疑心杯渡作祟，四处搜寻他，见他在北面山岩下，盖着破损的袈裟，躺在地上圆寂了。从头前到脚后，以及背上，长满莲花，异常鲜艳芬芳，一夜后枯萎。村中人将他下葬。后日有人从北边返回，说他看到杯渡背着芦草圌子，前往彭城。众人开棺检视，只见破损僧衣。

杯渡抵达彭城后，偶遇一百姓名叫黄欣，信奉佛法，向杯渡行礼参拜，请杯渡进屋。黄欣家极其贫苦，只有粗粝的米饭招待，但杯渡吃得津津有味。在此住了半年，杯渡忽然对黄欣说："请你找来三十六只芦草圌子，我要用。"黄欣答："我家只有有十来只，因贫困无法置办新的，此事怕是难以办到。"杯渡说："你只管去找，家中应有三十六只。"黄欣随即仔细搜查，果然寻得三十六只，摆在院中。数量虽够，但多数残破。杯渡让黄欣仔细观察，圌子都变成簇新的了。杯渡将草圌子封起，再让黄欣打开，只见圌子里盛满了财物，大概值百来万。识者说杯渡在其他地方的分身化缘得来的，又转手布施给黄欣。黄欣接受，捐给寺庙做了功德。一年多后，杯渡辞行，黄欣为他准备行粮。第二日清晨，行粮还留着，杯渡不知去向。

一个多月后，杯渡返回京城。当时潮沟有人名叫朱文殊，自幼信奉佛教，杯渡常到他家拜访。朱文殊对杯渡说："弟子去世后，愿您能搭救，若灵魂在好的地方，愿与您结成僧侣。"杯渡不答，朱文殊欣喜，以为佛法缄默，杯渡已应允此事。杯渡后来东游吴郡，路遇钓鱼人，问钓鱼人要鱼。钓鱼人布施给他一条，杯渡将鱼抓在手中上下翻覆几下，再放入水中，鱼复活游走。又遇打鱼人，向打鱼人要鱼，打鱼人怒骂拒绝，杯渡捡起两石子扔入水中，顷刻间出现两水牛在鱼网中争斗，网破，水牛消失，杯渡也不见了。杯渡行至松江，仰躺在水中，漂流彼岸。途经稽剡县，登上天台山。数月后返回京城。不久，他四处云游，居无定所，收到邀请，或去或不去。

当时南州有陈姓人家，衣食丰足，杯渡到陈家，颇受欢迎与优待。听闻京城有一杯渡，陈家父子五人都不相信，一并前往京城查探，果然与家中杯渡一模一样。陈家备下一盒蜜姜，以及刀子与陆香种。陈设一合蜜姜及刀子陆香等饲渡，渡即食蜜姜都尽，余物宛在膝前。其父子五人，恐是其家杯渡，即留二弟停都守视，余三人还家。见杯渡如旧，膝前亦有香刀子等，但不啖蜜姜为异尔。乃语陈云："刀子钝，可为磨之。"二弟还都，云："杯渡已移灵鹫寺。"其家忽求黄纸两幅，作书不成字，合同其背。陈问上人作何券书，渡不答，竟莫测其然。

时吴部民朱灵期使高丽还，值风，舶飘经九日，至一洲边。洲上有山，山甚高大，入山采薪，见有人于路，灵期乃将数人随路告乞。行千余里，闻磬声香烟，于是共称佛礼拜。须臾，见一寺甚光丽，多是七宝庄严，又见十余石人，乃共礼拜。还反行少许，闻唱道声，还往更看，犹是石人。灵期等相谓："此是圣僧，吾等罪人，不能得见。"因共竭诚忏悔。更往，乃见真人，为期等设食，食味是菜，而香美不同。众食竟，共叩头礼拜，乞速还至乡。有一僧云："此间去都乃二十余万里，但令至心，不忧不速也。"因问期云："识杯渡道人不？"答言："甚识。"因指北壁，有一壶，挂锡杖及钵，云："此是杯渡住处，今因君以钵与之。"并作书著函中，别有一青竹杖，谓期言："但掷此杖置舫前水中，闭目静坐，不假劳力，必令速至。"于是辞别，令一沙弥送至门上，语曰："此道去，行七里至船，不须从先路去也。"如言西转，行七里许，至船。即具如所示，唯闻舫从山顶树木上过，都不见水，经三日，至石头淮而住，亦不复见竹杖所在。舫入淮，至朱雀，乃见杯渡骑大航兰，以捶捶之曰："马何不行？"观者甚多。灵期等在舫，遥礼之。渡乃自下舫，取书并钵，开书视之，字无人识者。渡大笑曰："使我还耶。"取钵掷云中，还接之曰："我不见此钵，四千年矣。"渡多在延贤寺法意处，时世以此钵异物，竟往观之。一说云：灵期舫漂至一穷山，遇见一僧来，云是渡弟子，昔持师钵而死冶城寺，今因等侍奉京城杯渡，杯渡即刻将蜜姜吃光，其余东西放在膝前，父子五人怀疑这是家中杯渡，留下兄弟二人在京城守着京城杯渡，其余三人回家，见家中杯渡与过去无二，膝前也有陆香与刀子等物，不同的是家中杯渡没有吃蜜姜。杯渡对陈氏说："刀子钝了，帮我磨一下。"留在京城哥儿俩返回，说："京城杯渡已移居灵鹫寺。"家中杯渡忽然要来两张黄纸，在上面写了些不成字的东西，将两张黄纸背面合在一起。陈氏问他写了什么，杯渡不答，不知意欲何为。

当时孙吴臣子朱灵期出使高丽回国，路遇大风，船舶漂荡九日，到一海岛，岛上有山，山很是高大，朱灵期上山捡柴，见路上有人家，他带领数人沿街乞讨，走了一千多里，听到钟声，又见香烟缭绕，一并行礼参拜。不一会儿，见一寺辉煌壮丽，点缀众多七宝，极为庄严。又见十余石人，他们一一礼拜。离开不一会儿，听到有诵经声，回去再看，仍是石人。朱灵期等人互相说道："此乃圣僧，我等戴罪之身，难以看到他们。"由此众人便诚心悔过，再次前往，果真见到真人，并为他们备好吃食，尝着是饭菜味，但鲜美非常。众人食罢，叩首拜谢，请求急速返回故土。有一僧人说："此处距离京城二十多万里，但若心诚，不必担忧速度。"他问朱灵期："认识杯渡道人吗？"朱灵期说很是熟识，僧人便指着北墙，墙上有一壶，还挂着锡杖与钵子，说道："此处是杯渡的住所，现在托你将钵子带给他。"又附上一封书信，一支青竹杖，对朱灵期说："只需将此青竹杖掷入船前水中，闭目静坐，不费吹灰之力，便可迅速到家。"言罢辞别，请一沙弥相送至门口，告诉朱灵期等人道："沿此路前行七里便可寻到船，无需走原路。"众人依言西转，前行大概七里，寻得一船。又按僧人指示，只听船飞掠山顶树木，无人见过水波，三日后，船行至石头淮停下了，竹杖消失不见。船驶入石头淮，行至朱雀，便见杯渡身骑大航兰，用木棰敲击道："马儿呀为何不走？"围观者甚多。朱灵期等人在船上，远远得向杯渡行礼。杯渡下马行至船上，取回书信与钵子。打开书信，没人认得上面的文字。杯渡大笑道："这是在叫我回去。"他将钵子抛到上空，再接住道："我已有四千年没看到这钵子了。"杯渡常住在延贤寺法意处，当时的人觉得这钵子是奇物，争相君以钵还师，但令一人擎钵舫前，自安隐至也。期如所教，果获全济。至南州杯渡，期当骑兰之日。尔日早出，至晚不还，陈氏明但见门扇上有青书六字云："福径门，灵人降。"字劲可识，其家杯渡遂绝迹矣。

都下杯渡往来山邑，多行神咒。时庾常婢偷物而叛，四追不擒，乃问渡，云："已死，在城江边空冢中。"往看果如所言。孔甯子时以黄门侍郎在家患痢，遣信请渡，咒竟云："难差，见有四鬼，皆被伤截。"甯子泣曰："昔孙恩作乱，家为军人所破，二亲及叔，皆被痛酷。"甯子果死。

又有齐谐妻胡母氏病，众治不愈，被请僧设斋。坐有僧，劝迎杯渡。渡既至，一咒，病者即愈。齐谐伏事为师，因为作传，记其从来神异，不可备纪。元嘉三年九月，辞谐入东，留一万钱物寄谐，请为营斋，于是别去。行至赤山湖，患痢而死。谐即为营斋，并接尸还，葬建康覆舟山。

至四年，有吴兴邵信者，甚奉法，遇伤寒病，无人敢看，乃悲泣念观音。忽见一僧来，云是杯渡弟子，语云："莫忧，家师寻来相看。"答云："渡久已死，何容得来？"道人云："来复何难。"便衣带头出一合许散，与服之，病即差。又有杜僧哀者，住在南冈下，昔经伏事杯渡。儿病甚笃，乃思念，恨不得渡与念神咒。明日，忽见渡来，言语如常，即为咒，病者便愈。

至五年三月，渡复来齐谐家。吕道惠、闻人恒之、杜天期、前往观赏。又有传言，朱灵期的船漂至一座穷山，偶遇一僧人，僧人自称是杯渡的弟子，旧日曾持师父的钵子亡于冶城寺，今日您（周灵期）将钵子送还，只需一人带钵乘船在前，自会安稳到家。朱灵期照依言照办，全部人安稳到家。行至南州遇上杯渡，恰逢骑兰之日。那日杯渡晨间外出，傍晚还未返回，陈氏在第二日清晨见门上有六个青色的字，上书："福径门，灵人降。"笔力遒劲看得出是杯渡所写，此后杯渡消失绝迹。

京都的杯渡往来于山区，常念咒祈福消灾。当时庾家一长工侍婢偷窃逃走，庾家人四处搜寻无果，便询问杯渡，杯渡说："此人已死，尸首在城外江边一座空坟里。"庾家人前去查探，果不其然。孔甯子时任黄门侍郎患痢疾在家，写信请杯渡治病，杯渡念咒后道："难以治愈，我看到四个鬼，都被重伤。"孔甯子悲泣道："旧时孙思作乱，家里被敌军攻破，双亲及叔叔皆被杀戮。"孔甯子最终果然病死。

又有人名齐谐，其妻胡氏的母亲患病，许多人为她医治无果，齐谐请僧人备斋饭，其间有位僧人，劝齐谐请杯渡前来，杯渡到后，念咒一遍，病人痊愈。齐谐以师礼待杯渡，为杯渡作传，记录他长久以来的奇事，无法一一详尽。元嘉三年九月，杯渡辞别齐谐前往江东，留下一万钱寄放于齐谐家，请齐谐为他设斋做法事，此后便离开了。杯渡行至赤山湖，患痢疾病亡。齐谐为杯渡设斋做法事，并将其尸体接回，葬于建康覆舟山。

元嘉四年，一吴兴人名邵信，虔诚奉佛，染上伤寒，无人敢为他看病，他悲泣着向观音祷告。忽然见到一僧人上前，自言是杯渡的弟子，对他说："切莫忧虑，家师稍后便来探望。"邵信答道："杯渡去世已久，怎能再来呢？"僧人说："家师来此又有何难？"言罢从衣带一端取出一盒药粉，交给邵信让他服下，病随即痊愈。又有一人名杜僧哀，家住南岗下，旧时曾长期侍奉杯渡，他的儿子现今病重，他想到杯渡，遗憾不能请杯渡为儿子向神祈祷。第二日，他突然看到杯渡前来，言行一如往常，当即念咒，病人痊愈。

元嘉五年三月，杯渡返回齐谐家，吕道惠、闻人恒之、杜天期、水丘熙等并见，皆大惊，即起礼拜。渡语众人，言年当大凶，可勤修福业。法意道人甚有德，可往就之。修立故寺，以禳灾祸也。须臾，门上有一僧唤，渡便辞去，云："贫道当向交广之间，不复来也。"齐谐等拜送殷勤，于是绝迹，顷世亦言时有见者。（出《高僧传》）

释宝志

释宝志本姓朱，金城人。少出家，止江东道林寺，修习禅业。至宋大始初，忽如僻异，居止无定，饮食无时，发长数寸。常跣行街巷，执一锡杖，杖头挂剪刀及镜，或挂一两匹帛。齐建元中，稍见异迹，数日不食，亦无饥容。与人言，始苦难晓，后皆效验；时或赋诗，言如谶记，江东士庶皆共事之。

齐武帝谓其惑众，收驻建康。既旦，人见其入市，还检狱中，志犹在焉。志语狱吏："门外有两轝食来，金钵盛饭，汝可取之。"既而齐文惠太子、竟陵王子良并送食饷志，果如其言。建康令吕文显以事闻，武帝即迎入宫，居之后堂，一时屏除内宴，志亦随众出。既而景阳山上，犹有一志，与七僧具。帝怒，遣推检其所。关吏启云："志久出在省，方以墨涂其身。"时僧正法献欲以一衣遗志，遣使于龙光罽宾二寺求之，并云昨宿且去。又至其常所造属侯伯家寻之，伯云："志昨在此行道，旦眠未觉。"使还以告，献方知其分身三处宿焉。志常盛冬袒行。沙门宝亮欲以衲衣遗之，未及发言，志忽来引衲而去。后假齐武帝神力，使见高帝于地下常受锥刀之苦，帝自是永废锥刀。武帝又常于华林园召志，志忽著三重布帽以见。俄而武帝崩，文惠太子及豫章王相继而薨。永明中，常住东宫后堂。一旦平明，从门出入，忽云："门上血污衣。"褰衣走过。及郁林见害，车载出此，帝颈血流于门限。

水丘熙等人见到他，都很惊讶，立即起身行礼。杯渡对众人说，这年将逢大难，须得虔诚奉佛积攒功德。法意道人德行深厚，可前去寻他，修善旧的寺庙，驱除灾祸。很快，门口有位僧人叫他，杯渡辞行道：“贫僧将前往交广之间，不再返回。”齐谐等人频频行礼送别，杯渡就此绝迹，但也有世人相传曾见到他。（出《高僧传》）

释宝志

僧人宝志俗姓朱，金城人。他少年出家，住江东道林寺，修习佛法。南朝宋太始初年，他忽然像入了魔一样，居无定所，食无定时，蓄发数寸。常常赤脚出没于街巷，手执一锡杖，杖头挂着剪刀与镜子，有时挂着一两匹丝布。南齐建元年间，宝志有异样显露，数日未曾饮食，不觉饥饿，对别人说话，起初难以理解，后来一一被事实验证；偶尔作诗，内容如谶书预言未来，江东百姓都很敬重他。

齐武帝说他妖言惑众，将他收监于建康。第二日，有人见他游逛市区，到监狱检视，宝志仍在牢中，宝志对狱卒说：“门外有两人为我送饭，金钵盛着饭，你代我取来。”说完，只见齐文惠太子、竟陵王萧子良一并为宝志送饭，果如他所言，建康令吕文显将此事上奏，武帝迎宝志入宫，安排他住在后宫，暂停宫内宴乐活动，宝志如常人随意出入。后来景阳山上还有一宝志，与七位僧人在一处。武帝大怒，派人检验宝志居所，守门人奏报：“宝志出门许久，仍在省内，正用墨涂抹身体。”当时僧正法献打算送宝志一件衣服，差使人到龙光寺和罽宾寺寻他，两寺中人都说昨晚他已经离开了。又到他常拜访的侯伯家寻找，侯伯说：“宝志昨日在此作法，早上睡着还未醒。”这人回去将打听到的情况转告法献，法献才知宝志昨晚分身三处。宝志常寒天里光着身子外出，沙门宝亮想送他一件僧衣，未及开口，宝志忽然将衣服带走。后来宝志借齐武帝神力，让他在地狱看到父亲齐高帝尝尽锥刀之苦，此后齐武帝永废锥刀之刑。齐武帝常在华林园召见宝志，一日宝志忽然戴着三层布帽前来。不久齐武帝驾崩，文惠太子及豫章王相继去世。永明年间，宝志常住东宫后堂。一日黎明，他从大门走过，忽然说道：“门上血渍弄脏衣服。”揭起齐卫尉胡谐疾，请志，志注疏云明日，竟不往。是日谐亡，载尸还宅。志曰："明日尸出也。"齐太尉司马殷齐之随陈显达镇江州，辞志，志画纸作树，树上有鸟，语云："急时可登此。"后显达逆节，留齐之镇州。及败，齐之叛入庐山，追骑将及。齐之见林中有一树，树上有鸟，如志所画，悟而登之，鸟竟不飞。追者见鸟，谓无人而反，卒以见免。齐屯骑桑偃将欲谋反，往诣志。遥见而走，大呼云："围台城，欲反逆，斫头破腹。"后有旬事发，偃叛往朱方，为人所得，果斫头破腹。梁鄱阳忠烈王尝屈志至第，忽令觅荆子甚急，既得，安于门上，莫测所以。少时王出为荆州刺史。其预鉴之明，此类非一。

志多往来兴皇、净名两寺。及梁武即位，下诏曰："志公迹均尘垢，神游冥漠，水火不能焦濡，蛇虎不能侵惧。语其佛理，则声闻无上；谈其隐沦，则道行高著。岂得以俗士凡情，空相拘制，何其鄙陋一至于此？自今行来，随意出入，勿得复禁。"志自是多出入禁中，长于台城，对梁武帝吃鲙，昭明诸王子皆侍侧。食讫，武帝曰："朕不知味二十余年矣，师何谓尔？"志公乃吐出小鱼，依依鳞尾，武帝深异之。如今秣陵尚有鲙残鱼也。天监五年冬旱，雩祭备至，而未降雨。忽上启云："志病不差，就官乞活，若不启白官，应得鞭杖。愿于华光殿讲《胜鬘经》请雨。"梁武即使沙门法云讲《胜鬘》竟，夜更大雨。志又云："须一盆水，加刀其上。"俄而天雨大降，高下皆足。

梁武尝问志云："弟子烦惑未除，何以治之？"答云：

衣服走过。等到郁林王被杀，车驾载着尸体从此出去，皇帝脖子的血流到门槛。

齐卫尉胡谐患病，派人请宝志，宝志说明日，结果没有去。那日胡谐病亡，用车载着尸体回家，宝志解释说："我所说的明日，是指明日尸体将被带出。"齐太尉司马殷随行大将陈显达镇守江州，临行前辞别宝志，宝志在纸上画了棵树，树上有鸟，告诉二人："危急时可登此处。"后来陈显达谋逆，留下齐之镇守江州。叛乱失败，齐之逃进庐山，追兵骑马将至，齐之见林中有一树，树上有鸟，如宝志画上所画一样，他幡然醒悟，登上树梢，树上的鸟竟不受惊吓没有飞走。追兵见树上有鸟，以为树上无人就回去了，齐之由此幸免。南文屯骑桑偃意图谋反，探望宝志，宝志遥见他前来，跑走大喊道："你若围台城，意欲谋反，将被砍头破肚。"此后十日叛乱事发，桑偃叛变逃往朱方，被人擒获，砍头破肚。南梁鄱阳忠烈王，曾强行将宝志请到府宅上，宝志突然差人急寻荆子，寻得后，置于门上，无人知其深意，不久后忠烈王出任荆州刺史。宝志像这样料事如神的情况，不止一两次。

宝志常往返于兴皇、净名两座寺院，梁武帝即位后，下诏道："宝志虽身在俗世，但神思飘渺，不受水火浸湿灼烧，不惧蛇虎侵害。论其佛理，崇高无比；论其隐逸之德，修行深厚。怎能将他限制在俗世凡情中，白白损耗，世人为何如此愚蠢。今后，请宝志随心进出，不得限制。"宝志此后常出入宫禁，逗留于台城。他与梁武帝对坐品尝鱼肉，昭明等诸位王子侍奉在侧。食罢，梁武帝说："朕吃不出味道有二十多年了，师父对此有何高见？"宝志从口中吐出一小鱼，鱼鳞鱼尾完整，梁武帝深感惊异。如今秣陵尚存鱼肉的残骸。天监五年冬，大旱，举行祭雨，未能求得降雨。宝志忽然启奏道："我患病未愈，我来官府求一生路，若我不上报求雨之法，将受鞭打杖责。请在华光殿宣讲《胜鬘经》以求雨。"梁武帝随即请僧人法云宣讲《胜鬘经》，当夜天降大雨。宝志又说："须外加一盆水，将刀架在水上。"很快大雨倾盆，高原与盆地都得到雨水灌溉。

梁武帝曾询问宝志："弟子尚未解惑，如何根除？"答：

“十二。”识者以为十二因缘，治惑药也。又问十二之旨，答云：“在书字时节刻漏中。”识者以为书之在十二时中。又问：“弟子何时得静心修习？”答云：“安乐禁。”识者以为禁者止也，至安乐时乃止耳。后法云于华林讲《法华经》，至假使黑风，志忽问之有无。答云：“世谛故有，第一义则无也。”志往复三四番，便笑云：“若体是假有，此亦不可解，难可解。”其辞旨隐没，类皆如此。

有陈征虏者，举家事志甚笃。志尝为其见真形，光相如菩萨像焉。志知名显奇四十余载，士女供事者不可胜数。然好用小便濯发，俗僧暗有讥笑者。志亦知众僧多不断酒肉，讥之者饮酒食猪肚，志勃然谓曰：“汝笑我以溺洗头，汝何为食盛粪袋？”讥者惧而惭服。晋安王萧纲初生日，梁武遣使问志，志合掌云：“皇子诞育幸甚，然冤家亦生。”于后推寻历数，与侯景同年月日而生也。

会稽临海寺有大德，常闻扬州都下有志公，语言颠狂，放纵自在。僧云：“必是狐狸之魅也。愿向都下，觅猎犬以逐之。”于是轻船入海，趋浦口。欲西上，忽大风所飘，意谓东南，六七日始到一岛中。望见金装浮图，干云秀出，遂寻径而往。至一寺，院宇精丽，花卉芳菲，有五六僧，皆可年三十，美容色，并著员绯袈裟，倚仗于门树下言语。僧云：“欲向都下，为风飘荡，不知上人此处何州国？今四望环海，恐本乡不可复见。”答曰：“必欲向扬州，即时便到。今附书到钟山寺西行南头第二房，觅黄头付之。”僧因闭目坐船，风声定开眼，如言奄至西岸。入数十里，至都。径往钟山寺访问，都无有黄头者。僧具说委曲，报云：“西行南头第二房，乃风病道人志公。虽言配在此寺，在都下聚乐处，百日不一度来。房空无人也。”问答之间，不觉志公已在寺厨上，乘醉索食。人以斋过

“十二。”有见识的人以为他所言指“十二因缘”，乃解惑良药。又问“十二”的内涵，答：“十二蕴含在书字、时节、刻漏中。”有见识的人以为他所言指“十二时辰”。又问“弟子何时可静心修习”，答：“安乐禁。”有见识的人以为“禁”便是“止”的意思，到“安乐”之时，便可静心。后来法云在华林寺讲《法华经》，言及“假使黑风”，宝志突然就此提出“有”与“无”的问题。法云答：“世间真理自然存在，真谛则为虚妄。”宝志与他答辩三四回，笑道：“若体相是虚妄，这便无法解答。”宝志的话隐晦难解，诸如此类的语句不胜枚举。

有个叫陈征虏的，全家人都信奉宝志，宝志曾在他们面前现象，佛光普照如菩萨雕像。宝志闻名四十余年，善男信女不计其数。他喜好用小便洗濯头发，有僧人暗中讥笑他。宝志也知诸多僧人不能戒断酒肉，讥讽他的人吃猪肚下酒，宝志愤慨道：“你们讥笑我用尿洗头，你们为何贪吃装粪便的肠胃？”讥笑他的人惊惧惭愧。晋安王萧纲初生之日，梁武帝派人询问宝志，宝志合掌道：“皇子出生实乃大幸，但冤家也降生了。”后来推算年月，萧纲与侯景生于同年同月同日。

会稽临海寺有位高僧，常听说扬州城有位僧人宝志，语言癫狂，自在不羁，这位高僧说：“此人定是狐魅，我愿往扬州，寻得一猎狗将其驱逐。”他乘快船下海，直奔浦口。正欲西行，船被大风卷起，飘向东南，六七日后行至一海岛。遥望一尊金箔装饰的寺塔，高耸入云，他寻路前往。行至一寺庙，寺院精美，花卉芳香，有五六位僧人，都大约三十岁，容貌俊秀，身着圆领乔色袈裟，倚在门前树下交谈。高僧道：“我欲往扬州去，受大风席卷至此，不知这是哪里。现今环顾四海，望不到故乡。”那几人答：“若往扬州，即刻便可抵达。现今有一封信托你送往钟山寺西排南头第二间僧房，交给一黄头发的人。”高僧便闭目坐在船上，等风声停下睁开双目，果然如僧人所言行至西岸。行驶数十里，抵达都城，径直往钟山寺去，四处寻访未寻得黄头发者。他向僧人详述事情经过，有人说：“西排南头第二间房子，便是癫狂道人宝志。他虽被分配在钟山寺，但常居都城繁华处，百日不来一趟，现下房中无人。”正交谈间，无人发觉宝志已在寺庙日晚，未与间，便奋身恶骂。寺僧试遣沙弥绕厨侧，漫叫黄头。志公忽云：“阿谁唤我？”即逐沙弥来到僧处。谓曰：“汝许将猎狗捉我，何为空来？”僧知是非常人，顶礼忏悔，授书与之。志公看书云：“方丈道人唤我，不久亦当自还。”志公遂屈指云：“某月日去。”便不复共此僧语。众但记某月日。

至天监十三年冬，于台城后堂谓人曰：“菩萨将去。”未及旬日，无疾而终。尸体香软，形貌熙悦。临亡，燃一烛以付后阁舍人吴庆。庆即启闻，梁武叹曰：“大师不复留。以烛者，将以后事属我乎？”因厚加殡送，葬于钟山独龙之阜。仍于墓所立开善寺，敕陆倕制铭于冢内，王筠勒碑文于寺门。传其遗像，处处存焉。初志显迹之始，年可无五六十许，而终亦不老，人诚莫测其年。有余捷道者，居于京师九日台北，自言是志外舅弟，小志四年，计志亡时，应年九十七矣。

又后魏有沙门宝公者，不知何处人也，形貌寝陋，心识通达，过去未来，预睹三世。发言似谶，不可得解。事过之后，始验其实。胡太后问以世事，宝公把粟与鸡，唤“朱朱”，时人莫解。建义元年，后为尔朱荣所害，始验其言。时有洛阳人赵法和，请占早晚当有爵，宝公曰：“大竹箭，不须羽。东厢屋，急手作。”时人不晓其意。经月余，法和父亡。大竹箭者，苴杖；东厢屋者，倚庐。初造十二辰歌，终其言也。此宝公与江南者，未委是一人也两人也。（出《高僧传》及《洛阳伽蓝记》）

厨房中，趁醉讨要食物。饭点已过寺僧已用过饭了，便没有给他，他起身咒骂。寺僧打发沙弥绕着厨房边缘，肆意叫喊“黄头发”。宝志忽然说：“谁在叫我？”追着沙弥来到高僧处，对他说：“你说要寻猎狗捉我，为何空手前来？”高僧知道他绝非常人，行礼悔过，将书信交予他。宝志看罢道：“方丈道人唤我，不久后我自当返回。”宝志屈指掐算道：“将于某月某日离去。”便不再与高僧说话，众僧记着他说的时日。

天监十三年冬，宝志在台城后厅堂中对人说：“菩萨即将离去。”不出十日，他无病圆寂。尸体芳香柔软，容貌和悦。临去前，他点燃蜡烛交给后屋守门人吴庆，吴庆即刻上奏，梁武帝叹道：“大师不再留于人世间。留下一蜡烛，应该是想嘱咐我处理好后事。”于是梁武帝厚葬宝志，遗体安放于钟山独龙岗上，于墓地处建开善寺，敕令陆倕在坟前作墓志铭，王筠在寺门前刻碑文，传扬其遗像，使宝志久存于世间。宝志显迹时，大概五六十岁，临终时不曾衰老，无人知道他实际的年岁。有位余捷道人，居于京师九日台北面，自言是宝志的姑舅表弟，比宝志小四岁，推算宝志圆寂时应是九十七岁。

后魏一僧人名宝公，不知何许人，样貌丑陋，博学强识，通晓过去与未来，可预言三代后事，言语似谶，难以理解，事发之后，得以验证。胡太后询问他世事，宝公抓一把米给鸡，口中发出“朱朱”声，当时人不解。建义元年，胡太后被尔朱荣杀害，验证“朱朱”的含义。当时洛阳有人名赵法和，请宝公占卜自己何时能得爵位，宝公说：“大竹箭，不须羽。东厢屋，急手作。”当时无人能解。月余后，赵法和父亲去世，所谓“大竹箭”，便是居父丧孝子用的粗竹杖，“东厢屋”是守丧者所住的草房。当初宝公所作的十二辰歌，最后也被验证。这位宝公与江南的宝志，不知是同一个人还是两个不同的人。（出《高僧传》及《洛阳伽蓝记》）

卷第九十一　异僧五

永那跋摩

永那跋摩者，西域僧也。宋元嘉中，东游渡江，居于金陵祇园寺。宋文帝常谓之曰：“弟子恒愿持斋，不杀生命，以身徇物，不获其志。法师不远万里，来化此国，将何以教之？”对曰：“道在心，不在事；法由己，非由人。且帝王与凡庶，所修亦有殊矣。若凡庶者，身贱名微，德不及远，其教不出于门庭，其言不行于仆妾。若不苦身刻己，行善持诫，将何以用其心哉？帝王以四海为家，万民为子，出一嘉言，则士庶咸悦，布一善政，则人神以和。刑清则不夭其命，役简则无劳其力。然后辨钟律，正时令。钟律辨则风雨调，号令时则寒暑节。如此则持斋亦已大矣，不杀亦已众矣。安在乎缺一时之膳，全一禽之命，然后乃为弘济也。”文帝抚几嗟叹，称善者良久，乃曰：“俗人迷于远理，沙门滞于近教；迷远理者谓为虚说，滞近教者拘恋章句。如法师者，真所谓开悟明达，可以言天人之际矣。”（出《剧谈录》）

法 度

释法度，黄龙人也。南齐初，游于金陵。高士齐郡名僧绍，隐居瑯琊之摄山，挹度清真，待以师友。及亡，舍所居山为栖霞寺。先是有道士欲以寺地为观，住者辄死。后为寺，犹多恐惧。自度居之，群妖皆息。经岁余，忽闻人马鼓角之声，俄见一人投刺于度曰：“靳尚。”度命前之。尚形甚闲雅，羽卫亦众。致敬毕，乃言：“弟子主有此山，七百余年矣。神道有法，物不得干。前后栖托，或非

永那跋摩

永那跋摩，是一名西域僧人，刘宋元嘉年间，东游过江，住金陵祇园寺。宋文帝常对他说："弟子愿持斋把素，不妄杀生，以身奉佛，但仍未修得佛法。法师您不远万里，到我国游方行化，如何传扬佛法教化民众？"永那跋摩答："修佛在心诚，不在行事；佛法自行领会，不可指望他人教导。况且帝王与庶民，修佛之法也有不同。平民庶人，人微言轻，德薄能鲜，训诲仅限一家之中，言语又不被奴仆婢妾采纳，如此这般，若再不苦修律自，行善守戒，奉佛之心有什么用呢？帝王以四海为家，万民为子，传扬善言，万民心悦，颁布善令，人神拥护。刑罚公正则百姓不会枉死，轻徭薄赋则百姓免受疲乏。如此便能懂律例、正时令；律例明晰则风调雨顺，遵循时令则寒暑有节。如此持斋已功德无量，安居乐业之人众多，就不计较一时的餐饭，可留鸟兽存活于世，再后便可普济众生。"文帝抚案赞叹良久，道："俗人沉迷于好高骛远，僧人拘束于传教说法；沉迷于好高骛远则空谈不切实际，拘束于传教说法则只注重文章辞句。如法师这般透彻开悟、明解贯通之人，可共谈天人之际了。"（出《剧谈录》）

法　度

僧人法度是黄龙人。南齐初年，他游金陵。齐郡高士名僧绍，隐居琅琊摄山，尊崇法度清修寡欲，以师友相待。他临死时献出居所为栖霞寺。先前有道士将寺院改做道观，人一旦入住就会身亡。后来改为佛寺，仍发生众多离奇之事。自从法度入住后，妖魔鬼怪尽数平息。一年多后，忽闻人马鼓角之声，见一人递名帖自报："靳尚。"法度叫他上前，靳尚容貌可观，卫队仪仗众多。他向行礼后说道：

真实。故死病继之，亦其命也。法师道德所归，谨舍以奉给，并愿受五戒，永结来缘。”度曰：“人神道殊，无容相屈，且檀越血食世祀，此最五戒所禁。”尚曰：“若备门庭，辄先去杀。”于是辞去。明旦，一人送钱一万，并香烛等，疏云：“弟子靳尚奉供。”至其月十五日，度为设会，尚又来，同众礼拜行道，受戒而去。既而摄山庙巫梦神告曰：“吾已受戒于度法师矣，今后祠祭者勿得杀戮。”由是庙中荐献菜饭而已。（出《歙州图经》）

通 公

梁末有通公道人者，不知其姓氏。居处无常，所语狂谲，然必有应验。饮酒食肉，游行民间，侯景甚信之。扬州未陷之日，多拾无数死鱼头，积于西明门外，又拔青草荆棘栽市里。及侯景渡江，先屠东门，一城尽毙。置其首于西明门外，为京观焉。市井破落，所在荒芜。通公言说得失，于景不便。景恶之，又惮非常人，不敢加害。私遣小将于子悦将武士四人往候之。景谓子悦云：“若知杀，则勿害；不知则密捉之。”子悦立四人于门外，独人见。通脱衣燎火，逆谓子悦曰：“汝来杀我，我是何人，汝敢辄杀！”子悦作礼拜云：“不敢。”于是驰往报景。景礼拜谢之，卒不敢害。景后因宴召僧通，僧通取肉捏盐，以进于景。问曰：“好否？”景曰：“大咸。”僧通曰：“不咸则烂。”及景死数日，众以盐五石置腹中，送尸于建康市。百姓争屠脍羹，食之皆尽。后竟不知所去。（出《广古今五行记》）

“我等在此山七百多年，神仙、道士都得守法，各界不能互相干预。世代栖身在此，怕无法实现，所以相继病故，这也是命中注定。法师您德高望重，我等将此山献上，且愿意受五戒，与佛结来世之缘。”法度说：“人与神所修之道不同，不可相互屈就，且施主讲究以血肉供奉，此最为五戒禁止。”靳尚说：“若有人杀生祭祀，我当制止。”言罢辞去。第二日，有人送来一万钱，以及香烛等，其上注明：“弟子靳尚奉供。”到了这月十五日，法度办法会，靳尚又来，与众僧礼拜行道，受戒离去。后来摄山庙巫梦到神仙对他说：“我已在法度法师门下受戒，今后祭祀切勿杀生。”由此摄山只供奉菜饭。（出《歙州图经》）

通　公

梁末有位通公道人，不知名姓，居无定所，言语癫狂，但甚是灵验。他饮酒食肉，游荡民间，侯景很是信服他。扬州尚未沦陷时，他捡了很多死鱼头，堆放在西明门外，又拔出青草、荆棘栽在市里。侯景渡江后，先屠戮东门，再后屠城。将砍下的头颅堆置在西明门外，当作景观。扬州城内市井破败，一片荒凉。通公预言此事得失，对侯景不利。侯景不满，又忧惧他不是普通人，不敢加害他，便暗中派一小将于子悦带四名武士伺机而动。侯景对于子悦说：“他若知你们有杀心，则不要动手；若不知就偷偷捉拿。”于子悦让四名武士守在门外，独自进去见通公。通公脱了衣服在烤火，他迎着于子悦说：“你来杀我，我是何人？你敢动手？”于子悦行礼道：“不敢。”跑回去禀报侯景，侯景行礼道歉，不敢再加害他。后来侯景在宴会上召见通公，通公夹肉撒盐递给侯景，问：“好吃吗？”侯景说：“太咸。”通公说：“不咸就会腐烂。”等侯景亡故几日后，众人将五石盐放在他腹中，将尸体送到建康，百姓争着割肉片做羹汤，吃了整个尸身。后来通公竟不知去向。（出《广古今五行记》）

阿专师

侯景为定州刺史之日，有僧不知氏族，名阿专师。多在州市，闻人有会社斋供嫁娶丧葬之席，或少年放鹰走狗追随宴集之处，未尝不在其间。斗争喧嚣，亦曲助朋党。如此多年。

后正月十五日夜，触他长幼坐席，恶口聚骂。主人欲打死之，市道之徒救解将去。其家兄弟明旦捕觅，正见阿专师骑一破墙上坐，嘻笑谓之曰："汝等此间何厌贱我？我舍汝去。"捕者奋杖欲掷，前人复遮约。阿专师复云："定厌贱我，我去。"以杖击墙，口唱叱叱。所骑之墙一堵，忽然升上，可数十仞。举手谢乡里曰："好住。"百姓见者，无不礼拜悔咎。须臾，映云而灭。可经一年，闻在长安，还如旧态。于后不知所终。（出《广古今五行记》）

阿秃师

北齐初，并州阿秃师者，亦不知乡土姓名所出。尔朱未灭之前，已在晋阳，游诸郡邑，不居寺舍，出入民间，语谲必有征验。每行市里，人众围绕之，因大呼，以手指胸曰："怜你百姓无所知，不识并州阿秃师。"人遂以此名焉。齐神武迁邺之后，以晋阳兵马之地，王业所基，常镇守并州，时来邺下，所有军国大事，未出帷幄者，秃师先于人众间泄露。末年，执置城内，遣人防守，不听辄出，若其越逸，罪及门司。当日并州时三门，各有一秃师荡出，遍执不能禁。未几，有人从北州来云："秃师四月八日于雁门郡市舍命郭下。大家以香花送之，埋于城外。"并州人怪笑此语，谓之曰："秃师四月八日从汾桥过，东出，一脚有鞋，一脚徒跣，但不知入何巷坊。人皆见之，何云雁门死也？"此人复往北州，报语乡邑。

阿专师

侯景任定州刺史时，有位僧人不知其姓氏宗族，叫阿专师，多数时间在定州，凡是举行集会、祭典、婚丧嫁娶等宴席，或者是青年人放鹰走狗宴饮聚会，没有他不在场的。席间争斗喧闹，他总是帮朋友推波助澜，如此数年。

后来有一年正月十五日夜，有人因长幼座次冒犯了他，他恶语相向，聚众辱骂。主人想将他打死，后来他被那帮市井之徒救走。主人家兄弟几个第二日四处搜捕他，见他骑在一破墙上，嬉皮笑脸地说："你们为何如此厌弃我？我得离你们远点。"抓他的人举木棍丢他，站在前面的人拉扯劝阻。阿专师又说："你们肯定是很讨厌我，我走就是了。"他用木棍敲墙，口中啧啧有声，只见身下破墙忽升高数十仞。阿专师举手道谢辞别乡民："诸位保重。"百姓无不行礼，追悔前非。转瞬间，云朵一闪他就消失不见。大约一年后，听闻阿专师在长安，举止还如旧日一般。再往后便不知所终了。（出《广古今五行记》）

阿秃师

北齐初年，并州有位阿秃师，不知籍贯名姓。尔朱氏未灭前，他就出现在晋阳，游荡于城乡间，不住寺庙，总与平民百姓混在一起，言辞怪诞但很是灵验，每每走在街上，总有许多人围着他，他就用手指着胸脯大呼道："不怪尔等百姓无知，不识并州阿秃师。"由此人们称他"阿秃师"。北齐神武皇帝迁都邺城后，认为晋阳是军事重地，是霸业的基础，所以常镇守在并州，偶尔到邺城。军国大事，未等决策者公布，阿秃师先一步在民间泄露。不到一年，阿秃师被抓入城，受人看守，若不遵循禁令擅自出城，看守官员连罪。当时并州有三座城门，每座城门都有一阿秃师溜出，难以限制。不久，有人从北州来说："阿秃师四月八日死于雁门郡城墙下，大家用香花送葬，埋在城外。"并州人听后觉得奇怪又好笑，对这人说："阿秃师四月八日经过汾水桥，往东去了，一脚穿鞋，一脚光着，不知进了哪条里众共开冢看之，唯有一只鞋耳。后还游并州，齐神武以制约不从，浪语不出，虑动民庶，遂以妖惑戮之。沙门无发，以绳钩首。伏法之日，举州民众诣寺观之。秃师含笑，更无言语。刑后六七日，有人从河西部落来云："道逢秃师，形状如故，但背负一绳，笼秃师头，与语不应，急走西去。"（出《广古今五行记》）

稠禅师

北齐稠禅师，邺人也。初落发为沙弥，时辈甚众。每休暇，常角力腾趠为戏，而禅师以劣弱见凌。给侮殴击者相继，禅师羞之，乃入殿中闭户，抱金刚足而誓曰："我以羸弱，为等类轻负。为辱已甚，不如死也。汝以力闻，当祐我。我捧汝足七日，不与我力，必死于此，无还志。"约既毕，因至心祈之。初一两夕恒尔，念益固。至六日将曙，金刚形见，手执大钵，满中盛筋。谓稠曰："小子欲力乎？"曰："欲。""念至乎？"曰："至。""能食筋乎？"曰："不能。"神曰："何故？"稠曰："出家人断肉故耳？"神因操钵举匕，以筋视之，禅师未敢食。乃怖以金刚杵，稠惧遂食。斯须入口，神曰："汝已多力，然善持教，勉旃。"神去且晓，乃还所居。诸同列问曰："竖子顷何至？"稠不答。须臾，于堂中会食，食毕，请同列又戏殴。禅师曰："吾有力，恐不堪于汝。"同列试引其臂，筋骨强劲，殆非人也。方惊疑，禅师曰："吾为汝试。"因入殿中，横蹋壁行，自西至东，凡数百步。又跃首至于梁数四，乃引重千钧。其拳捷骁武，动骇物听。先轻侮者，俯伏流汗，莫敢仰视。

巷，多人目睹此事，何来身死雁门一说？”此人返回北州，将此话告诉乡亲，大家开棺检视，独有一只鞋，此后仍见阿秃师在并州游逛。北齐神武皇帝因无法制约他，流言不断，恐民心动荡，便以妖言惑众的罪名判他死罪。僧人无发，便用绳索套着脑袋。行刑那日，全州民众都到寺庙观看，阿秃师面带笑容，一言不发。行刑六七日后，有人从河西夷人部落来说，路上遇到阿秃师，举止如常，只是背后有一绳索，套着他的脑袋，与他说话他并不应答，行色匆匆地往西走去。（出《广古今五行记》）

稠禅师

北齐有个稠禅师，是邺城人。他刚落发为僧时，同辈很多，每逢闲暇时，常徒手相搏对抗嬉戏，而稠禅师因孱弱受辱。侮辱与殴打相继袭来，稠禅师羞愤，进殿闭门，抱着金刚塑像的脚发誓：“我因羸弱被同伴轻视，受尽欺侮，不如一死了之。您以力量闻名，当庇佑我。我捧着您的脚七日，您不赐我力量，我便死在此处，决不反悔。”立誓后，虔心祈祷。头两天与往常一样，他就更加诚心。到第六日黎明前，金刚现形，手执大钵，盛满肉筋，对稠禅师说：“小伙子想有力气吗？”答：“想。”“心诚吗？”答：“诚。”“能吃肉筋吗？”答：“不能。”“为何？”稠禅师说：“出家人不食荤腥。”金刚一手端钵一手举匕首给稠禅师看，稠禅师没吃。金刚举起金刚杵恐吓，稠禅师害怕，不得已吃了。吃下一会儿，金刚说：“你已具有力量，仍须谨遵佛法，勉力修行。”金刚离去后天明，稠禅师回到居所。同伴问：“你小子去哪了？”稠禅师不回答。不一会儿，一并去食堂吃饭，吃完，同伴们又打闹嬉戏，稠禅师说：“我有力气，恐怕你们受不住。”同伴试着拉他胳膊，发现他筋骨强劲，远超常人，很是惊疑。稠禅师说：“我给你们演示一下。”走近大殿，横过身子走在墙壁上，自西往东数百步，又多次跳起，脑袋与房梁齐平，提起千钧重物，拳脚敏捷雄武有力，令人惊惧。曾经轻视欺侮他的人，冷汗浃背地匍匐在地上，不敢抬头看他。

禅师后证果，居于林虑山。入山数千里，构精庐殿堂，穷极土木。诸僧从其禅者，常数千人。齐文宣帝怒其聚众，因领骁勇数万骑，躬自往讨，将加白刃焉。禅师是日，领僧徒谷口迎候。文宣问曰："师何遽此来？"稠曰："陛下将杀贫道，恐山中血污伽蓝，故至谷口受戮。"文宣大惊，降驾礼谒，请许其悔过。禅师亦无言。文宣命设馔，施毕请曰："闻师金刚处祈得力，今欲见师效少力，可乎？"稠曰："昔力者，人力耳。今为陛下见神力，欲见之乎？"文宣曰："请与同行寓目。"先是禅师造寺，诸方施木数千根，卧在谷口。禅师咒之，诸木起空中，自相搏击，声若雷霆，斗触摧拆，缤纷如雨。文宣大惧，从官散走。文宣叩头请止之，因敕禅师度人造寺，无得禁止。

后于并州营幢子，未成遘病，临终叹曰："夫生死者，人之大分，如来尚所未免。但功德未成，以此为恨耳。死后愿为大力长者，继成此功。"言终而化。至后三十年，隋帝过并州，见此寺，心中涣然记忆，有似旧修行处，顶礼恭敬，无所不为。处分并州，大兴营葺，其寺遂成。时人谓帝为大力长者云。（出《纪闻》及《朝野佥载》）

释知苑

唐幽州沙门知苑，精练有学识。隋大业中，发心造石室一切经藏，以备法戒。既而于幽州西山凿岩为石室，即摩四壁而以写经。又取方石，别更摩写，藏诸室内。每一室满，即以石塞门，镕铁固之。时隋炀帝幸涿郡，内史侍郎萧瑀，皇后弟也，性笃信佛法。以其事白后，后施绢千匹，瑀施绢五百匹。朝野闻之，争共舍施，故苑得成功。苑常以役匠既多，道俗奔凑，欲与岩前造木佛堂并食堂。寐而念木瓦难办，恐繁经费，未能起作。忽一夜暴雷震电，明旦既晴，乃见山下有大木松柏数千万，为水所漂，积于道稠禅师后来修成正果，隐居林虑山，于山口数千里处，建造精美佛寺，穷尽土石木材。追随他修禅的僧人，多达千人。北齐文宣帝不满他聚众，率数万精兵，御驾亲征，想手刃他。这日稠禅师带领僧徒到山口迎候，文宣帝问他："法师为何突然来此？"稠禅师说："陛下要杀贫僧，我怕山中流血玷污僧院，所以到山口任您处置。"文宣帝大惊，下车行礼，请他原谅，稠禅师一言不发。文宣帝命人安排饭菜，饭后请求道："听说法师向金刚祈得力量，今日想请您稍加施展，可以吗？"稠禅师说："昔日我施展的力气只是人力，如今为陛下展示神力，您可愿意一看？"文宣帝道："请允许我等看看。"此前稠禅师建造佛寺，各处布施木材数千，堆积在山口，稠禅师念咒，只见木材腾空而起，互相撞击声如雷鸣，撞碎的木屑如雨。文宣帝惊惧，随从官吏四散，文宣帝叩头请求停止。此后就敕令稠禅师指挥人建造寺院，任何人不得阻止。

后来稠禅师在并州监制石幢，没等峻工就病重，临终前叹惋："生死有命，如来尚且难免。只是功德未完，实在遗憾。死后愿为大力长者，完成此功业。"说罢逝世。三十年后，隋帝路过并州，见此寺，心中恍惚想起往昔，此处仿佛是他修行之处，于是顶礼膜拜，非常恭敬。他传旨并州府衙，全力修缮，建成此寺。时人说隋帝就是大力长者。（出《纪闻》及《朝野佥载》）

释知苑

唐代幽州有位僧人名叫知苑，精明干练满腹经纶。隋炀帝大业年间，他发愿要为所有佛经建造石室，以防备佛法受禁不能流传。不久后他在幽州西山开凿出石室，打磨四壁刻写经文。又找来方形石板，继续打磨刻写，存放石室中。每当一间石室刻满，就用石块堵住门口，熔铁灌满石缝封堵。当时隋炀帝驾临涿郡，内史侍郎萧瑀是皇后的弟弟，笃信佛法。他将知苑之事告诉皇后，皇后布施一千匹丝绢，萧瑀布施五百匹。朝廷上下听说后，争相布施，协助知苑建成功德。知苑常觉得工匠集聚，僧人、俗人混杂，就想在石室前建僧人用的木佛堂与俗众用的食堂。他晚上睡下时盘算起来，感到所需瓦砾次。道俗惊骇，不知来处，于是远近叹服。苑乃使匠择取其木，余皆分与邑里。邑里喜悦而助造堂宇，顷之毕成，如其志焉。苑所造石经，已满七室，以贞观十三年卒。弟子继其功焉。（出《冥报录》）

法喜

隋炀帝时，南海郡送一僧，名法喜，帝令宫内安置。于时内造一堂新成，师忽升堂观看，因惊走下阶，回顾云："几压杀我。"其日中夜，天大雨，堂崩，压杀数十人。其后又于宫内环走，索羊头。帝闻而恶之，以为狂言，命鏁著一室。数日，三卫于市见师，还奏云："法喜在市内慢行。"敕责所司，检验所禁之处，门鏁如旧。守者亦云："师在室内。"于是开户入室，见袈裟覆一丛白骨，鏁在项骨之上。以状奏闻，敕遣长史王恒验之，皆然。帝由是始信非常人也，敕令勿惊动。至日暮，师还室内，或语或笑。守门者奏闻，敕所司脱鏁，放师出外，随意所适。有时一日之中，凡数十处斋供，师皆赴会，在在见之，其间亦饮酒啖肉。俄而见身有疾，常卧床，去荐席，令人于床下铺炭火，甚热。数日而命终，火炙半身，皆焦烂，葬于香山寺。至大业四年，南海郡奏云："法喜见还在郡。"敕开棺视之，则无所有。（出《拾遗记》）

法琳

唐武德中，终南山宣律师修持戒律，感天人韦将军等十二人自天而降，旁加卫护。内有南天王子张玙，常侍于律师。时法琳道木材难求，耗资繁重，所以未曾动工。一日夜里忽然雷电交加，第二日清晨天晴，只见山下有数千万粗壮的松柏树干被山洪冲下，堆积在路旁。众人都惊讶不已，不知木材从何处漂来，远近百姓纷纷叹服。知苑请工匠挑选合用的木材，其余都分给乡邻，乡邻欣喜，都来帮着建造，很快就建成了，知苑的心愿得以实现。他刻造的石经已装满七间石室。他于贞观十三年逝世，弟子继承了他的功业。（出《冥报录》）

法喜

隋炀帝时，南海郡守送来一位僧人，名法喜，皇帝将他安置在宫内，恰逢宫内新殿建成，法喜忽然要求进殿观赏，刚进去就仓皇跑下台阶，回头看着大殿说："差点压死我了。"当天夜半，天降大雨，大殿崩塌，压死数十人。之后一日，他绕着宫殿跑，跟人索求羊头。隋炀帝听说后厌弃他，觉得他胡言乱语，让人将他锁在屋内。几日后，三卫在市集见到法喜，奏报皇帝说："法喜在市区游逛。"皇帝责问负责看管的官员，查验囚禁他的屋子，门锁完好无损，守卫说："法喜在屋内。"开门进去，只见袈裟盖着一具白骨，一把锁头挂在颈骨上。官员将如此情形奏报皇帝，皇帝派长史王恒检验，果真如此。皇帝由此相信法喜并非常人，下令不要惊扰他。到了傍晚，法喜返回囚室，有说有笑。守门人奏报皇帝，皇帝命人去掉锁头，放法喜出来，让他随意出行。有时一日之中几十处设斋供，法喜都去赴会，每处都有人见他饮酒吃肉。不久他染病，卧床不起，撤了席子，让人在床下铺满炭火炙烤，数日后去世，火烤得他半边身子都焦烂了，他的尸骨被安葬香山寺。到了大业四年，南海郡守上奏："法喜现已返回郡中。"皇帝命人开棺检视，棺椁内空无一物。（出《拾遗记》）

法琳

唐高祖武德年间，终南山的宣律师持戒修行，感动天神韦将军等十二人从天而降，守护在他身旁。其中南天王子张玙，常常守护在人饮酒食肉，不择交游，至有妻子。律师在城内，法琳过之，律师不礼焉。天王子谓律师曰："自以为何如人？"律师曰："吾颇圣也。"王子曰："师未圣，四果人耳，法琳道人即是圣人。"律师曰："彼破戒如此，安得为圣？"王子曰："彼菩萨地位，非师所知。然彼更来，师其善待之。"律师乃改观。后法琳醉，猝造律师，直坐其床，吐于床下，臭秽虽甚，律师不敢嫌之。因以手攫造功德钱，纳之袖中径去，便将沽酒市肉。钱尽复取，律师见即与之。后唐高祖纳道士言，将灭佛法。法琳与诸道士竞论，道士惭服。又犯高祖龙颜，固争佛法。佛法得全，琳之力也。佛经护法菩萨，其琳之谓乎？（出《感通记》）

徐敬业

唐则天朝，徐敬业扬州作乱，则天讨之，军败而遁。敬业竟养一人，貌类于己，而宠遇之。及敬业败，擒得所养者，斩其元以为敬业。而敬业实隐大孤山，与同伴数十人结庐不通人事。乃削发为僧，其侣亦多削发。天宝初，有老僧法名住括，年九十余，与弟子至南岳衡山寺访诸僧而居之。月余，忽集诸僧徒，忏悔杀人罪咎，僧徒异之。老僧曰："汝颇闻有徐敬业乎？则吾身也。吾兵败，入于大孤山，精勤修道。今命将终，故来此寺，令世人知吾已证第四果矣。"因自言死期。果如期而卒，遂葬于衡山。（出《纪闻》）

骆宾王

唐考功员外郎宋之问以事累贬黜，后放还，至江南。游灵隐寺，夜月极明，长廊行吟，且为诗曰："鹫岭郁岧峣，龙宫锁寂寥。"第一联搜奇覃思，终不如意。有老僧点长命灯，坐大禅床，宣律师旁。当时法琳道人饮酒吃肉，交往游玩不管对象场合，还娶妻生子。律师住在城中，法琳前去看望，律师并不以礼相待。天王子对律师说：“您以为自己如何？”律师说：“我很是圣贤。”王子说：“法师算不得圣贤，不过四果人罢了，法琳道人才是圣人。”律师说：“他如此不受戒律，怎称得上圣？”王子说：“他的菩萨心，绝非法师能参悟的。他再来时，请法师以礼善待。”律师由此改变态度。后来法琳醉酒，忽然造访，直接坐在律师床上，吐在床下，极度秽臭，但律师不敢嫌恶。他又抓取功德钱，揣进袖筒径直离开，出门用功德钱买酒买肉，花尽再来取，律师见他来就给他。后来唐高祖采纳一道士谏言，打算消除佛寺。法琳与诸道士争辩，道士拜服。法琳冒犯唐高祖龙颜，誓死维护佛法，佛法能够保全，多亏法琳出力。佛经上所说的护法菩萨，不正是法琳这般人物？（出《感通记》）

徐敬业

唐朝武则天执政时，徐敬业于扬州谋反，武则天派兵征讨，徐敬业兵败潜逃。他豢养一人，容貌与自己相近，待那人很好。兵败时，官兵抓了那人，将那人当作他砍首处死。而他本人已逃往大孤山，与数十同伴建房隐居，后来削发为僧，多数同伴也落发出家。天宝初年，有位老僧法号住括，九十多岁，与弟子到南岳衡山寺庙访问诸僧并借住。一个多月后，老僧忽然聚集僧徒，当众忏悔自己杀人的罪过，众僧诧异，老僧说：“大家都听说过徐敬业吧，我就是他，我当年兵败逃往大孤山，潜心修佛。如今大限将至，特意到贵寺，向世人证明我已参悟第四果。”他自己预测了死期，果然在那日逝世，于是便安葬在衡山。（出《纪闻》）

骆宾王

唐朝有位考工员外郎宋之问，因犯事屡次受到贬谪，后来辗转至江南，赏游灵隐寺。这天夜晚，皓月当空，宋之问于长廊漫步吟咏，作诗云：“鹫岭郁岧峣，龙宫锁寂寥。”首联搜奇抉怪，他沉思斟问曰："少年夜久不寐，而吟讽甚苦，何耶？"之问答曰："弟子业诗，适遇欲题此寺，而兴思不属。"僧曰："试吟上联。"即吟与之，再三吟讽，因曰："何不云'楼观沧海日，门对浙江潮？'"之问愕然，讶其遒丽。又续终篇曰："桂子月中落，天香云外飘。扪萝登塔远，刳木取泉遥。霜薄花更发，冰轻叶未凋。待入天台路，看余度石桥。"僧所赠句，乃为一篇之警策。迟明更访之，则不复见矣。寺僧有知者曰："此骆宾王也。"之问诘之，答曰："当徐敬业之败，与宾王俱逃，捕之不获。将帅虑失大魁，得不测罪，时死者数万人，因求类二人者函首以献。后虽知不死，不敢捕送，故敬业得为衡山僧，年九十余乃卒。宾王亦落发，遍游名山，至灵隐，以周岁卒。当时虽败，且以兴复唐朝为名，故人多获脱之。"（出《本事诗》）

酌始终不称意。有位老僧燃长命灯，坐在大禅床上问："少年深夜不睡觉，苦苦吟咏，所为何事？"宋之问答："弟子潜心诗学，方才想为此寺题诗，无奈构思良久不得佳句。"老僧道："试吟上联。"宋之问吟诵，老僧听后自己又反复吟唱，随即道："何不用'楼观沧海日，门对浙江潮'？"宋之问惊异于这两句的刚健秀美。他又接着把这首诗吟到终篇："桂子月中落，天香云外飘。扪萝登塔远，刳木取泉遥。霜薄花更发，冰轻叶未凋。待入天台路，看余度石桥。"老僧所赠诗句，乃是全篇的点睛之笔，足以震撼读者。第二日宋之问再去拜访，寻不到老僧踪迹。寺僧有知情者说："此乃骆宾王。"宋之问追问，那人答道："当年徐敬业兵败，与骆宾王一并潜逃，并未被擒获。将帅担心未擒贼首，难逃大罪，当时受牵连丧命的已有数万人，只得寻来与他二人面容相似的人，取其首级装匣送京，后来即便知道二人没死，也不敢抓捕送往朝廷。"由此徐敬业得以成为衡山寺僧，九十多岁逝世。骆宾王也落发为僧，遍游名山。后来到灵隐寺，一年后逝世。当年虽然兵败，但因为是打着兴复唐朝的名号，所以涉事之人多数得以脱罪。（出《本事诗》）

卷第九十二　异僧六

玄奘

沙门玄奘俗姓陈，偃师县人也。幼聪慧，有操行。唐武德初，往西域取经，行至罽宾国，道险，虎豹不可过。奘不知为计，乃锁房门而坐。至夕开门，见一老僧，头面疮痍，身体脓血，床上独坐，莫知来由。奘乃礼拜勤求，僧口授《多心经》一卷，令奘诵之。遂得山川平易，道路开辟，虎豹藏形，魔鬼潜迹。遂至佛国，取经六百余部而归。其《多心经》至今诵之。

初，奘将往西域，于灵岩寺见有松一树。奘立于庭，以手摩其枝曰："吾西去求佛教，汝可西长；若吾归，即却东回，使吾弟子知之。"及去，其枝年年西指，约长数丈。一年忽东回，门人弟子曰："教主归矣！"乃西迎之，奘果还。至今众谓此松为摩顶松。（出《独异志》及《唐新语》）

万回

万回师，阌乡人也，俗姓张氏。初，母祈于观音像而因娠回。回生而愚，八九岁乃能语，父母亦以豚犬畜之。年长，父令耕田，回耕田，直去不顾，口但连称平等。因耕一垄，耕数十里，遇沟坑乃止。其父怒而击之，回曰："彼此总耕，何须异相。"乃止击而罢耕。

回兄戍役于安西，音间隔绝。父母谓其死矣，日夕涕泣而忧思焉。回顾父母感念之甚，忽跪而言曰："涕泣岂非忧兄耶？"父母且疑且信，曰："然。"回曰："详思我兄所要者，衣裘糗粮巾履

玄奘

僧人玄奘俗姓陈，是偃师县人。他自幼聪慧，品行高洁。唐高祖武德初年，前往西域取经，行至罽宾国时，因路途险峻、虎豹横行，玄奘无路可走，便锁上房门静坐屋中，至夜打开门，见一老僧，头部面部满是疮痍，浑身遍布脓血，独自坐在床上，不知从何而来。玄奘行礼苦求，老僧口头传授一卷《多心经》，让玄奘自己吟诵。顷刻间山川变得平坦宽广，道路开阔，虎豹匿迹，魔鬼潜藏，由此玄奘顺利抵达天竺，取经六百多部返回，那卷《多心经》吟诵至今。

起初玄奘动身去西域，在灵隐寺看到一棵松树，他站在庭院，用手轻抚松树枝丫说："我西行求佛，你可朝西生长，若我踏上归途，你便朝东生长，使我弟子知道我的行踪。"玄奘西行后，松树枝丫年年向西，长了几丈长。一年忽然转向东，玄奘门人弟子道："师傅要回来了。"便西行相迎。玄奘果然返回。现今世人还称此松为摩顶松。（出《独异志》及《唐新语》）

万回

万回法师是阌县人，俗姓张。当初他母亲因向观音像祈祷受孕，万回生来愚钝，八九岁才会讲话，父母只拿他当小猪小狗养着。年岁渐长，父亲叫他耕田，万回耕田时一直往一个方向走不回头，口中念叨着"平等"。他耕一垄地耕出数十里远，遇上沟坎坑洞才停下。父亲感到生气而打他，万回说："总归都要耕，为何分彼此？"父亲只得停手不再让他耕地。

万回兄长在安西服兵役，毫无音讯。父母以为他死了，日夜悲泣哀思。万回看到父母思念成疾，忽然跪地说："二老悲泣是为兄长担忧吧！"父母看他突然这般聪慧，半信半疑道："正是。"万回说：

之属，请悉备焉，某将往之。”忽一日，朝赍所备而往，夕返其家。告父母曰：“兄平善矣。”视之，乃兄迹也，一家异之。弘农抵安西，盖万余里。以其万里回，故号曰“万回”也。

先是，玄奘法师向佛国取经，见佛龛题柱曰：“菩萨万回，谪向阌乡地教化。”奘师驰驿至阌乡县，问此有万回师无，令呼之，万回至，奘师礼之，施三衣瓶钵而去。后则天追入内，语事多验。时张易之大起第宅，万回常指曰：“将作。”人莫之悟。及易之伏诛，以其宅为将作监。常谓韦庶人及安乐公主曰：“三郎斫汝头。”韦庶人以中宗第三，恐帝生变，遂鸩之，不悟为玄宗所诛也。又睿宗在藩邸时，或游行人间，万回于聚落街衢中高声曰：“天子来。”或曰：“圣人来。”其处信宿间，睿宗必经过徘徊也。惠庄太子，即睿宗第二子也，初则天曾以示万回。万回曰：“此儿是西域大树精，养之宜兄弟。”后生申王，仪形瑰伟，善于饮啖。景龙中，时时出入，士庶贵贱，竞来礼拜。万回披锦袍，或笑骂，或击鼓，然后随事为验。

太平公主为造宅于己宅之右。景云中，卒于此宅。临终大呼，遣求本乡河水，弟子徒侣觅无，万回曰：“堂前是河水。”众于阶下掘井，忽河水涌出，饮竟而终。此坊井水，至今甘美。（出《谈宾录》及《西京记》）

一 行

僧一行姓张氏，钜鹿人，本名遂。唐玄宗既召见，谓曰：“卿何能？”对曰：“唯善记览。”玄宗因诏掖庭，取宫人籍以示之。周

“我考虑兄长所需，无外乎衣裤帽鞋干粮之类，请二老准备齐全，我去送给他。”忽然一日，万回在清晨带着准备好的东西出发，晚上返回家，告诉父母：“兄长无恙。”再看他，带着兄长的信物，全家人都觉得奇怪，从他家弘农到安西，约万余里，因他一日间行万里又折返，所以称他“万回”。

此前玄奘法师去佛国取经，见一佛龛柱子上题有：“菩萨万回，谪往阌乡教化万民。”玄奘法师奔赴阌乡，打听此处可有万回法师，派人请法师前来。万回到后，玄奘行礼，赠予他僧衣、僧瓶、僧钵三件物品就离开。后来武则天请他进宫，万回预测之事多数被验证。当时张易之大规模兴建宅院，万回常指着说：“将作。”无人悟得真意。张易之伏法后，征用他新建宅院作为将作监。万回常对韦庶人与安乐公主说：“三郎会砍了你们的首级。”韦庶人思及唐中宗排行第三，担心皇帝变心，便先一步毒死唐中宗，她没想到是被唐玄宗所杀。唐睿宗在藩王宅第时，一日走在街上，万回在街道人流拥挤处高喊：“天子驾到。”或喊：“圣人驾到。”他暂住之处，正是唐睿宗往来必经之地。惠庄太子是唐睿宗第二个儿子，当初武则天曾带他给万回看，万回说：“此子乃西域大树精，宜待他如兄弟。”后来生下申王，仪态魁伟，喜欢饮酒吃肉。景龙年间，万回常出入宫中，达官显贵与平民百姓竞相礼拜。万回身披锦袍，有时笑骂，有时击鼓，言行都被后事验证。

太平公主在自己府宅旁为他建宅，景云年间，万回于此宅院逝世。临终前他大呼让人取家乡的河水。弟子们没有寻得，万回说：“堂前便是河水。”众人在阶下掘井，忽见河水涌现，取水给他，他喝完就去世了。这坊井水，至今还是甘甜的。（出《谈宾录》及《西京记》）

一　行

僧人一行俗姓张，是钜鹿人，本名遂。唐玄宗召见他，问道：“卿有何本领？”答：“我记性很好。”玄宗便令掖庭取宫人名册览既毕，覆其本，记念精熟，如素所习。读数幅之后，玄宗不觉降御榻，为之作礼，呼为圣人。

先是，一行既从释氏，师事普寂于嵩山。师尝设食于寺，大会群僧及沙门。居数百里者，皆如期而至，且聚千余人。时有卢鸿者，道高学富，隐于嵩山。因请鸿为文，赞叹其会。至日，鸿持其文至寺，其师授之，致于几案上。钟梵既作，鸿请普寂曰："某为文数千言，况其字僻而言怪。盍于群僧中选其聪悟者，鸿当亲为传授。"乃令召一行。既至，伸纸微笑，止于一览，复致于几上。鸿轻其疏脱而窃怪之。俄而群僧会于堂，一行攘袂而进，抗音兴裁，一无遗忘。鸿惊愕久之，谓寂曰："非君所能教导也，当纵其游学。"

一行因穷《大衍》，自此访求师资，不远数千里。尝至天台国清寺，见一院，古松数十步，门有流水。一行立于门屏间，闻院中僧于庭布算，其声簌簌。既而谓其徒曰："今日当有弟子求吾算法，已合到门，岂无人导达耶？"即除一算，又谓曰："门前水合却西流，弟子当至。"一行承言而入，稽首请法，尽授其术焉。而门水旧东流，忽改为西流矣。

邢和璞尝谓尹愔曰："一行其圣人乎？汉之洛下闳造历云：'后八百岁，当差一日，则有圣人定之。'今年期毕矣，而一行造《大衍历》，正在差谬，则洛下闳之言信矣。"一行又尝诣道士尹崇借扬雄《太玄经》，数日，复诣崇还其书。崇曰："此书意旨深远，吾寻之积年，尚不能晓。吾子试更研求，何遽见还也？"一行曰："究其义矣。"因出所撰《大衍玄图》及《义诀》一卷以示崇，崇大嗟伏。谓人曰："此后生颜子也。"

给他看，他整体翻看后，合上名册，背诵熟练，仿佛素来熟记其上内容。如此翻阅背诵更多后，玄宗不禁走下御座，向他行礼，称他圣人。

此前一行就已皈依佛门，师从嵩山普寂法师。师父曾在寺内备餐食，聚会众僧。居所方圆数百里的僧人，如约而至，聚集千余人。当时有人名卢鸿，他道业高深学识渊博，隐居嵩山。普寂请卢鸿做文章，咏赞此盛会。这日，卢鸿带着文章到寺院，普寂法师接过放于桌案。鸣钟诵经结束后，卢鸿对普寂说："我此篇文章长达数千言，且字词生僻语句拗口。请于群僧中选一聪慧颖悟者，我亲自传授。"普寂召来一行。一行到后，展开文章微笑，整体看了一遍，又放在案上，卢鸿看不起他这种不在意的态度，暗自责怪他。很快群僧聚集佛堂，一行捋起袖子走进，声音高亢神情泰然地背诵着，无一字遗漏。卢鸿惊愕许久，对普寂说："此人绝非您能教导的，应当让他外出游学。"

一行为做《大衍历》四处求访名师搜寻资料，不远万里。他曾到天台国清寺，看到一院落，其中有古松数十棵，门前流水潺潺。一行站在门屏间，听院内僧人在庭院布筹运算，声音簌簌作响，随后那僧人对弟子说："今日将有一弟子求问我算法，他已到门口，怎么没人请他进来？"随即去掉一算码，又对徒弟说："门前流水算着向西流去，那位弟子应当已经到了。"一行听了他的话便走进，跪拜叩首请教算法，此僧将算法倾囊相授。门前流水原是向东流，忽然改向西流。

邢和璞曾问尹愔："一行真的是圣人吗？西汉洛下闳造《太初历》有云：'往后八百年，理当少一日，此事将由圣人定夺。'到今年八百年期至，一行做《大衍历》，正好推算出差一天，可见洛下闳之言值得相信。"一行曾拜访道士尹崇借阅扬雄《太玄经》，数日后，再去拜访并还书，尹崇说："此书义理深远，我寻得后研习多年，尚不能通晓。你应继续研究，为何仓促还书？"一行说："已明白其中义理。"他拿出自己撰写的《大衍玄图》与《义诀》一卷给尹崇看，尹崇大为初，一行幼时家贫，邻有王姥，前后济之约数十万，一行常思报之。至开元中，一行承玄宗敬遇，言无不可。未几，会王姥儿犯杀人，狱未具。姥诣一行求救，一行曰："姥要金帛，当十倍酬也。君上执法，难以情求，如何？"王姥戟手大骂曰："何用识此僧！"一行从而谢之，终不顾。

一行心计浑天寺中工役数百，乃命空其室内，徙一大瓮于中央。密选常住奴二人，授以布囊，谓曰："某坊某角有废园，汝向中潜伺，从午至昏，当有物入来，其数七者，可尽掩之。失一则杖汝。"如言而往。至酉后，果有群豕至，悉获而归。一行大喜，令置瓮中，覆以木盖，封以六一泥，朱题梵字数十。其徒莫测。诘朝，中使叩门急召，至便殿。玄宗迎问曰："太史奏'昨夜北斗不见'，是何祥也？师有以禳之乎？"一行曰："后魏时失荧惑，至今帝车不见，古所无者，天将大警于陛下也。夫匹妇匹夫，不得其所，则殒霜赤旱。盛德所感，乃能退舍。感之切者，其在葬枯出系乎？释门以瞋心坏一切喜，慈心降一切魔。如臣曲见，莫若大赦天下。"玄宗从之。又其夕，太史奏北斗一星见。凡七日而复。

至开元末，裴宽为河南尹，深信释氏，师事普寂禅师，日夕造焉。居一日，宽诣寂，寂云："方有少事，未暇款语，且请迟回休憩也。"宽乃屏息，止于空室，见寂洁涤正堂，焚香端坐。坐未久，忽闻扣门，连云："天师一行和尚至矣。"一行入，诣寂作礼，礼讫，附耳密语，其貌绝恭。寂但领云："无不可者。"语讫礼，礼讫又语，如是者三。寂唯云："是是，无不可者。"一行语讫，降阶入南室，自阖其户。寂乃徐命弟子云："遣钟！一行和尚灭度矣。"左右叹服，他对别人说："这年轻人真乃颜回转世。"

一行幼时家境贫寒，邻居王姥姥前后接济他家数十万钱，一行常想着报答她。开元年间，一行受唐玄宗赏识，他所言无不应允。不久，王姥姥的儿子杀人犯法，收监尚未判刑。王姥姥找到一行求一行相救，一行说："姥姥若求财物，我十倍奉上。皇上公正执法，此事难以求情。你说对不对？"王姥姥指着他脑门大骂："与你这和尚结识有何用？"一行谢罪，终究没管此事。

一行心里惦记浑天寺中数百工人，便安排空出一间房子，搬一大瓮放在中央，暗中选派两名常住在此的仆人，给每人一布囊，叮嘱道："某坊某角有一荒废庭院，你们潜藏在里面，从中午到黄昏，将有某物入园，数量是七，你们得全部抓住，少一个就杖责你们。"二人依言前往。酉时后，果然有一群猪进了园子，二人全都抓回。一行很是高兴，让他们将猪放在瓮中，扣上木盖，用六一泥封口，朱笔题梵字数十。门徒不知他意欲何为。第二日早晨，中使叩门急召，一行上殿，唐玄宗迎着他问："太史上奏'昨夜北斗七星没有出现'，这是何征兆？法师可有办法化解？"一行说："后魏时火星未曾出现，现在北斗星消失，古往今来不曾出现此天象，上天是在警示您。若天下男女不能安居乐业，将发生严寒酷暑等天灾。只有用盛德感化，才能消灾解难。感化的极致，乃是安葬枯尸赦免天下。佛法认为愤怒怨恨会破坏一切好事，慈悲心能降服一切邪魔。依臣所见，怎么样也不如大赦天下。"唐玄宗听从他的建议。又一夜，太史上奏北斗七星中的一颗出现。一连七日，七颗恢复如初。

开元末年，裴宽任河南尹，他笃信佛教，以师礼侍候普寂禅师，每日早晚拜访行礼。一日，裴宽拜访普寂，普寂说："我正有事忙，无暇与你漫谈，请回去休息吧。"裴宽屏息待在一间空房中，见普寂洒扫殿堂，焚香端坐。不久，突然听到敲门声，普寂连声道："一行天师到。"一行走进来，对普寂行礼，礼毕，靠近普寂耳畔密语，动作极为恭敬，普寂只是应答："没有什么是不行的。"说完再行礼，行礼后又密语，如此数次，普寂只说："是，是。"无不应允。一行语罢，走下台阶进了南屋，自己关好门。普寂徐徐吩咐弟子："鸣钟！一

疾走视之，一如其言。灭度后，宽乃服衰绖葬之，自徒步出城送之。（出《开天传信记》及《明皇杂录》《酉阳杂俎》）

无畏

唐无畏三藏初白天竺至，所司引谒于玄宗。玄宗见而敬信焉，因谓三藏曰："师不远而来，故倦矣，欲于何方休息耶？"三藏进曰："臣在天竺，常时闻大唐西明寺宣律师持律第一，愿往依止焉。"玄宗可之。宣律禁戒坚苦，焚修精洁。三藏饮酒食肉，言行粗易。往往乘醉喧竞，秽污絪席，宣律颇不能甘之。忽中夜，宣律扪虱，将投于地。三藏半醉，连声呼曰："律师律师，扑死佛子耶？"宣律方知其异人也，整衣作礼而师事焉。宣律精苦之甚，常夜后行道，临阶坠堕。忽觉有人捧承其足，宣顾视之，乃一少年也。宣遽问："弟子何人，中夜在此？"少年曰："某非常人，即毗沙门天王子那吒太子也。以护法之故，拥护和尚，时已久矣。"宣律曰："贫道修行，无事烦太子。太子威神自在，西域有可以作佛事者，愿太子致之。"太子曰："某有佛牙，宝事虽久，然头目犹舍，敢不奉献。"宣律得之，即今崇圣寺佛牙是也。（出《开天传信记》）

明达师

明达师者，不知其所自，于阌乡县住万回故寺，往来过客，皆谒明达，以问休咎。明达不答，但见其旨趣而已。曾有人谒明达，问曰："欲至京谒亲，亲安否？"明达授以竹杖，至京而亲亡。又有谒达者，达取寺家马，令乘之，使南北驰骤而去。其人至京，授采访判官，乘驿无所不至。又有谒达者，达以所持杖，画地为堆阜，以杖撞筑地为坑。其人不晓，至京，背发肿，割之，血流殆死。李行法师圆寂。”身边人急忙跑上前查探，果如普寂法师所言。一行圆寂后，裴宽穿丧服亲自徒步送葬出城。（出《开天传信记》及《明皇杂录》《酉阳杂俎》）

无畏

唐玄宗时，无畏三藏刚从天竺到大唐，朝中专员引他拜见唐玄宗。唐玄宗与他相见后，对他很是尊重崇信，对他说：“法师不远万里而来，应很是疲倦了，您打算在哪休息呢？”三藏上前说：“臣在天竺时，常听闻大唐西明寺宣律大师持戒最为严格，我愿与他同住。”唐玄宗应允。宣律守戒严苛，平日修行干净整洁。无畏三藏饮酒吃肉，言行粗鄙。他常趁醉喧闹，吐脏垫席，宣律难以忍受。一日深夜，宣律摸到虱子正要往地上扔，三藏半醉连声惊呼：“律师律师，你要扑佛子了。”宣律才知他非寻常人，整理衣着以师礼侍候三藏。宣律虔诚苦修，常修行至深夜，走在阶边险些摔落，忽然感到有人捧住他的双脚，他回头看，原是一位少年，宣律问他是何人，为何深夜在此。少年说：“我非寻常人，乃毗沙门天王之子那吒太子。因护持佛法，守卫在您身侧，已有多时。”宣律说：“贫僧修行，无事劳烦太子，太子既有如此威神，西域有诸多得道高僧，望太子前去发挥神威。”太子说：“我有佛牙，珍藏许久，但为您我愿肝脑涂地，佛牙怎可不奉献给您？”宣律收下，这便是现今崇圣寺里的佛牙。（出《开天传信记》）

明达师

明达法师，不知来自何方，住阌乡县万回法师曾住过的寺庙，来往行人都拜谒明达，询问未来吉凶。明达并不答话，众人只能靠观察、理解他的意思。曾有人拜访明达，问道：“我想进京探亲，不知亲人是否安好。”明达递给他一竹杖，他到京城时亲人亡故。又有人拜访明达，明达牵来寺马让他骑走，自南往北飞驰。这人到京后，被授任采访判官，乘驿马无所不至。还有人拜访明达，明达用手中锡林甫为黄门侍郎，扈从西还，谒达，加秤于其肩。至京而作相。李雍门为湖城令，达忽请其小马，雍门不与。间一日，乘马将出，马忽庭中人立，雍门坠马死。如此颇众。达又常当寺门北望，言曰：“此川中兵马何多？”又长叹曰：“此中触处总是军队。”及后哥舒翰拥兵潼关，拒逆胡，关下阌乡，尽为战场矣。（出《纪闻录》）

惠照

唐元和中，武陵郡开元寺有僧惠照，貌衰体羸，好言人之休戚而皆中。性介独，不与群狎，常闭关自处，左右无侍童。每乞食于里人。里人有年八十余者云：“照师居此六十载，其容状无少异于昔时，但不知其甲子。”

后有陈广者，由孝廉科为武陵官。广好浮图氏，一日因谒寺，尽访群僧，至惠照室。见广，且悲且喜曰：“陈君何来之晚耶？”广愕然，自以为平生不识照，则谓曰：“未尝与师游，何见讶来之晚乎？”照曰：“此非立可尽言，当与子一夕静语耳。”广异之。

后一日，仍诣照宿，因请其事。照乃曰：“我刘氏子，彭城人，宋孝文帝之玄孙也。曾祖鄱阳王休业，祖士弘，并详于史氏。先人以文学自负，为齐竟陵王子良所知。子良招召贤俊文学之士，而先人预焉。后仕齐梁之间，为会稽令。吾生于梁普通七年夏五月，年三十，方仕于陈。至宣帝时，为卑官，不为人知。与吴兴沈彦文为诗酒之交。后长沙王叔坚与始兴王叔陵皆广聚宾客，大为声势，各恃权宠，有不平心。吾与彦文俱在长沙之门下。及叔陵被诛，吾杖在地上画了一小丘，又用锡杖杵在地上撞出坑洼，这人不解，他到京后，背部肿胀起了个大瘤子，割掉后，血流不止身亡。李林甫任黄门侍郎，伴驾从西边回京，途中拜访明达，明达将一杆秤放在他肩上。回京后，他被任命为宰相。李雍门任湖城令时，明达忽然跟他要他的小马，李雍门不愿给，隔了一日，李雍门骑马出门，马忽然在院中像人一样直立，李雍门坠马而亡。诸如此类的事很多。明达曾常站在寺门口向北张望，自言自语道："此川为何有如此多兵马？"又长叹道："此地为何处处是军队？"后来哥舒翰屯兵潼关，抗击胡兵的侵凌，以潼关到阌乡，尽数变作战场。（出《纪闻录》）

惠照

唐宪宗元和年间，武陵郡开元寺有位僧人法号惠照，衰老体弱，他好预言吉凶且很灵验。惠照性情孤傲清高，不与众人厮混说笑，常闭关自处，身边无侍童侍候。他总向乡民乞食。有位八十多岁的乡民说："惠照法师住在此处六十年，他的容貌体态与先前并无不同，不知他到底是何年岁。"

后来有个人叫陈广，被举孝廉在武陵做官。此人爱好佛法，一日到寺中，遍访群僧，来到惠照房间，惠照见陈广便悲喜交加地说："陈君为何来得如此之晚？"陈广感到诧异，自认平生从未见过惠照。他便反问："曾未与法师有过交际，您为何惊讶于我来晚了呢？"惠照说："此事不是当下一两句话可以说清的，我与你夜间静谧时徐徐道来。"陈广疑惑。

一日后，又拜访惠照，请教此事，惠照讲道："我是刘宋后代，彭城人，是南朝宋文帝玄孙。曾祖父是鄱阳王刘休业，祖父是刘士弘，二人都有史料记载。先人因文采负有盛名，受南齐竟陵王萧子良赏识，萧子良广招文学之士，先人投靠，后来在齐梁两朝做官，任会稽县令。我生于梁普通七年夏季五月，三十岁在南陈求官，陈宣帝时，做过小官，不为人知，我与吴兴沈彦文是诗酒之交。后来长沙王陈叔坚与始兴王陈叔陵二人广召宾客，声势浩大，宾客依仗权贵赏识，互相争斗。我与沈彦文都在长沙王门下，等到始兴王陈叔陵被处与彦文惧长沙之不免，则祸且相及，因偕遁去，隐于山林。用橡栗食，衣一短褐，虽寒暑不更。一日，有老僧至吾所居曰：‘子骨甚奇，当无疾耳。’彦文亦拜请其药。僧曰：‘子无刘君之寿，奈何，虽饵吾药，亦无补耳。’遂告去。将别，又谓我曰：‘尘俗以名利相胜，竟何有哉？唯释氏可以舍此矣。’吾敬佩其语，自是不知人事，凡十五年。

又与彦文俱至建业，时陈氏已亡，宫阙尽废，台城牢落，荆榛蔽路，景阳结绮，空基尚存，衣冠文物，阒无所观。故老相遇，捧袂而泣曰：‘后主骄淫，为隋氏所灭，良可悲乎！’吾且泣不能已。又问后主及陈氏诸王，皆入长安。即与彦文挈一囊，乞食于路，以至关中。吾长沙之故客也，恩遇甚厚。闻其迁于瓜州，则又径往就谒。长沙少长绮纨，而又早贵，虽流放之际，尚不事生业。时方与沈妃酣饮，吾与彦文再拜于前，长沙悲恸久之，洒泣而起，乃谓吾曰：‘一日家国沦亡，骨肉播迁，岂非天耶？’吾自是留瓜州数年。而长沙殂，又数年，彦文亦亡。吾因髡发为僧，遁迹会稽山佛寺，凡二十年。时已百岁矣，虽容状枯瘠，而筋力不衰，尚日行百里，因与一僧同至长安。时唐帝有天下，建号武德，凡六年矣。吾自此，或居京洛，或游江左，至于三蜀五岭，无不往焉。迨今二百九十年矣，虽烈寒盛暑，未尝有微恙。

贞元末，于此寺尝梦一丈夫，衣冠甚伟，视之乃长沙王也。吾迎延坐，话旧伤感如平生。而谓吾曰：‘后十年，我之六世孙广，当官于此郡，师其念之。’吾因问曰：‘王今何为？’曰：‘冥官甚尊。’既而泣曰：‘师存而我已六世矣，悲夫！’吾既觉，因纪君之名于经笥中。至去岁凡十年，乃以君之名氏，访于郡人，尚讶君之未至。昨因乞食里中，遇邑吏访之，果得焉。及君之来，又依然长沙之貌，然自梦及今，十一年矣，故讶君之晚也。”

死后，我与沈彦文担心长沙王也难逃一死，会殃及我们，于是一并潜逃，隐居山林，用橡栗充饥，身着短衣，不论隆冬盛夏再无其他衣物更换。一日，一位老僧到我二人居所对我说：‘你骨相奇绝，一生无虞。’沈彦文也向他行礼求药，老僧说：‘你没刘君那般寿数，此事别无他法，就算服用我的药，也于事无补。’说罢辞去。临行前又对我说：‘俗尘之人因名利竞争，能争得什么呢？只有佛们弟子可舍弃这些。’我敬佩他所言，此后十五年不问世事。

后来与沈彦文一并到了建业，当时南朝陈已灭亡，宫阙破败，台城冷清，荆棘丛生，景阳宫结绮阁徒留空荡荡的房子，衣冠文物荡然无存。偶遇老友对我二人洒泪哽咽道：‘陈后主骄奢淫逸，最终被隋文帝所灭，实在可悲。’我悲泣不已，问及陈后主与诸王的下落，得知他们都去了长安，便与沈彦文带一布袋，沿路乞食到了关中，我是长沙王旧识，他对我有知遇之恩。听闻他移居瓜州，又前去拜谒。长沙王从小到大锦衣玉食，且年少封王显赫一时，虽被流放，但不能营生。我二人到时他正与沈妃畅饮，我与沈彦文时隔多年再次在他面前行礼，长沙王悲怆良久，洒泪起身对我说：‘一日之内家国沦亡，骨肉离散，难道不是天命如此？’此后我留在瓜州数年。长沙王逝世后，沈彦文也亡故了。我落发为僧，隐居会稽山佛寺，一住二十年。我那时已百岁，虽外表枯槁，但筋骨强健，尚能日行万里，与一位僧侣同行至长安。当时唐朝皇帝坐拥天下，建年号武德已有六年。此后，我有时住在洛阳，有时云游江左，乃至踏遍三蜀五岭。至今我已二百九十岁，一生饱经严寒酷暑，但身体无恙。

贞元末年，我在此寺曾梦到一位先生，衣冠魁伟，细看原是长沙王。我迎他进屋落座，谈起往事感伤如旧，他对我说：‘十年后，我的六世孙陈广，将在此郡做官，法师定要记得此事。’我问他：‘王爷如今做何事？’答：‘任阴间高官。’又洒泪道：‘法师仍存活于世，而我已六世为人，实在悲哀！’醒后，我便记下你的名字藏于经笥。到去年已过了整整十年，我常与郡民打听你的姓名，听说你没来很是奇怪。昨天外出乞食，遇到一位官吏，终于打听到你来了，等你进门，见你依旧是长沙王的相貌，然而自那夜做梦到今日，已十一年之久，所已而悲惋，泣下数行，因出经笥示之。广乃再拜，愿执履锡为门弟子。照曰：“君且去，翌日当再来。”广受教而还。明日至居，而照已遁去，莫知其适。时元和十一年。

至大和初，广为巴州掾，于蜀道忽逢照，惊喜再拜曰：“愿弃官，从吾师为物外之游。”照许之。其夕偕舍于逆旅氏，天未晓，广起而照已去矣。自是竟不知所往。然照自梁普通七年生，按梁史，普通七年，岁在丙午，至唐元和十年乙未，凡二百九十年，则与照言果符矣。愚常以梁陈二史校其所说，颇有同者，由是益信其不诬矣。（出《宣室志》）

以惊讶你来得晚。”

惠照言罢已老泪纵横。他拿出经笥中纸条给陈广看，陈广再三行礼，愿拜在惠照门下。惠照说：“你且回去，明日再来。”陈广听从返回。第二日再来，惠照已离开，不知去向，时值元和十一年。

大和初年，陈广任巴州掾，在蜀道上偶遇惠照，陈广惊喜不已，行礼道：“我愿辞官，追随师父云游四海超然物外。”惠照应允。那天晚上，二人投宿客店，天未亮，陈广起床惠照已离去，此后一直不知惠照在何处。然而惠照自梁普通七年出生，按梁史记载，普通七年是丙午年，至元和十年乙未，共二百九十年，此与惠照自己说的年纪相符。我曾以梁、陈两朝史书校对惠照所言，发现有众多相同之处，由此更相信他所言不假。（出《宣室志》）

卷第九十三　异僧七

宣律师

宣律师

大唐乾封二年春二月，西明寺道律师逐静在京师城南故净业寺修道。律师积德高远，抱素日久。忽有一人来至律师所，致敬申礼，具叙暄凉，律师问曰："檀越何处？姓字谁耶？"答曰："弟子姓王名璠，是大吴之兰台臣也。会师初至建业，孙主即未许之，令感希有之瑞，为立非常之庙。于时天地神祇，咸加灵被，于三七日，遂感舍利。吴王手执铜瓶，倾铜盘内，舍利所冲，盘即破裂。乃至火烧锤试，俱不能损。阚泽、张昱之徒，亦是天人护助，入其身中，令其神爽通敏，答对谐允。今业在天，弘护佛法为事。弟子是南方天王韦将军下之使者。将军事务极多，拥护三洲之佛法，有斗争凌危之事，无不躬往，和喻令解。今附和南天，欲即至前，事拥闹，不久当至，具令弟子等共师言。"不久复有人来，云姓罗氏，是蜀人也。言作蜀音，广说律相。初相见时，如俗礼仪，叙述缘由，多有次第，遂用忽忘。

次又一人，云姓费氏，礼敬如前。云："弟子迦叶佛时，生在初天，在韦将军下。诸天贪欲所醉，弟子以宿愿力，不交天欲，清静梵行，偏敬毗尼。韦将军童真梵行，不受天欲。一王之下，有八将军，四王、三十二将。周四天下，往还护助诸出家人。四天下中，北天一洲，少有佛法。余三天下，佛法大弘。然出家之人，多犯禁戒，少有如法。东西天下，人少黠慧，烦恼难化。南方一洲，虽多犯罪，化令从善，心易调伏。佛临涅槃，亲受付嘱，并令守护，不

宣律师

唐高宗乾封二年春季二月，西明寺道律师为求取安静在京城南净业寺旧址修佛。律师德高望重，长久以来保持本真。一天，忽有一人到律师住所，恭敬行礼，嘘寒问暖，律师问："施主从何而来？尊姓大名是什么？"此人答："弟子姓王名璠，是吴国兰台臣子。康僧会法师初到建业，主公孙权并未即刻允许他宣扬佛法，请他感召稀世珍宝舍利，为他建举世绝伦的庙宇，当时天地神明显灵相助，在第三个七日感化佛祖得到舍利。吴王手持铜瓶将舍利倾倒在铜盘上，盘子被舍利冲击，当即破碎。又火烧锤击舍利，都无法将其损毁。阚泽、张昱等人，也得天人庇佑，天人进入二人身体，使其神思敏捷通透，应对协调妥当。现今僧会法师已升天，致力于弘扬保护佛法。弟子是南方天王部下韦将军下属使者，将军事务繁忙，负责拥护三洲佛法，凡起纷争发生危机，将军无不亲自前往说明调解。如今为表敬意，天王本想即刻亲自前来，但因事情繁杂有所耽误，不日将到，派弟子先行与律师交谈。"不久又有一人来，自言姓罗，是蜀地人。言语间带着蜀地口音，大谈戒律的法相之法。初见时，礼仪如俗众，谈及佛法缘由大有见地，于是让人忘记他先前的俗态。

接着又来一人，自言姓费，礼仪如罗氏，他说："弟子迦叶佛时生于一重天，目前在韦将军麾下。天下诸人多为贪欲迷醉，弟子凭宿愿之力，不受贪欲蛊惑，清静修佛，尤其敬重戒律。韦天将军以童真之心守清净除欲之行，不受贪欲困扰。一位天王麾下有八将军，四王有三十二将，遍及天下，扶助庇佑诸位出家人。四方下中，北天一洲佛法散布不广，其余三天佛法广为流传，但出家人中多有违反戒律之人，少有克己守戒之人。普天之下，聪敏灵慧之人鲜少，烦恼难以化解。南方一洲，犯罪之人虽多，但是很容易教化他们，调和他们的使魔娆。若不守护，如是破戒，谁有行我之法教者？故佛垂诫，不敢不行。虽见毁禁，愍而护之。见行一善，万过不咎，事等忘瑕，不存往失。且人中臭气，上薰空界四十万里，诸天清净，无不厌之。但以受佛付嘱，令护佛法。尚与人同止，诸天不敢不来。韦将军三十二将之中，最存弘护。多有魔子魔女，轻弄比丘，道力微者，并为惑乱。将军栖遑奔至，应机除剪。故有事至，须往四王所时，王见皆起。为韦将军修童真行护正法故，弟子性乐戒律，如来一代所制毗尼，并在座中听受戒法。”因问律中诸隐文义，无不决滞。然此东华三宝，素有山海水石，往往多现，但谓其灵而敬之。顾访失由，莫知投诣。遂因此缘，随而谘请。且沉冥之相，以理括之，未曾持观，不可以语也。

宣师又以《感通记》问天人云：“益州成都多宝石佛者，何代时像，从地涌出？”答曰：“蜀都元基青城山上，今之成都，大海之地。昔迦叶佛时，有人于西洱河造之，拟多宝佛全身相也，在西洱河鹫山寺。有成都人往彼兴易，请像将还，至今多宝寺处，为海神蹋船所没。初取像人见海神于岸上游，谓是山鬼，遂即杀之。因尔神瞋覆没，人像俱溺，同在一船。其多宝旧在鹫头山寺，古基尚在，仍有一塔，常有光明。令向彼土，道由郎州过，大小不算，三千余里，方达西洱河。河大阔，或百里，或五百里。中有山洲，亦有古寺，经像尚存，而无僧住。经同此文，时闻钟声。百姓殷实，每年二时，供养古塔。塔如戒坛，三重石砌，上有覆釜，其数极多。

身、口、意三业，以制伏诸恶，令其从善。佛祖临近涅槃时，亲口嘱托弟子，令他们严守佛法，不要被邪魔外道侵扰。如不能严守佛法，一旦破戒，还有谁会奉行我佛的法教？所以佛祖垂示警戒，我辈不敢不奉行。虽有一些人破戒，我等仍须慈悲守护出家之人，只要他们行善积德，便可既往不咎，善事抵消污点，以往的过失不必存留。虽然世人的臭气直熏天界四十万里，众神心念清净，无不厌恶尘世恶臭，但因受佛祖嘱咐，令其守护佛法，天人仍与世人生活在同一个天下，所以众神不敢不下凡。韦将军乃是三十二将中，弘扬守护佛法一事心念最为虔诚的，世间诸多魔子魔女，轻慢羞辱出家人，道行微弱者，为之迷乱。韦将军为此奔忙不定，随着机缘将恶事消灭。所以若韦将军有事务来到四天王住所时，天王见到他都起身迎接，此等皆因韦将军以童真之心修行佛法。弟子生性乐意守戒，如来佛祖一代创制的戒律，我在布道讲经中一一领受。”律师向他请教戒律中诸多隐晦文字的深意，费天人无不给出明确的答复。但东土百姓看待佛法，如观山海水石，须得佛法具象化，使世人认为佛法是灵验的才会去敬奉。如此看待佛法便错失了佛法的根由，难以领悟其要旨，因这般缘故，礼佛之人多是前来祝告询问的。而且泯然无迹的事相，可用教理来概括，但是没有修持观，还是无法用语言说明的。

宣律师又询问费天人《感通记》中的内容道：“益州成都的多宝佛像，是什么时代的佛像？”费天人答道：“蜀都根基在青城山，成都在当时还是一片汪洋大海。远在迦叶佛时代，有人在西洱河建造了多宝佛全身像，放在西洱河鹫山寺中，后来有一成都人途经西洱河去兴易，请这尊佛像与他一并返回，行至如今多宝寺，被海神掀翻了船沉没了。当初取走佛像的成都人，看到海神在岸上游逛，以为是山鬼，企图杀死海神，由此惹怒海神导致沉船，人与佛像都沉入了水底。那尊多宝佛像原先所在的鹫山寺，至今遗址尚存，其中仍有一寺塔，寺塔常常佛光四射。要去往那里，必须途经郎州，大路、小路统共须行三千多里才能到达西洱河。西洱河特别宽阔，部分河面宽一百里，部分河面宽五百里。河中有山洲，也有古庙，寺中经书与佛像尚存，但无僧人居住。经书内容与我们看的无异，寺中常回荡钟声，彼土诸人，但言神冢每发光明，人以蔬食祭之，求其福祚也。其地西北去嶲州二千余里。问去天竺非远，往往有至彼者。自下云云。至晋时，有僧于此地，见土坟，随出随除，怪不可平。后见拆开，深怪其尔。乃深掘丈余，获像及人骨在船。其髅骨肘胫，悉皆粗大数倍，过于今人。即迦叶佛时，阎浮人寿二万岁时人也。今时劫减，命促人小，固其常然，不可怪也。初出之时，牵曳难得。弟子化为老人，指㧑方便，须臾至周，灭法暂隐。到隋重兴，更复出之。蜀人但知其灵从地而出，亦不测其根源。见其花趺有多宝字，因遂名焉，又名多宝寺。”

又问：“‘多宝’字是其隶书，出于亡秦之代。如何迦叶佛时，已有神州书耶？”答曰：“亡秦李斯隶书，此乃近代远承。隶书之兴，兴于古佛之世。见今南洲四面千有余洲，庄严阎浮，一方百有余国，文字言音，同今唐国。但以海路辽远，动数十万里，重译莫传，故使此方封守株柱，不足怪也。师不闻乎？梁顾野王，太学之大博也，周访字源，出没不定，故《玉篇》序云：‘有开春申君墓得其铭文，皆是隶字。’检春申是六国同时，隶文则非吞并之日也。此国篆隶诸书，尚有茫昧，宁知迦叶佛时之事？决非其耳目之所闻见也。”

又问：“今西京城西高四土台，俗谚云是苍颉造书台。如何云隶书字古时已有？”答曰：“苍颉于此台上，增土造台，观鸟迹者，非无其事。且苍颉之传，此土罕知其源。或云黄帝之臣，或云古帝王也。鸟迹之书时变，一途今所绝有。无益之言，不劳述也。”

那里百姓殷实，每逢一年中的两季百姓都会供奉佛塔。佛塔状如戒坛，由三层石块堆砌，其上覆盖铅盆。这种佛塔在当地数量极多，当地人称之为神冢。每当佛塔绽放佛光，人们便以素食祭祀，祈求神明赐福。这个地方往西北走距离西州两千余里，距天竺不远，过去常有人去那里。再往后推移到晋朝，有位僧人在此地看到一土坟，他将坟移平，坟会自动冒出，他奇怪土坟无法移平，于是将坟挖开，这坟深的奇异，再继续下挖丈余，掘出佛像和在船上的人骨，人骨的头颅、肘胫都数倍粗于现在人的，这就是迦叶佛时代，阎浮洲人寿数长达两万岁，时代推移至今劫难减少，人的寿命变得短促形体也短小了，理当如此改变，不足为怪。那位僧人刚挖得石像后，拖拽不动，弟子化为一老人，指挥调度为他行了方便，很快安排周全，到了北周灭法时期就将石像暂时隐藏起来，到隋朝佛教兴起石像又重现世间。蜀人只知这佛像是由地下发掘出来的，但不了解它的根源，他们看到佛像脚上有‘多宝’二字，便由此命名，又称寺庙为多宝寺。”

宣律师又问：“佛像上‘多宝’二字是隶书，隶书源于秦朝，怎会出现在迦叶佛时代？”费天人答：“秦朝李斯宣扬隶书，乃是近代继承远古，隶书早在古佛之世就已兴起。现今南洲四面环绕一千多个洲，庄严的阎浮洲就有百余个国家，他们的文字语言与大唐相同，但因海路遥远，动辄数十万里，反复翻译难以沟通，致使此处封闭自守，不足为怪，律师没听过吗？梁朝顾野王，乃是太学中学识极为渊博之人，他四处考察文字起源，未曾得出定论，所以《玉篇》序中有云：‘有人打开春申君的坟墓得到他的铭文，铭文皆由隶书写成。’查得春申君是东周列国时人，可见隶书非秦国兼并六国后才出现的。此时出现的到底是篆书、隶书还是其他，尚且不得而知，又怎能知道迦叶佛时代的事呢？这些事绝非单凭耳闻目睹就能判断。”

宣律师又问道：“现在京城西的高四土台，俗谚有云“苍颉造字台”，怎能说隶书在远古时就已经存在呢？”费天人答道：“苍颉在这台上填土再造新台，以观察鸟的足迹，这事并非空穴来风。但关于苍颉的传说，此地百姓少有知道源头的。相传他是黄帝的臣子，或传他是远古帝王。鸟的足迹演变出的书写方法时时改变，绝无一成不变又有天人，姓陆名玄畅，来谒律师云："弟子是周穆王时，生在初天，本是迦叶佛时天，为通化故，周时暂现。所问高四土台者，其本迦叶佛于此第三会，说法度人。至穆王时，文殊、目连来化，穆王从之，即列子所谓'化人'者是也。化人示穆王云：'高四台是迦叶佛说法处。'因造三会道场。至秦穆公时，扶风获一石佛，穆公不识，弃马坊中，秽污此像。护像神瞋，令公染疾。公又梦游上帝，极被责疏。觉问侍臣由余，便答云：'臣闻周穆王时，有化人来此土，云是佛神。穆王信之，于终南山造中天台，高千余尺，基址见在。又于苍颉台造神庙，名三会道场。公今所患，殆非佛为之耶？'公闻大怖，语由余曰：'吾近获一石人，衣冠非今所制，弃之马坊。得非此是佛神耶？'由余闻，往视之，对曰：'此真佛神也。'公取像澡浴，安清净处，像遂放光。公又怖，谓神瞋也，宰三牲以祭之。诸善神等，擎弃远处。公又大怖，以问由余。答曰：'臣闻佛清净，不进酒肉，爱重物命。如护一子，所有供养，烧香而已，所可祭祀，饼果之属。'公大悦。欲造佛像，绝于工人。又问由余，答曰：'昔穆王造寺之侧，应有工匠。'遂于高四台南村内，得一老人，娃王名安，年百八十。自云：'曾于三会道场见人造之，臣今年老，无力能作。所住村北，有兄弟四人，曾于道场内为诸匠执作，请追共造。'依言作之，成一铜像。相好圆备，公悦，大赏赉之。彼人得财，并造功德，于土台上造重阁，高三百尺。时人号之高四台，或曰高四楼。其人姓高，大者名四；或曰，兄弟四人同立故也。或取大兄名以目之，故有高四之名，至今称也。"

的事。此事再多争辩也无益处，不再多费口舌。”

又有位天人，姓陆名玄畅，前来拜谒律师道：“弟子于周穆王时生在一重天，本是迦叶佛时的天人，为了教化世人，周穆王时暂时现身。您所问高四台一事，它本是迦叶佛在此举行第三次法会时讲解佛法度脱世人的地方，到了周穆王时，文殊、目连前来行化，周穆王听从他们的教化，他们就是列子所说的“化人者”。化人告诉周穆王说：‘高四台是迦叶佛讲经说法处。’周穆王因此在那修造了道场用作第三次讲经。到秦穆公时，在扶风得到一石佛，秦穆公不识佛像为何物，便扔到马厩，沾污了佛像，护像神不满，让秦穆公患病，秦穆公梦中见到上帝，受到严厉的责罚，他醒后询问侍臣由余，由余答：‘臣闻周穆王时，有化人来此，自云佛神。周穆王信奉非常，在终南山建中天台，高千余尺，如今地基仍在，又在苍颉台造神庙，命名三会道场。您今日患病，皆因不尊佛神。”秦穆公听后惊惧，对由余说：‘我最近得一石雕人像，石像衣冠穿戴不像现在人的款式，我将它扔到马厩里了，莫非这是佛神？”由余听后，前去马厩一看究竟，对穆公说：‘此石像真是佛神。’秦穆公取回石像为它沐浴，安置在一清净处，佛像随即佛光四射，秦穆公惊惧，以为佛神动怒，便宰了三牲祭祀，不料诸位善神将三牲拿走丢弃至了远处。秦穆公更加惶恐，问由余此事，由余答：‘我听闻佛门清净，不饮酒吃肉，珍爱万物性命，若供奉佛像，只需烧香即可，可用饼子素食果蔬等供奉。’秦穆公听后欣喜，想造佛像，苦于没有工匠，又问由余有何办法，由余答：‘过去周穆王造的寺庙附近，应当有工匠。’于是在高四台南面村庄中寻得一老人，此人姓王名安，一百八十岁。王安自述：‘我曾在三会道场目睹别人造佛像，但我如今已年迈，无力制作，在我居住的村庄往北有兄弟四人，曾亲手参与佛像的制作，可请这四人一起制做。’秦穆公依照王安的话，制成一铜佛像，铜像庄严宝相，秦穆公满意欣喜，厚赏四位工匠。工匠们得到赏赐，都用来造功德，在土台上建重楼，楼高三百尺，当时人称此为“高四台”，或称“高四楼”。这兄弟四人姓高，老大名高四，因兄弟四人同建此楼，取长兄名字为高楼命名，所以有了“高四”这个名字，沿用至今。”

又问:“目连舍利弗,佛在已终,如何重见?”答曰:“同名六人,此目连非大目连也。至宇文周时,文殊师利化为梵僧,来游此土,云欲礼拜迦叶佛说法处,并往文殊所住之处,名清凉山。遍问道俗,无有知者。时有智猛法师,年始十八,反问梵僧:‘何因知有二圣余迹?’答曰:‘在秦都城南二十里,有苍颉造书台,即其地也。’又云:‘在沙河南五十里,青山北四十里,即其处也。’又问‘沙河’‘青山’是何语,答曰:‘渭水终南山也。’此僧便从渭水直南而步,遂得高四台,便云此是古佛说法处也。于时智猛法师随往礼拜,不久失梵僧所在。智猛长大,具为太常韦卿说之,请其台处,依本置寺,遂奏周主,名三会寺。至隋大业,废入大寺。因被废毁,配入菩提。今京城东市西平康坊南门东菩提寺西堂佛首,即是三会寺佛。释迦如来得度大迦叶后,十二年中,来至此台,其下见有迦叶佛舍利。周穆王游大夏,佛告彼土见有古塔,可返礼事。王问何方,佛答在鄗京之东南也。西天竺国具有别传云,岁长年,是师子国僧,年九十九夏,是三果阿那含人,闻斯胜迹,躬至礼拜。又奏请欲往北岱清凉山文殊师利菩萨坐处。皇帝闻喜,敕给驿马内使及弟子宫佐二十余人,在处供给。诸官人弟子等并乘官马,唯长年一人,少小已来,精诚苦行,不乘杂畜。即到岱州清凉山,即便肘行膝步而上,至中台佛堂,即是文殊庙堂。从下至上,可行三十余里,山石劲利,入肉到骨,无血乳出。至于七日,五体投地,布面在土,不起不食。七日满已,忽起,踊跃指挥,四方上下空界,具见文殊师利菩萨圣僧罗汉。从者道俗数十人,有见不见。复有一蟒蛇,身长数里,从北而来,直上长年,长年见喜。衔师脚过,变为僧形。诸人惧怕,皆悉四散,唯长年一人,心不惊动。种种灵应,不可具述。”

宣律师又问到目连与舍利弗，这两位高僧已圆寂，为何再次现世？天人答："有六人与他们同名，这位目连不是大目连。北朝宇文周时，文殊师利菩萨化为梵僧，到中原游方行化，说想至迦叶佛讲经说法处礼拜，并前往文殊所住之处清凉山（五台山）。他遍访僧人与俗众，无人知晓这一众事。当时有位智猛法师，年仅十八，他反问文殊师利菩萨化成的梵僧：'您如何得知这两位高僧的遗迹？'答：'秦国都城往南二十里有苍颉造字台，那就是迦叶佛讲经说法之处。'他又说：'沙河往南五十里，青山往北四十里，就是那里。'智猛法师又问'沙河''青山'说的是哪里，答：'即是渭水与终南山。'这梵僧便从渭水一路向南，寻得高四台，说道此处便是旧时迦叶佛讲经说法处。当时智猛法师随他一同前往参拜，不久这位梵僧就不见了踪迹。智猛长大后，把此事详细说与太常韦卿，请他在高四台处，照原样建寺，建成后奏报北周皇帝，命名为三会寺。隋炀帝大业年间，毁坏佛寺，三会寺被毁，佛像移入菩提寺。现今京城东市西平康街南门东侧菩提寺西殿佛首，就是当年三会寺内的佛像。释迦如来佛祖度化了大迦叶之后，十二年中，大迦叶来到高四台，见台下有迦叶佛的舍利。周穆王游历大夏时，佛告诉他周朝境内有古塔，可返回礼拜供奉，周穆王问古塔在何处，佛说在镐京东南。西天竺国补充记载某人生平的传记中，有个人名长年，是师子国的僧人，九十九岁，是三果阿那含人，听闻镐京东南有古塔这般圣迹，他便亲自前去礼拜，他又上奏请示想前往北岱清凉山文殊师利菩萨座下。皇帝听闻欣喜，亲赐驿马及弟子官佐二十余人，随行供他驱策。诸位官人弟子都驾官马，唯独长年一人，自幼苦修精诚至极，从不乘牲畜。到岱州清凉山后，长年即刻肘行膝步，直至中台佛堂，即文殊师利菩萨庙堂。从山下到佛堂，三十多里，一路山石锋利，刺破皮肉扎到骨头，竟无血浆流出。到第七日，他累得全身趴倒在地，面颊贴着泥土，无法起身也无法进食。如此七日期满，忽然跃起，雀跃挥舞，周围空间处处可见文殊师利菩萨与圣僧罗汉，随从数十位僧人俗众，有的能看见有的什么也看不见，还看到一蟒蛇，身长数里，从北面爬来，径直扑向长年，长年见后心生喜欢，蟒蛇用嘴衔过法师的脚，化作僧人身形。诸律师又问天人曰：“自昔相传，文殊在清凉山，领五百仙人说法。经中明文殊是久住娑婆世界菩萨。娑婆则大千总号，如何偏在此方？”答曰：“文殊是诸佛之元帅，随缘利见，应变不同。大士大功，非人境界，不劳评泊，但知仰信。多在清凉山五台之中，今属北岱州西，见有五台县清凉府。皇唐已来，有僧名解脱，在岩窟亡来三十余年，身肉不坏，似如入灭尽定。复有一尼，亦入定不动。各经多年，圣迹迦蓝。菩萨圣僧，仙人仙花，屡屡人见。具在别篇，岂得不信？”

又问：“今五台山中台之东南三十里，见有大孚灵鹫寺，两堂隔涧犹存。南有花园，可二顷许，四时发彩，色类不同，四周树围，人移花栽。别处种植，皆悉不生。唯在园内，方得久荣，人究年月，莫知来由，或云汉明所立，或云魏孝文帝栽植。古老相传，互说不同，如何为实？”答曰：“但是二帝所作。昔周穆之时，已有佛法，此山灵异，文殊所居，周穆于中造寺供养。及阿育王，亦依置塔。汉明之初，摩腾法师是阿罗汉天眼，亦见有塔，请帝立寺。其山形像似灵鹫山，名曰大孚。孚者，信也，帝深信佛法，立寺劝人。元魏孝文，北台不远，常来礼谒，见人马行迹，石上分明，其事可验。岂唯五台独验？今终南、太白、太华、五岳名山，皆有圣人为住持佛法，令法久住。有人设供，感讣征应。事在别篇，不烦此术也。”

又问：“今凉州西番音盘。和县山裂像，出何代造耶？”答云：“迦叶佛时，有利宾菩萨，见此山人，不信业报，以杀害为事，于人惊惧，纷纷四散逃遁，唯独长年一人，毫不畏惧，心神镇静。种种灵验之事，难以一一细述。”

宣律师又问天人：“自古相传，文殊菩萨在清凉山带领五百名仙人讲经说法，经书记载文殊菩萨是久居娑婆世界的菩萨，娑婆世界是大千世界的总称，为何他偏在清凉山？天人答：“文殊师利菩萨是诸佛的元帅，随缘分现身，因境遇变化，此乃大士（佛与菩萨的别称）大功业，绝非常人的境界，无需在此评断，只需信奉即可。文殊师利菩萨多居清凉山五台中，现今属北岱州西部，那里建有五台县清凉府。唐朝以来，有位僧人名解脱，他在岩窟圆寂三十余年，尸体未曾腐败，状态犹如入定。还有位僧尼，也是入定后不再有任何动静，历经多年肉身无损。圣迹寺院、菩萨圣僧、仙人仙花等屡次现身人世。这些都有记载，怎能不信？”

律师又问：“现在五台山中台东南三十里处有大孚灵鹫寺，两佛堂至今隔着流水，寺南有花园，占地约两顷，四季开花，颜色、种类各不相同，花园周边绿树环绕，人们将其中的花移植别处，都无法成活，只有生长在园中才能长久繁茂。世人研究这寺庙建成的年月，无人知它是何时出现的，有人说是汉明帝时建成，有人说北魏孝文帝时栽植的花草，古老的传言，说法各不相同，又如何证实？”天人答：“确实是两位帝王所造，昔日周穆王时，已出现佛法，此山灵验，文殊师利菩萨居住在此，周穆王在此处修筑寺庙供奉他。到阿育王时，也依旧例建塔。汉明帝初年，摩腾法师是阿罗汉，他开天眼后也看到此塔寺，便请汉明帝在此建寺。此山形状像灵鹫山，名为“大孚”，“孚”是“信”的意思，汉明帝深信佛法，建寺规劝世人。北魏魏孝文帝的都城距五台山北台不远，常来此礼拜，可以看到车马行人的痕迹，在石头上清晰可见，这事就有了验证。岂止五台山灵验，如今终南、太白、太华、五岳名山等，都有高僧大德主持讲经，以绵延佛法，这些地方有人上供、祭祀、吊唁、算命，这些事收录在其他篇目，此处不再赘述。”

律师又问天人：“现今凉州西番和县断裂的佛像，产自什么年代？”答：“迦叶佛时代，有利宾菩萨，看到山中人不信因果报应，以时住处有数万家，无重佛法者。菩萨救之，为立迦蓝，大梵天王手造像身。初成以后，菩萨神力能令如真佛不异。游步说法，教化诸人。虽蒙此道，犹故不信。于时菩萨示行怖畏，手擎大石，可于聚落，欲下压之。菩萨扬威劝化，诸人便欻回心，敬信于佛。所有杀具，变成莲花，随处街巷，华如种植。瑞像方摄神力，菩萨又劝诸清信士，令造七寺。南北一百四十里，东西八十里，弥山亘谷，处处僧坊佛殿。营造经十三年，方得成就。同时出家者，有二万人，在七寺住。经三百年，彼诸人等，现业力大，昔所造恶，当世轻受，不入地狱。前所害者，在恶趣中，又发恶愿。彼害我者，及未成圣，我当害之；若不加害，恶业便尽，我无以报。共吐大火，焚烧寺舍，及彼聚落，一时焚荡。纵盗得活，又以大水漂溺杀之，无一得存。时彼山神，寺未破前，收取此像，远在空中；寺破已后，下内石室，安置供养。年月既久，石生室灭，至刘萨诃师礼山，逆示像出。其萨诃者，前身元是利宾菩萨。身首别处，更在别篇也。”

又问：“江表龙光瑞像，人传罗什将来，有言扶南所得，如何为定？”答曰：“此非罗什所得，斯乃宋孝武帝征扶南获之。昔佛灭后三百年中，北天竺大阿罗汉优婆质那，以神力加工匠，后三百年中，凿大石山，安置佛窟，从上至下，凡有五重，高三百余尺。请弥勒菩萨指挥，作檀室处之。《玄奘师传》云：‘百余尺’，《圣迹记》云：‘高八丈’，足趺八尺，六斋日常放光明。其初作时，罗汉将工人上天，三往方成。第二牛头旃檀，第三金，第四玉，第五铜像。凡夫今见，止在下重，上四重闭。石窟映彻，见人脏腑。第六百年，有佛柰遮阿罗汉，生已母亡。复生扶南国，念母重恩，从杀业谋生，当时此处有数万住户，无人敬重佛法。菩萨为点化他们，在此建寺院，大梵天王亲手造佛像，佛像制成后，菩萨用神力使佛像与真佛无异，可以漫游各处讲授佛法，教化众人。人们虽蒙受佛法教诲，仍不信佛法。这时菩萨展示神威，手举大石，石头可骤然坠落，几近压住下面的人。由于菩萨显扬神威讲经游化，诸人顿悟，敬奉佛法，所有杀器变成莲花，开遍街巷，如刻意栽种一般美丽。佛像刚收敛神力，菩萨又劝诸多清信士（优婆塞，亲近皈依三宝、接受五戒的在家男居士），请他们修造七间寺庙。在南北一百四十里、东西八十里内，漫山遍谷，处处有僧舍佛殿。营造长达十三年，才得以全部建成。其间出家修佛之人，多达两万人，居于这七座寺院。经三百年修行，这些人如今业力（指会产生苦乐果报的行为力量）强大，昔日的罪孽，在此生被减轻，不再入地狱。昔日被他们杀害的生灵，在恶趣（恶道，地狱、饿鬼、畜生三道）中发下恶愿：害我之人，没有成佛前，我定加害与他们；若不加害他们，他们的罪孽消除，我再无法报仇。于是，他们便一起口吐大火，焚毁寺院僧舍及村落，大火将其焚烧一空，纵使有人存活，又被大水溺死，结果无一幸免。当时那处的山神，在寺庙尚未倒塌前，收走了利宾菩萨的佛像，存放在空中，寺庙损毁后，山神将佛像安置在石室中供奉，年岁渐长，石像依然留存着但石室已不在。刘萨诃法师拜山时，才把石像从地下出来，萨诃法师的前身便是利宾菩萨，至于为何身首异处，这都收录在别处。”

律师又问江南龙光寺瑞像，世人相传是西域僧人罗什带来中原的，也有说是从扶南国得来的，哪种说法准确？天人答：“这佛像并非罗什带来的，是南朝宋孝武帝征讨扶南时获得的。昔日佛祖去世后三百年间，北天竺大阿罗汉优婆质那，将神力赋予工匠，工匠在此后三百年间，开凿大石山，安置佛窟，从上到下共五层，高三百余尺，此工程请弥勒菩萨指挥，造檀室存放佛像，《玄奘法师传》有云：‘佛像高百余尺’，《圣迹记》云：‘高八丈’，脚背八尺，在六斋日时绽放光芒。起初建造时，罗汉将工人送往空中，如此三次才制成。佛窟第二层安放牛头旃檀，第三层安放金像，第四层安放玉像，第五层安放铜像。常人今日看到的，只是最下层，上面四层都关着，石窟光辉上重中，取小檀像，令母供养。母终，生扬州，出家，住新兴寺，获得三果。宋孝武征扶南，获此像来都，亦是罗汉神力。母今见在，时往罗浮、天台、西方诸处。昔法盛，昙无谒者，再往西方。有《传》五卷，略述此缘。何忽云罗什法师背负而来耶？”宣律师因问：“什师一代所翻之经，人多偏乐，受持转盛，何耶？”答曰：“其人聪明，善解大乘，已下诸人同时翻译者并俊。又一代之宝也，绝后光前，仰之所不及。故其所译，以悟达为先，得佛遗寄之意也。”

又问：“俗中常论被秦姚兴抑破重戒，云何得佛意耶？”答曰：“此非悠悠凡所筹度，何须评论？什师德行在三贤，所在通化，那繁补阙，随机而作。故《大论》一部，十分略九。自余经论，例此可知。冥祥感应，历代弥新，深会圣旨，罕逢难遇，又蒙文殊指受，令其删定，特异恒伦。岂以别室见讥，顿亡玄致者也？”

又问：“邡州显际寺山出石像者，何代所立？”答曰：“像是秦穆公所造。像元出处，是周穆王造寺处也。佛去世后，育王第四女，又造像塔，于此供养。于时此寺有一二三果人住中，秦相由余常所奉敬。往者迦叶佛时，亦于此立寺，是彼沙弥显际造也。仍将本名，以显寺额。”

又问：“金玉华宫南檀台山上，有砖塔，面别四十步，下层极壮，四面石龛，傍有碎砖，又有三十余窑砖，古老莫知何代，然每闻钟声。”答曰：“此穆王寺也，名曰灵山。至育王时，敕山神于此交映，可将人的肺腑照得通透。石窟建成第六百年，有位佛柰遮阿罗汉，他刚诞生母亲就去世了，他出生在扶南国，念及母亲生育之恩，在石窟上层取出一小檀像，请母亲供奉。母亲去世后，投胎到扬州，后来出家住新兴寺，证得三果。宋孝武帝征讨扶南，得了那尊小檀像带回京都，也靠奈遮阿罗汉的神力。他的母亲如今仍健在，常到罗浮、天台、西方各地。从前有个法盛和尚，是高僧昙无谶的谒者，曾再往西方。有《传》五卷，略述了这件事的缘由，为何忽然说罗什法师将其背来？律师因此又问："罗什法师一代人翻译的佛经，受世人偏爱，修佛之人变多，又是为何？"天人答："鸠摩罗什这人聪慧，擅长理解大乘教义，他麾下数人与当时翻译佛经之人都是才俊。罗什法师是那个时代的珍宝，空前绝后，让人望尘莫及。所以他翻译的佛经，以开悟和传达佛法为首，最得佛祖真意。"

律师又问："坊间流传罗什法师被秦人姚兴逼迫屡次犯戒，为何说他深得佛祖真传？天人答："这并非芸芸凡众能理解的，无须再置喙，罗什法师位列三贤（指十住、十行、十回向），他所在之处都被感通教化，删繁补缺，随机应变，他阐释的《大智度论》，十分中省略掉九分，其余经卷，参照《大智度论》便可知，随时间推演对佛法的阐释日益革新，理解越发深刻，在难遇上罗什法师这样的奇才，他又受文殊菩萨指点传授，让他删削改定经卷注疏，所以他的翻译与常人有天壤之别。怎能因他娶妻纳妾就讥讽他，忽略了他深刻的造诣和卓著的建树呢？"

律师又问："郊州显际寺山上出现的石像，是什么时代建造的？"天人答："石像造于秦穆公时，石像旧址是周穆王建寺处，佛祖圆寂后，阿育王的第四个女儿又建了佛像和寺塔，在此处供奉。当时寺中住着一到三个修得正果的僧人，秦国国相由余常在此敬奉。旧日迦叶佛时代，也在此建寺，由当时的沙弥显际建成，后来这寺延续旧时的名字，以'显际寺'为匾。

律师又问："金玉华宫南檀台山上砖砌的古塔，塔每个面各四十步宽，底层雄壮，四面环绕石龛，石龛旁有碎砖，又有三十余块窑砖，老人们也不知建于什么时代，塔中常传出钟声。"天人答："此造塔。西晋末乱，五胡控权。刘曜京都长安，数梦此山佛见，在砖塔中坐，语曜曰：‘汝少饮酒，莫耽色欲，黜去邪佞，进用忠良。’曜不能从，后于洛阳，酒醉落马，为石勒所擒。初，曜因梦所悟，令人寻山访之，遂见此像，坐小砖塔，与梦符同。便毁小塔，更造大者，高一十九级，并造寺宇。极存壮丽，寺名法灯，度三百僧住之。曜没赵后，寺有四十三人，修得三果。山神于今塔后又造一寺，供三果僧。神往太白，采取芝草，供养圣僧，皆获延龄。寺今现在，凡人不见。所闻钟声，即是寺钟也。其塔本基，虽因刘曜，仍是穆王立寺之处也，又是迦叶如来之古寺也。至贞观年，于玉华北慈乌川山上，常见群鹿来集其所，逐去还来。有人异之，于鹿集处，掘深一丈，获一石像，长一丈许，见今供养。”

又问：“荆州前大明寺旃檀像者，云是优填王所造，依传从彼摸来，将至梁朝。今京师复有，何者是本？”答曰：“大明是本像。梁高既崩，像来荆渚。至元帝承圣三年，周平梁后，收薄国宝，皆入北周。其檀像者，有僧珍师藏隐房内，多以财物赠遗使人，像遂得停。至隋开皇九年，文帝遣使人柳顾言往迎，寺僧又求像，令镇荆楚。顾是乡人，从之。令别刻檀，将往恭旨。当时访匠，得一婆罗门僧，名真达，为造。即今西京大兴善寺像是也，亦甚灵异。本像在荆州，僧以漆布幔之。相好不及真者。大明本是古佛住处，灵像不肯北迁故也。近有长沙义法师，天人冥赞，遂悟开发，别除漆布，真容重显，大动信心。披觌灵仪，令檀所作，本无补接，光趺殊异，象牙雕刻，卒非人工所成。兴善像身，一一乖本。”

寺建于周穆王时，名灵山，阿育王敕令山神在那建塔，西晋末时局动荡，五胡掌权，刘曜定都长安，多次梦到佛现身此山，坐在塔中，佛对刘曜说：“你少饮酒，莫贪图色欲，铲除奸邪，选用忠良。”刘曜不听劝诫，在洛阳醉酒坠马，被石勒擒获。起初刘曜在梦中惊悟，派人寻访那山，见到那佛像，坐在小砖塔中，与梦中所见相符。他差人毁掉小塔，新建大塔，塔高一十九级，还建造了寺宇，形制极为壮丽，寺名法灯寺，请三百名僧人入住。刘曜灭亡石赵建立后，法灯寺中有四十三位僧人修得三果，山神在现今的塔后又建一寺，供奉证得三果的高僧。山神到太白山上采取灵芝草，供养圣僧，使得圣僧都能延年益寿。那寺庙仍留存至今，但凡人看不到。现在你听到的钟声，便是寺里的钟声。砖塔原本的地基，虽经刘曜翻新，但地址仍是周穆王建寺处，也是迦叶如来时的古寺旧址。唐太宗贞观年间，玉华宫北慈乌川山上，常能见到群鹿集聚，将它们赶跑后还会再来，有人惊异，在鹿群聚集处，挖出一丈深坑，得一石像，长一丈多，被供奉至今。”

律师又问：“荆州前大明寺旃檀佛像，据说是优填王所造，被依传带到梁朝，如今京城也有旃檀佛像，这两尊哪尊是旧时的佛像？”天人答：“大明寺的是本像，梁武帝驾崩后，佛像来到荆州，梁元帝承圣三年，北周灭梁后，搜刮梁国财宝，收入北周，旃檀佛像被僧珍法师隐在房中，他又赠予使臣众多财物，才得以留下檀像。隋文帝开皇九年，隋文帝派使臣柳顾言迎请檀像，寺僧恳求将檀像留下守护荆楚之地，柳顾言正是荆楚人，便依了寺僧的请求。他差人另外造檀像，带回去复命。当时寻访匠人，寻得一婆罗门僧人，名真达，为他制造檀像，便是现今西京大兴善寺的佛像，也很灵验。本像在荆州，僧人用漆布遮盖，仿制佛像虽好但不如本像。大明寺本是古佛住所，所以灵像不愿北迁。近日长沙义法师，受天人点化顿悟，去除檀像上的漆布，檀像的真容重见天日，义法师敬奉之心漫溢，虔诚的注视着佛像，檀像在制作上无黏补衔接之处，光着的脚背很是奇特，像象牙雕琢一样，绝非凡人工匠所为。兴善寺的佛像，处处与本像不同。”

又问："涪州相思寺侧，多有古迹，篆铭勒之，不识其缘。此事云何？"答曰："此迦叶佛时，有山神姓罗，名子明，蜀人也。旧是持戒比丘，生憎破戒者，发诸恶愿：令我死后，作大恶鬼，啖破戒人。因愿受身，作此山神。多有眷属，所主土地，东西五千余里，南北二千余里。年啖万人已上。此神本僧为迦叶佛兄，后为弟子，彼佛怜愍，故来教化。种种神变，然使调伏，与受五戒，随识宿命，因不啖人。恐后心变，故佛留迹。育王于上起塔，在山顶。神便藏于石中。塔是白玉所作。其神现在，其郭下寺塔，育王所立。见付嘱仪中。"

又问："南海循州北山兴宁县界灵龛寺，多有灵迹，何也？"答曰："此乃文殊圣者弟子，为此山神，多造恶业。文殊愍之，便来教化。遂识宿命，请为留迹，我常礼事，得离诸恶。文殊为现，今者是也。于贞观三年，山神命终，生兜率天。别有一鬼，来居此地，即旧神亲家也。大造诸恶，生天旧神怜之，下请文殊，为现小迹。以化后神，又从正法。故今此山，大小迹现，莫匪有由焉。见付嘱仪。"

又问："沁州北山石窟佛，常有光明。此像出来久近耶？"答曰："此窟迦叶佛、释迦佛二时备有，往昔周穆王弟子造迦叶佛像也。"

又问："渭南终南二山，有佛面山、七佛涧者。"答曰："此事同于前。南山库谷天藏，是迦叶佛自手所造之藏也。今现有十三缘觉，在谷内住。"

又问："此土常传有佛，是殷时、周昭、庄王等造，互说不同，律师又问："涪州相思寺旁，有诸多古迹，其上都刻有篆铭（篆字所刻的铭文），不知缘何如此？这事如何解释？"天人答："这是迦叶佛时，一山神姓罗，名子明，蜀地人，原是持戒修行的僧人，他平生最恨破坏戒规之人，发下恶愿：我死后，化为大恶鬼，吃掉破戒之人。恶愿兑现，变成山神，亲眷众多，属地东西长五千余里，南北两千余里，每年吃上万人，山神前世为僧时本是迦叶佛的兄长，后来成为迦叶佛的弟子，受迦叶佛怜悯，特意教化他，展示种种神变使他信服，从调伏（佛教谓调和身口意三业，以制伏诸恶）起，受五戒，了解宿命，不再吃人。又担心他日后故态复萌，迦叶佛留下佛迹。阿育王在佛迹上建塔，塔坐落在山顶，山神藏在石头中，塔由白玉彻成，山神现今仍在，城郭下石塔，由阿育王搭建，此事在往生付嘱文中可见。"

律师又问："南海循州北山兴宁县边界处灵龛寺，有众多神明显灵的事迹，这是为何？"天人答："这是文殊菩萨的弟子在此做山神，造了诸多恶业，文殊菩萨怜悯他，便特意教化，使他了解宿命，请文殊菩萨为他留下神迹，以便自己时常礼拜，脱离恶业。文殊菩萨显灵，便是造成今日见到的神迹。唐太宗贞观三年，山神去世，托生兜率天。另有一鬼来此居住，这鬼便是旧日山神的亲家，造了诸多恶业，转生后的山神怜惜他，请文殊菩萨为他显灵，以教化后来的山神，文殊菩萨依旧显灵。所以如今此山遍布大小神迹，并非没有来由，此事在往生付嘱文中可见。"

律师又问："沁州北山石窟中佛像，常绽放光芒，这佛像制造的时间距当代久吗？"天人答："这石窟存在于迦叶佛与释迦牟尼佛两个时代，就是从前周穆王的弟子建造的迦叶佛的佛像。"

律师又问："渭南山与终南山的佛面山、七佛涧是什么情况？"天人答："这事与前面相同，南山的库谷天藏是迦叶佛亲手建造的库藏，现有十三位缘觉（出于佛世，观十二因缘而得悟者）住在其中。"

律师又问："传闻此地有许多佛像，有说是殷商时商昭王所造如何取定？”答曰：“皆有所以。弟子夏桀时生天，具见佛之垂化。且佛有三身，法报二身，则非凡见，并化登地以上。唯有化身，被该三千，百亿释迦，随人所感，前后不定，或在殷末，或在鲁庄，俱在大千之中。前后咸传一化，感见随机，前后何定。若据法报，常自湛然，不足叹也。”

又问：“汉地所见诸瑞像，多传育王第四女所造，其争幽冥，难得其实，此事云何？”答曰：“此实不疑，为育王第四女。厥貌非妍，久而未出，常恨其丑，乃图佛形相，还如自身，成已发愿：‘佛之相好，挺异于人，如何同我之形仪也。’以此苦邀，弥经年月，后感佛现，忽异本形。父具问之，述其所愿。今北山玉华、荆州长沙、杨都高悝及京城崇敬寺像，并是育王第四女造。或有书其光趺，依梵本书。汉人读者，罕识其文。育王因将此像，令诸鬼神，随缘所感，流传开悟。今睹像面，莫非女形。其崇敬寺地，本是战场。西晋将末，有五胡大起，兵戈相杀，此地特多地下人骨，今掘犹得。所杀无辜，残害酷滥，故诸神鬼，携以镇之。令诸冤魂，得生善念。周朝灭法，神亦徙之。隋祖载隆，佛还重起。”

又问：“幽冥所感，俗中常有。神去形朽，如何重来，或经七日多日，如生不异？”答曰：“人禀七识，各有神。心识为主，主虽前去，余神守护，不足怪也。如五戒中，一戒五神，五戒便有二十五神，戒破五神去，余者仍在。如大僧受戒，戒有二百五十神，亦戒戒之中，感得二百五十，防卫比丘。若毁一重戒，但二百五十神去，余者恒随。”

有说是鲁庄王等人制造的，说法不一，如何确定？”天人答：“这些说法都有依据，弟子夏桀时生天（行十善者死后转生天道），感受佛祖教化。且佛有三身（法身、报身和化身或应身，乃成佛所证之果），其中法、报二身，凡人看不到，这二身可在人间化形，唯有化身，有三千个，百亿个释迦牟尼佛，随着人的感悟现身，时间不定，有的在殷末，有的在鲁庄公时，都在大千世界中，时间先后统一，人们随机缘遇到，怎能确定时间？若只看法报二身，这个问题就清晰可解，不足以震惊。”

律师又问：“汉地见到的诸多佛像，传说是阿育王第四女所造，证据模糊，没有确切的依据，这事怎么解释？”天人答：确有此事，无需怀疑，阿育王第四女其貌不扬，一直没能出嫁，她常怨恨自己丑陋，便画佛的样子，希望自己长成这样，画成后发愿道：‘佛的相貌这么好，超世拔俗，怎能与我的相貌相同。’她以此苦苦相求，经年累月，感应到佛现身，自己的样貌改变。她父亲问她原由，她详述经过。如今北山玉华寺、荆州长沙寺、杨都高悝寺以及京城崇敬寺内佛像，都是阿育王第四女所造。有幅画像画着她赤裸着脚背，靠着一梵文书，汉人赏画，鲜少有人认得梵文，阿育王便将此画像，请鬼神随缘感悟，流传民间教化民众。如今看到的佛像的面部，没有不是女性形象的。崇敬寺的位置，原是战场，西晋末年五胡乱华，刀兵四起，此地埋藏诸多骸骨，至今还能挖出，被害的多是无辜百姓，所以鬼神们带佛像镇压冤魂，让冤魂生出善念。北周灭绝佛法时，神灵迁移，隋祖振兴佛教，佛像又返回此处。”

律师又问：“灵魂的感应，俗世中常有神魂离去揉一枯槁，怎能复活，有人时隔七日甚至更久，复活后与在世时无异，这是什么原因？”天人答：“人有七识（从根本识中派生的七种精神和感觉现象，即眼、耳、鼻、舌、身、意、末那，亦称七转识），每一识都有神守护，以心识为主，主虽离开，其余各神仍在，复活便不足为怪。比如五戒中，每戒有五神，五戒有二十五神，破一戒五神离开，其余二十神仍在。又如大僧受戒，一戒有二百五十神，每戒中都能感得二百五十神护卫着僧人。若破一重戒，失去二百五十神，其余诸神仍跟随着律师又问天人曰："其蜀地简州三学山寺，空灯常照，因何而有？"答曰："山有菩萨寺，迦叶佛正法时初立，有欢喜王菩萨造之。寺名法灯。自彼至今，常明室表。有小菩萨三百人，断粒遐龄，常住此山。此灯又是山神李特，续后供养，故至正月，处处燃灯，以供佛寺云尔。"（出《法苑珠林》）

僧人。”

律师又问：“蜀地简州三学山寺内，空灯常明，这空灯为何存在？”天人答：“三学山有菩萨庙，迦叶佛正法时建成，由欢喜王菩萨建造，寺名法灯。此后常明灯光照室外，有小菩萨三百人，辟谷长寿，常住此山。此灯由山神李特继续供奉，到每年正月，处处燃起灯烛，用以供奉佛寺。”（出《法苑珠林》）

卷第九十四　异僧八

华严和尚　唐休璟门僧　仪光禅师　玄览　法将

华严和尚

华严和尚学于神秀。禅宗谓之北祖，常在洛都天宫寺，弟子三百余人。每日堂食，和尚严整，瓶钵必须齐集。有弟子，夏腊道业，高出流辈，而性颇褊躁。时因卧疾，不随众赴会。一沙弥瓶钵未足，来诣此僧，顶礼云："欲上堂，无钵如何？暂借，明日当自置之。"僧不与曰："吾钵已受持数十年，借汝必恐损之。"沙弥恳告曰："上堂食顷而归，岂便毁损？"至于再三，僧乃借之曰："吾爱钵如命，必若有损，同杀我也。"沙弥得钵，捧持兢惧。食毕将归，僧已催之。沙弥持钵下堂，不意砖破蹴倒，遂碎之。少顷，僧又催之。既惧，遂至僧所，作礼承过，且千百拜。僧大叫曰："汝杀我也。"怒骂至甚，因之病亟，一夕而卒。

尔后经时，和尚于嵩山岳寺与弟子百余人，方讲《华严经》，沙弥亦在听会。忽闻寺外山谷，若风雨声。和尚遂招此沙弥，令于己背后立。须臾，见一大蛇，长八九丈，大四五围，直入寺来，怒目张口。左右皆欲奔走，和尚戒之不令动。蛇渐至讲堂，升阶睥睨，若有所求。和尚以锡杖止之，云："住。"蛇欲至坐，遂俯首闭目。和尚诫之，以锡杖扣其首曰："既明所业，今当回向三宝。"令诸僧为之齐声念佛，与受三归五戒，此蛇宛转而出。时亡僧弟子已有登会者，和尚召谓曰："此蛇汝之师也。修行累年，合证果之位，为临终之时，惜一钵破，怒此沙弥，遂作一蟒蛇。适此来者，欲杀此沙弥。更若杀之，当堕大地狱，无出期也。赖吾止之，与受禁

华严和尚

华严和尚追随神秀修佛，禅宗尊称神秀为北宗创始人，华严和尚常住在洛阳天宫寺，有弟子三百余人。每日在食堂用餐时，和尚们总是严肃整齐，瓶钵齐备。有位弟子，出家日久，道业高于同辈，但性情褊急，当时因病卧床，不能随众人一道用餐。一沙弥瓶钵不全，寻到此僧，顶礼致敬道："我想进食堂用餐，但没有钵怎么办？只得暂借您的，明日我自会置办。"此僧拒绝道："我的钵已用了数十年，借给你担心你将它损坏。"沙弥恳求道："上堂用餐很快便可返回归还，怎会损坏？"如此再三恳求，此僧只得相借，嘱托道："我爱钵如命，若有损坏，与杀我无异。"沙弥借到钵，战战兢兢地捧着，用完饭将要归还，那僧人已在催促，沙弥拿钵出食堂，不慎被破砖绊倒，由此钵子便摔碎了。很快，僧人又催促，他甚是惶恐，到僧人处，行礼赔罪，拜了成千上万次。僧人大呼："你杀了我。"接着对沙弥破口大骂，恶言相向。因此事僧人病情急转直下，过了一宿就病逝了。

一段时间后，华严和尚与百余弟子在嵩岳寺，正讲着《华严经》，那沙弥也在场。忽然听到寺外山谷传来声响，如风雨声，华严和尚便召来沙弥，让他站在自己背后。不一会儿，见一大蛇，八九丈长，四五围粗，径直往寺里来，怒目圆睁，敞开血盆大口。周围人都急着逃命，和尚告诫众人切勿轻举妄动。巨蛇缓缓爬进讲堂，爬上台阶睥睨众人若有所寻。和尚用锡杖制止，斥道："停下。"蛇想爬到座位上，便低头闭眼，和尚训诫它，用锡杖敲着它的脑袋说："既然心中有佛，如今理当心向三宝。"他让众僧为它齐声诵经，给它受三归五戒，巨蛇便弯曲爬出。当时病亡僧人的弟子也有前来听讲的，和尚召他上前对他说："此蛇是你师父，修行多年，理当悟入妙道，但因为临终的时候痛惜一只钵子坏了，就化作一巨蛇，刚才前来，意戒，今当舍此身矣，汝往寻之。”弟子受命而出。蛇行所过，草木开靡，如车路焉。行四十五里，至深谷间，此蛇自以其首叩石而死矣。归白和尚曰：“此蛇今已受生，在裴郎中宅作女。亦甚聪慧，年十八当亡。即却为男，然后出家修道。裴郎中即我门徒，汝可入城，为吾省问之。其女今已欲生，而甚艰难，汝可救之。”

时裴宽为兵部郎中，即和尚门人也。弟子受命入城，遥指裴家，遇裴请假在宅，遂令报云：“华严和尚传语。”郎中出见，神色甚忧。僧问其故，云妻欲产，已六七日，灯烛相守，甚危困矣。僧曰：“我能救之。”遂令于堂门之外，净设床席。僧入焚香击磬，呼和尚者三，其夫人安然而产一女。后果年十八岁而卒。（出《原化记》）

唐休璟门僧

唐中宗时，唐公休璟为相。尝有一僧，发言多中，好为厌胜之术。休璟甚敬之。一日，僧来谓休璟曰：“相国将有大祸，且不远数月，然可以禳去。”休璟惧甚，即拜之。僧曰：“某无他术，但奉一计耳，愿听之。”休璟曰：“幸吾师教焉。”僧曰：“且天下郡守，非相国命之乎？”曰：“然。”僧曰：“相国当于卑冗宫中，访一孤寒家贫有才干者，使为曹州刺史。其深感相国恩，而可以指踪也。既得之，愿以报某。”休璟且喜且谢，遂访于亲友。张君者，家甚贫，为京卑官。即日拜赞善大夫，又旬日，用为曹州刺史。

既而召僧谓曰：“已从师之计，得张某矣。然则可教乎？”僧曰：“张君赴郡之时，当令求二犬，高数尺而神俊者。”休璟唯图杀死沙弥。倘若将其杀害，将堕入大地狱，永无转圜之日。幸亏我及时制止，给他受戒，现在他能脱去巨蛇之身，你可前去寻他。”弟子领命出门，蛇爬过之处，草本倾倒，宛如车子压过，前行四十五里，在深谷中，见蛇用脑袋反复撞击石头直到撞死。弟子返回告诉和尚，和尚说：“此蛇现已投生在裴郎中家做他的女儿，甚是聪慧，十八岁时将去世，再转生为男子出家修佛。裴郎中是我的门徒，你可进城，替我探望他。他女儿如今将要诞生，过程艰难，你可前去搭救。”

这时裴宽任兵部郎中，是华严和尚的门生。弟子领命入城，远望裴家，正赶上裴宽告假在家，弟子便让人报告说：“华严和尚有言相传。”郎中出门迎见，神色很是忧虑，弟子问他缘由，他说妻子分娩，已六七日，他日日夜间捧灯烛守候，看样子危在旦夕。弟子说：“我能相救。”随即令人在屋外置办干净床席，弟子进去焚香击磬，连呼和尚三声，裴宽夫人便安然诞下一女孩儿，后来这女孩儿果然十八岁就去世了。（出《原化记》）

唐休璟门僧

唐中宗时，唐休璟任相国。他曾有位门僧，预言事情常能说中，擅长诅咒压服之术，唐休璟很是敬重他。一日，门僧来对唐休璟说：“相国将遭逢大难，就在数月之内，但此难可化解。”唐休璟很是惶恐，礼拜求救。僧人说：“我别无他法，只一计，愿笑纳。”唐休璟道：“幸得您教诲。”僧人说：“如今天下郡守，不都由相国任命吗？”答：“是的。”僧人说：“相国当于小官中，拜访一位孤苦贫寒但有才干之人，任他为曹州刺史。他定深切感念您的知遇之恩，您便可指挥他办事。您寻得此人后，请转告我。”唐休璟欣喜万分表示感谢，便遍访亲友，寻得张君。张君家境凄苦，在京任小官，唐休璟当日就任他为赞善大夫，又过几日，授任曹州刺史。

然后唐休璟召僧人对他说：“已遵从您之计，寻得张某，请您指点接下来该当如何。”僧人说：“张君赴任时，请他寻两二犬，要身高数尺威猛矫健的。”唐休璟应允，张君升职后蒙相国特意提拔之。已而张君荷唐公特达之恩，然莫喻其旨，及将赴郡，告辞于休璟，既而谢之曰：“某名迹幽昧，才识疏浅。相国拔此沉滞，牧守大郡，由担石之储，获二千石之禄。自涸辙而泛东溟，出穷谷而陟层霄，德固厚矣，然而感恩之外，窃所忧惕者，未知相国之旨何哉？”休璟曰：“用君之才耳，非他也。然常闻贵郡多善犬，愿得神俊非常者二焉。”张君曰：“谨奉教。”

既至郡，数日，乃悉召郡吏，告之曰：“吾受丞相唐公深恩，拔于不次，得守大郡。今唐公求二良犬，可致之乎？”有一吏前曰：“某家育一犬，质状异常，愿献之。”张大喜，即献焉。既至，其犬高数尺而肥，其臆广尺余，神俊异常，而又驯扰。张君曰：“相国所求者二也，如何？”吏白曰：“郡内唯有此，他皆常也。然郡南十里某村某民家，其亦有一焉。民极惜之，非君侯亲往，不可取之。”张君即命驾，赍厚直而访之，果得焉。其状与吏所献者无异，而神彩过之。张君甚喜，即召亲吏，以二犬献休璟。休璟大悦，且奇其状，以为未常见。遂召僧视之，僧曰：“善育之，脱相君之祸者，二犬耳。”

后旬日，其僧又至，谓休璟曰：“事在今夕，愿相君严为之备。”休璟即留僧宿。是夜，休璟坐于堂之前轩，命左右十余人，执弧矢立于榻之隅。其僧与休璟共处一榻。至夜分，僧笑曰：“相君之祸免矣，可以就寝。”休璟大喜，且谢之，遂彻左右，与僧寝焉。迨晓，僧呼休璟曰：“可起矣。”休璟即起，谓僧曰：“祸诚免矣，然二犬安所用乎？”僧曰：“俱往观焉。”乃与休璟偕寻其迹，至后园中，见一人仆地而卒矣，视其颈有血，盖为物所噬者。又见二犬在大木下，仰视之，见一人袒而匿其上。休璟惊且诘曰：“汝为谁？”其人泣而指死者曰：“某与彼，俱贼也。昨夕偕来，且将之恩，但不解相国深意，赴任前，张君向唐休璟辞行并道谢：“我名不见经传，才疏学浅，相国提拔我任大郡之守，几石薄俸变为两千石，此恩有如让我从浅滩游入东海，穷尽深谷而升登云霄，知遇之恩深厚，感激不尽。但此外，我暗自思索，不知相国有何深意？”唐休璟道：“赏识您的才干想取之为国，别无他意。但我常听贵郡盛产良犬，我想问您要两只威猛矫健不同寻常的。”张君说：“定遵要求寻得。”

张君到曹州郡后几日，召集全郡官吏，对他们说：“我承蒙相国恩德，由无名小卒提拔上任大郡太守，如今相国求两只良犬，可否寻得？”有一官吏说：“我家养有一犬，形貌体态不同寻常，愿将它献上。”张君大喜，预备将犬献给相国。犬被送来，只见它高数尺且很是壮硕，胸脯有一尺多宽，威猛矫健非凡，且训练有素。张君说：“相国求取两只，另一只怎么办？”官吏告诉他说：“郡城里唯有这一只有如此品貌，其他都很是一般。郡城南十里某村某户，也有一只。但那户人家极度爱惜那犬，除非您亲自去，否则无法求得。”张君立即命人备车，带重礼前去寻访，果然求得了。这只狗的品貌与官吏献上的那只无异，神采有过之而无不及。张君甚是欣喜，立即派亲信将两犬献给唐休璟。唐休璟大喜，惊讶于这两只犬的品貌，认为绝非凡品，召门僧来检视，门僧说：“好生养着，能破解相国灾祸的就是这两只犬。”

过了十日，门僧又来，对唐休璟说：“事情就在今夜，请相国严阵以待。”唐休璟留门僧过夜。这日夜晚，唐休璟坐在堂前窗下，命令十余亲卫执弓侍立于榻侧，门僧与唐休璟共处一榻。夜半，门僧笑道：“相国之灾已除，可安眠。”唐休璟大喜，万分感谢，撤走亲卫，与门僧就寝。天亮后，门僧喊唐休璟道：“该起床了。”唐休璟即刻起床，问门僧：“灾祸确实免除了，但那两只犬有何用呢？”门僧说：“我们二人同去一探究竟。”随后便与唐休璟一道去察探，走到后园中，见一人卧地而死，脖间有血，伤口像被某物啃咬。又见那两犬在大树下，仰头往上看，只见一人裸露着身体躲在树上。唐休璟惊讶地盘问道：“你是谁？”那人悲泣地指着地上的死者说：“我与他致害相国。盖遇此二犬，环而且吠，彼遂为噬而死。某惧，因匿身于此，伺其他去，将逃焉。迨晓终不去，今即甘死于是矣。”休璟即召左右，令缚之。曰：“此罪固当死，然非其心也，盖受制于人耳。愿释之。”休璟命解缚，其贼拜泣而去。休璟谢其僧曰：“赖吾师，不然，死于二人之手。”僧曰：“此盖相国之福也，岂所能为哉？”

休璟有表弟卢轸，在荆门，有术士告之：“君将有灾戾，当求一善禳厌者为，庶可矣。”轸素知其僧，因致书于休璟，请求之。僧即以书付休璟曰：“事在其中耳。”及书达荆州，而轸已卒。其家开视其书，徒见一幅之纸，并无有文字焉。休璟益奇之。后数年，其僧遁去，竟不知其所适。（出《宣室记》）

仪光禅师

长安青龙寺仪光禅师，本唐室之族也。父瑯琊王，与越王起兵，伐天后，不克而死。天后诛其族无遗。惟禅师方在襁褓，乳母抱而逃之。其后数岁，天后闻瑯琊王有子在人间，购之愈急。乳母将至岐州界中，鬻女工以自给。时禅师年已八岁矣，聪慧出类，状貌不凡。乳母恐以貌取而败，大忧之。乃求钱为造衣服，又置钱二百于腰下，于桑野中，具告以其本末。泣而谓曰：“吾养汝已八年矣，亡命无所不至。今汝已长，而天后之敕访不止，恐事泄之后，汝与吾俱死。今汝聪颖过人，可以自立，吾亦从此逝矣。”乳母因与流涕而诀，禅师亦号恸不自胜，方知其所出。

乳母既去，师莫知其所之。乃行至逆旅，与诸儿戏。有郡守夫人者，之夫任处，方息于逆旅，见禅师与诸儿戏，状貌异于人，因怜之。召而谓曰：“郎家何在，而独行在此耶？”师伪答曰：“庄都是贼，昨夜一同前来，企图谋害相国，遇上这两只犬，围着我们狂吠，他被咬死，我很是惶恐，躲到树上，想等它们离开就逃跑，直等到天亮它们也没走，如今怕是难逃一死。”唐休璟立即召亲卫将他绑了。门僧劝道：“其罪当诛，但此事非他本愿，定受人胁迫，还请宽恕他。”唐休璟命人解开绳索，那贼叩头悲泣离去。唐休璟感谢门僧道：“多亏师父搭救，否则，我已死于两人之手。”门僧说：“这是相国的福分，不是我能左右的。”

唐休璟有位表弟叫卢轸，住在荆门，有位术士告诉他：“您将有难，当求一位擅长禳除灾祸的人相助，兴许可转圜。”卢轸对门僧早有了解，便写信给唐休璟，请他求问门僧。门僧将一封书信给唐休璟，对他说：“所求之事就在其中。”等此信送至荆州时，卢轸已逝世。家人拆信只见一张白纸，并无文字，唐休璟越发觉得门僧乃奇人。数年后，门僧隐世，不知去向。（出《宣室记》）

仪光禅师

长安青龙寺的仪光禅师，本是唐朝皇族，其父琅琊王与越王起兵讨伐武则天，未果而逝世，武则天降罪株连，全族无一幸免，唯独禅师当时只是襁褓中的婴孩，被乳母抱着逃走了。此后几年，武则天听闻琅琊王仍有一子在世，悬赏捉拿。乳母带他到岐州境内，做女工谋生。当时禅师已八岁，天资聪颖，出类拔萃，相貌非凡，乳母担忧容貌会暴露他的身份，筹钱为他做了新衣，又在腰下放了二百钱，带他到荒郊野外，将身世据实告诉他。乳母啜泣：“我养你八年，竭尽全力带你逃亡。如今你已长大，天后不断下令打探你的下落，我唯恐事情泄露，你与我都难逃一死。如今你聪慧过人，可自保，我也好从此销声匿迹。”乳母与他洒泪分别，禅师悲痛不已，这才得知自己的出身。

乳母离去，禅师不知去往何处，信步走到一家客店，与一众孩童一起游戏。有位郡守夫人在前往丈夫任职之处的路上，在这家客店歇脚，看到禅师与小孩嬉戏，见他相貌不同寻常，心生爱怜。夫人叫他上前问他：“你家在哪里？何故独自在此玩耍？”禅师撒谎答：“我临于此，有时而戏。”夫人食之，又赐钱五百。师虽幼而有识，恐人取其钱，乃尽解衣，置之于腰下。时日已晚，乃寻小径，将投村野。遇一老僧独行，而呼师曰：“小子，汝今一身，家已破灭，将何所适？”禅师惊愕伫立，老僧又曰：“出家闲旷，且无忧畏，小子汝欲之乎？”师曰：“是所愿也。”老僧因携其手，至桑阴下，令礼十方诸佛已，因削其发。又解衣装，出袈裟，令服之。大小称其体，因教其披著之法。禅师既披法服，执持收掩，有如旧僧焉。老僧喜曰：“此习性使之然。”其僧将行，因指东北曰：“去此数里有伽蓝，汝直诣彼，谒寺主云，我使尔为其弟子也。”言毕，老僧已亡矣。方知是圣像也。师如言趣寺，寺主骇其所以，因留之。向十年，禅师已洞晓经律，定于禅寂。

遇唐室中兴，求瑯琊王后，师方谓寺僧言之，寺僧大骇。因出诣岐州李使君，师从父也，见之悲喜。因舍之于家，欲以状闻，师固请不可。使君有女，年与禅师侔，见禅师悦之，愿致款曲，师不许。月余，会使君夫人出，女盛服多将使者来逼之。师固拒万端，终不肯。师绐曰：“身不洁净，沐浴待命。”女许诺，方令沐汤。师候女出，因之噤门。女还排户，不果入。自牖窥之，师方持削发刀，顾而言曰：“以有此根，故为欲逼，今既除此，何逼之为？”女惧，止之不可。遂断其根，弃于地，而师亦气绝。户既闭，不可开，女惶惑不知所出。俄而府君夫人到，女言其情。使君令破户，师已复苏。命良医至，以火烧地既赤，苦酒沃之，坐师于燃地，傅以膏，数月疾愈。

使君奏禅师是瑯琊王子。有敕，命驿置至京，引见慰问，赏赐优给，复以为王。禅师曰：“父母非命，鄙身残毁，今还俗为王，不家所在村庄离此处不远，时常来此玩乐。”夫人给他东西吃，又赐予他五百钱。禅师虽年幼却颇有见识，担心别人拿他钱财，便将衣服解开放在腰下。天色已晚，他沿着小路走，想找一村庄投宿。路遇一老僧独自赶路，老僧喊禅师道：“小子，你如今只身一人，家破人亡，将去往何处？”禅师惊愕伫立，老僧又说：“出家悠闲自在，无忧无虑，小子你可愿意出家？”禅师说：“正合我意。”老僧牵起他的手行至桑树下，令他向十方诸佛行礼，为他剃度，解开自己的背包，取出袈裟让他穿上，大小正合适，还教授他穿着的方法。禅师穿着袈裟握持收放自如，就像出家多年一般，老僧欣喜道：“这是你天性使然。”老僧将离开，指着东北方说：“离此数里有寺院，你直接前往谒见寺主，说我让你做他的弟子。”说罢，老僧就消失不见，这才知原是佛祖圣象显形。禅师依言到寺院，寺主听他诉说偶遇圣象的经历很是惊讶，将他收留。不足十年，禅师已通晓经律，能思虑寂静坐禅习定。

李唐皇室复兴，寻瑯琊王后代，禅师这才将自己的身世告诉同寺僧人，僧人听后大为惊骇。禅师便离开寺院拜访岐州李使君，把他当作伯父，李使君见到他悲喜交加，请他住在家中，想将他的事上奏，他坚决不同意。李使君有一女儿，与他同岁，一见他便心悦于他，愿向他表白心迹，他没有答应。一个多月后，恰逢使君夫人外出，使君女儿盛装打扮，命众人一道逼迫禅师就范，他万般推辞，始终不肯，谎称身上污浊，沐浴后再从命。使君女儿应允，让他沐浴。他等使君女儿出去后，锁死房门。使君女儿前来推门，没推开，从窗户窥视，见禅师手拿剃度刀，回头看着她说：“因此祸根，招致逼迫，如今除此祸根，再没什么可逼我的了吧？”使君女儿惊惧，又制止不了。禅师自断其根，扔在地上，自己气绝倒地。门紧闭，无法打开，使君女儿惶惑不知所措。一会儿，使君夫人回来，女儿对她讲了此事。使君命人破开房门，禅师已苏醒。使君命人请来良医，大夫用火将地烧红，浇上苦酒，让禅师坐在烧热的地上，敷上药膏，数月后痊愈。

使君上奏皇上禅师是瑯琊王之子，皇上敕令各驿站送禅师进京，引入宫中慰问，厚赏优待，封为王爷。禅师说：“鄙人父母死于非愿也。”中宗降敕，令禅师广领徒众，寻山置兰若，恣听之。禅师性好终南山，因居于兴法寺。又于诸谷口，造禅庵兰若凡数处，或入山数十里。从者僧俗常数千人，迎候瞻侍，甚于卿相。

禅师既证道果，常先言将来事，是以人益归之。开元二十三年六月二十三日，无疾而终。先告弟子以修身护戒之事，言甚切至。因卧，头指北方，足指南方，以手承头，右胁在下，遂亡。遗命葬于少陵原之南面，凿原为室而封之。柩将发，异香芬馥，状貌一如生焉。车出城门，忽有白鹤数百，鸣舞于空中，五色彩云，徘徊覆车，而行数十里。所封之处，遂建天宝寺，弟子辈留而守之。（出《纪闻》）

玄览

唐大历末，禅师玄览住荆州陟屺寺。道高有风韵，人不可得而亲。张璪常画古松于斋壁，符载赞之，卫象诗之，亦一时三绝也，悉加垩焉。人问其故，曰：“无事疥吾壁也。”僧那即其甥，为寺之患，发瓦探鷇，坏墙熏鼠，览未常责之。有弟子义诠，布衣一食，览亦不称之。或有怪之，乃题诗于竹上曰：“欲知吾道廓，不与物情违。大海从鱼跃，长空任鸟飞。”忽一夕，有一梵僧排户而进曰：“和尚速作道场。”览言：“有为之事，吾未常作。”僧熟视而出，反手阖户，门扃如旧。览笑谓左右曰：“吾将归矣。”遂遽浴讫，隐几而化。（出《酉阳杂俎》）

命，身体残损，如今还俗为王，不是心中所愿。”中宗皇帝于是下旨，令禅师广收门徒，寻名山建寺庙，一切事宜悉听尊便。禅师生性喜爱终南山，于是住进兴法寺。又于诸谷口建众多禅房，或建在山间数十里深处，追随他修佛的僧人与俗众常多达数千人，出入等候迎接照顾侍奉等人数超过公卿将相。

禅师已证果得道，常预言未来，由此世人更乐意追随他。开元二十三年六月二十三日，禅师无病身亡。临去前他恳切告诫弟子修身护戒等事宜，言罢卧倒，头向北，脚向南，手托着头，右侧朝下，躺好后去世。他留下遗嘱，将他安葬在少陵原南面，要在少陵原上凿出墓穴封存遗体。送灵柩出殡时，异香馥郁，遗体相貌与生前一般无二。灵车出城门，忽然有数百只白鹤，在空中起舞悲鸣，五彩祥云飘荡遮扶灵车，如此前行数十里。封存遗体处，建天宝寺，众弟子世代守护。（出《纪闻》）

玄览

唐朝大历末年，禅师玄览住荆州陟屺寺，他道业高深又风姿绰约，常人难与他亲近。为了赞扬他的道业和人品，在他住处的墙上，有张璪画的古松，符载撰写的赞文，还有卫象题写的诗。这三样称得上绝世佳作，玄览却将它们全部涂掉。有人问他缘由，他说：“他们无由让我壁上生疥疮。”僧那是他的外甥，也是寺庙里的祸患，整日不是上房揭瓦掏雏鸟，就是刨墙挖洞熏老鼠，但玄览不曾责备他。有一弟子名义诠，身着布衣，一日一食，玄览也从未称赞过他。有人心生不满，他便在竹竿上题诗道：“欲知吾道廓，不与物情违。大海纵鱼跃，长空任鸟飞。”忽然一日夜里来了位梵僧，推门进屋道：“和尚速作法事。”玄览说：“我从不刻意造作、有意为之。”那僧人注目细看他良久后离开了，反手关门，门上插关未曾变动。玄览笑着对身边的人说：“我将归去。”随后匆忙换洗完毕，倚着几案坐化了。（出《酉阳杂俎》）

法将

长安有讲《涅槃经》僧曰法将，聪明多识，声名籍甚。所在日讲，僧徒归之如市。法将僧到襄阳。襄阳有客僧，不持僧法，饮酒食肉，体貌至肥，所与交，不择人。僧徒鄙之。见法将至，众僧迎而重之，居处精华，尽心接待。客僧忽持斗酒及一蒸狆来造法将。法将方与道俗正开义理，共志心听之。客僧径持酒殺，谓法将曰："讲说劳苦，且止说经，与我共此酒肉。"法将惊惧，但为推让。客僧因坐户下，以手擘狆裹而餐之，举酒满引而饮之。斯须，酒肉皆尽，因登其床且寝。既夕，讲经僧方诵《涅槃经》，醉僧起曰："善哉妙诵，然我亦尝诵之。"因取少草，布西墙下，露坐草中，因讲《涅槃经》，言词明白，落落可听。讲僧因辍诵听之，每至义理深微，常不能解处，闻醉僧诵过经，心自开解。比天方曙，遂终《涅槃经》四十卷。法将生平所疑，一朝散释都尽。法将方庆希有，布座礼之，比及举头，醉僧已灭。诸处寻访，不知所之。（出《纪闻》）

法 将

长安有位讲《涅槃经》的僧人名法将，他聪慧博识，名满天下。每日讲经时，僧徒如赶集一般纷至沓来络绎不绝。法将到了襄阳，襄阳有位客僧，不守佛教戒规，饮酒食肉，体态肥硕，与人交往不挑对象，颇受僧徒鄙夷。法将到后，众僧相迎礼敬非常，将他安置在最好的住处，接待照料尽心尽力。一日，客僧忽然带着一斗酒与一只蒸小猪造访法将。法将正与几位出家人和与俗尘人讲解佛教义理，众人专心致志地听讲。客僧径直带着酒肉进来，对法将说：“讲说辛劳，暂且休息，与我一同饮酒吃肉。”法将惊惧，一个劲儿推让拒绝。客僧坐在门外，徒手撕开猪肉大快朵颐，举酒斟满豪饮。不大一会儿，酒肉尽数下肚，然后客僧爬上枕席睡着了。到了晚上，法将正诵《涅槃经》，醉酒客僧起身说：“善哉，诵得妙，我也曾诵过。”他取少量干草，铺在西墙下，露天席地坐在草上，讲起《涅槃经》，言语流畅简明，清晰好听。法将停止诵经用心听讲，每讲到他过去不解的义理深奥微妙之处，听了醉僧的讲解，心中顿然开悟。天将亮时，《涅槃经》四十卷尽数讲完。法将平生困惑不解之处，顷刻透彻明晰。法将赞叹醉僧举世罕见的本领，正想让座行礼，等他抬头看时，醉僧已消失。四处寻访，不知去向。（出《纪闻》）

卷第九十五　异僧九

洪昉禅师　相卫间僧　道林　净满　法通

洪昉禅师

陕州洪昉，本京兆人。幼而出家，遂证道果。志在禅寂，而亦以讲经为事，门人常数百。一日，昉夜初独坐，有四人来前曰："鬼王今为小女疾止造斋，请师临赴。"昉曰："吾人汝鬼，何以能至？"四人曰："阇梨但行，弟子能致之。"昉从之。四人乘马，人持绳床一足，遂北行。可数百里，至一山，山腹有小朱门。四人请昉闭目，未食顷，人曰："开之。"已到王庭矣。其宫阙室屋，崇峻非常，侍卫严饰，颇侔人主。鬼王具冠衣，降阶迎礼。王曰："小女久疾，今幸而痊。欲造小福，修一斋，是以请师临顾。斋毕，自令侍送无虑。"于是请入宫中。其斋场严饰华丽，僧且万人，佛像至多，一如人间事。昉仰视空中，不见白日，如人间重阴状。须臾，王夫人后宫数百人，皆出礼谒。王女年十四五，貌独病色，昉为赞礼愿毕。见诸人持千余牙盘食到，以次布于僧前。坐昉于大床，别置名馔，馔甚香洁。昉且欲食之，鬼王白曰："师若常住此，当餐鬼食；不敢留师，请不食。"昉惧而止。斋毕，余食犹数百盘。昉见侍卫臣吏向千人，皆有欲食之色，昉请王赐之余食。王曰："促持去，赐之。"诸官拜谢，相顾喜笑，口开达于两耳。王因跪曰："师既惠顾，无他供养，有绢五百匹奉师，请为受八关斋戒。"师曰："鬼绢纸也，吾不用之。"王曰："自有人绢奉师。"因为受八关斋戒。戒毕，王又令前四人者，依前送之。昉忽开目，已到所居，天犹未曙。门人但为入禅，不觉所适。昉忽开目，命火照床前，五百绢在焉。弟子问之，乃言其故。

洪昉禅师

陕州洪昉禅师，本是京兆人。他自幼出家，悟得佛道正果，致力于思虑寂静坐禅习定，以讲经为己任，门人弟子常达数百人。一日夜间，洪昉禅师独坐，有四人到近前对他说："今日鬼王为大病初愈的女儿设斋祭，特请法师赴会。"洪昉禅师说："我是人你们是鬼，我如何赴会？"四人说："高僧只管动身，弟子自能带您前往。"洪昉禅师答应。四人骑着马，每人扯着绳床一角，往北方走，走了数百里，行至一山边，山腰有一朱漆小门，四人请洪昉禅师闭眼，不足一顿饭的工夫，四人道："可睁开眼。"洪昉禅师睁眼已到鬼王宫殿，只见宫阙房舍崇高庄严，侍卫排列得整整齐齐，与人间国君相似。鬼王衣冠楚楚，下阶施礼相迎道："小女久病，如今有幸病愈，我想为她祈福，设下斋祭场院，特请法师光临见访。斋事结束，自会令侍送您返回，请不要担心。"随即便请洪昉禅师进宫，斋场布置得美盛华丽，数万僧人，众多佛像，一如人间法事。洪昉禅师仰视空中，看不到明亮的天空，有如人间阴雨天。不一会，鬼王夫人率后宫数百人，一并出来行礼谒见。鬼王的女儿十四五岁，容貌华美面带病色。洪昉禅师为她主持了赞礼祝愿仪式。祈愿结束后，见众人奉上千余盘食物，依次陈列在僧人面前，洪昉禅师坐在一大床上，鬼王另外为他准备了珍馐佳肴，美食清香洁净，洪昉禅师正欲享用，鬼王对他说："法师若长住此处，理当食用鬼食，我等不敢久留法师，请您切勿用餐。"洪昉禅师惊惧，于是没有动筷，斋宴结束，剩下数百盘食物，洪昉禅师见侍卫官吏数千人都有想吃的神色，就请鬼王赏赐他们剩余的食物。鬼王下令："快些拿去，赏赐他们。"官吏拜谢，相视喜笑，嘴裂到双耳。鬼王跪在洪昉禅师面前道："法师光临，无他物奉养，奉上丝绢五百匹，请法师为我授八关斋戒。"洪昉禅师说："鬼用的丝绢昉既禅行素高，声价日盛，顷到鬼所，但神往耳，其形不动。未几晨坐，有一天人，其质殊丽，拜谒请曰："南天王提头赖吒，请师至天供养。"昉许之。因敷天衣坐昉，二人执衣，举而腾空，斯须已到。南天王领侍从，曲躬礼拜曰："师道行高远，诸天愿睹师讲诵，是以辄请师。"因置高座坐昉。其道场崇丽，殆非人间，过百千倍。天人皆长大，身有光明。其殿堂树木，皆是七宝，尽有光彩，夺人目睛。昉初到天，形质犹人也，见天王之后，身自长大，与天人等。设诸珍馔，皆自然味，甘美非常。食毕，王因请人宫，更设供具，谈话款至，其侍卫天官兼鬼神甚众。后忽言曰："弟子欲至三十三天议事，请师且少留。"又戒左右曰："师欲游观，所在听之，但莫使到后园。"再三言而去。

去后，昉念曰："后园有何利，而不欲吾到之？"伺无人之际，窃至后园。其园甚大，泉流池沼，树林花药，处处皆有，非人间所见。渐渐深入，遥闻大声呻叫，不可忍听。遂到其旁，见大铜柱，径数百尺，高千丈，柱有穿孔，左右傍达。或有银铛镤其项，或穿其胸骨者，至有数万头，皆夜叉也。锯牙钩爪，身倍于天人。见禅师至，叩头言曰："我以食人故，为天王所镤。今乞免我。我若得脱，但人间求他食，必不敢食人为害。"为饥渴所逼，发此言时，口中火出。问其镤早晚，或云毗婆师尸佛出世时，动则数千万年。亦有三五辈老者，志诚恳。僧许解其缚而遽还。

是纸，我用不上。”鬼王说：“自有人间丝绢奉送。”洪昉禅师给他授了八关斋戒。斋戒后，鬼王又令原先那四人，依照来时的方式送返洪昉禅师。洪昉禅师突然睁开眼睛，已返回居所。天还未亮，门人一心参禅入定，不曾发现有事发生。洪昉禅师坐定，命人用火照亮床前，有五百匹丝绢放在那儿，弟子问丝绢从何而来，他便说了此事的经过。

洪昉禅师极其擅长参禅悟道，声名远扬，方才去往鬼界，只是精神前往，身体不曾移动。没过多久，一日他晨坐时，有位天人姿容殊丽，前来拜谒道：“南天王提头赖吒请禅师上天受供奉。”洪昉禅师应允。于是天人铺下天衣请洪昉禅师坐在上面，两人手持天衣腾空而起，很快就到了天界。南天王率侍从躬身行礼相迎道：“禅师道行高远，天人愿亲睹尊师讲经，因此请尊师前来。”南天王在高处设座请洪昉禅师就坐，道场高大壮丽，绝非凡尘俗物可比，远超人间千百倍。天人都又高又大，周身遍布光焰，殿堂草木点缀七宝光彩夺目。洪昉禅师初到天上，体态如常人，见过天王后，与天人一般无二。天王置办了诸多奇绝珍馐，味道甘美非凡，食罢，天王请洪昉禅师入宫，另外准备香花、饮食、幡盖，二人谈笑和乐，一旁相伴的是众多侍卫天官与鬼神。后来天王忽然说道：“弟子将前往三十三重天议事，请师父在此稍候。”又叮嘱左右近侍说：“若禅师想四处游览，随他心意观赏便可，唯独后园不可去。”再三叮嘱后便离开了。

天王走后，洪昉禅师心下暗道：“后园里有什么利害，怎么不想我前去？”他趁身边无人，偷偷到后园，后园广袤无垠，流泉池沼、花树草药遍布，是人间见不到的景致。洪昉禅师逐步深入，远远听到有极大的呻吟声，惨不忍闻。走到近前，见一巨大铜柱，直径百尺，高千丈，上面有很多孔，左右贯通。其上有用铁锁锁着脖子，有些被拴着胸骨，数量上万头，都是夜叉，钩爪锯牙，身量比天人大两倍，夜叉见洪昉禅师走近，向他叩头道：“我因食人，被天王锁在此处，今日向您乞求赦免我们，我们若被释放，只在人间寻其他食物，绝不再吃人作乱。”他们受饥渴所逼，说这些话时，口中喷火，问他们何时被锁于此处，有的说是毗婆师尸佛出世时，距今几千万年，有斯须王至，先问："师颇游后园乎？"左右曰："否。"王乃喜，坐定。昉曰："适到后园，见镤众生数万，彼何过乎？"王曰："师果游后园。然小慈是大慈之贼，师不须问。"昉又固问，王曰："此诸恶鬼，常害于人，唯食人肉。非诸天防护，世人已为此鬼食尽。此皆大恶鬼，不可以礼待，故镤之。"昉曰："适见三五辈老者，发言颇诚，言但于人间求他食。请免之。若此曹不食人，余者亦可舍也？"王曰："此鬼言不可信。"昉固请。王目左右，命解老者三五人来。俄而解至，叩头言曰："蒙恩释放，年已老矣。今得去，必不敢扰人。"王曰："以禅师故，放汝到人间。若更食人，此度重来，当令若死。"皆曰："不敢。"于是释去。未久，忽见王庭前有神至，自称山岳川渎之神。被甲，面金色，奔波而言曰："不知何处，忽有四五夜叉到人间，杀人食甚众。不可制，故白之。"王谓昉曰："弟子言何如？适语师，小慈是大慈之贼。此等恶鬼，言宁可保！"王语诸神曰："促擒之。"俄而诸神执夜叉到。王怒："何违所请？"命斩其手足，以铁镤贯脑，曳去而镤之。昉乃请还，又令前二人送至寺。寺已失昉二七日，而在天犹如少顷。

昉于陕城中，选空旷地造龙光寺，又建病坊，常养病者数百人。寺极崇丽，远近道俗，归者如云。则为释提柏国所请矣。昉晨方漱，有夜叉至其前，左肩头负五色毯而言曰："帝释天王，请师讲《大涅槃经》。"昉默然还座，夜叉遂挈绳床，置于左膊曰："请师合目。"因举其左手，而伸其右足，曰："请师开目。"视之，已到善法堂。禅师既到天堂，天光眩目，开不能得。天帝曰：

三五老者，态度虔诚，洪昉禅师答应相助后迅速返回。

很快天王回来了，天王先问近侍禅师是否游赏后园，左右答：“并未。”天王满意安坐。洪昉禅师说：“刚才我到了后园，看到数万条生灵被锁着，他们因何罪至于如此？”天王说：“禅师果然游了后园，小慈悲是大慈悲的隐患，师父不必多问。”洪昉禅师非问不可，天王说：“这些恶鬼，常加害于人，专吃人肉。若非诸天神防护，世人早被恶鬼吃尽。那都是十恶不赦的恶鬼，万不可仁慈礼待，所以锁着他们。”洪昉禅师说：“刚才见到三五老者，言辞恳切，说今后寻其他东西吃不再吃人，请天王赦免他们，如果这几位不再吃人，其余皆可释放。”天王说：“这些鬼所言不可信。”洪昉禅师再三请求，天王看了眼近臣，命他们带三五老者前来。很快那几只夜叉被带到，几位老者叩头起誓道：“蒙恩释放，我等已年迈，如今脱身离去，绝不再侵扰人类。”天王说：“因禅师相求，放你们回人间，若再吃人，下次被抓来，将处死你们。”他们都说：“不敢。”于是便放他们走了。不久，忽见天王院前来了一位神仙，他自称山岳川流之神，身披盔甲，面色金黄，风尘仆仆地说道：“不知何处，忽然有四五只夜叉出现在人间，杀死吃掉许多人，无法制服，特来相告。”天王对洪昉禅师说：“弟子先前我说的如何？我曾对您说，小慈悲是大慈悲的隐患，此等恶鬼所言如何能信？”天王对诸神说：“快去捉拿夜叉前来。”很快诸神抓来夜叉，天王怒斥：“为何违背誓言？”命人斩掉他们的手脚，用铁链穿透脑袋，拖走锁起。洪昉禅师请求返回自己的住处，天王又命先前两位天人送他回寺庙。寺中已寻不到洪昉禅师十四天，但在天上仿佛只有片刻。

洪昉禅师在陕州城选一空旷处建龙光寺，又建病坊，数百病人在此养病。寺庙极其高大华丽，周边僧人与俗众云集此处，洪昉禅师还受到释提桓国邀请。一日晨起，洪昉禅师正在洗漱，有一夜叉前来，左肩上披五色毯，说道：“帝释天王请禅师去讲《大涅槃经》。”洪昉禅师无言回到座位，夜叉提起绳床放在左臂道：“请您闭眼。”然后举起左手，伸右脚道：“请您睁眼。”洪昉禅师睁眼一看，已到善法堂。洪昉禅师到天堂后，天光耀眼夺目，眼睛难以睁

“师念弥勒佛。”昉遽念之，于是目开不眩。而人身卑小，仰视天形，不见其际。天帝又曰：“禅师又念弥勒佛，身形当大。”如言念之，三念而身三长，遂与天等。天帝与诸天礼敬言曰：“弟子闻师善讲《大涅槃经》，为日久矣。今诸天钦仰，敬设道场，故请大师讲经听受。”昉曰：“此事诚不为劳，然病坊之中，病者数百，待昉为命。常行乞以给之，今若流连讲经，人间动涉年月，恐病人馁死。今也固辞。”天帝曰：“道场已成，斯愿已久，固请大师勿为辞也。”昉不可。忽空中有大天人，身又数倍于释，天帝敬起迎之。大天人言曰：“大梵天王有敕。”天帝怃然曰：“本欲留师讲经，今梵天有敕不许。然师已至，岂不能暂开经卷，少讲经旨，令天人信受。”昉许之。于是置食，食器皆七宝，饮食香美，精妙倍常。禅师食已，身诸毛孔，皆出异光，毛孔之中，尽能观见诸物，方悟天身腾妙也。既登高座，敷以天衣，昉遂登座。其善法堂中，诸天数百千万，兼四天王，各领徒众，同会听法。阶下左右，则有龙王夜叉诸鬼神非人等，皆合掌而听。昉因开《涅槃经》首，讲一纸余。言辞典畅，备宣宗旨。天帝大称赞功德。开经毕，又令前夜叉送至本寺。弟子失昉，已二十七日矣。

按佛经，善法堂在欢喜园，天帝都会，天王之正殿也。其堂七宝所作，四壁皆白银。阶下泉池交注，流渠映带。其果木皆与树行相直，宝树花果，亦皆奇异。所有物类，皆非世人所识。昉略言其梗概，阶下宝树，行必相直，每相表里，必有一泉。奫缘枝间，自叶流下，水如乳色，味佳于乳，下注树根，洒入渠中。诸天人饮树本中泉，其溜下者，众鸟同饮。以黄金为地，地生软草，其软如绵。天人足履之，没至足，举后其地自平。其鸟数百千，色名无定开。天帝说："请禅师诵弥勒佛。"洪昉禅师依言咏诵，再睁眼就不觉得刺眼，但他仍为人的形态，很是矮小，仰视苍穹，无边无际，天帝又说："禅师再念弥勒佛，形体将变大。"洪昉禅师依言咏诵，三遍后身体长了三次，便与天人同高。天帝与诸天人行礼致敬道："弟子久闻禅师擅长讲《大涅槃经》，如今诸天人对您敬重仰慕，特意设下道场，坚持请大师为我等讲经。"洪昉禅师说："此事实在算不得劳烦，但病坊中尚有数百病人等着相救。我常乞讨化缘供给他们吃食，如今若留在此处讲经，在此片刻人间就已是经年累月，恐怕病人将难以生存，所以今日定要辞去讲经一事。"天帝说："道场已准备好，我等期盼这天已久，请大师切勿推辞。"洪昉禅师拒绝，忽然空中出现一位大天人，身体大于帝释天王数倍，天帝恭敬起身相迎。大天人说："大梵天王有令。"天帝怅然失意地说："本想留禅师讲经，现在大梵天王下令禁止，然而禅师已到，难道不可暂时开卷，为我等稍讲一二，让诸天人信服？"洪昉禅师应允，于是安排了饭食，食器皆由七宝制成，餐饭色香味美，相较寻常餐食精妙数倍。禅师食罢，周身毛孔绽放异彩，毛孔中诸多物件清晰可见，他这才领悟天人身体的玄妙。登上高座后，铺上天衣，洪昉禅师落座，善法堂中聚集成千上万天人，还有四大天王率徒众一并在会听讲。阶下左右两侧，列有龙王、夜叉等各类非人鬼神，都合掌聆听。洪昉禅师打开《涅槃经》卷首，讲了一页多，言辞典雅流畅，深扣宗旨，天帝极力称赞他的功德。讲经结束后，天王又令先前那夜叉送他返回寺院。寺中弟子，已二十七天寻不到洪昉禅师。

据佛经记载，善法堂坐落于欢喜园中，是天王正殿。殿堂为七宝所建，四壁皆为白银，阶下泉水与池塘交相灌注，溪流如银带，果树与其他树木平行排列，宝树花果罕见珍奇，所有物品，皆非凡人熟识。洪昉禅师向世人简述他的见闻，阶下宝树每行笔直平行，表里间必有一道泉水，泉水沿枝丫流淌，自叶片流下，流水呈乳白色，味道胜于乳汁，向下浇注到树根，洒到水渠中，诸天人饮用树中泉水，流到下面的泉水供众鸟同饮。用黄金铺地，地上生出细嫩软草如海绵，天人行走在草上嫩草未及脚背，双足踩过的地面自会平整如相。人七宝林，即同其树色。其天中物皆自然化生，若念食时，七宝器盛食即至。若念衣时，宝衣亦至。无日月光，一天人身光，逾于日月。须至远处，飞空而行，如念即到。昉既睹其异，备言其见，乃请画图为屏风，凡二十四扇，观者惊骇。昉初到寺，毛孔之中，尽能见物。既而弟子进食，食讫，毛孔皆闭如初。乃知人食天食，精粗之分如此。

昉即尽出天中之相，人以为妖。时则天在位，为人告之。则天命取其屏，兼征昉。昉既至，则天问之而不罪也，留昉宫中。则天手自造食，大申供养。留数月，则天谓昉曰："禅师遂无一言教弟子乎？"昉不得已，言曰："贫道唯愿陛下无多杀戮，大损果报。其言唯此。"则天信受之，因赐墨敕："昉所行之处，修造功德，无得遏止。"昉年过下寿，如入禅定，遂卒于陕中焉。（出《纪闻》）

相卫间僧

相卫间有僧，自少博习经论，善讲说。每有讲筵，自谓超绝，然而听者稀少，财利寡薄。如此积年，其僧不愤。遂将经论，遍历名山，以访知者。后至衡岳寺，憩泊月余，常于寺闲斋独坐，寻绎经论。又自咎曰："所晓义理，无乃乖于圣意乎？"沉思之次，忽举头见一老僧，杖锡而入曰："师习读何经论？穷究何义理？"僧疑是异人，乃述其由，兼自咎曰："傥遇知者，分别此事，即钳口结舌，不复开演耳。"老僧笑曰："师识至广，岂不知此义，大圣犹不能度无缘之人，况其初心乎？师只是与众僧无缘耳。"僧曰："若然者，岂终世如此乎？"老僧曰："吾试为尔结缘。"因问师今有几新。其中禽鸟成百上千，毛色不固定，飞入七宝林就与树同色。天界万物都是顺意念化生的，心想餐饭时，七宝器具盛着食物前来，心想衣物时，宝衣也会前来。那里没有日月光辉，只有天人周身遍布的光焰，那光焰相较日月更亮。要到远处时，腾空飞行，想到哪儿就到哪儿。洪昉禅师亲眼见到此间奇异，详细描述见闻，请画师依言绘制屏风，共绘制二十四扇，欣赏过屏风之人无不惊骇。洪昉禅师初回寺院时，毛孔中能看尽所有物件，再后吃过弟子端来的饭菜，毛孔封闭如故。他这才知道，凡人的食物与天人的食物，精致粗糙竟有如此大的差异。

洪昉禅师对外传扬天界景象，许多人以为他是妖怪。当时武则天在位，有人上奏，武则天命人取来屏风，并征召洪昉禅师，洪昉禅师到后，武则天询问他原委后没有降罪于他，并将他留在宫中。武则天洗手做汤羹给他，极尽虔诚地供养他。留他数月，一日武则天对洪昉禅师说："禅师没有一言教诲弟子吗？"洪昉禅师不得已，便说："贫僧唯愿陛下少些杀戮，肆杀戮则必得报应，我只有这些要讲。"武则天相信并接受他所言，赐他谕令："洪昉禅师所到之处，修造寺庙任何人不能阻止。"洪昉禅师年龄太大了，就像入禅定一般，身死陕州。（出《纪闻》）

相卫间僧

相卫间有位僧人，自幼博学经论，擅长讲经论道，每逢讲经时，他自认讲得超群绝伦，但听众稀少，收入微薄。如此经年，此僧心中愤懑，于是带着经论游遍名山，以求遇知音。后来到了衡岳寺，停留了月余，他常独坐在寺中的一间空屋里，反复推求经论，他又自责道："我理解的义理，莫非违背佛经本意？"沉思间，忽然抬头见一老僧拄着锡杖走进，老僧问："师父正习读哪本经论？探究什么义理？"他猜疑老僧是位异人，对他讲了事情原委，并自责道："倘若遇到位明白人，为我分辨此事是非，我即刻闭口结舌，不再讲经，也是愿意的。"老僧笑道："师父学识渊博，难道不知'大圣犹不能度无缘之人'？何况那些初生修佛悟道之心的人，您只是与众僧无缘罢了。"

许赀粮，僧曰：“自徂南县，历行万里，粮食所费，皆以竭矣。今惟大衣七条而已。”老僧曰：“只此可矣。可卖之，以所得直皆作麋饼油食之物。”僧如言作之，约数千人食。遂相与携至平野之中，散掇，梵香长跪，咒曰：“今日食我施者，愿当来之世，与我为弟子。我当教之，得至菩提。”言讫，鸟雀乱下啄食，地上蝼蚁，复不知数。老僧谓曰：“尔后二十年，方可归开法席。今且周游，未用讲说也。”言讫而此僧如言，后二十年，却归河北开讲。听徒动千万人，皆年二十已下，老壮者十无一二。（出《原化记》）

道林

唐调露年中，桂州人薛甲常供一僧。法号道林，道德甚高，瞻敬尤切。如是供给，十有余年。忽一旦辞去，云：“贫道在此挠渎多年，更无所酬。今有旧经一函，且寄宅中。一周年不回，即可开展。”经岁余，开鏁，见有金数千两。后卖一半，买地造菩提寺，并建道林真身。供养至今，像仪见存。薛甲今见有孙禹宾，在桂林效职。（出《桂林风土记》）

净满

则天朝，恒州鹿泉寺僧净满有高行，众僧嫉之。乃密画女人居高楼，而净满引弓射之状，藏于经笥，令其弟诣阙告之。则天大怒，命御史裴怀古推案，便行诛戮。怀古执之不屈，李昭德进曰：“怀古推事疏略，请令重推。”怀古厉声而言曰：“陛下法无亲疏，当与天下画一，奈何使臣诛无辜之人，以希圣旨。向使净满有不臣之状，臣复何颜能宽之乎？臣守平典，庶无冤滥，死不相卫间僧人说：“若真如您所说，我此生岂不是都将门庭冷落？”老僧说：“我可试着为您结缘。”又问他眼下还有多少钱财粮食，他说：“我自从来到南方，一路走了万里，钱财粮食都消耗殆尽，现下徒留七件大衣。”老僧说：“就这些足矣，你可把它们卖掉，将所得钱财都换成米饼油食等物。”相卫间僧人依言，置办了约数千人的口粮。二人相伴将食物带到田野中，撒在地上，老僧焚香长跪念咒祝告：“今日吃了我布施的食物，愿来世能做我弟子，我自当尽心教化，助你们修得正果，达觉悟境界。”说罢，鸟雀纷乱飞下啄食，地上蝼蚁数不胜数。老僧对他说：“二十年后，您可归去讲经，现今暂且周游四方，不用讲经。”此后相卫间僧人遵照老僧所言。二十年后，返回河北开席讲经论道，前来听讲的门徒动辄成千上万，大都是二十岁以下的年轻人，年迈与壮年之人不到十分之一二。（出《原化记》）

道林

唐高宗调露年间，桂州人薛甲一直供养一位僧人，此僧法号道林，其人德高望重，薛甲对他瞻仰礼敬有加，如此供养十余年。忽然一日清晨，道林辞别说：“贫僧在此叨扰多年，又拿不出什么来答谢，现有旧经书一匣，暂且寄存您家，若我一周年未归，便可将其打开。”一年多后，薛甲开匣，见其中有黄金千两，后来卖掉一半，买地建菩提寺，又建道林真身塑像，供养至今，这塑像犹在。薛甲如今有一孙名薛禹宾，任职于桂林。（出《桂林风土记》）

净满

武则天执政时，恒州鹿泉寺有位僧人名净满，其人道行高深，受众僧嫉妒。有人偷偷画了张画，藏在他的经书夹里，画的是有个女人坐在高楼上，而净满则在一旁弯弓搭箭要射这个女人。然后，让他弟弟到皇宫告发净满。武则天得知后大怒，命御史裴怀古审理此案，若查实便将净满处死，裴怀古秉公明断不受威压，李昭德进言：“裴怀古审案草率，请陛下下令重新审理。”裴怀古厉声道：“陛下执法不论亲疏远近，理当普天之下一视同仁，为何逼迫我降罪诛杀无辜之恨矣！”则天意乃解。怀古后副阎知微和亲于突厥。突厥立知微为南面可汗，而入寇赵、定，怀古因得逃归。素羸弱，不堪奔驰，乃恳诚告天，愿投死南土，力倦而寝。梦一僧如净满者，引之曰：“可从此路出。”觉而从之，果获全。人以为忠恕之报。（出《大唐新语》）

法通

长安懿德禅院者，唐中宗为懿德太子追福，改名加饰焉。禅院内有大石臼，重五百斤。隋末，鄠县沙门法通自南庄致于此寺。法通自少出家，初极尫劣，同侣轻之，乃发愤乞愿壮健。昼寝树下，忽口中涎沫流出三升，其母惊遽呼觉。法通云：“忽梦有人遗三驮筋，使我啖之，适啖一驮筋，遽觉，便壮健。”试举大石臼，不以为困。有寺僧行戡，本称有力。通于是遂乃窃其所服之袈裟，举堂柱而压之。行戡见而惊异，尽力莫能取。通徐举柱而取，众大骇之。通力兼百人，时咸服之，以为神助焉。（出《西京记》）

人，逢迎圣上旨意？若净满有犯上作乱不臣之心，我又怎会枉法宽恕他？臣依法公平决断，向来无冤案，此番宁死不悔。”武则天先前的杀意就此化解。裴怀古后来陪同阎知微去突厥和亲，突厥封阎知微为南面可汗，让他带兵侵犯赵国，战事平定后，裴怀古伺机逃跑。他素来体虚，经不起奔波，便诚恳向上苍祷告，愿誓死回归大唐国土。他力竭而眠，梦见一位僧人很像净满，指引他说：“从这条路可逃出去。”裴怀古醒后依言逃遁，果然性命得以保全，世人认为这是忠义仁慈的善报。（出《大唐新语》）

法通

长安懿德禅院，乃是唐中宗为懿德太子祈祷冥福用的，经改名装点后成懿德禅院。禅院内有一大石臼，有五百斤重，是隋末鄠县沙门法通从南庄搬至此寺。法通年少出家，起初他极其孱弱，僧侣轻视他，他便发愤祈愿求身强体壮。一日白昼他睡在树下，忽然口中流出三升唾液，他母亲慌忙将他唤醒，法通说：“梦中忽然有人给我三块筋肉让我吃，刚吃了一块就醒了，立即感到身体强健了。”他试着举起大石臼，丝毫不觉得困难。寺中有位僧人名行戡，自称大力。法通偷了行戡穿的袈裟，举起堂柱把袈裟压在下面，行戡看后很是惊异，竭尽全力无法取出。法通轻而易举地举起柱子取出，众人惊骇。法通力气抵过百人，当时人们都很佩服他，觉得有神人暗中相助他。（出《西京记》）

卷第九十六　异僧十

僧伽大师

僧伽大师，西域人也，俗姓何氏。唐龙朔初来游北土，隶名于楚州龙兴寺。后与泗州临淮县信义坊乞地施标，将建伽蓝。于其标下，掘得古香积寺铭记，并金像一躯，上有“普照王佛”字，遂建寺焉。唐景龙二年，中宗皇帝遣使迎师，入内道场，尊为国师。寻出居荐福寺。常独处一室，而其顶有一穴，恒以絮塞之，夜则去絮。香从顶穴中出，烟气满房，非常芬馥。及晓，香还入顶穴中，又以絮塞之。师常濯足，人取其水饮之，痼疾皆愈。一日，中宗于内殿语师曰：“京畿无雨，已是数月，愿师慈悲，解朕忧迫。”师乃将瓶水泛洒，俄顷阴云骤起，甘雨大降。中宗大喜，诏赐所修寺额，以“临淮寺”为名。师请以“普照王”字为名，盖欲依金像上字也。中宗以“照”字是天后庙讳，乃改为普光王寺，仍御笔亲书其额以赐焉。

至景龙四年三月二日，于长安荐福寺端坐而终。中宗即令于荐福寺起塔，漆身供养。俄而大风欻起，臭气遍满于长安。中宗问曰：“是何祥也？”近臣奏曰：“僧伽大师化缘在临淮，恐是欲归彼处，故现此变也。”中宗默然心许，其臭顿息。顷刻之间，奇香郁烈。即以其年五月，送至临淮，起塔供养，即今塔是也。后中宗问万回师曰：“僧伽大师何人耶？”万回曰：“是观音化身也。如《法华经·普门品》云：‘应以比丘、比丘尼等身得度者，即皆见之而为说法。’此即是也。”先是，师初至长安，万回礼谒甚恭。师

僧伽大师

僧伽大师是西域人，俗姓何。唐高宗龙朔初年僧伽大师游至北方，归属楚州龙兴寺，后来在泗州临淮县信义坊乞得一块土地标了界线，准备建寺，在界内掘出古代的香积寺遗迹，还有一尊金像，其上有“普照王佛”几个字，便在此处建寺。唐中宗景龙二年，唐中宗派使臣迎大师进宫中道场，尊他为国师。不久，僧伽大师出宫住在荐福寺，他常独处一室，他的头顶上有一洞穴，时常用棉絮堵着，夜间将棉絮去掉，香烟从洞中冒出，烟气弥散满屋，芳香馥郁。等到天亮时，香烟又返回洞中，他再用棉絮堵住。僧伽大师洗过脚后，人们取他的洗脚水饮用，顽疾沉疴皆可痊愈。一日，唐中宗在内殿对大师说：“京城与京郊已数月无雨，望您大发慈悲，解朕烦忧。”大师将瓶中水往空中漫洒，阴云骤起，甘霖倾盆。唐中宗大喜，下令赐他所建寺庙一匾额，提名“临淮寺”。大师请求用“普照王”几字为名，想依照金像上的字，唐中宗认为“照”字犯了则天皇后的庙讳，便改为“普光王寺”，仍御笔亲书匾额上相赠。

到景龙四年三月二日，僧伽大师在长安荐福寺坐化。唐中宗下令在荐福寺修佛塔，供养僧伽大师漆身。不多时，突然大风骤起，恶臭弥散整个长安，唐中宗问：“这是何征兆？”近臣奏报：“僧伽大师是在临淮化缘修建的寺庙，怕是他想回到故地，所以才出现此等变故。”唐中宗在心间默然应允，恶臭顿时消散，顷刻间，奇香馥郁。这年五月，送僧伽大师遗骨返回临淮，建塔供养，此塔便是现今那座塔。后来唐中宗问万回法师：“僧伽大师是怎样的人？”万回法师说：“大师是观音化身，如《法华经》中《普门品》所说：‘应以比丘、比丘尼等身得度者，即皆见之而为说法。’他便是如此。”此前僧伽拍其首曰："小子何故久留？可以行矣。"及师迁化后，不数月，万回亦卒。师平生化现事迹甚多，具在本传。此聊记其始终矣。（出《本传》及《纪闻录》）

回向寺狂僧

唐玄宗开元末梦人云："将手巾五百条，袈裟五百领，于回向寺布施。"及觉，问左右，并云无。乃遣募缁徒道高者，令寻访。有一狂僧，本无住著，人亦不知其所来，自出应召曰："某知回向寺处。"问要几人，曰："但得赍持所物，及名香一斤，即可去。"授之，其僧径入终南。行两日，至极深峻处，都无所见。忽遇一碾石，惊曰："此地人迹不到，何有此物！"乃于其上，焚所携香，礼祝哀祈，自午至夕。良久，谷中雾起，咫尺不辨。近来渐散，当半崖，有朱柱粉壁，玲珑如画。少顷转分明，见一寺若在云间，三门巨额，谛视之，乃回向也。僧喜甚，攀陟遂到。时已黄昏，闻钟磬及礼佛之声。守门者诘其所从来，遂引入。见一老僧曰："唐皇帝万福。"令与人相随，历房散手巾等。唯余一分，一房但空榻者，亦无人也。又具言之，僧笑令坐，顾侍者曰："彼房取尺八来。"乃玉尺八也。僧曰："汝见彼胡僧否？"曰："见。"僧曰："此是权代汝主也。国内当乱，人死无数。此名磨灭王。其一室是汝主房也，汝主在寺，以爱吹尺八，谪在人间，此常吹者也。今限已满，即却归矣。"明日，遣就坐斋，斋讫曰："汝当回，可将此玉尺八付与汝主。并手巾袈裟令自收也。"狂僧膜拜而回，童子送出。才数步，又云雾四合，及散，则不复见寺所在矣。乃持手巾尺八，进于玄宗。及召见，具述本末。玄宗大感悦，持尺八吹之，宛是先所御者。后二十余年，遂有安禄山之乱，其狂僧所见胡僧，即禄山也。（出《逸史》）

大师初到长安，万回行礼拜谒恭顺非常，大师轻拍万回的头说：“小子为何久留此地？已经可以离开了。”等大师圆寂后，没过数月，万回法师相继圆寂。僧伽大师平生化现事迹非常多，尽数收录于他的本传里，此处只粗略记述一下他平生的始终罢了。（出《本传》及《纪闻录》）

回向寺狂僧

唐玄宗在开元末年梦到有人对他说：“请带手巾五百条，袈裟五百领，到回向寺里去布施。”他醒后，问近臣回向寺在何处，近臣都说并无此寺。他便募集得道高僧，令他们寻访回向寺。有一狂僧，居无定所，无人知他从何而来，他自己应召道：“我知回向寺在何处。”问他需要几人陪同前往，他说：“只要带好该带的物品，及名香一斤，便可前往。”将一应物品给他后，狂僧径直入了终南山。走了两日，行至山极深极险处，一无所见。忽然面前出现一碾石，他惊讶道：“此地人迹罕至，怎会有此物？”他在碾石上点燃带来的名香，礼拜祝告祈求，许久，山谷间浓雾弥漫，咫尺之间都看不清事物，后来云雾逐渐散开，半山腰处出现朱柱粉壁，玲珑精巧宛如图画，片刻间景致变得清晰，见一寺在云间，三扇门上都有巨大匾额，细看，原来就是回向寺。狂僧欣喜，攀岩前往，到寺门后已是黄昏，寺内传来钟磬声与拜佛声，守门人盘问他们从何而来，引他们进去。进去后见到一老僧，老僧对他们说“唐皇帝万福。”又令狂僧随他人到每个房间散发手巾等物，每样物品都剩下一份，有一间房子有张空床，也无人居住。狂僧将此事告诉老僧，老僧笑着让他坐下，对侍者说：“取那间房中的尺八来。”取来一看是一玉尺八，老僧问：“你可见过那胡僧？”答：“见过。”老僧说：“此玉尺八本司暂代你的国君保存，国内将逢灾乱，无数人丧命，此玉尺八名磨灭王，那空房是你国君的房间，你的国君在寺时，爱吹尺八，后来被贬人间。这是他常吹的那支，如今期限已满，立即归还他吧。”第二日，请他入座用斋饭，食罢对他说：“你该返回了，将此玉尺八交予你的国君。此外还有手巾与袈裟，让他自行存留。”狂僧礼拜返回，童子送他出山。才走几步，又

懒残

懒残者，唐天宝初衡岳寺执役僧也。退食，即收所余而食，性懒而食残，故号懒残也。昼专一寺之工，夜止群牛之下，曾无倦色，已二十年矣。时邺侯李泌寺中读书，察懒残所为曰：“非凡物也。”听其中宵梵唱，响彻山林。李公情颇知音，能辨休戚，谓懒残经音凄惋而后喜悦，必谪堕之人。时将去矣，候中夜，李公潜往谒焉，望席门通名而拜。懒残大诟，仰空而唾曰：“是将贼我。”李公愈加敬谨，惟拜而已。懒残正拨牛粪火，出芋啖之。良久乃曰：“可以席地。”取所啖芋之半以授焉，李公捧承，尽食而谢。谓李公曰：“慎勿多言，领取十年宰相。”公又拜而退。

居一月，刺史祭岳，修道甚严。忽中夜风雷，而一峰颓下，其缘山磴道，为大石所栏。乃以十牛縻绊以挽之，又以数百人鼓噪以推之，力竭而愈固。更无他途，可以修事。懒残曰：“不假人力，我试去之。”众皆大笑，以为狂人。懒残曰：“何必见嗤？试可乃已。”寺僧笑而许之。遂履石而动，忽转盘而下，声若雷震。山路既开，众僧皆罗拜，一郡皆呼至圣，刺史奉之如神。懒残悄然，乃怀去意。寺外虎豹，忽尔成群，日有杀伤，无由禁止。懒残曰：“授我棰，为尔尽驱除。”众皆曰：“大石犹可推，虎豹当易制。”遂与之荆梃，皆蹑而观之。才出门，见一虎衔之而去。懒残既去之后，见云雾笼罩，等云雾散开，再寻不到寺院所在。狂僧带着手巾与尺八等，进宫献给唐玄宗，唐玄宗召见他，听他讲述全部经过，大为感动喜悦，拿起尺八吹奏，宛如先前吹过一般。二十多年后，安禄山之乱发生，狂僧见过的那胡僧正是安禄山。（出《逸史》）

懒残

懒残是唐朝天宝初年在衡岳寺承担劳役的僧人。别人用餐后离开，他收拾残羹剩饭吃，因他性情懒惰捡残食果腹，所以称他懒残。白日他负责全寺杂活，夜间在牛群里休息，从无倦色，如此二十年。当时邺侯李泌在寺中读书，观察懒残的所作所为，说："此非凡人。"听到懒残夜半念诵经文，声音响彻山林，李泌心生共鸣，从念诵中分辨出懒残的喜怒哀乐，李泌听懒残念诵的声音先凄婉后喜悦，猜想他定是被谪降之人。李泌即将离开寺庙时，便在夜深人静时悄悄前往拜谒懒残。李泌对着草棚大门报上姓名行礼参拜，懒残大骂，仰脸对空中唾弃道："这是拿我当贼。"李泌越发礼敬，一个劲儿行礼。懒残正翻弄牛粪烧的火堆，从中取山芋吃。过了许久懒残对李泌说道："可席地而坐。"他把自己吃的山芋递给李泌一半，李泌双手捧过，吃得干干净净，然后答谢。懒残对李泌说："切勿多言，可官拜宰相十年。"李泌起身行礼告退。

一月后，刺史要到衡岳祭山，他素来礼佛认真，忽然夜间风雷交加，一座山峰倾颓，登山的石径被巨石阻塞。刺史让人用十头牛套上绳索清除障碍，又让数百人喊着口号推，众人气力用尽，巨石越发牢固，没有其他上山之路。懒残说："不借人力，我试着移走巨石。"众人听后都大笑起来，觉得他癫狂。懒残说："为何嘲笑我？我只是试一试而已。"寺僧笑着应允。懒残踩了石头一下，巨石便滚动下来，声如惊雷，山路便打开了。众僧围绕懒残下拜，全郡齐呼懒残为"至圣"，刺史也奉懒残若神明。懒残悄然不语，心中有意离去。寺外虎豹忽然成群结队，每日出没伤人，无法制止。懒残说："给我根木棍，我为你们驱赶虎豹。"众人都说："巨石都能推动，驱逐虎豹理当轻

虎豹亦绝踪迹。后李公果十年为相也。(出《甘泽谣》)

韦皋

唐故剑南节度使、太尉兼中书令韦皋，既生一月，其家召群僧会食。有一胡僧，貌甚陋，不召而至。韦氏家童咸怒之，以弊席坐于庭中。既食，韦氏命乳母出婴儿，请群僧祝其寿。胡僧忽自升阶，谓婴儿曰：“别久无恙乎？”婴儿若有喜色，众皆异之。韦氏先君曰：“此子生才一月，吾师何故言别久耶？”胡僧曰：“此非檀越之所知也。”韦氏固问之，胡僧曰：“此子乃诸葛武侯之后身耳。武侯当东汉之季，为蜀丞相，蜀人受其赐且久。今降生于世，将为蜀门帅，且受蜀人之福。吾往岁在剑门，与此子友善。今闻降于韦氏，吾固不远而来。”韦氏异其言，因以武侯字之。后韦氏自少金吾节制剑南军，累迁太尉兼中书令。在蜀十八年，果契胡僧之语也。(出《宣室志》)

释道钦

释道钦住陉山，有问道者，率尔而对，皆造宗极。刘忠州晏常乞心偈，令执炉而听，再三称“诸恶莫作，众善奉行”。晏曰：“此三尺童子皆知之。”钦曰：“三尺童子皆知之，百岁老人行不得。”至今以为名理。

又《梁元帝杂传》云，晋惠末，洛中沙门耆域，盖得道者。长安人与域食于长安寺，流沙人与域食于石人前，数万里同日而见。沙门竺法行尝稽首乞言，域升高座曰：“守口摄意，心莫犯戒。”竺语曰：“得道者当授所未听，今有八岁沙弥，亦以诵之。”域笑曰：“八岁而至百岁诵不能行。”嗟乎！人皆敬得道者，不知行即自而易举。”便给他一根荆木棍子，蹑手蹑脚地旁观，见他刚出门就被一只老虎叼走了，懒残被叼走后，虎豹也消失不见。后来李泌果然做了十年宰相。（出《甘泽谣》）

韦皋

唐朝原先有位剑南节度使、太尉兼中书令名韦皋，他刚出生一个月，家里召群僧聚会，有一胡僧，相貌极其丑陋，不请自来。韦家童仆都心生不满，给了他块破席让他坐在地上。食罢，韦家请乳母抱出婴儿，请群僧祈愿祝福。胡僧忽然登上台阶，对婴儿说：“久别，你可安好？”婴儿面露喜色，众人惊异。韦皋父亲说：“这小儿才降生一月，师父您何来久别？”胡僧道：“这不是施主您所能知道的。”韦氏一再追问，胡僧说：“这小儿乃是诸葛武侯转世，武侯生于东汉末年，任蜀相，蜀人受他恩惠良久。如今他投胎于世，将任蜀门将帅，且受蜀人祝福。我此前住剑门，与这小儿交好，如今听闻他投生韦家，所以远道而来探望。”韦家人听他所言很是惊异，便以“武侯”做韦皋的小字。后来韦皋年纪轻轻任金吾卫统率剑南军，升迁任太尉兼中书令。他在蜀地任职十八年，果然与胡僧所言相符。（出《宣室志》）

释道钦

释道钦住在陉山，有人向他问道，他直率简明地对答，所言皆贴近佛法的根源至理。忠州郡守刘晏时常向他请教发心偈颂，道钦让他手执香炉悉心恭听，再三告诫他：“诸恶莫作，众善奉行。”刘晏说：“这道理连三尺小童都知道。”道钦说：“三尺小童都能明白，百岁老人却仍难以做到。”这话如今已被奉为至理名言。

又据《梁元帝杂传》记载，晋惠帝末年洛阳有个出家人叫耆域，是位得道高僧。长安人与耆域在长安寺一同用餐，西域流沙人与耆域在石人前一同用餐，他同时出现在相距数万里的两个地方。沙门竺法行曾叩首求他赠言，耆域登上讲坛说：“守口摄意，心莫犯戒。”竺法行说：“得道者应当传授他人未曾听过的道理，你所说的八岁

得。（出《酉阳杂俎》）

辛七师

辛七师，陕人，辛其姓也。始为儿时，甚谨肃，未尝以狎弄为事，其父母异而怜之。十岁好浮图氏法，日阅佛书，自能辨梵音，不由师教。其后父为陕郡守。先是，郡南有瓦窑七所。及父卒，辛七哀毁甚。一日，发狂遁去。其家僮迹其所往，至郡南，见辛七在一瓦窑中端坐，身有奇光，粲然若炼金色。家僮惊异，次至一窑，又见一辛七在焉，历七窑，俱有一辛七在中，由是呼为辛七师。（出《宣室志》）

嘉州僧

利州广福禅院，则故戎帅张处钊所创。因请长老灵贵主掌，以安僧众，经数年矣。灵贵好烧炼，忽一日，取众僧小便以大镬炼而成霜，秽恶之气，充满衢路。堂有一僧，元自嘉州来，似不得意，咄咄焉。灵贵觉之，遂请收买众僧食米，冀其少在院内。不旬日，其僧尽将簿历钱物，就方丈纳之，云："缘有小事，暂出近地。"遂欲辞去。其夜，于堂内本位跏趺，奄然而逝。众僧皆讶其无疾，告行常仪。堂内有僧迁化，即例破柴五十束，必普请众僧，人擎一枝，送至郊外，垒而为棚。焚烧讫，即归院集众，以其所有衣钵，尽归众用，以为常例。其日，坐亡僧于柴棚之上。维那十念讫，将欲下火。其僧忽然惊起，谓维那曰："有米钱二贯文，在监行者处。"又合掌谓众僧曰："来去是常。谢诸人远来相送。"瞑目敛手，端然不动。右胁火燃，即成灰烬。众咸惊骇。是知圆明真往，死而不亡，或来或去，得火自在者，信有之矣。（出《野人沙弥也可背诵。”耆域笑道：“八岁就能背出，但百岁也做不到。”呜呼，世人都敬重得道者，却不知严于律己自然就能得道。（出《酉阳杂俎》）

辛七师

辛七师是陕州人，辛是他的姓氏。他还是孩童时，就谨慎恭肃，从不与人亲近嬉戏，父母觉得奇异，很怜爱他。十岁起他便喜好佛法，整日阅读佛经，自己识得梵文，不用老师教授，后来他父亲任陕州郡守，在郡南得了七口瓦窑。父亲去世，辛七悲凄难以自持。一日，他癫狂跑走，家僮沿着足迹追寻，到了郡城南，见辛七端坐在一瓦窑中，周身遍布奇光，如黄金般璀璨。家僮惊异，再看隔壁瓦窑，又见一辛七端坐其中，一连七口瓦窑，都有辛七端坐，此后世人便唤他“辛七师”。（出《宣室志》）

嘉州僧

利州广福禅院，是旧时边关统帅张处钊建造的，请长老灵贵主持，以安定僧众之心，距今已数年。灵贵喜好烧丹炼药，忽有一日，他取僧众尿液放入大锅中熬制成霜，污秽恶臭之味弥漫街巷。堂上有位僧人，本是嘉州来的，似是不满灵贵的行为，口中嘟哝。灵贵觉察此事，请他外出采买僧众的口粮，以期减少他在寺中的时间。不足十天，这位嘉州僧将账簿钱物等，尽数交予方丈，对方丈说：“我因小事，暂时离开去往附近。”辞别后，这日夜里，他在堂内自己的位子上端坐入定，寂然坐化。众僧惊讶他无病却去世，禀告方丈，方丈示意按寻常仪式处理。凡是禅堂有僧人圆寂，按例取五十捆木柴，延请众僧人每人手擎一根，带至郊外垒成柴棚，焚烧后返回寺院集合，死者所有衣钵，全数归寺院所有，这是常例。这日，将亡僧安置在柴棚上时，维那僧十念结束，即将点火，亡僧忽然惊起，对维那僧说：“有米钱二百文，在监行者处。”又合掌对众僧说，“死生来去是常事，多谢诸位相送。”合眼收手端坐不动，右胁下燃火，很快身体化

闲话》)

金刚仙

唐开成中，有僧金刚仙者，西域人也，居于清远峡山寺。能梵音，弹舌摇锡而咒物，物无不应。善囚拘鬼魅，束缚蛟螭，动锡杖一声，召雷立震。

是日峡山寺有李朴者，持斧翦巨木，刳而为舟。忽登山，见一磐石，上有穴，睹一大蜘蛛，足广尺余，四驰啮卉窒其穴而去。俄闻林木有声，暴猛吼骤，工人惧而缘木伺之。果睹双首之虺，长可数十丈，屈曲蹙怒，环其蛛穴，东西其首。俄而跃西之首，吸穴之卉团而飞去，颖脱俱尽，后回东之首，大划其目，大呀其口，吸其蜘蛛。蜘蛛驰出，以足擒穴之口，翘屈毒，丹然若火，焌虺之咽喉，去虺之目。虺懵然而复苏，举首又吸之，蛛不见，更毒虺，虺遂倒于石而殒。蛛跃出，缘虺之腹，咀内齿折二头，俱出丝而囊之，跃人穴去。朴讶之，返峡山寺，语金刚仙。仙乃祈朴验穴，振环杖而咒之，蛛即出于僧前，俨若神听。及引锡触之，蛛乃殂于穴侧。及夜，金刚仙梦见老人，捧匹帛而前曰："我即蛛也，复能织耳。"礼金刚仙曰："愿为福田之衣。"语毕遂亡。僧及觉，布已在侧，其精妙奇巧，非世茧丝之所能制也。僧乃制而为衣，尘垢不触。

后数年，僧往番禺，泛舶归天竺。乃于峡山金镤潭畔，摇锡大呼而咒水。俄而水辟见底矣。以澡瓶张之，有一泥鳅鱼，可长三

为灰烬。众僧惊骇，由此知所谓“死而不亡，或来或去，得火自在者”确有其人。（出《野人闲话》）

金刚仙

唐文宗开成年间，有位僧人名金刚仙，是西域人，住清远峡山寺，他会说梵语，弹动舌头摇动锡杖便可对事物施咒，被施咒的事物无不响应。他擅长囚俘鬼魅，束缚蛟龙，摇动锡杖，即刻召来雷声震震。

这日峡山寺的李朴拿着斧头上山砍巨树，想破开巨树中部造成船。李朴急速登上山顶，见一巨石，上面有洞，往洞里一瞧，看到一大蜘蛛，脚有一尺多宽，四处咬碎花草堵在洞口后就离开了。一会儿骤然听到林中传来狂暴猛烈的吼声，李朴害怕，仓皇爬上树窥探动静。果然不久后看到一条双头毒蛇，有数十丈长，弓身皱眉怒气冲冲，环绕蜘蛛洞，脑袋东一只西一只把守洞口，一会儿抬起西侧脑袋，将洞中花草吸走，然后扭转东侧脑袋，瞪大眼睛，张大嘴，吸洞中蜘蛛，蜘蛛跑出，用脚抵住洞口，翘起毒须，毒汁朱红如火焰，灼烧毒蛇的咽喉，挖去毒蛇的双目，毒蛇晕眩后复苏，抬头再吸，却看不到蜘蛛在哪里。蜘蛛越发凶猛地喷射毒汁，毒蛇倒在石头上死掉了。蜘蛛跳出，顺着蛇腹爬行，伸出内藏的牙齿咬下两颗蛇头，吐丝将这些包起，跳回洞中。李朴目睹这些，惊讶不已，返回峡山寺，将一切告诉金刚仙，金刚仙请求李朴带他去察看蜘蛛洞。他环绕洞口振动锡杖口中念咒，蜘蛛即刻出现在他身前，恭敬如面见神明。金刚仙用锡杖触碰蜘蛛，蜘蛛便死在洞旁。这日夜里，金刚仙梦到一位老者，手捧一匹丝布上前说：“我就是那蜘蛛，如今还能织布。”向金刚仙行礼，又说：“这匹布送给你，供你制作福田之衣。”说罢便消失了。金刚仙醒后，丝布就在身侧，织工精妙奇巧，绝非俗世蚕丝能织造出来。金刚仙用丝布制成衣服，衣服不染纤尘。

此后数年，金刚仙前往番禺，乘船返回天竺。他在峡山金鏁潭畔摇动锡杖大声对潭水念咒。不一会儿，潭水退去露出潭底，他将洗净的瓶子口对准潭底，见潭底有一泥鳅，大约三寸长，跃入瓶中。

寸许，跃入瓶中。语众僧曰：“此龙矣。吾将至海门，以药煮为膏，涂足，则渡海若履坦途。”是夜，有白衣叟挈转关榼，诣寺家人傅经曰：“知金刚仙好酒。此榼一边美酝，一边毒醪，其榼即晋帝曾用鸩牛将军者也。今有黄金百两奉公，为持此酒，毒其僧也。是僧无何取吾子，欲为膏，恨伊之深，痛贯骨髓，但无计而奈何。”傅经喜，受金与酒，得转关之法，诣金刚仙。仙持杯向口次，忽有数岁小儿跃出，就手覆之曰：“酒是龙所将来而毒师耳。”僧大骇，诘傅经，傅经遂不敢隐。僧乃问小儿曰：“尔何人而相救耶？”小儿曰：“吾昔日之蛛也。今已离其恶业，而托生为人，七稔矣。吾之魂稍灵于常人，知师有难，故飞魂奉救。”言讫而没。众僧怜之，共礼金刚仙，求舍其龙子，僧不得已而纵之。后仙果泛舶归天竺矣。（出《传奇》）

鸱鸠和尚

邓州有老僧日食鸱鸠，僧俗共非之，老僧终无所避。当馔之际，贫士求餐，分其二足而食。食讫，僧盥漱，双鸠从口而出。一则能行，一则匍匐在地。贫士惊怪，亦吐其饭，其鸠二脚亦生。僧后不食此味。睹验。众加敬之，号曰“南阳鸱鸠和尚”也。（出《云溪友议》）

金刚仙对众僧说："此乃龙，我将至海门，用药将它熬成膏，涂在脚上，渡海时便可如履平地。"这日夜里，有位白衣老者提一可转动控制开合的酒器，前往峡山寺探望僧人傅经，对傅经说："我知金刚仙好饮酒，此酒器一边是佳酿，一边是毒酒，这便是当初晋帝毒死牛将军的那只酒器，现有黄金百两奉送，须得你拿酒器中的毒酒毒死金刚仙。他无缘抓走我的儿子，还想将我的儿子熬成药膏，我恨他入骨，但别无他法，只得出此下策。"傅经欣喜，接过黄金与酒器，学会机关转换的操作方法，便去见金刚仙。金刚仙举杯到嘴边，忽有一几岁小孩跳出，用手捂住酒杯说："这酒是龙拿来毒害师父的。"金刚仙大为惊骇，质问傅经，傅经不敢隐瞒，金刚仙转问小孩："你是何人？为何救我？"小孩说："我是当年的蜘蛛，如今不再作恶，托生为人七年。我的魂魄较寻常人稍有灵性，知师父有难，所以遣魂魄飞来相救。"说罢消失，众僧心生怜悯，一并向金刚仙行礼，请他放还龙子，金刚仙只好将龙子放了。后来金刚仙果然乘船返回天竺。（出《传奇》）

鸱鸠和尚

邓州有位老僧日日吃鸱鸠，出家人与老百姓都对此事有非议，老僧却不为所动 。一日他将用餐，一穷人向他乞食，他便分给穷人两只脚，食罢，他去洗漱，两只鸱鸠从口中飞出。一只能走路，一只匍匐在地。穷人惊奇，将吃过的饭吐出，那鸱鸠便生出双脚。老僧后来不再吃野味，他寄情山水的朋友亲眼验证，众人对他越发敬重，称他"南阳鸱鸠和尚"。（出《云溪友议》）

卷第九十七 异僧十一

秀禅师 义 福 神 鼎 广陵大师 和 和 空如禅师
僧 些 阿足师 鉴 师 从 谏

秀禅师

洛都天宫寺有秀禅师者，俗姓李，汴州陈留人，习禅精苦。初至荆州，后移此寺。深为武太后所敬礼。玄鉴默识，中若符契。长安中人京，住资圣寺。忽戒禅院弟子灭灯烛，弟子留长明灯，亦令灭之。因说："火灾难测，不可不备。尝有寺家不备火烛，佛殿被灾；又有一寺钟楼遭火，一寺经藏焚爇，殊可痛惜。"寺众不知其意。至夜失火，果焚佛殿钟楼，及经藏三所。唐玄宗在藩时，常与诸王俱诣作礼，留施一笛。玄宗出后，秀召弟子曰："谨掌此，后有要时，当献上也。"及玄宗登极，达摩等方悟其言，取笛以进。秀师年百岁，卒于此寺，瘗于龙门山，道俗奔赴数千人，燕国公张说为其碑文。（出《西京记》）

义 福

唐开元中，有僧义福者，上党人也。梵行精修，相好端洁，缙绅士庶，翕然归依。尝从驾往东都，所历郡县，人皆倾向，擅施巨万，皆委之而去。忽一旦，召其学徒，告己将终。兵部侍郡张均、中书侍郎严挺之、刑部侍郎房琯、礼部侍郎韦陟，常所礼谒，是日亦同造焉。义福乃升座，为门徒演法。乃曰："吾没于是日，当以诀别耳。"久之，张谓房曰："某宿岁饵金丹，尔来未尝临丧。"言讫，张遂潜去。义福忽谓房曰："某与张公游有数年矣，张有非常之

秀禅师

洛阳天宫寺有位秀禅师，俗姓李，汴州陈留县人。他修习禅宗精勤刻苦。起初到荆州，后来移居天宫寺。他深受武后敬重优待。他心间洞察之事，常与事实相符，如早已订立契约。他于武周长安年间入京，住资圣寺。一日，他忽然告诫禅院弟子熄灭所有灯烛，弟子留下长明灯，他也下令熄灭。随后向弟子解释道：“火灾难测，不可不备。曾有寺院不防备火烛，佛殿走水；又有一寺钟楼走水，全院藏经被焚毁，实在令人痛惜。”众僧不知他所言深意，入夜失火，果然焚毁了佛殿与钟楼，还有三所藏经楼。唐玄宗仍是藩王时，常与诸位王爷一并到寺院礼拜秀禅师，布施过一支笛子留在院中。唐玄宗离开后，秀禅师召集弟子说：“好好存留此物，日后他需要时，再将其献上。”等到唐玄宗继位，弟子达摩等人才悟得秀禅师所言原是预测了未来，于是取笛子进献给唐玄宗。秀禅师一百岁时在寺内圆寂，葬于龙门山，僧人与百姓数千人前来送葬，燕国公张说为他撰写碑文。（出《西京记》）

义　福

唐开元年间，有位僧人名义福，是上党人。他精心修佛清净除欲，为人端庄高洁，公卿大臣庶民百姓都乐于听他讲经。他曾伴驾去往东都洛阳，沿途经过郡县，受众人仰慕向往，收到数万布施，他都婉拒后离开。忽有一日清晨，他召集门徒，告诉他们说自己即将离世。兵部侍郎张均、中书侍郎严挺之、刑部侍郎房琯、礼部侍郎韦陟等人，时常来拜谒他，这日他们也都在场。义福登上讲坛，为门徒讲经说法。他说：“我今日将圆寂，与诸位诀别。”许久后，张均对房琯说：“我常年服用金丹，未曾参加过丧礼。”说完，张均偷偷离开。义咎，名节皆亏。向来若终法会，足以免难，惜哉！”乃携房之手曰：“必为中兴名臣，公其勉之。”言讫而终。及禄山之乱，张均陷贼庭，授伪署。房琯赞两朝，竟立大节。（出《明皇杂录》）

神鼎

唐神鼎师不肯剃头，食酱一斗。每巡门乞物，得粗布破衣亦著，得细锦罗绮亦著。于利真师座前听，问真师曰：“万物定否？”真曰：“定。”鼎曰：“阇梨言若定，何因高岸为谷，深谷为陵；有死即生，有生即死；万物相纠，六道轮回；何得为定耶？”真曰：“万物不定。”鼎曰：“若不定，何不唤天为地，唤地为天；唤月为星，唤星为月；何得为不定？”真无以应之。时张文成见之，谓曰：“观法师即是菩萨行人也。”鼎曰：“菩萨得之不喜，失之不悲；打之不怒，骂之不嗔；此乃菩萨行也。鼎今乞得即喜，不得即悲；打之即怒，骂之即嗔；以此论之，去菩萨远矣。”（出《朝野佥载》）

广陵大师

唐贞元中，有一僧客于广陵，亡其名，自号大师，广陵人因以大师呼之。大师质甚陋，好以酒肉为食，常以繐裘，盛暑不脱，由是蚤虮聚其上。侨居孝感寺，独止一室，每夕阖扉而寝，率为常矣。性狂悖，好屠犬彘，日与广陵少年斗殴，或醉卧道傍。广陵人俱以此恶之。有一少年，以力闻。常一日，少年与人对博。大师大怒，以手击其博局尽碎。少年曰：“骏儿，何敢逆壮士耶？”大师且骂而唾其面，于是与少年斗击，而观者千数。少年卒不胜，竟遁福忽然对房琯说：“我与张公相交数年，他将逢大难，名节俱损。若他能等到法会结束，足以免灾，如今实在可惜。”他拉着房琯的手说，“您定为唐朝中兴名臣，自当勤勉任职。”言罢就圆寂了。等到安禄山叛乱，张均身陷叛军阵营，被安禄山授任官职，损害了名节。房琯辅佐两朝，最终保持了高尚的节操。（出《明皇杂录》）

神鼎

唐朝有位神鼎法师，不愿剃度，能一顿吃一斗酱。每当他沿街挨家挨户乞讨时，讨得粗布破衣他就会穿在身上，讨得绫罗锦缎他也穿在身上。在利真法师座前听讲佛法时，他询问利真法师：“世间万物是否固定？”利真说：“有定。”神鼎说：“若依您所言有定，是何缘由高岸变为河谷，深谷变为山岭？为何有言死即是生，生即是死？万物相生相克，六道轮回，怎能是固定的？”利真说：“万物不定。”神鼎说：“若不是固定的，为何不将天唤作地，将地唤作天，将月亮唤作星星，将星星唤作月亮？怎能说不是固定的？”利真无言以对。张文成拜谒神鼎，对他说：“我看法师行事如菩萨。”神鼎说：“菩萨行事，得到不生欢喜，失去没有悲哀，打他不怒，骂他不恼，如此才是菩萨行事。我神鼎如今乞得东西便高兴，乞不到就悲伤，挨打就愤怒，挨骂就恼恨。由此而论，我的行事离菩萨还远呢。”（出《朝野佥载》）

广陵大师

唐德宗贞元年间，有位僧人客居广陵，不记得他的姓名，只知他自号“大师”，广陵人便唤他大师。大师性情粗野，喜欢饮酒吃肉，常穿一件麻布衣，酷暑盛夏也不脱换，聚满跳蚤虱子。他客居孝感寺，独住一屋，天黑关门倒头就睡，众人已习以为常。他性情狂妄悖逆，嗜杀猪狗，整日与广陵的年轻人斗殴，时常醉卧路旁，广陵人对他很是嫌恶。有一少年，以力大闻名，一日，少年与人赌博，大师大怒，以手击碎赌局。少年说：“呆子，怎敢惹怒壮士我？”大师谩骂，把口水去。自是广陵人谓大师有神力，大师亦自负其力，往往剽夺市中金钱衣物。市人皆惮其勇，莫敢拒。后有老僧召大师至曰："僧当死心奉戒。奈何食酒食，杀犬彘，剽夺市人钱物，又与少年同殴击，岂僧人之道耶？一旦吏执以闻官，汝不羞天耶？"大师怒骂曰："蝇蚋徒嗜膻腥耳，安能如龙鹤之心哉？然则吾道亦非汝所知也。且我清其中而混其外者，岂若汝龊龊无大度乎？"老僧卒不能屈其词。后一日，大师自外来归，既入室，闭户。有于门隙视者，大师坐于席，有奇光，自眉端发，晃然照一室。观者奇之，具告群僧。群僧来，见大师眉端之光相，指语曰："吾闻佛之眉有白毫相光，今大师有之，果佛矣。"遂相率而拜。至明日清旦，群僧俱集于庭，候谒广陵大师。比及开户，而广陵大师已亡去矣。群僧益异其事，因号大师为大师佛焉。（出《宣室志》）

和和

唐代国公主适荥阳郑万钧，数年无子。时有僧和和者，如狂如愚，众号为圣，言事多中，住大安寺，修营殿阁。和和常至公主家，万钧请曰："吾无嗣，愿得一子，惟师降恩，可得乎？"师曰："遗我三千匹绢，主当诞两男。"钧如言施之。和和取绢付寺，云修功德。乃谓钧曰："主有娠矣，吾令二天人下，为公主作儿。"又曰："公主腹小，能并娠二男乎？吾当使同年而前后耳。"公主遂娠，年初岁终，各诞一子。长曰潜耀，少曰晦明，皆美丈夫，博通有识焉。（出《纪闻录》）

吐在他脸上，二人缠斗在一起，围观之人数以千计，少年没能打赢，结果逃走了。此后，广陵人传大师有神力，大师也自诩身负神力。他常在集市上抢夺金钱衣物，商人市民都畏惧他的勇猛，无人敢抵抗。后来有位老僧召大师到近前说："出家人当誓死守戒，你怎能饮酒吃肉，宰杀狗猪，强抢市民钱物，与少年斗殴？这是出家人应有的行为吗？一旦被差吏报官，你不觉羞愧吗？"大师愤怒道："蚊蝇自然喜欢荤腥，怎能与龙鹤相提并论？但我心中的大道也不是你所能了解的，而且我是内心清澈表面混沌的人，哪像你龌龊狭隘小肚鸡肠！"老僧最终无言回怼。后来有一天，大师打外边回来，进屋，关门，有人从门缝偷看他，见大师坐在床上，眉端绽放奇光，明晃晃照亮整间屋子，偷窥之人惊异，告诉众僧，众僧都来围观，看到大师眉端放光的样子，有人指着说："我听闻佛的眉间有白色毫毛，右旋宛转，如日正中，放之则有光明，如今大师眉端放光，果真是佛。"众人相继礼拜，到第二日清晨，群僧聚集于庭院，等着拜谒广陵大师，开门后，广陵大师已离去。群僧更觉此事惊异，于是尊称大师为"大师佛"。（出《宣室志》）

和和

唐朝代国公主嫁给荥阳郑万钧，婚后多年无子嗣。当时有位僧人名和和，状似癫狂痴愚，众人尊他为圣人。他预言未来之事，多能言中，住在大安寺，广修寺院殿阁。和和常到公主家，郑万钧向他请教道："我至今无嗣，想得一子，师父可否降恩于我？"和和说："请布施给我三千匹丝绢，公主将诞下两男胎。"郑万钧依他所言布施，和和取丝绢交给寺院，说用来修补功业与德行。他对郑万钧说："公主已有孕，我令两位天人下界，做公主的儿子。"郑万钧又问："公主尚未显怀，腹部狭窄，能同时孕育两男胎吗？"和和说："我安排兄弟二人虽然在同年出生，但一前一后。"公主果真有孕了，于年初、岁末各生下一子。兄弟二人，年长的叫潜耀，年幼的叫晦明。成年后，二人都样貌俊美，且学识渊博。（出《纪闻录》）

空如禅师

空如禅师者，不知何许人也。少慕修道，父母抑婚，以刀割其势，乃止。后成丁，征庸课，遂以麻蜡裹臂，以火爇之，成废疾。入陆浑山，坐兰若，虎不暴。山中偶见野猪与虎斗，以藜杖挥之曰："檀越不须相争。"即分散。人皆敬之，无敢媟者。（出《朝野佥载》）

僧 些

唐贞元初，荆州有狂僧些其名者，善歌《河满子》。常遇伍伯乘醉，于途中辱之，令歌。僧即发声，其词皆陈伍伯从前隐慝也。伍伯惊而自悔。（出《酉阳杂俎》）

阿足师

阿足师者，莫知其所来，形质痴浊，神情不慧，时有所言，靡不先觉。居虽无定，多寓阌乡。憧憧往来，争路礼谒。山岳檀施，曾不顾瞻。人或忧或疾，获其指南者，其验神速。

时陕州有富室张臻者，财积巨万，止有一男。年可十七，生而愚騃，既挛手足，复懵语言，惟嗜饮食，口如溪壑。父母钟爱，尽力事之，迎医求药，不远千里。十数年后，家业殆尽。或有谓曰："阿足贤圣，见世诸佛，何不投告，希其痊除。"臻与其妻，来抵阌乡，叩头抆泪，求其拯济。阿足久之谓臻曰："汝冤未散，尚须十年。愍汝勤虔，为汝除去。"即令选日，于河上致斋，广召众多，同观度脱。仍令赍致其男，亦赴道场。时众谓神通，而观者如堵。跂竦之际，阿足则指壮力者三四人，扶拽其人，投之河流。臻洎举会之

空如禅师

空如禅师，不知其来历。年少时他一心出家修佛，父母逼他成婚，他引刀去势，父母不再强求。后来他被官府征召为劳役，他用麻绳涂上蜡裹紧手臂，火烧以致残废。隐入陆浑山，住在寺中，猛虎见他不会攻击他。山中偶遇野猪与猛虎相争，他用手杖制止说："施主不必相争。"双方立即分开。众人都很敬重他，无人敢轻慢。（出《朝野佥载》）

僧　些

唐德宗贞元初年，荆州有位狂僧，名些，善于唱《河满子》。僧些曾偶遇醉酒的伍伯，伍伯在街上公然侮辱僧些，逼迫他唱歌。僧些就唱了起来，歌词字里行间都陈述了伍伯曾经不可告人的邪恶念头，伍伯听后惊惧，后悔不已。（出《酉阳杂俎》）

阿足师

阿足师，不知从何而来，外表气质愚钝，神态痴傻，但有时说点什么，无不应验。他居无定所，多数时日客居阌乡，他家门前总是人来人往，大家争先恐后地拜谒他。施舍的东西像高山一样多，阿足师却不屑一顾。来拜谒的人心有忧虑或是身患疾病，但凡得他指点，都可即刻应验。

当时陕州有个富户名张臻，家财万贯，家中只有一子，已十七岁，生性愚钝，手脚痉挛，又笨口拙舌，只知贪嘴，肚子如填不满的深沟。父母很疼爱他，尽心照顾，四处求医问药，不惜奔波千里。折腾十几年，家业耗尽。有人对他们说："阿足乃是贤者大能，现世佛祖，何不前去求助，请他帮你们化解痛处？"张臻与妻子来到阌乡，叩首拭泪，苦苦哀求阿足出手相救。阿足思索许久后对张臻说："你身上冤债未散，还需十年。怜悯你虔诚勤苦，我将为你消除灾难。"阿足让他选一日，在河岸设道场斋祭，广招世人，观看超度冤魂，让他们带儿子一并赴会。当时众人都传阿足将大显神通，观者如堵，人，莫测其为。阿足顾谓臻曰："为汝除灾矣。"久之，其子忽于下流十数步外，立于水面，戟手于其父母曰："与汝冤仇，宿世缘业。赖逢圣者，遽此解挥。倘或不然，未有毕日。"挺身高呼，都不愚痴。须臾沉水，不知所适。（出《集异记》）

鉴 师

唐元和初，有长乐冯生者，家于吴，以明经调选于天官氏，是岁见黜于有司，因侨居长安中。有老僧鉴其名者，一日来诣生，谓生："汝吾姓也。"因相与往来，近岁余。及冯尉于东越，既治装，鉴师负笈来，告去。冯问曰："师去安所诣乎？"鉴师曰："我庐于灵岩寺之西庑下且久，其后游长安中，至今十年矣。幸得与子相遇，今将归故居，故来告别。然吾子尉于东越，道出灵岩寺下，当宜一访我也。"生诺曰："谨受教。"后数月，冯生自长安之任，至灵岩寺门，立马望曰："岂非鉴师所居寺乎？"即人而诣焉。时有一僧在庭，生问曰："不知鉴师庐安在，吾将诣之。"僧曰："吾曹数辈，独无鉴其名者。"生始疑异，默而计曰："鉴师信士，岂欺我耶？"于是独游寺庭，行至西庑下，忽见有群僧画像，其一人状同鉴师。生大惊曰："鉴师果异人也！且能神降于我。"因慨然泣下者久之。视其题曰："冯氏子，吴郡人也。年十岁，学浮图法，以道行闻，卒年七十八。"冯阅其题，益异之。（出《宣室志》）

从 谏

东都敬爱寺北禅院大德从谏，姓张氏，南阳人。徙居广陵，为土著姓。身长八尺，眉目魁奇。越壮室之年，忽顿悟真理，遂舍众人踮脚举首之际，阿足点出三四位壮汉，连拖带拽将张臻的儿子扔入河中。张臻与在场所有人，不知阿足用意。阿足看着张臻对他说："我为你除灾了。"许久后，张臻的儿子忽然出现在下游十几步远处，站在水面上，用手指着父母说："我与你们的仇冤，是前世孽缘，幸遇圣人，我们三人得以解脱，否则，永无终日。"他挺身高呼，再无痴状，转眼沉入水中，不知去向。（出《集异记》）

鉴师

唐宪宗元和初年，长乐县冯生，家在吴郡，经明经科中举选调入吏部，这年他被免职，暂居长安。有位老僧名鉴，一日登门寻冯生，对冯生说："你与我同姓。"此后二人互相来往了一年多的时间。直到冯生授任都尉前往东越赴任，置办了行装临行时，鉴师带着书箱前来，向他辞行。冯生问："法师将去往何处？"鉴师说："我先前久居灵岩寺西廊下，后来云游到长安，距今已有十年了。庆幸与你相识，如今将返回故居，特来与你告别。你将动身去东越任都尉，路过灵岩寺山下，可前去拜访。"冯生应道："定谨遵嘱托。"数月后，冯生自长安出发前去赴任，到灵岩寺门前，勒马望去，道："这可是鉴师所在的寺院？"他即刻下马走近，正有一僧人在庭院，冯生问："不知鉴师的房间在哪，我想前去拜访。"僧人说："我寺有诸多法师，唯独没有名为鉴的。"冯生心有疑虑，合计道："鉴师是有一说一的人，怎会骗我？"于是独自在寺院中游览，行至西廊下，忽见群僧画像，其中一人形貌与鉴师相同，冯生惊异地说："鉴师果然是异人，而且神奇地降临到我面前。"不禁感慨落泪，心绪难平。细看画像题词："冯氏，吴郡人，十岁始学佛法，道行高深闻名于世，享年七十八岁。"冯生阅览题词后，更觉鉴师神奇。（出《宣室志》）

从谏

东都洛阳的敬爱寺北禅院高僧从谏，俗姓张，是南阳人，迁居广陵后，改姓当地土著姓。他身长八尺，剑眉星目。过了壮年，从谏妻子从披削焉。于是研精禅观，心境明白，不逾十载，耆年宿德，皆所推服。及来洛，遂止敬爱寺。年德并成，缁黄所宗。每赴供，皆与宾头卢尊者对食，其为人天钦奉若此。

唐武宗嗣历，改元会昌，爱驭凤骖鹤之仪，薄点墨降龙之教，乃下郡国，毁塔庙，令沙门复初。谏公乃乌帽麻衣，潜于皇甫枚之温泉别业。后冈上乔木骈郁，巨石砥平。谏公夏日，常于中人寂，或补毳事。忽一日，颓云驶雨，霆击石傍大檀。雨至，诸兄走往林中，谏公恬然趺坐，若无所闻者。诸兄致问，徐曰："恶畜生而已。"至大中初，宣宗复兴内教，谏公归东都故居。其子自广陵来观，适与遇于院门，威貌崇严，不复可识。乃拜而问从谏大德所居，谏公指曰："近东头。"其子既去。遂阖门不出。其割裂爱网又如此。

咸通丙戌岁夏五月，忽遍诣所信向家，皆谓曰："善建福业。贫道秋初当远行，故相别耳。"至秋七月朔，清旦，盥手焚香，念慈氏如来，遂右胁而卧。呼门人玄章等戒曰："人生难得，恶道易沦，唯有归命释尊，励精梵行。龙花会上，当复相逢。生也有涯，与尔少别。"是日无疾奄化，年有八十余矣。玄章等奉遗旨，送尸于建春门外尸陁林中，施诸鸟兽。三日复视之，肌貌如生，无物敢近，遂覆以饼饵。经宿，有狼狐迹，唯啖饼饵，而丰肤宛然。乃依天竺法阇维讫，收余烬，起白塔于道傍，春秋奉香火之荐焉。（出《三水小牍》）

幡然悟得真理，于是抛妻弃子削发为僧。从此潜心精诚研习禅观，心境明白，不过十载，众多年老有德者都对他深表赞许佩服。他到洛阳后，住进敬爱寺，资历道行高深，受僧道尊奉，每次参会，都与宾头卢尊者对坐用餐，他受人神敬奉至如此程度。

唐武宗继位，改元会昌，他喜爱驾凤骑鹤成仙飞升之道，鄙薄点墨降龙的佛教，下令全国郡县捣毁塔庙，让沙门还俗。谏公便头戴乌帽身着麻衣，潜藏到皇甫枚的温泉别墅中，别墅后山郁郁葱葱，巨石上侧平坦，谏公夏日常在此端坐入定，休养生息。忽有一日，云层崩坠，大雨倾盆，雷霆直劈巨石旁的大檀树。暴雨滂沱，众人奔向林中，谏公泰然打坐，若无事发生，同修问他缘由，谏公从容对答："只因厌恶那帮畜生而已。"大中初年，唐宣宗复兴佛教，谏公返回东都故居。他的儿子从广陵来探望他，二人恰好在院门相遇，儿子威严魁梧，一时竟认不出，儿子行礼问他从谏高僧住处，从谏指了指说："靠近东边路的尽头。"儿子前去，他回屋关门不出，他就是这般斩断俗尘情感的。

咸通丙戌年夏季五月，他写信给老家的人，对他们说："潜心奉佛，积善修德。贫僧秋初将远行，特此告别。"秋季七月初一日清晨，从谏洗手焚香，念诵我佛如来，随后右侧向下躺好，召来门徒玄章等人告诫道："人生多难，极易沉沦作恶，唯有皈依佛法，精诚守戒修行，龙花会上再见。生命有限，今日暂别。"这日从谏无病圆寂，享年八十余岁。玄章等人遵照师父遗嘱，将尸身送往建春门外停放尸体的山林中，将尸身布施给鸟兽。过了三日再看，从谏肌肤鲜活如活着的时候，无鸟兽敢靠近，便在尸身上铺满干粮食物。一宿后，有豺狼狐狸等兽类的痕迹，但肌肤仍完好无损。只得依天竺习俗将尸身火化，收敛骨灰，在路旁建白塔，将骨灰存放塔内年年焚香祭拜。（出《三水小牍》）

卷第九十八　异僧十二

李德裕

唐相国李德裕为太子少保分司东都，尝召一僧，问己之休咎。僧曰："非立可知，愿结坛设佛像。"僧居其中，凡三日。谓公曰："公灾戾未已，当万里南去耳。"公大怒，叱之。明日，又召其僧问焉，虑所见未子细，请更观之。即又结坛三日，告公曰："南行之期，不旬月矣，不可逃。"公益不乐，且曰："然则吾师何以明其不妄耶？"僧曰："愿陈目前事为验，庶表某之不诬也。"公曰："果有说也。"即指其地曰："此下有石函，请发之。"即命穷其下数尺，果得石函，启之亦无睹焉。公异而稍信之，因问："南去诚不免矣？然乃遂不还乎？"僧曰："当还耳。"公讯其事，对曰："相国平生当食万羊，今食九千五百矣。所以当还者，未尽五百羊耳。"公惨然而叹曰："吾师果至人。且我元和十三年为丞相张公从事于北都，尝梦行于晋山，见山上尽目皆羊，有牧者十数，迎拜我。我因问牧者，牧者曰：'此侍御平生所食羊。'吾尝记此梦，不泄于人。今者果如师之说耶，乃知阴骘固不诬也。"后旬日，振武节度使米暨遣使致书于公，且馈五百羊。公大惊，即召告其事。僧叹曰："万羊将满，公其不还乎！"公曰："吾不食之，亦可免耶？"曰："羊至此，已为相国所有。"公戚然。旬日，贬潮州司马，连贬崖州司户，竟没于荒裔也。（出《宣室志》）

李德裕

唐朝宰相李德裕任太子少保分管东都洛阳时，曾召见一僧人，向他询问自己的吉凶。僧人说："此非即刻可知的，须得设祭坛与佛像。"祭坛设好后，僧人在祭坛中三日。之后僧人对李德裕说："您的灾难还未结束，您将南行万里。"李德裕大怒，呵斥了僧人。第二日，李德裕又召见这位僧人问卜，担心先前僧人未看仔细，请他再看。于是僧人又在祭坛中三日，告诉李德裕说："南行之期，不足一月，您难逃此行。"李德裕更为恼怒，问道："师父如何证明您所言不假？"僧人说："我可说一件眼下发生的事来简单证明我所言绝非欺诈。"李德裕说："请讲。"僧人当即指着地上一处说："此下有石匣，请您掘地检视。"李德裕立即命人挖地数尺，果然挖出一石匣，打开后看里面空无一物。李德裕大为惊异，对僧人所言稍有些相信，便问："南去一事真的难以避免？去后还会回来吗？"僧人说："能回。"李德裕询问僧人这事的原委，僧人答："相国此生当食万只羊，现今已吃九千五百只。之所以说您还能回来，是因为还差五百只羊。"李德裕伤心哀叹："师父果然是高僧大德，元和十三年，我在北都张丞相门下任从事，曾梦见自己走在晋山上，山上满眼都是羊，有十几位牧羊人迎着我参拜，我询问牧羊人，牧羊人说：'我们在此侍候您今生所吃的羊。'我一直记着这梦，不曾向别人透露，如今果然如师父所言，由此便知冥冥之中的事确实不会骗人。"此后十日，振武节度使米暨派人给李德裕送书信，并赠给他五百只羊。李德裕大为吃惊，立即召僧人将此事告诉了他。僧人叹道："羊的数目即将达到一万只，相国南行可能无法返回。"李德裕说："我不吃这些羊，能免受此难吗？"僧人说："羊既然到这里，就是相国所有。"李相国忧伤悲戚。十日后，李相国受贬为潮州司马，接连受贬为崖州司户，最

齐州僧

史论在齐州时，出猎至一县界。憩兰若中，觉桃香异常，访其僧，僧不及隐。言近有一人，施二桃，因从经案下取出，献论，大如饭碗。论时饥，尽食之，核大如鸡卵。论因诘其所自，僧笑曰："向实谬言之。此桃去此十余里，道路危险。贫道偶行脚见之，觉异，因掇数枚。"论曰："愿去骑从，与和尚偕往。"僧不得已，导论出荒榛中。经五里许，抵一水。僧曰："恐中丞不能渡此。"论志决往，乃依僧解衣，载之而浮。登岸，又经西北，涉二水，上山越涧，数里至一处。奇泉怪石，非人境也。有桃数百株，枝干扫地，高二三尺，其香破鼻。论与僧各食一蒂，腹饱矣。论解衣，将尽力包之。僧曰："此域灵境，不可多取。贫道常听长老说：'昔有人亦尝至此，怀五六枚，迷不得出！'"论亦疑僧非常，取两颗而返。僧切戒论不言。论至州，使召僧，僧已逝矣。（出《酉阳杂俎》）

抱玉师

抱玉师以道行闻，居长安中，师而事者千数。每夕独处一室，阖户撤烛。尝有僧于门隙视之，见有庆云自口中出。后年九十卒，时方大暑，而其尸无萎败。唐宰相第五琦与师善，及卒，来治丧。将以香乳灌其口，已而有祥光自口出，晃然四照。公甚奇之。或曰："佛有庆祥光。今抱玉师有之，真佛矣。"（出《宣室志》）

终亡于南边荒野。(出《宣室志》)

齐州僧

史论在齐州时，出外狩猎，行至一县边界，在一寺庙歇脚，嗅到奇异馥郁的桃香，询问此处僧人，僧人没有隐瞒，说附近一位施主布施了两只桃子，随即从经案下拿出，献给史论，桃子有碗大。史论当时很饿，把桃子全吃了，桃核有鸡蛋大小。吃完后，史论询问桃子的产地，僧人笑道："其实我刚才说了假话，这桃子产地距此十多里远，路上艰险，贫僧偶然游食四方时看到了，觉得奇异，便摘了几个。"史论说："我愿不带马匹侍卫，与您一道前往。"僧人不得已答应，二人穿过杂乱丛生的草木，大约走了五里，行至一河边。僧人说："恐怕中丞难渡过这条河。"史论坚决要过，照着僧人的动作解衣，用手举着衣服游了过去。上岸后，往西北方走，穿过两条河，翻山越涧，行了数里便到了。此处遍布奇泉怪石，绝非寻常人间景致，其间有数百棵桃树，枝条垂在地面，树高二三尺，芳香扑鼻。史论与僧人各吃了一个，肚子便饱了。史论解开衣襟，往衣间放尽量多的桃子。僧人说："这处是仙境，不可多拿。贫僧常听长老说：'曾有人来此，带走五六只桃子，结果迷路出不去了。'"史论也疑心这僧人不是凡人，便只带了两只就返回了。僧人恳切劝诫史论，回去后不要与他人说起。史论返回齐州后，遣人请僧人，僧人已圆寂了。(出《酉阳杂俎》)

抱玉师

抱玉禅师道行高深闻名于世，他住在长安城内，以师礼待他的人数以千计。晚间他都是独居一室，闭门不点灯烛。曾有僧人从门缝窥探，见他口中飘出祥云。后来抱玉禅师九十岁圆寂，时值酷暑，但他的尸体不曾腐败分毫。唐朝宰相第五琦与抱玉禅师交好，等抱玉禅师去世后，第五琦前来吊丧。将香乳从抱玉禅师口中灌下，抱玉禅师口中祥光四照，明晃晃照亮四方。第五琦甚是惊奇。有人说，佛有

束草师

长安平康坊菩提寺，先有僧，不言姓名，常负束藁，坐卧于寺西廊下，不肯住院，经数年。寺纲维或劝其住房，曰："尔厌我耶？"其夕，遂以束藁焚身。至明，唯灰烬耳，无血膋之臭。众方知为异人，遂塑灰为僧于佛殿上，世号为"束草师"。（出《酉阳杂俎》）

惠宽

绵州净慧寺僧惠宽，先时年六岁，随父设黄箓斋。众礼石天尊像，惠宽时在，不肯礼，曰："礼则石像遂倒，不胜致也。"既礼而天尊像果倒，腰已折矣。后出家在寺。寺近池，人多捕鱼为业。惠宽与受戒，且曰："尔辈不当以此为给，吾能令汝所得，不失于旧。"因指其池畔，尽生菌蕈。鱼人采之，省力得利。后人呼为"和尚蕈"也。（出《成都记》）

素和尚

长安兴善寺素和尚院庭有青桐数株，皆素之手植。唐元和中，卿相多游此院。桐至夏有汗，污人衣如輠脂，不可浣。昭国郑相，尝与丞郎数人避暑，恶其汗，谓素曰："弟子为和尚伐此桐，各植一松也。"及暮，素戏祝树曰："我种汝二十余年，汝以汗为人所恶，来岁若复有汗，我必薪之。"自是无汗矣。素公不出院，转《法华经》三万七千部。夜常有狼子听经。斋时，有乌鹊就案取食。长庆初，有僧玄幽题此院诗云："三万华经三十春，半生不蹋

祥光乃是吉兆，如今抱玉禅师有祥光，乃是真佛。（出《宣室志》）

束草师

长安平康坊菩提寺，过去有位僧人，不曾言明自己的姓名，常背着一束秆，日常坐卧于寺庙西面的廊檐下，不愿住在房中，如此数年。寺院中司事僧劝他住进僧房，他说："你们厌恶我吗？"那晚，他用背上束的秆焚烧自己，天亮后，只剩一堆灰烬，没有丝毫血腥味。众人才知道他是一位异人，便用他尸身的灰烬塑像供奉在佛殿上。世人称他为"束草师"。（出《酉阳杂俎》）

惠宽

绵州净慧寺僧人惠宽，六岁时，随父亲设超度亡灵的黄箓斋。众人礼拜天尊像，惠宽在场不肯行礼，他说："我若施礼石像会倒塌，石像承受不起。"随后他行礼，天尊像果然倒塌，腰部折损。惠宽后来出家留在了寺院。寺院靠近河塘，许多人以捕鱼为业。惠宽为他们受戒，对他们说："你们不该以捕鱼维持生活，我能让你们所得不低于旧时。"随即手指池畔，池畔刹那生满菌子。渔民采摘菌子，与捕鱼相比，省力且获利大。后来，人们叫这种菌子为"和尚蕈"。（出《成都记》）

素和尚

长安兴善寺素和尚的庭院中有数棵青桐，都是素和尚亲手栽培的。唐宪宗元和年间，朝廷卿相常在院中游赏。青桐夏日会淌汗，玷污人的衣物如蹭上油脂一般，无法洗掉。昭国郑相曾与丞郎等数人在此避暑，厌恶青桐的汗，对素和尚说："弟子替您将青桐砍掉，每棵都换成松树。"至夜，素和尚与诸树开玩笑说："我种植你们二十多年，你们因流汗被人厌恶。明年若再出汗，我将把你们当柴烧。"此后青桐不再淌汗。素和尚从不出院门，转录了三万七千部《法华经》。夜里常有狼来听他读经，吃斋饭时常有乌鸦喜鹊飞在

院门尘。”当时以为佳句也。（出《酉阳杂俎》）

怀信

扬州西灵塔，中国之尤峻峙者。唐武宗末，拆寺之前一年，有淮南词客刘隐之薄游明州。梦中如泛海，见塔东渡海。时见门僧怀信居塔三层，凭阑与隐之言曰：“暂送塔过东海，旬日而还。”数日，隐之归扬州，即访怀信。信曰：“记海上相见时否？”隐之了然省记。数夕后，天火焚塔俱尽，白雨如泻，旁有草堂，一无所损。（出《独异志》）

佛陀萨

有佛陀萨者，其籍编于岐阳法门寺。自言姓佛氏，陀萨其名也。常独行岐陇间，衣黄持锡。年虽老，然其貌类童骏。好扬言于衢中，或诟辱群僧，僧皆怒焉。其资膳裘纻，俱乞于里人。里人怜其愚，厚与衣食，以故资用独饶于群僧。陀萨亦转均于里中穷饿者焉，里人益怜其心。开成五年夏六月，陀萨召里中民告曰：“我今夕死矣，汝为吾塔瘗其尸。”果端坐而卒。于是里中之人，建塔于岐阳之西冈上，漆其尸而瘗焉。后月余，或视其首，发仅寸余，弟子即剃去。已而又生，里人大异，遂扃其户，竟不开焉。（出《宣室志》）

兴元上座

兴元县西墅有兰若，上座僧常饮酒食肉，群辈皆效焉。一旦桌案上吃东西。唐穆宗长庆初年，僧人玄幽为此庭院题诗道：“三万华经三十春，半生不踏院门尘。”是当时为人称道的佳句。（出《酉阳杂俎》）

怀信

扬州西灵塔，在中国佛塔中以高耸出挑而闻名。唐武宗末年，拆寺前的一年，淮南词客刘隐之薄禄宦游明州。梦中自己似是在乘船过海，看到西灵塔也在东渡过海。同时看到门下僧人怀信在塔的第三层上，靠着栏杆对刘隐之说：“我暂时护送寺塔渡东海，十日后返回。”数日后，刘隐之返回扬州，即刻去拜访怀信。怀信说：“还记得你我在海上相见吗？”刘隐之将梦尽数忆起。几日后，无故起的火将塔焚毁一空，白灰如倾盆大雨泻下，塔旁的草堂却没有丝毫损伤。（出《独异志》）

佛陀萨

僧人佛陀萨，他的名籍被编在岐阳法门寺。他自己说他姓佛，陀萨是名字。他常独自走在岐阳乡间行乞，身着黄衣，手持锡杖。他虽年长，但相貌类似稚童。他喜欢在街上大声呼喊讲话，或是诟病辱骂群僧，僧人都对他不满，他的吃穿用度都是从乡民手中乞讨而来的，乡民怜悯他痴傻，衣食上很是优待他，所以他的用度比其他僧人宽裕。佛陀萨便将自己的用度匀给乡里穷人，乡民疼爱他心肠慈悲。开成五年夏季六月，佛陀萨召集乡民，告诉大家：“我今夜将去世，请诸位为我搭建一塔安葬我的尸身。”入夜他果真端坐去世。乡民便在岐阳的西山上建佛塔，将他安葬在内。此后月余，有人看见他的头长出长发寸许，弟子便前去为他剃掉，剃完不久后又长出，乡民大为惊异，便将塔门锁住，此后不再打开。（出《宣室志》）

兴元上座

兴元县西郊有座寺庙，上座僧人常饮酒吃肉，门下僧人都跟着多作大饼，招群徒众，入尸陁林。以饼裹腐尸肉而食，数啖不已。众僧掩鼻而走。上座曰："汝等能食此肉，方可食诸肉。"自此缁徒因成精进也。（出《云溪友议》）

赵蕃

唐国子祭酒赵蕃，大和七年为南宫郎。忽一日，有僧乞食于门且谓其家僮曰："吾愿见赵公，可乎？"家僮告蕃，蕃即命延入与坐。僧乃曰："君将有忧，然亦可禳去。"蕃即拜而祈之。僧曰："遗我裁刀一千五百，庶可脱君之祸。不然，未旬日，当为东南一郡耳。"蕃许之，约来日就送焉，且访其名暨所居。僧曰："吾居青龙寺，法安其名也。"言已遂去。明日，蕃即办送之。使者至寺，以物色访群僧，僧皆不类。且询法安师所止，周遍院宇，无影响踪迹。后数日，蕃出为袁州刺史。（出《宣室志》）

怀濬

秭归郡草圣僧怀濬者，不知何处人。唐乾宁初到彼，知来藏往，皆有神验。爱草书，或经、或释、或老，至于歌诗鄙琐之言，靡不集其笔端。与之语，即阿唯而已，里人以神圣待之。刺史于公以其惑众，系而诘之。乃以诗代通状曰："家在闽川西复西，其中岁岁有莺啼。如今不在莺啼处，莺在旧时啼处啼。"又诘之。复有诗曰："家住闽川东复东，其中岁岁有花红。而今不在花红处，花在旧时红处红。"郡牧异而释之。详其诗意，似在海中，得非杯渡之流乎？行旅经过，必维舟而礼谒，告其吉凶，唯书三五行，终不明言，事往果验。

效仿。一日清晨，寺里做了许多大饼，上座僧人招呼门下群僧一同进入专门停放尸体的山。他用大饼包着腐尸吃，一连几口没停。群僧掩鼻跑走。上座僧人说："你们若能吃此肉，才可吃其他诸肉。"此后，僧侣们修行更加精进了。（出《云溪友议》）

赵蕃

唐朝国子祭酒赵蕃，在唐文宗大和七年任南宫郎。一日，忽然有位僧人在他家门前化缘，并对仆人说："我想见赵公一面，可以通传吗？"仆人上报赵蕃，赵蕃命人请僧人进屋入座。僧人说："您将逢忧患，但此难可消除。"赵蕃立即行礼祈求破解之法。僧人说："请送我一千五百把裁纸刀，兴许能解除您的灾祸。否则，不足十日，您将去往东南某郡。"赵蕃应允，约定明日将裁纸刀送来，又询问僧人法号与住所。僧人说："我住青龙寺，法号法安。"言罢离去。第二日，赵蕃备齐所需物件送去，到青龙寺后，据样貌在群僧中寻法安，但没有一个僧人与他相像，便询问法安师父所在，找遍全寺，未曾见到法安踪迹。几日后，赵蕃出任袁州刺史。（出《宣室志》）

怀濬

秭归郡草圣僧人怀濬，不知从何而来，唐昭宗乾宁初年到秭归郡，他能对未来有所预见，对已往心中了然，料事如神。怀濬爱好草书，不论是儒、释、道三家书籍，还是诗歌、鄙言累句等文字，无不汇集在他笔下。别人与他说话时，他只迎合顺从而已，乡民待他如神圣。秭归刺史于公以"惑众"罪将他逮捕审讯，他用诗代替陈情公文云："家在闽川西复西，其中岁岁有莺啼。如今不在莺啼处，莺在旧时啼处啼。"再次受审，他又用诗答道："家住闽川东复东，其中岁岁有花红。而今不在红花处，花在旧时红处红。"郡守觉得怀濬是异人，于是将他释放，细读诗意，似乎说的是在海中的事，怀濬莫非是杯渡那样的高僧吗？途经此处的行人，定会系船停泊前来拜谒，他告诉别人吉凶时，只写三五行文字，从不明说，事后都能应验。

荆南大校周崇宾谒之，书字遗之曰：“付皇都勘。”尔后入贡，因王师南讨，遂絷于南府，竟就戮也。押衙孙道能谒之，书字曰：“付竹林寺。”其年物故，营葬乃古竹林寺基也。皇甫铉知州，乃画一人荷校，一女子在旁。后为娶民家女遭讼，锢身入府。波斯穆昭嗣幼好药术，随其父谒之，乃画一道士乘云把胡卢，书云：“指挥使高牒衙推。”穆生后以医药有效，南平王高从诲与巾裹，摄府衙推。王师伐荆州，师寄南平王诗云：“马头渐入扬州路，亲眷应须洗眼看。”是岁输诚淮海，获解重围。其他不可殚记。或一日，题庭前芭蕉叶上云：“今日还债，幸州县无更勘穷。”来日为人所害，尸首宛然，刺史高公为之荼毗之。（出《北梦琐言》）

智者禅师

唐越州山阴县有智禅师。院内有池，恒赎生以放之。有一鼋，长三尺，恒食其鱼。禅师患之，取鼋送向禹王庙前池中。至夜还来。禅师咒之曰：“汝勿食我鱼，即从汝在此。”鼋于是出外放粪，皆是青泥。禅师每至池上，唤鼋即出，于师前伏地。经数十年，渐长七八尺。禅师亡后，鼋亦不复见。（出《朝野佥载》）

法本

晋天福中，考功员外赵洙言：近日有僧自相州来，云：“贫道于襄州禅院内与一僧名法本同过夏，朝昏共处，心地相洽。法本常言曰：‘贫道于相州西山中住持竹林寺，寺前有石柱。他日有暇，请必相访。’”其僧追念此言，因往彼寻访。洎至山下村中，投荆南大校尉周崇宾前来拜谒，他书“付皇都勘”几字相赠。之后入朝进贡，逢着王师南下讨伐，周崇宾被拘囚南府，最终被杀。押衙孙道能前来拜谒，他书“付竹林寺”。这年孙道能亡故，葬在旧时竹林寺。皇甫铉任知州前来拜谒，他画了一人颈上带枷，一女子在一旁。后来皇甫铉因强娶民女吃了官司，被收押官府。波斯人穆昭嗣年幼时起就爱好药术，跟着父亲前来拜谒，怀濬画了一道士腾云手持葫芦，并书：“指挥使高牒衙推。”穆昭嗣后来因制的药疗效很好，南平王高从海给他举行冠礼，让他任府衙推。王师讨伐荆州时，怀濬寄给南平王的诗云：“马头渐入扬州路，亲眷应须洗眼前。”这年南平王于淮海投降，才得以解困。诸如此类的例子数不胜数，不可一一详记。有一日，怀濬在院前芭蕉叶上题道：“今日还债，请州县官府不要穷追不舍。”后来他被人杀害，尸身与在世时无二，刺史高公将他的遗体火化了。（出《北梦琐言》）

智者禅师

唐朝，越州山阴县有位智禅师。寺院中有一池塘，他常赎回被人捕捞的生灵然后在池塘放生。池塘里有一大鳄鱼，身长三尺，一直以池塘中的鱼为食。禅师当它是祸患，就将大鳄鱼送到禹王庙前的池塘中了。晚间，大鳄鱼又自己回来了。禅师对它念咒：“你若不吃我的鱼，我便随你待在这里。”此后大鳄鱼在池塘外排便，排出的全是黑泥。禅师每次在池边唤它，它就爬出，趴伏在禅师面前。如此数十年，这只大鳄鱼逐渐长到七八尺长。禅师圆寂后，大鳄鱼也不再出现。（出《朝野佥载》）

法 本

晋高祖天福年间，考功员外赵洙说，近日有位僧人从相州前来，僧人对他说：“贫僧在襄州禅院内与一位名为法本的僧人一道避暑，我们二人朝夕相处，心意相通。法本常说：‘贫僧在相州西山中主持竹林寺，寺前有石柱。他日闲暇时，请您一定要来看看。’”那一兰若寄宿。问其村僧曰："此去竹林寺近远？"僧乃遥指孤峰之侧曰："彼处是也。古老相传，昔圣贤所居之地。今则但有名存焉，故无院舍。"僧疑之，诘朝而往。既至竹林丛中，果有石柱，罔然不知其涯涘。当法本临别云："但扣其柱，即见其人。"其僧乃以小杖扣柱数声。乃风雨四起，咫尺莫窥。俄然耳目豁开，楼台对峙，身在山门之下。逡巡，法本自内而出，见之甚喜，问南中之旧事。乃引其僧，度重门，升秘殿，参其尊宿。尊宿问其故，法本云："早年相州同过夏，期此相访，故及山门也。"尊宿曰："可饭后请出，在此无座位。"食毕，法本送至山门相别。既而天地昏暗，不知所进。顷之，宛在竹丛中石柱之侧，余并莫睹。即知圣贤之在世，隐显难涯，岂金粟如来独能化见者乎？（出《玉堂闲话》）

僧人一直惦记着法本的话，便去相州寻访法本。僧人行至相州西山下的村庄，投宿于一寺庙中。问村中僧人，此处距竹林寺还有多远。村中僧人指着远处孤峰的侧面说："那处就是竹林寺，自古流传至今，是昔日圣贤所居之地。现今徒留名声，并无寺院房舍。"那僧人不信，第二日一早朝那里走去，走到竹林中，果真有石柱，但除石柱外并无他物，茫然无措，不知寺在何处。他忆起法本临别时说："只需敲击石柱，便可见到他本人。"那僧人用锡杖敲击石柱数次。顿时风雨四起，咫尺之内都看不真切。很快又耳清目明，只见楼台相对而立，自己站在山门之下。片刻，法本从寺内走出，二人相见很是高兴，问起当初在襄州相处时的旧事。法本引着那僧人穿过重门，步入秘殿，参拜德高望重的高僧。高僧询问法本为何引那僧人前来，法本说："早年我们一起在襄州避暑，我邀约他来此访问，所以他便来到山门下。"高僧说："请他用过饭后出山吧，此处并无他的座位。"食罢，法本送他到山门，二人相别。随后天昏地暗，不知前路，转眼间，他已在竹林中石柱旁，他之前目睹的一切都消失不见了。由此可知先贤存在于世间，隐没与显现的范围难辨，否则金粟如来又怎能现身在世上呢？（出《玉堂闲话》）

卷第九十九　释证一

僧惠祥

东晋义熙初，金陵长干寺僧惠祥与法向连堂而居。夜四更中，惠祥遥唤向暂来。向往视祥，祥仰眠，交手胸上。云："可解我手足绳。"向曰："并无绳也。"惠祥因得转动，云："适有人众缚我手足，鞭棰交下，问何故啮虱，又语祥云：'若更不止，当人于两山间磕之。'"祥自后戒于啮虱焉。（出《三教珠英》）

阿育王像

长沙寺有阿育王像，相传是阿育王女所造。太元中，夜浮至江津，渔人见异光如昼，而诸寺以千人迎之，嶷然不动。长沙寺翼法师者，操行精苦，乃率十僧，至诚祈启，即时就辇。至齐末，像常夜行，不知者以槊刺之，作铜声而倒。每南朝大事及灾役，必先流汗数日。自像教以来，最为灵应也。（出《渚宫遗事》）

王淮之

宋王淮之字元曾，瑯琊人也。世尚儒业，不信佛法。常谓身神俱灭，宁有三世耶？元嘉中，为丹阳令。十年，得病绝气，少时还复暂苏。时建康令贺道力省疾，适会下床。淮之语道力曰："始知释教不虚，人死神存，信有征矣。"道力曰："明府生平置论不尔，今

僧惠祥

东晋义熙初年，金陵长干寺僧人惠祥与法向居所相连。一日夜里四更，惠祥隔墙远唤法向来自己屋内一下。法向过去看惠祥，只见惠祥仰卧，双手交放前胸，说："请帮我解开手脚上的绳索。"法向说："你手脚上并没有绳索呀。"惠祥便转动身子说："刚才有很多人来缚住我的手脚，鞭棍交加，问我为何咬虱子，还对我说：'若再不收手，就将你放在两山间受两山磕碰。'"此后，惠祥便戒掉了咬虱子的习惯。（出《三教珠英》）

阿育王像

长沙寺有尊阿育王塑像，相传是阿育王的女儿塑的。东晋太元年间，塑像夜间漂游至江津，渔民看到塑像异光照耀有如白昼，诸寺僧众千人聚集相迎，但塑像岿然不动。长沙寺的翼法师恪守戒律，精勤刻苦，他率领十位僧人，虔诚祈祷，佛像即刻上辇。到了南齐末年，阿育王塑像常夜间行走，不知情况的人用槊刺它，它便发出铜器撞击的声音而倒地。每逢南朝有大事或灾害发生，阿育王塑像定事先流汗数日。自从供奉佛像以来，这些事情最为灵验。（出《渚宫遗事》）

王淮之

南朝宋王淮之，字元曾，琅琊人。他崇尚儒学，不信佛法，常说人死后神形俱灭，哪儿有灵魂能够不断再世的道理呢？元嘉年间，王淮之任丹阳县令。元嘉十年，他患病气绝身亡，一会儿又苏醒过来。当时，建康县令贺道力前来探病，恰好王淮之苏醒要下床，王淮

何见而乃异之耶？”淮之敛眉答云：“神实不尽，佛教不得不信。”语讫而终。（出《冥祥记》）

惠凝

元魏时，洛中崇真寺有比丘惠凝死七日还活。云：“阎罗王检阅，以错名放免。”惠凝具说过去之事，有比丘五人同阅。一比丘云宝明寺智圣，以坐禅苦行，得升天堂。有一比丘是般若寺道品，以诵《涅槃经》四十卷，亦升天堂。有一比丘云是融觉寺昙谟最，讲《涅槃》《华严》，领众千人。阎罗王曰：“讲经者，心怀彼我，以骄凌物，比丘中第一粗行。今唯试坐禅诵经，不问讲经。”其昙谟最曰：“贫身立道已来，唯好讲经，实不谙诵。”阎罗王令付司，即有青衣十人，送昙谟最向西北门，屋舍皆黑，似非好处。有一比丘云是禅林寺道弘，自云教化四辈檀越，造一切经人中像十躯。阎罗王曰：“沙门之体，必须摄心守道，志在禅诵。不干世事，不作有为。虽造作经像，正欲得他人财物，既得财物，贪心既起，便是三毒不出，具足烦恼。”亦付司，仍与昙谟最同入黑门。有一比丘云是灵觉寺宝明，自云：“出家之先，常作陇西太守。造灵觉寺成，即弃官入道。虽不禅诵，礼拜不缺。”阎罗王曰：“卿作太守之日，曲理枉法，劫夺民财，假作此寺，非卿之力，何劳说此。”亦付青衣送入黑门。时魏太后闻之，遣黄门侍郎徐纥依惠凝所说即访宝明等寺。城东有宝明寺，城中有般若寺，城西有融觉、禅林、灵觉等三寺。并问智圣、道品、昙谟最、道弘、宝明等，皆实有之。即请坐禅僧一百人，常在殿中供养之。诏不听持经像在巷路乞索，若私用财物造经像者任意。惠凝亦入白鹿山，隐居修道。自此以后，京邑之比丘皆事禅诵，不复以讲经为意。（出《洛阳记》）

之对贺道力说："我如今方才明白佛法非虚无妄言，人死后精神犹在，着实可信，我已验证。"贺道力说："您一生不信佛法，如今为何改观？"王淮之皱眉严肃道："精神确实无法灭绝，佛法灵验不能不信。"言罢去世。（出《冥祥记》）

惠凝

北西魏时，洛阳崇真寺和尚惠凝圆寂后七日复生。他说："阎罗王检阅时，因为弄错了名字又将我赦免释放。"惠凝详细讲述那七日的经历，有五位和尚一同接受审阅。一位是宝明寺的智圣，因坐禅苦修，升入天堂。一位是般若寺的道品，因诵四十卷《涅槃经》，也升入天堂。一位是融觉寺的昙谟最，讲诵《涅槃经》《华严经》，数千听众。阎罗王说："讲经者，心里想着听者与自己的差距，傲视万物，此等行为最是不守戒规。现在我只考验坐禅诵经，不问讲经。"昙谟最说："贫僧修佛以来，只爱讲经，确实不精通诵经。"阎罗王下令将他交给专司处理，立即有十位青衣人上前，将昙谟最押往西北门，其间屋舍漆黑，不像是一个好地方。一位是禅林寺的道弘，自称教化了四代施主，造十尊经中佛像。阎罗王说："出家之人须得静心守道，致力坐禅诵经，不问世事，不刻意作为。你虽建造了佛像，但本心是贪得他人财物，得了财物，有了贪念，这就是三毒未除，由此萌生一切烦恼。"因此，他也被押送到专司处理，与昙谟最进了同一个黑门。一位是灵觉寺的宝明，他自己说："出家之前曾任陇西太守，建灵觉寺，后弃官出家，虽不坐禅诵经，但从不缺行礼参拜。"阎罗王说："你做太守时，违背情理，徇私枉法，贪污民脂民膏，建造寺庙只是托词，寺庙建成绝非你的功劳，何必表功？"也将他交给青衣人押送入黑门中。当时魏太后听闻惠凝所述后，派黄门侍郎徐纥依照惠凝所述前去查访宝明等寺。果然查得城东有宝明寺，城中有般若寺，城西有融觉寺、禅林寺和灵觉寺。又打听到智圣、道品、昙谟最、道弘、宝明等确有其人。此后魏太后便请来一百位僧人，长期供养在皇宫。下诏不许拿着佛经佛像沿街乞讨，如果有人愿用私人财物造佛像可自行其便，惠凝也隐入白鹿山，隐居修道。此后，京城一带的僧人都

灵隐寺

高齐初，沙门宝公者，嵩山高栖士也。且从林虑向白鹿山，因迷失道。日将禺中，忽闻钟声。寻向而进，岩岫重阻，登陟而趋，乃见一寺。独据深林，山门正南，赫奕辉焕。前至门所，看额灵隐寺。门外五六犬，其犬如牛，白毛黑喙，或踊或卧，回眸眄宝。宝怖将返，须臾，见胡僧外来。宝唤不应，亦不回顾，直入门内，犬亦随之。良久，宝见人渐次入门，屋宇四周，门房并闭。进至讲堂，唯见床榻高座俨然，宝入西南隅床上坐。久之，忽闻东间有声，仰视，见开孔如井大，比丘前后从孔飞下，遂至五六十人。依位坐乞，自相借问，今日斋时，何处食来。或言豫章、成都、长安、陇右、蓟北、岭南、五天竺等，无处不至，动即千万余里。末后一僧从空而下。诸人竞问："来何太迟？"答曰："今日相州城东彼岸寺鉴禅师讲会，各各居义。有一后生聪俊，难问词音锋起，殊为可观。不觉遂晚。"宝本事鉴为和尚，既闻此语，望得参话，因整衣而起，白诸僧曰："鉴是宝和尚。"诸僧直视宝。顷之，已失灵隐寺所在矣。宝但独坐于柞木之上，一无所见，唯睹岩谷，禽鸟翔集喧乱。及出山，以问于尚统法师。法师曰："此寺石赵时佛图澄法师所造者，年岁久远，贤圣居之，非凡所住，或沉或隐，迁徙无定。今山行者，犹闻钟声焉。"（出侯君素《旌异记》）

侯庆

宋南阳人侯庆有铜像一躯，可高尺余。庆有牛一头，拟货为

沉心于坐禅诵经，不再刻意追求讲经布道。（出《洛阳记》）

灵隐寺

北齐初年，沙门宝公隐居于嵩山，从林虑去往白鹿山时迷了路。将近正午，忽然听到钟声。他循着钟声前进，重峦叠嶂，逐渐往上走，见到一寺庙。这寺庙独自坐落树林深处，山门正南面，光明显盛。走到门前，见匾额上书“灵隐寺”三个大字。门外有五六只狗，与牛一般大小，白毛黑嘴，或跳或卧，都盯着宝公。宝公惊慌想返回，转眼间，见一胡僧走近，宝公唤他，他却没有回应，也没回头看一眼，径直走入门内，那六只狗跟在他身后。许久后，宝公见有人陆续进门，殿堂四周门窗紧闭。宝公随人流走进讲堂，只见床榻高座俨然，宝公走到西南角的床上坐下。许久，忽然听到东边传来声音，抬头看到房顶开着一个井口大的窟窿，许多僧人从窟窿中飞下，共有五六十人。大家依次坐定后互相打听，谈及今日在何处用的斋饭，有说在豫章的，有说在成都的，有说在长安的，有说在陇右的，还有说在蓟北、岭南乃至五天竺的，说什么地方的都有，随便一处就有万余里。最后一位僧人降下来时，众人争相问他：“为何来得这么晚？”他说：“今日相州城东彼岸寺鉴禅师举办讲会，大家各抒己见。有一后生聪明英俊，接连不断地提出疑问和辩难，场面实在可观，不知不觉我就来晚了。”宝公本是鉴禅师的门下弟子，听了这些话，想参与大家的交流，便整理衣衫起身，告诉诸僧道：“鉴禅师是我的师父。”诸僧打量宝公。顷刻间，整个灵隐寺消失不见，只剩宝公独自坐在柞木上，眼前除山谷鸟兽外空无一物。宝公出山后，询问尚统法师此事，法师说：“此寺乃后赵时佛图澄法师建造，历史悠久，圣贤居住其中，凡人不可随意前往。它时隐时现，迁移不定，现今行走在那山上的人仍能听到钟声。（出侯君素《旌异记》）

侯庆

刘宋南阳人侯庆有一尊铜佛像，大概一尺多高。侯庆有一头牛，金色，遇有急事，遂以牛与他用之。经二年，庆妻马氏忽梦此像谓之曰："卿夫妇负我金色，久而不偿。今取卿儿丑多，以充金色。"马氏寤觉而心不安。至晓，丑多得病而亡。庆年五十余，唯有一子，悲哀之声，感于行路。丑多亡日，像忽自有金色，光照四邻，邻里之内，咸闻香气。道俗长幼，皆来观瞩焉。（出《法苑珠林》）

大业客僧

隋大业中，有客僧行至泰山庙求寄宿。庙令曰："此无别舍，唯神庙庑下可宿，然而来此寄宿者辄死。"僧曰："无苦也。"不得已从之，为设床于庑下。僧至夜，端坐诵经。可一更，闻屋中环佩声。须臾神出，为僧礼拜。僧曰："闻此宿者多死，岂檀越害之耶？愿见护之。"神曰："遇死者将至，闻弟子声，因自惧死，非杀之也。愿师无虑。"僧因延坐谈说，如食顷时，因问神曰："闻世人传说云泰山治鬼，宁有之耶？"神曰："弟子薄福有之，岂欲见先亡者乎？"僧曰："有两同学僧先死，愿见之。"神问其名，曰："一人已生人间，一人在狱罪重，不可唤来，师就见可也。"僧闻甚悦，因起出。不远而至一所，见狱火光焰甚盛。神将僧入一院，遥见一人，在火中号呼，不能言，形变不复可识，而血肉焦臭，令人伤心。师不欲历观，愍然求出。

俄而至庙，又与神坐，因问："欲救同学，有得理耶？"神曰："可，能有为写《法华经》者，便应得脱。"既而将曙，神辞僧入堂。旦而庙令视僧不死，怪异之。僧因为说，仍即时为写《法华他打算卖掉牛买回金粉漆铜像，因路遇急事，将牛挪作他用。两年后，侯庆妻子马氏忽然梦到家中佛像对她说："你们夫妇欠我金粉，许久不曾偿还。现在我要带走你们的儿子丑多，用他充作金粉。"马氏醒后心中不安。天亮后，儿子丑多患病身亡。侯庆今年五十多岁，独有丑多一子，夫妇二人悲泣之声打动行人。丑多去世那日，铜像突然间自行有了金粉，光照四邻，邻里间异香扑鼻。僧人俗众、男女老幼，都来瞻仰铜像。（出《法苑珠林》）

大业客僧

隋炀帝大业年间，有位客僧走到泰山庙借宿。庙令说："此处无其他房间，只有神庙廊下可住，但借住此处的客人都不幸去世了。"客僧说："我不担心这些。"庙令不得已只好依着他，为他在廊下准备床铺。入夜，客僧端坐诵经。一更左右，他听到屋中发出环珮叮当声。不久有一神灵现身，对客僧行礼参拜。客僧说："听闻借宿此处的客人大多去世了，莫非是施主加害于人？愿您护佑我。"神灵说："过去遇到的那些去世的人，他们听到我的声响，自己惊惧而死，并非弟子加害他们，请师父莫要担心。"客僧请神灵坐下交谈，谈了一顿饭的工夫，客僧询问神灵道："我听世人传说，泰山庙收治鬼怪，真有此事吗？"神灵说："弟子福分浅淡，确有其事，难道曾经去世的人中有您想见的人？"客僧说道："有两位与我同学的僧侣先我逝去，我想见见他们。"神灵问这二人姓名，然后说："这二人，其中一人已转生人间，另一人身负重罪被关押在地狱，无法唤来，师父可前去寻他。"客僧听后很是喜悦，起身往外走。没走多远就行至一处，看到地狱烈火熊熊。神灵将客僧领进院中，远远看见有一人正在烈火中呼号，不能言语，身形扭曲无法辨认，血肉被火烧焦了，发出刺鼻的恶臭，令人悲悯，客僧不想再看，满心哀怜想要离开此处。

不一会儿回到庙中，客僧再次与神灵对坐，询问神灵可有办法搭救他，神灵说："有，您可为他抄一部《法华经》，他便可解脱。"很快天将明，神灵辞别客僧进入佛堂。庙令见客僧没死，惊讶诧异，客经》一部。经既成，庄严毕，又将经就庙宿。其夜神出如初，欢喜礼拜，慰问来意。以事告之。神曰："弟子知之。师为写经，始书题目，彼以脱免，令出生在人间也。然此处不洁，不可安经，愿师还为彼送向在寺中。"言语久之，将晓，辞诀而去。（出《冥报记》）

蛤 像

隋帝嗜蛤，所食必兼蛤味，逾数千万矣。忽有一蛤，椎击如旧，帝异之，安置几上。乙夜有光，及明，肉自脱，中有一佛二菩萨像。帝悲悔，誓不食蛤。（出《酉阳杂俎》）

一说，唐文宗皇帝好食蛤蜊。一日，左右方盈盘而进，中有劈之不裂者。文宗疑其异，即焚香祝之。俄顷之间，其蛤自开，中有二人，形貌端秀，体质悉备，螺髻璎珞，足履菡萏，谓之菩萨。文宗遂置金粟檀香合，以玉屑覆之，赐兴善寺，令致敬礼。至会昌中，毁佛像，遂不知所在。（出《杜阳杂编》）

光明寺

洛阳宜寿里有苞信县令段晖宅，地下常闻钟声，时见五色光明，照于堂宇。晖甚异之，遂掘地，得金像一躯，可高三尺，并有二菩萨，趺上铭云："晋泰始二年五月十五日侍中中书监荀勖造。"晖遂舍宅为光明寺。咸云，此是荀勖故宅。其后盗者欲窃此像，像与菩萨，合声喝贼。盗者惊怖，即时殒倒。众僧闻像叫声，遂擒之。（出《洛阳伽蓝记》）

僧告诉他夜里发生的一切，返回后客僧即刻为同学抄写《法华经》。抄完后，装束整齐，带着经书再次来到泰山庙。夜里神灵如上次一样出现，欣喜地向客僧行礼，问他此次的来意。客僧将事情告诉神灵，神灵说："我知道了。师父为同学抄经，刚开始写题目时，他已解脱，受令转生人间。但此处污浊，不适合存放经书，请师父返回替他送到他先前所在的寺中。"二人又交谈许久，天将亮时，神灵才辞别离去。（出《冥报记》）

蛤像

隋帝喜欢吃蛤蜊，每顿饭必有蛤蜊入菜，他吃过的蛤蜊超千万只了。一日，忽然有一蛤蜊，如何捶打都打不开分毫，皇帝诧异，将它放置桌上。入夜，那蛤蜊散发出光芒，到天亮后，肉自动脱露，其中有一尊佛像两尊菩萨像。皇帝悔恨，立誓不再吃蛤蜊。（出《酉阳杂俎》）

还有一种说法是，唐文宗爱吃蛤蜊。一日，近臣端着满盘蛤蜊进殿，其中有一只劈不开，唐文宗心疑这蛤蜊不同寻常，立即焚香祝告。一瞬间，这蛤蜊自己打开，其间有两小人，样貌端庄清秀，躯体完整，螺形发髻点缀璎珞，双脚踏在荷花上，世人称此为菩萨。唐文宗把它们放入金粟檀香盒中，盖上玉石粉，赐予兴善寺，让僧人礼拜供奉。唐武宗会昌年间，佛像被大肆破坏，这两尊菩萨便下落不明了。（出《杜阳杂编》）

光明寺

洛阳宜寿里有苞信县令段晖的宅第，常能听到地下传出钟声，时常有五颜六色的光照在房上。段晖觉得奇异，便将地下挖开，挖得一尊金身佛像，高三尺，还有两尊菩萨像，其上附铭文："晋泰始二年五月十五日侍中中书监荀勖制造。"段晖便将座宅院布施出来做了光明寺，大家都说这是荀勖旧宅。后来有一窃贼企图盗窃佛像，佛像与菩萨像齐喊"捉贼"，窃贼惊惧，当场倒地。众僧听到佛像喊叫，将窃贼擒获。（出《洛阳伽蓝记》）

十光佛

兴福寺西北隅有隋朝佛堂，其壁有画十光佛者，笔势甚妙，为天下之摽冠。有识者云：“此国手蔡生之迹也。”蔡生隋朝以善画闻，初建堂宇既成，有僧以百金募善画者，得蔡生。既画，谓人曰：“吾平生所画多矣，独今日下笔，若有鬼神翼而成者。”由是长安中尽传其名。贞观初，寺僧以此堂年月稍久，虑一旦有摧圮，遂召数工，及土木之费，且欲新其制。忽一日，群僧斋于寺庭，既坐，有僧十人，俱白皙清瘦，貌甚古，相次而来，列于席。食毕偕起，入佛堂中，群僧亦继其后。俄而十人忽亡所见，群僧相顾惊叹者久之。因视北壁十光佛，见其风度，与向者十人果同。自是僧不敢毁其堂，且用旌十光之昜也。（出《宣室志》）

李大安

唐陇西李大安，工部尚书大亮之兄也。武德中，大亮任越州总管，大安自京往省之。大亮遣奴婢数人从兄归，至谷州鹿桥，宿于逆旅。其奴有谋杀大安者，候大安眠熟，夜已过半，奴以小剑刺大安项，洞之，刃著于床。奴因不拔而逃。大安惊觉，呼奴，其不叛者奴婢欲拔刃，大安曰：“拔刃便死。可先取纸笔作书。”书毕，县官亦至，因为拔刃，洗疮加药，大安遂绝。忽如梦者，见一物长尺余。阔厚四五寸，形似猪肉，去地二尺许，从户入。来至床前，其中有语曰：“急还我猪肉。”大安曰：“我不食猪肉，缘何负汝耶？”闻户外有言曰：“错也。”此物即还从户出。大安仍见庭前有池水，清浅可爱，池西岸上，有金像，可高五寸。须臾渐大，俄化为僧，披袈裟甚新净，语大安曰：“被伤耶，我今为汝痛将去，汝当平复。还家念佛修善也。”因以手摩大安颈疮而去。大安视其

十光佛

兴福寺西北角有一座隋朝时建造的佛堂，墙壁上画着十光佛的画像，画工精妙为天下第一。有懂行的人说："这是国手蔡生的手笔。"蔡生在隋朝以擅长绘画闻名，这座佛堂刚建成时，有僧人以百金招募擅长绘画的人，寻得蔡生。他画完后对人们说："我平生作画颇多，唯独今日下笔有如鬼神在侧帮助一样，一气呵成。"由此他的名声传遍长安。唐太宗贞观初年，寺僧因此佛堂历史悠久，担心意外坍塌，便招募数名工匠，筹集土木材料，想将它修复一新。忽有一日，群僧到院中用斋饭，坐定后，有十位僧人，都生得白皙清瘦，样貌古朴，依次走近，坐在席间。饭后一同起身，走进佛堂，群僧跟在他们身后。一眨眼十位僧人就消失不见，群僧面面相觑诧异许久，再看北墙上的十光佛画像，发现画像的神彩风度与刚才那十位僧人相同。此后寺僧再不敢毁坏这座佛堂，就用它纪念十光佛现身人间的异事。（出《宣室志》）

李大安

唐朝陇西人李大安，是工部尚书李大亮的兄长。唐高祖武德年间，李大亮任越州总管，李大安从京城出发去探望他。李大亮派奴婢数人跟随兄长回京，行至谷州鹿桥，众人投宿在客店。奴仆中有人企图谋杀李大安，等李大安睡熟，已是夜半，奴仆持一把小剑刺向李大安颈部，洞穿后扎在床上，他没顾得上拔剑就逃了。李大安惊醒后呼喊其余奴仆，奴仆慌忙赶来想将剑拔出，李大安说："若拔出我便难活，先拿纸笔来，我写信一封。"写罢，县衙官吏也到了，为李大安拔去剑，清创敷药，李大安随后气绝。他忽然感到自己像在梦境中，看到一物什一尺多长、四五寸宽厚，状似猪肉，离地二尺左右，从门口飞进。来到床前，那物什发出说话声，道："快还我猪肉。"李大安说："我不吃猪肉，怎会欠您猪肉？"门外有人说："错了。"那物什便从门口飞出。李大安看庭院前有池塘，池水清浅可爱，池塘西岸有尊金身佛像，大概五寸高。很快佛像逐渐变大，眨眼间化作一位僧形状，见僧有红缯补袈裟，可方寸许，甚分明。

既而大安觉，遂苏，而疮亦不复痛，能起坐食。数十日，京宅子弟迎至家。家人亲故来视，大安为说被伤由状及见像之事。有一婢在旁闻说，因言大安之初行也。安妻使婢请匠工为造一佛，初成，以彩画其衣，有一点朱污像之背上。当令工去之，不肯，今仍在，形状如郎君所说。大安因与妻及家人共起观相，乃同所见无异，其背点朱，宛然补处。于是叹异，信知圣教不虚，遂加崇信焉。（出《冥报记》）

韦知十

唐右金吾卫曹京兆韦知十于永徽中煮一羊脚，半日犹生。知十怒，家人曰：“用柴十倍于常，不知何意如此？”知十更命重煮，还复如故。乃命劏之，其中遂得一铜像，长径寸焉，光明照灼，相好成就。其家自此放生，不敢食酒肉。（出《冥报记》）

刘公信妻

唐龙朔三年，长安城内通轨坊三卫刘公信妻陈氏，母先亡，陈因患暴死。见人将入地狱，备见诸苦，不可具述。末后见一地狱，石门牢固，有两大鬼，形容伟壮，守门左右，怒目瞋陈曰：“汝是何人到此？”见石门忽开，亡母在中受苦，不可具述。受苦稍歇，母子近门相见。母语女言：“汝还努力为吾写经。”女云：“娘欲写何经？”母曰：“为吾写《法华经》。”言讫，石门便闭。

人，身上的袈裟崭新洁净，他对李大安说："你受了伤吧，我现在为你去除伤痛，你很快便可恢复，回家后当好生念佛行善。"随后用手轻抚李大安的颈间伤口，然后离开。李大安仔细打量僧人的模样，见僧人袈裟上有红绸补丁，大概一寸见方，鲜明显眼。

后来李大安梦醒，人也复活，伤口也不再疼痛，能坐起身用饭。数十日后，京城家里来人将他接回家中。亲朋好友都来探望，李大安将自己受伤的经过以及梦中见到佛像一事讲给大家。有一婢女在一旁听过后，对大安说，他刚离开不久后，他妻子差婢女请工匠建造了一尊佛像，佛像刚建成，工匠用彩色颜料画佛像的衣服，有一朱迹落在佛像后背，请工匠去除，工匠不肯，这朱迹至今仍在佛像背上，形状与李大安所说相同。李大安听后，便与妻子及家人一起前去瞻仰佛像，佛像与自己梦中所见无二，背上朱迹正在补丁处。李大安惊叹不已，由此相信佛教所言非虚，此后越发信奉推崇佛教。（出《冥报记》）

韦知十

唐高宗永徽年间，右金吾卫曹京兆韦知十煮了一羊腿，煮了半日还是生的，韦知十恼火，仆人说："用了超出平时十倍的柴火，不知为何如此。"韦知十让他重新煮，结果还是如此。韦知十让他将羊腿割开，结果从里边取出一铜佛像，一寸长，佛光闪烁，制作精良。此后韦知十家时常放生，不敢饮酒吃肉。（出《冥报记》）

刘公信妻

唐高宗龙朔三年，长安城内通轨坊三卫刘公信妻子陈氏的母亲早亡，陈氏也患病猝死。陈氏死后，被人带到地狱，目睹诸般苦难，其间苦楚无法言表。最后见到一地狱，石门坚固，有两只大鬼看守，鬼的身材高大健壮，把守在两侧，怒目圆睁，呵斥陈氏道："你是何人？为何擅闯此处？"陈氏看石门忽然打开，亡母正在其中受苦，惨状无以言表。受苦歇息时，母女二人门前相见，母亲对女儿说："你陈还得苏，具向夫说。即凭妹夫赵师子欲写《法华经》。其师子旧解写经，有一经生，将一部新写《法华经》未装潢者转向赵师子处质钱，且云经主姓范，师子许。乃与妇兄云："今既待经，在家幸有此一部《法华》，兄赎取此经可否？"陈夫从之，装潢既讫，授与其妻，在家为母供养。后梦见母从女索经，云："吾先遣汝为吾写一部《法华》，何因迄今不得？"女报母言："已为娘赎得一部《法华》，见装潢了，在家供养。"母语女言："止为此经，吾转受苦，冥道中狱卒打吾脊破，汝看吾身疮，狱官语云：'汝何因取他范家经将为己经？汝有何福？大是罪过。'"女见母说如此，更为母别写《法华》。其经未了，女梦中复见母来催经，即见一僧，手捉一卷《法华》，语母云："汝女已为汝写经第一卷了，功德已成，何须急急。"后写经成，母来报女："因汝为吾写经，今已得出冥途，好处受生。得汝恩力，故来报汝。汝当好住，善为妇礼，信心为本。"言讫，悲泪共别。后问前赎《法华经》主，果是姓范。（出《法苑珠林》）

返回后要努力为我写经。”女儿说：“娘要我写什么经？”母亲说：“为我写《法华经》。”言罢，石门关闭。

陈氏苏醒后，将地狱见闻经历告诉丈夫，随即请妹夫赵师子写《法华经》。赵师子此前便知道写经，有一抄缮经书为业的人将一部新写未装帧的《法华经》转给赵师子顶账，并说经书主人姓范，赵师子收下了。然后，赵师子对大舅哥说：“如今急用经书，家中恰好有部《法华经》，大舅哥将此经书赎出应急可否？”陈氏丈夫听从他的意见，将经书赎出装帧后交给妻子，陈氏便在家替母亲供奉。后来陈氏梦到母亲向她索要经书，母亲说：“我先前让你为我抄一部《法华经》，为何至今没有收到？”女儿对母亲说：“已为您赎得一部《法华经》，装帧好后供奉在家。”母亲对女儿说：“就因这本经，我反倒受了苦，地狱狱卒将我脊背打破，你看我身上的伤，地狱官吏对我说：‘你为何拿范家的经书充作自己的？你能有什么福报？此乃大罪过。’”女儿梦到母亲这么说，为母亲另外抄写《法华经》。还未抄完，女儿梦中见母亲前来催促，随后见一僧人手拿一卷《法华经》，对母亲说：“你女儿已为你抄完一卷，功德已完整，何必催促？”后来经书抄完，母亲前来告诉女儿说：“因为你为我抄经，现今我已脱离地狱，托生到一个好地方。受你恩惠帮助，特意来告诉你。你要好好过日子，尽好为人妇的责任，要以心诚敬奉为本。”说罢，母女二人洒泪分别。此后打听，之前赎买的《法华经》的主人果然姓范。（出《法苑珠林》）

卷第一百　释证二

长乐村圣僧

开元二十二年，京城东长乐村有人家，素敬佛教，常给僧食。忽于途中得一僧座具，既无所归，至家则宝之。后因设斋以为圣僧座。斋毕众散，忽有一僧扣门请餐。主人曰："师何由知弟子造斋而来此也？"僧曰："适到浐水，见一老师坐水滨，洗一座具，口仍怒曰：'请我过斋，施钱半于众僧，污我座具，苦老身自浣之。'吾前礼谒，老僧不止。因问之曰：'老阇梨何处斋来？何为自浣？'僧具言其由，兼示其家所在，故吾此来。"主人大惊，延僧进户。先是圣僧座，座上有羹汁翻污处。主人乃告僧曰："吾家贫，卒办此斋，施钱少，故众僧皆三十，佛与圣僧各半之。不意圣僧亲临，而又污其座具。愚戆盲冥，心既差别，又不谨慎于进退，皆是吾之过也。"（出《纪闻》）

屈突仲任

同官令虞咸颇知名。开元二十三年春往温县，道左有小草堂，有人居其中，刺臂血朱和用写一切经。其人年且六十，色黄而羸瘠，而书经已数百卷。人有访者，必丐焉。或问其所从，亦有助焉。其人曰："吾姓屈突氏，名仲任。即仲将、季将兄弟也。父亦典郡，庄在温，唯有仲任一子，怜念其少，恣其所为。性不好书，唯以樗蒲弋猎为事。父卒时，家僮数十人，资数百万，庄第甚众。而仲任纵赏好色，荒饮博戏，卖易且尽。数年后，唯温县庄存焉。即

长乐村圣僧

唐玄宗开元二十二年，京城东面长乐村有户人家，素来敬奉佛法，常布施僧人斋饭。这户的主人偶然在路上拾得一僧人坐具，因找不到失主，便带回家保存。后来备斋饭宴请僧人，他拿出坐具请一位圣僧坐着。食罢散席，忽然有位僧人叩门化斋。主人说：“师父怎知弟子今日在此备下斋饭？”僧人说：“刚才我在浐水，见一老师父坐在水边清洗一坐具，口中气愤地说：‘请我吃斋，才布施众僧半串钱，还玷污了我的坐具，害得老身自己来洗刷。’我上前行礼，老僧动作不停，我主动问他：‘老禅师去哪里吃斋？何故自己清洗？’老僧详细讲述事情原委，同时说了你家所在位置，所以我就来了。”主人听后很是惊讶，请僧人进屋，先前圣僧的坐具上洒了羹汁弄脏了。主人告诉僧人：“我家境贫寒，仓促间备下斋饭，只能布施少量善款，众僧每人三十文，佛与圣僧各半串。不承想圣僧亲临，又弄脏他了的坐具。我鲁莽愚笨，礼仪上有失谨慎，都是我的过失。”（出《纪闻》）

屈突仲任

同官县令虞咸颇具名气，唐玄宗开元二十三年春他前往温县，在路旁看到座小草堂，有一人住在其中，这人刺破手臂取血和着朱砂抄写佛教众经。此人年近六十，面黄肌瘦枯槁孱弱，但已抄写了数百卷佛经，只要有人来访，他定将佛经施予来者，或是问对方心之所向，他会施予帮助，这人说：“我姓屈突，名仲任。”他是仲将、季将的兄弟。父亲也曾任郡守，老家在温县，唯有屈突仲任一子，念他年少，纵着他的性子。屈突仲任生性不好读书，沉迷赌博狩猎。父亲货易田畴，拆卖屋宇，又已尽矣，唯庄内一堂岿然。仆妾皆尽，家贫无计。乃于堂内掘地埋数瓮，贮牛马等肉。仲任多力，有僮名莫贺咄，亦力敌十夫。每昏后，与僮行盗牛马，盗处必五十里外。遇牛即执其两角，翻负于背，遇马驴皆绳蓄其颈，亦翻负之。至家投于地，皆死。乃皮剥之，皮骨纳之堂后大坑，或焚之，肉则贮于地瓮。昼日，令僮于城市货之，易米而食。如此者又十余年。以其盗处远，故无人疑者。仲任性好杀，所居弓箭罗网叉弹满屋焉，杀害飞走，不可胜数，目之所见，无得全者。乃至得刺猬，赤以泥裹而烧之，且熟，除去其泥，而猬皮与刺，皆随泥而脱矣，则取肉而食之。其所残酷，皆此类也。

后莫贺咄病死，月余，仲任暴卒，而心下暖。其乳母老矣，犹在，守之未瘗。而仲任复苏，言曰初见捕去，与奴对事，至一大院，厅事十余间，有判官六人，每人据二间。仲任所对最西头，判官不在，立仲任于堂下。有顷判官至，乃其姑夫郓州司马张安也。见仲任惊，而引之登阶。谓曰："郎在世为恶无比，其所杀害千万头，今忽此来，何方相拔？"仲任大惧，叩头哀祈。判官曰："待与诸判官议之。"乃谓诸判官曰："仆之妻侄屈突仲任造罪无数，今召入对事。其人年命亦未尽，欲放之去，恐被杀者不肯。欲开一路放生，可乎？"诸官曰："召明法者问之？"则有明法者来，碧衣跼蹐。判官问曰："欲出一罪人，有路乎？"因以具告。明法者曰："唯有一路可出，然得杀者肯。若不肯，亦无益。"官曰："若何？"明法者曰："此诸物类，为仲任所杀，皆偿其身命，然后托生。合召出来，当诱之曰：'屈突仲任今到，汝食啖毕，即托生。羊去世时，家中奴仆数十人，资产数百万，田庄宅第众多。但屈突仲任放纵淫乱，沉迷于饮酒赌博，变卖家财。数年后，只剩温县田庄。他又卖田拆房，田庄也折腾光了，只剩庄内一间正房。他散尽奴仆妻妾，贫寒无计谋生。在屋内掘地埋下数瓮，贮存牛马等肉食。屈突仲任力大，有一奴仆名莫贺咄，也能以一己之力抵十人。每日黄昏后，屈突仲任与莫贺咄偷盗牛马，偷盗处必须在住处五十里外。遇到牛就抓住牛的两角，将牛翻倒背在背上。遇到马或驴就用绳索套住其脖子，也将其翻倒背在背上，到家扔在地上，偷来的牲畜已死绝。二人便开始剥皮，皮与骨头扔到屋后大坑，或焚烧掉，肉储存在地瓮中。白天，屈突仲任让莫贺咄在市场上把肉卖掉，买米回来吃。如此过了十余年。因为二人偷盗处距居所遥远，所以无人起疑。屈突仲任生性嗜杀，居所满是弓箭、罗网、叉子、弹弓等武器，杀死无数飞禽走兽，凡是被他看到的，无一幸免。甚至是刺猬，他也能用泥包裹放在火上烧，烧熟后去掉泥，刺猬皮与刺随泥剥落，他便开始吃肉。他残酷暴虐的行径，诸如此类。

后来莫贺咄病死，一个多月后，屈突仲任也暴亡，但他胸口还有余温。屈突仲任的乳母已年迈，还活在世上，守着屈突仲任的尸体没有将他下葬。后来屈突仲任苏醒，对乳母说了全部经历。屈突仲任刚被抓到阴间时，与莫贺咄受审对质，在一大院中有十余间公堂，有判官六人，每人管理两间。他在最西边那间受审，起初判官不在，他站在公堂下，过了一会儿，判官来了，原来是他姑夫郓州司马张安。张安看到屈突仲任大吃一惊，领他上台阶，对他说："你在世间作恶多端无人能及，杀生千万，我如何救你？"屈突仲任听后忧惧，叩头哀求，张安说："待我与诸位判官商议。"张安对诸位判官说："我的妻侄屈突仲任造孽无数，现被召来受审。他的寿命未尽，我想放他回去，又担心被他杀害的冤魂不肯。我想开生路将他放还，可以这样做吗？"诸位判官说："召明法者前来询问。"明法者身着绿衣畏缩地上前，判官问："想放还一罪人，可有办法？"于是将屈突仲任的具体情况告诉明法者，明法者说："只有一条路，但须得受害者同意。若他们不肯，别无他法。"判官说："怎么做呢？"明法者说："这些生灵更为羊，马亦为马，汝余业未尽，还受畜生身。使仲任为人，还依旧食汝。汝之业报，无穷已也。今令仲任略还，令为汝追福，使汝各舍畜生业，俱得人身，更不为人杀害，岂不佳哉？’诸畜闻得人身必喜，如此乃可放。若不肯，更无余路。”

乃镤仲任于厅事前房中，召仲任所杀生类到。判官庭中，地可百亩。仲任所杀生命，填塞皆满。牛马驴骡猪羊獐鹿雉兔，乃至刺猬飞鸟，凡数万头。皆曰：“召我何为？”判官曰：“仲任已到。”物类皆咆哮大怒，腾振蹴踏之而言曰：“巨盗盍还吾债！”方忿怒时，诸猪羊身长大，与马牛比，牛马亦大倍于常。判官乃使明法入晓谕。畜闻得人身，皆喜，形复如故。于是尽驱入诸畜，乃出仲任。有狱卒二人，手执皮袋兼秘木至，则纳仲任于袋中，以木秘之，仲任身血，皆于袋诸孔中流出洒地。卒秘木以仲任血，遂遍流厅前。须臾，血深至阶，可有三尺。然后兼袋投仲任房中，又扃锁之。乃召诸畜等，皆怒曰：“逆贼杀我身，今饮汝血。”于是兼飞鸟等，尽食其血。血既尽，皆共舐之，庭中土见乃止。当饮血时，畜生盛怒，身皆长大数倍，仍骂不止。既食已，明法又告：“汝已得债，今放屈突仲任归，令为汝追福，令汝为人身也。”诸畜皆喜，各复本形而去。判官然后令袋内出仲任，身则如故。判官谓曰：“既见报应，努力修福。若刺血写一切经，此罪当尽。不然更来，永无相出望。”仲任苏，乃坚行其志焉。（出《纪闻》）

都被屈突仲任杀害，要一一偿还他们生命，让他们托生。可以将他们召出，劝他们说：‘屈突仲任如今已在此处，你们将他吃掉，便可马上托生。生前是羊的仍是羊，生前是马的还是马，剩余的福祸未尽，托生后仍为牲畜。倘若屈突仲任托生为人，仍要吃掉你们，你们之间的果报将永无穷期。现在暂且让屈突仲任返回，让他为你们祈祷冥福，使你们脱离畜生道，便能托生为人，不再被随意杀害，何乐而不为？’这些生灵听说能托生成人定会高兴，如此便可将屈突仲任放还。若它们不肯，再别无他法。”

他们将屈突仲任锁在公堂前的房子中，召来被他杀害的生灵，判官在厅堂中央，厅堂近百亩。被屈突仲任杀害的生灵将厅堂挤满，牛、马、驴、骡、猪、羊、獐、鹿、野雉、兔子乃至刺猬飞鸟等，总计数万头。它们齐声喊道：“召我等前来所为何事？”判官说：“屈突仲任已到此处。”生灵咆哮大怒，振翅腾飞顿足，大喊：“巨盗何不偿还我等血债！”正是群情激奋时，猪羊身体膨胀到牛马大小，牛马膨胀到平常的两倍。判官让明法者上前陈述利害得失，畜生们听闻能托生为人，都欢喜雀跃，身形恢复如初，诸官遣散生灵。屈突仲任被放出，两位狱卒手执皮袋与木棒走来，将屈突仲任装在袋中，用木棒击打，屈突仲任身上的血从袋子缝隙流到地上，直到木棒沾满了血狱卒才停手，这时血已流遍厅堂。很快，血漫到台阶，足有三尺深。然后把屈突仲任连着袋子一并扔进房中，锁上房门。召来那些生灵，生灵怒喊：“逆贼残杀我等，今日便要饮你的血。”飞鸟牲畜等生灵共饮屈突仲任的血，饮尽后仍舔舐，直到庭院地面露出才停。当它们饮血时，异常愤怒，身体变大了数倍，不停谩骂屈突仲任，饮尽后，明法者又对它们说：“你们的血债已偿还，现在放屈突仲任返回，让他为你们祈祷冥福，你们便可托生为人。”生灵都很欢喜，恢复原貌返回。判官差人把屈突仲任从袋中放出，屈突仲任身体安然无恙。判官对他说：“既已受到报应，应努力行善积德。如能刺破身体用血抄写一切经，便可赎罪。否则还会再来此处，永不得返回。”屈突仲任苏醒后，坚定不移地依照判官所言刺臂出血抄写一切经。（出《纪闻》）

婺州金刚

婺州开元寺门有二金刚，世称其神，鸟雀不敢近。疾病祈祷者累有验，往来致敬。开元中，州判司于寺门楼上宴会，众人皆言金刚在此，不可。一人曰：“土耳，何能为？”乃以酒肉内口。须臾，楼上云昏电掣，既风且雷，酒肉飞扬，众人危惧。独污金刚者，曳出楼外数十丈而震死。（出《广异记》）

菩提寺猪

唐开元十八年，京菩提寺有长生猪，体柔肥硕，在寺十余年。其岁猪死，僧焚之，火既烬，灰中得舍利百余粒。（出《纪闻》）

李思元

唐天宝五载夏五月中，左清道率府府史李思元暴卒。卒后心暖，家不敢殡。积二十一日，夜中而才苏。即言曰：“有人相送来，且作三十人供。”又曰：“要万贯钱与送来人。”思元父为署令，其家颇富，因命具馔，且凿纸为钱。馔熟，令堂前布三十僧供。思元白曰：“蒙恩相送，薄馔单蔬，不足以辱大德。”须臾若食毕，因令焚五千张纸钱于庭中。又令具二人食，置酒肉，思元向席曰：“蒙恩释放，但怀厚惠。”又令焚五千张纸钱毕，然后偃卧。

至天晓，渐平和。乃言曰，被捕至一处，官不在，有两吏存焉，一曰冯江静，一曰李海朝。与思元同召者三人，两吏曰：“能遗

婺州金刚

婺州开元寺门口有两尊金刚塑像，世人都称颂它们灵验，鸟雀不敢靠近。患病之人前来祈祷常能应验，前来敬奉祝告之人络绎不绝。唐玄宗开元年间，婺州判司在开元寺门楼上举办宴会，众人都说金刚神像在此，不可造次。有一人却说："不过泥土罢了，能奈我何？"随即将酒肉放在金刚神像口中。顷刻，楼上乌云密布电闪雷鸣，风雷交加，酒肉乱飞。众人见状惶恐但都安然无恙，唯独那个玷污金刚神像之人，被风扯出楼外数十丈，受雷击而死。（出《广异记》）

菩提寺猪

唐玄宗开元十八年，京都菩提寺有一长生猪，身体柔软肥硕，在寺中十余年。这年，猪逝世。僧人将它火化，火熄灭后，灰烬中寻得百余颗舍利。（出《纪闻》）

李思元

唐玄宗天宝五年夏季五月，左清道率府史李思元患病故。死后胸口仍温热，家人不敢轻易将他下葬。停尸二十一日后他在夜间苏醒，醒后便吩咐说："有高人将我送回，快准备三十人份的供品。"又说，"还要一万贯钱，赠予送我回来的人。"李思元的父亲任署令，家境殷实，便令人准备饭菜，剪裁纸钱。饭菜做好后，令人布置在厅堂前供给三十位僧人。李思元口中念道："承蒙各位相送，略备斋饭，鄙人能力有限，不足以供奉各位高僧大德。不一会儿，就像吃完饭了一样，李思元又令人在院中焚烧五千张纸钱。之后又令人备下两人份的餐饭，摆上酒肉，李思元对着酒桌说："承蒙您将我释放，大恩大德铭记在心。"随后又令人焚烧五千张纸钱，然后仰卧在床。

躺到天亮，身体逐渐恢复如初，他便讲述了自己死后的经历。起初，他被抓到一处，那里没有长官管理，只有两吏卒把守，一位叫我钱五百万，当舍汝。”二人不对，思元独许之，吏喜。俄官至，谓三人曰：“要使典二人，三人内办之。”官因领思元等至王所。城门数重，防卫甚备，见王居有高楼十间，当王所居三间高大，尽垂帘。思元至，未进，见有一人，金章紫授，形状甚贵，令投刺谒王。王召见，思元随而进至楼下，王命却帘，召贵人登楼。贵人自阶陛方登，王见起，延至帘下。贵人拜，王答拜，谓贵人曰：“今既来此，即须置对，不审在生有何善事？”贵人曰：“无。”王曰：“在生数十年，既无善事，又不忠孝，今当奈何？”因嚬蹙曰：“可取所司处分。”贵人辞下，未数级，忽有大黑风到帘前，直吹贵人将去。遥见贵人在黑风中，吹其身忽长数丈，而状隳坏，或大或小，渐渐远去，便失所在。王见伫立，谓阶下人曰：“此是业风，吹此人入地狱矣。”官因白思元等，王曰：“可捻筹定之。”因帘下投三匹绢下，令三人开之。二人开绢，皆有当使字，唯思元绢开无有。王曰：“留二人，舍思元。”

思元出殿门，门西墙有门东向，门外众僧数百，持幡花迎思元，云：“菩萨要见。”思元入院，院内地皆于清池，院内堂阁皆七宝，堂内有僧，衣金缕袈裟，坐宝床。思元之礼谒也，左右曰：“此地藏菩萨也。”思元乃跪。诸僧皆为赞叹声，思元闻之泣下。菩萨告众曰：“汝见此人下泪乎？此人去亦不久，闻昔之梵音，故流涕耳。”谓曰：“汝见此间事，到人间一一话之，当令世人闻之，改心修善。汝此生无杂行，常正念，可复来此。”因令诸僧送归。思元初苏，具三十人食，别具二人肉食，皆有赠益，由此也。

冯江静，一位叫李海朝。与他一同被捕的还有两人，两吏卒对他们说：“谁能赠予我们五百文钱，我们就放了谁。”那二人没有回答，唯独李思元应允，吏卒很是满意。很快长官到了，对他们说：“要从你们三人中挑选两人任胥吏。”长官带着李思元等三人来到阎罗王处。此处城门重叠，防卫森严，阎罗王所在是一座十间高楼，他本人住的三间最高大，门窗前都悬着帘子。李思元等人到后，没直接进去，见到一人佩着金章紫绶，样貌很是尊贵，也被传令前来谒见阎罗王。阎罗王召见他们，李思元跟随贵人走进高楼，阎罗王命人打开帘子召贵人上楼。贵人拾阶而上，阎罗王起身，请他到帘下。贵人行礼参拜，阎罗王回礼然后对贵人说：“如今您既已来此，须得受审问，不知您生前有何功德？”贵人答：“没有。”阎罗王说：“在世数十年，既无功德，又不忠孝，如今将如何是好？”说完皱眉道：“交由专职部门处理。”贵人告退，还未走下几级台阶，骤起狂暴黑风，直接将贵人卷走。远看贵人飘摇于黑风中，吹得他身体忽然拉长数丈，几近崩毁，撕扯成大小不一的碎片随风远去，不一会儿什么也看不见。阎罗王伫立楼上，对阶下人说：“这是恶业所感之猛风，吹此人入地狱。”长官上奏李思元等人在此等候，阎罗王说：“可抓阄决定。”随后从帘下扔出三匹绢布，让他们三人各选一匹打开。那二人打开后，布上都有“当使”二字，唯独李思元的布上空无一字。阎罗王说：“留下这两人，放了李思元。”

他走出殿门，殿门西边墙上有一个向东开的门，门外有数百僧人，手持幢幡彩花迎接李思元，并对他说：“菩萨邀施主相见。”李思元走进院内，院内地面是清澈池水，楼阁屋舍由七宝搭建，殿堂中有位僧人，身着金缕袈裟坐在宝床上。李思元上前行礼参拜，左右提点他道：“这是地藏菩萨。”李思元跪拜。诸位僧人赞叹，李思元听后感激涕零。菩萨告诉众僧：“大家看见此人落泪了吗？此人离世不久，听到往日熟悉的梵呗，感动落泪。”菩萨对李思元说：“你在此处的见闻，返回人间后要一一向世人讲述，让世人了解，改邪归正，行善积德。你余生若无杂行，心怀正念，死后还可来此。”随后令诸僧送他返回。李思元苏醒后，准备了三十人份的斋饭，又另外准思元活七日，又设大斋毕，思元又死。至晓苏云，向又为菩萨所召，怒思元曰："吾令汝具宣报应事，何不言之？"将杖之，思元哀请乃放。思元素不食酒肉，及得再生，遂乃洁净长斋，而其家尽不过中食。而思元每人集处，必具言冥中事，人皆化之焉。（出《纪闻》）

僧齐之

胜业寺僧齐之好交游贵人，颇晓医术，而行多杂。天宝五载五月中病卒，二日而苏。因移居东禅定寺，院中建一堂，极华饰，长座横列等身像七躯。自此绝交游，精持戒。自言曰，初死见录至鬼王庭，见一段肉，臭烂在地。王因问曰："汝出家人，何因杀人？"齐之不知所对。王曰："汝何故杖杀寺家婢？"齐之方悟。

先是寺中小僧何马师与寺中青衣通，青衣后有异志，马师怨之，因构青衣于寺主。其青衣，不臧之人也，寺主亦素怨之，因众僧堂食未散，召青衣对众，且棰杀之。齐之谏寺主曰："出家之人，护身口意，戒律之制，造次不可违，而况集众杀乎？"马师赞寺主。寺主大怒，不纳齐之，遂棰朴交至，死于堂下。故齐之悟王之问，乃言曰："杀人者寺主，得罪者马师，今何为见问？"王前臭肉，忽有声曰："齐之杀我。"王怒曰："婢何不起而卧言？"臭肉忽起为人，则所杀青衣。与齐之辩对数反，乃言曰："当死时，楚痛闷乱，但闻旁有劝杀之声，疑是齐之，所以诉之。"王曰："追寺主。"阶吏曰："福多不可追。"曰："追马师。"吏曰："马师命未尽。"王曰："且收青衣，放齐之。"初齐之入，见王座有一僧一马。及门，僧亦出，齐之礼谒。僧曰："吾地藏菩萨也。汝缘福少，备了两人份的肉食，都布施了钱物，由此便有了醒后祭奠等一应事。

李思元苏醒后第七日，又置办了大型斋祭，斋祭后他再次去世，直到天亮苏醒后说道："方才他又被地藏菩萨召见，菩萨愤怒地质问他：'我让你回去后详细讲述阴间报应等事，为何不讲？'菩萨想杖责惩戒他，他苦苦求饶才被赦免返回。李思元素来不饮酒吃肉，此次死而复生后，清修食素，全家过午不食。且李思元每与他人聚会，定讲述阴间报应等事，许多人都被他感化了。（出《纪闻》）

僧齐之

胜业寺僧人齐之喜欢与达官贵人交往，他医术精湛，但杂行颇多。唐玄宗天宝五年五月中旬病逝，两日后复活。复活后往东移居禅定寺，在寺中修建了一厅堂，装饰极其华美，堂内横向长座陈列七座等身佛像。此后他杜绝交际，精诚守戒。他自己说，刚去世时被送至鬼王的法庭，看到一块腐肉烂在地上，鬼王问他："你是出家人，为何杀人？"齐之不知如何回答。鬼王问："你为何杖杀寺家奴婢？"齐之幡然醒悟。

此前寺中小和尚何马师与寺中婢女私通，后来婢女变心，何马师心生怨恨，向寺主诬陷婢女。这婢女并非善类，寺主对她早有不满，乘众僧在食堂用饭还未散去，将婢女召来，当众将她杖责处死。齐之劝寺主道："出家之人，慎重对待身、口、意三业，谨遵戒律，切不可造次，更何况在众僧面前大开杀戒？"何马师鼎力支持寺主。寺主恼怒，不采纳齐之的劝诫，棍棒交加，婢女被活活打死在堂上。齐之明白鬼王问的是此事，齐之说："杀人的是寺主，得罪死者的是何马师，现在为什么问罪于我？"鬼王堂前的腐肉忽然出声道："齐之杀我。"鬼王怒斥："奴婢怎么不起身，为何躺着说话？"腐肉忽然起身化成人形，正是被打死的奴婢，她与齐之当堂对质几个回合后说："我临死前，疼痛苦闷，精神错乱，只听身旁有怂恿寺主杀我的声音，怀疑撺掇之人是齐之，所以状告了他。"鬼王说："捉拿寺主。"阶下差吏说："寺主功德深厚不能捉拿。"鬼王说："捉拿何马师。"差吏说道："何马师阳寿未尽。"鬼王说："先收押奴婢，释放齐之。"齐命且尽，所以独追。今可坚持僧戒，舍汝俗事，住闲静寺，造等身像七躯。如不能得钱，彩画亦得。”齐之既苏，遂乃从其言焉。（出《纪闻》）

张无是

唐天宝十二载冬，有司戈张无是居在布政坊。因行街中，夜鼓绝门闭，遂趋桥下而跧。夜半，忽有数十骑至桥，驻马言：“使乙至布政坊，将马一乘往取十余人。”其二人，一则无是妻，一则同曲富叟王翁。无是闻之大惊。俄而取者至云：“诸人尽得，唯无是妻诵《金刚经》，善神护之，故不得。”因喝所得人名，皆应曰：“唯。”无是亦识王翁，应声答曰：“毕。”俄而鼓动。无是归家，见其妻犹诵经坐待。无是既至，妻曰：“汝常不外宿，吾恐汝犯夜，故诵经不眠相待。”天晓，闻南邻哭声，无是问之，则王翁死矣。无是大惧，因以具告其妻，妻亦大惧。因移出宅，谒名僧，发誓愿长斋，日则诵经四十九遍。由是得免。（出《纪闻》）

张 应

历阳张应本是魔家，娶佛家女为妇。妻病困，为魔事不差。妻曰：“我本佛家女，乞为佛事。”应便往精舍中见竺昙铠，铠曰：“佛普济众生，但当一心受持耳。昙铠明当往其家。”其夜，应梦见一人，长一丈四五尺，于南面趋走入门，曰：“此家乃尔不净。”梦中见铠，随此人后而白曰：“此处如欲发意，未可以一二责之。”应眠觉，遂把火作高座。铠明日食时往应家，高座已成，夫之刚入堂时，看到鬼王座下有一僧一马，被释放后行至门口，僧人也出来了，齐之行礼拜谒，僧人说："我是地藏菩萨。你因功德浅薄，寿数终了，所以只有你被捉拿。今后你当坚持守戒，摒弃俗尘杂念，搬到一闲适静谧的寺院中，建造七尊等身佛像。若资金匮乏，也可彩绘七幅佛像。"齐之复活后，谨遵菩萨教诲。（出《纪闻》）

张无是

唐玄宗天宝十二年冬，有个司戈张无是住在政坊。一日他走在街上，入夜禁鼓响后城门关闭，他行至桥下蜷缩起来。夜半，忽然听到数十人骑马到桥头，勒马后有人说道："一差吏去布政坊，带四马一车捉拿这十余人。"这十余人中有两人，一是张无是的妻子，一是与张无是同住一街的财主王翁。张无是听后大吃一惊，很快，差吏返回奏报："十余人全部抓捕，唯独张无是妻子抓捕时正在诵《金刚经》，得善神护体，无法抓捕。"随后吆喝抓来的人的姓名，在的人答"唯"。张无是认出王翁，一行人应声后，很快鼓声响起宵禁解除。张无是动身回家，见妻子仍诵着经，坐着等他，张无是到家后，妻子对他说："你平常不外宿，昨夜我担心你违反宵禁，所以一夜不眠诵经等你回来。"天亮后，听到南面的邻居悲泣，张无是打听，原是王翁去世。张无是惶恐，将夜里在桥下听到的事告诉妻子，妻子也很惶恐。于是二人搬了家，拜访名僧，发誓愿一生斋戒，每日诵经四十九遍，这才幸免于难。（出《纪闻》）

张　应

历阳张应本是信奉邪教（非佛教）之人，娶了信奉佛教人家的女儿为妻。妻子患病，张应用邪教方法医治无效。妻子说："我本是佛教信徒人家的女儿，求你用佛教的办法医治我。"张应便到寺院拜谒竺昙铠，竺昙铠说："佛普济众生，应诚挚领受在心，持久不忘，明日我去你家探望。"这日夜里，张应梦到一人，身长一丈四五尺，从南面逐渐走进门中，说："这家里如此污浊。"梦中看到竺昙铠跟在巨人身后，对巨人说："此处主人诚心祈愿，不可因一两处小错责妻受戒，病亦寻瘥。咸康二年，应病甚，遣人呼铠，连不在。应死得苏，说时有数人，以铁钩钩将北下一板岸，岸下见镬汤、刀山、剑树、楚毒之具。应忘昙铠字，但唤“和尚救我”，语钩将去人曰：“我是佛子。”人曰：“汝和尚字何等？”应忘其字，但唤佛而已。俄转近镬汤，有一人长一丈四五尺，捉金杵欲撞。应去，人怖散走。长人将应归曰：“汝命尽，不得复生。与汝三日中，期诵三偈。取和尚字还，当令汝生。”遂推应著门内，便活。后三日复死。（出《神鬼传》）

道 严

有严师者，居于成都实历寺。唐开元十四年五月二十一日，于佛殿前轩，燃长明灯，忽见一巨手，在殿西轩。道严悸且甚，俯而不动。久之，忽闻空中语云：“无惧无惧，吾善神也，且不敢害师之一毫。何俯而不动耶？”道严既闻，惧少解，因问曰：“檀越为何人？匿其躯而见其手乎？”已而闻空中对曰：“天命我护佛寺之地。以世人好唾佛祠地，我即以背接之，受其唾。由是背有疮，渍吾肌且甚，愿以膏油傅其上，可乎？”道严遂以清油置巨手中，其手即引去。道严乃请曰：“吾今愿见檀越之形，使画工写于屋壁，且书其事以表之，冀世人无敢唾佛祠之地者。”神曰：“吾貌甚陋，师见之，无得栗然耶？”道严曰：“檀越但见其身，勿我阻也。”见西轩下有一神，质甚异，丰首巨准，严目呀口，体状魁硕，长数丈。道严一见，背汗如沃。其神即隐去。于是具以神状告画工，命图于西轩之壁。（出《宣室志》）

罚。”张应睡醒后，便点灯制作高座。竺昙铠第二日用早餐的时间来到张应家，高座已制成，夫妻二人便由竺昙铠受了戒，妻子的病情好转。晋成帝咸康二年，张应病重，托人请竺昙铠，接连去了几次竺昙铠都不在。张应死而复活后，说去世时数人用铁钩钩着他往北走到木板搭建的岸上，低头见岸下遍布沸汤、刀山、剑林等酷刑。张应情急之下忘了竺昙铠的法号，只是呼喊：“和尚救我，”对钩着他走的人说，“我是佛教弟子。”那人问他：“你师父法号是什么？”张应忘记师父的法号，只是呼喊“佛”。不一会儿张应就被推进沸汤，有一人身长一丈四五尺，手持金杵撞在大锅上，张应获救离开，抓他来的人惊惧四散。巨人带张应返回说：“你寿命已尽，无法复活，给你三日，其间须得念诵三偈语，拿到你师父的法号，便可让你托生。”随即把张应推到门内，张应便起死回生。三日后他再次去世。（出《神鬼传》）

道 严

有位严法师，住成都宝历寺。唐玄宗开元十四年五月二十一日，他在佛殿前的平台上燃起长明灯，忽然看到一巨手出现在西面平台。道严惊悸，俯下身一动不动。许久后，忽然听到空中传来说话声：“莫要害怕，我是善神，绝不敢伤害法师分毫。您为何俯身不敢动弹？”道严听后，恐惧稍有缓解，便问：“施主是何人？为何隐藏身体只露出手呢？”随后听空中有声音答：“上天派我来保护佛寺。因世人喜欢在佛祠之地吐口水，我用背接着，接受世人的口水，因此背上生了疮，口水严重侵蚀我的肌体，您可否为我的创伤敷些膏油？”道严便将清油放在巨手掌中，那巨手即刻收回。道严请求道：“我想看看施主真容，让画师画在墙壁上，且记录此事告知后人，愿后世无人敢在佛祠之地吐口水。”神说：“我样貌特别丑陋，法师见到我后，怕是会受到惊吓。”道严说：“施主只管现身，不必担忧我。”只见西面平台下出现一神，形貌奇异，脑袋硕大，双目威严，口张大，身形魁梧，身长数丈。道严一看，惊得汗流浃背，那神很快隐去。此后道严将神的形貌详细告诉画师，让他画在佛殿西面平台的墙壁上。（出《宣室志》）

卷第一百一　释证三

邢曹进

唐故赠工部尚书邢曹进，至德已来，河朔之健将也。守职魏郡，因为田承嗣所縻。曾因讨叛，飞矢中肩，左右与之拔箭，而镞留于骨，微露其末焉。即以铁钳，遣有力者拔而出之，其镞坚然不可动。曹进痛楚，计无所施。妻孥辈但为广修佛事，用希慈荫。不数日，则以索缚身于床，复命出之，而特牢如故。曹进呻吟忍耐，俟死而已。忽因昼寝，梦一胡僧立于庭中，曹进则以所苦诉之。胡僧久而谓曰："能以米汁注于其中，当自愈矣。"及寤，言于医工。医工曰："米汁即泔，岂宜渍疮哉！"遂令广询于人，莫有谕者。明日，忽有胡僧诣门乞食，因遽召入。而曹进中堂遥见，乃昨之所梦者也，即延之附近，告以危苦。胡僧曰："何不灌以寒食饧？当知其神验也。"曹进遂悟，饧为米汁。况所见复肖梦中，则取之，如法以点，应手清凉，顿减酸疼。其夜，其疮稍痒，即令如前镊之。钳才及睑，镞已突然而出。后傅药，不旬日而瘥矣。吁！西方圣人，恩祐显灼，乃若此之明征乎？（出《集异记》）

邢曹进

在唐朝，有一位死后被追封为工部尚书的人，名叫邢曹进，唐肃宗至德年间以来，他就是黄河以北地区英勇善战的将领。那时他在魏郡尽忠职守。不知什么原因被田承嗣所拘禁。他曾在一场讨伐叛贼的战争里，被一支急速射来的箭射中肩膀。他左右的人都给他拔箭，可是箭头却留在了骨头里，只稍微露出一点点末端。只好用铁钳子，再特意找有力气的人用力往外拔，可是这个箭头依然丝毫不动。邢曹进疼痛难忍，又无计可施。他的妻子儿女等做了很多佛事，希望获得神佛的庇荫。过了几天，就用绳索把他绑在床上，又让人来给他拔出箭头，可那个箭头还像当初一样牢固，丝毫不动。邢曹进每天呻吟，遭受折磨，只能等死了。忽然有一天白天睡觉，梦见一名胡僧站在庭院当中，邢曹进就把自己所遭受的苦楚全都告诉了他。胡僧听完后过了很久才对他说："你可以用米汤灌入伤口，一定能自己痊愈的。"等醒来后，他就对医生讲述了这个梦。医生说："米汤就是淘米水，岂能用它来浸泡创伤？"于是他就派人四处打听，没有人能明白说的是什么。第二天，忽然有一位胡僧来到家里乞求饭食，邢曹进马上召他进来。邢曹进在中堂远远地望去，发现他就是昨天自己在梦中见到的那名胡僧。邢曹进就延请他来到跟前，把自己的危难困苦据实相告。胡僧说："为什么不用寒食节食用的麦芽糖灌注到伤处呢？这样照做之后就会知道它有神奇的效验。"邢曹进这才恍然大悟，麦芽糖就是米汤啊。况且刚才所见到的情形又完全符合梦中的情景。因此就拿麦芽糖来，按照胡僧说的方法灌往伤处。刚一灌下，随手就有清凉的感觉，酸疼感立刻减轻不少。这天夜里，他的伤口处略微发痒。邢曹进就叫人像先前那样用铁钳子往外拔箭头，铁钳子才

韦氏子

韦氏子有服儒而任于唐元和朝者，自幼宗儒，非儒不言，故以释氏为胡法，非中国宜兴。有二女，长适相里氏，幼适胡氏。长夫执外舅之论，次夫则反之，常敬佛奉教，攻习其文字。其有不译之字读宜梵音者，则屈舌效之，久而益笃。

及韦氏子寝疾，命其子曰："我儒家之人，非先王之教不服。吾今死矣，慎勿为俗态，铸释饭僧，祈祐于胡神，负吾平生之心。"其子从之。既除服而胡氏妻死，凶问到相里氏，以其妇卧疾，未果讣之。俄而疾殆，其家泣而环之，且属纩焉。欻若鬼神扶持，骤能起坐，呼其妇曰："妾季妹死已数月，何不相告？"因泣下呜咽，其夫绐之曰："安得此事？贤妹微恙，近闻平复，荒惑之见，未可凭也。勿遽惆怅，今疾甚，且须将息。"又泣曰："妾妹在此，自言今年十月死，甚有所见，命吾弟兄来，将传示之。昨到地府西曹之中，闻高墉之内，冤楚叫悔之声，若先君声焉。观其上则火光迸出，焰若风雷。求入礼觐，不可，因遥哭呼之。先君随声叫曰：'吾以平生谤佛，受苦弥切，无晓无夜，略无憩时，此中刑名，言说不及。惟有罄家回向，冥资撰福，可救万一。轮劫而受，难希降减。但百刻之中，一刻暂息，亦可略舒气耳。'妹虽宿罪不轻，以夫家积善，不堕地狱，即当上生天宫也。妾以君心若先君，亦当受数百年之责，然委形之后，且当神化为乌。再七饭僧之时，可以来此。"其夫泣曰："洪炉变化，物固有之。雀为蛤，蛇为雉，雉举到眼前，箭头就突然自行出来了。后来在伤口敷上药，不到十天伤口就痊愈了。哎！西方的圣人啊！他的恩惠庇佑如此耀眼显著，这不就是明显的应验明证吗？（出《集异记》）

韦氏子

有位姓韦的儒生，在唐宪宗元和年间任职。他从小就尊奉儒家，不是儒家倡导的话不说。所以他把佛教看作是外夷的学说，认为在中国不应当提倡。他有两个女儿，长女嫁给了相里氏，小女嫁给了胡氏。他的大女婿很坚持岳父韦氏子的学说，而二女婿正好相反，敬重佛教，用心研究它的文字。胡氏还攻读习练它的文字，如果遇到不能翻译的字，而应当读梵语的，他就卷起舌头模仿着念。时间长了，胡氏就更加忠实地信奉佛教了。

等到韦氏子患有重病卧床不起时，就把他儿子叫到面前说："我是儒家的人，但凡不是先王的教导我都不能服从。我现在快要死了，千万不要和世间庸俗的情形一样，修筑佛像、向和尚施饭，在外夷神佛的面前请求护佑，辜负了我一生的志向。"他的儿子听从了他的话。脱掉孝服不久后，二女婿胡氏的妻子去世了。死讯传至大女婿相里氏家，因他的妻子有病卧床不起，就没有把妹妹的死讯告诉她。不久后他妻子的病情突然变得很紧急，她家里人都围绕着哭泣。她临终的时候，忽然像被鬼神搀扶着一样，快速地坐起来，呼喊着她的丈夫说道："我最小的妹妹，已经去世了几个月，你为什么不告诉我呢？"于是伤心哽泣不停。她丈夫哄骗她说："怎么能有这样的事？贤妹只是患了一点小病，最近听说已经痊愈了。你这是恍惚间所看见的，不能作为凭证，千万不要惊惧伤感，现在你病得很重，需要好好调养休息。"相里氏的妻子不听丈夫劝说安慰，又哭泣着说："我的妹妹就在这里，她自己说是今年十月份去世的。并且在阴间见到了很多事情。快叫我的弟兄们过来，我要亲自传达告知给他们。妹妹对我说昨天到了阴曹地府的刑部，听见高墙里有叫喊冤屈痛楚后悔的声音，很像是先父的声音。看那上面有火光迸出，火焰像狂风暴雷似的。妹妹请求允许进入里面看一看，又不准进去。只好为鸽，鸠为鹰，田鼠为鴽，腐草为萤，人为虎、为猨、为鱼、为鳖之类，史传不绝。为乌之说，岂敢深讶！然乌群之来，数皆数十，何以认君之身而加敬乎？”曰：“尾底毛白者妾也。为妾谢世人，为不善者，明则有人诛，暗则有鬼诛，丝毫不差。因其所迷，随迷受化，不见天宝之人多而今人寡乎！盖为善者少，为恶者多。是以一厕之内，虫豸万计；一砖之下，蝼蚁千万。而昔之名城大邑，旷荡无人；美地平原，目断草莽，得非其验乎！多谢世人，勉植善业。”言讫复卧，其夕遂卒。

其为妇也，奉上敬，事夫顺，为长慈，处下谦，故合门怜之，悯其芳年而变异物。无幼无长，泣以俟乌。及期，乌来者数十，唯一止于庭树低枝，窥其姑之户，悲鸣屈曲，若有所诉者。少长观之，莫不呜咽，徐验其尾，果有二毛，白如霜雪。姑引其手而祝之曰：“吾新妇之将亡也，言当化为乌而尾白。若真吾妇也，飞止吾手。”言毕，其乌飞来，驯狎就食，若素养者，食毕而去。自是日来求食，远远地哭喊着他。先父随着那些声音大声说：‘我因为这一生都诽谤佛教，所以在这里受苦很深，没有白天没有黑夜，一点休息的时间都没有，这里面的刑罚名称，说都说不完。唯有倾尽家产，把家中全部的钱财用于造福众生，用尽全部资产才能获得福报，可以救助万分之一的众生。我轮回的劫难很难有所减免，只是在一百刻之中，能有一刻暂时休息的时间，也可以让我略微松一口气了。’小妹虽然前世的罪业也不轻，但因为她的丈夫行善积德，她就不会堕落到地狱去，就要上升到天宫了。我因为你的思想像我那死去的父亲，不尊佛教，死后也应受几百年的责罚。我死了之后就会变化成一只乌鸦。等到二七祭祀向僧人施饭时，就可以来到这里。”相里氏听后哭着说：“天地这大火炉中的变化，是事物本来就有的。雀变为蛤、蛇变为雉、雉变为鸽、鸠变为鹰、田鼠变为鹌鹑、腐草变为萤火虫，人则变为虎、变为猿、变为鱼、变为鳖之类，在历史之中流传不绝。变为乌鸦的说法，怎么敢惊讶不信呢？然而乌鸦成群结队飞来，一群都有几十只，怎么能认出哪只乌鸦是你的化身而倍加尊敬呢？”他妻子回答说：“尾巴下面长着白色羽毛的就是我。替我告诉世上的人，做了坏事的人，活着的时候有人来责罚，死了的时候有鬼来责罚，丝毫不会出错。根据他的迷惑，随着迷惑的变化来决定对他的惩罚，你没看到唐玄宗天宝年间的百姓多，而现在的百姓少吗？大概做善事的百姓少了，做恶事的百姓多了。因此一厕之内蛆虫上万，一砖之下蝼蚁千万。然而昔日的名城大邑，空旷无人，美地平原，看到的都是丛生的杂草。难道这不是应验了吗？要多告诫世人，尽力多做善事。”说完又躺在床上，那天晚上她就死了。

她作为媳妇，对公婆敬奉，待丈夫顺从，做长辈慈祥和善，对下人谦和有礼，所以全家上下都同情她，为她这么年轻就变化成异物而感到怜惜。无论年老年少都哭着等待乌鸦到来。到了二七那天，果然飞来了几十只乌鸦。只有一只落在庭院中大树最低的树枝上，看着婆婆的门，委屈悲伤地连声叫着，好像在诉说着什么。老老少少都看着，没有一个不伤心呜咽的，慢慢地走近想验证它的尾巴，果然有两根白色羽毛，白得像霜雪一样。婆婆伸出她的手祝祷说：“我家新媳

人皆知之。数月之后，乌亦不来。（出《续玄怪录》）

僵僧

唐元和十三年，郑滑节度使司空薛公平、陈许节度使李公光颜并准诏各就统所部兵自卫入讨东平。抵濮阳南七里，驻军焉。居人尽散，而村内有窣堵波者，中有僵僧，瞪目而坐，佛衣在身。以物触之，登时尘散。众争集视，填咽累日。有许卒郝义曰："焉有此事？"因以刀刺其心，如帐上壤。义下塔不三四步，捧心大叫，一声而绝。李公遂令摽踣其事，瘗于其下。明日，陈卒毛清曰："岂有此乎？昨者郝义因偶会耳。"即以刀环筑去二齿。清下塔不三四步，捧颐大叫，一声而绝。李公又令摽踣其事，瘗于其下。自是无敢犯者。而军人祈福乞灵，香火大集，往环三四里，人稠不得入焉。军人以钱帛衣装檀施，环一二里而满焉。司空薛公因令军卒之战伤疮重者，许其落籍居。不旬日，则又从军东入，而所聚之财，为盗贼挈去，则无怪矣。至今刀疮齿缺，分明犹在。（出《集异记》）

鸡卵

唐敬宗皇帝御历，以天下无事，视政之余，因广浮屠教，由是妇临死时，说她应当会变成乌鸦，尾巴上长着白色羽毛，如果你真的是我家媳妇，就快飞到我手上吧。”说完，那只乌鸦就飞到婆婆的手上，很温驯亲近地吃食，就像平时家养的一样。吃完了就飞走了。从这天起这只乌鸦就天天来求取食物，附近的人都知道了这件事。几个月之后，乌鸦就不再来了。（出《续玄怪录》）

僵僧

唐宪宗元和十三年，郑滑节度使司空薛平、陈许节度使李光颜一同被皇帝下诏准许，各自统领所属军队从卫地（河南淇县附近）去讨伐东平。抵达濮阳南七里的地方，驻扎在那里。这里居民全都失散，而村内有一座佛塔，佛塔中有一位僵死的和尚，瞪大眼睛坐着，佛衣还穿在身上。用东西去触碰他，立刻像尘土一样散落。大家都争着围观，热闹嘈杂了好几天。有一名许州士卒郝义说：“哪里有这种事？”于是他就用刀刺向僵僧的心脏，就像触动上面的土壤一样。郝义走下佛塔还不到三四步，就捧着心口大叫一声而死。李公于是命人为这件事做好标记，将郝义埋在标记的下面。第二天，又有陈州士卒毛清说：“哪有这样的事？昨天郝义的死只是巧合罢了。”就用刀头的环敲掉僵僧嘴里的两颗牙齿。毛清走下佛塔还不到三四步，也捂着面颊大叫一声而死。李公又让人为这件事做好标记，将毛清埋在标记的下面。从此之后再也没有人敢去冒犯僵僧了。而驻扎在这里的士兵向神灵祷告求福，香火旺盛，周围三四里的范围内，前来进香的人群拥挤不堪。驻扎在这里的士兵又用钱帛、衣装等去布施，周围一二里也挤满了人。司空薛公因此允许军队中受伤严重的士兵，在那里落户居住下来。不到十日，他们就又跟着军队向东前进，而所聚集的财物，则被盗贼带走，也没有发生什么灵异的事。至今僵僧身上的刀伤和缺齿，还分明存在。（出《集异记》）

鸡卵

唐敬宗皇帝登基后，认为天下太平无事。在处理政事之余，推广长安中缁徒益多。及文宗嗣位，亲阅万机，思除其害于人者。尝顾左右曰："自吾为天子，未能有补于人，今天下幸无兵革，吾将尽除害物者，使亿兆之民，指今日为尧、舜之世足矣。有不能补化而蠹于物者，但言之。"左右或对曰："独浮屠氏不能有补于大化，而蠹于物亦甚，可以斥去。"于是文宗病之。始命有司，诏中外罢缁徒说佛书义，又有请斥其不修教者。诏命将行，会尚食厨吏修御膳，以鼎烹鸡卵。方燃火于其下，忽闻鼎中有声极微如人言者。迫而听之，乃群卵呼观世音菩萨也，声甚凄咽，似有所诉。尚食吏异之，具其事上闻。文宗命左右验之，如尚食所奏。文帝叹曰："吾不知浮屠氏之力乃如是耶！"翌日，敕尚食吏无以鸡卵为膳。因颁诏郡国，各于精舍塑观世音菩萨像。（出《宣室志》）

许文度

高阳许文度，唐太和中侨居岐阳郡，后以病热，近月余。一日卧于榻若沉醉状，后数日始寤。初文度梦有衣黄袍数辈与俱行田野，四望间，迥然无鸡犬声，且不知几百里。其时天景曛晦，愁思如结。有黄袍者谓文度曰："子无苦，夫寿之与夭，固有涯矣，虽圣人安能逃其数！"文度忽悟身已死，恐甚。又行十余里，至一水，尽目无际，波若黑色，杳不知其深浅。黄衣人俱履水而去，独文度惧不敢涉。已而有二金人，皆长五寸余，奇光皎然，自水上来，黄衣者望见金人，沮色震栗，即辟易驰去，不敢偷视。二金人谓文度曰："汝何为来地府中？我今挈汝归生途，慎无恐。"文度惧稍解，因再拜谢之，于是金人与文度偕行数十里，俄望见里门，喜不佛教，所以长安城中和尚日益增多。等到唐文宗继位，亲自处理各种政事，想去除那些有害百姓的东西。唐文宗曾对左右的人说：“自从我当了天子，没有做出什么对人民有益的事业，现今天下所幸没有战争，我将把害人的东西全都除掉，使亿兆的百姓，把今天当作尧、舜的盛世就够了。有什么不利于教化还会害人的东西，只管说出来。”左右有人回答说：“唯独佛教不利于圣朝深远的教化，而危害更加严重，可以去除掉它。”于是文宗就很不满佛教。下命有关官吏，在朝廷内外取缔和尚们讲说佛法经义，又驱逐那些不听从教化的人。诏命将下，正赶上御厨给皇帝准备御膳，用锅烹饪鸡蛋。刚在锅底下点燃了火，忽然听见锅里有很微弱的像是人说话的声音。靠近细听，是那些在锅里的鸡蛋在呼唤着观世音菩萨，声音非常凄惨哽咽，像是有什么要诉说一样。御厨们感到很惊异，就把这件事告诉了皇帝。文宗命左右的人前往验证，真像御厨们所上奏的那样。文宗叹息说：“我不知道佛教竟有如此大的威力啊。”第二天，文宗下命御厨不要再用鸡蛋做饭。于是颁布诏书于各郡国，在各个寺庙里塑观世音菩萨的佛像。（出《宣室志》）

许文度

高阳的许文度，在唐文宗太和年间侨居于岐阳郡，因为患病发烧，持续了将近一个月。一天他躺在床上，好像喝醉了一样昏昏沉沉的，几天才清醒过来。起初许文度梦见有许多穿黄袍的人和他一起走在田野里，向四处看去，竟然连鸡犬的声音也听不到，而且不知道走了几百里。那时天色昏晦，忧愁的思绪像绳结一样难解。有穿黄袍的人对许文度说：“你不要担惊受怕，人寿命的长短，本来就是有定数的，即使是圣人也不能逃脱命数！”许文度忽然醒悟自己已经死了，十分害怕。又走了十多里，到了一条河边，放眼望去，无边无际，水色漆黑，幽暗深邃，不知道它的深浅。黄衣人都一起踏水离去，唯独许文度因为恐惧而不敢涉足其中。不久后有两名金人，都身高五寸多，闪着奇异的光，明亮洁白，从水上走来。穿黄袍的人看见了金人，神情颓丧恐惧战栗，立即躲避迅速离去，不敢偷看。两名金胜。忽闻有厉声呼文度者，文度悸而醒，见妻子方泣于前，且奇且叹，而羸惫不能运支体，故未暇语其事。后旬日，疾少间，策而步于庭。忽见二金人皆长五寸余，在佛舍下，即昔时梦中所见者。视其仪状，无毫缕之异，心益奇之，始以其事告于妻。妻曰："昨者以君病且亟，妾忧不解。然常闻释氏有救苦之力，由是弃资玩，铸二金人之像，每清旦，常具食祭之。自是君之苦亦瘳除，盖其力也。"文度感二金人报效之速，不食生牢，常阅佛书，因尽穷其指归焉。（出《宣室志》）

玄法寺

长安安邑坊玄法寺者，本里人张频宅也。频尝供养一僧，念《法华经》为业，积十余年。张门人谮僧通其婢，因以他事杀之。僧死后，合宅常闻经声不绝。张寻知其冤，惭悔不及，因舍宅为寺。（出《酉阳杂俎》）

商居士

有商居士者，三河县人。年七岁，能通佛氏书，里人异之。后庐于三河县西田中，有佛书数百编，手卷目阅，未尝废一日。从而师者百辈。往往独游城邑，偕其行者。闻居士每运支体，坴然若人对许文度说："你为什么来到这阴曹地府之中？我现在就领你回到人世间去，不要害怕。"许文度恐惧的心情稍微平复了些，于是再三行礼道谢。就这样金人领着文度走了几十里，不一会儿就看见了家门，许文度喜不自胜。忽然间听到有人厉声呼喊着许文度的名字，许文度惊悸清醒，只见妻子正在他的面前哭泣，他一边感到奇异一边叹息，但是身体疲惫不堪不能够活动肢体，所以没有来得及向妻子说这件事。过了十几天，病稍好了一些，他想在庭院里走一走，忽然看见有两名金人都高五寸多，站在佛龛下，就是先前在梦中所看见的那两个人。看他们的仪容形状，和梦中没有丝毫的差异，心里更加感到奇异。这才把梦中的事告诉妻子。妻子说："前些日子因为您病情急切，我忧愁得不能排解。然而常常听说佛祖有救苦救难的能力，于是我就卖掉了家中的财物，铸造了这两尊金人像。每天清晨，我准备饭菜来祭祀他们。从那以后您的病痛也就痊愈了，大概是他们显灵了。"许文度感谢这两名金人报恩如此神速，所以就不杀生不吃荤，常常阅读佛经，因此他也就全部知晓了佛经的真义。（出《宣室志》）

玄法寺

长安安邑坊有座玄法寺，原是本地人张频的宅院。张频曾经供养过一名和尚，他以念《法华经》为业，累计了十多年。张家的门客中有人诬陷这名和尚和张频的婢女通奸，张频因此借着其他的罪名杀了和尚。和尚死后，整个宅院经常能听到不间断的念经声。张频不久后知道和尚的冤情，羞愧后悔已经来不及了，因此就把整座宅院施舍出去做了寺院。（出《酉阳杂俎》）

商居士

有位叫商居士（在家修行的人）的，是三河县人。他七岁时就能通晓佛经，乡里人都认为他很奇异。后来他住在三河县西田中，家中有佛经数百部，整日拿着书卷不停地阅读，不曾荒废一日。跟随着拜戛玉之音，听者奇之。或曰：“居士之骨，真锁骨也，夫锁骨连络如蔓。故动摇之体，则有清越之声，固其然矣。昔闻佛氏书言，佛身有舍利骨，菩萨之身有锁骨，今商居士者，岂非菩萨乎！然辈俗之人，固不可辨也。”居士后年九十余，一日，汤沐具冠带，悉召门弟子会食，因告之曰：“吾年九十矣，今旦暮且死，汝当以火烬吾尸，慎无逆吾旨。”门弟子泣曰：“谨听命。”是夕坐而卒。后三日，门弟子焚居士于野。及视其骨，果锁骨也，支体连贯，若纫缀之状，风一拂则纤韵徐引。于是里人竞施金钱，建一塔，以居士锁骨瘗于塔中。（出《宣室志》）

黄山瑞像

鲁郡任城野黄山瑞像，盖生于石，状如胚混焉。昔有采梠者，山中见像，因往祈祷，如愿必得。由是远近观者数千人。知盗官恐有奸起，因命石工破山石，辇瑞像，致之邑中大寺门楼下。于是邑人于寺建大斋，凡会数千人。斋毕众散，日方午，忽然大风，黑云覆寺，云中火起，电击门楼，飞雨河注。邑人惊曰：“门楼灾矣。”先是僧造门楼，高百余尺，未施丹雘，而楼势东倾，以大木撑之。及雨止，楼已正矣。盖鬼神以像故，而共扶持焉。（出《纪闻》）

他为师的有百余人。他常常独自在城里游览。和他一起同行的人，听到居士每次活动肢体时，都发出像是敲打玉器的声音，很是奇怪。有人说：“居士的骨头真是联结锁合在一起的，那锁子骨联结着好像藤蔓一样。所以居士动摇身体时，就有清脆悠扬的声音传出，就是这个缘故。”从前听佛经上说过：“佛陀之身有舍利骨，菩萨之身有锁骨。”今日的商居士难道不是菩萨吗？然而一般的世俗之人确实不能辨别啊。居士之后活到了九十多岁。一天，居士用热水沐浴后，穿好了衣服戴好了礼冠，把门下弟子全召集起来相聚吃饭，接着就告诉他们：“我已经九十岁了，早晚都会死，你们应当把我的尸体火化，千万不要违背我的意愿啊。”门下弟子哭着说：“一定会谨记您的吩咐。”这天晚上居士就坐着去世了。三天后，门下弟子在荒野处烧了居士的尸体。之后看他的骨头，果然是锁骨。肢体连贯，像是用针缝纫连接的形状，风一吹拂就徐徐飘出细小而和谐的声音。于是乡里人都争着施舍金钱，建造了一座塔，把商居士的锁子骨埋葬在塔里。（出《宣室志》）

黄山瑞像

鲁郡任城野外有座黄山瑞像，是在山石中自然形成的，形状像胚胎一样，有点模糊不清。从前有位在野外挖芋头的人，在山中看见了瑞像，于是上前祈祷，结果心愿都达成了。因此远近前来观看瑞像的有数千人。地方上负责捕捉盗贼的官吏恐怕有坏人乘机活动，因此命令石工砸碎山石，用车把瑞像载到城中大寺门楼下。于是城里人在寺门前举行了盛大的斋戒典礼，参加聚会的有好几千人。斋戒完毕，众人离去，这时正好是中午，忽然间刮起了大风，黑云覆盖寺院上空，云中闪电忽起，雷电击中门楼，暴雨像河一样倾注，城里的人害怕地说：“门楼受灾了。”先前是由和尚建造的门楼，高百余尺，还没等刷上红漆，门楼就已经向东面倾斜，只好用巨大的木头支撑着。等到暴雨停止，门楼已经正了。大概是鬼神因为瑞像的原因，而一起前来扶持门楼吧。（出《纪闻》）

马子云

泾县尉马子云，为人数奇，以孝廉三任为泾县尉，皆数月丁忧而去。在官日，充本郡租纲赴京。途由淮水，遇风船溺，凡沉官米万斛，由是大被拘系。子云在系，乃专心念佛，凡经五年。后遇赦得出，因逃于南陵山寺中，常一食斋。天宝十年，卒于泾县。先谓人曰："吾为人坎轲，遂精持内教。今西方业成，当往生安乐世界尔。"明日沐浴，衣新衣，端坐合掌。俄而异香满户，子云喜曰："化佛来矣，且迎吾行。"言讫而殁。（出《纪闻》）

云花寺观音

长安云花寺有观音堂，在寺西北隅。大中末，百姓屈岩患疮且死，梦一菩萨摩其疮曰："我在云花寺。"岩惊觉汗流，数日而愈。因诣寺寻检，至圣画堂，见菩萨，一如其睹。倾城百姓瞻礼。岩遂立社，建堂移之。（出《酉阳杂俎》）

李舟

唐虔州刺史李舟与妹书曰："释迦生中国，设教如周孔；周孔生西方，设教如释迦。天堂无则已，有则君子登；地狱无则已；有则小人入。"识者以为知言。（出《国史补》）

马子云

泾县县尉马子云，一生的遭遇十分坎坷，他以孝廉的资格三次出任泾县县尉，前两次，都是刚到任才几个月就因为父母的丧事而告假回家。第三次任中，他又被派去押送本郡的租米前往京城。途中经过淮水，遇到了大风，船沉了，上万斛的官米沉入水中，因为这件事他被判罪入狱。马子云在狱中，专心念佛，总共被关押了五年。后来遇到大赦被放出，于是他就躲到南陵山的寺庙里，吃斋修行。唐玄宗天宝十年时，马子云在泾县去世。先前他就对人说："我这一生非常坎坷。就用功钻研佛教，今天我在佛教的功业已经修成，应当前往西方极乐世界了。"第二天洗了澡，马子云穿上新衣服，端坐着双手相合，不一会儿屋子里就充满了奇异的香味。马子云高兴地说："化佛来了，要迎接我前行了。"说完就去世了。（出《纪闻》）

云花寺观音

长安的云花寺中有座观音堂，在寺庙的西北角。唐宣宗大中末年，有个百姓名叫屈岩，得了恶疮快要死了，梦到一位菩萨抚摸着他的疮说："我就在云花寺。"屈岩惊醒，出了一身汗，不几天恶疮就痊愈了。于是他就来到云花寺寻访查看，到了圣画堂，看见了一位菩萨的画像，就像梦中见到的一样。全城的百姓听说后都来瞻仰礼拜这菩萨。屈岩于是选择祭祀的地方，建造祠堂把菩萨移了过来。（出《酉阳杂俎》）

李　舟

唐朝虔州刺史李舟在给妹妹的信中说道："如果释迦牟尼生在中国，实施教化就会像春秋战国时期的孔子一样；如果春秋战国时期的孔子生在西方，实施教化也会像释迦牟尼一样。天堂没有就罢了，有的话就让君子去登；地狱没有就罢了，有的话就让小人去下。"有见识的人认为这是有远见的言论。（出《国史补》）

惠 原

沙门惠原，本姓春氏，义阳人也，少以弓弩为业。至武陵山，射一孕鹿。将死能言曰："吾先身只杀汝，汝今遂并杀害我母子，既是缘对，应为汝死。"复向言曰："吾寻当成佛也。汝可行善，生生代代，勿复结冤。"惠原即悟前缘，遂落发于鹿死之处，而置迦蓝，名耆阇窟山寺。王融别传，言惠死后十年，有人于武当山下见之。（出《朗州图经》）

延州妇人

昔延州有妇女，白皙颇有姿貌，年可二十四五。孤行城市，年少之子，悉与之游，狎昵荐枕，一无所却。数年而殁，州人莫不悲惜，共醵丧具为之葬焉。以其无家，瘗于道左。大历中，忽有胡僧自西域来，见墓，遂趺坐具，敬礼焚香，围绕赞叹。数日，人见谓曰："此一淫纵女子，人尽夫也，以其无属，故瘗于此，和尚何敬耶？"僧曰："非檀越所知，斯乃大圣，慈悲喜舍，世俗之欲，无不徇焉。此即锁骨菩萨，顺缘已尽，圣者云耳。不信即启以验之。"众人即开墓，视遍身之骨，钩结皆如锁状，果如僧言。州人异之，为设大斋，起塔焉。（出《续玄怪录》）

镇州铁塔

唐天祐中，太原僧惠照因梦镇州南三十里废相国寺中埋铁

惠原

出家人惠原，俗姓春，是义阳人。他年少时以用弓箭狩猎为业。一次他来到武陵山，射中了一只怀孕的母鹿。母鹿快要死了，开口说道：“我前世只杀了你一个人。你今世一下杀害了我们母子，既然是前世的冤孽，那我应当死在你的手里。”又向他说，“我很快就能成佛了，你也应该多做一些好事，咱们世世代代，千万不要再结冤仇了。”惠原马上就明白了前定的缘分，于是就在母鹿死的地方落发为僧，并且在那里修建了寺庙，取名为耆阇窟山寺。在王融的别传中，记载着惠原去世十年后，还有人在武当山下见过他。（出《朗州图经》）

延州妇人

以前在延州有一位妇女，皮肤白净而颇有几分美貌，年龄大约二十四五岁，孤身往来于城中。年轻的男子，都争着和她交往，关系亲密，甚至要她献身侍寝也都不拒绝。几年后她就死了，延州人没有不悲痛惋惜的，共同凑钱置办丧事需要的东西，埋葬了她。因为她没有家，就埋葬在了道路旁边。唐代宗大历年间，忽然有位外国僧人从西域而来，看见她的坟墓，于是就盘腿趺坐，摆设香案，焚香礼拜，围绕着赞叹。几天后，有人看见后对他说：“这是一名淫荡放纵的女子，所有的男人都是她的丈夫。又因为她没有家，所以就埋葬在这里，和尚为什么要如此敬重她呢？”和尚说：“并不是施主所知道的那样，这是一位佛教的菩萨。慈悲行善乐于施舍，世俗的欲望，她没有不委屈顺从的。这就是锁骨菩萨。对于尘世间的善人善事已经全都帮助完了，所以她是圣者啊。不信的话就打开棺材看一看。”众人于是就掘墓开棺，看见了她全身的骨头，骨节勾连得像锁链一样，果真像和尚说的那样。延州的人都感到奇异，为她设置了法会，用斋食供养僧人，还修筑了一座佛塔。（出《续玄怪录》）

镇州铁塔

唐昭宗天祐年间，太原和尚惠照因为在梦中见到镇州南三十里塔，特往访之。至界上，为元戎王中令镕所知，延在衙署供养。衙将任友义虑是邻道谍人，或致不测，恳要诘而逐之。元戎始疑，惠具以寻塔为对。遽差于府南三十里访之，果得相国寺古基。掘其殿砌之前，得铁塔，上刻三千人姓名，悉是见在常山将校亲军，唯任友义一人无名，乃知冥数前定。刻斯塔者，何神异哉！（出《北梦琐言》）

渭滨钓者

清渭之滨，民家之子，有好垂钓者。不农不商，以香饵为业，自壮及中年，所取不知其纪极。仍得任公子之术，多以油煎燕肉置于纤钩，其取鲜鳞如寄之于潭濑，其家数口衣食，纶竿是赖。忽一日，垂钓于大涯硖，竟日无所得。将及日晏，忽引其独茧，颇讶沉重。迤逦挽之，获一铜佛像。既闷甚，掷之于潭心，遂移钓于别浦，亦无所得。移时，又牵出一铜佛。于是折其竿，断其纶，终身不复其业。（出《玉堂闲话》）

处，废弃的相国寺中埋有一座铁塔，特意前往探访。到了边界上，惠照被元戎王中令镕所知晓，就延请他住在署衙里供养。军府内的将领任友义担心这也许是邻州派来的间谍，或许会招致什么不测的事情，于是恳切要求审问并且驱逐他。元戎王也开始怀疑，惠照据实说了寻找铁塔的事。元戎王就立刻派人到府南三十里去查访，果然找到了相国寺的旧地基。在府殿台阶前挖掘，果然找到了铁塔。上面刻着三千个人的姓名，全都是常山将校亲军中的人，上面唯独没有任友义的名字。这才知道是冥冥之中前世所注定的。雕刻这座铁塔的人，是何等神异啊！（出《北梦琐言》）

渭滨钓者

清澈的渭水边上，一户寻常百姓家的儿子，喜欢垂钓。他不务农也不从商，以用香饵垂钓为业，从壮年一直到中年，钓上来的鱼不知道有多少了。他掌握了古时候善于捕鱼的任公子配制鱼饵的方法，用油把燕子肉煎熟了挂在钓钩上。用这种钓法就像把鱼寄存在深潭和激流一样容易，他家中几口人的衣食生活，全都依赖于鱼竿鱼线之上。忽然有一天，他在大涯硖钓鱼，一整日都无所收获。天色将晚，忽然钓起来一颗巨大的茧，拉起鱼竿时他感觉很沉重，慢慢地拉起，从中获得一尊铜佛像。他感到十分纳闷，又把它扔回水潭中心。接着他又到别的河边去钓鱼，也没有什么收获。换地方后，他又从水中钓出一尊铜佛像。于是他就折断了他的鱼竿，扯断了鱼线，不再从事此业了。（出《玉堂闲话》）

卷第一百二　报应一金刚经

卢景裕

后魏卢景裕字仲儒，节闵初，为国子博士。信释氏，注《周易》《论语》，从兄神礼。据乡人反叛，逼其同力以应西魏，系晋阳狱。至心念《金刚经》，枷锁自脱。齐神武作相，特见原宥。（出《报应记》）

赵文若

隋赵文若，开皇初病亡。经七日，家人初欲敛，忽缩一脚，遂停。既苏云：被一人来追，即随行，入一宫城。见王曰："卿在生有何功德？"答云："唯持《金刚经》。"王曰："此最第一。卿算虽尽，以持经之故，更为申延。"又曰："诸罪中，杀生甚重。卿以猪羊充饱，如何？"即遣使领文若至受苦之处。北行可三二里，至高墙下，有穴，才容身。从此穴出，登一高阜，四望遥阔，见一城极高峻，烟火接天，黑气溢地。又闻楚痛哀叫之声不忍听，乃掩蔽耳目，叩头求出。仍觉心破，口中出血，使者引回见王曰："卿既啖肉，不可空回。"即索长钉五枚，钉头及手足疼楚。从此专持经，更不食肉。后因公事至驿，忽梦一青衣女子求哀。试问驿吏曰："有何物食？"报云："见备一羊，甚肥嫩。"诘之，云："青羜也。"文若曰："我不吃肉。"遂赎放之。（出《报应记》）

卢景裕

后魏的卢景裕，字仲儒，后魏节闵帝初年，担任国子博士一职。他信奉佛教，注释《周易》《论语》，跟着他的兄长拜祭神灵。因为同乡中有人反叛，逼迫他一起去响应西魏，之后被捕关押在晋阳监狱。他诚心诚意地诵读《金刚经》。结果枷锁自行脱落。北齐神武帝担任宰相的时候，特意宽大处理了他。（出《报应记》）

赵文若

隋朝有位赵文若，在隋文帝开皇初年病亡。尸体停放了七天，家人才准备入殓。忽然赵文若的腿收缩了一下，就停止了葬礼。他苏醒之后说：他被一个人追捕，就跟随着他前行，进入了一座宫城。见到一名君王，君王问他："你在人世间有什么功德？"他答道："只念过《金刚经》。"君王说："这是最主要的原因，你的阳寿虽然已用尽了，因为你念过《金刚经》，我会为你延长寿命。"又说，"你犯下的诸多罪中，就数杀生罪最为严重。你用猪羊来填饱肚子，难道这不是大罪吗？"于是就派遣使者领着赵文若到受苦的地方。向北面走了二三里路，到了一面高墙下，有一处洞穴，仅能容纳一人。赵文若跟着使者从这个洞穴出去，又登上一个高坡，四下眺望，远大广阔，看见一座极其高峻的城池，烟火连天，黑气溢满地面。又听到凄楚痛苦的哀叫声，赵文若不忍心再听下去，于是就捂着眼睛，堵着耳朵，叩头请求使者带他出去。他仍然感觉到心痛，嘴中吐出鲜血。使者就领着他回去面见君王，君王说："你既然已经杀生吃肉，不可以不受惩罚就回人间。"于是就拿来五枚长钉，钉在头、双手和双脚上，他疼痛难忍。赵文若复生后从此专心诵读经书，不再吃肉。后来因为公事

赵文昌

隋开皇十一年，太府寺丞赵文昌忽暴卒，唯心上微暖，家人不敢敛。后复活，说云：吾初死，有人引至阎罗王所，王问曰：“汝一生已来，作何福业？”昌答云：“家贫，无力可营功德，唯专心持诵《金刚般若经》。”王闻语，合掌低首，赞言：“善哉！汝既持《般若》，功德甚大。”王即使人引文昌，向经藏内取《金刚般若经》。文昌向西行五六里，见数十间屋，甚华丽，其中经典遍满，金轴宝帙，庄饰精好。文昌合掌闭目，信手抽取一卷开看，乃是《金刚般若》。文昌捧至王所，令一人执卷在西，文昌东立，面经读诵，一字不遗。王大欢喜，即放昌还家。令引文昌从南门出，至门首，见周武帝在门侧房内，著三重钳鏁，唤昌云：“汝是我本国人，暂来至此，要与汝语。”文昌即拜之，帝曰：“汝识我否？”文昌答云：“臣昔宿卫陛下。”武帝云：“卿既是我旧臣，今还家，为吾向隋皇帝说，吾诸罪并欲辩了，唯灭佛法罪重，未可得免。望与吾营少功德，冀兹福祐，得离地狱。”昌受辞而行。及出南门，见一大粪坑中，有人头发上出。昌问之，引人答云：“此是秦将白起，寄禁于此，罪尤未了。”昌至家得活，遂以其事上奏。帝令天下出口钱为周武帝转《金刚般若经》，设大供三日，仍录事状，入于隋史。（出《法苑珠林》）

到达驿站，忽然梦见一名青衣女子向他哀求。他问驿站官吏道：“你们给我准备了什么食物？”官吏回复说：“为您准备了一只羊，十分肥嫩。”赵文若追问颜色，驿站官吏说：“是一只青色的母羊。”赵文若说：“我并不吃肉。”于是他就赎回母羊并放了它。（出《报应记》）

赵文昌

隋文帝开皇十一年，大府寺丞赵文昌忽然得急病去世，唯独心脏那里稍微有些温暖，家人不敢入殓，之后他又复活了，说：我当初死后，有人领着他到了阎罗王的住处。阎王问他：“你一生以来，做过什么功德？”赵文昌回答道：“我家里贫穷，没有能力建立布施之类的功德，只是专心致志地诵读《金刚般若经》。”阎王听了他的话，合掌低头，赞扬说：“很好。你既然念过《般若经》，功德已经很大了。”阎罗王就派人领着赵文昌，从收藏经典的地方取出《金刚般若经》。赵文昌又向西面走了五六里，看见几十间房屋，十分华丽，房屋里布满了经典，金轴宝套，装饰精致良好。赵文昌合掌闭眼，随手抽出一卷经典打开一看，就是《金刚般若经》。赵文昌捧着经书来到阎罗王的住处，阎罗王让一个人拿着经卷站在西面，赵文昌站在东面，面向经书诵读经文，一字不差。阎罗王十分高兴，就放赵文昌回家。令使者领着赵文昌从南门出去。到了门口，看见北周武帝在门旁边的房间内，他身上锁着三重钳锁，呼唤赵文昌说：“你是我国的人，暂且过来我这里，我要和你说几句话。”赵文昌立即上前拜见。武帝说：“你认识我吗？”赵文昌回答道：“我过去担任过陛下的侍卫。”武帝说：“你既然是我过去的臣子，现在又要回家去，就替我向隋朝皇帝说明，我的许多罪过都能辩解明白，唯有消灭佛法的罪孽深重，不能够被赦免，希望隋朝皇帝能为我建立微小的功德。我希望通过这些善事得到保佑，使我能够离开这地狱。”赵文昌接受了武帝的嘱托离开了。等到走出了南门，看见在一个大粪坑中，有一个人的头发漂浮在上面，赵文昌问：“这人是谁？”引路的人回答道：“这是秦国的大将白起，被监禁在这里，还有罪过没有了却。”赵文昌到家后才得以复

新繁县书生

益州新繁县西四十里王李村，隋时有书生，姓苟氏，善王书而不显迹，人莫能知之。尝于村东空中四面书《金刚般若经》，数日便了，云："此经拟诸天读诵。"人初不之觉也。后值雷雨，牧牛小儿于书经处立，而不沾湿，其地干燥，可有丈余。及暗，村人怪之。尔后每雨，小儿常集其中，衣服不湿。唐武德中，有异僧语村人曰："此地空中有《金刚般若经》，诸天于上设宝盖覆之，不可轻犯。"自尔于四周设栏楯，以阻人畜履践。每至斋日，村人四远就设佛供，常闻天乐，声震寥泬，繁会盈耳。（出《三宝感通记》）

蒯武安

隋蒯武安，蔡州人，有巨力，善弓矢，常射大虫。会嵩山南为暴甚，往射之。渐至深山，忽有异物如野人，手开大虫皮，冒武安身上，因推落涧下。及起，已为大虫矣。惶怖震骇，莫知所为。忽闻钟声，知是僧居，往求救。果见一僧念《金刚经》，即闭目俯伏。其僧以手摩头，忽爆作巨声，头已破矣，武安乃从中出，即具述前事。又抚其背，随手而开，既出，全身衣服尽在，有少大虫毛，盖先灸疮之所粘也。从此遂出家，专持《金刚经》。（出《报应记》）

活，于是就把这些事上奏了皇帝，皇帝命令天下的人按照人口出钱为周武帝诵读《金刚般若经》。还设置三天的大祭，并记录下了这些事实，收录隋史中。（出《法苑珠林》）

新繁县书生

益州新繁县西面四十里处的王李村，隋朝时有名书生，姓苟，擅长写王羲之的书法而没有显露，周围人都不知道他有这个本事。他曾在村东面野外的一处空地上，向四面凌空虚写《金刚般若经》，几天就写完了，他说："这里写的经是给天上的神仙来诵读的。"起初，人们都没有觉察到这件事。后来正好赶上雷雨天，放牛的小孩在他写经书的地方站着，却没有沾湿衣服，脚下的地也是干爽的，可能有方圆一丈的大小。等到黑夜，村里人都感到奇怪。之后每到下雨时，小孩常常聚集在其中，衣服不湿。唐高祖武德年间，有位外地来的和尚告诉村里人："这个地方空中写有《金刚般若经》，诸位天神在上面设有珍宝伞盖盖着它，不可以轻易冒犯。"从此之后就在这地方的周围设置栏杆。用来阻止人畜的践踏。每当到了斋戒日，村里人就从四方边远的地区赶来设佛供养，常常能听到天空中传来音乐声，声音震动苍天，多种乐器声充满耳内。（出《三宝感通记》）

蒯武安

隋朝有个人叫蒯武安，是蔡州人，他力气过人，擅长射箭，经常射杀老虎。正赶上老虎在嵩山以南暴起伤人，蒯武安就前去射杀老虎。快到深山时，忽然有一个怪物像野人一样，用手撕开老虎的皮，盖在蒯武安身上，又把他推下深涧。等到蒯武安起来，他已经变成老虎了。他非常惶恐震惊，不知道该怎么办。忽然他听到钟声响起，知道是和尚居住的地方，就前往求救。到了那儿果真看见一位和尚正在念《金刚经》，他就闭着眼睛趴在地上。这位和尚就用手抚摸他的头，忽听一声爆炸巨响，头部的虎皮已破了，蒯武安才从中露了出来，就把前面发生的事详细地告诉和尚。和尚又抚摸他的脊背，背

睦彦通

睦彦通隋人，精持《金刚经》，日课十遍。李密盗起，彦通宰武牢，邑人欲杀之，以应义旗。彦通先知之，遂投城下，贼拔刀以逐之。前至深涧，迫急跃入，如有人接右臂，置盘石上，都无伤处。空中有言曰："汝为念经所致，因得还家。"所接之臂，有奇香之气，累日不灭。后位至方伯，九十余终。（出《报应记》）

杜之亮

隋杜之亮，仁寿中为汉王谅府参军。后谅于并州举兵反，败，亮与僚属皆系狱。亮惶惧，日夜涕泣。忽夜梦一僧曰："汝但念诵《金刚经》，即此厄可度。"至晓，即取经，专诚习念。及主者并引就戮，亮身在其中。唱者皆死，唯无亮姓名。主典之者皆坐罚，俄而会赦得免。显庆中，卒于黄州刺史。（出《报应记》）

慕容文策

慕容文策隋人，常持《金刚经》，不吃酒肉。大业七年暴卒，上的虎皮也随手裂开，蒯武安才从虎皮中出来，全身的衣服都还在，只是粘有一些老虎的毛，大概是先前灸疗后疮口上粘的虎毛。从此以后他便出家做了和尚，专心地念《金刚经》。（出《报应记》）

睦彦通

睦彦通是隋朝人，虔诚地诵读《金刚经》，每天要念十遍之多。当时李密起兵造反，睦彦通主管武牢关，城里的人想要杀他，以此来响应起义军。睦彦通事先知道了这件事，于是急忙逃出城，贼众拔刀在后面追赶他。到了一处深涧前，情况紧急，睦彦通赶忙跳入涧中，他感到好像有人一把拉住他的右臂，把他放置在一块磐石上，他没有一点受伤的地方。天空中有人说道：“你因为经常念经才能被救，得以回家去。”他被触碰的那只右臂，散发出奇异的香气，过了多日也不消散。之后睦彦通做到了方伯，九十多岁才去世。（出《报应记》）

杜之亮

隋朝的杜之亮，在隋文帝仁寿年间担任汉王杨谅的参军。后来杨谅在并州举兵谋反，失败了，杜之亮和他的同僚都被抓进监狱里。杜之亮感到很惶恐，日日夜夜哭泣流泪。忽然在夜里梦到一名和尚对他说：“你只要诵读《金刚经》，就可以免除这一次的厄运。”到了天亮，杜之亮就取来经书，一心一意地诵读学习。等到和首犯一起准备受刑时，杜之亮也在行列当中。点到名字的人都会被处死。唯独没有念到杜之亮的姓名，免去了一死。被判死刑的人，其家族亲人都会被连坐受罚，后来又赶上了大赦，杜之亮就得以释放。到了唐高宗显庆年间，杜之亮在黄州刺史的任上才去世。（出《报应记》）

慕容文策

慕容文策是隋朝人，经常诵读《金刚经》，不吃肉不喝酒。隋炀三日复活，云：初见二鬼，把文牒，追至一城门，顾极严峻。人行四五里，见有宫殿羽卫，王当殿坐，僧道四夷，不可胜数。使者入见，文策最在后，一一问在生作善作恶，东西令立。乃唱策名，问曰："作何善？"对曰："小来持《金刚经》。"王闻，合掌叹曰："功德甚大，且放还。"忽见二僧，执火引策。即捉袈裟角问之，僧云："缘公持经，故来相卫，可随烛行。"遂出城门。僧曰："汝知地狱处否？"指一大城门曰："此是也。"策不忍看，求速去。二僧即领至道，有一横垣塞路，僧以锡扣之，即开，云："可从此去。"遂活。（出《报应记》）

柳俭

唐邢州司马柳俭，隋大业十年任岐州岐阳宫监。义宁元年，坐诬枉系大理寺。俭至心诵《金刚般若经》，有两纸未通，不觉眠睡。梦一婆罗门僧报云："檀越宜诵经令遍，即应得出。"俭忽寤，勤诵不懈。经二日，忽有敕唤，就朝堂放免。又俭别时，夜诵经至三更，忽闻有异香，散漫满宅，至晓不绝，盖感应所致也。俭至终，计诵经得五千余遍。（出《法苑珠林》）

帝大业七年他突然去世了，三天后又重新活了过来，说：当初看见两个鬼，手中拿着文书，追着他来到一座城门前，看管他的鬼差都十分严厉，进入城中走了四五里路，看见一座宫殿，周围有卫队和仪仗队把守着，君王在大殿当中坐着。和尚、道士等人物很多，数都数不过来。使者进入后拜见，文策跟在队伍最后。君王一个个询问被拘来的人在生前做过的善恶等事，然后叫他们站在东西两侧。这时喊到文策的名字，问他："你生前做了哪些好事？"文策回答："我从小就诵读《金刚经》。"君王听后，双手合十称赞说："你的功德很大，暂且放你回去吧。"忽然看见两名和尚，手拿火把领着文策。文策就抓着和尚袈裟的衣角问起原因，和尚说："因为你经常念经，所以让我们前来护卫你，可随着我们的火把走。"就走出了城门。和尚说："你知道地狱在何处吗？"然后指着一扇巨大的城门说："这里就是地狱。"文策不忍观看，请求赶快离开。两名和尚就领他走到了路上，有一堵横墙堵住了他们的去路，和尚就用锡杖敲打横墙，横墙就打开了。和尚说："你可以从这里出去。"于是慕容文策就复活了。（出《报应记》）

柳俭

唐朝邢州司马柳俭，在隋炀帝大业十年时曾担任岐州岐阳宫监。隋恭帝义宁元年，他被冤枉犯了诬告罪而关押在大理寺。柳俭诚心诵读《金刚般若经》，还有两页没有读完，不知不觉中就睡着了。他梦见一名印度和尚告知他："施主诵读经书时，应当从头到尾通读完全，这样就能获得释放了。"柳俭忽然醒来，勤奋不懈地诵经。又过了两天，忽然有一道敕令，就在朝堂上释放了他。柳俭在离别时，当晚诵读经书直到三更时分。他忽然闻到有奇异的香味传来，散满整间牢房，到了早晨也不断绝，大概是因为柳俭的精诚感动了神明。柳俭直到去世，总计诵读经书五千多遍。（出《法苑珠林》）

萧瑀

萧瑀，梁武帝玄孙，梁王岿之子。梁灭入隋，仕至中书令，封宋国公。女炀帝皇后，笃信佛法，常持《金刚经》。议伐高丽，不合旨，上大怒，与贺若弼、高颎同禁，欲置于法。瑀就其所，八日念《金刚经》七百遍。明日，桎梏忽自脱，守者失色，复为著。至殿前，独宥瑀，二人即重罚。因著《般若经灵验》一十八条，乃造宝塔贮经。檀香为之，高三尺，感一鍮石像，忽在庭中，奉安塔中，获舍利百粒。贞观十一年，见普贤菩萨，冉冉向西而去。（出《报应记》）

赵文信

唐遂州人赵文信，贞观元年暴死，三日后还苏。自说云：初死时，被人遮拥驱逐，同伴十人，相随至阎罗王所。其中有一僧，王先问云："师在世修何功德？"师答云："道徒自生以来，唯诵《金刚般若经》。"王闻此语，忽即惊起，合掌赞言："善哉善哉！师审诵《般若》，当得升天，何因错来至此？"言未讫，忽有天衣来下，引师上天去。王复唤遂州人前曰："汝在生有何功德？"其人报言："臣一生以来，不读佛经，唯好庾信文章集。"王言："庾信是大罪人，见此受苦，汝见庾信，颇识否？"答云："虽读渠文章，然不识其人。"王即令引出庾信，乃见是龟身。王又令引去，少时复作人来，语云："我为生时好作文章，妄引佛经，杂揉俗书，又诽谤佛法，谓言不及孔老之教，今受罪报龟身，苦也。"此人活已，具述其事。遂州人多好捕猎，及闻所说，共相鉴戒，永断杀业，各发诚心，受持《般若》，迄今不绝。（出《法苑珠林》）

萧瑀

萧瑀，是梁武帝萧衍的重孙子，梁王萧岿的儿子。南梁灭亡后萧瑀归顺隋朝，官职做到了中书令，被封为宋国公。他的女儿是隋炀帝的皇后，他笃信佛法，经常诵读《金刚经》。因商议讨伐高丽一事，不合乎皇帝的旨意，使得皇帝大怒，萧瑀和贺若弼、高颎二人一起被囚禁。萧瑀在监狱中，八天里诵读了《金刚经》七百遍。第二天，他身上的枷锁忽然自行脱落，看守的人大惊失色，又给他带上枷锁，等到了大殿上，皇帝唯独宽恕了萧瑀，那两个人就受到了重罚。于是萧瑀就写下《般若经灵验》十八条，还建造宝塔用来贮藏经书。塔用檀香木建成，高三尺。感召来一尊黄铜佛像，忽然间出现在院子里，萧瑀把这尊佛像也安置在宝塔中，获得了舍利子一百粒。唐太宗贞观十一年，他看见了普贤菩萨，从塔中出来后慢慢向西而去。（出《报应记》）

赵文信

唐朝有个遂州人叫赵文信，唐太宗贞观元年赵文信忽然暴病死亡，三天后还阳复苏。他自己说：当初死的时候，被人拥聚着驱赶着，还有十名同伴，相随来到阎罗王的地府。其中有一名和尚，阎王首先问道：“大师在人世修行了什么功德？”和尚答道：“贫僧自出生以来，就只诵读《金刚般若经》。”阎王听到这些话，忽然受惊站起，合十称赞道：“好啊，好啊！大师认真诵读《般若经》，应当飞升上天，为什么走错到这里来了？”话还没说完，忽然有身穿天衣的使者降临，接引和尚飞上天去了。阎王又传唤遂州人上前说：“你在人世活着的时候有过什么功德？”赵文信答道：“我一生以来，不曾读过佛经，只喜好阅读庾信的文章集。”阎王说：“庾信是个大罪人，他现在正在这里受苦，你见到庾信，能认识他吗？”赵文信回答说：“我虽然喜欢阅读他的文章，然而却不认识他这个人。”阎王就下令让人领出庾信，只见庾信是个乌龟的身子。阎王又叫人把他领回去，不一会儿又变成人形过来，说道：“我活着的时候喜好写文章。胡乱引

刘弼

唐刘弼，贞观元年任江南县尉。忽一日，有乌于房前树上鸣。土人云：“是乌所止为不祥。”弼闻之恐惧，思欲修崇功德，不知何者为胜。夜梦一僧，偏赞《金刚般若经》，令诵百遍。及寤，依命即诵至百遍。忽有大风，从东北来，拔此树，隔舍遥掷巷外。其拔处土坎，纵广一丈五尺。察暴风来处，小枝纤叶，并随风回靡，风止还起如故。乃知经力不可思议。（出《法苑珠林》）

袁志通

唐袁志通，天水人，常持《金刚经》。年二十，被驱为军士，败走岩崄，经日不得食。而觉二童子，持满盂饭来与之。志通拜，忽然不见。既食讫，累日不饥。后得还乡，贞观八年病死，两日即苏，曰：“被人领见王，王问在生善业，答云：‘常持《金刚经》。’王甚喜曰：‘且令送出。’遂活。”（出《报应记》）

用佛经，在佛经中杂糅世俗的书，又毁谤佛法，说佛教比不上孔子的儒教和老子的道教，现在受罪报应为乌龟的身子，十分痛苦。”赵文信复活之后，把他所遭遇的全都详细地讲述出来。遂州的人大多喜欢打猎，听闻他说的之后，互相引以为鉴，永远断绝了杀生的事，各发诚心，领受诵读《般若经》，到了现在也没有停止。（出《法苑珠林》）

刘弼

唐朝的刘弼，唐太宗贞观元年担任江南县尉。忽然有一天，有一只乌鸦在他房前的树上鸣叫。当地人说：“房前有乌鸦居住是不祥的征兆。”刘弼听后感到十分恐惧，想要建立功德，却不知道做什么善事最好。一天夜里，他梦见一名和尚，只是赞颂《金刚般若经》，并让他诵读一百遍。等到刘弼醒来，按照和尚的话就诵读《金刚般若经》直到一百遍。忽然间刮起大风，从东北方刮来，拔起了这棵树，隔着房舍远远地扔到巷子外。拔起那棵树后留下的土坑，长宽各一丈五尺。看那暴风来的地方，细枝细叶，一起随着暴风飘舞，暴风停止之后又恢复原样，这才知道经书的力量是不可思议的。（出《法苑珠林》）

袁志通

唐朝的袁志通，是天水人，经常诵读《金刚经》。他年纪二十岁时，被强行抓去做了军士，战败逃跑到山岩高峻险要的地方，整天没有吃东西。却看到了两位童子，手里拿着满满的一钵盂饭来给他。袁志通拜谢，忽然间两位童子不见了。他就吃完了饭，结果几天内都不感到饥饿。后来他回到家乡，唐太宗贞观八年袁志通病死，两天后就复活，说道：“我被人领着拜见阎王，阎王问我在人世间所做过的好事，我回答道：‘我生前常念《金刚经》。’阎王听了很高兴，下令说：‘送他回去。’于是我就复活了。”（出《报应记》）

韦克勤

唐韦克勤少持《金刚经》，为中郎将，从军伐辽，没高丽。贞观中，太宗征辽，克勤少持《金刚经》，望见官军，乃夜出投之。暗不知路，乃至心念经，俄见炬火前导，克勤随火而去，遂达汉军。（出《报应记》）

沈嘉会

唐沈嘉会，贞观中任校书郎，以事配兰州。思归甚切，每旦夕，常东向拜太山，愿得生还，积二百余日。永徽六年十月三日夜，见二童子，仪服甚秀，云是太山府君之子，府君愧公朝夕拜礼，故遣奉迎。嘉会云："太山三千余里，何能可去？"童子曰："先生闭目，勿忧道远。"即依其言，瞬息之间便到。宫殿宏丽，童子引入谒拜。府君即延入曲室，对坐谈笑，无所不知，谓嘉会曰："人之为恶，若不为人诛，死后必为鬼得而治，无有徼幸而免者也。若日持《金刚经》一遍，即万罪皆灭，鬼官不能拘矣。"又云："前府君有过，天曹黜之。某姓刘。"嘉会亦不敢问其他也。尝与嘉会双陆，兼设酒肴。嘉会起，于小厅东见姑臧令慕容仁轨执笏端坐，云："府君帖追到此，已六十日，未蒙处分。"嘉会坐启府君，便令召仁轨入，谓曰："公县下有妇人阿赵，被县尉无状拷杀，阿赵来诉，遂误追公。"庭前有盆水，府君令洗面，仍遣一小儿送归。嘉会亦辞，复令二男送。凡在太山二十八日，家人但觉其精神昏昧，既还如旧。嘉会话仁轨于众，长史赵持满令人验之，无不同。自此常持《金刚经》，遇赦得归。（出《报应记》）

韦克勤

唐朝的韦克勤从少年时起就开始诵读《金刚经》，长大后担任中郎将一职，参加军队讨伐辽国，在高丽境内迷失。唐太宗贞观年间，太宗征战辽国，韦克勤少年时诵读过《金刚经》，他远远看见了官军，就连夜出城投奔唐军。夜色太黑看不见道路，于是他诚心念经，不一会儿就看见火炬在前方引导，韦克勤就跟随着火炬前行，终于到达了唐朝军队驻扎的地方。（出《报应记》）

沈嘉会

唐朝的沈嘉会，唐太宗贞观年间担任校书郎，因为一些事被发配到兰州。他思归心情十分急切，每天早晚，他常常向东遥拜泰山，希望能活着回去，一直拜了二百多天。唐高宗永徽六年十月三日的夜里，他梦见二名童子，仪表礼服很美，自称是泰山府君的儿子，府君感谢他早晚礼拜，所以派遣他们前来迎接他。沈嘉会说："泰山距离这里有三千多里，怎么能到达呢？"二位童子说："先生闭上眼睛，不要担心路途遥远。"沈嘉会就按照他俩说的那样，一会儿就到达了。泰山府君的宫殿宏伟华丽，童子领他进入拜谒府君。府君就延请他进入偏僻幽深的小屋，面对面坐着谈笑，府君学识渊博，没有不知道的事，他对沈嘉会说："人在世上作恶，即便不被人所杀，死后也一定会得到鬼的惩治，没有人能侥幸赦免的。如果你每天能诵读《金刚经》一遍，人世间所有的罪过就都没有了，鬼吏也不能拘捕你。"又说："上任的府君有罪，天上的官署就把他罢免了。我本姓刘。"沈嘉会也不敢再多问其他的事。府君曾和沈嘉会一起下双陆棋，并且设置了酒宴。沈嘉会站起来，在小厅的东面见到了姑臧县县令慕容仁轨捧着笏板端坐在那里，说："府君用帖子拘捕我到这里，已经过了六十天，还未处理。"沈嘉会回来坐下后启禀府君。府君就把仁轨叫进来，对他说："你所管辖的县里有名女子叫作阿赵，她被县尉毫无理由地拷打致死，阿赵到阴司向我告状，就错把你拘捕来了。"庭院前有一盆水，府君让慕容仁轨洗了脸，叫一名童子送慕容

陆怀素

唐吴郡陆怀素，贞观二十年失火，屋宇焚烧，并从烟灭，惟《金刚般若波罗密经》独存。函及标轴亦尽，惟经字竟如故。闻者莫不惊叹。怀素即高阳许仁则妻之兄也，仁则当时目睹，常与人言之。（出《冥报记》）

仁轨回去。沈嘉会也告辞离去，府君又令二名童子送他回去。沈嘉会一共在泰山待了二十八天，家人们只觉得他精神恍惚，从泰山回来之后他就和先前一样了。沈嘉会把慕容仁轨的事告诉了大家，长史赵持满派人前去验证真伪，果然和沈嘉会说的没有不同。从此沈嘉会每天诵读《金刚经》，后来遇到赦免就回到家乡了。（出《报应记》）

陆怀素

唐朝吴郡的陆怀素，他家在唐太宗贞观二十年失火。房屋被烧毁，化为灰烬，只有《金刚般若波罗密经》完好无损。装经文的匣子和卷经文的轴也都烧成灰烬了。唯独经上的文字竟然像先前一样。听说这件事的人没有不惊奇赞叹的。陆怀素就是高阳县许仁则妻子的哥哥，许仁则当时亲眼看见，经常向别人谈起此事。（出《冥报记》）

卷第一百三 报应二金刚经

司马乔卿

唐大理司直河内司马乔卿，天性纯谨，有志行。永徽中，为扬州司户曹。丁母忧，居丧毁瘠骨立，刺血写《金刚般若经》二卷。未几，于庐侧生芝草二茎，九日长尺有八寸，绿茎朱盖，日沥汁一升食之，味甘如蜜，取而复生。乔卿同寮数人并目睹其事。（出《法苑珠林》）

孙寿

唐显庆中，平州人孙寿于海滨游猎，遇野火，草木荡尽。唯有一丛茂草，独不焚，疑草中有伏兽。遂烛之以火，竟不爇。寿甚怪之，入草中窥视，乃获一函《金刚般若经》，其傍又有一死僧，颜色不变。火不延燎，盖由此也。始知经像非凡所测，孙寿亲自说之。（出《法苑珠林》）

李观

唐陇西李观，显庆中寓止荥阳。丁父忧，乃刺血写《金刚般若心经》《随愿往生经》各一卷。自后院中恒有异香，非常馥烈，邻侧亦常闻之，无不称叹。中山郎徐令过郑州，见彼亲友，具陈其事。（出《法苑珠林》）

司马乔卿

唐朝大理寺司直河内人司马乔卿，天性纯正谨慎，有志气和品行。唐高宗永徽年间，他担任扬州司户曹。他的母亲去世了，他为母亲守孝期间过于悲伤，身体非常瘦弱，他还把手指刺出鲜血写了《金刚般若经》两卷。不久后，在他为母亲守孝所搭建的草房旁边生长出两棵灵芝草，九天里长了一尺八寸，绿茎红顶，每天流出的汁液约有一升，喝下去，那味道就像蜜一样甜，今天取了，明天又流出来。和乔卿共事的几个官吏都亲眼看见了这件事。（出《法苑珠林》）

孙寿

唐高宗显庆年间，平州人孙寿在海边打猎，遇到野外燃烧的火，将草和树全都燃烧殆尽。只有一处茂盛的草丛没被烧毁。他怀疑草丛中趴着一头野兽，就用火点燃它，竟然点不着。孙寿感到十分奇怪，就进入草丛中暗中查看，找到了一卷《金刚般若经》，经书的旁边又有一名死了的和尚，面色不变。火也蔓延不到他身上，大概是因为有这卷《金刚般若经》吧。这才知道这经文的法力不是凡人所能猜测揣度的，孙寿亲自讲述了这件事。（出《法苑珠林》）

李观

唐朝陇西的李观，在唐高宗显庆年间寄宿于荥阳。他的父亲去世了，他在守孝期间刺破手指用血写了《金刚般若心经》《随愿往生经》各一卷。从此之后庭院之中总是散发着一股奇异的香味，香气十分浓烈，连邻居们也常常能够闻到，没有不称赞的。中山郎徐令经

豆卢夫人

唐陈国窦公夫人豆卢氏，芮公宽之姊也。夫人信罪福，常诵《金刚般若经》。未尽卷一纸许，忽头痛，至夜逾甚。夫人自念，傥死遂不得终经，欲起诵之。令婢然烛，而火悉已灭，婢空还，夫人深益叹恨。忽见厨中有烛炬，渐升堂陛，直入卧内，去地三尺许，而无人执，光明若昼。夫人惊喜，取经诵之。有顷，家人钻燧得火，烛光即灭。自此日诵五遍，以为常法。后芮公将死，夫人往视，公谓夫人曰："吾姊以诵经之福，当寿百岁，生好处也。"夫人年至八十，无疾而终。（出《法苑珠林》）

尼修行

唐龙朔元年，洛州景福寺比丘尼修行房中。有侍僮伍五娘。死后，修行为五娘立灵座。经月余日，其姊及弟于夜中，忽闻灵座上呻吟。其弟初甚恐惧，后乃问之，答曰："我生时于寺中食肉，坐此大苦痛。我体上有疮，恐污床席，汝可多将灰置床上也。"弟依其言，置灰后，看床上大有脓血。又语弟曰："姊患不能缝衣，汝太蓝缕，宜将布来，我为汝作衫及袜。"弟置布于灵床上，经宿即成。又语其姊曰："儿小时染患，遂杀一螃蟹，取汁涂疮得差，今入刀林地狱，肉中见有折刀七枚，愿姊慈愍，为作功德救助之。姊煎迫，卒难济办，但随身衣服，无益死者，今并未坏，请以用之。"

过郑州，见到了李观的亲友，他们就把这件事详细地告诉了他。（出《法苑珠林》）

豆卢夫人

唐朝陈国公窦抗的夫人豆卢氏，是芮国公豆卢宽的姐姐。夫人信奉佛教所说的罪福，经常诵读《金刚般若经》。有一回，夫人差一页没有读完，忽然感到头痛，到了夜里越发头痛得厉害。夫人自己心里想着，倘若自己就这样死了就不能念完那一卷经书了，于是又想要起来诵读。命婢女点燃蜡烛，可是屋里的火全都熄灭了。婢女空着手回来，夫人更加叹息抱恨。忽然看见厨房中有蜡烛，慢慢地升上堂阶，直接进入后屋内，离地有三尺高，可是却没有人拿着它，光明得像是白昼一样。夫人又惊又喜，拿出经书诵读起来。过了一会儿，家里的人通过钻木点燃了火，于是这烛光就熄灭了。从此之后，夫人每天吟诵五遍经文，习以为常。后来芮国公快要死了，夫人前去探望，芮国公对夫人说："我姐姐因为常常念经而得来福气，应当能活到百岁，托生到好的地方。"，后来豆卢夫人活到了八十岁，没有什么疾病而去世了。（出《法苑珠林》）

尼修行

唐高宗龙朔元年，洛州景福寺尼姑修行的房中，有一位侍女名叫伍五娘。她去世之后，出家人行善积德，为五娘立了一个灵位。经过一个多月，她的姐姐和弟弟在夜里忽然听到灵位上传来呻吟的声音。她的弟弟起初十分害怕，后来鼓起勇气问她，她答道："我活着的时候曾在寺庙中偷吃过肉，因犯了这等大罪而正在遭受痛苦的折磨。我身上生有疮，恐怕脓血污染了床。你可以多拿一些灰放在床上。"弟弟按照她的话做了，放上灰后，再看床上出现了很多脓血。她又和弟弟说："姐姐担心你不会缝制衣服，你身上穿的衣服太破旧了，快把布料拿来，我给你缝制衣服和袜子。"弟弟就把布料放在灵床上。过了一宿，衣服袜子就做成了。伍五娘又对她的姐姐说："我小姊未报间，乃曰："儿自取去。"良久又曰："衣服以来，见在床上。"其姊试往观之，乃所敛之服也。遂送净土寺宝献师处，凭写《金刚般若经》。每写一卷了，即报云："已出一刀。"凡写七卷了，乃云："七刀并得出讫，今蒙福业助，即往托生。"与姊及弟，哭别而去。吴兴沈玄法说，净土寺僧智整所说亦同。（出《冥报记》）

陈文达

唐陈文达，梓州郪县人。常持《金刚经》，愿与亡父母念八万四千卷，多有祥瑞。为人转经，患难皆免。铜山县人陈约曾为冥司所追，见地下筑台，问之，云："此是般若台，待陈文达。"其为冥司所敬如此。（出《法苑珠林》）

高纸

高纸，隋仆射颎之孙也。唐龙朔二年，出长安顺义门，忽逢二人乘马，曰："王唤。"纸不肯从去，亦不知其鬼使，策马避之，又被驱拥。纸有兄，是化度寺僧。欲往寺内，至寺门，鬼遮不令入。纸乃殴鬼一拳，鬼怒，即拽落马，曰："此汉大凶粗。"身遂在地，因便昏绝。寺僧即令舁入兄院，明旦乃苏，云：初随二使见王，王曰："汝未合来，汝曾毁谤佛法，且令生受其罪。"令左右拔的时候染上了病，就杀了一只螃蟹，取它的汁液涂抹在疮上就痊愈了，现在我已经进入刀林地狱。肉体上插有七把断刀，希望姐姐能够仁慈怜悯我，为我修些功德救助我。知道姐姐煎熬逼迫，仓促之间很难办妥，但我的随身衣服，对于已经死去的人没有什么益处了，到现在也并没有破损，就用这些东西来做功德吧。”没等姐姐答话。她又说：“我自己去取。”过了许久，她又说：“衣服已经取来了，已经放在床上了。”她的姐姐试着往床上看去，的确是给她入殓时所穿的衣服。于是就把衣服送到净土寺宝献禅师那里。凭着这个去抄写《金刚般若经》。每写抄完一卷，她就报告说：“已经拔出一把刀了。”一共抄写完了七卷经书。她才说：“身上的七把刀都拔出来了，现在承蒙布施行善的功德帮助，我马上就要转世投胎了。”于是她和姐姐弟弟，痛哭分别离去。这件事是吴兴沈玄法讲述的，和净土寺的和尚智整所讲述的一样。（出《冥报记》）

陈文达

唐朝的陈文达，是梓州郪县人。经常诵读《金刚经》，许愿给死去的父母诵读经书八万四千卷，有很多吉祥的征兆。他为别人唱诵佛经，灾祸都能免除。铜山县人陈约曾被冥司所拘役，看见地下筑起一座平台，问这处平台是干什么的。有人回答说：“这里是般若台，是等待陈文达前来念经的。”陈文达竟被冥司尊敬到了如此程度。（出《法苑珠林》）

高 纸

高纸，是隋朝仆射高颎的孙子。唐高宗龙朔二年，高纸从长安顺义门走出去，忽然碰到两名骑马的人，说：“大王叫你过去。”高纸不肯跟着他们走，也不知道他们就是鬼使，便策马奔跑躲避他们，又被驱赶起来。高纸有个哥哥，是化度寺的和尚。他想要进入寺内找哥哥，到了寺庙门口，鬼挡在门前不让他进去。高纸就打了鬼使一拳，鬼使生气了，就把他拽下马，说：“这名男子是最凶恶粗鲁的其舌，以犁耕之，都无所伤。王问本吏曰："彼有何福德如此？"曰："曾念《金刚经》。"王称善，即令放还。因与客语。言次忽闷倒，如吞物状，咽下有白脉一道，流入腹中，如此三度。人问之。曰："少年盗食寺家果子，冥司罚令吞铁丸。"后仕为翊卫，专以念经为事。（出《报应记》）

白仁哲

唐白仁哲，龙朔中为虢州朱阳尉。差运米辽东，过海遇风，四望昏黑，仁哲忧惧，急念《金刚经》，得三百遍。忽如梦寐，见一梵僧，谓曰："汝念真经，故来救汝。"须臾风定，八十余人俱济。（出《报应记》）

窦德玄

窦德玄，麟德中为卿，奉使扬州。渡淮，船已离岸数十步，见岸上有一人，形容憔悴，擎一小襆坐于地。德玄曰："日将暮，更无船渡。"即令载之。中流觉其有饥色，又与饭，乃济。及德玄上马去，其人即随行。已数里，德玄怪之，乃问曰："今欲何去？"答曰："某非人，乃鬼使也。今往扬州，追窦大使。"曰："大使何名？"云："名德玄。"德玄惊惧，下马拜曰："某即其人也。"涕泗请计，鬼曰："甚愧公容载，复又赐食，且放，公急念《金刚经》一千遍，人。”高纸身体倒在地上，立刻就昏死过去。寺庙里的和尚就把他抬进他哥哥的院内，第二天早上，高纸苏醒过来后，说：当初跟着两名鬼使去见阎王，阎王说：“你本来不应该现在就到地府。但你曾经毁谤佛法，暂且让你活着遭受折磨。”于是阎王就令左右的人拔下他的舌头，用犁耕他的身体，却怎么都不能让他受到伤害。阎王询问本吏说：“他有什么福分和德行能够这样？”回答说：“他曾经念过《金刚经》。”阎王称赞他做得好，就下令放他还阳。说到这里，高纸又和其他客人聊天。谈话间忽然昏倒，像是吞咽东西的样子，咽喉下面有一道白色痕迹，流进腹中，像这样重复了三次。客人问他这是怎么回事。他说：“我少年时曾经偷吃寺庙里的果子，冥司惩罚让我吞下铁丸。”之后，高纸担任翊卫一职，每天专门诵读经文。（出《报应记》）

白仁哲

白仁哲在唐高宗龙朔年间担任虢州朱阳尉。他曾被派往辽东运送粮食，过海时遇到狂风，四下眺望都是一片昏暗，白仁哲感到忧愁恐惧，急忙诵读《金刚经》，诵读了三百遍。忽然像在睡梦中一样，白仁哲看见一名梵僧，对他说：“因为你念了真经，所以我前来救你。”不一会儿风浪平静下来，八十多人全都渡过了海。（出《报应记》）

窦德玄

窦德玄在唐高宗麟德年间担任卿相，奉命出使扬州。渡过淮河时，窦德玄的船已经离岸几十步远了，看见岸上有一个人，形体容貌都很憔悴，那人举着一个小包袱坐在地上。窦德玄说：“天色将晚，又没有船载他过河。”就下令让他坐上了船。船行到江中，窦德玄觉察出他像是很饿的样子，又送给他饭吃，然后就渡过了河。等到窦德玄上马离开，那个人就跟着他一起走，已经跟了几里路。窦德玄感到很奇怪，就问：“现在你要往哪里去？”他回答：“我并不是人，而是鬼使。现在要前往扬州，追缉窦大使。”窦德玄又问：“大使叫什当来相报。”至月余，经数足，其鬼果来，云：“经已足，保无他虑，然亦终须相随见王。”德玄于是就枕而绝，一宿乃苏。云：初随使者入一宫城，使者曰：“公且住，我当先白王。”使者乃入。于屏障后，闻王遥语曰：“你与他作计，漏泄吾事，遂受杖三十。”使者却出，袒以示公曰：“吃杖了也。”德玄再三愧谢，遂引入。见一著紫衣人，下阶相揖，云：“公大有功德，尚未合来，请公还。”出堕坑中，于是得活。其使者续至，云：“饥未食。”及乞钱财，并与之。问其将来官爵，曰：“熟记取，从此改殿中监，次大司宪，次太子中允，次司元太常伯，次左相，年至六十四。”言讫辞去，曰：“更不复得来矣。”后皆如其言。（出《报应记》）

宋义伦

唐宋义伦，麟德中为虢王府典签。暴卒，三日方苏，云：被追见王，王曰：“君曾杀狗兔鸽，今被论，君算合尽，然适见君师主云君持《金刚经》，不惟灭罪，更合延年。我今放君，君能不吃酒肉，持念尊经否？”义伦拜谢曰：“能。”又见殿内床上，有一僧年可五六十，披衲。义伦即拜礼，僧曰：“吾是汝师，故相救，可依王语。”义伦曰：“诺。”王令随使者往看地狱。初入一处，见大镬行列，其下燃火，镬中煮人，痛苦之声，莫不酸恻。更入一处，铁床甚么名字？”鬼使说：“大使名德玄。”窦德玄感到惊慌恐惧，下马跪拜说：“我就是你要找的那个人啊。”涕泪俱下，请求鬼使想个办法。鬼使说：“我很感激你载我过河，又赐给我饭吃，我暂且先放过你，你赶快念《金刚经》一千遍，我会再来报答你。”过了一个多月，念经的次数也足够了，那名鬼使果然来了，说：“经数已经念够了，保证你没事了。然而你终究要随我前去见一见阎王。”窦德玄于是躺在枕头上气绝身亡了，过了一宿才苏醒过来。他说当初随着鬼使进入一座宫城，鬼使说：“你暂且先待在这里，我应当先去禀告阎王。”鬼使就进去了。他站在屏障后面，听到阎王远远地说：“你和他筹划打算，泄露了我交代的事。应当打你三十棍。”使者退出宫城，脱去上衣告诉窦德玄：“已经挨了三十棍了。”窦德玄再三表示愧谢，接着鬼使领着他进去。看见一个身穿紫色衣服的人，走下台阶作揖行礼说道：“你有很大的功德，还不应该到这里来，请你回去吧。”窦德玄出去后掉进坑中，得以复活。那名鬼使又跟着来了，并且说：“我感到饥饿还没吃饭。”还想要点钱财，窦德玄都满足了他。窦德玄问鬼使自己将来的官爵，鬼使说：“你要牢牢记住，从这之后你将改做殿中监，然后是大司宪，再然后是太子中允，再然后是司元太常伯，再然后是左相，年龄可到六十四岁。”说完这些后就告辞离去，并且说：“我再也不能来了。”此后窦德玄担任的官职确实像他所说的那样。（出《报应记》）

宋义伦

宋义伦在唐高宗麟德年间担任虢王府掌管文书的典签。忽然他就去世了，三天后才复苏，说：被拘禁见到了阎王，阎王说：“你曾经杀过狗、兔、鸽，现在被控告，你的寿命也应该到头了，然而我恰好遇见你的师傅，他说你念过《金刚经》，所以我不只是赦免你的罪过，更会为你延长寿命。我现在放你生还，你能做到不吃酒肉，每天诵念经书吗？”宋义伦恭敬地拜谢说：“能做到。”又看见殿内床上，有一个和尚年纪大约有五六十岁，披着僧衣。宋义伦就向他行拜谢礼。和尚说：“我是你的师傅，所以前来救你，可以按照阎王的阔，人卧其上，烧炙焦黑，形容不辨。西顾有三人，枯黑伫立，颇似妇人，向义伦叩头云：“不得食吃，已数百年。”伦答曰：“我亦自无，何可与汝！”更入一狱，向使者云：“时热，恐家人见敛。”遂去。西南行数十步，后呼云：“无文书，恐门司不放出。”遂得朱书三行，字并不识。门司果问，看了放出。乃苏。（出《报应记》）

李冈

唐兵部尚书李冈得疾暴卒，唯心上暖。三日复苏，云：见一人引见大将军，蒙令坐，索案看，云：“错追公。”有顷，狱卒擎一盘来，中置铁丸数枚。复舁一铛放庭中，铛下自然火出，铛中铜汁涌沸，煮铁丸，赤如火。狱卒进盘，将军以让冈，冈惧云饱。将军吞之，既入口，举身洞然。又饮铜汁，身遂火起。俯仰之际，吞并尽，良久复如故。冈乃前问之，答云：“地下更无他馔，唯有此物，即吸食之。若或不餐，须臾即为猛火所焚，苦甚于此。唯与写佛经十部，转《金刚经》千卷，公亦不来，吾又离此。”冈既复生，一依所约，深加敬异。（出《报应记》）

话去做。”宋义伦说：“是。”阎王令他跟着使者前去看看地狱。刚到一处地狱，宋义伦看见一排大锅，锅下点着火。锅中煮着人，人们发出痛苦的声音，听了没有不悲酸凄恻的。再到一处地狱，铁床很宽阔，人躺在床上，被烧烤到焦黑，形体容貌已经无法分辨。向西看去，有三个人，干枯黑瘦，久立在那儿，很像是三名妇人，她们向宋义伦磕头说：“我们得不到食物，已经有几百年了。”宋义伦回答道：“我自己也没有，拿什么东西给你们呢？”再到一处地狱，宋义伦对使者说：“天气炎热，我害怕家人把我收殓了。”于是他就离开地狱。宋义伦向西南方走了几十步，听到后面有人呼喊道：“没有文书，恐怕守门的吏役不会放你出去！”于是他得到红字三行，其上的文字他并不认识。守门的吏役果然查问，看了文书才放他出去。他就这样复苏了。（出《报应记》）

李冈

唐朝兵部尚书李冈得急病突然死去，只有心口还温热。三天后他就复活了，说：看见一个人领着他拜见大将军，让他坐下。并找出案卷查看，说：“不小心错拘了李公。”过了一会儿，狱卒托着一个盘子前来，盘中放有几枚铁丸。又抬出一个平锅放在庭院里，锅下自动生出火来，锅中铜汁翻涌沸腾，煮着铁丸，红得像火一样。狱卒把盘子送到将军面前，将军让李冈先吃，李冈惧怕，说自己吃饱了。将军就吞下铁丸，入口之后，全身便出现火苗，又饮下铜汁，全身便燃起熊熊火焰，俯仰之际便全都吞进去了。过了许久，恢复到像先前一样。李冈就上前询问他，将军答道：“地下再也没有别的食物，只有这种东西，只好吃它了，如果不吃，一会儿就会被猛火所焚烧，将比这还要痛苦。你只需要抄写佛经十部，诵读《金刚经》一千卷。这样你就不会再到这里来，我也能离开这里。”李冈就复活了，完全按照将军说的去做，更加敬重推崇他了。（出《报应记》）

王 陁

唐王陁为鹰扬府果毅，因病遂断荤肉，发心诵《金刚经》，日五遍。后染瘴疾，见群鬼来，陁即急念经。鬼闻便退，遥曰：“王令追汝，且止诵经。”陁即为歇，鬼悉向前，陁乃昏迷欲绝。须臾又见一鬼来云：“念经人，王令权放六月。”既寤，遂一心持诵，昼夜不息。六月虽过，鬼亦不来，夜闻空中有声呼曰：“汝以持经功德，当寿九十矣。”竟如其言。（出《报应记》）

王令望

唐王令望少持《金刚经》。还邛州临溪，路极险阻。忽遇猛兽，振怖非常，急念真经。猛兽熟视，曳尾而去，流涎满地。曾任安州判司，过扬子江，夜风暴起，租船数百艘，相接尽没，唯令望船独全。后终亳州谯令。（出《报应记》）

陈惠妻

唐陈惠妻王氏初未嫁，表兄褚敬欲婚王氏，父母不许。敬诅曰：“若不嫁我，我作鬼，必相致。”后归于惠。惠为陵州仁寿尉，敬阴恚之。卒后，王梦敬，旋觉有娠，经十七月不产。王氏忧惧，乃发心持《金刚经》，昼夜不歇。敬永绝交，鬼胎亦销。从此日持七遍。（出《报应记》）

王　陁

唐朝王陁在鹰扬府中担任果毅一职，因为患病就不吃荤肉，发自内心地诵读《金刚经》，每日五遍。之后王陁又染上了瘴厉，看见一群鬼前来，王陁就急忙诵读经文。鬼听见后就全都退回，远远地说："阎王令我们前来拘役你，暂且先别念经。"王陁就停止了，鬼全都向前走来，王陁于是昏迷不醒，快要死去。不一会儿，又看见一个鬼前来说道："念经人，阎王命令暂且放过你六个月。"王陁醒来后，就一心一意地念经。昼夜不停歇，六个月虽然过去了，鬼也没有前来，夜里听到空中有声音呼喊说："你因为念经而有功德，应当活到九十岁。"后来真的就像那声音说的那样。（出《报应记》）

王令望

唐朝的王令望从小就诵读《金刚经》。有一年他回邛州临溪，道路非常险恶。忽然遇到一只猛兽，他非常畏惧，急忙诵读真经。猛兽仔细地看看他，就拖着尾巴离开了，流下的口水满地都是。他曾在安州担任判司，要渡过扬子江时，夜里风暴突起，租的几百艘船，相继沉没，唯有王令望的船只独存。后来王令望在担任亳州谯令时去世。（出《报应记》）

陈惠妻

唐朝人陈惠的妻子王氏当初未出嫁时，表兄褚敬想和王氏通婚，父母不允许。褚敬诅咒说："如果王氏不嫁给我，我做了鬼，一定会去找你。"后来王氏嫁给陈惠。陈惠担任陵州仁寿尉，褚敬却怀恨在心。褚敬死了之后，王氏梦到褚敬，不久就觉得自己有了身孕，过了十七个月还不生产。王氏忧愁恐惧，于是决意诵读《金刚经》，昼夜不停歇。褚敬便永远不会再来找王氏，腹中鬼胎也消失了。从此之后，王氏每天都诵读七遍经文。（出《报应记》）

何 滠

唐何滠，天授初任怀州武德令，常持《金刚经》。至河阳，水涨桥倒，日已夕，人争上船，岸远未达，欲没。滠惧，且急念经。须臾近岸，遇悬芦，攀缘得出。余溺死八十余人。（出《报应记》）

张玄素

唐张玄素，洛阳人，少持《金刚经》。天授初，任黄梅宰，家有厄难，应念而消。年七十遘疾，忽有花盖垂空。遂澡浴，与家人诀别，奄然而卒。（出《报应记》）

李丘一

唐李丘一好鹰狗畋猎。万岁通天元年，任扬州高邮丞。忽一旦暴死，见两人来追，一人自云姓段。时同被追者百余人，男皆著枷，女即反缚。丘一被镤前驱。行可十余里，见大槐树数十，下有马槽，段云："五道大神每巡察人间罪福，于此歇马。"丘一方知身死。至王门，段指一胥云："此人姓焦名策，是公本头。"遂被领见。王曰："汝安忍无亲，好杀他命，以为己乐。"须臾，即见所杀禽兽皆为人语云："乞早处分。"焦策进云："丘一未合死。"王曰："曾作何功德？"云："唯曾造《金刚经》一卷。"王即合掌云："冥间号《金刚经》最上功德，君能书写，其福不小。"即令焦策领向经藏，令验。至一宝殿，众经充满，丘一试抽一卷，果是所造之经。既回见王，知造有实，乃召所杀生类，令恳陈谢，许造功德。丘一依王命，愿写《金刚经》一百卷，众欢喜尽散。王曰："放去。"焦策领出城门，云："尽力如此，岂不相报。"丘一许钱

何 滠

唐朝人何滠，武则天天授初年担任怀州武德县令，他经常诵读《金刚经》。有一天，他要到河阳去，水位暴涨石桥倾倒，天色已晚，所有人都争着上船，船距离岸边很远，还没有到达，就要覆没。何滠害怕，连忙诵读经文。不一会儿，快到岸边，遇到了一支悬着的芦草，何滠攀缘而上得以出去，其余的八十多人全都淹死了。（出《报应记》）

张玄素

唐朝的张玄素是洛阳人，从小诵读《金刚经》。武则天天授初年，他担任黄梅县县令，家中遇到灾难，应着他的念头灾祸就消失了。张玄素七十岁时患病，忽然有一个花盖从空中垂下，于是他就洗澡清洁，和家人诀别，安安静静地去世了。（出《报应记》）

李丘一

唐朝李丘一喜好带着鹰和狗去打猎。武则天万岁通天元年，李丘一担任扬州高邮丞。忽然有一天早上去世了，他看见有两个人前来拘役他，其中一人自称姓段。当时一同被拘役的有一百多人，男的都戴着枷锁，女的就被反绑着双手。李丘一被锁着走在队伍的前面。走了十多里，看见几十棵大槐树，树下有喂马的槽子，段氏说："五道大神每次巡察人间的罪福，都在这里下马休息。"李丘一这才知道自己已经身死。来到了阎王殿大门前，段氏指着一名小官说："这个人姓焦，名策，他知道你的所有表现。"于是被领着拜见阎王。阎王说："你怎么能安心做出如此残忍的事，不怕亲人遭报应吗？你喜好杀生，只是为了自己快乐。"不一会儿，就看见他所杀的禽兽都口吐人言道："乞求早点处分他。"焦策上前说："李丘一不应该死。"阎王问："他曾做过什么功德？"焦策回答说："他只是曾经抄写过《金刚经》一卷。"阎王合十说："冥间称《金刚经》是最高的功德，你能书写，你的福气不小。"就令焦策领着他来到存放佛经的地方，去验三百千，不受，云："与造经二十部。"至一坑，策推之，遂活。身在棺中，惟闻哭声，已三日矣，惊呼人至，破棺乃起。旬日，写经二十卷了，焦策来谢，致辞而去。寻百卷亦毕。扬州刺史奏其事，敕加丘一五品，仍充嘉州招讨使。（出《报应记》）

证。他们来到了一座宝殿，里面放满了许多经书。李丘一试着抽出一卷，果然是自己所抄写的经书。回去见到阎王之后，知道确实抄过经书，就叫出李丘一所杀的生灵，令他恳切地一一向它们谢罪，答应为他们建立功德。李丘一依从了阎王的命令，说愿意抄写《金刚经》一百卷。众生灵都高兴地散去了。阎王说："放他回去吧。"焦策就领着他走出城门，说："我如此尽力，你难道不报答我吗？"李丘一答应给他三百千钱，焦策不接受，说："你给我抄写经文二十部。"到了一个土坑，焦策推下他，于是李丘一复活了。李丘一身体在棺材中，只听到有哭声，原来他已经死了三天了，他大声惊呼，家人赶到，打开棺材他就坐起身来。十天后，他抄写好经书二十卷。焦策前来感谢他，讲了答谢的话后离开了。不久后，一百卷经书也抄写完了。扬州刺史向皇帝奏明这件事。皇帝下令加封李丘一为五品官，充任嘉州招讨使。（出《报应记》）

卷第一百四　报应三金刚经

于　昶

唐于昶，天后朝任并州录事参军。每至一更后，即喘息流汗，二更后愈。妻柳氏将召医工，昶密曰："自无他苦，但昼决曹务，夜判冥司，事力不任耳。"每知有灾咎，即阴为之备，都不形言，凡六年。后丁母艰，持《金刚经》，更不复为冥吏，因极言此功德力，令子孙讽转。后为庆州司马，年八十四，将终，忽闻异香，非代所有，谓左右曰："有圣人迎我往西方。"言讫而没。（出《报应记》）

裴宣礼

唐裴宣礼，天后朝为地官侍郎，常持《金刚经》。坐事被系，宣礼忧迫，唯至心念经。枷鏁一旦自脱。推官亲访之，遂得雪免。御史任植同禁，亦念经获免。（出《报应记》）

吴思玄

唐吴思玄，天后朝为太学博士。信释氏，持《金刚经》日两遍，多有灵应。后稍怠，日夜一遍。□□□思玄在京病，有巫褚细儿言事如神，星下祈祷。思玄往就见，细儿惊曰："公有何术，鬼见皆走？"思玄私负，知是经力，倍加精励，日念五遍。兄疾，医无效，思玄至心念经，三日而愈。思玄曾于渭桥见一老人，年八十

于昶

唐朝的于昶，在天后临朝时期担任并州录事参军。每天到了一更之后，他就喘息流汗，二更之后就痊愈了。他的妻子柳氏想要为他找名医生，于昶却神秘地说："我并没有其他的痛苦，只是白天决断官府的事务，晚上处理冥司的事务，有些力不胜任罢了。"每当知道将有灾祸，于昶就暗中事先做好准备，言辞上都不说，就这样过了六年。后来于昶经历母亲的丧事，他开始诵读《金刚经》，再也不去做冥司的官吏，于昶极力陈说这是《金刚经》的功德力量，并让他的子孙也诵读经书。后来他担任庆州司马，年八十四岁，将要死去时，忽然间闻到奇异的香味，并不是平时闻过的，他对左右的侍从说："有圣人要迎接我到西方去了。"说完就去世了。（出《报应记》）

裴宣礼

唐朝的裴宣礼，在天后临朝时期担任地官侍郎，经常诵读《金刚经》。因事获罪被抓入监狱，裴宣礼忧愁焦急，只是诚心念经。一天枷锁自行脱落。推官亲自来询问他，结果获得昭雪赦免。御史任植也一同被监禁，也因诵读《金刚经》而获得赦免。（出《报应记》）

吴思玄

吴思玄，在天后临朝时期担任太学博士。信仰佛教，每天诵读两遍《金刚经》，多次灵验。后来，他就有些懈怠了，每天只诵读一遍。吴思玄在京城患病，有一叫褚细儿的巫婆料事如神，她在星下祈祷。吴思玄前去拜见她，褚细儿惊讶地说："你有什么法术，鬼看见你都逃走了？"吴思玄暗中料想，知道这是《金刚经》的威力，越发余，著粗缞服，问之，曰：“为所生母服。”思玄怪之，答曰：“母年四十三时，有异僧教云：‘汝欲长寿否？但念《金刚经》。’母即发心，日念两遍，终一百七。姨及邻母诵之，并过百岁，今遵母业，已九十矣。”（出《报应记》）

银山老人

饶州银山，采户逾万，并是草屋。延和中火发，万室皆尽，唯一家居中，火独不及。时本州杨体幾自问老人，老人对曰：“家事佛，持《金刚经》。”（出《报应记》）

崔文简

唐崔文简，先天中任坊州司马。属吐蕃奄至州城，同被驱掠，镣械甚严。至心念经，三日，镣忽自开。虏疑有奸，棰挞，具以实对。问曰：“汝有何术？”答云：“念《金刚经》。”复令镣之，念未终又解。众皆叹异，遂送出境。（出《报应记》）

姚 待

唐姚待，梓州人，常持《金刚经》，并为母造一百部。忽有鹿驯戏，见人不惊，犬亦不吠，逡巡自去。有人宰羊，呼待同食，食了精勤奋勉，每天诵读五遍。有一次，他哥哥患病，医治无效，吴思玄诚心诵读经文，三天后哥哥的病就痊愈了。吴思玄曾在渭桥上看见一名老人，年龄有八十多岁，身穿粗麻布做的丧服，吴思玄就问他，他回答说：“这是为我的生母所穿的孝服。”吴思玄感到很奇怪，他回答说：“我母亲在四十三岁的时候，有一名怪和尚教导她说：‘你想要长寿吗？只要念《金刚经》就行了。’我母亲就下定决心，每天念两遍经文。去世时已经一百零七岁了。我的姨母和邻家老母亲也诵读真经，都活到百岁以上，现在我继承母亲所遗留的功业，已经九十岁了。”（出《报应记》）

银山老人

在饶州银山，采矿的人家超过了一万户，他们居住的都是草屋。唐睿宗延和年间燃起大火，所有的草屋都被烧毁，有一户人家居住在中间，烈火唯独不烧到他家。当时饶州的杨体几自己询问这一户人家的老人，老人回答说：“我家里信仰佛教，念《金刚经》。”（出《报应记》）

崔文简

崔文简，在唐玄宗先天年间担任坊州司马。原来附属于唐朝的吐蕃人突然袭击州城，崔文简被俘虏了去。枷锁器械紧紧地锁着他。崔文简诚心诵读经文，三天后，枷锁忽然自行解开。抓他的人怀疑有人与他串通，就拷打逼问他，他就把情况如实说了，抓他的人又问他：“你有什么法术？”他回答说：“我念了《金刚经》。”于是抓他的人又下令再把他锁上，结果经书尚未念完，枷锁又自行解开了。大家都感叹惊异，于是就送他离开边境。（出《报应记》）

姚待

唐朝的姚待，是梓州人，经常诵读《金刚经》，并且为他母亲抄写了一百部经书。忽然有一只鹿出现，在玩耍嬉戏，看见人也不惊即死。使者引去，见一城门上有额，遂令人见王。王呼何得食肉，待云："虽则食肉，比元持经。"王称善，曰："既能持经，何不断肉？"遂得生，为母写经。有屠儿李回奴请一卷，焚香供养。回奴死后，有人见于冥间，枷鏁自脱，亦生善道。（出《报应记》）

吕文展

唐吕文展，开元三年任阆中县丞，雅好佛经，尤专心持诵《金刚经》，至三万余遍，灵应奇异。年既衰暮，三牙并落，念经恳请，牙生如旧。在阆中时，属亢旱，刺史刘浚令祈雨，仅得一遍，遂获沛然。又若霖潦，别驾使祈晴，应时便霁。前后证验非一，不能遍举。（出《报应记》）

长安县系囚

唐长安县死囚，入狱后四十余日，诵《金刚经》不辍口。临决脱枷，枷头放光，长数十丈，照耀一县。县令奏闻，玄宗遂释其罪。（出《广异记》）

李 虚

唐开元十五年，有敕天下村坊佛堂：小者并拆除，功德移入侧近佛寺；堂大者，皆令闭封。天下不信之徒，并望风毁拆，虽大屋大像，亦残毁之。敕到豫州，新息令李虚嗜酒倔强，行事违戾，方醉而州符至，仍限三日报。虚见大怒，便约胥正，界内毁拆者慌，狗见了也不叫，徘徊而去。有人宰了一只羊，招呼姚待一起吃，吃下之后姚待就死了。一名使者就领着他离去，看见一座城门上挂有匾额，就让他进入拜见阎王。阎王大声呼喊，问他为什么要吃肉。姚待说："我虽然吃了肉，但我原来还念过经文。"阎王称好，说："既然你能念经，为什么不戒掉吃肉呢？"接着他就复生了，继续为母亲抄写经书。有一名叫李回奴的屠夫请回一卷经书，烧香供奉。等到李回奴死后，有人在冥间看见过他，他的枷锁自行脱落，也转世投胎到三善道去了。（出《报应记》）

吕文展

吕文展，在唐玄宗开元三年担任阆中县县丞，他平素爱好佛经，尤其喜好专心诵读《金刚经》，多达三万余遍，灵验奇异。到了晚年，他的三颗牙一同脱落，就诵读真经恳切请求，结果牙又重新长出来，像以前一样。他在阆中时，遭遇大旱，刺史刘浚下令祈求下雨，他只诵读了一遍经书，就下起了大雨。又苦于雨后水涝，别驾又让他祈求天晴，结果马上就天空放晴，前后验证了不止一次，不能一一列举。（出《报应记》）

长安县系囚

唐朝长安县有名犯下死罪的囚犯，被关进监狱后四十多天，口中连续不停地诵读《金刚经》。临近处决时枷锁自行脱落，枷锁头放射光芒，长达几十丈，照耀着整个县城。县令将这件事禀报给皇上，唐玄宗就下令赦免了他的罪行。（出《广异记》）

李 虚

唐玄宗开元十五年，皇帝有诏令命天下的村坊佛堂：规模小的全部拆除，功德移记到邻近的佛寺里。佛堂规模大的，都下令关闭封锁。天下间不信仰佛教的人，都闻风而动拆毁佛堂，即使是高大的庙宇和巨大的佛像，也都被拆毁。诏令传到豫州，新息县县令李死，于是一界并全。虚为人，好杀愎戾，行必违道，当时非惜佛宇也，但以忿限故全之。全之亦不以介意。

岁余，虚病，数日死。时正暑月，隔宿即敛。明日将殡，母与子绕棺哭之。夜久哭止，闻棺中若指爪戛棺声。初疑鼠，未之悟也。斯须增甚，妻子惊走。母独不去，命开棺。左右曰：“暑月恐坏。”母怒，促开之，而虚生矣。身颇疮烂，于是浴而将养之，月余平复。

虚曰：初为两卒拘至王前，王不在，见阶前典吏，乃新息吏也，亡经年矣。见虚拜问曰：“长官何得来？”虚曰：“适被录而至。”吏曰：“长官平生，唯以杀害为心，不知罪福，今当受报，将若之何！”虚闻惧，请救之。吏曰：“去岁拆佛堂，长官界内独全，此功德弥大。长官虽死，亦不合此间追摄。少间王问，更勿多言，但以此对。”虚方忆之，顷王坐。主者引虚见王，王曰：“索李明府善恶簿来。”即有人持一通案至，大合抱，有二青衣童子亦随文案。王命启牍唱罪，阶吏读曰：“专好割羊脚。”吏曰：“合杖一百，仍割其身肉百斤。”王曰：“可令割其肉。”虚曰：“去岁有敕拆佛堂，毁佛像，虚界内独存之，此功德可折罪否？”王惊曰：“审有此否？”吏曰：“无。”新息吏进曰：“有福簿在天堂，可检之。”王曰：“促检。”殿前垣南有楼数间，吏登楼检之，未至。有二僧来至殿前，王问师何所有，一答曰：“常诵《金刚经》。”一曰：“常读《金刚经》。”王起合掌曰：“请法师登阶。”王座之后，有二高座，右虚酷爱喝酒，性格强硬不屈，做事荒谬反常，正喝醉酒而州符也送到了，限三天之内执行上报。李虚看见后大怒，就告诉手下官吏，新息界内有敢折毁佛堂的人一律处死。因此一县之内的佛堂得以保全无损。李虚为人，好杀而任性暴戾，做事一定违背常理，当时他并不是爱惜佛宇使其免受损害，只是因为期限太短而感到愤怒，所以就要保全它。保全了佛宇，他也没把这件事放在心上。

过了一年多，李虚患病，几天后去世了。当时正值夏季炎热的月份，经过一夜就入殓了。第二天将要出殡，母亲和儿子围绕着棺材哭泣。深夜哭声停止了，听到棺材里传出像是指甲抓挠棺材的声音。起初家人怀疑是老鼠，没有注意。不一会儿声音更大，妻子和儿女惊慌逃走，唯独李虚的母亲没有离开，命人打开棺材，左右的人说："暑天炎热，恐怕尸身已经腐烂。"李虚的母亲大怒，催促打开棺材，而李虚就复活了。李虚身上有很多长恶疮腐烂的地方，于是清洗身体并且调养休息，一个多月伤口才痊愈。

李虚说：当初被两名士兵拘捕到阎王面前，阎王不在，见到阶前的典吏，原来是新息县的官吏，那人去世已经一年了。看见李虚就恭敬地询问道："长官你怎会到这里来？"李虚说："是刚才被拘捕过来的。"官吏说："长官平生，只是以杀人害人为乐，从来不知道有罪恶福德一说，今天应当遭受报应，这该怎么办？"李虚听后感到恐惧，请求典吏救救他。典吏说："去年朝廷下令折毁佛堂，唯独长官你管辖的界内佛堂得以保全，这件事功德最大。长官你虽然身死，却也不应该由这里的人前去追捕你。过一会儿阎王审问时，不要多说别的，只讲述这件事就好。"李虚才想起这件事，顷刻间阎王坐下，主管的人领着李虚拜见阎王，阎王说："拿李县令的善恶簿来！"就有人拿着一通卷案，有双手合围那么多。又有两名青衣童子跟随着文案到来。阎王命他们打开案卷大声念出所犯罪过。阶吏读到："专门喜好割下羊脚。"官吏说："应该打一百棍，并割掉他身上的一百斤肉。"阎王说："可以开始割他的肉了。"李虚说："去年有诏令要拆除佛堂，毁坏佛像，只有我所管辖界内的佛堂被保存了下来，这个功德可以弥补我犯下的罪过吗？"阎王惊讶地问道："确有此事吗？"官吏金左银，王请诵者坐金座，读者坐银座。坐讫开经，王合掌听之。诵读将毕，忽有五色云至金座前，紫云至银座前，二僧乘云飞去，空中遂灭。王谓阶下人曰："见二僧乎？皆生天矣！"于是吏检善簿至，唯一纸，因读曰："去岁敕拆佛堂，新息一县独全，合折一生中罪，延年三十，仍生善道。"言毕，罪簿轴中火出，焚烧之尽。王曰："放李明府归。"仍敕两吏送出城南门，见夹道并高楼大屋，男女杂坐，乐饮笙歌。虚好丝竹，见而悦之。两吏谓曰："急过此无顾，顾当有损。"虚见饮处，意不能忍行，伫立观之。店中人呼曰："来。"吏曰："此非善处，既不相取信，可任去。"虚未悟，至饮处，人皆起，就坐，奏丝竹。酒至，虚酬酢毕，将饮之，乃一杯粪汁也，臭秽特甚。虚不肯饮，即有牛头狱卒，出于床下，以叉刺之，洞胸。虚遽连饮数杯，乃出。吏引虚南，入荒田小径中，遥见一灯炯然，灯旁有大坑，昏黑不见底。二吏推堕之，遂苏。

李虚素性凶顽，不知罪福，而被酒违戾，以全佛堂，明非己之本心也。然犹身得生天，火焚罪簿，获福若此，非为善之报乎！

说："此处没有记载。"新息县的官吏上前说："有福簿在天堂上，可以检验一下。"阎王说："赶快去检验！"殿前墙南有几间楼房，官吏上楼去检验，还没有回来。这时有两位和尚来到殿前，阎王问大师有什么功德，其中一名回答道："我常诵《金刚经》。"另一名说："我常读《金刚经》。"阎王站起来双掌合十说："请法师登上台阶！"阎王的座位之后，有两个高座，右边的是金的，左边的是银的。阎王请能诵《金刚经》的和尚坐在金座，能读《金刚经》的和尚坐到银座。坐下之后打开经书，阎王双掌合十而听着，快要诵读完了，忽然有五色祥云来到金座前，紫色祥云来到银座前，两位和尚乘云飞走，在半空中消失了。阎王对阶下的人说："看见这两名和尚了吗？都转生天道了。"这时官吏去检验善簿回来了，只有一张纸，于是高声读道："去年诏书命令拆毁佛堂，只有新息一县保全了佛堂，合该弥补一生所犯的罪，并延长寿命三十年，仍然托生在三善道中。"说完，罪簿的轴里冒出火焰，把罪簿全都焚烧殆尽了。阎王说："放李县令回去吧。"于是下令让两名官吏把他送出城池南门。李虚看见道路两旁都有高楼大屋，男女混坐，尽情畅饮奏乐唱歌。李虚喜好丝竹音乐，看见后很高兴。两名官吏对他说："快点通过此地，千万不要回头看，回头看了你就要受损害。"李虚看见喝酒的地方，再也不能忍受，无法前行，一直站在那里观看。店中的人招呼道："快请进来！"官吏说："这里可不是个好惹的地方，既然我说的你不相信，那就随你去吧。"李虚还没有醒悟，到了饮酒处，人们都站起来。李虚坐下后，弹奏起乐曲。酒也来了，李虚应酬完后，将要饮下，却发现是一杯粪汁，十分恶臭污秽。李虚不肯喝下，就有牛头狱卒从床下出来，用叉子刺他，在他的胸口上刺出一个窟窿。李虚急忙连喝几杯，这才出来。官吏领着李虚向南前行，进入一条荒野小道，远远地望见一盏灯亮着，灯旁有一个大坑。天色昏暗，那个大坑深不见底。两名官吏推下李虚，于是李虚就苏醒了。

李虚素来性格凶恶顽固，不知罪福报应，然而喝酒违背诏令，保全了佛堂，明知道那不是出自他的本意。然而死后还能转生天道，烈火烧尽他的罪簿，得到这样的福报，这难道不是行善的报应吗？那

与夫日夜精勤，孜孜为善，既持僧律，常行佛言，而不离生死，未之有也。（出《纪闻》）

卢氏

唐开元中，有卢氏者，寄住滑州。昼日闲坐厅事，见二黄衫人入门，卢问为谁，答曰："是里正，奉帖追公。"卢甚愕然，问："何故相追？"因求帖观，见封上作卫县字，遂开，文字错谬，不复似人书，怪而诘焉。吏言："奉命相追，不知何故。"俄见马已备在阶下，不得已上马去。顾见其尸，坐在床上，心甚恶之。仓卒之际，不知是死，又见马出不由门，皆行墙上，乃惊愕下泣，方知必死，恨不得与母妹等别。行可数十里，到一城，城甚壮丽。问此何城，吏言乃王国，即追君所司。入城后，吏欲将卢见王。经一院过，问此何院，吏曰："是御史大夫院。"因问院大夫何姓名，云："姓李名某。"卢惊喜，白吏曰："此我表兄。"令吏通刺。须臾便出，相见甚喜，具言平昔，延入坐语。大夫谓曰："弟之念诵，功德甚多，良由《金刚经》是圣教之骨髓，乃深不可思议功德者也。"卢初入院中，见数十人，皆是衣冠。其后太半系在网中，或无衣，或露顶。卢问："此悉何人？"云是阳地衣冠，网中悉缘罪重，弟若能为一说法，见之者悉得升天。遂命取高座，令卢升座诵《金刚般若波罗密经》，网中人已有出头者。至半之后，皆出地上，或褒衣大袖，或乘车御云。诵既终，往生都尽。及入谒见，王呼为法师，致敬甚厚。王云："君大不可思议，算又不尽，叹念诵之功。"寻令向吏送之回。既至舍，见家人披头哭泣，尸卧地上，心甚恻然。俄有一婢从庭前入堂，吏令随上阶，及前，魂神忽已入体，因此遂活。（出《广异记》）

么，日夜都该专心勤勉，孜孜不倦地行善事，既按照僧人的戒律约束自己，又常常按佛祖的教导行事，这样的人还不能脱离生死，这种情况还不曾有过。（出《纪闻》）

卢氏

唐玄宗开元年间，有一个姓卢的人，寄居在滑州。白天他闲坐在厅堂上，看见两个身穿黄衫的人进门，卢氏问他们是谁。那两人回答道："我们是乡里的里正，奉命前来拘捕你。"卢氏十分惊恐，问："为什么前来拘捕？"向他们要帖子查看。卢氏看见封套上写着"卫县"的字样，于是打开封套，上面的文字错误很多，又不像是人写的，卢氏觉得奇怪就追问他们。官吏说："我们是遵守命令来拘捕你，不知道是什么原因。"不一会儿，看见马匹已经在台阶下准备好了，卢氏不得已上了马。回头看去，竟发现他的尸体，坐在床榻上，心里感到非常厌恶。匆忙之际，卢氏不知道自己已经死了，又看见马匹不从门口出去，都在墙上行走，于是惊惧泪下，这才知道自己一定是死了，悔恨没有和母亲妹妹等人告别。走了几十里，他们来到一座城，这城十分壮丽。卢氏问这是什么城，官吏说这里是阎王管辖的国度，就是主管拘捕你的地方。进入城后，官吏想要领着卢氏去见阎王。他们从一处院子前经过，卢氏问这是什么院子，官吏说："这里是御史大夫的院子"。卢氏又问院中大夫的姓名，官吏告诉他说："此处大夫姓李，名某。"卢氏又惊又喜，告诉官吏说："这个人是我的表兄。"让官吏投交名帖求见。不一会儿大夫就出来了，两个人相见后十分高兴，都详细诉说着生前的事。大夫又请他进入院子坐下谈话。大夫对他说："弟弟你诵读经书，功德很大。由于《金刚经》是佛教的精髓，是高深而不可思议的功德啊。"卢氏初到院中，看见有几十个人，都穿着服饰，之后这些人多半被拘囚在网中，有的没有穿衣，有的没有戴帽。卢氏问："这些都是什么人？"大夫回答说这是阳间名门世家的人。网中的人都是因为罪孽深重而到这里。如果能为他们讲授佛法，听到的人全都能升天。于是命人拿出一个高座，让卢氏登上高座吟诵《金刚般若波罗密经》，网中的人已经有脱离拘囚的。念到一半之

陈利宾

陈利宾者，会稽人，弱冠明经擢第。善属文，诗入《金门集》，释褐长城尉。少诵《金刚经》，每至厄难，多获其助。开元中，宾自会稽江，行之东阳，会天久雨，江水弥漫，宾与其徒二十余船同发，乘风挂帆。须臾，天色昧暗，风势益壮，至界石窦上，水拥阏众流而下，波涛冲击，势不得泊。其前辈二十余舟，皆至窦口而败。舟人惧，利宾忙遽诵《金刚经》。至众流所，忽有一物，状如赤龙，横出扶舟，因得上。议者为诵经之功。（出《广异记》）

王宏

王宏者，少以渔猎为事。唐天宝中，尝放鹰逐兔。走入穴，宏随探之，得《金刚般若经》一卷，自此遂不猎云。（出《广异记》）

后，都从地上起来了，有的人身穿宽衣大袖，有的人乘着车驾着云。等全都吟诵完了，投生的人也都散尽了。等到卢氏进去拜谒阎王，阎王称呼他为法师，表示深厚的敬意。阎王说：“法师你太不可思议了。你的寿命算又算不尽，还要感叹你念经的功德。”不久下令让官吏送他回去。卢氏回到家里后，看见家人披头散发不停哭泣，他的尸体躺在地上，心里十分悲伤。忽然有一名婢女从庭院前进入厅堂。官吏让卢氏跟随着她走上台阶，到了尸体前，魂魄忽然就进入尸体中，因此卢氏就复活了。（出《广异记》）

陈利宾

陈利宾是会稽人，二十岁左右就通过明经科考试及第。他擅长撰写文章，作的诗被编入《金门集》，他担任长城尉一职。他从小就诵读《金刚经》，遇到灾厄劫难，多次得到经书的帮助。唐玄宗开元年间，陈利宾从会稽江坐船，走到东阳，正赶上下了很多天的雨，江水弥漫，陈利宾和他的旅伴乘坐二十多只船一同出发，凭借风力张帆行船。不一会儿，天色昏暗，风势更猛，到了界石窦上，江水阻滞，众多水流一同而下，波涛冲击，船只无法靠岸，在他前面的二十多艘船，都被冲到窦口沉没了。陈利宾船上的船夫很害怕，陈利宾急忙诵读《金刚经》。到了前面水流众多而混乱的地方，忽然有一个东西，形状像是一条赤龙，横出水面扶着船只，船顺利地逆流通过了。议论的人说这是诵读《金刚经》的功劳。（出《广异记》）

王宏

王宏，年少时以捕鱼打猎为生。唐玄宗天宝年间，王宏曾经放出猎鹰去追赶兔子，兔子跑进一处洞穴。王宏跟随兔子进入洞穴，得到了一卷《金刚般若经》，从此以后他就不再打猎了。（出《广异记》）

田氏

易州参军田氏，性好畋猎，恒养鹰犬为事。唐天宝初，易州放鹰，于丛林棘上见一卷书，取视之，乃《金刚经》也。自尔发心持诵，数年，已诵二千余遍。然畋猎亦不辍。后遇疾，暴卒数日，被追至地府，见诸鸟兽，周回数亩，从己征命。顷之，随到见王，问罪何多也，田无以对。王令所由领往推问。其徒十人，至吏局。吏令启口，以一丸药掷口中，便成烈火遍身。须臾灰灭，俄复成人，如是六七辈。至田氏，累三丸而不见火状，吏乃怪之，复引见王，具以实白。王问："在生作何福业？"田氏云："初以畋猎为事。"王重问，云："在生之时，于易州棘上得《金刚经》，持诵已二千余遍。"王云："正此灭一切罪。"命左右检田氏福簿，还白如言。王自令田氏诵经，才三纸，回视庭中禽兽，并不复见。诵毕，王称美之，云："诵二千遍，延十五年寿。"遂得放还。（出《广异记》）

田氏

易州参军田氏，爱好打猎，长期饲养猎鹰猎犬为业。唐玄宗天宝年初，田氏在易州饲放猎鹰，在丛林荆棘上看见一卷书，拿起来一看，发现是《金刚经》。从此以后他发自内心地诵读，几年后，已经诵读了两千多遍。然而在这期间打猎也不曾停止。之后他患急病，突然间就死了，几天后，他被拘捕到地府中，看见有许多鸟兽，站满了周围数亩地，向他讨命。不一会儿，他跟着使者谒见阎王，阎王问他为什么犯下这么多罪行，田氏没法辩解。阎王就命令有关官吏领着他前去审问。和他同行的有十人，到了官吏所在的地方。官吏命他们张开口，把一丸药扔到他们口中，顿时就变成烈火烧遍全身。不一会儿烧成了灰烬，一会儿又变成人形，前面的六七个人都像这样。等到田氏，连续给他服下三丸药都不见有火燃烧，官吏就感到奇怪，又领着他去见阎王，把实情全部禀告。阎王问："在人世做了什么造福的功德？"田氏说："起初我以打猎为生。"阎王又问，田氏说："在世的时候，我在易州荆棘之上得到一卷《金刚经》，已经诵读两千多遍了。"阎王说："正是因为这个，你的一切罪过才得以除去。"于是命令左右官吏前去检查田氏的福簿，回来报告说确实和他说的一样。阎王就命令田氏诵读经书，才读了两页，回头看看院子中的禽兽，都不见了。诵读结束后，阎王称赞他，说："诵读两千遍，延长寿命十五年。"于是田氏就被放回复生了。（出《广异记》）

卷第一百五　报应四金刚经

李惟燕

建德县令李惟燕，少持《金刚经》。唐天宝末，惟燕为余姚郡参军。秩满北归，过五丈店，属上虞江埭塘破，水竭。时中夜晦暝，四回无人。此路旧多劫盗。惟燕舟中有吴绫数百匹，惧为贼所取，因持一剑，至舡前诵经。三更后，见堤上两炬火，自远而至。惟燕疑是村人卫己，火去舡百步，便却复回。心颇异之，愈益厉声诵经，亦窃自思云：火之所为，得非《金刚经》力乎！时塘水竭而塘外水满，惟燕便心念：塘破当得水助。半夕之后，忽闻船头有流水声，惊云："塘阔数丈，何由得破？"久之，稍觉船浮。及明，河水已满。对船所一孔，大数尺，乃知诵《金刚经》之助云。惟燕弟惟玉见任虔州别驾，见其兄诵经有功，因效之。后泛舟出峡，水急橹折，船将欲败，乃力念经。忽见一橹随流而下，遂获济。其族人亦常诵《金刚经》。遇安禄山之乱，伏于荒草，贼将至，思得一鞋以走。俄有物落其背，惊视，乃新鞋也。（出《广异记》）

李惟燕

建德县县令李惟燕，年少诵读《金刚经》。唐玄宗天宝末年，李惟燕担任余姚郡参军。任期届满返回途中，李惟燕经过五丈店，恰好遇到上虞江堤岸损坏，水流枯竭。当时正值半夜，天色昏暗，四处无人。这条路以前有很多盗贼。李惟燕的船上有吴地的绫几百匹，害怕被盗贼抢走，于是他就拿着一柄剑，来到船前诵读真经。三更以后，看见堤坝上有两支火炬，从远处过来。李惟燕怀疑是村里前来自卫的人，火炬离船只有一百步距离的时候，就退了回去。李惟燕心里感到很奇异，就更加大声地诵读真经，自己也暗中思考：火炬的出现，难道是《金刚经》的威力吗？当时堤岸中的水已枯竭而堤岸外的水很满，李惟燕便在心里想着：堤岸破损了，应当能得到水流的助力。半夜之后，忽然听到船头处有流水声，他惊讶地说："堤岸有几丈宽，是从什么地方破损的呢？"过了很久，他觉得船只稍微浮起来了。等到天亮，河水已经充满了。正对着船只的堤坝上有一个大孔，有几尺大，他才知道这是诵读《金刚经》而得到的帮助啊。李惟燕的弟弟李惟玉担任虔州别驾，看见他的哥哥吟诵经书建立功德，于是也效法他。之后他乘船出峡，水流湍急而船橹折断，船将要沉没，于是李惟玉全力诵读经文。忽然看见一只船橹随着水流而来，于是船就得救了。他的同宗亲人也经常诵读《金刚经》。这同宗亲人遇上安禄山的叛乱，趴在荒草丛中，贼寇将要靠近，他想得到一双鞋以便逃走。忽然就有一个东西落在他的背上，他惊讶地查看，原来是一双新鞋啊。（出《广异记》）

孙明

唐孙明者，郑州阳武人也。世贫贱，为卢氏庄客，善持《金刚经》，日诵二十遍，经二十年。自初持经，便绝荤血。后正念诵次，忽见二吏来追。明意将是县吏，便县去。行可五六里，至一府门，门人云："王已出巡。"吏因闭明于空室中，其室从广五六十间，盖若荫云。经七日，王方至，吏引明入府。王问："汝有何福？答云："持《金刚经》已二十年。"王言此大福也，顾谓左右曰："昨得祇洹家牒，论明念诵勤恳，请延二十载，乃知修道不可思议，所延二十载，以偿功也。"令吏送还舍。其家殡明已毕，神虽复体，家人不之知也。会猎者从殡宫过，闻号呼之声，投其家人，因尔得活矣。天宝末，明活已六七年，甚无恙也。（出《广异记》）

三刀师

唐三刀师者，俗姓张，名伯英。乾元中，为寿州健儿。性至孝，以其父在颍州，乃盗官马往以迎省。至淮阴，为守遏者所得，刺史崔昭令出城腰斩。时屠刽号"能行刀"，再斩，初不伤损；乃换利刀，罄力砍，不损如故。刽者惊曰："我用刀砍，至其身则手懦，不知何也？"遽白之，昭问所以，答曰："昔年十五，曾绝荤血，诵《金刚经》十余年。自胡乱以来，身在军中，不复念诵。昨因被不测罪，唯志心念经尔。"昭叹息舍之，遂削发出家，着大铁铃乞食，修千人斋供，一日便办。时人呼为三刀师，谓是起敬菩萨。（出《广异记》）

孙明

唐朝的孙明是郑州阳武县人。家中世代贫贱，做了卢氏的庄客。孙明善于诵读《金刚经》，每天诵读二十遍，这样过了二十年。从他开始诵读经文以来，就断绝荤腥。后来，他正诵读经书时，忽然看见两名官吏前来拘捕。孙明以为来的是县吏，便跟着往县里方向去了。走了有五六里路，来到一处府门。守门人说："王已经出巡去了。"官吏于是把孙明关押在一间空屋子里，那间屋子十分宽敞，足有五六十间，大概像天上的乌云一样。又过了七天，王这才回来，官吏领着孙明入府见谒王，王问："你有什么造福的功德？"孙明回答道："我念《金刚经》已经有二十年了。"王说这是很大福气啊，回头告诉左右侍从说："昨天得到祇洹家的谱牒，说孙明诵读经书十分勤恳，请求延长二十年的寿命，这才知道虔诚地修习道义是不可思议的，延长的二十年寿命，用来报答他的功德啊。"王命令官吏把他送回家去。他家人已经把孙明的丧事出殡完了。神魂虽然又回归他的身体，可他的家人却不知道这件事。正赶上猎人从他的墓地前经过，听见有大声哭喊的声音，报告给他的家人，因而孙明才能得活。唐玄宗天宝末年，孙明已经又活了六七年，一点灾祸疾病都没有。（出《广异记》）

三刀师

唐朝的三刀师，俗姓张，名伯英。唐肃宗乾元年中，三刀师是寿州健壮的少年。天性十分孝顺，因为他的父亲身在颍州，于是他就偷了官府的马匹前去探望问候父亲。到了淮阴，三刀师被守门人阻止并且抓捕了，刺史崔昭下令把他推出城外腰斩。当时行刑的刽子手号称"能行刀"，行刑腰斩，起初三刀师没有损伤；于是刽子手就换了一把锋利的刀，用尽全力去砍，还是像先前那样没有损伤。刽子手惊讶地说："我用刀砍，刀落到他的身上的时候就感到手上使不上劲，不知道是什么原因。"就急忙告诉崔昭，崔昭问三刀师原因，他回答说："之前十五岁的时候，我曾断绝荤腥，诵读了十多年的《金刚经》。自从胡人作乱以来，我身在军中，不再诵读。昨天因为遭遇料想不到的

宋参军

唐坊州宋参军少持《金刚经》，及之官，权于司士宅住。旧知宅凶，每夕恒诵经。忽见妇人立于户外，良久，宋问："汝非鬼耶？"曰："然。"又问："幽明理殊，当不宜见，得非有枉屈之事乎？"妇人便悲泣曰："然。"言："身是前司士之妇，司士奉使，其弟见逼，拒而不从，因此被杀，以毡裹尸，投于堂西北角溷厕中，不胜秽积。人来多欲陈诉，俗人怯懦，见形必惧，所以幽愤不达，凶恶骤闻。执事以持念为功，当亦大庇含识，眷言枉秽，岂不悯之？"宋云："己初官位卑，不能独救，翌日，必为上白府君。"其鬼乃去。及明具白，掘地及溷，不获其尸。宋诵经，妇人又至，问何以不获，答云："西北只校一尺，明当求之，以终惠也。"依言及获之，毡内但余骨在，再为洗濯，移于别所。其夕又来拜谢，欢喜谓曰："垂庇过深，难以上答，虽在冥昧，亦有所通。君有二子，大者难养，小者必能有后，且有荣位。"兼言宋后数改官禄，又云："大愧使君，不知何以报答。"宋见府君，具叙所论。府君令问，己更何官。至夕，妇人又至，因传使君意，云："一月改官，然不称意，当迁桂州别驾。"宋具白，其事皆有验。初，宋问："身既为人所杀，何以不报？"云："前人今尚为官，命未合死，所以未复云也。"（出《广异记》）

罪过，所以只能专心念经罢了。”崔昭听后叹息，释放了他。于是三刀师就削发为僧，摇着大铁铃化斋，募化来一千人的斋供，一日之内就办妥了，当时的人就称他为“三刀师”，说他是起敬菩萨。（出《广异记》）

宋参军

唐代坊州的宋参军年少时诵读《金刚经》，等到做了官，暂且居住在司士的宅子里。宋参军先前就知道这所宅子出过不祥之事，于是每天晚上一直诵读《金刚经》。忽然看见一名妇人站在门外，过了很久，宋参军问她：“你不是鬼吗？”妇人回答道：“我是鬼。”宋参军又问：“阴间阳间的理是不同的，你我不该相见，莫非你有冤枉委屈的事？”妇人就悲痛地哭泣，说：“是的。”说：“我的前身是司士的妻子，司士奉命出使，他弟弟想奸污，我拒绝不从，因为这个才被杀死，被毡子裹着尸体，扔到堂西北角的厕所里，里面说不尽的肮脏。世人经过，我多次想要诉说，可是俗世之人都胆小懦弱，看见我的形体一定会害怕，所以我内心的怨愤无处表达，这宅子却以凶恶著称了。希望宋参军能为我诵读经文建立功德，护庇弱者，我被枉在污秽之中，难道不可怜吗？”宋参军说：“我刚当官，官职低下，不能独自救你，明天我一定为你上奏府君。”这个鬼才离开了。等到第二天，宋参军把事情详细上奏于府君后，就挖开厕所的地面，没有找到那里的尸体。宋参军又诵读经文，妇人又到了，问为什么没找到她的尸体，妇人回答道：“只需往西北方向再前进一尺，就应当能找到了，这是你对我的大恩惠啊。”宋参军按她的话去挖，果然找到了她的尸体。毛毡内只有余骨在其中，又为她清洗骨头，移葬到别的地方。当天晚上妇人又前来恭敬地感谢，高兴地对他说：“你对我垂荫护庇太深，难以报答，即使我身在冥昧之处，也有所了解。你有两个儿子，大儿子难以养活，小儿子一定能有子孙后代，并且会有令名尊位。”又说到宋参军以后会数次更改官职俸禄，又说：“我实在是愧对使君，不知道该用什么来报答他。”宋参军见了府君，详细讲述了她所说的，府君让他提问，宋参军就问自己更换到什么官职。到了晚

刘鸿渐

刘鸿渐者，御史大夫展之族子。唐乾元初，遇乱南徙。有僧令诵《金刚经》，鸿渐日诵经。至上元年，客于寿春。一日出门，忽见二吏云："奉太尉牒令追。"鸿渐云："初不识太尉，何以见命？"意欲抗拒。二吏忽尔直前拖曳，鸿渐请著衫，吏不肯放，牵行未久，倏过淮，至一村。须臾，持大麻衫及腰带令鸿渐著，笑云："真醋大衫也。"因而向北行，路渐梗涩。前至大城，入城有府舍，甚严丽。忽见向劝读经之僧从署中出，僧后童子识鸿渐，径至其所，问："十六郎何以至此？"因走白和尚云："刘十六郎适为吏追，以诵经功德，岂不往彼救之？"鸿渐寻至僧所，虔礼求救，僧曰："弟子行无苦。"须臾，吏引鸿渐入诣厅事。案后有五色浮图，高三四尺，回旋转动。未及考问，僧已入门，浮图变成美丈夫，年三十许，云是中丞，降阶接僧。问和尚何以复来，僧云："刘鸿渐是己弟子，持《金刚经》，功力甚至，其算又未尽，宜见释也。"王曰："若持《金刚经》，当愿闻耳。"因令跪诵。鸿渐诵两纸讫，忽然遗忘。厅西有人，手持金钩龙头幡，幡上碧字，书《金刚经》，布于鸿渐前。令分明诵经毕，都不见人，但余堂宇阒寂。因尔出门，唯见追吏，忽有物状如两日，来击鸿渐，鸿渐惶惧奔走。忽见道傍有水，鸿渐欲止而饮之。追吏云："此是人膏，澄久上清耳，其下悉是余皮烂肉，饮之不得还矣。"须臾至舍，见骸形卧在床上，心颇惆怅。鬼自后推之，冥然如入房户，遂活。鬼得钱乃去也。（出上，妇人又到了，宋参军就传达了使君的意思，妇人说：“您一月晋升官职，然而不满意的话，应当迁做桂州别驾。”宋参军都详细告诉了府君，这些事也都有凭据。当初，宋参军问她：“既然被人所杀，为什么不报仇？”她说：“他现在还在做官，命里还不该死，所以没有再去告诉他。”（出《广异记》）

刘鸿渐

刘鸿渐，是御史大夫刘展同族的儿子。唐肃宗乾元年初，刘鸿渐遇到战乱而向南迁移。有个和尚让他诵读《金刚经》，从此刘鸿渐每天诵读经书。到了上元年间，他客居于寿春。一天出门，刘鸿渐忽然看见两名官吏，说：“我们奉太尉的命令来缉捕你！”刘鸿渐说：“我第一次听说，并不认识太尉，为什么会有这样的命令？”想要抗拒，两名官吏忽然径直上前去拖拽他，刘鸿渐请求穿好衣服，官吏不肯放开他，拉着他走了，不久，渡过了淮河，来到一个村子。不一会儿，官吏拿来一件大麻衫和腰带让刘鸿渐穿上，嘲笑着说：“真是贫寒的读书人该穿的衣服。”接着就向北方走，道路渐渐变得阻塞。前面有一座大城，进入城内，有官舍，十分庄严华丽。刘鸿渐忽然看见先前劝说他诵读经书的和尚从官署里面走出来，和尚身后的童子认识刘鸿渐，径直走到了刘鸿渐的面前，问：“刘十六郎为什么到了这里？”接着童子跑去告诉和尚说：“刘十六郎刚巧被官吏追捕，他诵读经书建有功德，难道你不过去救他吗？”刘鸿渐走到和尚的面前，虔诚地行礼请求救助。和尚说：“弟子跟着走吧，不要担惊受怕。”不一会儿，官吏领着刘鸿渐进入问案的厅堂。几案后有一座五色光彩流转的佛塔，高三四尺，回旋转动。还没来得及查问刘鸿渐，和尚已经进门了，佛塔就变成了一位美男子，年龄三十左右，自称是中丞，走下台阶迎接和尚。他问和尚为什么又回来了。和尚说：“刘鸿渐是我的弟子，念过《金刚经》，功业很大。他的寿命又没到尽头，应当被释放。”王说：“如果他读过《金刚经》，合该听一听。”于是就叫刘鸿渐跪着背诵。刘鸿渐才诵读完两页纸，忽然间遗忘内容。厅西

《广异记》）

张嘉猷

广陵张嘉猷者，唐宝应初为明州司马，遇疾卒。载丧还家，葬于广陵南郭门外。永泰初，其故人有劳氏者，行至郭南，坐浮图下，忽见猷乘白马自南来。见劳下马，相慰如平生，然不脱席帽，低头而语。劳问：“冥中有何罪福？”猷云：“罪福昭然，莫不随所为而得。但我素持《金刚经》，今得无累，亦当别有所适，在旬月间耳。卿还，为白家兄，令为转《金刚经》一千遍。何故将我香炉盛诸恶物？卿家亦有两卷经，幸为转诵，增己之福。”言讫，遂诀而去。劳昏昧，久之方寤云。（出《广异记》）

魏 恂

唐魏恂，左庶子尚德之子，持《金刚经》。神功初，为监门卫大将军。时京有蔡策者，暴亡，数日方苏。自云：“初至冥司，怪以追人不得，将挞其使者。使者云：‘将军魏恂持《金刚经》，善神有人，手上拿着金钩龙头幡，幡上写着碧绿的字，上面写的是《金刚经》，铺开放在刘鸿渐前面，让他当众清楚明白地诵读完后，厅堂上再也看不到人，只剩下寂静的厅堂。于是刘鸿渐就走出门去，只看见追捕的官吏，忽然有东西形状像是两个太阳，前来击打刘鸿渐，刘鸿渐惶恐奔走。忽然他看见道路旁有水流，刘鸿渐想要停下来去喝水。追捕的官吏说："这是人膏。只是沉淀久了上层很清澈罢了，下面全都是沤烂的皮和肉，喝了就不能回去了。"一会儿刘鸿渐就回到家，看见他的身体躺在床上，心里感到十分惆怅。鬼从身后推了他一把，恍惚之间，像是进入门户一样，接着他就复活了。鬼得到了钱财就离开了。（出《广异记》）

张嘉猷

广陵的张嘉猷，在唐代宗宝应年初担任明州司马，得急病去世了。他的尸体被运送回家，埋葬在广陵南城门外。唐代宗永泰年初，他的老朋友中有一个叫劳氏的人，走到城南，坐在佛塔底下，忽然看到张嘉猷骑着白马从南面而来。张嘉猷看见劳氏就下马，就像平常那样互相慰问，然而却不脱下席帽，低着头讲话。劳氏问："在冥间有什么罪恶福德？"张嘉猷说："罪恶福德是很明显的，无不随着你的所作所为而得到。因为我素来念《金刚经》，所以现在才能没有挂碍，也应当另有所去，在十天到一个月之间罢了。你回去，替我转告我哥哥，让他为我抄写一千遍《金刚经》。为什么往我的香炉里装上许多不好的东西？你家里也有两卷经书。希望你能够学习诵读，增加自己的福德。"说完，就诀别而去。劳氏神智模糊不清，过了很久才醒过来。（出《广异记》）

魏 恂

唐朝的魏恂，是左庶子魏尚德的儿子，诵读《金刚经》。武则天神功初年，魏恂担任监门卫大将军。当时京城有位叫蔡策的人，突然间去世了，几天后复苏过来。他自己说："刚到冥司时，因为冥官追

拥护，追之不得。’即别遣使覆追，须臾还报并同。冥官曰：‘且罢追。’”恂闻，尤加精进。（出《广异记》）

杜思讷

唐潞州铜鍉县人杜思讷，以持《金刚经》力，疾病得愈。每至持经之日，必觌神光。（出《广异记》）

龙兴寺主

唐原州龙兴寺，因大斋会。寺主会僧，夏腊既高，是为宿德，坐丽宾头之下。有小僧者，自外后至，以无坐所，唯寺主下旷一位，小僧欲坐，寺主辄叱之，如是数次。小僧恐斋失时，竟来就坐。寺主怒甚，倚柱而坐，以掌掴之。方欲举手，大袖为柱所压，不得下，合掌惊骇。小僧惭沮，不斋而还房。众议恐是小僧道德所致，寺主遂与寺众同往礼敬。小僧惶惧，自言：“初无道行，不敢滥受大德礼数。”逡巡走去。因问：“平生作何行业？”云：“二十年唯持《金刚经》。”众皆赞叹，谓是金刚护持之力，便于柱所焚香顶礼，咒云：“若是金刚神力，当还此衣。”于是随手而出也。（出《广异记》）

陈哲

唐临安陈哲者，家住余杭，精一练行，持《金刚经》。广德捕不到人而责怪使者，将要鞭打使者。使者说：‘将军魏恂念过《金刚经》，善神保护着他，所以追捕不到他。’就又派遣另一位使者去追捕，不一会儿回来报告和先前使者说的相同。冥官说：‘暂且停止追捕他。’”魏恂听说之后，就更加专心求进地诵读经文。（出《广异记》）

杜思讷

唐朝潞州铜鞮县人杜思讷，凭借诵读《金刚经》的神力，即使病重也能痊愈，每当到了他诵读经文的日子，就一定会显示出神异的灵光。（出《广异记》）

龙兴寺主

唐朝原州的龙兴寺举办盛大的集会。寺主会集众僧，年数已高，最是年老有德，坐在宾头卢尊者之下。有一名小和尚，从外面回来迟了，因为没有坐的地方，只有寺主下面空了一个座位。小和尚就想要坐下，寺主大声斥责他，像是这样几次之后。小和尚害怕误了斋戒的时辰，最后直接走过来坐下。寺主十分生气，倚着柱子坐下，用手掌去打他耳光。正想要抬手，大袖子却被柱子所压住，没法拿下来，寺主双掌合十恐慌惊惧。小和尚羞愧沮丧，不斋戒就回房间去了。众僧议论，恐怕是小和尚修行的道德造成，寺主就和寺僧们一同前去尊崇礼拜。小和尚惊慌害怕，他说自己刚刚出家，没有什么道行，不敢肆意地接受高僧大德的礼数，顾虑徘徊着离开了。于是大家就问他一生做过什么修行。他说：“二十年来只是念《金刚经》。”众僧都赞叹，说这是《金刚经》护持的力量。就在柱子所在的地方焚香并且顶礼膜拜。祷告说：“如果是《金刚经》的神力，就当归还这件衣服。”接着随手就取出压在柱子下的衣服了。（出《广异记》）

陈　哲

唐朝临安的陈哲，家住余杭，精通一种修炼戒行，那就是诵读初，武康草贼朱潭寇余杭，哲富于财，将搬移产避之。寻而贼至，哲谓是官军，问贼今近远。群贼大怒曰："何物老狗，敢辱我！"争以剑刺之。每下一剑，则有五色圆光径五六尺以蔽哲身，刺不能中。贼惊叹，谓是圣人，莫不惭悔，舍之而去。（出《广异记》）

丰州烽子

唐永泰初，丰州烽子暮出，为党项缚入西蕃养马。蕃王令穴肩骨，贯以皮索，以马数百蹄配之。经半岁，马息一倍，蕃王赏以羊革数百。因转近牙帐，赞普子爱其了事，遂令执纛左右，有剩肉余酪与之。又居半年，因与酪肉，悲泣不食。赞普问之，云有老母，频夜梦见。赞普颇仁，闻之怅然，夜召帐中语云："蕃法严，无放还例。我与尔马有力者两匹，于某道纵尔归，无言我也。"烽子得马极骋，俱乏死，遂昼潜夜走。数日后，为刺伤足，倒碛中，忽风吹物窸窣过其前，因揽之裹足。有顷，不复痛，试起，步走如故。经宿方及丰州界，归家，其母尚存，悲喜曰："自失尔，我唯念《金刚经》，寝食不废，以祈见尔，今果其誓。"因取经，缝断，亡数幅，不知其由。子因道碛中伤足事，母令解足视之，裹疮乃数幅经也，其疮亦愈。（出《酉阳杂俎》）

《金刚经》。唐代宗广德初年，武康的草寇朱潭侵犯余杭，陈哲家中富庶，想要搬迁财产躲避草寇。不久，草寇就到了。陈哲以为是官军，就问贼寇现在距离远近。群贼听后大怒，说："你这老狗是什么东西，竟敢侮辱我们？"群贼争着用剑刺他，每刺下一剑，就有五彩圆光直径五六尺来遮蔽陈哲的身体，不能刺中。群贼惊叹，说陈哲是圣人，没有不羞愧后悔的，就放开让他离去了。（出《广异记》）

丰州烽子

唐代宗永泰初年，丰州负责守卫烽火台的士兵晚上出去，被党项人捆绑着抓入西蕃养马。蕃王令人在他的肩胛骨上钻出一个洞，穿上皮绳，并把几百匹马分配给他喂养。结果半年后，马群繁殖了一倍，蕃王就赏给他几百张羊皮。于是他又辗转靠近将帅的牙帐，赞普的儿子看他办事能力强，就命他在左右执掌大旗，有剩余的肉类奶酪就赏给他吃。又过了半年，又给他剩余的肉类奶酪，他悲伤哭泣不吃。赞普问他缘由，他说家中有老母，频频在梦里见到她。赞普很仁义，听他说了之后也感到惆怅，夜里赞普把他叫进帐中说："蕃地的法度十分严明，没有把俘虏放回去的先例。我给你两匹健壮有力的马，从某道放你回去，不要提起我的名字。"士兵得到马匹就急速驰骋逃走，两匹马都疲乏累死，于是他就白天潜藏夜里逃走。几天后，他被尖物刺伤了脚，倒在沙石之中，忽然风吹着一个东西窸窸窣窣地经过他面前，他揽过异物裹到脚上。过了一会儿，他不再感到疼痛，试着站起，走起路来就像先前一样。经过一宿才走到丰州地界。士兵回到家里，他的母亲还活着，又悲又喜地说："自从失去你后，我只得念《金刚经》，连吃饭睡觉都不停止，只祈求能再见到你，现在果然应验了。"于是他母亲就取出经书，书脊缝的线都断了，丢失了数幅页经，不知道是什么原因。他把在沙石中刺伤脚的事告诉母亲后，母亲让他解开脚上的包扎看一看，原来包着脚伤的是那丢失的数页经文，他的脚伤也痊愈了。（出《酉阳杂俎》）

张镒

唐丞相张镒，父齐丘，酷信释氏。每旦更新衣，执经于像前，念《金刚经》十五遍，积数十年不懈。永泰初，为朔方节度使。衙内有小将负罪，惧事露，乃扇动军人数百，定谋反叛。齐丘因衙退，于小厅闲行，忽有兵数十，露刃走入。齐丘左右唯奴仆，遽奔宅门，过小厅数步，回顾，又无人，疑是鬼物。将及宅，其妻女奴婢复叫呼出门，云："有两甲士，身出厅屋上。"时衙队军健闻变，持兵乱入，至小厅前，见十余人，仡然庭中，垂手张口，投兵于地，众遂擒缚。五六人喑不能言，余者具首云："欲上厅，忽见二甲士长数丈，瞋目叱之，初如中恶。"齐丘闻之，因断酒肉。（出《酉阳杂俎》）

崔宁

唐崔宁，大历初镇西蜀。时会杨林反，健儿张国英与战，射中腹，镞没不出。医曰："一夕必死。"家人将备葬具，与同伍泣别。国英常持《金刚经》。至夜，梦胡僧与一丸药。至旦，泻箭镞出，疮便合瘥。（出《报应记》）

张镒

唐朝丞相张镒，父亲叫张齐丘，特别信奉佛教。张齐丘每天早晨穿上新衣服，手拿着经书在佛像前，诵读《金刚经》十五遍，几十年来坚持不懈。唐代宗永泰年初，他担任朔方节度使。衙门之内有一名小将犯了罪，害怕事情败露，于是就煽动几百名军人，商定谋划想要反叛。张齐丘在衙门办完公之后，在小厅里闲逛，忽然有几十名士兵，亮出兵刃走进官衙。张齐丘的左右只有奴仆，急忙奔向大门，经过小厅几步，回头看去，又没有人，怀疑是鬼。等到了房间里，他的妻子、女儿、奴婢又叫喊着冲出房门，说："屋内有两名甲士，身体出现在厅屋之上。"当时衙内卫队的兵卒听说发生兵变，带兵器闯入官衙，来到小厅前，看见有十几个人，屹然不动站在庭院里，双手垂下还张开嘴，把兵器扔到地上，众兵卒就把他们擒下捆绑起来。有五六个人嗓子嘶哑，说不出话来，其余的人都上前自首说："我们刚想要冲上厅堂，忽然看见两名甲士高几丈，瞪着眼睛大声斥责。起初就像是中邪一样。"张齐丘听了之后，就断绝了酒肉。（出《酉阳杂俎》）

崔宁

崔宁，在唐代宗大历年初镇守西蜀。当时正遇上杨林谋反。英勇善战的张国英和他交战，被射中了腹部，箭头没入体内无法拿出，医生说："一晚之后他必定会死。"家人将要去准备棺材，张国英也和同伍的士兵流泪诀别。张国英经常诵读《金刚经》。到了夜里，梦到一位胡僧给他一丸药。到了第二天早晨，箭头随着脓血流出，创伤也愈合了。（出《报应记》）

卷第一百六　报应五金刚经

太原孝廉

唐大历中，太原偷马贼诬一孝廉同情，考掠旬日，苦极强服。推吏疑其冤，未具狱。其人唯念《金刚经》，其声哀切，昼夜不绝。一日，有竹两节坠狱中，转止其前，他囚争取之。狱卒意藏刃，破视，内有字两行云："法尚应舍，何况非法？"书迹甚工。贼首悲悔，具承以旧嫌之故诬之也。（出《酉阳杂俎》）

李廷光

唐李廷光者，为德州司马，敬佛，不茹荤血，常持《金刚经》。每念经时，即有圆光在前。用心苦至，则光渐大；少怀懈惰，则光渐小暗。因此砥励，转加精进。（出《报应记》）

陆康成

唐陆康成尝任京兆府法曹掾，不避强御。公退，忽见亡故吏抱案数百纸请押，问曰："公已去世，何得来？"曰："此幽府文簿。"康成视之，但有人姓名，略无他事。吏曰："皆来年兵刃死者。"问曰："得无我乎？有则检示。"吏曰："有。"因大骇曰："君既旧吏，得无情耶！"曰："故我来启明公耳，唯《金刚经》可托。"即允之，乃遂读《金刚经》，日数十遍。明年，朱泚果反，

太原孝廉

唐代宗大历年间，太原有盗马贼诬蔑一名孝廉是他们的同谋，孝廉被审问鞭打了十天，因为刑讯鞭打过于痛苦而勉强屈服。但是审案的官员怀疑他是被冤枉的，没给他记录定案。这个人只专心诵读《金刚经》，他的声音十分哀切，昼夜诵读不停。一天，有两节竹子落在监狱中，转动着停在这位孝廉面前，其他囚犯争抢着去拿。狱卒担心里面藏着兵刃，破开查看，里面有两行字："犯法尚且应该饶恕，何况他并没有犯法。"字迹十分工整。盗贼的头领悲痛悔恨，全都承认因为这位孝廉旧日里跟他有嫌隙，故而诬陷他。（出《酉阳杂俎》）

李廷光

唐朝的李廷光，担任德州司马，尊重崇信佛教，不吃荤腥，他经常诵读《金刚经》。每当诵读经文的时候，就有圆光出现在他面前。李廷光专心致志地诵读，圆光就越变越大，心中若稍有懈怠，圆光就变小变暗。因此他更加勉励自己，越发专心求进。（出《报应记》）

陆康成

唐朝陆康成曾担任京兆府的法曹椽一职，就算是有权势的人犯了法，他也不回避。有一天，陆公回家，忽然看见已经去世的旧下属拿着几百张案卷请他签押。陆康成问道："你已经去世了，怎么能到这里来？"官吏说："这是阴间地府的文簿。"陆康成一看，上面只有人的姓名，全然没有记载其他事。官吏说："都些都是明年死于战争的人。"陆公问："莫非其中有我？有的话就拿出来让我看看。"官署为御史，康成叱泚曰："贼臣敢干国士！"泚震怒，命数百骑环而射之。康成默念《金刚经》，矢无伤者。泚曰："儒以忠信为甲胄，信矣。"乃舍去。康成遂入隐于终南山，竟不复仕。（出《报应记》）

薛 严

唐薛严，忠州司马，蔬食长斋，日念《金刚经》三十遍。至七十二将终，见幢盖音乐来迎。其妻崔氏，即御史安俨之姑也。属纩次，见严随幢盖冉冉升天而去，呼之不顾，一家皆闻有异香之气。（出《报应记》）

任自信

任自信，嘉州人，唐贞元十五年，曾往湖南，常持《金刚经》，洁白无点。于洞庭湖中，有异物如云冒舟上，俄顷而散，舟中遂失自信，不知所在。久之，乃凌波而出。云至龙宫，谒龙王，四五人命升殿念《金刚经》，与珠宝数十事。二僧相送出宫，一僧凭附少信，至衡岳观音台绍真师付之，云是汝和尚送来，令转《金刚经》。至南岳访僧，果见，云和尚灭度已五六年矣。（出《报应记》）

吏说：“有您。”于是陆公听后大惊，说：“你既然旧日里是我的老部下，难道不顾念我们的私情吗？”官吏说：“所以我特来禀告您，只有《金刚经》可以依托。”陆康成答应了他，于是就开始诵读《金刚经》，每天都诵读几十遍。第二年，朱泚果然谋反，陆公暂代御史，陆康成大声斥责朱泚说：“贼臣竟敢冒犯国士！”朱泚听后震怒，命令几百名骑兵包围了陆公，用箭射杀他。陆康成心中默念《金刚经》，飞矢没有能伤着他的。朱泚说：“儒者以忠诚信实作为自己的甲胄，确实是这样啊。”于是就放他走了，陆康成就进入终南山隐居，最终不再出来做官。（出《报应记》）

薛严

唐朝的薛严，担任忠州司马，长年只吃素食，每天诵读三十遍《金刚经》。他到七十二岁将要去世时，看见执持幢幡伞盖演奏音乐的仪仗队前来迎接他。他的妻子崔氏，就是御史安俨的姑姑。薛严临终时，崔氏看见薛严随着伞盖慢慢地升天离去，呼喊他也不回头，一家人都闻到了浓烈奇特的香气。（出《报应记》）

任自信

任自信是嘉州人，唐德宗贞元十五年，曾经前往湖南，经常诵读《金刚经》，品行清白纯正而没有污点。在洞庭湖上，有一个奇异的东西像云一样冒到任自信的船上，一会儿就消散了，他就从船上消失了，不知道他到哪里去了。过了很久，任自信才从起伏的波涛中出来。他说自己到了龙宫，拜谒了龙王，四五个人命他登殿诵读《金刚经》，给他几十件珠宝。两名和尚送他出宫，其中一名托付他帮忙送信，到衡岳观音台绍真师那里去，就说是和尚命他送来的，并让他诵读《金刚经》。任自信到了南岳寻访这名高僧，果然见到了，并说龙宫见过的那名和尚已经去世五六年了。（出《报应记》）

段文昌

唐贞元十七年，段文昌自蕲入蜀，应南康王韦皋辟命。洎韦之暮年，为贼阚谗构，遂摄尉灵池县。韦寻卒，贼阚知留后，文昌旧与阚不合，闻之连夜离县。至城东门，阚寻有帖，不令诸县官离县。其夕阴风，及返，出郭二里，见火两炬夹道，百步为导。初意县吏迎候，怪其不前。高下远近不差，欲及县郭方灭。及问县吏，尚未知府帖也。时文昌念《金刚经》已五六年，数无虚日，信乎志诚必感，有感必应。向之道左右，乃经所著迹也。后阚逆节渐露，诏以袁滋为节度使。文昌从弟少从军，知左营事，惧及祸，与监军定计，以蜡丸帛书通谋于袁。事旋发，悉为鱼肉，贼谓文昌知其谋于一时。文昌念经夜久，不觉困寐，门户悉闭。忽闻开户而入言“不畏”者再三，若物投案，暴然有声。惊起之际，音尤在耳，顾视左右，吏仆皆睡。俾烛桦四索，初无所见，向之门扃，已开辟矣。文昌受持此经十余万遍，征应孔著。（出《酉阳杂俎》）

刘逸淮

唐刘逸淮在汴时，韩弘为右厢虞候，王某为左厢虞候。与弘相善，或谓二人取军情，将不利于刘。刘大怒，召俱诘之。弘即刘之甥，因控地叩首大言，刘意稍解。王某年老股战，不能自辩。刘叱令拉坐，杖三十。时新造赤棒，头径数寸，固以筋漆，立之不

段文昌

唐德宗贞元十七年，段文昌从蕲地进入蜀地，接受南康王韦皋的征兆。等到韦皋晚年时，段文昌被贼人刘辟进谗言构陷，韦皋就派他暂代灵池县县尉。韦皋不久后就去世了，贼人刘辟自立为留后一职，因段文昌过去与刘辟不合，听说之后就连夜逃离县城。到了县城东门，贼人刘辟有书面命令，不准各县县官离开县城。那天晚上阴风四起，等到段文昌返回，走出城墙二里远，看见两支火炬排列在道路两侧，在百步之内作为导引。起初他认为是县吏迎接等候，责怪他们不再往前迎接。火炬高低远近参差不齐，快到县城城区时才熄灭。等到段文昌问起县吏，县吏还不知道有段文昌的军帖。当时段文昌诵读《金刚经》已经有五六年了，从没有一天间断，信仰忠实专一一定会感动神明，有感动就一定会有回应。先前段文昌走过县道的左右，都是经书所显现的痕迹啊。之后刘辟叛逆的行为逐渐败露，皇上下诏让袁滋担任节度使。段文昌的堂弟年少从军，掌管军中事务，害怕被牵连，就和监军制定计策，用蜡丸在布帛上写明，和袁滋共同谋划。事情很快就暴露了，结果都被抓获。贼人刘辟认为段文昌也知道他们的计谋。段文昌诵读经文直到深夜，不知不觉困乏入睡，门窗全都关着。忽然听到有人开门多次进来并说不害怕，好像有东西扔到桌案上，很是响亮。当他惊醒的时候，声音就在耳边，回头看向左右的人，小吏、仆人都在睡觉。他拿着用桦树皮卷成的蜡烛四下寻找，起初什么也没看见，走到门口，发现门已经大开了。段文昌领受在心，诵读这本经书已经十多万遍，正应当有这一些明显的征兆啊。（出《酉阳杂俎》）

刘逸淮

唐朝的刘逸淮在汴京时，韩弘担任右厢虞侯，王某担任左厢虞侯。他和韩弘彼此交好，有人告诉刘逸淮说，他们二人窃取军情，将对刘逸淮不利。刘逸淮听后大怒，把他们二人都召集过来诘问。韩弘是刘逸淮的外甥，于是跪在地上不断磕头高声求饶，刘逸淮的怒仆，数五六当死矣。韩意其必死。及昏，造其家，怪无哭声，又谓其不敢哭，访兵门卒，即云："大使无恙。"弘素与熟，遂至卧内，问之，云："我读《金刚经》四十年矣，今方得力。记初被坐时，见巨手如箕，翕然遮背。"因袒示韩，都无挞痕。韩旧不好释氏，由此始与僧往来，日自写十纸。及贵，计数百轴矣。后在中书，盛暑，有谏官因事见谒，韩方洽汗写经，谏官怪问之，韩乃具道王某事。（出《因话录》）

孙咸

唐梁崇义在襄州，未阻兵时，有小将孙咸暴卒，信宿却苏。言至一处如王者所居，仪卫甚严。有吏引一僧对事，僧法号怀秀，亡已经年。在生极犯戒，及入冥，无善可录，乃绐云："我常嘱孙咸写《法华经》。"敕咸被追对。初咸不省，僧固执之，经时不决。忽见沙门曰："地藏语云，若弟子招承，亦自获祐。"咸乃依言，因得无事。又说对勘时，见一戎王，卫者数百，自外来。冥王降阶，齐级升殿。坐未久，乃大风卷去。又见一人，被考覆罪福。此人常持《金刚经》，又好食肉，左边有经数千轴，右边积肉成山，以肉多，将入重论。俄经堆中有火一星，飞向肉山，顷刻销尽，此人遂履空而去。咸问地藏："向来外国王风吹何处？"地藏王云："彼王当入无间，向来风即业风也。"因引咸看地狱。及门，烟焰煽赫，声若风雷，惧不敢视。临视镬汤，跳沫滴落左股，痛入心髓。地气稍微平复。王某年纪已大，双腿发抖，不能为自己申辩。刘逸淮喝令拉王某在地，打三十棒。当时新制仪仗用的红棒，棒头直径几寸，用筋漆固定，能立在地上不倒，打上五六棒受刑的人就应当死了。韩弘认为王某一定会被打死。等到他昏死过去，就抬回他的家中，韩弘对他家没有哭声而感到奇怪，又认为他家中的人不敢放声大哭，询问把守门口的差役，就说："王大使安然无恙。"韩弘素来和他家熟悉，径直来到他的卧室之内，问他，王某说："我读《金刚经》已经四十年了，现在才得到了助力。记得当初被拉到地上的时候，看见一只巨大的手掌像簸箕一样忽然遮住我的脊背。"边说边脱去上衣给韩弘看，都没有棍棒打伤的痕迹。韩弘之前不喜好佛教，从此之后才与和尚有所往来，每天自己抄写十页经文。等到他显贵的时候，总计已经抄写了几百卷了。之后韩弘在中书省任职，盛夏时节，有一名谏官有事前来拜谒韩弘，看见韩弘正浑身湿透地抄写经书。谏官感到奇怪并问他，韩弘就把王某的事详细地告诉了他。（出《因话录》）

孙咸

唐朝的梁崇义在襄州，并未被兵事所阻时，有名年轻的将领孙咸突然去世，过了一夜却复苏过来。孙咸说他到了一处像是王者居住的地方，仪仗守卫得很严。有一名官吏领着一位和尚对质，和尚法号"怀秀"，去世已经有一年了。怀秀和尚在世时犯戒到了极点，等到进入冥间，没有什么善事可以记录的，于是他欺骗官吏说："我常常嘱咐孙咸抄写《法华经》。"冥官下令追捕孙咸前来审讯对质，起初孙咸不知道是何事，和尚坚持自己的说法。过了很久也不能结案。忽然听见和尚说："地藏菩萨说过，如果弟子招供承认，自己也会获得庇佑。"孙咸就按照他的话做了，因此平安无事。又说到核对校勘的时候，看见一位外国国王，有几百名守卫的人，从外面进来。冥王走下台阶，一同走上大殿。坐了不久，国王就被一阵狂风刮去。又看见一个人，被考察审查罪恶福德。这个人经常诵读《金刚经》，又喜好吃肉，左边有经书几千卷，右边有肉堆积成山，因为吃的肉多，将要藏令一吏送归，不许漏泄冥事。及回如梦，妻儿环泣，已一日矣。遂破家写经，因请出家。梦中所滴处成疮，终身不差。（出《酉阳杂俎》）

僧智灯

唐贞元中，荆州天崇寺僧智灯，常持《金刚经》。遇疾死，弟子启手犹热，不即入木。经七日却活，云：初见冥中若王者，以念经故，合掌降阶。因问讯曰："更容上人十年在世，勉出生死。"又问人间众僧中后食薏苡仁及药食，此大违本教。灯报云："律中有开遮条如何？"云："此后人加之，非佛意也。"今荆州僧众中后无有饮药者。（出《酉阳杂俎》）

王氏

公安潺陵村百姓王从贵妹未嫁，常持《金刚经》。唐贞元中，忽暴病卒。埋已三日，其家覆墓，闻冢中呻吟，遂发视之，果有气。舁归，数日能言，云："初至冥间，冥吏以持经功德放还。"王从贵能治木，尝于公安灵化寺起造，其寺僧曙中尝见从贵说云。（出《酉阳杂俎》）

被重罚。不一会儿经书堆中有一火星，飞向肉山，顷刻间肉山燃烧殆尽，这个人也腾空离去。孙咸问地藏菩萨："刚才来的外国国王被风吹到哪里去了？"地藏菩萨说："他应当进入了无间地狱，刚才的风就是恶业招致的业风。"于是领着孙咸去看地狱。到了门口，烟焰炽烈旺盛，声如风雷，孙咸因为恐惧不敢看。他靠近去看汤锅，飞沫滴落在他左边的大腿上，痛彻心扉。地藏菩萨叫一名官吏送他回去，不许他泄露冥间的事。等到回去后，孙咸如梦初醒，妻子、儿女围着他哭泣，原来他已经死亡一天了。于是孙咸卖掉全部家产抄写佛经，请求出家。梦中飞沫所滴的地方变成了疮，一辈子都没痊愈。（出《酉阳杂俎》）

僧智灯

唐德宗贞元年间，荆州天崇寺的和尚智灯，经常诵读《金刚经》。智灯患病而死，他的弟子用手摸他的尸体，感觉还温热，就没有立即装入棺材。经过七天，智灯就复活了，他说：起初看见冥间像是王者的人，因为他诵读《金刚经》的缘故，双掌合十走下台阶，于是安慰他说："再容上人在人世十年，免除生死。"又问人间的众和尚午后吃不吃薏苡仁以及药食，这些都大大地违背了本教的规矩。智灯说："佛法中有许可和阻止的话吗？"回答说："这些是后人加上的，并不是佛教的本意。"现在荆州许多和尚中午后再也没有喝药的了。（出《酉阳杂俎》）

王氏

公安潺陵村百姓王从贵的妹妹没有出嫁，经常诵读《金刚经》。唐德宗贞元年间，她忽然得急病而死。下葬三天后，她的家人去遮盖墓穴，听到坟中有呻吟的声音，于是就挖开坟墓查看，果然还有气息。抬回家中，几天后王氏就能说话了，她说："我刚到冥间，冥吏因为我经常念经的功德就放我回来了。"王从贵能够做木工活儿，曾在公安灵化寺建造寺庙，寺里的和尚在天亮时曾听见王从贵说起这件事。（出《酉阳杂俎》）

左营伍伯

唐南康王韦皋镇蜀时，有左营伍伯。于西山行营，与同火卒学念《金刚经》。性顽，初一日才得题目。其夜堡外拾薪，为蕃骑缚去，行百余里乃止。天未明，遂踣之于地，以发系橛，覆以驰罽。寝其上。此人唯念经题，忽见金一铤，放光止于前。试举首动身，所缚悉脱。遂潜起，逐金铤走。计行未得十余里，迟明，不觉已至家，家在府东市。妻儿初疑其鬼，具陈来由。到家五六日，行营将方申其逃。初韦不信，以逃日与至家日不差，始免之。（出《酉阳杂俎》）

宋衎

宋衎，江淮人，应明经举。元和初，至河阴县，因疾病废业，为盐铁院书手，月钱两千，娶妻安居，不议他业。年余，有为米纲过三门者，因不识字，请衎同去。通管簿书，月给钱八千文。衎谓妻曰："今数月不得八千，苟一月而致，极为利也。"妻杨氏甚贤，劝不令往，曰："三门舟路，颇为险恶，身或惊危，利亦何救？"衎不纳，遂去。

至其所，果遇暴风所击，彼群船尽没。唯衎入水，扪得粟藁一束，渐漂近岸，浮藁以出，乃活，余数十人皆不救。因抱藁以谢曰："吾之微命，尔所赐也，誓存没不相舍。"遂抱藁疾行数里，有孤姥鬻茶之所，茅舍两间，遂诣宿焉，具以事白。姥悯之，乃为设粥。及明旦，于屋南曝衣，解其藁以晒，于藁中得一竹筒。开之，

左营伍伯

唐朝南康王韦皋镇守蜀地时，有一个左营伍伯。伍伯在西山行营，和一同吃饭的兵卒学习诵读《金刚经》。他的性情顽劣，第一天才学得经文题目，当天夜里，他在军营外捡拾柴草，被吐蕃的骑兵绑去，走了一百多里才停下来。天还没亮，他就跌倒在地上，被人把头发系在小木桩上，又把驼毡盖到地上，让他睡在那上面。这个人只是诵读经文的题目，忽然看见一铤黄金，放射光芒停在他面前。他就试着抬起头活动身体，结果所有的束缚都脱落了。于是伍伯就偷偷起身，追着金铤逃跑了。估计走了还不到十多里，到天快亮的时候，不知不觉间已经回到家了，他家住在府东市。妻子儿女起初怀疑他是鬼。他就把经过详细地说了，到家五六天，行营的将官才禀报他逃跑的事。起初韦皋不相信，结果他逃跑的日期和他到家的日期一点不差，这才赦免了他的罪过。（出《酉阳杂俎》）

宋衎

宋衎，是江淮人，考中明经科举人。唐宪宗元和初年，宋衎到河阴县，因为患病而荒废本业，担任盐铁院负责抄写的官吏，每月两千钱，娶妻安居乐业，不选择其他的行业。一年多后，有运输米的组织要经过三门，因为不认识字，就请宋衎一同前去，让他主管财物出纳的簿册，每月给钱八千文。宋衎对妻子说：“现在我几个月也挣不到八千，假如一个月可到，其中的利润也极其丰厚啊。”他的妻子杨氏十分贤惠，劝说他不要前去，说：“经过三门要走水路，十分险恶，人要是遇到危险，获利再多又有什么用呢？”宋衎没有听从妻子的建议，就离开了。

到了那个地方，果然遇到了风暴袭击，那些船全都沉没了。只有宋衎落入水中，摸到一捆粟秆，渐渐漂到岸边，靠着浮秆靠岸，于是得救，其余的几十人都没能得救。他抱着粟秆而感谢道：“我的这条小命，是你赐给我的啊，我发誓一定要把你保存好，绝对不舍弃。”于是他抱着粟秆急速行走了几里，到一处老妇人卖茶的地方，还有乃《金刚经》也。寻以讯姥，且不知其详，姥曰：“是汝妻自汝来后，蓬头礼念，写经诚切，故能救汝。”衎感泣请归，姥指东南一径曰：“但寻此去，校二百里，可以后日到家也。”与米二升。拜谢遂发，果二日达河阴，见妻愧谢。杨媛惊问曰：“何以知之？”尽述根本，杨氏怪之。衎乃出经，杨媛涕泣，拜礼顶戴。衎曰：“用何以为记？”曰：“写时，执笔者误罗（羅）汉字，空维上无四，遂诣护国寺禅和尚处请添。和尚年老眼昏，笔点过浓，字皆昏黑。但十日来，不知其所在。”验之，果如其说。衎更呜咽拜其妻，每日焚香礼经于净室，乃谓杨媛曰：“河滨之姥，不可忘也。”遣使封茶及绢与之。使至，其居及人皆不见。诘于牧竖，曰：“比水涨无涯际，何有人鬻茶？”复云：“路亦并无，乃神化也。”

数岁，相国郑公絪为东都留守，乃召衎及杨媛往，问其本末，并令将经来。与其男武职，食月给五千，因求其经，至今为郑氏所尊奉。故岳州刺史丞相弘农公因睹其事，遂叙之，名曰“杨媛征验”。（出《报应记》）

陈昭

唐元和初，汉州孔目典陈昭，因患病，见一人著黄衣至床前云：“赵判官唤尔。”昭问所因，云：“至自冥间，刘辟与窦悬对事，两间茅草房，就到那里住下，并把经历的事详细告诉她。老妇人很怜悯他，为他准备了粥。等到第二天早晨，宋衎在屋南面晾晒衣服，解开粟秆来晾晒，在粟秆中得到一个竹筒。打开后，里面却是《金刚经》。他找到老妇人问她是怎么回事。老妇人说："这是因为你的妻子从你出发之后，就蓬头礼念，抄经的心真诚恳切，所以才能救你。"宋衎感动哭泣，请求回去，老妇人指着东南方一条小道说："只要沿着这条路走，大约二百里，后天就可以回到家了。"并给他二升米。宋衎就恭敬地感谢出发了，果然走了二天就到达河阴，宋衎见到妻子惭愧感谢。妻子杨媛惊讶地问："你是怎么知道的？"宋衎便从头详细说起，杨氏感到奇怪。宋衎就拿出经书，杨媛看后哭泣，顶礼膜拜。宋衎说："你用什么来做记号呢？"杨氏说："写的时候，执笔的人写错了'罗'的汉字，'维'上空着，没有'四'，就到护国寺禅和尚那里请求添上，和尚老眼昏花，笔点太重，字迹都变得昏黑。只是这十天来，我不知道经书到哪里去了。"拿出来检验，果然像她说的那样。宋衎更加呜咽着对他的妻子行礼下拜，于是宋衎从此每天在净室里焚香礼拜佛经，并对妻子杨媛说："河滨遇见的老妇人，千万不可以忘却了。"就派人封好茶和绢送给她。使者到了河滨，她居住的草屋和人都不见了，向牧童追问此事，牧童说："已经到了水涨无边的时候，怎么会有人卖茶？"又说，"那条小路也一并消失了，这是神佛的点化啊。"

几年后，相国郑公絪担任东都留守，就召来宋衎和杨媛，问他们这件事的经过，并下令让他把经书也拿来。郑公絪给宋衎的儿子安排武官职位，每月给他五千钱，并向他求取那本经书，至今被郑氏恭敬地供奉着。前任岳州刺史丞相弘农公因为目睹了这一件事，所以就记录了下来，取名叫作"杨媛徵验"。（出《报应记》）

陈昭

唐宪宗元和年初，汉州掌管文书事务的官吏陈昭，因为患病，看见一个身穿黄衣的人来到他的床前说："赵判官传唤你。"陈昭问其要召为证。”昭即留坐，逡巡又一人手持一物如毬胞，前吏怪其迟，答曰：“只缘此，候屠行开。”因笑谓昭曰：“君勿惧，取生人气，须得猪胞，君可面东侧卧。”昭依其言，不觉已随二吏行，路甚平。

可十里余，至一城，大如府城，甲士守门。及入，见一人怒容可骇，即赵判官也，语云：“刘阐败东川，窦悬捕牛四十七头，送梓州，称准刘阐判杀。阐又云：‘先无牒。’君为孔目典，合知事实。”未及对，隔壁闻窦悬呼：“陈昭何在？”及问兄弟妻子存亡，昭即欲参见，冥吏云：“窦使君形容极恶，不欲相见。”昭乃具说杀牛实奉刘尚书委曲，非牒也，纸是麻，见在汉州某私房架上。即令吏领昭至汉州取之，门馆扃鐍，乃于节窍中出入。委曲至，阐乃无言。赵语昭：“尔自有一过知否？窦悬所杀牛，尔取一牛头。”昭未及答，赵曰：“此不同人间，不可假也。”

须臾，见一卒挈牛头而至，昭即恐惧求救。赵令检格，合决一百，考五十日。因谓昭曰：“尔有何功德？”昭即自陈：“曾设若干斋，画佛像。”赵云：“此来生福耳。”昭又言：“曾于表兄家读《金刚经》。”赵曰：“可合掌请。”昭如言。有顷，见黄襆箱经自天而下，住昭前。昭取视之，即表兄所借本也，褾有烧处尚在。又合掌，其经即灭。赵曰：“此足以免。”便放回。令昭往一司，曰生录，按检出修短。吏报云：“昭本名钊（釗），是金旁刀，至某年改为昭，更得十八年。”昭闻惆怅。赵笑曰：“十八年大得作乐事，何不悦乎！”乃令吏送昭。到半道，见一马当路，吏云：“此尔本属，可乘此。”即骑乃活，死半日矣。（出《酉阳杂俎》）

原因，答道："到了冥间，刘阐与窦悬对质，要召你过去做证。"陈昭就留他坐下。顷刻间又有一人手拿一物像球脬，先来的官吏怪他来晚了。后来的官吏回答道："只因为这个，等着屠户送来。"于是笑着对陈昭说："你不要害怕，取生人气，必须用猪脬，你可以面向东侧睡倒。"陈昭按照他的话去做，不知不觉就已经跟随两名官吏走了，道路很平坦。

走了十多里，来到一座城，大得像州郡府城一样。士兵守门，等到进去后，看见一个人，其愤怒的神色令人害怕，就是赵判官，他说道："刘阐在东川打了败仗，窦悬捕获四十七头牛，送往梓州，说是刘阐批准宰杀的。刘阐又说：'事先没有文书。'你作为掌管文书事物的官吏，应当知道事情的真实情况。"陈昭还没有来得及回答，就听到隔壁的窦悬大喊："陈昭在哪里？"并问起他兄弟妻子儿女生死的状况，陈昭就想见他，冥吏说："窦悬形体容貌很丑陋，不想让你看见。"陈昭就详细说了杀牛的事，确实是奉刘尚书的手谕，没有文书，纸是麻制的，在汉州某人私房的架子上见过。赵判官于是就派官吏领着陈昭到汉州去取，门馆紧锁，就从孔穴中出入，手谕取来了，刘阐无言以对。赵判官对陈昭说："你自己也有一个过失，你知道吗？窦悬所宰杀的牛，你从中取走一颗牛头"。陈昭没有来得及回答，赵判官说："这里不同于人间，不可以说假话。"

不一会儿，看见一名士兵提着牛头过来，陈昭立刻感到恐惧，请求救援。赵判官命检验后判定，应打一百杖，打五十天。于是赵判官对陈昭说："你有什么向善的功德？"陈昭就自己陈述："我曾设置若干斋戒，画过若干佛像。"赵判官说："这是你来生的福祉罢了。"陈昭又说："我曾在表兄家中读过《金刚经》。"赵判官说："可双掌合十请经。"陈昭按照他的话做了。过了一会儿，见黄布裹着经箱从天而降，落在陈昭面前。陈昭取来察看，就是表兄借给他的那本，书皮上有一处火烧的痕迹还在。他又双掌合十，那本经书就消失了。赵判官说："这就足以赦免了你。"便放他回去。令陈昭前往一司，说有他的寿数，按照检验规定他寿命的长短，官吏回禀："陈昭本名'钊钊'，是金旁刀，到了某年改为'昭'字，可再得十八年的寿命。"陈昭

听到后十分惆怅。赵判官笑着说："十八年长到可以做不少快乐的事，为什么不高兴呢？"于是让官吏送回陈昭。走到半路，看见一匹马挡在路中，官吏说："这匹马本属于你，可以乘上这匹马回去。"于是陈昭骑上马回去就复活了，回家发现他已经去世半天了。（出《酉阳杂俎》）

卷第一百七 报应六金刚经

王忠幹

唐大和三年，李同捷阻兵沧景，帝命李祐统齐德军讨之。初围德州城，城坚不拔。翌日又攻之，自卯至未，伤十八九，竟不能拔。时有齐州衙内八将官健儿王忠幹，博野县人，长念《金刚经》，积二十余年，日数不缺。其日，忠幹上飞梯，将及堞，身中箭如猬，为櫑木击落。同火卒曳出羊马城外，置之水濠里岸。祐以暮夜，命抽军。其时城上矢下如雨，同火忙，忘取忠幹尸。忠幹即死，如梦，至荒野，遇大河，欲渡无因，仰天哭。忽闻人语声，忠幹见一人，长丈余，疑其神人，因求指营路。其人云："尔莫怕，我令尔可得渡此河。"忠幹拜之，才头低未举，神人把腰，掷之空中，久方著地。忽如梦觉，闻贼城上交二更。初不记过水，亦不知疮，抬手扪面，血涂眉睫，方知伤损。乃举身强行，百余步却倒，复见向人持刀叱曰："起起！"忠幹惊惧，走一里余，坐歇，方闻本军喝号声，遂及本营。访同火卒，方知其身死水濠岸里，即是梦中所过河也。（出《酉阳杂俎》）

王忠幹

唐文宗大和三年，李同捷在沧州、景州一带割据，皇帝命令李祐统率齐德军前去讨伐他。起初包围德州城，城墙坚固不能攻下。第二天又去攻打，从卯时到未时，受伤的人十有八九，竟然也不能攻下。当时有齐州衙内有位八将级的军官，英勇善战，叫王忠幹，是博野县人，经常诵读《金刚经》，一共诵读了二十多年，一天也不曾缺席。这一天，王忠幹冲上飞梯，将要到城墙堞口的时候，身上中箭，被射得像刺猬一样，被檑木击落。同伙的兵卒把他拖出羊马城外，放在水壕岸边。李祐见天色已晚，于是下命撤军。当时城上飞矢如暴雨而下，同伙的兵卒忙乱之下，忘记带走王忠幹的尸体。王忠幹已经死了，就像做梦一样，来到一处荒野，接着遇到一条大河，想要过河又没有可以凭借的东西，王忠幹就仰天痛哭。忽然听到有人说话的声音，王忠幹只见一人，身高一丈多，王忠幹怀疑他是神人，因此请求他指出通往军营的路。那个人说："你不要害怕，我可以让你渡过这条河。"王忠幹下拜行礼，才低下头还没抬起来，神人就搂住他的腰，把他扔到空中，过了很久才落地。忽然王忠幹像醒梦了一样，听到贼城上打梆子，已经二更。起初王忠幹不记得自己要过河，也不知道自己受伤。这时抬手摸脸，血涂眉睫，这才知道自己受了伤。于是站起身来勉强行走，走了一百多步却又摔倒了，又看见先前梦里的那个人拿着刀大声呵斥道："快起来，快起来！"王忠幹惊慌恐惧，走了一里多路。坐下来休息一会儿，正听到本军大喊的号令声，于是就找到了本营。问同伙的兵卒，才知道自己当初死在水壕岸边，水壕就是王忠幹梦中所渡过的河。（出《酉阳杂俎》）

王偁

王偁家于晋州，性顽鄙。唐元和四年，其家疾疫，亡者十八九，唯偁偶免。方疾，食狗肉，目遂盲。不知医药，唯祷鬼神，数年无报。忽有一异僧请饭，谓曰："吾师之文，有《金刚经》，能排众苦，报应神速，居士能受之乎？"偁辞愚，又无目，固不可记。僧劝写之，偁从其言，得七卷，请僧诵之。数日，梦前僧持刀决其目，乃惊寤。觉有所见，久而遍明，数月如旧。偁终身转经不替。（出《报应记》）

李元一

李元一，唐元和五年任饶州司马。有女居别院，中宵忽见神人，惊悸而卒，颜色不改。其夫严讷自秦来，至苍湖，恍惚见其妻行水上而至。讷惊问之，妻泣曰："某已亡矣，今鬼也。"讷骇异之。曰："近此雁浦村，有严夫子，教众学，彼有奇术，公往恳请哀救，某庶得复生矣。"讷后果见严夫子，拜谒泣诉，尽启根本。严初甚怒："郎君风疾，何乃见凌！"讷又拜悲泣，久乃方许，曰："杀夫人者，王将军也。葬在此堂内西北柱下，可为写《金刚经》，令僧转读，于其所祠焉，小娘子必当还也。"讷拜谢，疾往郡城。明日到，具白元一，写经，速令读之。七遍，女乃开目，久之能言，愧谢其夫曰："兹堂某柱下，有王将军枯骨，抱一短剑，为改葬之，剑请使留，以报公德。"发之果验，遂改瘗，留其剑。元一因写经数百卷，以施冥寞。（出《报应记》）

王偁

王偁家住在晋州，为人愚钝鄙陋。唐宪宗元和四年，他家人得了瘟疫，死了十之八九，唯独王偁偶然幸免。他正患着病，吃下狗肉，眼睛就失明了。不知道求医问药，只是向鬼神祈祷，过了几年也没有回应。忽然有一位奇异的和尚前来乞求斋饭，对他说："我师傅的经文中，有《金刚经》，能排解众生的苦难，施报感应神速，居士你能接受吗？"王偁推辞自己愚笨，又瞎了双眼，一定记不住。和尚劝他抄写下来，王偁听从了他说的话，抄写了七卷，请和尚诵读。几天后，王偁梦见和尚手拿刀子挖开他的眼睛，于是惊醒过来，觉得视力恢复了一点。过了很久眼睛就能完全看见了，几个月之后就和先前一样了。王偁于是终身不停地抄写经书。（出《报应记》）

李元一

李元一，在唐宪宗元和五年担任饶州司马。他有一个女儿住在别院当中，半夜里李元一的女儿忽然看见神人，因为惊恐心悸而死，她的脸色并没有改变。她的丈夫严讷正从秦地回来，走到苍湖，恍惚之间看见他的妻子从水面上行走过来。严讷惊讶地问她，他的妻子哭泣着说："我已经死了，现今变成鬼了。"严讷感到惊骇怪异。他的妻子又说："离这里不远有个雁浦村。村里有一名严夫子，他在村塾中教书，他身怀奇术，你前往恳请他救我，我或许就能复活了。"严讷后来果然见到了严夫子，拜访谒见后向他哭着诉说了事情的始末。严夫子起初十分愤怒："郎君你病了吧，怎么来逼我？"严讷又行礼下拜，悲伤地哭泣，过了很久严夫子才答应，说："杀害你夫人的是王将军，他葬在这厅堂内西北的柱子下，你可以抄写《金刚经》，让和尚诵读佛经，就在那里设祠供奉，你的娘子一定能复活。"严讷恭敬地致谢，快速地赶往郡城。第二天一到，就把这些事详细地告诉李元一，自己去抄写经书，赶快让和尚诵读了七遍经书，李元一的女儿就睁开眼睛，过了很久才能张嘴说话，她惭愧地感谢丈夫，说："在这处厅堂某根柱子之下，埋有王将军的尸骨，抱着一柄短剑，为

鱼万盈

鱼万盈，京兆市井粗猛之人。唐元和七年，其所居宅有大毒蛇，其家见者皆惊怖。万盈怒，一旦持巨棒，伺其出，击杀之，烹炙以食。因得疾，脏腑痛楚，遂卒，心尚微暖。七日后苏，云：初见冥使三四人追去，行暗中十余里，见一人独行，其光绕身，四照数尺，口念经。随走就其光，问姓字，云："我姓赵名某，常念《金刚经》者，汝但莫离我。"使者不敢进，渐失所在。久之，至其家，万盈拜谢曰："向不遇至人，定不回矣。"其人授以《金刚经》，念得遂还。及再生，持本重念，更无遗缺，所疾亦失。因断酒肉，不复杀害，日念经五十遍。（出《报应记》）

于李回

于李回举进士，唐元和八年，下第将归。有僧劝曰："郎君欲速及第，何不读《金刚经》？"遂日念数十遍。至王桥宿，因步月，有一美女与言，遂被诱去。十余里至一村舍，戏笑甚喧，引入升堂，见五六人皆女郎。李回虑是精怪，乃阴念经。忽有异光自口出，群女震骇奔走。但闻腥秽之气，盖狐狸所宅，榛棘满目，李回茫然，不知所适。俄有白犬，色逾霜雪，似导李回前行，口中有光，他另择墓地安葬，请求把他的剑留下，用来报答您对他的恩德。”挖开后果然像严夫子和严讷妻子说的那样，于是就将王将军迁葬他处，留下他的剑。李元一抄写了经书几百卷，用来报答冥间的恩德。（出《报应记》）

鱼万盈

鱼万盈，是京兆地区市井中的粗鲁凶猛之人。唐宪宗元和七年，他所居住的房子里有条巨大的毒蛇，他的家人看见都感到惊慌害怕。鱼万盈一怒之下，在一个清晨手持一根巨棒，等到巨蛇出来，把它打死了，并且烹煮煎烤吃了它。鱼万盈因此患了病，五脏六腑疼痛难忍，然后就去世了，但他的心口还是暖热的。七天之后他才复苏，他说：当初看到冥间的三四个使者追赶着他，在黑暗中行走了十多里。看见一个人独自前行，光芒环绕着他的身体，照耀周围的几尺，嘴里诵着经文。鱼万盈就靠近光亮跟着他走，问起他姓名，他说：“我姓赵名某，我是经常念《金刚经》的人，你千万不要离我太远。”冥间使者不敢靠近，渐渐就不见了。过了很久，就回到他家，鱼万盈恭敬地感谢说：“先前如果没有遇上你这样有道德的圣人，我一定没法回家了。”那个人就传授给他《金刚经》，念完之后鱼万盈就复活了。等复生后，鱼万盈拿着经书诵读更加谨慎，更加不敢有一点遗漏缺失，所患的病也痊愈了。鱼万盈于是从此断绝酒肉，不再杀生，每天诵读五十遍经文。（出《报应记》）

于李回

于李回参加科举考进士科，唐宪宗元和八年，应举落第将要回家。有一位和尚劝他说：“你想要快点中举的话，为什么不读一读《金刚经》呢？”于是于李回每天都诵读几十遍。有一次，去王桥住宿，他在月下散步，忽然有一个美女和他搭话，他就被诱骗而去，走了十多里路来到一处村舍，嬉笑声十分喧闹，美女领着他登上正堂，看见五六个人都是年轻女子。于李回担忧这些都是妖精，就暗中诵

复照路，逡巡达本所。后至数万遍。（出《报应记》）

强伯达

唐强伯达，元和九年，家于房州，世传恶疾，子孙少小，便患风癞之病，二百年矣。伯达才冠便患，嘱于父兄："疾必不起，虑贻后患，请送山中。"父兄裹粮送之岩下，泣涕而去。绝食无几，忽有僧过，伤之曰："汝可念《金刚经》内一四句偈，或脱斯苦。"伯达既念，数日不绝。方昼，有虎来，伯达惧甚，但瞑目至诚念偈。虎乃遍舐其疮，唯觉凉冷，如傅上药，了无他苦。良久自看，其疮悉已干合。明旦，僧复至，伯达具说。僧即于山边，拾青草一握以授，曰："可以洗疮，但归家，煎此以浴。"乃呜咽拜谢。僧抚背而别。及到家，父母大惊异，因启本末。浴讫，身体鲜白，都无疮疾。从此相传之疾遂止，念偈终身。（出《报应记》）

僧惟恭

唐荆州法性寺僧惟恭，三十余年念《金刚经》，日五十遍。不读经文。忽然有一道异光从他口中射出，女子们震惊害怕四散逃走。只闻到了腥秽的气味，这里大概是狐狸的住所，于李回一看，到处都是荆棘阻塞，茫然不知所措。不一会儿，有一只白色的狗，颜色比霜雪更加洁白，好像是引导着于李回继续向前走，他口中散发出光亮，又照亮前面的道路，顷刻之间就到达他的住处。后来他诵读经书达到几万遍。（出《报应记》）

强伯达

唐宪宗元和九年，强伯达家住在房州，世代相传痛苦难治的疾病，子孙后代年轻的时候都患上风癞病，已经二百年了。强伯达刚到二十岁时就患上这种病，嘱咐他的父亲兄长说："这病一定不能痊愈，我担心的是日后留下祸患，请把我送进山里去。"父亲兄长带着粮食把他送到岩石之下，悲伤地流着泪离去。强伯达绝食没过多久，忽然有一名和尚从他身边路过，感伤地说："你可以念《金刚经》中的一首四句偈子，也许能摆脱这种痛苦。"强伯达就诵读经文，几天不停歇。有一天白天，一只老虎过来，强伯达十分恐惧，只能闭上眼睛诚心诚意诵读偈子，老虎就舔遍了他全身的疮，他只是觉得冰凉寒冷，就像敷上了药一样，也没有一点其他的痛苦，过了许久，他往自己身上一看，疮全都已经愈合。第二天早晨，那名和尚又到了，强伯达把经过都详细地告诉了他。和尚就在山边，拾起一把青草交给他，说："可以用此草清洗创伤，等到你回家，把此草煎煮之后沐浴。"强伯达悲伤哽咽，恭敬地感谢。和尚抚摸着他的后背就与他分别。他回到家中，父母都十分惊异，于是他把事情的经过详细地说了一遍。用草液洗浴后，他的身体变得白白净净，再也没有疮病了。从此之后他家世代相传的疾病就终止了，强伯达就终身诵读偈子。（出《报应记》）

僧惟恭

唐朝荆州法性寺有位惟恭和尚，三十多年一直诵读《金刚经》，拘僧仪，好酒，多是非，为众僧所恶。遇病且死，同寺有僧灵岿，其迹类惟恭，为一寺二害。因他故出，去寺一里，逢五六人，年少甚都，衣服鲜洁，各执乐器，如龟兹部，问灵岿："惟恭上人何在？"灵岿即语其处所，疑寺中有供也。及晚回，入寺闻钟声，惟恭已死。因说向来所见。其日，合寺闻丝竹声，竟无乐人入寺。当时名僧云："惟恭盖承经之力，生不动国，亦以其迹勉灵岿也。"灵岿感悟，折节缁门。（出《酉阳杂俎》）

王沔

唐元和中，严司空绶在江陵时，岑阳镇将王沔，常持《金刚经》。因使归州勘事，回至咤滩，船破，五人同溺。沔初入水，若有人授竹一竿，随波出没，至下牢镇，著岸不死。视手中物，乃《金刚经》也。咤滩至于下牢镇三百余里。（出《酉阳杂俎》）

董进朝

董进朝，唐元和中入军，时宿直城东楼上。一夕月明，忽见四人著黄从东来，聚立城下，说己姓名，状若追捕。因相语曰："董进朝常持《金刚经》，以一分功德祝庇冥司，我辈蒙惠，如何杀之？须枉命相待。""若此人他去，我等无所赖矣。"其一人云："董进朝对门有一人，同年同姓，寿限相埒，可以代矣。"因忽不见，进朝惊异之。及明，闻对门哭声，问其故，死者父母云："子昨宵暴卒。"进朝感泣说之，因为殡葬，供养其母。后出家，法名慧通，住兴元寺。（出《报应记》）

每天诵读五十遍。惟恭不受限于和尚的规矩，喜好喝酒、招惹是非，被众僧所厌恶。惟恭患病并且死了，同寺有一位灵岿和尚，他的行为很像惟恭和尚，同为一寺中的二害。灵岿因为别的原因出去，在离开寺庙一里的地方，遇到五六个人，年少英俊，衣服洁净无瑕，各自手拿乐器，像是龟兹国人一样，他们问灵岿："惟恭上人在哪里？"灵岿就告诉他们惟恭所在的地方，怀疑是寺中有供奉的法事。等到他晚上回来，进入寺中听到钟声，惟恭已经死了。于是就诉说了他先前的所见所闻。那天，整个寺庙中都能听到丝竹奏乐的声音，但却没有演奏的人进入寺庙内。当时的名僧说："惟恭大概承接经文的力量，往生不动国。这也是他用死后的功绩来劝勉灵岿。"灵岿有所感触而醒悟，改变志趣，诚心地皈依佛门了。（出《酉阳杂俎》）

王沔

唐宪宗元和年间，检校司空严绶在江陵时，岑阳镇将王沔，经常诵读《金刚经》。因被派到归州调查勘验公事，王沔返回走到咤滩时，船只破损，五人同时落入水中。王沔刚入水，就好像有人递给他一根竹竿，随着波涛忽隐忽现，直至下牢镇，靠岸才免于一死。查看手中拿的东西，原来是《金刚经》。从咤滩到下牢镇足足有三百多里水路。（出《酉阳杂俎》）

董进朝

董进朝是唐宪宗元和年间的参军，当时住在城门东楼之上。一天晚上月光明亮，董进朝忽然看见四个身穿黄衣的人从东面而来，聚集站立于城墙之下，说起自己的姓名，好像要追捕他的样子。他们互相商议，说："董进朝常念《金刚经》，用一分的功德祝告冥司，我等承蒙他的恩惠，怎么能杀他呢？必须找到一个枉命的来代替他。""如果这个人去其他地方，我们就没有人可以仰赖的了。"其中一个人说："对门有一个人，和他同年同姓，寿数也相同，可以让他代替董进朝。"接着，忽然间这些人就不见了。董进朝十分惊奇讶

康仲戚

康仲戚，唐元和十一年往海东，数岁不归。其母唯一子，日久忆念。有僧乞食，母具语之。僧曰："但持《金刚经》，儿疾回矣。"母不识字，令写得经，乃凿屋柱以陷之，加漆其上，晨暮敬礼。一夕，雷霆大震，拔此柱去。月余，儿果还。以锦囊盛巨木以至家，入拜跪母。母问之，仲戚曰："海中遇风，舟破坠水，忽有雷震，投此木于波上，某因就浮之，得至岸。某命是其所与，敢不尊敬！"母惊曰："必吾藏经之柱。"即破柱得经，母子常同诵念。（出《报应记》）

吴可久

吴可久，越人，唐元和十五年居长安，奉摩尼教。妻王氏，亦从之。岁余，妻暴亡。经三载，见梦其夫曰："某坐邪见为蛇，在皇子陂浮图下，明旦当死，愿为请僧，就彼转《金刚经》，冀免他苦。"梦中不信，叱之。妻怒，唾其面。惊觉，面肿痛不可忍。妻复梦于夫之兄曰："园中取龙舌草，捣傅立愈。"兄寤走取，授其弟，寻愈。诘旦，兄弟同往，请僧转《金刚经》。俄有大蛇从塔中出，举首遍视，经终而毙。可久归佛，常持此经。（出《报应记》）

异。等到天亮，听到对门传来哭声，问起原因，死者的父母说：“我儿子昨天夜里突然去世了。”董进朝感动地流泪说了原委，并为他举行葬礼，供养他的母亲。后来董进朝就出家了，法名“慧通”，居住在兴元寺。（出《报应记》）

康仲戚

康仲戚，在唐宪宗元和十一年前往海东，几年都没回来。他的母亲只有他这一个儿子，时间长了十分思念。有一名和尚前来化斋，他的母亲详细地对和尚说了。和尚说：“你只要念《金刚经》，你的儿子很快就会回来了。”他的母亲不认识字，叫别人抄写才得到了经书，就凿开房屋的柱子埋藏在里面，并在藏经的地方涂上油漆，早晚恭敬地行礼。一天晚上，雷声大作，这根柱子竟然被拔出，然后飞走了。过了一个多月，她的儿子果然回来了。用锦缎包裹着巨大的木头回到家里，进入房中跪拜母亲。母亲问他原因，康仲戚说：“我在大海上遇到狂风，船只破损落入水中，忽然有雷鸣声传来，这块木头被扔到水面上，我就凭借它漂浮在水上，才得以回到岸边。我的命就是它所救回来的，我怎敢不尊敬它？”母亲惊奇地说：“一定是我藏经书的柱子。”于是破开柱子，果然找到了经书，母子俩此后经常一同诵读。（出《报应记》）

吴可久

吴可久是越地人，唐宪宗元和十五年居住在长安，信奉摩尼教。他的妻子王氏，也跟从他信奉摩尼教。一年多后，他的妻子突然去世了。过了三年，托梦给她的丈夫说：“我因为常说乖谬不合理的见解而变成了蛇，身在皇子陂佛塔之下，明天早上将要死去，希望你能为我请求和尚，就在那里念《金刚经》，希望这样做能免除我其他的苦难。”因为在梦中吴可久不相信她说的话，所以就大声斥责她。妻子发怒，唾到他的脸上。不久后吴可久惊醒，脸上肿痛难忍。妻子又托梦给她丈夫的哥哥说：“从园中取来龙舌草，捣烂敷在你

开行立

唐开行立，陕州人，不识字。长庆初，常持《金刚经》一卷随身，到处焚香拜礼。忽驼货出同州，遇十余贼，行立弃货而逃。不五六十斤，贼举之，竟不能动。相视惊异，追行立，问之。对曰：“中有《金刚经》，恐是神力。”贼发囊，果有经焉。却与百余千。请其去，誓不作贼，受持终身。（出《报应记》）

僧法正

唐江陵开元寺般若院僧法正，日持《金刚经》三七遍。长庆初，得病卒。至冥司，见若王者，问师生平作何功德。答曰：“常念《金刚经》。”乃揖上殿，登绣座，念经七遍。侍卫悉合掌，阶下考掠论对，皆停息而听。念毕，遣一吏引还，王下阶送曰：“上人更得三十年在人间，勿废读诵。”因随吏行数十里，至一大坑，吏因临坑，自后推之，若陨空焉。死已七日，惟面不冷。荆州僧常靖亲见其事。（出《酉阳杂俎》）

弟弟脸上立刻就好了。”他哥哥醒来后急忙跑去园中采摘龙舌草，交给弟弟，不久后弟弟的脸就痊愈了。第二天一早，兄弟俩一同前往，请和尚诵读《金刚经》。不久有条大蛇从佛塔中出来，抬头环视。经文诵读完了，它就死了。吴可久后来皈依佛门，经常诵读这本经书。（出《报应记》）

开行立

唐朝的开行立是陕州人，不认识字。唐穆宗长庆年初，他经常随身携带一卷《金刚经》，每到一处便焚香跪拜。一次，他驮着货物走出同州，忽然遇到十几名贼人，开行立就丢下货物逃走了。货物不到五六十斤，贼人想举起它，竟然拿不动。贼人彼此看着，十分惊异，追上开行立，问他原因。开行立回答说：“货物当中放有《金刚经》，恐怕是神佛的力量。”贼人就打开货物，果然放有经书。就送给他成百上千钱，请开行立离去，并发誓他们不再做贼，终身念经。（出《报应记》）

僧法正

唐朝江陵开元寺般若院的法正和尚，每天诵读《金刚经》三到七遍。唐穆宗长庆年初，他得病而死。到了冥司，法正和尚看见一个像大王模样的人，问他平生做过什么行善的功德。法正回答说：“我常念《金刚经》。”于是大王作揖请他上殿，登上绣座，诵读七遍经文。侍卫全都双掌合十，台阶下的拷打审问的人，都停下听经。经文念完，大王就派一名官吏领他回去。大王走下台阶送别他说：“上人你还能在人间活三十年，不要荒废了诵读的功德。”于是法正就跟着官吏走了几十里路，来到一处大坑。官吏站在坑边，从背后推下他，他好像从空中坠落一样。他复活后发现自己已经死了七天，只是脸还未变冷。荆州常靖和尚亲眼看见了这件事。（出《酉阳杂俎》）

沙弥道荫

唐石首县，有沙弥道荫，常念《金刚经》。长庆初，因他出夜归，中路忽遇虎，吼掷而前。沙弥知不免，乃闭目坐，默念《金刚经》，心期救护。虎遂伏草守之。及曙，村中人来往，虎乃去。视其蹲处，涎流于地。（出《酉阳杂俎》）

何 老

何老，鄂州人，常为商，专诵《金刚经》。唐长庆中，因佣人负货，夜憩于山路，忽困寐，为佣者刭其首，投于涧中。取货而趋市，方鬻，见何老来，惶骇甚。何曰："我得诵经之力，誓不言于人。"遂相与为僧。（出《报应记》）

勾龙义

勾龙义，阆州俚人。唐长庆中，于郪县佣力自给。常以邑人有疾，往省之，见写《金刚经》，龙义无故毁弃而止绝之。归即喑哑，医不能愈。顽嚚无识，亦竟不悔。仅五六年，忽闻邻人有念是经者，惕然自责曰："我前谤真经，得此哑病。今若悔谢，终身敬奉，却能言否？"自后每闻念经，即倚壁专心而听之。月余，疑如念得。数日，偶行入寺，逢一老僧，礼之。僧问何事，遂指口中哑。僧遂以刀割舌下，便能语。因与念经，正如邻人之声。久而访僧，都不复见。壁画须菩提，指曰："此是也。"乃写经，画须菩提像，终身礼拜。（出《报应记》）

沙弥道荫

唐朝石首县，有一个沙弥叫道荫，经常诵读《金刚经》。穆宗长庆年初，他因为外出，直到夜里才回来，半路上忽然遇到老虎，咆哮跳跃来到他面前。沙弥知道自己不能免死，就闭目静坐，默念《金刚经》，心里期望能够获得救助保护。老虎就趴在草边守着他。等到天亮了，村中的人来来往往，老虎才离去。沙弥查看昨晚老虎蹲坐的地方，满地都是老虎流下的口水。（出《酉阳杂俎》）

何老

何老是鄂州人，经常行商，专心诵读《金刚经》。唐穆宗长庆年中，他雇人背货，夜里他们在山路上休息，忽然何老感到困乏就睡着了，被佣人用刀割下了他的头，投到深涧当中。佣人拿起货物快速赶到集市，正准备卖掉，就看见何老走来，佣人非常惊骇。何老说："我诵读《金刚经》，得到神奇力量的帮助，发誓不和别人说起你做的事。"于是二人就一起做了和尚。（出《报应记》）

勾龙义

勾龙义是简州一个粗俗的人。唐穆宗长庆年中，在郪县通过出卖劳力来满足生活所需。曾经乡里人生病，他就前去探望，看见那人抄写《金刚经》，勾龙义就无缘无故地毁掉经文，阻止那人抄写。回家后勾龙义就嗓子干涩说不出话，医生治了也不能痊愈。他顽固愚蠢，缺乏知识，也不知悔改。只过了五六年，忽然听到邻居有人诵读这部《金刚经》。他猛然警觉省悟，自责道："我之前毁谤真经，才得了这种哑病。今天如果我悔过谢罪，终身虔诚地供奉真经，是否就能说话了呢？"从此之后他每当听到诵读经文声，就倚着墙壁专心地听经。过了一个多月，他怀疑自己也能够像隔壁一样念经。几天后，他偶然路过一间寺庙，进去后遇到一位老和尚，行礼过后，老和尚问他有什么事，他就指着口中表示他说不出话。老和尚就用刀割他舌头的下方，他就能够说话了。于是他就和老和尚一起诵读经文，正

赵安

赵安，成都人。唐大和四年，常持《金刚经》，日十遍。会蛮寇退归，安于道中见军器，辄收置于家，为仇者所告。吏捕至门，涕泣礼经而去。为狱吏所掠，遂自诬服，罪将科断。到节帅厅，枷扭自解。乃诘之，安曰："某不为盗，皆得之巷陌，每读《金刚经》，恐是其力。"节帅叱之不信。及过次，忽于安名下书一"放"字，后即云余并准法，竟不知何意也。及还，洗浴礼经，开匣视之，其经揉裂折轴，若壮夫之拉也。妻曰："某忽闻匣中有声，如有斫扑。"乃安被考讯之时，无差失也。（出《报应记》）

像是邻居的声音。过了很久，他想拜访老和尚，却没有再遇见。只见墙壁上画着须菩提的像，他指着画像说："这就是我遇到的那位老和尚。"于是他就抄写经文，画须菩提的像，终身行礼叩拜。（出《报应记》）

赵安

赵安，是成都人。唐文宗大和四年，他经常诵读《金刚经》，每天十遍。正巧赶上蛮寇撤退，赵安在路上看见了军队的兵器，就安置到家中，被他的仇人所诬告。官吏到他家里去逮捕他，他流泪哭泣礼拜佛经而离去。他又被狱吏拷打，就自行承认而服罪，定罪即将判决时，到了节帅大堂上，他身上的枷锁自行脱落。于是节帅就追问他，赵安说："我没做过盗窃的事，这些都是从巷道里捡来的，我常常读《金刚经》，恐怕是它的神力吧。"节帅大声斥责，并不相信他说的话，等到按顺序点到赵安的时候，节帅忽然在赵安的名字下面写了一个"放"字，然后就说其余的罪犯一并按法处理，竟然不知道这是什么用意。赵安被放回来后，洗浴洁净礼拜佛经，打开装有经书的匣子查看，那部经书已经揉裂断轴，就像是被大力士拉扯过一样。他的妻子说："我忽然听到匣子里传出声音，就像刀砍击打的声音。"那正是赵安被刑拷审讯的时候，没有丝毫的差错。（出《报应记》）

卷第一百八　报应七金刚经

何轸

何轸以鬻贩为业。妻刘氏，少断酒肉，常持《金刚经》。先焚香像前，愿年止四十五。临终心不乱，先知死日。至唐大和四年冬，四十五矣。悉舍资装供僧。欲入岁，遍别亲故。何轸以为病魅，不信。至岁除日，请僧授入关。沐浴更衣，独处一室，趺坐高声念经。及辨色悄然，儿女排室看之，已卒，顶热灼手。轸以僧礼塔葬，在荆州北部。（出《酉阳杂俎》）

王殷

蜀左营卒王殷，常读《金刚经》，不茹荤饮酒。为赏设库子，前后为人误累，合死者数四，皆非意得免。至唐大和四年，郭钊镇蜀。郭性严急，小不如意皆死。王殷因呈锦缬，郭嫌其恶弱，令袒背，将毙之。郭有蓄狗，随郭卧起，非使宅人，逢之辄噬。忽吠声，立抱王殷之背，驱逐不去。郭异之，怒遂解。（出《酉阳杂俎》）

王翰

唐大和五年，汉州什邡县百姓王翰，常在市日逐小利。忽暴

何轸

何轸以贩卖为业。他的妻子刘氏，年少时就断绝酒肉，经常诵读《金刚经》。之前她在佛像前焚香礼拜，希望能活到四十五岁。临终时心不乱，事先就知道了自己的死期。到唐文宗大和四年的冬天，她已经四十五岁了，舍尽嫁妆来置办供品供奉和尚，快要过年的时候，她就与所有的亲戚故友告别。何轸认为她因为鬼魅作祟而患病，不相信她说的话。到了除夕那天，请和尚来为她受戒闭关。然后她沐浴更衣，独自待在一间房子里，盘腿趺坐高声诵读经文，等到天色悄然将明的时候，儿女打开屋子看望她，发现她已经去世了，头顶热得烫手。何轸用和尚的礼节把她安葬在佛塔中，佛塔位于荆州城北。（出《酉阳杂俎》）

王殷

蜀左营卒王殷，经常诵读《金刚经》，他不吃荤也不饮酒。他担任赏设库子时，先后多次被人牵连，应当死过很多回了，却都出乎意料地得到免除。到了唐文宗大和四年，郭钊镇守蜀地。郭钊性格严厉急躁，稍有不如意的地方就将人处死。王殷进献锦缬，而郭钊嫌弃质地粗劣，就令他露出后背，想要打死他。郭钊有一条蕃种狗，跟着郭钊寝卧起床，形影不离，不是这宅院里的人，遇到就咬。这条狗忽然大叫，立即抱住王殷露出的后背，怎么驱赶也不离去。郭钊感到奇异，怒气也就随即消解了。（出《酉阳杂俎》）

王翰

唐文宗大和五年，汉州什邡县有一个百姓王翰，经常在集市中，卒，经三日却活，云：冥中有十六人同被追，十五人散配他处。翰独至一司。见一青衫少年，称是己侄，为冥官厅子，遂引见推典。又云是己兄，貌皆不类。其兄语云："有冤牛一头，诉尔烧畲，枉烧杀之。又曾卖竹与杀狗人作箜篌，杀狗二头，狗亦诉尔。尔今名未注死籍，尤可以免，为作功德。"翰欲为设斋，及写《法华经》《金光明经》，皆曰："不可。"乃请曰："持《金刚经》七遍与之。"其兄喜曰："足矣。"及活，遂舍业出家。（出《酉阳杂俎》）

甯勉

甯勉者，云中人。年少有勇气，善骑射，能以力格猛兽，不用兵仗。北都守健其勇，署为衙将。后以兵四千军于飞狐城。时蓟门帅骄悍，弃天子法。反书闻阙下，唐文宗皇帝，诏北都守攻其南。诏未至，而蓟门兵夜伐飞狐，钲鼓震地。飞狐人汹然不自安，谓甯勉曰："蓟兵豪健不可敌，今且至矣，其势甚急，愿空其邑以遁去。不然，旦暮拔吾城，吾不忍父子兄弟尽血贼刃下，悔宁可及。虽天子神武，安能雪吾冤乎？幸熟计之。"勉自度兵少，固不能折蓟师之锋，将听邑人语，虑得罪于天子；欲坚壁自守，又虑一邑之人悉屠于贼手。忧既甚而策未决，忽有谍者告曰："贼尽溃矣！有弃甲在城下，愿取之。"勉即登城垣望，时月明朗，见贼兵驰走，颠踬者不可数，若有大兵击其后。勉大喜，开邑门，纵兵逐之，生擒数十人，得遗甲甚多。先是勉好浮图氏，常阅佛书《金刚经》。既败蓟师，擒其虏以讯焉。虏曰："向夕望见城上有巨人数四，长二丈余，雄俊可惧，怒目呿吻，袒裼执剑。蓟人见之，惨然汗栗，每日获些小利。一天，他突然去世，过了三天却又复活了，他说：在冥司中看见十六个人一同被拘捕，其中十五个人被分配到其他地方，唯独王翰到了一处官署。他看见一名身穿青衫的少年，声称是自己的侄子，在这里担任冥官厅子，然后就领着他去见推典。又说担任推典的是自己的哥哥，容貌都长得不像他。他的哥哥说道："有一头冤牛，控诉你烧荒种田的时候，烧死了它。你又曾把竹子卖给杀狗的人做成篓篌，杀死了两只狗，这两只狗也控诉你。现今你的名字还没有登记在死册上，罪过还是可以赦免的，你要替它们做些行善的功德。"于是王翰说自己想为它们设斋，以及抄写《法华经》《金光明经》，推典都说："不可以。"于是王翰就请求道："我给它们念七遍《金刚经》。"少年的哥哥高兴地说："这就足够了。"等到复活后，王翰就舍弃家产出家了。（出《酉阳杂俎》）

甯勉

甯勉是云中人。年少而富有勇气，善于骑马射箭，能够不用武器凭借自己的力量与猛兽格斗。北都守赏识他的勇猛，让他担任衙将。之后他统兵四千多人驻扎在飞狐城。当时蓟门统帅骄横凶悍，违背天子的法令。报告他叛乱的文书传到了宫中，唐文宗下诏北都守从南面攻打他们。诏书还没传到，而蓟门的士兵夜间就攻打飞狐城，指挥的钲鼓惊天动地。飞狐城中的人们汹涌翻腾，难以安定，对甯勉说："蓟兵强健，无法匹敌，现在又已经到了城下，形势十分紧急，希望放弃城邑逃走。不然的话，敌人早晚都会攻下这座城邑，我们不忍心看到自己的父子兄弟都惨死在敌人的刀下，到时后悔都来不及了。虽然皇上英明勇武，又怎么能昭雪我们的仇冤呢？希望你能周密地谋划。"甯勉自己忖度所统兵少，本来就敌不过蓟兵，又听到城里人说的话，又担忧皇帝降罪；又想着依靠坚固的城墙自保，又担心一城的人全都被贼寇所杀。他忧心忡忡不能决断计策。忽然有探子前来报告："贼寇全都溃败了！铠甲被丢弃在城下，我们愿意前去拿回来。"甯勉马上登上城墙观看，当时明月当空，只见贼兵败退疾驰，败亡的不计其数，就像有大军攻击他们的身后。甯勉很高兴，打开城

即走避。又安有斗心乎！”勉悟巨人乃金刚也，益自奇之。勉官御史中丞，后为清塞副使。（出《宣室志》）

倪勤

倪勤，梓州人，唐大和五年，以武略称，因典涪州兴教仓，素持《金刚经》。仓有厅事面江，甚为胜概。乃设佛像，而读经其中。六月九日，江水大涨，惟不至此厅下，勤读诵益励。洎水退，周视数里，室屋尽溺，唯此厅略不沾渍，仓亦无伤。人皆礼敬。（出《报应记》）

高涉

唐大和七年冬，给事中李石为太原行军司马，孔目高涉因宿使院。冬冬鼓起时，诣邻房，忽遇一人，长六尺余，呼曰：“行军唤尔。”涉遂行。行稍迟，其人自后拓之。不觉向北，约行数十里，至野外，渐入一谷底，后上一山，至顶四望，邑屋尽在眼下。至一曹司所，追者呼云：“追高涉到。”其中人多朱绿，当按者似崔行信郎中，判云：“付司对。”复至一处，数百人露坐，与猪羊杂处。领至一人前，乃涉妹婿杜则也，逆谓涉曰：“君初得书手时，作新人局，遣某买羊四口，记得否？今被相责，意甚苦毒。”涉遽云：“尔时只使市肉，非羊也。”则遂无言，因见羊人立啮则，逡巡被领他去。倏忽又见一处，露架方梁，梁上钉大铁环，有数百人，皆持刀，门，出兵追赶他们，活捉了几十人，得到了很多丢弃的铠甲。以前甯勉喜好佛教，经常阅读佛书《金刚经》。打败了蓟军后，擒捉俘虏审问他们。俘虏说："傍晚的时候看见城上有几个巨人，高有二丈多，英武健壮，十分可怕，怒目张嘴，袒胸持剑，看见他们，心中惨痛恐惧而出汗，就马上逃跑躲避，哪儿有攻城的心思呢？"甯勉领悟到俘虏所说的巨人就是金刚，他自己也更加感到奇异。甯勉官至御史中丞，后来担任了清塞副使。（出《宣室志》）

倪勤

倪勤是梓州人，唐文宗大和五年，倪勤以军事谋略而闻名，因此主管涪州的兴教仓，一向诵读《金刚经》。教仓有一处厅堂临江，景色十分美丽。倪勤就在那里设置了佛像，并且在那里诵读经书。六月九日，江水大涨，唯独不涨到这处厅堂之下，于是倪勤更加勤勉地诵读经书。等到潮水退去以后，环视周围几里，房屋全都被潮水淹没。只有这处厅堂一点也没沾湿，教仓也没有损伤。周围的人都前来礼拜。（出《报应记》）

高涉

唐文宗大和七年冬天，给事中李石担任太原行军司马，孔目高涉于是住在使院中。咚咚的鼓击声响起时，他就到相邻的房间去，忽然遇到一个人，身高六尺多，大声呼喊道："行军叫你前去！"高涉就跟着前去。走得稍慢些，那个人就从身后推他。不知不觉向北走了大约几十里，来到野外，逐渐进入一处谷底，然后登上一座山，到了山顶四处张望，城邑房屋尽收眼下。他又来到一处曹司，追赶他的人喊道："高涉已经追捕到了！"其中的人大多都穿着朱绿的官服，当中坐着的人像是郎中崔行信，评判道："把他交付有司对质！"又到了一处，几百人露天坐下，和猪羊混杂在一起。官吏把他领到一人面前，原来是高涉的妹夫杜则，不满地对高涉说："你当初担任抄写的工作时，举行庆贺获得新职位的宴会，派我去买四只羊，你还记得吗？现以绳系人头，牵入环中，刳剔之。涉惧走出，但念《金刚经》。倏忽，逢旧相识杨演云："李说尚书时，杖杀贼李英道为劫贼事，已于诸处受生三十年，今却诉前事，君常记得否？"涉辞已年幼，不省。又遇旧典段怡，先与涉为义兄弟，逢涉云："弟先念《金刚经》，莫废忘否？向来所见，未是极苦处，勉树善业，今得还，亦经之力。"因送至家。如梦，死已经宿，向拓处数日青肿。（出《酉阳杂俎》）

张政

张政，邛州人。唐开成三年七月十五日暴亡。初见四人来捉，行半日，至大江，甚阔，度深三尺许。细看尽是脓血，便小声念《金刚经》。使者色变。入城，见胡僧长八尺余，骂使者曰："何不依帖，乱捉平人？"尽皆惊拜。及领见王，僧与对坐，曰："张政是某本宗弟子，被妄领来。"王曰："待略勘问。"僧色怒，王判放去。见使者四人，皆著大枷。僧自领政出城，不见所渡之水。僧曰："吾是汝所宗和尚，汝识我否？我是须菩提。"乃知是持经之力，再三拜礼。僧曰："弟子合眼。"僧以杖一击，不觉失声，乃活。死已三日，唯心上暖。（出《报应记》）

在我被责备，十分痛苦。”高涉急忙说：“我当时只是让你去买肉，并不是羊。”杜则无言以对。接着就看见羊像人一样站立起来咬杜则。不一会儿，他又被领到别处去。忽然又见到一处，方梁上露出一个架子，架子上钉着大铁环，有几百人，手里都拿着刀，用绳索绑着人头，牵入铁环中，剖解他们。高涉惊慌着走出，只是诵读《金刚经》。忽然，高涉碰到老相识杨演，说：“李说担任尚书时，用杖打死贼人李英道，已经在这些地方受了三十年的罪，如今再和你谈谈以前发生的事，你还记得吗？”高涉推辞说当时自己年幼，不懂事。他又遇到旧友段怡，先前和高涉结为义兄弟，见到高涉说：“弟先前念的《金刚经》，现在没有荒废吧？你先前来时所看见的，还不是这里最苦的地方，我劝勉你多做善事，今天你能够回去，也是有赖诵读经书的力量。”于是就送他回家了。他就像是做梦一样，原来他已经死了一宿，先前被推的地方几天都是青肿的。（出《酉阳杂俎》）

张政

张政是邛州人。唐文宗开成三年七月十五日，突然死亡。当初他看见有四个人前来捉他，走了半天来到一条大江边，江面十分宽阔，推测有三尺深。仔细一看，江里都是脓血，张政就小声地诵读《金刚经》。使者听了脸色变得很惶恐。入城后，看见一位胡僧身高八尺多，骂使者说：“为什么不按帖子抓人，而乱抓平民？”使者们都惊慌而拜。等到领张政去见阎王，和尚和阎王相对而坐，说：“张政是我本宗的弟子，被胡乱领来。”阎王说：“等我稍加查问。”和尚发怒，阎王就判放他回去。张政看见捉他的四个使者，都戴上又重又大的枷锁。胡僧亲自领着张政出城。看不到来时所渡的江水。胡僧说：“我就是你所尊奉的和尚，你认识我吗？我就是须菩提。”张政才知道这是诵读经书的力量，再三拜谢致敬胡僧。胡僧说：“弟子快闭上眼睛。”胡僧用杖敲打了他一下，张政不知不觉地大叫出声，然后就复活了。他已经去世三天了，只有心口上还是温热的。（出《报应记》）

李琚

唐李琚，成都人。大中九年四月十六日忽患疫疾，恍惚之际，见一人自称“行病鬼王”，骂琚云：“抵犯我多，未领汝去。明日复共三女人同来，速设酒食，皆我妻也。”琚亦酬酢曰：“汝何得三妻？”但闻呵叱啾唧，不睹人也。却四度来，至二十一日辞去。琚亦拜送，却回，便觉身轻。于佛堂作礼，将吃粥，却行次，忽被风吹去，住足不得。乃至一大山，见江海无涯，人畜随琚立岸边，不知所向。良久，有黄衫人问曰：“公是何人？随我来。”才四五步，已见江山甚远。又问：“作何善事？若无，适已于水上作猪羊等也，细说恐王问。”琚云：“在成都府，曾率百余家于净众寺造西方功德一堵，为大圣慈寺写《大藏经》，已得五百余卷，兼庆赞了。”使者引去。约五十里，见一大城，入门数里，见殿上僧长六七尺，语王云：“此人志心造善，无有欺谄。”王诘黄衫人：“如何处得文帖，追平人来？”答云：“山下见领来，无帖追。”王云：“急送去。”便见所作功德在殿上，碑记分明，石壁造广利方在后。使者领去，又入一院，令坐，向琚说：“缘汉州刺史韦某亡，欲令某作刺史。”琚都不谕。六七日已来放归，凡过十二处，皆云王院，悉有侍卫，总云与写一卷《金刚经》。遂到家，使人临别执手，亦曰：“乞一卷《金刚经》。”便觉头痛，至一塔下，闻人云：“我是道安和尚，作病卓头两下，愿得尔道心坚固。”遂醒，见观音菩萨现头边立笑，自此顿瘥。妻儿环哭云：“没已七日，唯心上暖。”写经与所许者，自诵不怠。（出《报应记》）

李琚

唐朝的李琚，是成都人。唐宣宗大中九年四月十六日，忽然患上疫病，精神恍惚之际，看见一个人自称是“行病鬼王”，骂李琚道：“你触犯我多次，我都没领你离去。明天我再和三个女人一起前来，你赶快摆上酒席，那三个女人都是我的妻子。”李琚也交际应酬道：“你怎么能娶得三个妻子？”只听到大声斥责了好几声，就看不见人了。鬼王之后又来了四回，到了二十一日，鬼王告辞离去。李琚也前去拜送，回来时，他便觉得身体变轻。李琚在佛堂行礼，将要去吃粥，后退几步停下，忽然被一阵风吹去，无法停下脚步。接着他来到一座大山旁，看见一片江海无边无际。人畜随着李琚站在岸边，不知该去哪里。过了许久，有一名身穿黄衫的人问道：“你是什么人？跟我来吧。”李琚才走了四五步，就看见江河山岳已经离得很远了。那黄衫人又问他：“你做过什么好事？如果没有做过的话，刚才已经在水上变成猪羊了。你仔细说说，恐怕一会儿大王会询问。”李琚说：“我在成都府，曾率百余家在净众寺内建造一座西方功德碑，为大圣慈寺抄写《大藏经》，已经抄得五百多卷，又曾举行过庆赞法事。”使者就领着他，大约走了五十里，看见一座巨大城池，进城走了几里，看见殿上有一位身高六七尺的和尚，他告诉王说：“此人一心做善事，没有任何欺骗谄媚。”王责备黄衫人道：“是从什么地方拿到的文帖，追捕平民回来？”黄衫人回答道：“是从山下见到他就领过来的，没有文帖却命我追拿。”王说：“赶快送他回去！”于是李琚就在殿上看见自己所做的功德，碑上记载的文章十分清楚，那堵刻有广利方的石壁在后面。使者便领着他离去，又来到一处院落，让他坐下，使者向李琚说：“因为汉州刺史韦某去世了，想叫你担任刺史一职。”李琚都不答应，六七天以后才放他回去，一共走过了十二处地方，都说是王院，全都有侍卫，答应说给他们抄写一卷《金刚经》。于是到家后，使者临别拉着李琚的手，也说：“乞求得到一卷《金刚经》。”李琚就觉得头痛，来到一座塔下，听到有人说：“我是道安和尚，见你生病就朝你头上敲了两下，希望你的悟道之心能够坚定。”于是李琚苏醒过来，看见观音菩萨出现在头边微笑，这才立刻清醒了。妻子儿女围

巴南宰

巴南宰韦氏，常念《金刚经》。唐光化中，至泥溪，遇一女人，著绯衣，挈二子偕行。同登山岭，行人相驻叫噪，见是赤狸大虫三子母也。逡巡，与韦分路而去，韦终不觉，是持经之力也。（出《述异记》）

元初

唐元初，九江人，贩薪于市。年七十，常持《金刚经》。晚归江北，中流风浪大起，同涉者俱没，唯初浮于水上，即漂南岸。群舟泊者，悉是大商，见初背上光高数尺，意其贵人，既得活，争以衣服遗之，及更召以与饭。语渐熟，乃知村叟。因诘光所自，云："某读《金刚经》五十年矣，在背者经也。"前后厄难，无不获免，知是经之力也。（出《报应记》）

兖州军将

乾符中，兖州节度使崔尚书，法令严峻。尝有一军将衙参不到，崔大怒，令就衙门处斩。其军将就戮后，颜色不变，众咸惧之。是夜三更归家，妻子惊骇，谓是鬼物。军将曰："初遭决斩时，一如醉睡，无诸痛苦。中夜，觉身倒街中，因尔还家。"妻子罔知其由。明旦入谢，崔惊曰："尔有何幻术能致？"军将云："素无幻术，自少读《金刚经》，日三遍，昨日诵经，所以过期。"崔问："记在他身边哭，说：“你已经死了七天了，只有心口上还是温热的。”之后他给那些答应过的人抄写经书，并且自己也诵读经书不敢懈怠。（出《报应记》）

巴南宰

巴南宰韦氏，经常诵读《金刚经》。唐昭宗光化年中，到达泥溪，遇到一个女人，身穿红衣，领着两个孩子同行。他们一同登上山岭。过路人都停下来叫喊吵闹，原来是看见了赤狸老虎母子三人。它们徘徊一阵后，就和韦氏分道而走。韦氏始终没有察觉，是诵读《金刚经》的力量使他避免灾祸。（出《述异记》）

元 初

唐朝的元初，是九江人，以在市集上贩卖柴火为生。他年纪七十，经常诵读《金刚经》。晚上回到江北，走到江水中央风浪忽起，一同过江的人都淹死了，只有元初漂浮在水面上，接着就漂到了南岸。那些停在南岸边船上的人，全都是大商人，看见元初背上散发着几尺高的光，都认为他是贵人。人人都争着送给他衣服，以及轮番请他吃饭。说话间大家也都渐渐熟悉了，才知道他是村中的一个老头。于是追问他光是从哪里来的，他说：“我读《金刚经》已经有五十年了，刚才在背上发光的是经书。”他前后的灾难，全都得以避免，知道这都是经书的力量。（出《报应记》）

兖州军将

唐僖宗乾符年中，兖州节度使崔尚书，法律命令十分严峻。曾有一名军将没按时赶到上司衙门，崔尚书大怒，就命令在衙门处把军将斩首。那名军将被斩首之后，脸色不变，众人都感到害怕。这天夜里三更军将回家了，妻儿惊慌恐惧，说军将是鬼。军将说：“当初遭到斩首时，就像醉酒入睡一样，没有任何痛苦。到了半夜，发觉身子倒在街道中，于是就回家来了。”妻子不知道其中缘由。第二天早晨得斩时否？”云：“初领到戟门外，便如沉醉，都不记斩时。”崔又问：“所读经何在？”云：在家镙函子内。”及取到，镙如故。毁镙，见经已为两断。崔大惊自悔，慰安军将，仍赐衣一袭，命写《金刚经》一百卷供养。今兖州延寿寺门外，盖军将衙门就法并斩断经之像，至今尚存。（出《报应记》）

杨复恭弟

唐内臣姓杨，忘其名，复恭之弟也。陷秦宗权、鹿晏洪、刘臣容贼内，二十余年，但读《金刚经》。虽在城中，未尝废。会宗权男为襄阳节度使，杨为监军使。杨因人心危惧，遂诱麾下将赵德言攻杀宗权男，发表举德言为节度使。由是军府稍定，民复旧业矣。杨于课诵之功，益加精励。尝就牙门外柳树下，焚香课诵之次，欻有金字《金刚经》一卷，自空中飞下。杨拜捧而立，震骇心目：“得非信受精虔，获此善报也！”故陷于贼党二十年间，终能枭巨盗，立殊勋，克保福禄者，盖佛之冥祐也。（出《报应记》）

蔡州行者

唐宋汶牧黄州日，秦宗权阻命作乱，将欲大掠四境。蔡州有念《金刚经》行者，郡人咸敬之。宗权差为细作，令入黄州探事。行者至黄州，未逾旬，为人告败。宋汶大怒，令于军门集众决杀。忽报有加官使到，将校等上言，方闻喜庆，不欲遽行杀戮，由是但去入朝谢罪。崔尚书惊讶地说："你有什么幻术能做到这样？"军将说："我一向不会什么幻术，只是从小就读《金刚经》。每天三遍，昨天因为诵经，才误了排班参见的时间。"崔尚书问："还记得斩首时的情景吗？"他说："刚把我领到戟门之外，我就像大醉了一样，记不得斩首时的情形了。"崔尚书又问："你所读的经书在哪里？"他说："在家中，锁在匣子里。"等到取来匣子，锁还像原来一样。毁坏锁头，看见经书已断成两截。崔尚书大为惊异又暗自后悔，就安慰军将，并赏赐给他一套衣服，于是又命他抄写一百卷《金刚经》用来供奉。兖州延寿寺门外，就是军将在衙门被杀以及斩断经书的雕像，至今还存在。（出《报应记》）

杨复恭弟

唐朝有位内臣姓杨，忘记了他的名，是杨复恭的弟弟。他陷落到贼人秦宗权、鹿晏洪、刘巨容的手中，二十多年里，他只是诵读《金刚经》。虽然身在城中，却也不曾荒废。正赶上秦宗权的儿子担任襄阳节度使，杨复恭担任监军使。杨复恭因为心里忧虑恐惧，就诱使部下将领赵德言进攻杀了秦宗权的儿子，并上表推举赵德言担任节度使。从此以后军府稍微平定下来，百姓们又重操旧业。杨复恭在课读吟诵经书上，更加精勤奋勉。他曾在牙门外柳树下，焚香诵读经书，忽然有一卷金字书写的《金刚经》从空中飞下。杨复恭就拜捧经书站在那里，内心震惊："莫非是信仰经文的心虔诚，才能获得这种善报吗？"他身陷贼党二十年间，最终能够斩杀巨盗，建立了卓越的功勋，保住了福禄，大概是因为佛在暗中保佑他吧。（出《报应记》）

蔡州行者

唐朝宋汶治理黄州的时候，秦宗权造反作乱，打算在四处大肆掠夺。蔡州有一个诵读《金刚经》的行者，郡中的人都十分敬重他。秦宗权就派他作为密探，进入黄州探听消息。行者来到黄州，不到十天，就被人告发。宋汶得知后大怒，下令在军门前召集众人处决令禁锢。逾月，使臣不到，又命行刑。出狴牢次，报使入境，复且停止。使已发，引出就刑。值大将入衙，见之，遽白于宋曰："黄州士马精强，城垒严峻，何惧奸贼窥觇？细作本非恶党，受制于人，将军曲贷性命，足示宽恕。"汶然之，命髡发负钳，缘化财物，造开元新寺。寺宇将就之一夜，梦八金刚告曰："负钳僧苦行如此，缔构既终，盍释其钳，以旌善类？"汶觉大异之，遂令释钳，待以殊礼。自后一州悉呼为"金刚和尚"。（出《报应记》）

贩海客

唐有一富商，恒诵《金刚经》，每以经卷自随。尝贾贩外国，夕宿于海岛，众商利其财，共杀之。盛以大笼，加巨石，并经沉于海。平明，众商船发。而夜来所泊之岛，乃是僧院，其院僧每夕，则闻人念《金刚经》声，深在海底。僧大异之，因命善泅者沉于水访之，见一老人在笼中读经，乃牵挽而上。僧问其故，云："被杀，沉于海，不知是笼中，忽觉身处宫殿，常有人送饮食，安乐自在也。"众僧闻之，悉普加赞叹，盖《金刚经》之灵验。遂投僧削发，出家于岛院。（出《报应记》）

他。忽然有报告通知加官的使者快要到了，将校等军官都需要献上言辞，正在喜庆的时候，秦宗权不想立即实行杀戮之事，因此只是下令把行者禁锢起来。又过了一个月，使者还是没到，秦宗权又下令行刑。等把行者押出牢狱之后，又报告使者已经入境，又再次停止行刑。使者走了以后，又带出去行刑。正赶上城中大将进入府衙内，看见此情形，急忙对宋汶说："黄州的兵马精悍强壮，城垒守卫森严，何惧奸贼的窥探？这个密探本就不是恶人，只是被别人控制，将军开恩饶他一命，以示宽恕。"宋汶认为这样有理，就下令剃去他的头发戴着铁制束颈，叫他去劝化有缘人布施财物，负责建造开元新寺。寺庙建成的那一夜，宋汶梦见八位金刚告诉他："戴着铁制束颈的和尚如此痛苦，寺庙已经建成，为什么不打开他的铁制束颈，来表扬他的善行？"宋汶醒后十分惊奇，于是就下令放开铁束颈，用特别的礼节对待他。从此之后，全州的人都称他为"金刚和尚"。（出《报应记》）

贩海客

唐朝有一位富商，坚持不懈地诵读《金刚经》，他总是把经书带在身边。他曾在国外经商贩卖，晚上居住在一座海岛之上，众商人贪图他的财物，合谋一起杀了他。把他关在大笼子里，再压上一块巨石，连经书一起沉入海底。第二天黎明，众商人的船都开走了。而夜间所住的海岛，原来是一座寺院，那个寺院中的和尚每天晚上，都能听到有诵读《金刚经》的声音，好像是在海底深处。和尚们都非常吃惊，就派善于潜水的人沉入海底查访，看见一个老人在笼子中诵读经书，就把笼子拉上来。和尚问他原因，他说："我被杀死后，沉入海底，不知道是在笼子中，忽然觉得自己身处宫殿，经常有人送来饭食，安宁喜乐自由自在。"众僧听到后，都赞叹，大概是《金刚经》的神力。于是他就削发为僧，在岛上寺院出家了。（出《报应记》）

卷第一百九　报应八法华经

沙门静生

西晋蜀郡沙门静生，出家以苦行致称，为蜀三贤寺主，诵《法华经》。每诵经时，常感虎来蹲前听，诵讫乃去。又恒见左右有四人为侍。年虽衰老，而精勤弥励，遂终其业云。（出《法苑珠林》）

释昙邃

晋有释昙邃，未详何许人。少出家，止河阴白马寺。蔬食布衣，诵《法华经》，又释达经旨，亦为人解说。常于夜中，忽闻扣户云："欲请法师九旬说法。"邃不许。固请，乃赴之。而犹是睡中，觉已身已在白马岛神祠中，并一弟子，日日密往，余无知者。后寺僧经祠前过，见有两高座，邃在北，弟子在南，如有讲说声。又闻有奇香之气，于是道俗共传神异。至夏竟，神送白马一匹，白羊五头，绢九十匹。咒愿毕，于是遂绝。（出《法苑珠林》）

释慧庆

宋释慧庆，广陵人，出家止庐山寺。学通经律，清洁有戒行，

沙门静生

西晋时蜀郡的沙门静生，出家之后以苦行著称，担任了蜀地的三贤寺寺主，诵读《法华经》。每当诵读经文时，静生经常感动老虎前来听经，等到诵读完了之后才离去。又经常看见他身边有四个人侍候着。虽然静生年纪大，已经衰老了，但他更加专心勤勉诵读经书，一直到去世。（出《法苑珠林》）

释昙邃

晋朝有个释昙邃，不知道他是哪里人。年少时出家，住在河阴的白马寺。释昙邃吃素食穿布衣，诵读《法华经》，又能通晓经义的宗旨，也常为别人解释说明。一天夜里，释昙邃忽然听到敲门声并说道："想请法师去讲经说法九十天。"释昙邃没有答应。来人坚决请求，释昙邃就跟着他去了。他还像是在睡梦之中，醒悟过后自己已经身在白马岛神祠之中，并且有一名弟子，每天都和他一起前往，其余的没有人知道。后寺的和尚从祠庙前经过，看见有两个高座，释昙邃坐在北面，弟子坐在南面，仿佛有讲经说法的声音。又闻到有奇异的香气，于是出家人和世俗的人都将这传为神异故事。一直到了夏天结束，神送给他一匹白马、五头白羊、九十匹绢，唱诵愿文完毕，一切都消失了。（出《法苑珠林》）

释慧庆

宋朝的释慧庆，是广陵人，出家在庐山寺。他精通经书，品行洁净无尘而且恪守佛教的戒律，诵读《法华经》中的《十地》《思益》

诵《法华经》《十地》《思益》《维摩》。每夜吟诵，常闻空中有弹指赞叹之声。曾于大雷遇风涛，船将覆没，庆惟诵经不辍。觉船在浪中，如有人牵之，倏忽至岸。于是笃励，弥复精勤矣。（出《法苑珠林》）

费氏

宋罗玙妻费氏者，宁蜀人，父悦为宁州刺史。费少而敬信，诵《法华经》数年，勤至不倦。后得病，忽苦心痛，阖门惶惧，属纩待时。费心念：我诵经勤苦，宜有善祐，庶不遂致死也。既而睡卧，食顷而寤，乃梦见佛于窗中援手，以摩其心，应时都愈。一堂男女婢仆，悉睹金光，亦闻香气。玙从妹于时省疾床前，亦具闻见。于是大兴信悟，虔戒至终，每以此端进化子侄焉。（出《述异记》）

赵泰

赵泰字文和，清河贝丘人。公府辟不就，精进典籍，乡党称名，年三十五。晋太始五年七月十三日夜半，忽心痛而死，心上微暖，身体屈伸。停尸十日，气从咽喉如雷鸣，眼开，索水饮，饮讫便起。

说初死时，有二人乘黄马，从兵二人，但言捉将去。二人扶两腋东行，不知几里，便见大城，如锡铁崔嵬。从城西门入，见官府舍，有二重黑门，数十梁瓦屋，男女当五六十。主吏著皂单衫，将泰名在第三十。须臾将入，府君西坐，断勘姓名。复将南入黑门，一人绛衣，坐大屋下，以次呼名前，问生时所行事，有何罪过；行功德，作何善行。言者各各不同。主者言："许汝等辞。恒遣六师

《维摩》。他每天晚上吟咏诵读，经常听到半空中有捻弹手指赞叹的声音。他曾在大雷雨天遇到风浪，船只将要倾覆沉没的时候，释慧庆只是诵读经文不止。接着就感觉船只行驶在浪中，像是有人牵引着似的，很快船靠了岸。于是他就专一奋勉地诵读经文，更加精心勤勉了。（出《法苑珠林》）

费氏

宋朝罗玙的妻子费氏，是宁蜀人，她的父亲费悦担任宁州刺史。费氏年少时就尊重崇信诵读《法华经》，多年来勤奋不倦。后来她得了病，忽然感到心痛，全家人都十分惶恐，只是等她断气下葬。费氏心想：我诵读经书勤奋努力，应当有所保佑，或许不至于马上就死了吧。不久费氏就睡着了，一顿饭的工夫她睡醒了。她梦中看见佛从窗中施以援手，抚摸她的心脏，病痛马上就痊愈了。一屋中的男女婢仆，都亲眼看见了金光，也闻到了香气。罗玙的堂妹当时正在床前探视她，也全都看见了。于是家中大规模地信仰悟道，她也虔诚地遵行戒律直到临终，也常常用这件事来教化子侄们。（出《述异记》）

赵泰

赵泰字文和，是清河贝丘人。官府征召，他不去就职，专心钻研典籍，在家乡中闻名，年龄三十五岁。晋朝太始五年七月十三日半夜，他忽然心痛而死，只有心上稍温，身体能屈能伸。尸体停放了十天，突然气息像雷鸣一样从咽喉发出，眼睛睁开，索要水喝，喝完水就起来了。

他说他刚死的时候，有两名乘黄马的人，后面跟着两名兵士，只是说要把他抓回去。两个人就扶着赵泰的两腋向东行走，不知走了几里，就看见一座巨大城池，质若锡铁高大耸立。从城的西门进入。接着看见官府的房舍，建有两重黑门，几十间房屋，有男女五六十人。主官身穿黑色单衣，把赵泰的名字排在第三十位。过了一会儿，赵泰被叫进去，官员面向西面坐着，核对姓名。又将他领入南督录使者，常在人间，疏记人所作善恶，以相检校。人死有三恶道，杀生祷祠最重。奉佛持五戒十善，慈心布施，生在福舍，安稳无为。”泰答：“一无所为，上不犯恶。”断问都竟，使为水官监作吏，将千余人，接沙著岸上，昼夜勤苦啼泣，悔言生时不作善，今堕在此处。后转水官都督，总知诸狱事。给马，东到地狱按行。复到泥犁地狱，男子六千人，有火树，纵广五十余步，高千丈，四边皆有剑。树上然火，其下十十五五，堕火剑上，贯其身体。云：“此人咒诅骂詈，夺人财物，假伤良善。”泰见父母及一弟，在此狱中涕泣。见二人赍文书来，敕狱吏，言有三人，其家事佛，为有寺中悬幡盖烧香，转《法华经》咒愿，救解生时罪过。

出就福舍，已见自然衣服，往诣一门，云开光大舍，有三重黑门，皆白壁赤柱，此三人即入门。见大殿，珍宝耀日，堂前有二狮子并伏，负一金玉床，云名狮子之座。见一大人，身可长丈余，姿颜金色，项有日光，坐此床上。沙门立侍甚众，四坐名真人菩萨，见泰山府君来作礼。泰问吏何人，吏曰：“此名佛，天上天下度人之师。”便闻佛言：“今欲度此恶道中及诸地狱人皆令出。”应时云有万九千人，一时得出，地狱即空。见呼十人，当上生天，有车马迎之，升虚空而去。

复见一城，云：“纵广二百余里，名为受变形城。”云：“生来不闻道法，而地狱考治已毕者，当于此城，受更变报。”入北门，面的黑门，一人身穿赤色衣服，坐在大堂之下，按顺序呼喊名字，问生前干过什么事，有什么罪过；建立过哪些功德，做了哪些善事。每个人说的都各不相同。主管说：“允许你们陈述事实。往常派遣六师为正式记录的使者，常驻人间，分条记载人所做的善行恶事，用来检查核实。人死后会转生至三恶道，以宰杀生灵酬神祭祀罪业最重。应当对信佛遵守五戒十善者，广发善心，生在福中，安稳而无为。”赵泰回答：“什么也没做过，更没做过什么恶事。”讯问都结束之后，就让他担任水官监作吏，统帅一千多人，往岸上运输沙子修筑堤坝。他们昼夜不断辛勤劳苦而啼哭不止，都后悔自己在世时不做善事，现在堕落在这里。以后他又转任水官都督，总管牢狱中的诸事，上司送给他一匹马，向东到地狱去巡视。又到泥犁地狱，有六千多名男子，有火树，长宽五十多步，高千丈，四边都长有剑，树上燃着火，树下错乱不齐的人们，坠落在火剑上，他们的身体被贯穿了。狱吏说：“这些人都辱骂诅咒，抢夺他人的财物，伤害良善之人。”赵泰看见自己的父母和一个弟弟也在这处地狱中哭泣，又看见两个人手拿文书而来，命令狱吏，说有三个人，他们家供佛，因在寺中悬挂幡盖虔诚烧香，诵读《法华经》祝祷，就免除他们生前的罪过。

赵泰就出去走到寺庙，已经看见这里的人穿着平常的衣服，前往一处大门，据说是一座开光大殿，建有三重黑门，都是白壁赤柱，这三个人就进去了。看见一座大殿，珍宝映日，堂前有两只狮子并排趴在地上，背着一座金玉床，据说这叫作狮子之座。又看见一个巨人，身高一丈多，姿容金色，颈后有日光，坐在这个床上。站立侍候的和尚有很多，周围的人都叫他真人菩萨。看到泰山府君前来行礼，赵泰问官吏这是什么人，官吏说：“这就是佛，天上天下度化世人的法师。”接着就听到佛说：“现在想要度化这些三恶道以及各个地狱中的人，都让他们出来。”立刻就有一万九千人，一时间都出来了，地狱就空了。又看见呼喊来十个人，应当死后转生天道，有车马前来迎接他们，于是他们升空而去。

又看见一座城，官吏说：“长宽有二百多里，名叫受变形城。”又说：“生来不曾听闻道法，而地狱的考核治绩已经完毕的人，应当见数千百土屋，中央有大瓦屋，广五十余步。下有五百余吏，对录人名，作善恶事状。受是变身形之路，从其所趋去。杀者云当作蜉蝣虫，朝生夕死；若为人，常短命。偷盗者作猪羊身，屠肉偿人；淫逸者作鹄鹜蛇身；恶舌者作鸱鸺鸺鹠，恶声，人闻皆咒令死。抵债者为驴马牛鱼鳖之属。大屋下有地房北向，一户南向，呼从北户，又出南户者，皆变身形作鸟兽。

又见一城，纵广百里，其瓦屋安居快乐，云："生时不作恶，亦不为善，当在鬼趣千岁，得出为人。"

又见一城，广有五千余步，名为地中。罚谪者，不堪苦痛。男女五六万，皆裸形无服，饥困相扶，见泰叩头啼哭。泰按行毕还，主者问："地狱如法否？卿无罪，故相挽为水官都督。不尔，与狱中人无异。"泰问："人生何以为乐？"主者言："唯奉佛弟子，精进不犯禁戒为乐耳。"又问："未奉佛时，罪过山积；今奉佛法，其过得除否？"曰："皆除。"主者又召都录使者，问："赵泰何故死来？"使开縢检年纪之籍，云："有算三十年，横为恶鬼所取，今遣还家。"由是大小发意奉佛，为祖及弟，悬幡盖，诵《法华经》作福也。（出《幽冥录》）

释慧进

前齐永明中，杨都高座寺释慧进者，少雄勇游侠。年四十，忽悟非常，因出家，蔬食布衣，誓诵《法华》，用心劳苦，执卷便病。

来到这座城，接受变更的报应。”二人从北门进入，看见有几千几百间土质房屋，中间有一间巨大的瓦房，宽五十多步。下面有五百多名官吏，核对记录人名及所做善恶。摆在面前的是改变身形的路，于是赵泰就跟着人们快步行走。杀人者据说是应当变作蜉蝣，朝生夕死；若是变为人，也经常是短命的。偷盗者变作猪羊，宰杀割肉补偿世人；淫逸者变作鹄鹜蛇身；恶毒语言者变作鸱鸺、鸺鹠，世人厌恶它们的声音，人们听到都诅咒它们去死。抵债者变作驴马牛鱼鳖之类。大屋子下面有一间地房朝向北面，一扇门朝南，他呼唤着从北门进去，又从南门走出来的人，都改变身形成为鸟兽。

又看见一座城，纵横百里，其中居住在瓦屋的人安居乐业，官吏说：“在世时不做恶事，也不做善事，应当在鬼道中度过一千年，才能出去转生成人。”

又看见一座城，宽有五千多步，名叫“地中”。惩罚被贬谪的人，苦痛难堪。男女共有五六万，都是赤身裸体没穿衣服，饥饿困顿互相搀扶，看见赵泰叩头痛哭。赵泰巡视完毕回来，主管的人问：“地狱的刑罚适宜吗？你没罪，所以引荐你担任水官都督。不然的话，你就和地狱中的其他人没有什么不同。”赵泰问：“人生在世以什么为乐事？”主管的人说：“唯有信奉佛教的弟子，以精心念经不违反佛教的禁条戒律为人生乐事。”赵泰又问：“没信奉佛法时，罪过堆积如山；现今信奉佛法，之前的罪过能够免除吗？”回答说：“都能免除。”主管的人又召来记录的使者，问：“赵泰是什么原因死后过来的？”使者打开滕检年纪的册子，说：“赵泰算寿命还有三十年，意外被恶鬼带来这里，现在可以打发他回家。”从此赵泰家中大大小小都起意信奉佛教，从祖辈到晚辈，都悬挂幡盖，诵读《法华经》做善事获福祉。（出《幽冥录》）

释慧进

南朝齐武帝永明年间，杨都高座寺有位释慧进，年少时是勇猛威武的游侠。年纪四十岁时，他忽然间醒悟过来，于是就出家了，吃乃发愿造百部以悔先障，始聚得一千六百文。贼来索物，进示经钱，贼惭而退。尔后遂成百部，故病亦愈。诵经既广，情愿又满，回此诵业，愿生安养。闻空中告曰："法愿已足，必得往生。"无病而卒，八十余矣。（出《冥祥记》）

沙门法尚

齐武帝时，东山人掘土见一物，状如两唇，其中舌，鲜红赤色。以事奏闻，帝问道俗。沙门法尚曰："此持《法华》者亡相不坏也。诵满千遍，其验征矣。"乃集持《法华》者，围绕诵经，才发声，其唇舌一时鼓动。见者毛竖，以事奏闻。诏石函缄之。（出《旌异记》）

释弘明

齐释弘明，会稽山阴人也。少出家，贞苦有戒节，止山阴云门寺。诵《法华》，习禅定，精勤礼忏，六时不辍。每旦则水瓶自满实，感诸天童子，以为给使也。每明坐禅，虎常伏于室内。（出《法苑珠林》）

释志湛

后魏末，齐州释志湛者，住太山北邃谷中衔草寺。省事少言，入鸟不乱，恒诵《法华》。将终时，神僧宝志谓梁武帝曰："北方衔草寺须陁洹圣僧，今日灭度。"湛之亡也，无恼而化，两手各舒一指，有梵僧云："斯初果人也。"还葬山中。后发看之，唯舌如故。

素食穿布衣，发誓诵读《法华经》，专心诵读，结果积劳成病。他就发誓要汇编百部经书来赎先前的罪孽，开始时他攒了一千六百文，贼人来索要财物，释慧进向贼人表明这是编纂经书的钱，贼人惭愧地撤退了。后来，他编成了一百部经书，之前患的病也痊愈了。经书诵读的种类多，又满足了自己的心愿。从此他以诵经为业，希望安养身心。忽然听到空中传来声音告诉他说："法愿已经满足，一定能够往生净土。"后来他一直活到八十多岁，无病而死。（出《冥祥记》）

沙门法尚

南朝齐武帝时，东山人挖土发现一个东西，形状像两片嘴唇，中间有舌头，颜色鲜红。大臣禀报给皇帝，皇帝问道俗两界的人这是什么。法尚和尚说："这是念《法华经》的人死了之后形象不腐坏。诵满一千遍后，就能验证它了。"于是就召集诵读《法华经》的人，围绕着它诵读经书，刚发声，这个唇舌同时鼓动发声。看到的人都吓得毛发竖立，又把此事上奏皇帝。于是齐武帝下诏用石匣子封上它。（出《旌异记》）

释弘明

南齐时的释弘明，是会稽山阴人。他少年时就出家了，坚贞刻苦遵守戒律，居住在山阴云门寺。他每天诵读《法华经》，学习禅定，专心勤勉诵念经文，昼夜不停。每天早晨水翁自然充盈，感动了上天，特派童子来供他驱使差遣。他每天天亮就坐禅，老虎经常趴卧在室内。（出《法苑珠林》）

释志湛

后魏末期，齐州的释志湛居住在泰山北面幽深山谷的衔草寺中。释志湛明白事理，少言寡语，人鸟不乱，常年诵读《法华经》。释志湛将死的时候，神僧宝志对梁武帝说："北方衔草寺中的须陁洹圣僧，今日灭度了。"释志湛去世的时候，没有烦恼而死，双手各舒展一

众为立塔表焉。（出《法苑珠林》）

五侯寺僧

后魏范阳五侯寺僧，失其名，诵《法华》为常业。初死，权殡堤下，后改葬，骸骨并枯，唯舌不坏。雍州有僧诵《法华》，隐白鹿山，感一童子供给。及死，置尸岩下，余骸并枯，唯舌不朽。（出《法苑珠林》）

释智聪

唐润州摄山栖霞寺释智聪，尝住扬州安乐寺。大业之乱，思归无计，隐江荻中，诵《法华经》，七日不食。恒有虎绕之，聪曰：“吾命须臾，卿须可食。”虎忽发言曰：“造天立地，无有此理。”忽有一老翁，榜舟而至，翁曰：“师欲渡江至栖霞寺，可即上船。”四虎一时泪流，聪曰：“尔与我有缘耶？”于是挟四虎利涉，既达南岸，船及老人，不知所在。聪领四虎往栖霞舍利塔西，经行坐禅。众徒八十，咸不出院，若有所事，一虎入寺鸣号，以为恒式。聪至贞观中迁化，年九十九矣。（出《唐高僧传》）

昙韵禅师

唐昙韵禅师，定州人。隋末丧乱，隐于离石北山。常诵《法华》，欲写其经，无人同志，如此积年。忽有书生来诣之，仍以写经为请。禅师大欢喜，清旦食讫，澡浴，著净衣，入净室，受八戒，根手指。有一位梵僧说："这是没有烦恼的初果人啊。"尸体还埋葬在山中，之后挖掘出来一看，只有舌头像以前一样。大家为他建立了佛塔来赞颂他的功德。（出《法苑珠林》）

五侯寺僧

后魏范阳五侯寺有位和尚，不知道他的姓名，以诵读《法华经》为本业。当初去世的时候，这和尚暂时被埋在堤下，后来改葬，发现尸骨都已枯朽，唯有舌头不坏。雍州有个和尚诵读《法华经》，隐居于白鹿山中，感动上天，派一名童子每天给他供奉衣食。等到他去世，尸体被放置在岩石下，剩余的尸骨都已枯朽，唯有舌头不朽。（出《法苑珠林》）

释智聪

唐朝润州摄山栖霞寺的释智聪，曾经居住在扬州安业寺。隋炀帝大业之乱时，释智聪没有办法回到故乡。他暂时隐居在江边芦荻中，诵读《法华经》，七天里不吃不喝。经常有老虎围绕着他，释智聪说："我的命就在这须臾之间，你不久后就可以吃我的肉了。"一只老虎忽然说道："天地间没有这个道理。"忽然有一名老翁，划船而来，老翁说："大师你想渡江到栖霞寺，可以登上船了。"四只老虎一同流泪。释智聪说："你们和我也算有缘啊。"于是带上四只老虎顺利渡河，到达南岸后，船只和老人都不知去向了。释智聪领着四只老虎前往栖霞寺舍利塔西侧，行经坐禅。他的弟子有八十人，都不出寺院，如果有事，一只老虎就进入寺庙内鸣呼号叫，形成规律。释智聪到唐太宗贞观年间才去世，活到了九十九岁。（出《唐高僧传》）

昙韵禅师

唐朝昙韵禅师是定州人。隋末时局动乱，他隐居在离石北山。昙韵禅师经常诵读《法华经》，想要抄写那些经，没有人和他志趣相同，如此过了多年。忽然有名书生前来拜访他，一再请求为他抄写口含旃檀，烧香悬幡，寂然抄写，至暮方出。明复如初，曾不告倦。及缮写毕，乃至装褫，一如正法。书生告去，送至门，忽失所在。禅师持诵，曾无暂废。后遭胡贼，仓卒逃避，方箱盛其经，置高岩上。经年贼败，乃寻经，于岩下获之。巾箱糜烂，应手灰灭，拨朽见经，如旧鲜好。（出《法苑珠林》）

李山龙

唐李山龙，冯翊人，左监门校尉。武德中，暴亡而心不冷，家人未忍殡殓，至七日而苏。

自说云：当死时，见被收录，至一官署，甚广大。庭前有数千囚人，枷锁杻械，皆北面立。吏将山龙至庭，厅上大官坐高床，侍卫如王者，寻呼山龙至阶。王问："汝平生作何福业？"山龙对曰："乡人每设斋，恒请施物助之。"王曰："汝身作何善业？"山龙曰："诵《法华经》，日两卷。"王曰："大善，可升阶来。"北间有高座，王曰："可升座诵经。"王即起立，山龙坐讫，王乃向之而坐。山龙开经曰："《妙法莲华经》序品第一。"王曰："请法师下。"山龙复立阶下，顾庭前囚，已尽去矣。王曰："君诵经之福，非唯自利，众因闻经，皆已获免，岂不善哉！今放君还。"谓吏曰："可将此人历观诸狱。"

吏即引东行百余步，见一铁城，甚广大，城旁多小窗，见诸经文。禅师十分高兴，书生清晨吃完早饭，洗澡后，穿上净衣，进入净室，接受八戒，口中含着旃檀，烧香挂幡，肃静地抄写，到了晚上才出来。第二天又是那样，这书生不知疲倦。等到抄写完毕，才脱去衣服，一切都很符合法规。书生这才告辞而去，禅师送他到门口，书生忽然不见了。禅师诵读经书，丝毫都不曾荒废。后来禅师遭遇胡贼，仓促逃避，用方箱子装着那部经书，放置在高岩之上。过了一年后贼人败退，禅师就返回寻找经书，在岩石下找到了。书箱已经腐烂，用手一碰触就变成灰了，拨开腐朽的书箱看见经书，依然像先前那样完好。（出《法苑珠林》）

李山龙

唐朝的李山龙是冯翊人，担任左监门校尉。唐高祖武德年中，他突然死去而心口不凉，家里人不忍心入殓安葬，到了第七天他苏醒过来。

自己说：刚死的时候，看见被拘役收录，来到一处官署，官署十分宽大，庭前有几千名囚犯，戴着枷锁刑具，都面向北面站立。官吏将李山龙带到庭上，厅上的一名大官坐在高床之上，看身边侍卫的规格，像是大王一样，呼喊李山龙来到阶前。王问：“你平生做过什么造福的功德？”李山龙回答说：“乡人每次设斋时，我经常施舍物品去资助他们。”王说：“你自己做了哪些造福的功德？”李山龙说：“我诵读《法华经》，每天读两卷。”大王说：“这可是大善事，可以让他走上台阶来。”北面有一个高座，王说：“可以登上高座诵经。”王就立即站起来，李山龙坐下后，王就对着他坐下。李山龙打开经书诵读道：“《妙法莲华经》序品第一。”诵读完之后，王说：“请法师下来吧。”李山龙又站在台阶下，看着庭前的囚犯，早已都离去了。王说：“你诵读经书的福报，并不是只对你自己有好处。那些囚犯因为听到念经，都已经获得赦免了，难道不是好事吗？现在就能放你回去了。”王对官吏说：“可以领着这个人逐一参观各处地狱。”

官吏就领着李山龙向东走了一百多步，见到一座铁城，十分宽男女，从地飞入窗中，即不复出。山龙怪问之，吏曰："此是大地狱，中有分隔，罪计各随本业，赴狱受罪耳。"山龙闻之悲惧，称南无佛，请吏求出院。见有大镬，火猛汤沸，旁有二人坐卧。山龙问之，二人曰："我罪报入此镬汤，蒙贤者称南无佛，故狱中诸罪人，皆得一日休息疲睡耳。"山龙又称南无佛。吏谓山龙曰："官府数移改，今王放君去，可白王请抄。若不尔，恐他官不知，更复追录。"山龙即谒王请抄，王书一行字付吏，曰："为取五道等署。"吏受命，将山龙更历两曹，各厅事侍卫亦如此。吏皆请其官署，各书一行讫，付山龙。

出门，有三人谓之曰："王放君去，各希多少见遗。"吏谓山龙曰："彼三人者，是前收录使人。一人以赤绳缚君者，一人以棒击君头者，一人以袋吸君气者。今见君还，故来求乞。"山龙惶惧谢曰："愚不识公，请至家备物，但不知何处送之。"三人曰："于水边古树下烧之。"山龙诺。

吏送归家，见亲眷哀哭，经营殡具，山龙至尸旁即苏，曰："以纸钱束帛并酒食，自于水边烧之。"忽见三人来谢曰："愧君不失信，重相赠遗。"言毕不见。（出《冥报记》）

苏长

苏长，武德中，为巴州刺史。赴任，至嘉陵江，风浪覆舟，溺其家六十余人。唯一妾常读《法华经》，水入船中，妾头戴经函，大，城旁边开有许多小窗，看见许多男男女女从地上飞进窗中，就再也不出来了。李山龙奇怪地问官吏，官吏说：“这里是大地狱，中间有分隔，定罪都根据本身不同的罪业，到地狱受折磨罢了。”李山龙听说之后感到悲痛害怕，口诵“南无佛”，请求官吏带他出去。又看见有一口大锅，火猛汤沸，旁边坐卧着两个人，李山龙询问他们，二人说：“我们罪恶的报应是进入这汤锅中被烹煮，承蒙贤者你口诵‘南无佛’，所以地狱中所有的罪人，都能得到一天的休息，我们也就因为疲倦而睡着了。”李山龙又口诵“南无佛”，官吏对李山龙说：“抓你的官府多次移交改变，今天王放你回去，你可向大王请求抄写‘符’字。如果不这样，恐怕其他的官员还不知道，会再被追录而来。”李山龙就拜谒大王请求抄写，大王写了一行字交给官吏，说：“为他取得五道等的签字。”官吏领命，带着李山龙再经过两个曹衙。各个厅堂之上的侍卫也都像之前这样，官吏都请他们的主管签字，每位官吏都写完一行后，交给李山龙。

出门后，看见有三个人对他说：“大王放你回去，我们都希望你能多少送点东西给我们。”官吏对李山龙说：“这三个人是先前拘役收录你的使者。一个人用红绳捆绑你，一个人用棒子敲打你的头，一个人用口袋吸取你的气息。现在看见你要回去，特意来乞求你。”山龙惶恐拜谢说：“我不认识你们，请让我回到家之后再给你们准备礼物，只是不知道该往何处送呢？”三个人说：“礼物送到水边古树下焚烧掉即可。”李山龙答应了。

官吏就送他回家，看见亲戚恸哭，正在准备棺材，李山龙到了尸体旁就复苏了，说：“用纸钱捆着布帛和酒菜，到水边古树下烧掉。”忽然看见三个人前来致谢道：“你没有忘记答应我们的事，感谢赠送我们这么丰厚的礼物。”说完就消失不见了。（出《冥报记》）

苏长

苏长，唐高祖武德年间担任巴州刺史。他前往赴任，走到嘉陵江，风浪暴起船只覆没，他家六十多口人都淹死了。唯独他的一名小

誓与俱溺。随波泛滥，顷之著岸。逐经函而出，开视其经，了无湿污。独存其命。（出《法苑珠林》）

尼法信

唐武德时，河东有练行尼法信，常读《法华经》。访工书者一人，数倍酬直，特为净室，令写此经。一起一浴，然香更衣，仍于写经之室，凿壁通，加一竹筒，令写经人每欲出息，径含竹筒，吐气壁外。写经七卷，八年乃毕。供养殷重，尽其恭敬。龙门僧法端尝集大众讲《法华经》，以此尼经本精定，遣人请之，尼固辞不许。法端责让之，尼不得已，乃自送付。法端等开读，唯见黄纸，了无文字。更开余卷，悉皆如此。法端等惭惧，即送还尼。尼悲泣受，以香水洗函，沐浴顶戴，绕佛行道，七日夜不暂休息。既而开视，文字如初。故知抄写深加洁净，比来无验，只为不勤敬也。（出《冥报记》）

李 氏

唐冀州封丘县，有老母姓李，年七十，无子孤老，唯有奴婢两人。家镇沽酒，添灰少量，分毫经纪。贞观年中，因病死，经两日，凶器已具，但以心上少温，及苏说云：初有两人，并著赤衣，门前召出，云有上符遣追，便即随去。行至一城，有若州郭，引到侧院，见一官人，衣冠大袖，凭案而坐，左右甚多。阶下大有著枷锁人，防守如生。官府者遣问老母："何因行滥沽酒，多取他物？拟作《法华经》，已向十年，何为不造？"老母具言："酒使婢作，量亦妾经常诵读《法华经》，水进入船中，小妾头戴装经书的匣子，发誓和它一起沉入江底，随着水波漂流。不一会儿她就漂到岸边，随着装经匣子一起上岸。打开匣子查看经书，全然没有打湿。全家人，只有她保全了性命。（出《法苑珠林》）

尼法信

唐高祖武德年间，河东有个练行尼姑名叫法信，经常诵读《法华经》。她寻访了一名擅长书法的人，给他数倍的酬金，特意为他准备了一间净室，让他抄写这部经书。法信每天起来沐浴，焚香更衣。然后在写经的室内墙上凿开一处通风的小孔，加上一个竹筒，让抄写经书的人每次想要呼吸时，就含着竹筒，吐气到墙外。一共抄写了七卷经书，八年才抄写完。法信对经文供奉恳切，对书生极其恭敬。龙门僧人法端曾召集众僧讲解《法华经》，以法信尼姑的经本作为典范，就派人前去请借，法信尼姑坚持不答应。法端责问她，法信尼姑不得已，就亲自送交。法端等人打开经书阅读，只见里面都是黄纸，没有一个文字。再打开其余的经卷，全都是这样。法端等感到羞愧恐惧，立即送还给法信尼姑。她非常悲伤地接受了，并用香水清洗匣子，沐浴顶礼，围着经书来回走动，七天七夜都不休息。然后打开查看，文字就像先前一样。所以知道抄写的经书十分洁净，法端拿去没有效果，只是因为不勤奋不恭敬啊。（出《冥报记》）

李　氏

唐朝冀州的封丘县，有一个老妇姓李，年纪七十，没有子嗣，孤苦一人，只有两名奴婢。她家在镇上卖酒，酒中掺假以次充好又缺斤少两，分毫之间都斤斤计较。在唐太宗贞观年间，她因病去世，过了两天，埋葬她的器物都已经准备好了，只因为她的心口处还稍有温度，还不曾入殓。等到她复苏过来后，说：当初有两个人，都身穿红衣服，在门前召她出去，说有上符派遣他们二人前来追拿，就跟着他们去了。走到一座城池，很像是州城。领着她来到侧院，看见一是婢。经已付钱一千文与隐师。”即遣追婢，须臾婢至，即笞四十放还。遣问隐师，报云是实。乃语老母云：“放汝七日去，经了当来，得生善处，遂尔得活。”勘校老母初死之时，婢得恶逆，久而始苏，腹皆青肿，盖是四十杖迹。隐禅师者，本是客僧，配寺顿丘，年向六七十，自从出家，即头陀乞食。常一食斋，未尝暂辍，远近大德，并皆敬慕。老母病死之夜，隐师梦有赤衣人来问，梦中答云：“造经是实。”老母乃屈乡闾眷属及隐禅师行道，顾诸经生，众手写经了，正当七日。还见往者二人来前，母曰：“使人已来，并皆好住。”声绝即死。隐师见存，道俗钦敬。（出《冥祥记》）

彻师

唐绛州南孤山隐泉寺沙门彻禅师，曾行，遇癞人在穴中。彻师引出山中，为凿穴给食，念诵《法华经》。素不识字，加又顽鄙，句句授之，终不辞倦。诵经向半，梦有教者，后稍聪悟。已得五六卷，疮渐觉愈。一部了，须眉平复，容色如故。经云：“病之良药。”斯言验矣。（出《冥报拾遗》）

位官人，头戴发冠身穿宽衣大袖，靠着桌案坐着，他左右侍从很多。台阶下有很多戴着枷锁的人，防守得很严。官府的人询问老妇：“为什么你卖的酒质量这么差，还要多取别人的财物？打算抄写《法华经》，已经过了十年，为什么还不写？”老母就详细地说：“酒是让奴婢制作的，量也是让奴婢测量的。写经的钱已经付给了隐师一千文。”官府的人就派人前去追拿奴婢，不一会儿奴婢到了，就打了四十杖放回去了。又派人传言询问隐师，隐师回答说都是实情。于是官吏就对老母说：“暂且先放你回去七天，等经书抄写完了再回来，因为你的善行能转生到好地方，所以你才能复活。”验证一下老妇刚去世的时候，奴婢得了重病，过了很久才苏醒过来，腹部都是青肿的，大概是被打了四十杖的痕迹。那个隐禅师，本来是游方僧，居住在顿丘寺，年纪六七十岁，自从出家后，就定斋念佛，行脚乞食，每天只吃午前一餐，不曾停止，远近闻名的高僧都很敬重他。老妇病死的那个夜晚，隐师梦见有个身穿红衣的人前来询问，梦中他回答道：“抄写经书是事实。”老妇就召集乡间亲属以及隐禅师做法事，请众多经生写经书，正好是复活后的第七天。又看见之前来过的那两个人，老妇就说：“使者已经来了，你们保重。”说完就去世了。隐师现在还活着，出家和世俗的人都很钦佩敬重他。（出《冥祥记》）

彻师

唐朝绛州南孤山隐泉寺有和尚名叫彻禅师，曾经出行的时候，在洞穴中遇到一个生有癞疮的人。彻师把他领出山中，为他开凿出一个山洞，还送给他食物，经常诵读《法华经》。这人一向不认识字，加上生性愚钝鄙陋，彻师就一句一句地传授给他，始终不曾推辞厌倦。诵读经书将近一半时，这人梦见有人在梦里教他，之后渐渐变得聪明颖悟，已学了五六卷《法华经》了。他的癞疮也渐渐痊愈了，一部经书全读完了，须眉都恢复到原来的样子，面容脸色都和之前一样。《法华经》中说：“经书是治病的良药。”这话真灵验啊。（出《冥报拾遗》）

悟真寺僧

唐贞观中，有王顺山悟真寺僧。夜如蓝溪，忽闻有诵《法华经》者，其声纤远。时星月回临，四望数十里，阒然无睹。其僧惨然有惧，及至寺，且白其事于群僧。明夕，俱于蓝溪听之，乃闻经声自地中发，于是以标表其所。明日穷表下，得一颅骨，在积壤中，其骨槁然，独唇吻与舌，鲜而且润，遂持归寺，乃以石函置于千佛殿西轩下。自是每夕，常有诵《法华经》声在石函中。长安士女，观者千数。后新罗僧客于寺，仅岁余，一日寺僧尽下山，独新罗僧在，遂窃石函而去。寺僧迹其往，已归海东矣，时开元末年也。（出《宣室志》）

释道俗

唐释道俗者，不测所由，止醴泉山原，诵《法华经》为业，乃至遍数千。贞观中，因疾将终，告友人慧廓禅师曰："此虽诵经，意望有验。吾死之后，当以十年为限，试发视之。若舌朽灭，知诵无功；若舌如初，为起一塔，庶生俗信。"言讫而终。至十一年，依言发之，身肉都尽，唯舌不朽。一县士女，咸共赞叹，乃函盛舌本，起塔于甘谷岸上。（出《法苑珠林》）

史阿誓

唐郊南福水之阴有史村。史阿誓者，诵《法华经》，职充令

悟真寺僧

唐太宗贞观年中，王顺山悟真寺中有名和尚。有一天夜里他到蓝溪去，忽然听到有人诵读《法华经》，诵经声纤细悠远。当时的星月已经隐没，四处张望周围几十里，寂静无声，什么东西也没有。这名和尚凄惨而恐惧，等回到寺内，就把这件事详细告诉了其他和尚。第二天晚上，和尚们都在蓝溪听诵经声，就听到诵经的声音是从土地中发出的，于是就在那个地方做好标记。第二天一早挖开标记的地方，得到一个颅骨，埋在土壤之中，骨头已经腐朽，唯独双唇与舌头鲜红而红润，于是和尚们就把它拿回寺中，用石匣装上放置在千佛殿的西屋之下。从此之后，每天晚上经常有诵读《法华经》的声音从石匣里发出。长安的男男女女，前来观看的人数以千计。后来有位新罗和尚客居于悟真寺，只过了一年多，一天寺里的和尚们全都下山去了，唯独新罗和尚在寺中，就偷走石匣而去。寺里和尚们追查他的去向，他已经回到海东了。当时是唐玄宗开元末年。（出《宣室志》）

释道俗

唐朝的释道俗，不知道他是从哪来的，居住在醴泉山原，以诵读《法华经》为事业，竟然达到了几千遍。唐太宗贞观年中，因为患病将要去世的时候，释道俗告诉他的友人慧廓禅师说："我虽然如此诵读经书，也只是希望能够验证。我死之后，应当以十年为期限，尝试挖开我的坟墓查看，如果我的舌头已朽烂，就知道是我诵经无功；如果舌头还像先前一样，那就为我建立一座佛塔，这也是我一生的俗世信念。"说完就去世了。到了第十一年，按照他说的话挖开他的坟墓查看，发现他身体上的肌肉都已腐烂殆尽，唯有舌头没有腐朽。全县的男男女女全都赞叹不已。于是就用匣子装上舌头，在甘谷岸上筑起一座佛塔。（出《法苑珠林》）

史阿誓

唐朝郊南福水的南面有座史村，有位村民叫作史阿誓，诵读《法史，往还步涉，未尝乘骑，以依经云“哀愍一切”故也。病终本邑，香气充村，道俗惊怪，而莫测其缘。终后十年，其妻死，乃发冢合葬。见其舌根，如本生肉，斯诚转诵《法华经》之灵验也。（出《法苑珠林》）

石壁寺僧

唐并州石壁寺，有一老僧，禅诵为业，精进练行。贞观末，有鸽巢其房楹上，哺养二雏。法师每有余食，恒就巢哺之。鸽雏后虽渐长，羽翼未成，因学飞，俱坠地死。僧收瘗之，经旬后，僧夜梦二小儿曰：“某等为先有小罪，遂受鸽身。比来日闻法师诵《法华》，既闻妙法，得受人身，儿等今于此寺侧十余里某村姓名家，托生为男。十月之外，当即诞育。”僧乃依期往视之，见此家妇，果同时诞育二子。因为作满月，僧呼为“鸽儿”，并应之曰“唯”。（出《冥报拾遗》）

华经》，担任令史一职，往来跋涉，从不曾乘车骑马，都按照经书上说的那样。这样做是出于慈悲怜悯一切的缘故。他病死在本地，香气充满全村，出家和世俗之人都感到惊讶，而不知道是什么原因引起的。史阿誓死后十年，他的妻子也去世了，就挖开坟墓准备合葬。只见他的舌根还像生前那样鲜红。这的确是诵读《法华经》的神奇功效。（出《法苑珠林》）

石壁寺僧

唐朝并州石壁寺，有一位老和尚，以坐禅诵经为事业，专心修炼戒行。唐太宗贞观年末，有一只八哥在他房前的柱子上筑巢，哺育两只雏鸟。法师每当有剩余的饭，总是送到巢穴里喂养它们。八哥的雏鸟后来虽然渐渐长大，但羽翼还没有长成，因而学习飞翔时，两只雏鸟都摔落地面而死，和尚收殓埋葬了它们。十天后，和尚夜里梦见两个小孩说：“我等因为先前犯下小罪，就受到变为八哥的惩罚。近来听到法师诵读《法华经》，既然已经听到了义理深远的佛法，就得以变回人身，我们现在已经投胎到寺庙旁十几里的某村某姓家，托生为男孩，十个月之后，就要出生。”和尚就按照日期前往查看，见到这家的妇女，果然同时生下两名男孩。于是在为他们庆贺满月的宴席上，和尚称呼他们为“谷鸟儿”，他们一起答应：“是。”（出《冥报拾遗》）

卷第一百一十　报应九观音经

窦傅

晋窦傅者，河内人。永和中，并州刺史高昌、冀州刺史吕护各权部曲，相与不和。傅为昌所用，作官长。护遣骑抄击，为所俘执，同伴六七人，共系一狱，锁械甚严，克日当杀之。沙门支遁山时在护营中，先与傅相识，闻其执厄，山至狱所候视之，隔户共语。傅谓山曰："今困厄，命在漏刻，何方得相救？"山曰："若能至心归请，必有感应。"傅先亦颇闻观世音，及得山语，遂专心属念，昼夜三日，至诚自归。观其镣械，如觉缓解，有异于常。聊试推荡，摧然离体，傅乃复致心曰："今蒙哀祐，已令桎梏自解，而同伴尚多，无心独去，观世音神力普济，当令俱免。"言毕，复牵挽余人，皆以次解落，若有割剔之者。遂开户走出，于警徼之间，莫有觉者，便逾城径去。行四五里，天明，不敢复进，共逃隐一林中。须臾，护觉失囚，人马络绎，四出寻捕，焚草践林，无不遍至。唯傅所隐一亩许地，终无至者，遂得免还。乡里敬信异常，咸信奉佛法。遁山后过江，为谢居士敷具说其事焉。（出《真传拾遗》）

窦傅

晋朝的窦傅，是河内人。晋穆帝永和年间，并州刺史高昌、冀州刺史吕护，各个都执掌军队，相互之间不和。窦傅被高昌所用，担任官长。吕护派遣骑兵包抄袭击，窦傅被俘，和同伴六七人，都被关在同一座监狱中，带着枷锁，看管得很严，到了约定的日期就杀死他们。僧人支遁山当时正在吕护营中，先前和窦傅相识，听说窦傅被俘将要处死，遁山就到狱中去探视问候他，二人隔着门一起说话。窦傅对遁山说："现在我处于困苦危难之中，命在顷刻之间，什么方法能搭救我呢？"遁山说："如果你能极为虔诚地皈依佛法，一定会有所感应。"窦傅先前也听过多次观世音，等听到遁山所说的话，就时刻专心想着经文。三天三夜，诚心诚意自行皈依。再查看他的枷锁，感觉像是有所缓解似的，和平常有所不同。窦傅就试着推移活动，刑具被破坏，脱离了身体。窦傅就又诚心地说："今天承蒙你可怜保佑，已经让枷锁自行解开。然而我的同伴还有很多，我没有独自离去的想法，观世音神力普度，应当让他们都免除劫难。"说完，又去牵拉其他人，其他人都按次序解落了枷锁，就像有人帮着截断分离了一样。于是他们就开门逃走，在警卫巡视之间，没有能察觉的人，他们就翻过城墙离去，走了四五里，天亮了，不敢再往前走了，都逃避隐匿在一片树林中。不一会儿，吕护发觉囚犯已经逃走，就派出大队人马，四处追捕，烧草踏林，没有一处搜查不到，唯独窦傅所隐匿的一亩左右的土地，始终没有人来，这才得以免除劫难回到家乡。乡里的人都非常尊重崇信，全都信奉佛法。僧人遁山之后渡江，为了感谢窦傅居士把这些事详细地解释传扬四方。（出《真传拾遗》）

周 珰

晋周珰，会稽剡人也，家世奉法。珰年十六，便蔬食诵经，正月长斋竟，延僧设八关斋，及请其师竺佛密、支法阶。佛密令持小品，斋转读。三日僧赴斋，忘持小品。至中食毕，欲读经，方忆，甚惆怅。珰家在坂怡村，去寺三十里，无人遣取。至人定烧香毕，本家恨不得经，密益踧踖。有顷，闻叩门者，言送小品经。珰愕然心喜，开门，见一年少，著单衣夹，先所不识，又非时人，疑其神异，便长跪受经，要使前坐。年少不肯进，曰："斯夜当来听经。"比出不复见，香气满宅，既而视之，乃是密经也，道俗惊喜。密经先在厨中，缄钥甚谨，还视其钥，俨然如故。于是村中十余家，咸皆奉佛。珰遂出家，字昙嶷，讽诵众经二十万言。（出《冥祥记》）

竺法义

晋兴宁中，沙门竺法义，山居好善，住在始宁保山。后得病积时，攻治备至，而了不损，日就绵笃。遂不复自治，唯归诚观世音，如此数日。昼眠，梦见一道人来候其病，因为治之，刳出肠胃，湔洗脏腑，见有结聚不净物甚多。洗濯毕，还纳之，语义曰："汝病已除。"梦觉，众患豁然，寻得复常业。故其经云："或现沙门梵志之象。"意者义公梦其是乎！义以太原七年亡。宋尚书令傅亮撰其事迹。亮自云："其先君与义游，义每说其事，辄凛然增肃焉。"（出《述异记》）

周珰

晋朝周珰，会稽剡人，家中世代信奉佛法。周珰十六岁时，就吃素食诵经书，正月长斋结束，邀请和尚设置八关斋，又请来他的师傅竺佛密、支法阶。竺佛密让他拿着《小品经》，在斋戒时诵读。三天后和尚赴斋，忘记带《小品经》。到了中午吃完斋饭，想要诵读经文，他才想起来忘带经书，十分惆怅。周珰家在坂怡村，距离寺庙有三十里，无人可供他差遣去取。等到人们就寝休息烧香完毕后，家中人遗憾不能诵经，竺佛密更加不安。过了一会儿，听到有敲门的人，说是来送《小品经》的。周珰惊奇心喜，打开门，看见一个少年，身穿单衣，先前并不认识少年，又不是此时在寺庙中的人，怀疑他神奇特异，就长跪不起接受经书，邀请他上前入座。少年不肯进门，说："这一夜应当来听你诵读经书。"等他出来后，少年就不见了，而香气充满屋室，接着一看，原来送来的是《密经》，出家和世俗的人都很惊喜。《密经》先前放在橱中，锁的钥匙放置得很慎重。回去再看那钥匙，整齐如故。于是村中的十几家人，全都信奉佛教。周珰就出家为僧，字为"昙嶷"，诵读各种经书达二十多万字。（出《冥祥记》）

竺法义

晋哀帝兴宁年中，僧人竺法义，乐于为善，居住在始宁保山。后来他患病很久，百般医治，丝毫没有痊愈的迹象，一天比一天严重，逐渐垂危。于是竺法义就不再自行医治，只是诚心地拜求观世音，像这样过了几天。有一天他白天睡着了，在梦中见到一位道人来看望他的病，并为他医治，先剖出他的肠胃，洗涤五脏六腑中的污秽，看见聚集有很多不干净的东西。清洗结束后，又放回原处，并告诉竺法义说："你患的病已经去除了。"梦醒后，众多病症一下子就痊愈了，身体也舒畅了，不久后又恢复了他的本业。所以经书中说："有时会出现'沙门梵志'的迹象。"料想义公的梦就可以证明吧！竺法义在晋孝武帝太原七年去世。宋尚书命令傅亮为他的事迹作传。傅亮自己说："我过世的父亲曾和竺法义交游，竺法义每当说起这件事，总是一副肃然起敬的样子。"（出《述异记》）

王珉妻

晋琅琊王珉，其妻无子，尝祈观世音云乞儿。珉后路行，逢一胡僧，意甚悦之。僧曰："我死，当为君作子。"少时道人果亡，而珉妻有孕，及生能语，即解西域十六国梵音，大聪明，有器度，即晋尚书王洪明身也。故小名阿练，叙前生时，事事有验。（出《辨正论》）

竺长舒

晋有竺长舒者，本天竺人，专心诵《观音经》为业。后居吴中，于邑内遭火，屋宇连栋，甍檐相继，火至皆焚。长舒家正住下风，分意烧毁，一心念观世音。欲至舒家，风回火灭，合县惊异之。时有恶少年，讶其灵应，到后夜风急，少年以火投屋，四投皆灭。少年嗟感，至明，乃叩头首过。舒云："我无神力，常以诵观音为业，每有事，恒得脱免。"（出《辨正论》）

潘道秀

潘道秀，吴郡人，年二十余，尝随军北征。既而军小失利，秀窜逸被掠，经数处作奴，俘虏异域，欲归无因。少信佛法，恒至心念观世音，每梦寐，辄见像，后既南奔，迷不知道。于穷山中，忽睹真形，如今行像，因作礼怡然。不觉安行，乃得还路，遂归本土。后精进弥笃。（出《冥祥记》）

王珉妻

晋朝琅琊的王珉，他的妻子没有孩子，曾经祈求观世音让她有个儿子。之后王珉在路上行走，遇到一位胡僧，心中十分喜悦。和尚说："我死之后，应当做你的儿子。"不一会儿，这位和尚果然死了，而王珉的妻子也怀有了身孕，等到儿子出生时就会说话，又懂得西域十六国的梵语，十分聪明，又有器量风度，原来他就是晋朝的尚书王洪明。所以王洪明的小名又叫阿练，叙述他前生的事情时，事事都很灵验。（出《辨正论》）

竺长舒

晋朝有个竺长舒，原本是天竺人，以专心诵读《观世音经》为业。后来他居住在吴中，在城内遭遇火灾，房屋接连，屋脊房檐相接，火到之处全都被烧毁。竺长舒家正处在下风口，料想要被烧毁，他一心诵读《观世音经》。火快要烧到舒家时，忽然风回火灭。全县人都感到意外。当时有个品行恶劣的少年，对他灵验的事迹感到惊讶，到了后半夜风起，少年就把火投向竺长舒的房子，投了四次全都熄灭了。少年感叹，到了天亮，就磕头自行交代过失。竺长舒说："我并没有什么神力，只是常常以诵读《观世音经》为业，每当有事，总能脱身免祸。"（出《辨正论》）

潘道秀

潘道秀，是吴郡人，年龄二十多岁，他曾经随军北征。不久，因为军队人少而失利，潘道秀在逃散时被俘，经过几处地方做奴隶，在异域中做俘虏，想要回去却没有办法。他年少时信奉佛法，常年极为诚恳地诵读《观世音经》，每到睡梦中，总是见到观世音的神像，后来他向南面奔逃，不幸在深山中迷路，不知该往哪儿走。忽然间潘道秀亲眼看见观世音本来的形象，就像现在的佛像形象，于是他就喜悦地行礼。他不知不觉地缓缓前行，于是得以走上回家的路，返回家乡。以后他更加专心求进地诵读经书，更加笃信佛教。（出《冥祥记》）

栾荀

晋栾荀，不知何许人也。少奉法，尝作富平令。先从征卢循，值小失利，船舫遭火垂尽，贼亦交逼，正在中江，风浪骇目，荀恐怖分尽，尤念观世音。俄见江中有一人，挺然孤立，腰与水齐。荀心知念经有感，便投水就之，体既浮涌，脚似履地，俄而天军遣船迎接败者，于是遂得济。（出《冥祥记》）

张崇

晋张崇者，京兆杜陵人也，年少奉法。太元中，苻坚既败，长安百姓千有余家，南走归晋，为镇戎所拘，谓为游寇。崇与同等五人，手足杻械置坑中，埋筑至腰，各相去二十步，明日将驰马射之。崇虑望穷尽，唯洁心念观世音。夜中械忽自破，因得脱走。路经一寺，乃复称观世音名，至心礼拜。以一石置前，发誓愿云："今欲过江东，诉辞晋帝，理此冤魂，救其妻息，心愿获果，此石当分为二。"崇拜，石即破焉。崇至京师，发白虎樽，具列冤状，帝乃加宥。已为人所略卖者，皆赎为编户。智生道人目所亲见其事者。（出《法苑珠林》）

释开达

晋沙门释开达，隆安二年，登陇采甘草，为羌所执。时年大饥，羌胡相啖，乃置达栅中，将食之。先在栅中十有余人，羌日夕烹菹，唯达尚存。自达被执，便潜诵《观世音经》，不懈于心。及明日，当见啖，其晨始曙，忽有大虎，遥逼群羌，奋怒号吼，羌各骇

栾荀

晋朝的栾荀，不知是哪里人。少年时信奉佛法，他曾经担任过富平令。先前跟随着军队出征庐循，正赶上一场小的败仗，船只遭火燃尽，贼人也逐渐逼近，又正处在江心，风浪惊人，栾荀在这惊恐时分，还诵读《观世音经》。忽然他看见江中有一人，独自挺身屹立，腰和水面齐平。栾荀心中明白是诵经有效，就跳入水中向那人游去，跳入水后身体就漂浮上来，脚就像踩在陆地上一样。不久天军派遣船只接应败者，于是栾荀就得救了。（出《冥祥记》）

张崇

晋朝的张崇，是京兆杜陵人，年少时信奉佛法。东晋孝武帝太元年间，苻坚已经战败，长安有一千多家百姓，南逃归附晋朝，被镇戎所扣押，称他们是流寇。张崇和其他五人，手足都被带上铐镣置身于坑中，土已经埋到腰部，各自相距二十步远，第二天他们将要被骑马射死。张崇已经绝望，只有净心诵读《观世音经》。夜里刑具忽然自行脱落，因而他得以脱逃。路过一座寺庙，张崇又称诵观世音的名字，诚心礼拜。把一块石头放在面前，发誓立愿说："现在我想要前往江东去，向晋帝诉说，洗脱冤屈，解救我的妻子儿女，如果我的心愿能有所结果，这块石头就应当分成两瓣。"张崇恭敬地拜谢，石头就破成两块。张崇来到京城，执白虎樽（晋朝设能献直言者发白虎樽饮酒），详细列举冤情，皇帝就宽恕了他。那些已经被劫掠贩卖的人，都赎回并将他们编入户籍。智生道亲眼目睹了这件事的人。（出《法苑珠林》）

释开达

晋朝有个和尚名叫释开达，晋安帝隆安二年，登上陇山去采集甘草，被羌族所逮捕。当时正值饥荒年，羌人胡人互相吃人，就把释开达放置在栅栏中，打算吃掉他。先前在栅栏中一共有十多个人，羌人日夜烹煮，只有释开达还活着。自从释开达被逮捕，就在暗中怖迸走。虎乃前噬栅木，得成小缺，可容人过，已而徐去。达初见虎噬栅，谓必见害。栅既穿不入，心疑其异，谓是观世音力。计诸羌未及，便即穿栅逃走。夜行昼伏，遂得免脱。（出《法苑珠林》）

竺法纯

晋沙门竺法纯，山阴显义寺主也。元兴中，起寺买材，路经湖道，材主是妇人，与同船俱行。既入湖，日暮暴风，波浪如山，船小水入，又与妇人俱行，命在瞬息，乃一心诵《观世音经》。时既入夜，行旅已绝。俄有大船流至，纯即乘度之，而此小船应时沦没。大舟随波鼓荡，俄得达岸也。（出《法苑珠林》）

释道泰

晋沙门释道泰，常山衡唐精舍僧。义熙中，尝梦人云："君命当终六七。"泰年至四十二，遇笃疾，虑必不济，悉以衣钵之资，厚为福施。又归诚念诵观世音，昼夜四日，勤心不替。时所坐床前垂帷，忽于帷下见人跨户而入，足趺金色，光明照屋。泰乃搴帷遽视，奄然而灭。惊欣交萃，因大流汗，胸体即轻，所患平差。（出《法苑珠林》）

诵读《观世音经》，心中从不懈怠。等到第二天，释开达应当被吃掉。那天早晨刚亮，忽然有一只大虎，远远逼着羌人们，盛怒号叫，羌人各自惊恐逃走。老虎就上前撕咬栅木，咬出一处小缺口，可以容得下一人通过，不久后老虎徐徐离去，释开达当初看见老虎撕咬栅栏时，认为自己一定会遇害，老虎将栅栏咬穿了又不进去，心里起疑老虎这怪异的行为，认为这是《观世音经》的神力。他心中合计那些羌人还没有回来，便穿过栅栏逃去。释开达黑夜行进白天躲藏，才得以脱离灾祸。（出《法苑珠林》）

竺法纯

晋朝和尚竺法纯，是山阴显义寺的寺主。东晋安帝元兴年间，为了修筑寺庙前去买木材，经过湖道，木材的主人是一个妇女，和他同船一起走。已经进入湖中，到了傍晚暴风忽起，波浪如山一样袭来，船只小又有湖水涌入船舱，竺法纯又和妇人一起走，性命就在这瞬息之间，于是竺法纯全心全意地诵读《观世音经》。当时已经到了晚上，沿途没有往来远行的人了，忽然有一条大船顺水漂流而到，竺法纯就乘上大船。而那艘小船立刻就沉没了。大船随波逐浪鼓动激荡，不一会儿就到达了岸边。（出《法苑珠林》）

释道泰

晋朝有个和尚名叫释道泰，是常山衡唐精舍里的和尚。东晋安帝义熙年中，释道泰曾经梦见一个人说："你命里当活到六七年（四十二岁）。"释道泰到了四十二岁时，患了重病，他心想这病一定是不会痊愈了，就把衣钵等资财施舍给穷人，后来又虔诚地诵读《观世音经》，四天四夜，殷勤的心意不曾衰废。当时他所坐的床前挂着帷幕，忽然在帷幕下看见有人跨门进入，脚面呈现金色，光明照亮了整间屋子。释道泰就撩起帷幕仓促地查看，忽然间消失了。释道泰惊喜交加，接着汗流浃背，身体便感到轻快，所患的病也都痊愈了。（出《法苑珠林》）

郭宣

晋义熙十一年，太原郭宣、蜀郡文处茂，先与梁州刺史杨收敬为友。收敬有罪下狱，宣与处茂同被桎梏，念观世音。十日后，夜梦一菩萨慰谕之，告以大命无忧。俄而锁械自脱，及晓还著，如是复解。二人遂发愿：若得免罪，各出钱十万上明西寺作功德。少日俱免，宣依愿送钱向寺，处茂违誓不送。及卢循举兵，茂于香浦为流矢所中，未死之间曰："我有大罪。"语讫而死。（出《辨正论》）

吕竦

晋吕竦字茂高，兖州人也，寓居始丰县。其南溪，流急岸峭，回曲如萦，又多大石，白日行者，尤怀危惧。竦自说：其父尝行溪中，去家十余里。日向暮，大风雨，晦暝如漆，不复知东西，自分覆溺，唯归心观世音，且诵且念。须臾，有火光来岸，如人捉炬者，照见溪中了了，径得归家。火常在前后，去船十余步。竦后与郗嘉宾周旋，郗所传说。（出《法苑珠林》）

徐荣

晋有徐荣者，琅琊人也。尝至东阳还，经定山，舟人不惯，误堕洄洑中，垂欲沉没，荣无复计，唯至心呼观世音名。须臾间，如有数十人齐力引舡者，踊出洄洑中，沿江而下。日已暮，天大昏暗，风雨甚驶，不知所向，而涌浪转盛，荣诵经不辍，忽望见山头有火焰赫奕，回舟趋之，径得达岸，既至，即不复见。明旦，问浦中人："昨夜山上是何火？"众愕然曰："风雨如此，岂有火耶？"乃知佛

郭宣

东晋安帝义熙十一年，太原的郭宣，蜀郡的文处茂，先前与梁州刺史杨收敬是朋友。后来杨收敬犯罪入狱，郭宣和文处茂同被牵连戴上脚镣手铐关起来，他们诵读《观世音经》。十天后，夜里梦见一位菩萨抚慰他，告知他们生命无忧。不一会儿，刑拘的枷锁自行脱落，到了天亮又重新锁上，后来晚上还是像那样脱落。于是二人许下心愿：如果得以免除此罪，他们愿意各出十万钱到明西寺做行善的功德。过了没几天，二人都被免了罪。郭宣就按照心愿许下的酬谢送钱到明西寺。文处茂则违誓没有送达。等到卢循举兵时，文处茂在香浦被飞箭射中，尚未死去的时候说："我犯有大罪。"说完就死了。（出《辨正论》）

吕竦

晋朝的吕竦，字茂高，是兖州人，寄居在始丰县。县南边的溪水湍急，两岸陡峭，曲折缭绕，又有许多大石头，白天在这里行走的人，都感到万分忧虑恐惧。吕竦自己说他的父亲曾在溪水中行船，离家有十多里。一天傍晚，狂风暴雨，昏暗漆黑，无法辨别东西南北，自认为要倾覆溺水，就诚心诵读《观世音经》，边诵边念。不一会儿，有火光从岸上而来，像有人举着火炬一样，照得溪中清清楚楚，才得以回家。火光一直跟在他的前后，离船有十多步。后来吕竦和郗嘉宾有来往，这件事是郗嘉宾传述的。（出《法苑珠林》）

徐荣

晋朝有个叫徐荣的，是琅琊人。他曾经到东阳后回来。路过定山时，船夫不熟悉水流，不小心掉进湍急回旋的流水中，快要沉没的时候，徐荣没有别的主意，只是诚心呼唤观世音的名字。须臾之间，像是有几十个人齐心协力往外拉船的样子，船只跳出了漩涡，沿着江水顺流而下。当时太阳已经落山，天色十分昏暗，风雨更急，不知去向，波浪变得更加汹涌，徐荣就诵读经文不停，忽然看见山头上有火力冥祐矣。荣后为会稽府督护，谢敷尝闻荣说。时与荣同船者沙门支道蕴，谨笃士也，亦具其事，为傅亮言之，与荣所说同。（出《法苑珠林》）

刘 度

刘度，平原聊城人也。乡里千余家，并奉大法，造立形像，供养僧尼。值虏主木末时，此县常有逋逃。末大怒，欲尽灭一城。众皆凶惧，分必殄尽。度乃洁诚率众，归命观世音。顷之，末见物从空下，绕其屋柱，惊视，乃《观世音经》。末大欢喜，因省刑戮，于是此城即得免害。（出《冥祥记》）

南宫子敖

南宫子敖，始平人也。戍新平城，为狒狒虏儿长乐公所破，合城数千人皆被诛害。子敖虽分必死，而犹至心念观世音。既而次至子敖，群刃交下，或高或僻，持刀之人忽疲懈，四支不随。尔时长乐公亲自临刑，惊问之。子敖聊尔答云："能作马鞍。"乃令原释。子敖亦不知所以作此言时。后遂得遁逸，乃造一观音小像，贮以香函，行则顶戴。（出《冥祥记》）

徐 义

苻秦徐义，高陆人，为尚书，少奉佛法。时兵革蜂起，贼获焰光辉闪耀，调转船头朝那个方向行驶，直接到达岸边，到岸后，就再也见不到了那团火光了。第二天早晨，问住在水边的人：“昨天夜里山上点燃的是什么火？”大家惊奇地说：“昨晚这么大的风雨，怎么会有火光呢？”徐荣这才知道是佛力在冥冥之中庇佑他。徐荣后来担任会稽府督护，谢敷曾听徐荣说过此事。当时和徐荣同船的僧人支道蕴，是一个谨慎笃实的人，也详知这件事，对傅亮说过，和徐荣所说的相同。（出《法苑珠林》）

刘 度

刘度，是平原聊城人。乡里一千多家，都信奉大乘佛法，建造佛像，供养僧尼。当时正值虏主木末统治，这个县里常常有逃亡的人。木末大怒，想要把一城的人全都杀掉。大家都惊扰恐惧，料想必会被杀戮殆尽。这时候，刘度就虔诚地带领大家，向观世音求救。不久后，木末看见一个东西从空中落下，围绕他屋前的柱子旋转，惊讶地查看，原来是《观世音经》。木末十分高兴，于是就取消处死的命令，这座城里的人都得以幸免。（出《冥祥记》）

南宫子敖

南宫子敖是始平人。戍守新平城时，被狒狒虏儿（胡人）长乐公所攻破，全城几千人都被杀害。子敖虽然料想自己必死无疑，但还是诚心诵读《观世音经》。不久后轮到子敖，乱刀一齐落下，有的落得高有的落得偏，拿刀的人忽然感到疲倦松懈，四肢不能动弹。这时长乐公即将亲自处刑，惊讶地问他。子敖姑且回答道：“能做马鞍。”于是长乐公下令释放了他。子敖也不知道为什么要回答这句话。之后得以逃逸，于是他就制作了一个小的观音像，用香匣子储存起来，出行时就供奉敬礼。（出《冥祥记》）

徐 义

前秦的徐义是高陆人，担任尚书，从小信奉佛法。当时战争纷义，将加害，乃埋其两足，编发于树。至夜，义专念观世音。有顷，忽梦人谓之曰："今事亟矣，何暇眠乎！"义便惊起，见防守者，并疲而寝。乃试自奋动，手发既解，足亦得脱，而遁百余步，隐草中，便闻追者交驰，秉炬无见者。迨明贼散，义归投邺寺，遂得免焉。（出《冥祥记》）

毕 览

苻秦毕览，东平人，少奉法，随慕容垂北征，没虏，单马逃窜。虏骑追将及，览至心诵念观世音，既得免脱。入山，迷惑失道，又专心持念。中夜见一道人，法服持锡，示以途径，安然至家。（出《冥祥记》）

释法智

沙门释法智，为白衣时，尝独行至大泽中。忽遇猛火，四方俱起，走路已绝，便至心礼诵观世音。俄而火过，一泽之草，无有遗茎者，唯法智所容身处不烧，始乃敬奉大法。后为姚兴将，从征索虏，军退失马，落在围里。乃隐沟边丛棘中，得蔽头，复念观世音，心甚勤至。隔沟人遥唤后军，指令杀之，而军过搜觅，辄无见者，遂得免。后径出家。（出《冥祥记》）

孙道德

宋孙道德，益州人也。奉道祭酒，年过五十，未有子息，居近精舍。景平中，沙门谓道德曰："必愿有儿，当至心礼诵《观世音然并起，贼人擒获了徐义，将要加害于他，就埋起他的双脚，把头发绑到树上。到了夜里，徐义就专心诵读《观世音经》，一会儿，忽然梦见有人对他说："现在事情危急，你怎么还有空闲时间睡觉呢！"徐义就惊起，看见防守的人都疲惫地睡着了，于是就试着自行活动，把双手和头发都解开了，双脚也拔出来了，然后，逃跑了一百多步，隐匿在草丛中，就听到追兵互相奔走，拿着火把却没有看见他。等到天亮，贼人四散，徐义才投奔邺寺，于是得以幸免。（出《冥祥记》）

毕览

前秦的毕览是东平人，年少时信奉佛法，跟随慕容垂北征，战败没有被俘，单枪匹马逃窜。少数民族的骑兵将要追上他，毕览诚心诵读《观世音经》，得以脱离。他进入山中，迷失了道路，又专心诵读经文。半夜他看见一名道人，身穿法衣手拿锡杖，给他指明去路，毕览便平安无事地到家了。（出《冥祥记》）

释法智

出家僧人释法智，在平民时，曾经独自行走在大泽之中。忽然遇到猛烈燃烧的大火，四面都燃烧起来，走投无路，就诚心诵读《观世音经》。不一会儿火烧过后，全泽的草没有剩下一点儿茎，只有释法智安身的地方一点也没燃烧，于是他就更加敬奉大乘佛法。后来他担任后秦姚兴的将官，跟随军队出征北方少数民族，大军撤退时丢失了马，落在敌人的包围中。于是他就躲藏在沟旁的荆棘丛里，遮住了头部，又诵读《观世音经》，心里更加诚恳。隔着沟敌人远远地呼喊后军，指示他们杀死他，而后军过来搜寻，都没有找到他。于是他得以避免灾祸。之后他便出家了。（出《冥祥记》）

孙道德

刘宋的孙道德，是益州人，信奉道教，担任祭酒。他年龄已经超过五十岁，还没有子嗣，居住在精舍附近。刘宋少帝景平年中，有

经》，此可冀也。”德遂罢不事道，丹心投诚，归诵观世音。少日之中，而有梦应，妇即有孕，产男。（出《冥祥记》）

张兴

宋张兴，新兴人，颇信佛法，常从沙门僧融、昙翼时受八戒。元嘉初，兴尝为劫贼所引，逃避。妻系狱，掠笞积日。时县失火，出囚路侧，会融、翼同行，偶经囚边，妻惊呼：“阇梨何不赐救？”融曰：“贫道力弱，不能救如何？唯宜劝念《观世音》，庶获免耳。”妻便昼夜祈念。经十日许，夜梦一沙门以足蹑之曰：“咄咄，可起。”妻即惊起，钳锁桎梏俱解，然闭户警防，无由得出，虑有觉者，乃却自械。又梦向者沙门曰：“户已开矣。”妻觉而驰出，守备俱寝，安步而逸。暗行数里，卒值一人，妻惧躄地。已而相讯，乃其夫也。相见悲喜，夜投僧翼。翼匿之，获免焉。（出《冥祥记》）

昙无竭

宋元嘉初，有黄龙沙门昙无竭者，诵《观世音经》，净修苦行。与徒属二十五人，往寻佛国，备经艰险。既达天竺舍卫，路逢山象一群，竭赍经诵念，称名归命。有狮子从林中出，象惊奔走。后有野牛一群，鸣吼而来，将欲加害。竭又如初归命。有大鹫飞来，牛便惊散，遂得免。（出《法苑珠林》）

位僧人对孙道德说："你一定希望能有儿女，那就应当诚心礼佛诵读《观世音经》，这样可能有希望实现。"孙道德就停下不去信奉道教，诚心诚意地去归顺佛教，归附诵读《观世音经》。几天之内，而有梦应验，他的妻子立即有了身孕，生下一名男孩。（出《冥祥记》）

张兴

南朝刘宋时的张兴，新兴人，十分信奉佛法，曾跟着僧人僧融、昙翼同时受八关斋戒。南朝宋文帝元嘉年初，张兴曾被强盗所牵连，他逃走躲避。他的妻子被囚禁在监狱，连天遭受严刑拷打。真巧，当时县里失火，就把囚犯安置在路边，正赶上僧融、昙翼同行，偶然经过囚徒们身边，张兴的妻子惊呼："二位高僧为什么不救救我！"僧融说："我的力量微弱，不能救你怎么办呢？现在只适宜勉励你诵读《观世音经》。希望你能够获得赦免。"他的妻子就昼夜祈祷诵经，过了十天左右，夜里梦见一名僧人用脚踢她说："喂！喂！你可以起来了。"他的妻子就惊起，束颈锁身、手铐脚镣等刑具都解开了，然而门户依然紧闭，又有防守，没有办法出去。张兴的妻子担忧有人察觉，就自己戴上刑具。又梦到先前的僧人说："门已经打开了。"他的妻子醒来后赶快逃跑，守备的人全都睡了，她就缓慢地逃逸。暗中走了几里，突然碰到一个人，她恐惧地扑倒在地上，后来互相询问，才知道这是她的丈夫张兴。两人相见后悲喜交加，连夜投奔僧融、昙翼，昙翼把他们藏匿了起来，才得以避免灾祸。（出《冥祥记》）

昙无竭

南朝刘宋文帝元嘉年初，有位黄龙僧人昙无竭，诵读《观世音经》，净修苦行。他和他的徒众二十五人，前去寻找佛国，困难险阻全都经历了一遍，终于到达了天竺舍卫国。他们在路上碰到一群山象，他拿着经书诵读，呼唤观世音的名字，归附诸佛。有一只狮子从树林中出来，象群惊慌逃走，后来又有一群野牛，吼叫而来，将要加

车母

车母者，遭宋庐陵王青泥之难，为虏所得，在贼营中。其母先来奉佛，即燃七灯于佛前，夜精心念观世音，愿子得脱。如是经年，其子忽叛还。七日七夜独行，自南走，常值天阴，不知东西。遥见有七段火光，望火而走，似村欲投，终不可至。如是七夕，不觉到家，见其母犹在佛前伏地，又见七灯，因乃发悟。母子共谈，知是佛力，自后恳祷，专行慈悲。（出《宣验记》）

释昙颖

宋长干寺有释昙颖，会稽人。少出家，谨于戒行，诵经十余万言，止长干寺。善巧宣唱，天然独绝。颖常患癣疾，积治不除。房内恒供养一观世音像，晨夕礼拜，求差此疾。异时，忽见一蛇，缘壁上屋。须臾，有一鼠子，从屋坠地，涎液沐身，状如已死。颖候以活，即取竹刮除涎液，又闻蛇所吞鼠，能疗疮疾，即取涎以傅癣上。所傅既遍，鼠亦还活。信宿之间，疮疾顿尽，方悟蛇之与鼠，皆是祈请所致。于是君王所重，名播遐迩。后卒所在，年八十一。（出《高僧传》）

害他们，昙无竭又像起初那样归附诸佛。又有大鹫飞来，野牛群便受惊逃散，才得以避免灾祸。（出《法苑珠林》）

车　母

车母，遭遇南朝刘宋庐陵王青泥之败，被北方少数民族俘获，关押在贼营之中。他的母亲先前就信奉佛教，就在佛前点燃了七盏灯，整夜专心诵读《观世音经》，希望儿子能够得以逃脱。像这样整整一年，她的儿子忽然逃脱回来，独自行走了七天七夜，向南面行走，经常遇上天阴，不知道东西方怎么走。他远远地看见有七点火光，望见远处的火光跟着行走，前方好像是一处村子，想要前去投宿，却始终无法到达。像这样过了七个晚上，不知不觉间就走到家了，看见他的母亲还趴在佛前，又看见点燃的七盏灯。他才明白过来。母子交谈，知道是佛法救济众生的力量，从此更加恳切祈求，一心一意地行善。（出《宣验记》）

释昙颖

南朝刘宋时长干寺有位释昙颖，是会稽人。少年时出家，谨慎遵守戒律，诵读经文十多万字，后来居住在长干寺。他善长宣唱佛教声乐，天下独一无二。释昙颖常年患有癣病，久治不愈。房内一直供奉一尊观世音像，早晚行礼叩拜，请求治愈这个病。之后的一天，他忽然看见一条蛇，沿着墙壁爬上屋顶。不一会儿，又有一只老鼠，从屋顶掉落地面，满身是蛇的口水，像是已经死了。释昙颖上前诊视想要救活它，就拿来竹子刮掉它身上的口水，又听说蛇所吞食过的老鼠，能够治疗疥癣等皮肤病，就取来口水涂到癣上，把身上的癣都涂了一遍，老鼠也就复活了。两夜之间癣病全都痊愈了，这才明白蛇与老鼠，都是自己向神祷告请求的东西。因此他也被君王所看重，远近闻名。后来寿终正寝，享年八十一岁。（出《高僧传》）

邢怀明

宋邢怀明，河间人，为大将军参军。尝随南郡太守朱循之北伐，同见陷没，伺候间隙，俱遁南归。夜行昼伏，三日，犹惧追捕，乃遣人前觇虏候，数日不还。一夕，将雨阴暗，所遣人将晓忽至，乃惊曰："向遥见火光甚明，故来投之，那得至而反暗？"循等惊愕。怀明先奉法，自出征，恒顶戴《观世音经》，诵读不废。夕亦暗诵，咸疑是经神力，遂得脱免。居于京师，忽有沙门诣怀明云："贫道见此巷中及君家有血气，宜移避。"语毕去。怀明追而目之，出门便不见，意甚恶之。经二旬，邻人张景秀，伤父及杀妻，怀明以为血气之征，庶得无事。时与刘斌、刘敬文同在一巷，其年并以刘湛之党，被诛夷。(出《法苑珠林》)

王球

宋王球字叔达，太原人，为涪陵太守。以元嘉元年，于郡失守，系在刑狱，防锁坚固。球先精进，用心尤至。狱中百余人，并多饥饿。球每食，皆分施之，日自持斋，至心念观世音。夜梦升高座，见一沙门，以一卷经与之，题名《光明按行品》，并诸菩萨名。球得而披读，忘第一菩萨名，第二观音，第三大势至。又见一车轮，沙门曰："此五道门也。"既觉，锁皆断脱。球心知神力，弥增专志。因自钉治其锁，经三日而被原宥。(出《法苑珠林》)

邢怀明

南朝刘宋的邢怀明，是河间人，担任大将军的参军。邢怀明曾跟随南郡太守朱循之北伐，一同被俘获，他们找准了时机，一同逃走南归。夜里行进白天躲藏，三天还害怕有人来追捕，于是就派人前去窥探少数民族斥候的情况，过了几天查探的人还没回来。一天夜里，天色阴暗快要下雨，所派遣的人在快要天亮的时候忽然回来，惊讶地说："先前远远地看见火光十分明亮，所以一路奔来，结果到了面前火光反而暗淡了。"朱循之等人惊奇震愕。邢怀明先前信奉佛法，自从出征后，总是行礼敬奉《观世音经》，诵读不停。那天晚上也在暗中诵读，怀疑是经书救济众生的神力，于是得以脱身。他居住在京城，忽然有个出家僧人对邢怀明说："贫僧我看见这条巷子中以及你家有血气，适宜转移躲避。"说完就离去了。邢怀明追出去查看，等到他出门后和尚就不见了，心里十分厌恶他。过了二十天，邻居张景秀，打伤了自己的父亲并杀死了自己的妻子。邢怀明认为这就是所说的血气之兆，希望自己能够平安无事。当时他和刘斌、刘敬文同住在一条巷子里，那一年一同被认为是刘湛的同党，被牵连杀害。（出《法苑珠林》）

王　球

南朝刘宋的王球，字叔达，是太原人，担任涪陵太守。在刘宋文帝元嘉元年，由于郡城失守，王球被抓捕入狱，看守十分严密。王球先前坚持不懈地努力修行，现在用心更加虔诚。狱中有一百多人，大多数人都饥饿难耐，王球每当吃饭时，都施舍给其他人，每天坚持斋戒，诚心诵读《观世音经》。夜里他梦见升上一个高座，见到一名僧人，把一卷经书送给他，题目是《光明按行品》，上面写着许多菩萨的名字。王球翻阅内容，忘记了第一菩萨的名字，第二是观音菩萨，第三是大势至菩萨。他又看见一个车轮，僧人说："这就是五道门。"等醒后，锁链都断开脱落，王球心知这是神佛救济的神力，就更加专心。于是自行修好链条，过了三天他就被宽大处理了。（出《法苑珠林》）

卷第一百一十一 报应十观音经

竺惠庆

宋沙门竺惠庆，广陵人也，经行修明。元嘉十二年，荆扬大水，惠庆将入庐山。船至江而暴风忽起，同旅已得依浦，唯惠庆舫飘扬中江。风疾浪涌，唯待沦覆。惠庆正心端意，诵《观世音经》。洲际之人，望见其舫，迎飙截流，如有数十人牵挽之者，径到其岸，一舫全济。（出《法苑珠林》）

卞悦之

宋居士卞悦之，济阴人也。作朝请，居在潮沟。行年五十，未有子息。妇为取妾，复积载不孕。将祈求继嗣，发愿诵《观音经》千遍。其数垂竟，妾即有娠，遂生一男。时即元嘉十四年也。（出《冥祥记》）

张 畅

宋张畅，常奉持《观音》。南谯之构逆也，畅不从，王欲害之。夜梦观世音曰："汝不可杀畅！"遂不敢害。及王败，畅系狱，诵《观世音经》千遍，镣寸寸断，狱司易之复断。吏白曰："释之。"（出《谈薮》）

竺惠庆

南朝刘宋时的僧人竺惠庆，是广陵人，因需要养身散除郁闷，往返于多地阐明教义。刘宋文帝元嘉十二年，荆扬洪水泛滥，竺惠庆将要进入庐山。船只驶至江中，暴风忽起，他的同伴已经靠岸，只有竺惠庆的船还在江水中央。风迅速浪汹涌，只能等待沉没。竺惠庆正心专意，诵读《观世音经》。岸边的人只看见他的船，迎着狂风截断急流，就像有几十个人牵扯着一样，径直靠到岸边，一船的人全都得救了。（出《法苑珠林》）

卞悦之

南朝刘宋时的居士卞悦之，是济阴人。他担任朝请一职，居住在潮沟。他已经五十岁，还没有子嗣。妻子为他娶了小妾，还是多年不孕，为了祈求能够传宗接代，他发下心愿，愿意诵读《观世音经》一千遍。等到一千遍快念完时，他的小妾就有了身孕，接着就生下一名男孩。当时是刘宋文帝元嘉十四年。（出《冥祥记》）

张　畅

南朝刘宋时的张畅，常年恭敬地供奉观世音。南谯国发动叛乱，张畅没有听从，南谯王想杀害他。夜里南谯王梦见观世音说：“你不可以杀害张畅。”于是南谯王就不敢杀害张畅。等到南谯王战败，张畅被捕入狱，诵读一千遍《观世音经》，锁链就一寸一寸地断裂，狱司给他更换了锁链又断裂。狱吏说：“放了他吧。”（出《谈薮》）

王玄谟

宋太原王玄谟，爽迈不群。北征失律，军法当死。梦人谓之曰：“汝诵观世音千遍，可得免祸。”谟曰：“命悬旦夕，千遍何可得？”乃授云：“观世音，南无佛，与佛有因，与佛有缘，佛法相缘，常乐我情，朝念观世音，暮念观世音，念念从心起，念佛不离心。”既而诵满千遍。将就戮，将军沈庆之谏，遂免。历位尚书金紫豫州刺史。（原缺出处，明抄本作出《谈薮》）

释道冏

姚秦沙门释道冏，弘始十八年，师道懿遣至河南霍山采钟乳，与同道道朗等四人共行。持炬深穴，入且三里，遇一深流，横木而过。冏最先济，后辈坠水而死。时火又灭，冥然昏暗。冏生念已尽，恸哭而已，犹固一心呼观世音，誓愿若蒙出路，供百人会，表报威神。经一宿而见小光炯然，状若萤火，倏忽之间，穴中尽明。于是见路，得出岩下。由此信悟弥深，屡睹灵异。元嘉十九年，临川王作镇广陵，请冏供养。其年九月，于西斋中作十日观世音斋。已得九日，夜四更尽，众僧皆眠，冏起礼拜谢，欲坐禅，忽见四壁有无数沙门，悉半身出见。一佛螺髻，分明了了。有一长人，著平上帻，布裤褶，手把长刀，貌极雄异，捻香授道冏。道冏时不肯受，壁中沙门语云：“冏公可为受香，以覆护主人。”俄而霍然，无所复见。当此之时，都不见众会诸僧，唯睹置释迦文行像而已。（出《法苑珠林》）

王玄谟

南朝刘宋时太原的王玄谟，爽直豪迈而不合群。北征失利，按照军法他应当被处死。梦中有个人对他说：“你诵读一千遍《观世音经》，就可以避免灾难。”王玄谟说：“命悬在旦夕之间，千遍怎么才能念完呢？”于是梦中人教他诵念道：“观世音，南无佛，与佛有因，与佛有缘，佛法相缘，常乐我情。朝念观世音，暮念观世音。念念从心起，念佛不离心。”不久就诵读满一千遍。将要被杀的时候，将军沈庆之劝谏皇帝，王玄谟才得以赦免。历任尚书、金紫、豫州刺史。（原缺出处，明抄本作出《谈薮》）

释道冏

后秦僧人释道冏，弘始十八年，师道懿派遣他到河南霍山去采集钟乳，和同路的道朗等四个人一同前行。他们拿着火把进入深洞，进入后走了三里，遇到一条深不见底的水流，横过树木渡水。释道冏最先渡过，后面的人坠落深水而死。当时火炬又熄灭，光线昏暗无法捉摸。释道冏已经没有活着的念头，只好放声痛哭，但仍然专心呼唤观世音，发愿如果能承蒙救助给予出路，将供奉百人的斋饭，以报答威严的神佛。过了一宿，他忽然看见一团微光，形状像萤火虫，倏忽之间，洞穴全都明亮起来。于是就看见道路，得以走出岩洞。从此他更加笃信神佛，多次目睹这样的神奇怪异的事情。刘宋文帝元嘉十九年，临川王镇守广陵，请释道冏在府里供奉安置。同年九月，在西斋中作十天观世音斋，已经过了九天，夜里四更天过后，众僧都睡着了，释道冏起身行礼拜谢，刚要端坐修禅，忽然看见整间屋子里出现无数僧人，都只出现半身。一佛梳着螺形的发髻，清楚分明。有一个身材高大的人，头戴平上帻，身穿布制衣服，手持一把长刀，相貌十分雄伟杰出，拿香授予释道冏，释道冏当时不肯接受，屋里的僧人们说道：“释道冏可以接受香，来保护主人。”不一会儿，突然什么都不见了。在这时，也看不见刚才聚会的众僧人，只看见放着一尊释迦文行的神像罢了。（出《法苑珠林》）

伏万寿

伏万寿，平昌人。宋元嘉十九年在广陵为卫府参军，乞假返州。四更初，涉江，长波安流，至中而风起如箭，时又夜，莫知所向。万寿先奉法，唯一心归命观世音，念无间。倏尔与船中数人，同睹北岸有光，状如村火，喜曰："此必是阳火也。"回船趋之，未旦而至，问彼人，皆云："昨夜无燃火者。"于是方悟神力焉。（出《法苑珠林》）

彭子乔

宋彭子乔者，益阳县人也。任本郡主薄，事太守沈文龙。建元元年，以罪被系。子乔少年尝出家，还俗后，常诵《观世音经》。时文龙盛怒，防械稍急，必欲杀之。子乔忧惧，无复余计，唯至诚诵经，至百余遍，疲而昼寝。同系者有十许人，亦俱睡。有湘西县吏杜道荣，亦系在狱，乍寐乍寤，不甚得熟。忽有双白鹤集子乔屏风上。有顷，一鹤下至子乔边，时复觉如美丽人。道荣起，见子乔双械脱在脚外，而械痕犹在焉。道荣惊视，子乔亦寤，共视械咨嗟，问道荣曰："有所梦不？"答曰："不梦。"道荣以所见说之，子乔虽知必已，尚虑狱家疑其欲叛，乃取械著之。经四五日而蒙释放。（出《法苑珠林》）

释慧和

宋慧和沙门者，京师众造寺僧也。义嘉之难，和犹为白衣，属刘胡部下。胡常遣将士数十人作谍东，和亦预行。行至鹊渚，而

伏万寿

伏万寿，是平昌人。南朝刘宋文帝元嘉十九年在广陵担任卫府参军，请假返回州里休息。四更初，渡江，在绵延的浪潮中安然顺流，到了江水中央风如箭起，当时又是深夜，不知方向。伏万寿一直信奉佛法，把唯一的希望寄托于《观世音经》，不停地诵读。忽然他和船上的几个人，都亲眼看见北岸上有光亮，形状像村火，高兴地说："这一定是燃烧的阳火。"于是调转船头奔向火光，尚未天亮就到了，询问那里的人，他们都说："昨天夜里没有点燃火焰的人。"于是伏万寿才明白这是神佛救济众生的力量。（出《法苑珠林》）

彭子乔

南朝刘宋的彭子乔是益阳县人。他担任本郡的主簿，侍奉太守沈文龙。南齐高帝建元元年，他因犯罪而被捕。彭子乔年少时曾经出家，还俗之后，经常诵读《观世音经》。当时沈文龙十分生气，给他戴的刑具也越来越紧，一定要杀死他。彭子乔忧愁恐惧，也没有别的办法，只好诚心诚意诵读经书，念到一百多遍，因为疲劳而在白天睡着了。一同被抓捕而来的人有十几个，也都一同入睡。有一位湘西县吏叫杜道荣，也被关押在狱中，忽睡忽醒，睡得不安稳。忽见一对白鹤落在彭子乔的屏风上。过了一会儿，一只白鹤落到彭子乔的身边，当时又感觉它像是一个很美丽的人。杜道荣起身，看见彭子乔的双镣脱落，而刑具的痕迹还在脚上。杜道荣惊讶地看着，彭子乔也醒了，一同看着刑具惊叹，问杜道荣："我是在做梦吗？"回答说："不是做梦。"杜道荣就把所看见的都告诉了他。彭子乔虽然知道得救了，但担忧看守会怀疑他叛逃，就又拿出刑具给自己戴上。过了四五天，彭子乔就被释放了。（出《法苑珠林》）

释慧和

南朝刘宋时的释慧和，是京城众造寺里的和尚。刘宋晋安王义嘉之乱时，释慧和还是平民，是刘胡的部下。刘胡经常派遣将士几十值台军西上，谍众离散，各逃草泽。和得窜，下至新林，见野老衣服缕弊，和乃以貌整裤褶易其衣，提篮负担，若类田人。时诸游军捕此散谍，视和形色，疑而问之。和答对谬略，因被笞掠，登时见斩。和自散走，便恒诵念《观世音经》，至将斩时，祈恳弥至。既而军人挥刃屡跌，三举三折，并惊而释之。和于是出家，遂成精业。（出《法苑珠林》）

齐建安王

齐建安王患疮，念观音不息。夜梦见观音，手为傅药，明旦疮愈也。（出《感应传》）

毛德祖

荥阳人毛德祖，初投江南，偷道而过。道逢虏骑所追，伏在路侧蓬蒿，半身犹露，分意受死。合家念观世音，俄然云起雨注，得免死也。（出《辨正论》）

李儒俊

队主李儒俊镇虎牢，为魏虏所围，危急欲降。夜逾城出，见贼纵横并卧，儒俊乃一心念观世音，便过贼处，趋空泽。贼即随来，儒俊便入草，未及藏伏，贼掩至。儒俊惊恐，一心专念《观音经》，忽得马驰去，因此遂得脱。（出《辨正论》）

人做间谍，释慧和也准备前往。走到鹊渚时，正赶上台军西上，众间谍都分散了，各自逃避到草泽中。释慧和得以逃走，来到了新林，看见一个野老衣服褴褛，释慧和就用自己看上去还算整齐的衣裤交换了老人的衣服，提着篮子挑着担子，好像是种田的人一样。当时那些流动作战的军队在这里追捕走散的间谍，看释慧和的体型和神色，心生怀疑就查问他，释慧和的回答错误粗疏，于是就遭到拷打，立刻就要被斩首。释慧和自从与同伙走散之后，就坚持诵读《观世音经》，到了快要被斩首的时候，祈祷得更加精诚。行刑的军人屡次挥刀砍向他的时候就会跌倒，三次举刀三次折断，便非常惊讶地释放了他。释慧和于是就出家了，修行很有造诣。（出《法苑珠林》）

齐建安王

南齐建安王身患疮病，诵读《观世音经》不止，夜里他梦到观世音，亲手为他涂上药，第二天早晨他的疮病就痊愈了。（出《感应传》）

毛德祖

荥阳人毛德祖，当初投奔江南，暗中取道而过。路上遇到北方少数民族的骑兵追赶，就趴在路边的草丛中，半截身子还露在外面，只等受死。当初他全家都诵读《观世音经》，突然乌云涌起，开始下雨，他才得以逃脱。（出《辨正论》）

李儒俊

队主李儒俊镇守虎牢关，被北朝魏兵所包围，情况危急，想要投降。李儒俊就连夜从城中逃出，看见贼人横躺竖卧，就专心诵读《观世音经》，于是穿过贼人所处的地方，到达一片空泽。贼人就跟着前来，李儒俊躲到草中，还没等他躲藏好，贼人就赶到了。李儒俊惊慌恐惧，专心只念《观世音经》，忽然得到一匹马奔驰离去，因此得以逃脱险境。（出《辨正论》）

沈甲

吴郡人沈甲，被系处死。临刑市中日，诵观音名号，心口不息，刀刃自断，因而被放。一云，吴人陆晖系狱分死。乃令家人造观音像，冀得免死。临刑三刀，其刀皆折。官问之故，答云："恐是观音慈力。"及看像项上，乃有三刀痕现。因奏获免。（出《宣验记》）

张达

张达有罪系狱，分当受死。乃专念观世音，镣械自脱，因遂获免，终身斋戒。（出《张氏传》）

孙敬德

东魏孙敬德，天平中，定州募士。奉释教，尝造观音像，自加礼敬。后为劫贼所引，不胜拷楚，忽梦一沙门，令诵救生观世音千遍。执缚临刑，诵念数满，刀自折为三段，肤颈不伤。三易其刀，终折如故。所司以状奏闻，丞相高欢表请免死。及归，睹其家观音像，项有刃迹三。敕写其经布于世，今谓《高王观世音经》。自晋、宋、梁、陈、秦、赵国，观音、地藏、弥勒、弥陀，称名念诵，得救者不可胜纪。（出《冥祥记》）

高荀

荥阳高荀，年已五十。为杀人被收，镣顿地牢，分意必死，同

沈甲

吴郡人沈甲，被捕将要被处死。在市中临刑时，他诵念观音名号，心口不停，行刑人所执刀刃自行折断，因而沈甲被释放。又有人说，吴郡人陆晖被抓进监狱等死，就让家人建造了一尊观音像，希望能够免于一死。临刑时，行刑人使用了三口刀，刀全都被折断了。官吏问他原因，他答道："恐怕是观音慈悲之力。"等到察看观音像的脖子上，发现有被砍了三刀的痕迹。因此上奏赦免了他。（出《宣验记》）

张达

张达有罪被囚禁在监狱，理当受死。于是他就专心诵读《观世音经》，而刑具自行脱落，因而得以赦免，此后他就终身斋戒。（出《张氏传》）

孙敬德

东魏的孙敬德，孝静帝天平年中，是定州招募的兵士。他信奉佛教，曾经建造观音像，自己越发礼敬尊崇。之后被强盗所牵连，承受不住拷打，忽然梦到一名僧人，让他诵读一千遍《观世音经》来求救。他被捆绑押赴刑场即将处死的时候，诵读的次数才达到千遍，行刑的刀自行折断成三截，而他的皮肤和脖子都没有受伤。三次换刀，始终像先前那样折断。主管就把这件事上奏给皇帝，丞相高欢上表请求免除孙敬德的死刑。等到他回家，看见他家中的观世音像，脖子上有三条刀痕。皇上下令让他抄写经书在世间流传。那经书现在叫作《高王观世音经》。在晋、宋、梁、陈、秦、赵国等地流传，观音、地藏、弥勒、弥陀，称呼名号诵读，得救的人不可胜数。（出《冥祥记》）

高荀

荥阳的高荀，年纪已经五十。他因为杀人而被关进监牢，关锁紧牢人云："努力共念观音。"荀云："我罪至重，甘心受诬，何由可免？"同禁劝之，因始发心，誓当舍恶行善，专念观音，不离造次。若得免脱，愿起五层浮图，舍身作奴，供养众僧。旬日用心，钳镍自解。监司惊惧，语荀云："若佛神怜汝，斩应不死。"临刑之日，举刀刃断，奏得原免。（出《宣验记》）

史隽

史隽有学识，奉道而慢佛，常语人云："佛是小神，不足事也。"每见尊像，恒轻诮之。后因病脚挛，种种祈福，都无效验。其友人赵文谓曰："经道福中第一，可试造观音像。"隽以病急，如言铸像。像成，梦观音。果得差。（出《宣验记》）

东山沙弥

隋开皇初，有扬州僧，忘其本名，诵通《涅槃》，自矜为业。岐州东山下村中沙弥，诵《观世音经》。二俱暴死，同至阎罗王所。乃处沙弥金高座，甚敬之。处涅槃僧银高座，敬心稍惰。僧情大恨，问沙弥住处。既苏，从南来至岐州，访得沙弥，具问所由。沙弥云："每诵观音，于别所衣净衣，烧名香咒愿，然后乃诵。斯法不怠，更无他术。"谢曰："吾罪深矣。所诵《涅槃》，威仪不整，身口不净，于今验矣。"（出《法苑珠林》）

闭于地牢之中，料想自己必死。同监牢中的人说："一起努力共同念《观世音经》。"高荀说："我的罪过极其深重，甘心受死，怎么可以免罪呢？"一同被囚禁的人都劝他，因此才开始许下向善的心愿，发誓要舍去恶行，从事善行，专心诵读《观世音经》，不再轻率。如果能够免罪脱身，愿意建造五层佛塔，舍身作为奴仆，供养众僧。用心读经十天，刑具自行解开。监司得知后惊惶恐惧，对高荀说："如果神佛同情你，斩首时应当不会死。"被处死的那一天，举起刀，刀刃处就折断，监司上奏后高荀得以赦免。（出《宣验记》）

史儁

史儁富有学识，信奉道教而轻慢佛教，经常对人说："佛是小神，不足以侍奉。"每当看见神佛的塑像，他总是轻视讥讽。后来他因为病脚部痉挛，向各种各样的神祷告求福，都毫无成效。他的朋友赵文对他说："读经信教是得到护佑的第一位，你可以试着铸造一尊观世音像。"史儁因为病重，就像赵文说的那样铸造了观世音像。菩萨像铸成后，史儁就梦见了观世音，果然病就痊愈了。（出《宣验记》）

东山沙弥

隋文帝开皇年初，扬州有个和尚，忘记了他的原名，他诵读精通《涅槃经》，引以为豪并以此为业。岐州东山下村中有个沙弥，诵读《观世音经》。两人都突然死亡，一同到阎罗王那里。于是阎罗王对待沙弥就让他坐在金高座之上，十分敬重他，对待涅槃僧则让他坐在银高座之上，对他崇敬的心意就稍微懈怠了一些。涅槃僧十分气愤，问清沙弥的住处。复苏之后，涅槃僧就从南方来到岐州，寻访到了沙弥，详细询问他原因。沙弥说："我每次诵读《观音经》，都在另外的地方穿上净衣，点上名香祝祷，然后才诵读经文，坚持这样不懈怠，再也没有其他的本领。"涅槃僧谢罪说："我的罪过太深了，所诵《涅槃经》时，容止仪态不整齐，身体口腹也不洁净，到如今才验证了。"（出《法苑珠林》）

徐善才

唐武德中，醴泉县人徐善才，常修斋戒，诵《观世音经》，逾千遍。曾往京城延兴寺，修营功德。及还家，道逢胡贼。贼所掠汉人千百，将向洪崖，次第杀之。善才知不免，唯至心念《观音经》。当杀之时，了不自觉，至初夜方悟，身在深涧树枝上，去岸三百余尺。以手摩项，觉微痛而无伤。渐下树，循涧南行，可五六十里，天渐晓，去贼已远，得官路，遂还家。琬法师尝说此事。（出《法苑珠林》）

杜智楷

杜智楷，曹州离狐人。少好释典，不仕不娶，被僧衣，隐居太山，以读诵为事。唐贞观二十一年，于山中还，忽患疾垂死，以袈裟覆体，昏然如梦。见老母及美女十数屡来相扰，智楷端然不动。渐相逼斥，并云："舆智楷掷置北涧里。"遂总近前，同执捉，有揽著袈裟者。忽齐声念佛，却后忏悔，请为造阿弥陀佛，诵观音菩萨三十余遍。少间，遂觉体上大汗，即愈。离狐今济阴也。（出《法苑珠林》）

张 氏

陈玄范妻张氏，精心奉佛，恒愿自作一金像，终身供养。有愿莫从，专心日久，忽有观世音金像，连光五尺，现高座上。众叹其精感所致。（出《辩正论》）

徐善才

唐高祖武德年中，醴泉县人徐善才，常常修行斋戒，诵读《观世音经》超过千遍。徐善才曾经前往京城延兴寺，修建功德。等到回家时，徐善才在路上遭遇胡贼。贼人所抓的汉人成百上千，将要带他们前往洪崖，再按顺序一个个杀掉。徐善才心知不能脱免，只好诚心诵读《观世音经》。当要杀他的时候，突然全无知觉，直到夜里初更才清醒，身子挂在深涧树枝上，距离崖岸有三百多尺。徐善才用手抚摸脖子，觉得微微有些疼痛而没有创伤。他慢慢下树，沿着山涧向南行走，走了五六十里，天渐渐亮了，距离贼人已远，找到了官路大道，就回到了家。琬法师曾经说过这件事。（出《法苑珠林》）

杜智楷

杜智楷是曹州离狐人。他年少时喜好佛教经典，不做官不娶妻，穿着僧衣，隐居于泰山，以诵读经书为业。唐太宗贞观二十一年，他从山中回来，忽然身患疾病将要死亡，用袈裟盖着身体，迷糊不清，像是做梦一样。看见老母和十几名美女多次前来打扰，杜智楷端坐不动，她们逐渐逼近，并说："把杜智楷运着扔到北涧里去。"于是十几名美女一起走上前，捉拿他，有人提起他的袈裟。忽然她们齐声念佛，后退着忏悔，请求给她们造阿弥陀佛，诵读《观世音经》三十多遍。不一会儿，杜智楷就感觉出了一身大汗，病就痊愈了。离狐就是现在的济阴。（出《法苑珠林》）

张 氏

陈玄范的妻子张氏，精心奉佛，总是希望自己制作一尊金像，终身供奉安置。这个愿望没能实现，张氏仍然长久地怀着这种心愿，忽然有一尊观世音的金像，发出五尺多的光，出现在高座之上。大家都赞叹，说是她诚心感动所致。（出《辩正论》）

许俨

唐龙朔麟德中，京师永兴坊许俨，取鱼为业。后患疾，冥然若死，身赤如火，痛似火炙，自云："但见火车来烧身，官府责取鱼多，遣生受罪。"已经数日，乍生乍死。亲戚劝作功德，遂造观音像两躯，仍令合家不食酒肉，病遂差。（出《法苑珠林》）

僧道宪

唐圣善寺僧道宪，俗姓元氏。开元中，住持于江州大云寺，法侣称之。时刺史元某，欲画观世音七铺，以宪练行，委之勾当。宪令画工持斋洁己，诸彩色悉以乳头香代胶，备极清净。元深嘉之。事毕，往预宁斫排，造文殊堂。排成将还，忽然堕水，江流湍急，同侣求拯无由。宪堕水之际，便思念观世音。见水底有异光，久而视之，见所画七菩萨，立在左右，谓宪曰："尔但念南无菩萨。"宪行李如昼。犹知在水底，惧未免死，乃思计云：念阿弥陀佛。又念阿弥佛，其七菩萨并来捧足，将至水上，衣服无所污染，与排相随，俱行四十余里。宪天宝初灭度，今江州大云寺七菩萨见在，兼画落水事云耳。（出《广异记》）

成珪

成珪者，唐天宝初，为长沙尉。部送河南桥木，始至扬州，累遭风水，遗失差众。扬州所司谓珪盗卖其木，拷掠行夫，不胜楚痛，妄云破用。扬州转帖潭府，时班景倩为潭府，严察之吏也。长

许　俨

唐高宗龙朔麟德年间，京城永兴坊的许俨，以打鱼为业。后来他患病，迷糊不清，像是死了一样，身上红得像火一样，疼痛得像被火炙烤一样。他自己说："只看见攻城的火车前来烧身，官府责怪我打鱼打得太多，让我活着受罪。"已经过了几天，他都忽死忽活的。亲戚们劝他多做功德，于是建造了两尊观世音像，并让全家人不喝酒吃肉，后来他的病就痊愈了。（出《法苑珠林》）

僧道宪

唐朝圣善寺道宪和尚，俗姓元。唐玄宗开元年中，他在江州大云寺担任住持，众僧称颂。当时的刺史元某，想要画七幅观世音像，因道宪修炼戒行出名，就委托他办理批事。道宪就让画工持守戒律，修正身心，各种彩色全都用乳头香代替胶，准备得极其清纯干净。元某十分赞许他。画完后，他去预宁砍伐木头做木排，建造文殊堂。木排制成将要返回，忽然全木排的人都落入水中，江流湍急，同伴求救却无人施救。道宪落水之时，就想着诵读《观世音经》。只见水底有奇异的光亮，过了很久再看水底，只见是他所画的七位菩萨，站在左右，对道宪说："你只念南无菩萨就行。"道宪的行装就像白天一样耀眼。道宪知道自己还在水底，害怕不能免于一死，于是想出办法：念阿弥陀佛名号。于是他又口诵阿弥陀佛名号，结果那七名菩萨一起来抬着他的脚，将他送到水面上。他的衣服也没沾湿，和木排相随，一起行进了四十多里。道宪在唐玄宗天宝年初去世。现今江州大云寺的七菩萨画像还在，又画了道宪落水获救的事。（出《广异记》）

成　珪

成珪在唐玄宗天宝年初，担任长沙尉。他负责押送河南造桥的木头，刚来到扬州，多次遭遇风雨，丢失了许多木头。扬州的官府认为是成珪盗卖了木头，就严刑拷打地位较低的行夫，行夫受不了酷沙府别将钱堂杨觐利其使，与景倩左右构成。景倩使觐来收珪等。觐至扬州，以小枷枷珪，陆路递行。至宁江，方入船，乃以连镣镣枷，附于船梁，四面悉皆钉塞，唯开小孔，出入饭食等。珪意若至潭府必死，发扬州，便心念救苦观世音菩萨。恒一日一食，或时不食，但饮水清斋。经十余日，至滁口，夕暮之际，念诵恳至。其枷及镣，忽然开解，形体萧然，无所累著。伺夜深，舟人尽卧，珪乃拆所钉。拔除出船背。至觐房上，呼曰："杨觐，汝如我何！"觐初惊起，问："何得至此？"珪曰："当葬江鱼腹中，岂与汝辈成功耶？"因决意赴水。初至潭底，须臾遇一浮木，中有竖枝，珪骑木抱，得至水面。中夜黑暗，四顾茫然，木既至潭底，又复浮出。珪意至心念观世音，乃漂然。忽尔翻转，随水中木而行。知已至岸，便芦中潜伏。又江边多猛兽，往来顾视，亦不相害。至明，投近村，村中为珪装束，送至滁州。州官寮叹美，为市驴马粮食等。珪便入京，于御史台申理。初杨觐既失珪，一时溃散，觐因此亦出家焉。（出《卓异记》）

王琦

唐王琦，太原人也，居荥阳，自童孺不茹荤血。大历初，为衢州司户。性好常持诵《观音经》。自少及长，数患重病，其于念诵，无不差愈。念诵之时，必有异类谲诡之状，来相触恼，以琦心正不能干。初琦年九岁时，患病五六日，因不能言。忽闻门外一人呼名刑苦楚，就屈招是成珪用了。扬州官府送帖知会潭府，当时班景倩是潭府的严察官。长沙府的别将钱堂和杨觐二人认为有利可图，就和班景倩左右的人一起陷害成珪。班景倩派遣杨觐来捉拿成珪等人。杨觐到了扬州，用小枷锁住成珪，从陆路走。到了宁江，才上船走水路，又用锁链联结枷锁，把他锁在船梁上，四面全都钉死，只打开一个小孔，用来送取饭食。成珪认为如果到了潭府自己也一定会死，于是从扬州出发时，心中就默念救苦救难的观世音菩萨。经常一天只吃一顿饭，有时一顿也不吃，只是喝清水斋戒。过了十多天，到了滁口，傍晚之时，成珪诵读经文更加诚恳周到，他身上的枷和锁，忽然自行解开了，身体轻松，再没有什么累赘。等到夜深后，船上的人都睡着了，成珪就拆掉四周的钉子，连根拔掉，从船上跳到船顶。他来到杨觐的房上，大声呼喊道："杨觐，你能把我怎么样！"杨觐惊起，问他："你怎么到这里来的？"成珪说："我要葬身江中鱼腹了，怎么能让你们这些人成功呢？"因此决心投水自尽。成珪刚到潭底，不一会儿就遇到一块浮木，当中有竖向的树枝，成珪就骑在木头上抱着树枝，浮到水面之上。半夜黑暗，四顾茫然，这块木头已经沉入潭底又浮上水面。成珪心中更加诚心诵念观世音名号，于是就漂流而下。忽然翻转，随着水中的木头而行，心知已经到岸，就潜伏在芦苇丛中。江边又多有猛兽，来来往往看着他，也都不加害于他。到了天亮，成珪就投宿到附近的村子，村中人为他整理行装，送他去滁州。州官惊叹他的美德，替他买上驴马粮食等东西，成珪就到了京城，向御史台诉说冤屈。当初杨觐已丢失了成珪，一时逃散，杨觐因此也出家了。（出《卓异记》）

王琦

唐朝的王琦是太原人，家住荥阳，自从儿童时期起就不吃荤腥。唐代宗大历年初，他担任衢州司户。平生经常诵读《观音经》。从小到大，王琦多次身患重病，由于他诵读经书，没有不痊愈的。诵读经文的时候，一定会有变化多端的鬼神，前来惹怒干扰，王琦因为心意纯正而不受干扰。王琦九岁那年，患病五六天，因而不能说话。忽云："我来追汝！"因便随去。行五十里许，至一府舍，舍中官长大惊云："何以误将此小儿来？即宜遣还。"旁人云："凡召人来，不合放去，当合作使，方可去尔。"官云："有狗合死。"令琦取狗，诉幼小，不任独行。官令与使者同去。中路，使者授一丸与琦，状如毬子，令琦击狗家门。狗出，乃以掷之，狗吞丸立死。官云："使毕可还。"后又遇病，忽觉四支内有八十二人，眉眼口鼻，各有所守。其有臂脚内者，往来攻其血肉，每至腕节之间，必有相冲击，病闷不可忍。琦问："汝辈欲杀我耶？"答云："为君理病，何杀之有！"琦言："若理病，当致盛馔哺尔。"鬼等大喜叫肉中。翌日为设食，食毕皆去，所病亦愈。

琦先畜一净刀子，长尺余，每念诵即持之。及患天行，恒置刀床头，以自卫护。后疾甚，暗中乃力起，念观世音菩萨。暗忽如昼，见刀刃向上，有僧来，与琦偶坐，问琦："此是何刀？"琦云："是杀魔刀。"僧遂奄灭。俄有铁锤空中下，击刀，累击二百余下，锤悉破碎，而刀不损。又见大铁镤水罐可受二百余石，覆向下，有二大人执杵旁，问琦："君识此否？"琦答云："不识。"人云："此铁镤狱也。"琦云："正要此狱禁魔鬼。"言毕并灭。又见床舁珍馔，可百床。从门而出。又见数百人，皆炫服，列在宅中。因见其亡父，手持一刀，怒云："无屋处汝！"其人一时溃散，顷之疾愈。

然听到门外有一个人大声呼喊他的名字，说：“我前来追捕你！”于是他就跟随着那人离去了。走了五十里左右，到了一处官舍，府内的主管官吏大惊，说：“为什么错将这个小孩带来？应当把他遣送回去。”旁边的人说：“凡是召来的人，不应当放他回去，应当让他作为使者，这才可以放他回去。”主管官吏说：“有只狗应当死了。”就让王琦前去取狗的性命，王琦恳求说他尚且年幼，不能独自前行。官吏就命令王琦与使者一同前去。半路上，使者给了王琦一个药丸，形状像球一样，让王琦去敲狗主人的门。狗出来了，就把药丸扔给它，狗吞下药丸后立即死了。主管官吏说：“你的使命已经完成，可以回去了。”后来王琦又患病，忽然觉得四肢内有八十二个人，他们都有眉眼口鼻，各自有把守的地方。其中在手臂腿脚内的，来来往往攻击他的血肉，每当到了腕骨关节之间，就必定互相冲击，痛到不可忍耐。王琦问：“你们这是想杀死我吗？”回答说：“我们在给你治病，哪里有杀死你的想法呢？”王琦说：“如果你们是为我治病，我应当准备丰盛的饮食来款待你们。”鬼魂们在王琦的肉中高兴地大叫。第二天给鬼魂们准备好了食物，他们吃完之后就全都离开了，王琦的病也就痊愈了。

王琦先前收藏了一把刀子，长一尺多，每次诵读经书时就拿着它。等到他患病时，常把刀放在床头，用来保护自己。之后病重，他就在暗中奋力起身，念诵观世音菩萨名号。黑暗之中忽然亮得像白天一样，只见刀刃向上，有位和尚来了，和王琦相对而坐，问王琦：“这是什么刀？”王琦回答：“这是杀魔鬼的净刀。”和尚就消失不见了。不一会儿又有铁锤从空中落下，击向净刀，一共连着击打了二百多下，铁锤全都破碎，而净刀却没有什么损坏。又看见可以承受二百多石重量的大铁片和水罐，向下倾覆而来，又有两个大人拿着杵站在一旁，问王琦：“你认识这个是什么吗？”王琦回答道：“不认识。”那个人说：“这是‘铁鍱狱’。”王琦说：“正好要用这个监狱来关押魔鬼。”说完那两个人就消失不见了。又看见床上放着珍美的食物，能够放满一百床。王琦从门口出去，又看见几百人，全都穿着耀眼的衣服，整齐排列，站在宅子中。又看见他死去的父亲，手中拿着一把刀，发乾元中，在江陵，又疾笃，复至心念观音。遥见数百鬼，乘船而至，远来饥饿，就琦求食。遂令家人造食，施于庭中，群鬼列坐。琦口中有二鬼跃出，就坐食讫，初云未了。琦云："非要衣耶？"鬼言："正尔。"乃令家人造纸衣数十对，又为绯绿等衫，庭中焚之，鬼著而散，疾亦寻愈。

永泰中，又病笃，乃于灯下，澄心诵《多心经》。忽有一声如鸟飞，从坐处肉中浸淫向上，因尔口呿不得合，心念此必有魔相恼，乃益澄定，须臾如故。复见床前死尸膀胀，有蛇大如瓮，兼诸鬼，多是先识死人，撩乱烁己。琦闭目，至心诵经二十四遍，寂然而灭。至三十九遍，懈而获寐，翌日复愈。

又其妻李氏，曾遇疾疫疠。琦灯下至心为诵《多心经》，得四五句，忽见灯下有三人头，中间一头，是李氏近死之婢。便闻李氏口中作噫声，因自扶坐，李瞪目不能言，但以手指东西及上下，状如见物。琦令奴以长刀，随李所指斩之，久乃寤云："王三郎耶？"盖以弟呼琦。琦问所指云何，李云："见窗中一人，鼻长数尺；复见床前二物，状如骆驼；又见屋上悉张朱帘幕，皆被奴刀斫获断破，一时消散。"琦却诵经四十九遍，李氏寻愈也。（出《广异记》）

怒地对鬼魂们说："这里没有你们居住的地方。"那些人都同时溃败逃散，不一会儿他的病就痊愈了。

唐肃宗乾元年中，王琦住在江陵，又病重，他又诚心诵读《观世音经》。远远地看见几百个鬼魂，乘着船到来，远道而来十分饥饿，就向王琦讨取饭食，于是王琦就让家里人做饭，在院子之中施斋给他们，一群鬼整齐排列坐着。王琦口中的两个鬼魂也一跃而出，坐下来吃完之后，就说还没完。王琦问："莫非还想要衣服吗？"鬼魂说正是，于是王琦又令家人制造了几十对纸衣，又做了红绿等颜色的衣衫，在院子里焚烧，鬼魂们穿上就离开了。他的病也很快就痊愈了。

唐代宗永泰年中，王琦病情又严重，就在灯下，静心诵读《多心经》。忽然有一声像是鸟类飞翔的声响，从他坐处的肉里逐渐向上，因而他的嘴巴张开不能合上，心想这一定是有魔鬼前来干扰，于是更加定心念经，过了片刻就像恢复正常了。又看见床前死尸浮肿，还有蛇粗大如瓮，再加上许多鬼魂，大多是先前认识的死人，杂乱地闪烁。王琦闭上眼睛，诚心诵读经文二十四遍，鬼魂就肃静无声都消失不见了，诵读到第三十九遍，疲困而入睡，第二天就又痊愈了。

又有一次，他的妻子李氏，患上了瘟疫，王琦在灯下诚心地为她诵读《多心经》，只念了四五句，忽然看见灯下有三颗人头，中间的那一颗人头，是李氏最近死去的婢女。就听见李氏嘴里发出惊异的声音，于是她自己坐起，瞪大眼睛说不出话，只是用手指着上下左右，好像看见了什么东西似的。王琦命令奴仆用长刀，随着李氏指点的方向砍下去，过了很久她才清醒过来说："是王三郎啊。"大概是作为弟弟而呼喊王琦。王琦问她刚才所指的是什么，李氏说："我看见窗中有一个人，鼻子长几尺；又看见床前站着两个东西，形状像骆驼；又看见屋子上全都挂着红色的帘幕，全都被奴仆用刀斩断砍破，很快就消散了。"王琦又诵读经文四十九遍，李氏就康复了。（出《广异记》）

卷第一百一十二　报应十一崇经像

史世光

晋史世光，襄阳人。咸和八年，死于武昌，七日，沙门支法山转小品，疲而微卧，闻灵座上如有人声。史家有婢字张信，见世光在灵座，著衣具如平日，语信云：“我本应堕狱中，支和尚为我转经，昙护、昙坚迎我上第七梵天快乐处矣。”护、坚并是山之沙弥已亡者也。后支法山复往，为转大品，又来在座。世光生时，以二幡供养，时在寺中，乃呼：“张信持幡送我。”信曰：“诺。”便绝死。

将信持幡，俱西北飞上一青山，如琉璃色。到山顶，望见天门，世光乃自持幡，遣信令还。与一青香，如巴豆，曰：“以上支和尚。”信未还，便遥见世光直入天门。信复道而还，倏忽乃活，亦不复见手中香也，幡亦在故寺中。世光与信去时，其家有六岁儿见之，指语祖母曰：“阿爷飞上天，婆为见否？”世光后复与天人十余，俱还其家，徘徊而去。每来必见簪帢，去必露髻，信问之，答曰：“天上有冠，不著此也。”后乃著天冠与群天人鼓琴行歌，径上母堂，信问：“何用屡来？”曰：“我来，欲使汝辈知罪福也，亦兼娱乐阿母。”琴音清妙，不类凡声，家人悉闻之，然其声如隔壁障，不得亲察也，唯信闻之独分明焉。

史世光

晋朝的史世光是襄阳人。东晋成帝咸和八年，在武昌去世，七天后，沙门支法山诵读《小品般若经》，因疲劳而刚刚躺下，就听见神佛的灵座上像是有人的声音。史家的婢女张信，看见史世光在灵座上，身上穿的衣服和平时的一样，对她说："我本应当堕入地狱，支法山和尚为我诵读佛经，昙护、昙坚接引我到第七梵天的快乐之处了。"昙护、昙坚都是山上已经死去的沙弥。以后支法山又前去，为史世光诵读《大品般若经》，史世光又来到神佛的灵座上。史世光活着的时候，就用两幡供奉，当时在寺中，就呼唤张信说拿着幡送给他。张信说："是。"说完就气绝而死。

张信拿着幡，与史世光一齐向西北方飞上一座青山，像是琉璃色。到了山顶，看见天门，史世光于是就自己拿着幡，派遣张信回去。交给张信一颗青香，像巴豆一样，说："把这个转交给支法山和尚。"张信还没有回去，就远远看见史世光径直进入天门。张信又从原路返回，忽然就复活了，再也看不见手中的香，幡还在原来的寺庙中。史世光与张信离去的时候，他家中有名六岁的儿童看见了他们，指着天空告诉祖母说："阿爷飞上天去了，婆婆看见了没有？"史世光后来又和天上的十几个人，一同回到他家，来回走动而离去。每次回来的时候一定看见插簪戴帽，离开的时候一定露出发髻，张信问他，史世光答道："天上有头冠，不用戴这个。"之后就戴着天冠和一群天人弹着琴一边行走一边歌唱，径直登上他母亲住的屋子。张信问他："为什么多次回来？"史世光说："我来，是想让你们知道罪恶和福德，也使我的母亲快乐。"琴音清新美妙，不像是凡间的声音，全家人都能听到，然而他的琴声就像是在隔壁一样，不能够亲眼看到，只有张信有顷去，信自送，见世光入一黑门，寻即出来，谓信曰：“舅在此日见搒挞，楚痛难胜，省视还也。舅坐犯杀罪，故受此报。可告舅母，会僧转经，当稍免脱。”舅即轻车将军。（出《冥祥记》）

董吉

董吉，於潜人也，奉法三世，至吉尤精进，恒斋戒诵《首楞严经》。村中有病，辄请吉诵经，所救多愈。同县何晃亦奉法，卒得山毒之病困。晃兄惶遽，驰往请吉。董何二舍，相去六七十里，复隔大溪。五月中大雨，晃兄初渡时，水尚未至。吉与期设中食后，比往而山水暴涨不复可涉，吉不能泅，迟回叹息良久。吉既信直，必欲赴期，乃测然发心，自誓曰：“吾救人苦急，不计躯命，冀如来大士，当照乃诚。”便脱衣，以囊经戴置头上，径入水中，量其深浅，乃应至吉颈，及渡，才至膝耳。

既得上岸，失囊经，甚悲恨，寻至晃家，三礼忏悔，流涕自责。俯仰之间，便见经囊在高座上。吉悲喜取看，浥浥如有湿气，开囊视经，尚燥如故。于是村人一时奉法。吉家西北，有山高险，中多妖魅，犯害居民。吉以经戒之力，欲降伏之。于山际四五亩地，手伐林木，构造小屋，安设高座，转《首楞严经》百余日，寂然无妖，民害稍止。

后有数人至，与吉言语良久。吉思惟非於潜人，穷山幽绝，何因而来，疑是鬼神，乃谓之曰：“诸君得无是此中鬼耶？”答曰：

一个人听得十分清晰。

过了一会儿他离去了，张信自己前往送别，看见史世光进入一扇黑门之中，不一会儿就出来了，对张信说："我舅舅在这里每天都被拷打，疼痛难忍，我才探望回来。舅舅犯的是杀人罪，所以受到这种报应。可以告诉舅母，请和尚为他诵读经文，应当能免除部分罪罚。"史世光的舅舅就是轻车将军。（出《冥祥记》）

董吉

董吉是于潜人，家中三代信奉佛法，到了董吉时修行更加精进，经常斋戒诵读《首楞严经》。每当村中有病人，总是请董吉诵经，所救治的人大多都能痊愈。同县人何晃也信奉佛法，突然患了山毒病，且十分严重。何晃的哥哥惊恐慌张，急忙前去请董吉。董、何两家相距六七十里，又隔着一条大溪。五月中下大雨，何晃的哥哥刚渡河时，洪水还没来到。董吉预先估计吃完午饭后再出发，等到去的时候而洪水暴涨不能再渡过，董吉不会游泳，犹豫不决叹息良久。董吉守信正直，一定会按时到达，于是心里推测，许下向善的心愿，发誓说："我救人于危急苦难之中，不考虑我自己的生命，希望如来大士，照见我的诚心。"于是就脱掉衣服，用口袋装着经书顶在头上，径直进入水中，根据洪水的深浅判断，应当漫到董吉的脖子，等到渡水时，发现才到膝盖处罢了。

上岸之后，发现丢失了经书，他十分悲伤怨恨，不一会儿到了何晃家，行三礼表示忏悔，流泪自责。俯仰之间，就看见装经的口袋放在高座上，董吉悲喜交加，取来查看，像是有湿气一样，打开口袋检查经书，还是像以前那样干燥。于是村里的人一时之间都信奉佛法。董吉家的西北，有座高耸险峻的山，山中有许多妖魔鬼怪，侵害周围的居民。董吉用经义和戒行的力量，想要降服它们。在山边的四五亩地上，他亲手砍伐树木，建造小屋，安装设置高座，诵读《首楞严经》一百多天，寂静无声而不见妖魔，附近村民的祸害没有了。

之后有几个人到来，和董吉攀谈许久。董吉心想如果不是妖魔伪装成人，这里是深山荒地并且清幽殊绝，是因为什么到这里来的

“是也。闻君德行清肃，故来相观，并请一事，想必见听。吾世有此山，游居所托，君既来止，虑相犯冒，恒怀不安。今欲更作界分，当杀树为断。”吉曰：“仆贪此寂静，读诵经典，不相干犯，方喜为此，愿见祐助。”鬼答曰：“亦复凭君，不侵克也。”言毕而去。经宿，所芟地四际之外，树皆枯死，如焚焉。（出《冥祥记》）

宋吏国

宋有一国，与罗刹相近。罗刹数入境，食人无度。王与罗刹约言：“自今已后，国中人家，各专一日，当分送往，勿复枉杀。”有奉佛家，惟有一子，始年十岁，次当充行。舍别之际，父母哀号，便至心念佛。以佛威神力故，大鬼不得近。明日，见子尚在，欢喜同归。于兹遂绝，国人赖焉。（出《幽明录》）

张 元

后周张元字孝始，河北万城人也。年十六，其祖丧明三载，元惧忧泣，昼夜经行，以祈福祐。复读《药师经》云“盲者得视”。之言遂请七僧，燃七层灯，七昼夜转读《药师经》。每日行道祝曰：“元为孙不孝，使祖丧明，今以灯光，并施法界，乞祖目见明，元求代暗。”如此辛勤，至七日。其夜，梦有一翁，以金篦疗其祖目，谓元曰：“勿忧悲也，三日后，祖目必瘥。”元于梦中喜踊，惊觉，乃遍告家人。三日，祖目果瘥。（出《法苑珠林》）

呢？怀疑他们是鬼神，就对他们说："你们难道是这里的鬼魂吗？"回答道："是的。我们听说您的德行清正严明，所以前来相见，并且请求一件事，想必你已经了解。我们世世代代居住在这山里，行止起居都在这里，你来到这里后，担忧互相冒犯，我们总是怀着不安的心情。现在想要划清界限，应当砍树作为约定。"董吉说："我贪恋这个地方寂静无声，诵读佛教经典，互相不冒犯，正为这样做而高兴呢，希望你等庇祐帮助。"鬼神答道："我们也听你的安排，不再侵扰。"说完就离去了。过了一宿，所开辟的地四周之外，树木全都枯死，就像焚烧过一样。（出《冥祥记》）

宋吏国

南朝刘宋时有一个国家，和罗刹恶鬼相邻近，罗刹恶鬼多次进入那个国家境内，吃人无数，国王与罗刹约定好："从今以后，国境内的人家，每天有一家按时给你送人，不要再来胡乱杀害其他人。国中有一户信奉佛法的人家，只有一个儿子，才刚刚十岁，轮到把他送给罗刹。离别的时候，父母悲痛哭号，就诚心念佛。因为佛神威力的缘故，大鬼不能靠近儿子。第二天，看见儿子还在，一家人便高兴地一同回家。从此之后，罗刹恶鬼吃人一事就灭绝了，国人都仰赖他们一家。（出《幽明录》）

张　元

后周的张元字孝始，是河北万城人。年十六岁，他的祖父失明三年，张元害怕忧愁哭泣，昼夜不停地往返踱步修行，用来祈求降福。张元又诵读《药师经》中所说"失明者能复明"的经句，就邀请七名和尚，点燃七层灯，七天七夜诵读《药师经》。每天都做法事祝祷说："我身为孙子不孝，致使祖父失明，现今用这七层灯光，一齐献给法界，乞求祖父的眼睛能够复明，我愿意代替祖父失明。"就这样辛勤祝祷，一直到了第七天。那天夜里，张元梦见一个老翁，用金篦子治疗他祖父的眼睛，并对张元说："不要忧愁悲痛，三天之后，你

释智兴

唐京师大庄严寺释智兴，洛州人也。励行坚明，依首律师，诵经持律，不辍昏晓。至大业五年仲冬，次当维那鸣钟。同寺僧名三果者，有兄从炀帝南幸江都，中路身亡。初无凶告，通梦于妻曰："吾行达彭城，不幸病死，生无善行，今堕地狱，备经五苦。赖今月初十日，禅定寺僧智兴鸣钟发响，声振地狱，同受苦者，一时脱解。今生乐处，思报其恩，汝可具绢十匹奉之，并陈意殷勤。"及寤说之，人无信者。寻复梦如初，后十余日，凶问与梦符同。乃以绢奉兴，合寺大德至，咸问兴曰："何缘鸣钟，乃感斯应？"兴曰："余无他术，见佛法藏传云：'罽腻吒王受苦，由鸣钟得停。'及《增一阿含经》'鸣钟作福'，敬遵此事，励力行之。严冬登楼，风切皮肉，露手鸣椎，掌中破裂，不以为苦。鸣钟之始，先发善愿，诸贤圣同入道场，同受法食。愿诸恶趣，闻此钟声，俱时离苦，速得解脱。如斯愿行，察志常奉修，故致兹通感焉。"（出《异苑》）

董雄

唐董雄，河南人。贞观中，为大理丞。幼奉佛法，蔬食多年。

祖父的眼睛必定会痊愈。”张元在梦中欢喜跳跃，受惊觉醒。他就把这件事传达给家人。三天后，他祖父的眼睛果然痊愈了。（出《法苑珠林》）

释智兴

唐朝京城大庄严寺的释智兴，是洛州人。释智兴努力认真而又坚定明确，尊崇精通戒律的法师，诵读经书严守戒律，昼夜不停。在隋炀帝大业五年的仲冬，轮到担任维那的释智兴敲钟。同寺的和尚有位名叫三果的，他有个哥哥跟随隋炀帝南行江都，半路上死了。起初没有人来递送死亡的消息，他就托梦给他的妻子说：“我走到彭城，不幸患病而死。在世的时候没做过善事，如今堕入地狱，备受五苦煎熬。幸亏仰赖这月的初十，禅定寺的和尚释智兴敲钟发出声响，声音震动地狱，和我一同受苦的人，同时都得到了解脱，现今托生于乐地，我想要报答他的恩德，你可以准备十匹绢送给他，并向他致谢。”他的妻子醒来后说起这件事，没有人相信她，过了不久，她又做了相同的梦，后过了十几天，凶信传来，和梦相同，于是就把准备的绢送给了释智兴。全寺上下的大德都前来，全都询问释智兴：“为什么你在这里敲钟，地狱能有这样的感应？”释智兴说：“我没有什么其他的本领，见佛教法藏中流传：罽腻吒王受苦，由鸣钟得以停止；及《增一阿含经》中也说‘鸣钟可以造福’，我恭谨地遵从这些事，努力地去实行它。严冬登上钟楼，寒风切开皮肉，露出手来拿响锤，掌中皮肤破裂，不认为这些是苦。敲钟之初，先发下向善的心愿：诸位贤圣一同进入道场，一同受用依法所制的斋食，希望各处因恶业而生的场所，都能听到这道钟声，一同脱离痛苦，快速得到解脱。像这样，长期立志奉行佛法，所以地狱才能有这样的感应啊。”（出《异苑》）

董雄

唐朝的董雄，是河南人。唐太宗贞观年间，董雄担任太理丞一因非累与同列李敬玄、王忻俱维絷。雄专念《普门品》，日三十遍，镍忽夜解落，雄惊告忻、玄。忻视其镍，坚全在地，而钩连不开，相离数尺，即告守者。御史张守一宿直，命吏烛之而甚怪，重镍封记而去。雄但诵经不辍，至五更，又解落有声，雄复告忻、玄等。至明，守一视之，封题如故，而镍自相离。敬玄素不信佛法，其妻读经，常谓曰："何为胡神所媚而读此书耶？"及见雄此事，乃深悟不信之咎，方知佛大圣也。时忻亦诵八菩萨名，满三万遍，昼镍解落，视之如雄无异，不久俱免。（出《法苑珠林》）

孟知俭

唐孟知俭，并州人。少时病，忽亡，见衙府，如平生时，不知其死。逢故人为吏，谓曰："因何得来？"具报之，乃知是冥途。吏为检寻曰："君平生无修福处，何以得还？"俭曰："一生诵《多心经》及《高王经》，虽不记数，亦三四万遍。"重检获之，遂还。吏问："欲知官乎？"曰："甚要。"遂以簿示之，云："孟知俭合运出身，为曹州参军，转邓州司仓。"即掩却不许看。遂至荒榛，入一黑坑，遂活，不知运是何事。寻有敕募运粮，因放选，授曹州参军。乃悟曰："此州吾不见，小书耳。"满授邓州司仓，去任又选，唱晋州判司，未过而卒。（出《朝野佥载》）

职。他年幼时就信奉佛法，吃素多年。因为被连累就和共事的李敬玄、王忻一同被拘禁。董雄专心诵读《普门品》，每天诵读三十遍，锁链忽然在夜里自行解落，董雄惊讶地告诉李敬玄、王忻二人。李敬玄查看他的锁，完整地掉在了地上，而钩链却打不开。相距几尺，于是就告诉看守的人。御史张守一正在夜间值班，命狱吏给他照亮，查看后也感觉很奇怪，于是重新锁上并封缄标记而离去。董雄只是诵经不停，到了五更天的时候，又有锁链解落的声音，董雄又告诉李敬玄、王忻等人。等到天亮，张守一前来查看，封缄标记和原来一样，而锁链却自行脱离。李敬玄向来不信奉佛法，而他的妻子诵读经书，李敬玄常对她说："为什么被胡神所取悦而去读这样的书呢？"等到亲眼看见董雄的事，才深深醒悟不信佛的罪过，才知道佛是大圣人啊。当时王忻也诵读八位菩萨的名字，诵读满三万遍，白天锁链便自行解脱，查看之后和董雄的情况没有什么不同，不久三人全都被赦免了。（出《法苑珠林》）

孟知俭

唐朝的孟知俭，是并州人。他年少时患病，忽然死去，看见一座府衙，就像平时见到的一样，不知道自己已经死了。孟知俭遇到一位老朋友，在这里当官，他对官吏说："你为什么到这里来？"官吏详细地告诉了他，孟知俭这才知道这里是阴间。官吏替孟知俭查询后说道："你平生没有行善积德之处，怎么能回去呢？"孟知俭说："我一生诵读《多心经》以及《高王经》，虽然记不住念的遍数，想来也有三四万遍了。"重新检查后，结果果真如此，于是就放他回去了。官吏问他："想知道今后你的官运吗？"他说："很想知道啊。"于是官吏就拿出簿子给他看，说："孟知俭是合运出身，担任曹州参军，后转为登州司仓。"说完就合上簿子不让他再看。接着送他到杂草丛生的荒野，孟知俭掉入一处黑坑中，然后就复活了，不知道官运说的是怎么一回事。不久有敕令召募人手运粮，因而任命孟知俭为曹州参军。他这才明白过来，说："当时这个州写的是小字，没有看清。"又授给

崔善冲

崔善冲，先初任梓州桐山丞，嶲州刺史李知古奏充判官。诸蛮叛，杀知古，善冲等二十余人奔走，拟投昆明，夜不知道，冲专念尊经。俄见炬火在前，众便随之，至晓火灭，乃达昆明。（出《报应记》）

唐 晏

唐晏，梓州人，持经日七遍。唐开元初，避事晋州安岳县。与人有隙，谗于使君刘肱，肱令人捉晏。夜梦一胡僧云："急去。"惊起便走，至遂州方义县。肱使奄至，奔走无路，遂一心念经。捕者交横，并无见者，由是获免。（出《报应记》）

张御史

张某，唐天宝中为御史判官，奉使淮南推覆。将渡淮，有黄衫人自后奔走来渡，谓有急事，特驻舟。洎至，乃云："附载渡淮耳。"御船者欲殴击之，兼责让："何以欲济而辄停留判官！"某云："无击。"反责所由云："载一百姓渡淮，亦何苦也？"亲以余食哺之，其人甚愧恧。

既济，与某分路。须臾，至前驿，已在门所。某意是嘱请，心甚嫌之，谓曰："吾适渡汝，何为复至？可即遽去。"云："己实非人，欲与判官议事，非左右所闻。"因屏左右云："奉命取君，合淮

他邓州司仓一职，他离职之后又选他担任晋州判司，尚未前去就职就去世了。（出《朝野佥载》）

崔善冲

崔善冲，起初担任梓州桐山县县丞，巂州刺史李知古上奏充请判官。西南各少数民族谋反，杀了李知古，崔善冲等二十多人逃走，打算投奔昆明，夜里看不清楚道路，崔善冲就专心诵读佛经。忽然看见有火炬出现在面前，大家就跟随着火炬，到了早晨火炬就熄灭了，于是他们就到达了昆明。（出《报应记》）

唐 晏

唐晏是梓州人，每天诵读七遍经文。唐玄宗开元年初，他在晋州安岳县逃避祸事。他和别人有嫌隙，那人就向使君刘肱进献谗言，刘肱下令派人捉拿唐晏。夜里唐晏梦见一名胡僧说："赶快离去！"于是惊起就逃走了，来到遂州方义县。刘肱派的使者忽然赶到，唐晏走投无路，就专心诵读经文。追捕的人来来往往，并没有人发现他，因此才得以避免灾祸。（出《报应记》）

张御史

张某，在唐玄宗天宝年间担任御史判官，奉命出使淮南重新审问案件。他将要渡淮河时，有一个身穿黄衫的人从后面赶来渡河，说是有急事，特意为他停船。等到了船上，却说："只不过是想让你们附带着我渡河罢了。"驾船的人想要殴打他，并且斥责他说："为什么你想要渡淮河而叫停判官耽误时间！"张某说："不要打他！"反而责怪船夫说："不过是带一名百姓过河，有什么苦恼的呢？"并亲自给他送饭吃，那个人深感惭愧。

已经渡过淮河，和张某分路而行，不一会儿，张某来到了前面的驿站，他已经在门前了。张某认为他又是有嘱托或请求，心里十分厌恶他，对他说："我刚才带你渡过淮河，为什么又跟过来？立即离中溺死，适承一馔，固不忘。已蒙厚恩，只可一日停留耳！”某求还至舍，有所遗嘱。鬼云：“一日之外，不敢违也，我虽为使，然在地下，职类人间里尹坊胥尔。”某欲前请救，鬼云：“人鬼异路，无宜相逼，恐不免耳。”某遥拜，鬼云：“能一日之内，转千卷《续命经》，当得延寿。”言讫出去，至门又回，谓云：“识《续命经》否？”某初未了知。鬼云：“即人间《金刚经》也。”某云：“今日已晚，何由转得千卷经？”鬼云：“但是人转则可。”某乃大呼传舍中及他百姓等数十人同转。至明日晚，终千遍讫。鬼又至云：“判官已免，会须暂谒地府。”众人皆见黄衫吏与某相随出门。既见王，具言千遍《续命经》足，得延寿命。取检云：“与所诵实同。”因合掌云：“若尔，尤当更得十载寿。”便放重生。

至门前，所追吏云：“坐追判官迟回，今已遇捶。”乃袒示之，愿乞少钱。某云：“我贫士，且在逆旅，多恐不办。”鬼云：“唯二百千。”某云：“若是纸钱，当奉五百贯。”鬼云：“感君厚意，但我德素薄，何由受汝许钱，二百千正可。”某云：“今我亦鬼耳，夜还逆旅，未易办得。”鬼云：“判官但心念，令妻子还我，自当得之。”某遂心念甚至。鬼云：“已领讫。”须臾复至，云：“夫人欲与，阿奶不肯。”又令某心念阿奶，须臾曰：“得矣。”某因冥然如落深坑，因此遂活。

去吧！”他回答说：“我其实并不是人，我想和判官商议一件事，不想让左右的人听见。”于是张某就屏退左右的人，他说：“我是奉命来取你性命的，要在淮河中淹死你，承蒙你给我的一顿饭，所以难以忘怀，已经蒙受了你的厚恩，只可以让你多活一天罢了。”张某请求回到住处，准备遗嘱。鬼使说：“一天之外的时间，我不敢违抗命令，我虽然身为使者，然而在地下的职务就像是人间里的尹坊胥罢了。”张某想要上前求救，鬼使说：“人鬼不同路，不应该再相逼，恐怕避免不了。”张某远远拜谢。鬼使说：“你能在一天之内，诵读一千卷《续命经》，就能延寿。”说完就出去了。走到门口又回来，对张某说：“你知道什么是《续命经》吗？”张某起初不知道，鬼使说：“就是人间的《金刚经》啊。”张某说：“今天已经晚了，怎么能诵读得完千卷经书？”鬼使说：“只要是人所诵读的就可以。”张某于是在驿站专供休息的房舍中大声呼喊，叫来其他百姓等几十人一同诵读经书。到第二天晚上，终于诵读了一千遍。鬼使又来了并且说：“张判官已经免于一死了，但还必须和我一同暂时拜谒地府。”众人都看见黄衫鬼吏和张某相随着出了门，等到拜见了阎王，就把诵读一千遍《续命经》的事详细告诉了阎王，理应延长寿命。左右取来簿子检验，说：“和他诵读的经数相同。”于是阎王合掌说：“像你这样的人，应当延寿十年。”就放他生还。

到了门前，所追捕他的鬼吏说：“我犯了追捕张判官晚回的过错，现在已经被施以杖刑。”于是露出被打的地方给他看，希望能向他要少许钱财。张某说：“我是贫穷的人，并且住在旅店中，多了恐怕不方便办理。”鬼吏说：“我只要二百千。”张某说：“如果是纸钱，我应当送给你五百贯。”鬼吏说：“感谢你深厚的情意，只是我的功德向来浅薄，怎能接受你这么多钱呢？二百千正好。”张某说：“现今我也是鬼了，夜里回到旅店，恐怕不易办到。”鬼吏说：“张判官只要心里想，让你的妻子还给我，自然能够办到。”张某就十分诚心地想让妻子还钱给鬼吏。鬼吏说：“你的妻子已经领受到了。”不一会儿又回来说：“你的夫人想给，但是老太太不肯。”又让张某诚心地想让老太太还债。不一会儿鬼吏说：“这次得到了。”张某因此求假还家，具说其事，妻云：“是夕梦君已死，求二百千纸钱，欲便市造。阿奶故云：‘梦中事何足信。’其夕，阿奶又梦。”因得十年后卒也。（出《广异记》）

李昕

唐李昕者，善持《千手千眼咒》。有人患疟鬼，昕乃咒之。其鬼见形谓人曰：“我本欲大困辱君，为惧李十四郎，不敢复往。”十四郎即昕也。昕家在东郡，客游河南，其妹染疾死。数日苏，说云：“初被数人领入坟墓间，复有数十人，欲相凌辱。其中一人忽云：‘此李十四郎妹也，汝辈欲何之？今李十四郎已还，不久至舍。彼善人也，如闻吾等取其妹，必以神咒相困辱，不如早送还之。’”乃相与送女至舍。女活后，昕亦到舍也。（出《广异记》）

牛腾

唐牛腾字思远，唐朝散大夫郏城令，弃官从好，精心释教，从其志者终身，常慕陶潜“五柳先生”之号，故自称“布衣公子”，即侍中中书令河东侯炎之甥也，侯姓裴氏，未弱冠，明经擢第，再选右卫骑曹参军。公子沉静寡言，少挺异操，河东侯器其贤，朝廷政事皆访之。公子清俭自守，德业过人，故王勃等四人，皆出其门下。

年壮而河东侯遇害，公子谪为牂牁建安丞。将行，时中丞崔察用事，贬官皆辞之。素有嫌者，或留之，诛殛甚众。时天后方任酷吏，而崔察先与河东侯不协，陷之。公子将见崔察，惧不知所神情恍惚，像落入深坑一样，因此得以复活。

他请假回家，把这些事都详细说了。他的妻子说："那天晚上我梦见你已经死亡，求取二百千纸钱。我想要造好后送去，老太太说：'梦中的事不足以相信！'那天晚上，老太太也做了相同的梦。"张某因此又活了十年才去世。（出《广异记》）

李昕

唐朝的李昕，善于诵读《千手千眼咒》。有人为疟鬼所缠，李昕就为他念咒。那个鬼现出人形对那人说："我本想大为侮辱让你困扰，因为害怕李十四郎，所以不敢再去作祟。"李十四郎就是李昕。李昕家住在东郡，客居河南，他的妹妹患病而死，几天后复苏。她说："当初被几个人领进坟墓，又有几十个人，想要凌辱我，其中一个人忽然说：'这是李十四郎的妹妹，你们打算怎么做？现在李十四郎已经回来，不久就要到家，他是一个行善事的人，如果听说我们抢走了他的妹妹，一定会用神咒来困扰侮辱我们，不如早点把她送回去。'"于是他们就一起把她送回了家。她复活后，李昕也正好到家了。（出《广异记》）

牛腾

唐朝的牛腾字思远，是唐朝的朝散大夫，担任郏城县县令，后来他舍弃官职遵从自己的喜好，精心奉佛，终身不改此志，经常羡慕陶潜"五柳先生"的名号，所以自称"布衣公子"，他就是侍中、中书令、河东侯裴炎的外甥。河东侯姓裴，未满二十岁，考中明经又被推选为右卫骑曹参军。布衣公子沉默寡言，年少时的品行就异于常人，河东侯很器重他的贤德，朝中的政事都找他询问。布衣公子清廉俭朴自守本分，德行功业过人，所以王勃等四人，都出自他的门下。

布衣公子壮年时河东侯遇害，他也被谪贬为牂牁建安丞。将要前去，当时的中丞崔察当权，贬官都要向他辞行，向来和崔察有嫌隙的人，有时会被留下，被诛杀的也有很多。当时天后武则天正在任用为。忽衢中遇一人，形甚瑰伟，黄衣盛服，乃问公子：“欲过中丞，得无惧死乎？”公子惊曰：“然。”又曰：“公有犀角刀子乎？”曰：“有。”异人曰：“公有刀子甚善。授公以神咒，见中丞时，但俯伏掐诀，言带犀角刀子，掐手诀，乃可以诵咒。其诀，左手中指第三节横文，以大指爪掐之。而密诵咒七遍，当有所见，可以无患矣。咒曰：吉中吉，迦戍律，提中有律，陁阿婆迦呵。”公子俯而诵之，既得，仰视异人亡矣，大异之。即见察，同过三十余人，公子名当二十。前十九人，各呼名过，素有郤，察则留处绞斩者，且半焉。次至公子，如其言诵咒，察久不言。仰视之，见一神人，长丈余，仪质非常，出自西阶，直至察前，右拉其肩，左捩其首，面正当背。而诸人但见崔察低头不言，手注定字而已。公子遂得脱，比至屏回顾，见神人释察而亡矣。

公子至牂牁，素秉诚信，笃敬佛道，虽已婚宦，如戒僧焉。口不妄谈，目不妄视，言无伪，行无颇，以是夷獠渐渍其化，遂大布释教于牂牁中。常摄郡长吏，置道场数处。居三年而庄州獠反，转入牂牁，郡人背杀长吏以应之，建安大豪起兵相应，乃劫公子坐于树下，将加戮焉。忽有夷人，持刀斩守者头，乃詈曰：“县丞至惠，汝何忍害若人？”因置公子于笼中，令力者负而走，于是兼以孥免。事解后，郡以状闻，诏书还公事，许其还归。后宰数邑，皆计日受俸，其清无以加，亦天性也。后弃官，精内教，甚有感焉。（出《纪闻》）

酷吏，而崔察以前和河东侯不合，便陷害他。布衣公子将要面见崔察，恐惧而不知所措。忽然在路上遇见一个人，身材十分雄伟，穿着华丽的黄色衣服，问布衣公子："想到中丞那儿去，你难道不害怕死亡吗？"布衣公子惊奇地说："当然害怕。"那人又问公子："你有犀角刀吗？"公子答道："我有。"那名奇人说："公子有刀子，那可太好了。我传授给你祈神消灾的咒语，见到中丞时，只须趴在地上用手掐诀，念咒时需要带上犀角刀，手指掐诀，接着就可以念我这咒语。掐诀的动作是，左手中指的第三节横纹，用大拇指的指甲掐着。而暗中诵读七遍咒语，会看见一些东西，就可以不用担忧了。咒语是：吉中吉，迦戌律，提中有律，陁阿婆迦呵。"布衣公子低头诵读，学会后，抬头看向那名奇人，已经不见了，感到十分奇怪。于是就去面见崔察，同去的有三十多人，布衣公子的名字排在第二十。前面的十九个人，都呼喊过名字了，向来有嫌隙的，崔察就留下来处以绞斩，有将近半数。轮到布衣公子时，布衣公子就像那名奇人说的那样诵读咒语，崔察过了很久都不开口。公子抬头查看，只见一名神人，高一丈多，姿容风度非同寻常，从西面台阶走出，一直来到崔察面前，右手抓着他的肩，左手扭着他的头，脸正对着崔察的后背。而其他人只是看见崔察低着头不说话，手停在字上不动罢了。布衣公子于是得以逃脱，等走到屏风后面回头看，只见神人释放了崔察而消失不见了。

布衣公子到了牂牁，他向来秉承着诚恳信实，自此更加笃厚敬重佛道，虽然他已婚为官，却也像遵守戒规的和尚一样。他口不乱说，目不乱视，所言不虚，所行不偏，因此西南少数民族也渐渐地受到他的教导感化，于是在牂牁中广泛传播佛教。经常辅佐郡中长吏，在多处设置道场。居住了三年而庄州的少数民族谋反，转而进入牂牁，郡中人暗中刺杀长史来响应，建安的豪族大户也起兵相应和，于是强行抓来布衣公子坐在树下，将要杀死他。忽然有少数民族的人，拿着刀砍下看守的头，责骂道："牛县丞待我们极其恩惠，你怎么忍心杀害这样的人？"于是把布衣公子安置在笼子中，让力气大的人背着离开，并且又赦免了他的妻子儿女。事情平息后，郡司把情况上报朝廷，诏书下达允许他返回。之后牛腾掌管数城，都是按日接受

李元平

唐李元平，故睦州刺史伯诚之子，大历五年，客于东阳寺中。读书岁余，薄暮，见一女子，红裙绣襦，容色美丽，娥冶自若，领数青衣，来入僧院，元平悦之，而窥见青衣，问其所适及姓氏。青衣怒曰："谁家儿郎，遽此相逼，俱为士类，不合形迹也。"元平拜求请见，不许。须臾，女自出院四顾，忽见元平，有如旧识。元平非意所望，延入，问其行李。女曰："亦欲见君，以论宿昔之事，请君无疑嫌也。"既相悦。经七日，女曰："我非人，顷者大人曾任江州刺史，君前身为门吏长直，君虽贫贱，而容色可悦。我是一小女子，独处幽房，时不自思量，与君戏调，盖因缘之故，有此私情。才过十旬，君随物故。余虽不哭，殆不胜情，便潜以朱笔涂君左股，将以为志。常持《千眼千手咒》，每焚香发愿，各生富贵之家，相慕愿为夫妇，请君验之。"元平乃自视，实如其言。及晓将别，谓元平曰："托生时至，不可久留，后身之父，见任刺史。我年十六，君即为县令，此时正当与君为夫妇未间，幸存思恋，慎勿婚也。然天命已定，君虽别娶，故不可得。"悲泣而去，他年果为夫妇。（出《异物志》）

俸禄，他的清廉无人能及，这也是他的天性啊。在这以后他又弃官不做，精心信奉佛教，也十分有感应。（出《纪闻》）

李元平

唐朝的李元平，是先前担任睦州刺史的李伯诚的儿子，唐代宗大历五年，客居于东阳寺中。读书一年多，一天傍晚，他看见一名女子，身穿红裙绣花短袄，美貌艳丽自若，带着几名青衣侍女，来到僧院，元平看到很高兴，进而暗中去见一个丫鬟，问女子的婆家及姓名。侍女发怒说："你是谁家的男儿？到此处相逼，都是读书人，这可不符合你的身份。"李元平拜谒请求相见，侍女还是不答应。不一会儿，那名女子从院中走出来四下查看，忽然看见李元平，好像是旧相识一样。李元平也出乎意料地期望相见，就请女子进来，问她是从哪里来的。女子说："我也想见见你，来谈谈从前的事，请你不要怀疑我说的话。"于是二人都很高兴。过了七天，女子说："我并非普通人，往昔我家大人担任江州刺史，你的前身是一名长期当值的门吏，你虽然出身贫贱，然而容貌俊美，我当时是一名小女子，独自处在闺房中，当时自己不假思索，和你戏耍玩笑，大概是缘分，你我二人才有了这种私情，才过了百日，你就去世了。我虽然没有痛哭，却几乎不能控制自己的情绪，就暗中用红笔涂在你的左侧大腿上，把它作为记号。经常诵读《千眼千手咒》，每次都焚香发誓，你我二人各自都投生在富贵之家，互相爱慕结为夫妇，请你验证我说的话。"李元平于是自己查看，确实像她说的那样。等到天亮将要分别，女子对李元平说："我托生的时候到了，我不可以在此久留。我托生之后的父亲，现在担任刺史一职。我十六岁那年，你就担任县令一职，此时还未到你我结为夫妇的时间，希望你能思念着我，千万不要婚配。然而天命已定，你要是另娶，我就不可得了。"说完女子就悲伤哭泣而去，几年后他俩果真结为夫妇。（出《异物志》）

长沙人

唐长沙人姓吴，征蛮卒夫也，平生以捕猎渔钓为业。常得白龟，羹而食之，乃遍身患疮，悉皆溃烂，痛苦号叫，斯须不可忍，眉鬓手足指皆堕落。未即死，遂乞于安南市中，有僧见而哀之，谓曰："尔可回心念《大悲真言》，吾当口授，若能精进，必获善报。"卒依其言受之，一心念诵，后疮痍渐复，手足指皆生，以至平愈。遂削发为僧，号智益，于伏波将军旧宅基建立精舍，住持泉州开元寺。通慧大德楚彤亲识智益，常语之。（出《报应录》）

乾符僧

唐乾符中，有僧忘其名号，恒以课诵为事，未常暂废。因下峡，泊舟白帝城。夜深群动息，持念之际，忽觉有腥秽之气，见水面有一人，渐逼船来。僧问之，曰："某非人也，姓许名道坤，唐初为夔牧，以贪残暴虐，殁受业报，为滟预堆龙王三千年，于今二百四十年矣。适闻师持课，大有利益，故来逊谢耳。"僧问曰："峡路险恶，多覆溺之患，盍敕诸龙而禁戢之，可乎？"曰："此类实烦，皆业感所作，非常力而能制也。"僧甚异之，将复问，忽失所在。（出《报应录》）

长沙人

唐朝有个长沙人姓吴，是曾经征蛮的兵卒，平生以打猎捕鱼为业。他曾捕得一只白龟，蒸煮后吃了，于是全身患上疮病，都已经溃烂，痛苦号叫，片刻也无法忍耐，眉毛、头发、手指、脚趾也全都脱落，但是没有立即死去。于是他就在安南集市中乞讨，有一个和尚看见，很是同情他，对他说："你可以回去心中诵读《大悲真经》，我会口头教授你，如果能专心求进，一定能有所善报。"他就按照和尚的话学习了经文，专心诵读，之后疮病逐渐好了，手指脚趾也都长出来了，一直到平复痊愈。后来他就削发为僧，号智益，在伏波将军的旧房基址之上建立了讲经说法的精舍，在泉州开元寺担任住持。通慧大德楚彤亲近熟识智益，经常和他交谈。（出《报应录》）

乾符僧

唐僖宗乾符年间，有个和尚忘记了他的名字，常以课读吟诵经文为业，不曾间断荒废。因为他要下峡，就在白帝城停船。夜深了，众人都入睡了，他诵读经文的时候，忽然觉得有一股腥臭污秽的气味，只见水面上有一个人，渐渐朝着船只逼近。和尚问他，那人说："我并不是人，我姓许名道坤，唐初时担任夔州州牧，因为贪婪凶残暴虐成性，死后受到报应，须担任滟滪堆的龙王三千年，到如今已过二百四十年了。刚才听到师傅诵读经文，对我很有益处，所以前来道谢罢了。"和尚问道："峡谷中的水路险恶，多有倾覆溺水的祸患，为什么不下令诸龙而禁止它们，这样可以吗？"回答说："这类事情确实麻烦，都是善恶的业力所感召的结果，并不是寻常力量所能制止的。"和尚感到十分奇怪，将要再详细询问时，那人忽然就消失不见了。（出《报应录》）

卷第一百一十三　报应十二崇经像

张 应　释道安　周 闵　王 懿　谢 敷　僧法洪　刘式之
刘 龄　陈安居　马处伯

张 应

晋张应，历阳人，本事俗神，鼓舞淫祀。咸和八年，移居芜湖。妻得病，应请祷备至，财产略尽。妻法家弟子也，谓曰："今病日困，求鬼无益，乞作佛事。"应许之，往精舍中，见竺昙铠，谓曰："佛如愈病之药，见药不服，虽事无益。"应许当事佛，昙谓期明日当往。应归，夜梦见人长丈余，从南来，入门曰："此家何乃尔不净？"见昙铠随后曰："始欲发意，未可责之。"应眠觉，便秉火作高座及鬼子母座。昙铠明往，应说其梦，遂受五戒，屏除神影，大设福供。妻病有间，寻即全愈。

咸康二年，应至马沟市盐，还泊芜湖。夜宿，梦见三人，以钩钓之，应曰："我佛弟子。"牵终不置，曰："奴判走多时。"应恐，谓曰："放我，当与君一升酒。"钓人乃放之，谓应曰："但畏后人复取汝耳。"眠竟，腹泄痢，达家大困。应曰："昙铠阔绝已久。"病甚，遣请之，适值不在，应寻气绝。数日而苏，说有数人，以钩钓之将北去，下一坂岸，盛有镬汤刀剑楚毒之具。应悟是地狱，欲呼师名，忘昙铠字，但唤"和尚救我"，亦时唤佛。有顷，一人从西方，长丈余，执金杵欲撞，钓人皆怖散。长人引应去，谓曰："汝命尽，不复久生，可暂还家，颂呗三偈，并取和尚名字，三日当复命

张应

晋朝的张应，是历阳人。原本信奉民间俗神，大肆鼓励不合礼制的祭祀。东晋成帝咸和八年，张应移居于芜湖。他的妻子得病，张应细致全面地向鬼神祷告，财产全都用尽。张应的妻子是法家弟子，对他说："如今我的病情日益严重，求助鬼神也没有什么益处，请求举行佛教法事。"张应答应了她，到寺院里，拜见竺昙铠，他对张应说："佛就像治病的药丹一样，看见药而不服用，即使举行法事也没有好处。"张应答应奉佛，竺昙铠相约明日当会前往。张应回去后，夜里梦见一个人身高一丈多，从南面而来，进门后说："这户人家怎么这样不干净？"只见竺昙铠跟随在身后说："这家人刚开始表露心意，不可以责怪他。"张应睡醒了，就拿着火炬制作高座以及鬼子母座。第二天竺昙铠到来，张应向他讲述梦中情形。于是张应受五戒，拆除民间俗神的神像，大设福供。他的妻子的病就稍稍减轻，不久后就全都痊愈了。

东晋成帝咸康二年，张应到马沟去买盐，回来的时候停泊在芜湖。夜里住宿，梦见三个人，用钩钓住他，张应说："我是佛家弟子。"那三个人拉着他始终不放手，并说："我们为此已经奔走多时了。"张应感到害怕，对他们说："放了我，我当给你们一升酒。"钓他的人就放开了他，并对张应说："只恐怕后面的人还会再来抓你啊。"张应睡醒后，感到腹痛泻痢，到家后更加疲乏，张应说："我和竺昙铠已经阔别很久了。"病情十分严重，就派人前去请竺昙铠，正巧赶上他不在，张应不久后就气绝身亡。几日后又复苏，他说有几个人，用钩钓着他将要向北而去，走下一处山坡，设有镬汤刀剑等酷刑的刑具。张应明白这里是地狱，就想大声呼喊师傅的名字，一时间忘过，即生天矣。”应即复苏，三日之中，持斋颂呗，遣人将疏取昙铠名。至日食毕，礼佛赞呗，与家人辞别，澡沐冠带，如睡而亡。（出《法苑珠林》）

释道安

东晋恒山沙门释道安者，经石赵之乱，避地于襄阳。注《般若》《道行》《密迹》诸经、析疑《甄解》二十余卷，恐不合理，乃誓曰：“若所说不违理者，当见瑞相。”乃梦见一道人，头白眉长，语安曰：“君所注经，殊合道理，我不得入泥洹，住在西域，当相助弘道，可时设食也。”后远公云：“昔和尚所梦，乃是宾头卢也。”于是立座享之，遂成永则。（出《法苑珠林》）

周闵

周闵，汝南人，晋护军，世奉佛法。苏峻之乱，邑人皆东西播迁。闵家有《大品》一部，以半幅八丈素，反复书之，又有他经数部，《大品》亦杂在其中。既当避难单行，不能得尽持去，尤惜《大品》，不知在何部中，仓卒而去，徘徊叹惋。不觉《大品》忽自出外，闵惊喜持去，周氏遂世宝之。至今尚在。一说云，周嵩妇胡母氏有素书《大品》，其素广五寸，而《大品》一部尽在焉。又并有舍利，银罂置之，并缄于深箧中。永嘉之乱，胡母氏时避兵南奔，经及舍利自出箧外，因求怀之，以渡江东。又尝遇火，不暇取经，记了竺昙铠的名字，只是呼喊：“和尚救我。”也有时呼喊佛的名字。过了一会儿，有一个人从西方而来，身高一丈多，拿着金杵想要撞过来，持钓钩的人都感到恐惧而四散逃离。高大的人领着张应离去，对他说：“你的寿命已经尽了，不能复活多久，你可暂且回家，诵唱三遍偈子，并取个和尚的名字。三天后复活的时间结束，就转生天道了。”张应立即复苏了，三天之中，他持守戒律诵唱佛经，派人焚化祝告文并取竺昙铠的字。到了这一天吃完饭，张应礼佛后赞唱经文，又和家人辞别，沐浴更衣，像睡觉一样去世了。（出《法苑珠林》）

释道安

东晋恒山的和尚释道安，经历过后赵石氏的动乱，为了躲避战乱而迁居襄阳。他注解《般若》《道行》《密迹》等经书，剖析解难《甄解》二十多卷，害怕解释不合情理，于是发誓说：“如果我所说的不违背常理，应当看到吉祥的征兆。”于是就梦见一名道人，白头发长眉毛，对释道安说：“你所注解的经书，十分合于道理。我因此避免了进入迷途，我住在西域，应当助你弘扬佛教，可时常设斋食。”后来远公慧远说：“昔日和尚所梦见的，就是宾头卢尊者。”于是就设立牌座供奉他，成为定规。（出《法苑珠林》）

周闵

周闵是汝南人，晋朝时担任护军，一生信奉佛法。苏峻之乱时，城邑中人都到处迁移，奔波不定。周闵家中有一部《大品般若经》，用半幅长八丈的白布，正反面书写。还有其他几部经书，《大品般若经》也夹在其中。周闵马上就要只身独行躲避灾难，不能把经书全都带走。尤其惋惜《大品般若经》，不知道混在哪部经书中。匆忙之间，不停徘徊叹息。不知不觉间，《大品般若经》忽然自行出现，周闵惊喜地拿着避难去了。周家就世世代代把它当作宝物，至今还保存着。另一种说法是，周嵩的妻子胡母氏有用白布写的《大品般若经》，那匹白布宽五寸，而一整部《大品般若经》都写在上面。同时又及屋尽火灭，得之于灰烬之下，俨然如故。会稽王道子就嵩曾孙云求以供养，后常暂在新渚寺。刘敬叔云："曾亲见此经，字如麻子，点画分明。新渚寺今天安是也，此经盖得道僧慧则所写也。"或云：尝在简靖，道尼转诵。（出《冥祥记》）

王懿

晋王懿字仲德，太原人，为车骑将军，世信佛法。父黄，为中山太守，为丁岑所害。懿与兄侍母南归，登涉饥疲，绝粮无计，唯归心三宝。忽见一童子牵青牛，见懿等各与一饭，因忽不见。时积雨大水，懿前望浩然，莫知揭厉。俄有一白狼驯绕其前，过水复返，似欲引导。如此者三。于是随狼行，水才至膝，得路归朝。后自五兵尚书为徐州刺史，尝欲设斋，宿昔洒扫，盛列香花经像。忽闻法堂有经呗声，清婉流畅，懿遽往视，见五沙门在佛座前，神仪伟异，懿心甚钦敬。沙门顾盼依然，瞻礼未竟，皆竦身飞空而去，亲宾见者，倍增信悟。（出《法苑珠林》）

谢敷

谢敷字庆绪，会稽山阴人，镇军将军輶之兄子也。少有高操，隐于东山，笃信大法，精勤不倦。手写《首楞严经》，尝置都下白有舍利，放置在银瓶之中，并且封存在深箱子中。西晋怀帝永嘉之乱时，胡母氏当时要躲避兵祸南逃，经书和舍利自行出现在箱子外面，于是怀揣着它们，渡过江东。又曾经遇到火灾，来不及取出经书。等到屋子全部烧净，火焰熄灭，在灰烬之下找到了经书，收拾整齐还和原来一样。会稽的王道子从周嵩的曾孙周云那里求来供奉，之后经常暂放在新渚寺。刘敬叔说："我曾亲眼看见这部经书，字像麻子一样大小，笔画分明。新渚寺就是现在的天安寺。这部经书大概是得道高僧慧则所写的。"有的人说："这部经书曾经在简靖那，僧尼转达传诵。"（出《冥祥记》）

王懿

晋朝王懿，字仲德，是太原人，担任车骑将军，一生信奉佛法。他父亲王黄担任中山太守，被丁岑所陷害。王懿和他的哥哥侍奉母亲南归，登岸跋涉后饥饿疲乏，粮食断绝无计可施。只有真心依附佛、法、僧三宝。忽然看见一名童子牵着一头青牛，看见王懿等人后各给他们一顿饭，又忽然不见了。当时长时间下雨形成洪水，王懿前望广阔的水面，不知道该如何涉水渡过。不一会儿，有一只白狼温驯地围绕在他面前，渡过水面后又折返回来，好像要引导他们过去似的，像这样往返了三遍。于是王懿等人就跟随着白狼前行，水面才到膝盖处，找到路回到朝廷。后来王懿从五兵尚书改任徐州刺史，曾经想要设置斋饭，时常洒水清扫，摆上许多香花经像。忽然听到法堂上有诵读经文的声音，清婉流畅。王懿急忙过去查看，只见五名僧人在佛座前，神态仪表卓异出众，王懿心里十分钦敬。僧人们环视依旧，瞻仰礼拜还未完，都纵身向上跃起飞入空中，亲戚、宾客亲眼见到的人，更是倍增对佛法的信悟。（出《法苑珠林》）

谢敷

谢敷，字庆绪，是会稽山阴人，是镇军将军谢辅哥哥的儿子。年少时谢敷就有高尚的德行操守，隐居于东山，忠实地信仰大乘佛法，马寺中，寺为邻火所延，什物余经，并成煨烬，而此经止烧纸头界画外而已，文字悉存，无所毁失。敷死时，友人疑其得道，及闻此经，弥加惊异。（出《法苑珠林》）

僧法洪

晋世沙门僧法洪在瓦官寺。义熙十二年，时官禁镕铸，洪元发心铸丈六金像，私铸竟，犹在模，所司知觉，收洪楚械。洪念观音，每日百遍，忽梦所铸金像往狱，手摩头曰："无虑。"其像胸前方一尺许，铜色燋沸。当洪禁日，国家牛马不肯入栏，时以为怪。旬日有赦，洪得免，像即破模而自现也。（出《辨正论》）

刘式之

彭城刘式之，常供养一金像，无故失去，不知所在。式之夙夜思愆自责，至念冥通，经百日后，其像忽然自现本座，神光照室。全家惊喜，倍加倾心。（出《辨正论》）

刘 龄

宋刘龄，不知何许人，居晋陵东路城村，颇奉佛法，于宅中立精舍，时设斋。元嘉九年三月二十七日，父暴亡，时巫祝并云："家当更有三人丧亡。"邻家有事道祭酒魏巨，常为章符诳诱村里，语专心勤勉不厌倦。谢敷亲手抄写《首楞严经》，曾经放置在京城白马寺中，寺庙被邻居的火灾所蔓延燃烧，日常的衣服用品以及其他的经书，都被烧成了灰烬，而只有这部经书火烧到了纸面边界的外面而已，文字全都完好，没有什么毁坏。谢敷去世的时候，他的朋友怀疑他已经得道，等到听说了这部经书的故事，就更加惊异了。（出《法苑珠林》）

僧法洪

晋朝和尚僧法洪居住在瓦官寺。东晋安帝义熙十二年，当时的官府禁止私下里熔化铸造，僧法洪许下心愿想要铸造六丈高的金像，私下里铸造完成，金像还在模具中，主管的人发觉了，就抓捕了僧法洪，为他戴上刑具。僧法洪诵读《观音经》，每天诵读一百遍，忽然梦见他所铸的金像来到监狱中，用手抚摸着他的头说："你不用忧虑。"这尊金像胸前一尺左右的地方，铜色枯焦沸腾。在僧法洪被关押的日子里，国家里的牛马都不肯入栏，当时的人都感到奇怪。十天后有赦令传来，僧法洪才被赦免，金像也就破模现身了。（出《辨正论》）

刘式之

彭城的刘式之，经常供养一尊金像，某天他无缘无故丢失了金像，不知道丢在哪里。刘式之日夜反思自己的罪过而自责，诚挚的念头感通了神明，过了一百天后，那尊金像忽然自行出现在座上，神光照耀全屋。全家人都十分惊喜，更是加倍精心供奉。（出《辨正论》）

刘 龄

南朝刘宋的刘龄，不知道是哪里的人，居住在晋陵东路城村，十分信奉佛法，在自家宅院里建造了一间说法布道的房子，时时设有斋戒。刘宋文帝元嘉九年三月二十七日，他的父亲突然死亡，当时龄曰：“君家丧祸未已，由奉不明神也。若改事大道，必蒙福祐。不改意者，将灭其门。”龄遂敬延祭酒，罢不奉法。巨云：“宜焚经像，灾乃当除耳。”遂爇精舍，炎炽移日，唯屋而已，经像幡座，俨然如故。像于中夜，大放赤光，其时诸祭酒有二十许人，有惧灵验密委去者。巨等师徒意犹不止，被发禹步，执持刀索，云：“斥佛还故国，不得留中夏为民害也。”龄于其处，如有人殴打，顿仆于地，家人扶起，方余气息，遂瘘躄不能行。魏巨体内发疽，日出血三升，不一月苦死。自外同伴，并患癞疾。邻人东安太守水立和，传于东阳，时多见者。（出《法苑珠林》）

陈安居

宋陈安居，襄阳县人也。伯父少事巫俗，鼓舞祭祀，神像盈宅。父独敬信释法，恒自斋戒。世父无子，以安居绍焉。安居虽即伯舍，而理行精至，废绝淫祀。忽得病发狂，则为歌神之曲，迷闷邪僻，如此弥岁。而执心愈固，常誓曰：“若我所执之志，偶当亏夺者，必先自脔截四体，乃就其事。”家人并见之，安居不听。

经三年，病发死，但心下微暖，家不敢殓。至七日夜，守者觉尸足间，如有风来，飘动衣衾，苏而有声。家人初惧尸蹶，皆走避之。既而稍能转动，仍求水浆。家人喜，问从何来，安居具说所经。初见有人若使者，侍从数十人，呼去。从者欲缚之，使者的巫祝们都说："家里应当还有三个人会死亡。"邻居中有一名信奉道教的祭酒名叫魏巨，经常用道家章符欺骗诱惑村里人。他告诉刘龄说："你家之所以丧祸不停，是因为信奉了不明之神，如果改为侍奉道家，就一定能得到庇佑，不改变信奉的话，将会满门遭灭。"于是刘龄就敬请祭酒，不再侍奉佛法。魏巨说："你应当焚烧经像，灾祸就当消除了。"于是刘龄就点燃了家中说法布道的处所，火焰炽热，燃烧了一整天，只有屋子被烧毁了，里面的经像和幡座，依然整齐如故。佛像在半夜里，红光大放，当时的祭酒有二十多人，有害怕神佛现灵而偷偷逃走的。魏巨师徒执意不停，披发移步，手拿刀绳说："你这佛还回你原来的国家去！不能留在华夏中原成为百姓的祸害！"刘龄站在那里，就像是有人殴打他一样，立刻扑倒在地，家人扶起他，才留下一口气，于是就双腿衰弱不能行走。魏巨体内生了毒疮，每天出三升的血，不到一个月就痛苦而死。其他同伴，也都患上了癞病。邻居担任东安太守的水立和，在东阳四处散布这件事，当时有很多的人都亲眼看到了。（出《法苑珠林》）

陈安居

南朝刘宋的陈安居，是襄阳县人，他的伯父年少时侍奉巫俗。跳起鼓舞祭祀神灵，神像满屋。他的父亲唯独尊敬崇信佛法，经常自行斋戒。伯父没有儿子，就把陈安居当作继承人。陈安居虽然居住在伯父家，然而言行谨慎，废绝一切不合礼制的祭祀。忽然他患病发狂，就唱歌颂神佛的曲子，神志不清乖谬不正，像这样过了一整年。他的想法更加固执，经常发誓说："如果我所坚持的志向，偶然间被损害夺取我一定先自行截断四肢，才能结束这件事。"家人都听见并且劝说他。陈安居不听。

经过三年，陈安居病发而死，只是心口处还微微暖热，家人不敢收殓。到了第七天的夜里，守夜的人发觉他尸体的双脚之间，像是有风吹来一样，装殓死者的衣被飘动，便苏醒而发出声音，家人起初害怕是尸厥之症，全都逃走躲避。过了一会儿他的身体能够稍加曰："此人有福，未可缚也。"行可百余里，至一城府。屋宇甚整，使者将至府所，如局司之处。俄有人授纸笔，令安居曰："可疏二十四通死名。"安居如言疏名成数通。有一人从内出，扬声大呼曰："安居可入。"既人，称有教付刺奸。狱吏两人，一云："与大械。"一云："此人颇有福，只可三尺械。"议论不决，乃共视文书，久之，遂与三尺械。

少顷，见一贵人，翼从数十，形貌都雅，谓安居曰："汝那得来？"安居具陈所由。贵人曰："汝伯有罪，但宜录治，以先殖小福，故今得击散乃敢告诉。吾与汝父幼少有旧，见汝依然，可随我共游观也。"狱吏不肯释械，曰："府君无教，不敢专辄。"贵人曰："但付我，不使走逸也。"乃释之。贵人将安居遍至诸地狱，备见苦楚，略与经文相符。游历未竟，有传教来云："府君唤安居。"安居惶惧，求救于贵人。贵人曰："汝自无罪，但以实对，必无忧也。"

安居至门，见有桎梏者数百，一时俱进，安居在第三。至阶下，一人冠冕立于囚前，读罪簿。其第一措行，昔者娶妻之始，夫妇为誓，有子无子，终不相弃。而其人本是祭酒，尝亦奉道供化，徒众中得一女弟子，因而奸之，遂弃本妻，妻尝诉冤。府君曰："汝夫妇违誓，大义不终，罪一也；师资义著在三，而奸之，是父子相淫，无以异也，付法局详刑。"次读第二女人辞牒，忘其姓名，云："家在南阳冠军县黄水里，家安爨器于灶口，而此妇眠婴转动，并且讨要水浆。家人大喜，问他从什么地方回来。陈安居把经过都详细跟他们说了。起初他看见有个人像是使者一样，身边侍从几十人，呼喊他过去。随从的人员想把他捆绑起来，使者说："这个人有福，不可以捆绑他。"走了大约一百多里路，来到一座城府，房屋十分整齐，使者将要到达府衙，像是官衙中主事所在的地方。不一会儿有人给陈安居拿来纸笔，对他说："你可以写出二十四名死者的姓名。"陈安居就按照他说的写出死者姓名来。有一个人从府衙里面出来，高声呼喊道："陈安居可以进来！"陈安居进去后，称有令交付给刺奸。有两名狱吏，一个说："得给他戴上大的刑具。"另一个说："这个人很有福，只可以给他戴上三尺的刑具。"二人讨论不决，就一起查看文书，过了很久才给他带上三尺的刑具。

不一会儿，又遇见一名贵人，随从有几十个，形貌都十分文雅，对陈安居说："你怎会到这里来？"陈安居把缘由详细地告诉了他们。贵人说："你的伯父有罪，应当拘捕治罪，因为他先前积累了一点小福分，所以今天才敢零碎地告诉你。我和你的父亲年少时有交情，看见你也是这样，可跟随我一起参观游览。"狱吏不肯为陈安居解除刑具，说："没有府君的命令，不敢擅自决断"。贵人说："只管放心交给我，不会让他逃走的。"于是就为他卸下刑具，贵人带着陈安居走遍了各处地狱，全都看见了犯人们所受的苦楚，大致和经文所说的相符。游览还未结束，传来命令说："府君叫陈安居过去。"陈安居惊慌恐惧，向贵人求救。贵人说："你本来就没有罪过，只要据实回答即可，不用忧虑。"

陈安居来到门前，看见几百名戴着刑具的人，一时间都要进去。陈安居排在第三位，来到阶下，一个人头戴冠冕站在众囚徒之前，宣读罪簿。第一个人的罪行，昔日刚刚娶妻的时候，夫妇二人发誓，不论有无子嗣，都始终不相背弃。而这人本就是祭酒，也曾信奉道教供化，他的众徒之中有一名女弟子，因而强奸了她，就抛弃了原本的妻子，他的妻子曾经前来诉说冤屈。府君说："你们夫妇二人违背誓言，大义没有坚守到最后，这是第一条罪。师徒之义的礼敬程度排在世间前三，你却奸污了她，这就和犯了父子相淫的罪一样，没有什儿于灶上，匍匐走行，粪污爨器中。此妇还见，即请谢神祇，盥洗精洁。而其舅每骂此妇，言无有天道鬼神，致此恶妇，得行污秽。司命闻知，故录送之。”府君曰：“眠灶非过，小儿无知，又且已请谢神，是无罪矣。舅骂无道，诬谤幽灵，可录之来。”须臾而至。次到安居，阶下人具读明牒，为伯所诉。府君曰：“此人事佛，大德人也。其伯杀害无辜，訾诳百姓，罪宜穷治，以其有小福，故未加之罪耳，今复谤诉无辜，敕催录取来。”

已而府君遣安居还：“若可去，善成胜业，可寿九十三，努力勉之，勿复更来。”将离府，局司云：“君可拔却死名。”于是安居以次抽名既毕，而至向游贵人所。贵人亦至云：“知汝无他罪得还，甚善，力修功德，身福微，不辨生天，受报于此，辅佐府君，亦优游富贵，神道之美。吾家在宛，姓某名某，君还为吾致意，尊奉法戒，勿犯偏禁，可具以所见示语之也。”乃以三人力士送安居，出门数百步，传教送符与安居，谓曰：“君可持此符，经关戍次，以示之，勿辄偷过，偷过有罪谪也。若有水碍，可以此符投水中，即得过矣。”安居受符而归，行久之，阻大江不得渡，安居依言投符，矇然如眩，乃是其家庭中也。正闻家中号恸，所送三人，勒还就身，安居闻其身臭秽，曰：“吾不复能归。”此人乃强排之，仆于尸脚上。

么不同的地方，交给法局详细审量刑罚。”其次，宣读第二名女犯人的辞状，忘记了她的姓名，说：“家在南阳冠军县黄水里，家中炊具安放在灶口处，而这名妇女让婴儿睡在灶上，婴儿匍匐爬行，粪便污染到炊具里，这个妇人回来后看见，立即就向神祇请求谢罪，并且清洗干净。而她的公公却经常辱骂这名妇人，说没有天道鬼神，才使这个女人如此罪恶，做出这样污秽的事。司命听说后，就把她押送来了。”府君说：“小孩睡在灶上没有过错，小孩无知，并且她已经向神请求谢罪，也就没有罪过了。她的公公没有德行，诬谤神鬼，可以把他抓捕过来。”不一会儿，把她的公公抓来了。之后就轮到陈安居了，阶下的人详细宣读凭证，是陈安居的伯父控告他。府君说：“这个人侍奉佛教，是个有大功德的人。他的伯父杀害无辜，欺骗勒索百姓，罪行应当彻底查办，又因为他有些小的福气，所以没有给他加重罪行，现在又诽谤诉讼无辜之人，敕令你们赶快把他抓捕回来。”

不久府君打发陈安居回去，并说：“回去之后，行善可成殊胜的功业，可以活到九十三岁，努力勤勉，千万不要再来了。”陈安居将要离开府衙，局司说：“你可以除去你的死名。”于是陈安居按次序抽出自己的死名后，来到了先前同游贵人的住处，贵人也到了，说：“我知道你没有别的罪过，这才得以让你回家，很好。你要勉力修行功业和德行。我自身福气小，不能生在天界，在这里接受报应，辅佐府君，也算闲适富贵，是神灵之美。我家在宛地，姓某名某，你回去之后替我致意，让家人恭敬地遵守戒律和戒条，不要犯偏禁之事，可把你所看到的详细说给他们听。”于是用三名力士送陈安居回去，出门走了几百步，传令送符给陈安居，对他说：“你可以拿着这符，路过关隘，把符出示给他们看，千万不要擅自偷偷通过，偷偷通过会犯下罪行被贬谪。如果有水阻碍，可以把这符扔入水中，就能够渡过了。”陈安居拿着符回去，前行很久，被大江所阻挡无法渡过，陈安居就按照嘱咐把符扔入水中，迷糊之间只觉得一阵晕眩，睁开眼就到了他家的院子里。正听见家人悲号恸哭，送他的三名力士，命他附身复活。陈安居闻到他的尸身上有肮脏的臭味，说：“我不能再回家了。”那些力士就强行推他上前，扑倒在尸体的脚上。

安居既愈，欲验黄水妇人，特往冠军县寻问，果有此妇。相见依然，如有旧识，云：“已死得生，舅即以其日亡。”说所闻见，与安居悉同。安居果寿九十三也。（出《法苑珠林》）

马处伯

宋马处伯，巴西阆中人也。少信佛法，尝作宣汉县令。元嘉十二年，七月夜，梦见天际有三人，长二丈余，姿容严厉，临云下观，诸天妓乐，盈于空中，告曰：“汝厄在荆楚，戊寅之年，八月四日。若处山泽，其祸克消；人中斋戒，亦可获免。若过此期，当悟道也。”时俯见相识杨暹等八人，并着锁械。又见道士胡辽，半身出空。天际人皆记八人命尽年月，唯语辽曰：“若能修立功德，犹可延长也。”暹等皆如期而亡。辽益惧，奉法山居，勤励弥至。处伯后为梁州西曹掾，州将萧思话也。萧转南蛮，复命为行参军。处伯思荆楚之言，心甚惧，求萧解职，将适衡山，萧苦不许。十三年即戊寅岁也，六月末得病，至八月危笃。其日黄昏后，忽朗然彻视，遥见西方有三人行，长可二丈。前一人衣袷垂鬓，项有光，后二人姿质金耀，仪相端备，列于空中，去地数仞。处伯委悉详视，犹是前所梦者也。顷之不见，余芳移时方歇，同居小大，皆闻香气。因而流汗，病即小差。处伯所居颇卑陋，于时自觉处在殿堂，廊壁焕耀，皆是珍宝。俄即所患平复。（出《冥祥记》）

陈安居就复活了，他想验证一下之前黄水妇人所说的事，就特意前往冠军县询问，果然有这名妇女，相见后依旧是那样，像是旧相识一样，说：“我已死而复生，我公公就在那一天死了。”所见所闻，和陈安居全都相同。陈安居果然活到了九十三岁。（出《法苑珠林》）

马处伯

刘宋朝的马处伯，是巴西阆中人。少年时信奉佛法，曾经担任宣汉县县令。刘宋文帝元嘉十二年，七月的一晚，马处伯梦见天际有三个人，都身高两丈多，姿容严厉，从云端向下看，诸天的乐伎舞伎，充满空中，告诉马处伯说：“你的噩运在荆楚之地，戊寅年八月四日。如果你处在山野之中，这个灾祸就能够消除；在人群中斋戒，也可以避免。如果平安过了这个日期，就能领会佛理。”当时低头看见相识的杨暹等八人，都佩戴着刑具，又看见道士胡辽，半身出现在空中。天际三人都记下八人命尽的年月，只对胡辽说：“你如果能修建功德，还可以延长寿命。”杨暹等人都按照日期而死。胡辽更加恐惧，奉行法令并且居住在山上，更加勤劳奋勉。马处伯之后担任梁州西曹掾，州将萧思说他将到南蛮任职，被任命为行参军。马处伯想起天际三人说的“荆楚之祸”，心里十分害怕，请求萧思解除职务，快到衡山去，萧思久久没有答应。十三年即戊寅年，马处伯六月末患病，到了八月病势危急。那天的黄昏之后，忽然眼前清澈明亮，远远地看见西方有三个人走来，身高大约有两丈。前一个人身穿大衣垂下鬓发，脖子上散发着光芒。后两个人姿态气质金光耀眼，仪表容貌端正，站立在空中，距离地面有几仞高。马处伯详细查看，还是先前所梦到的人，一会儿就不见了。留下的芳香气味过了一段时间才消散，同居一处的全家老小，都闻到了香气。马处伯因而流汗，病也就稍微痊愈了些。马处伯所居的地方十分简陋，当时自己觉得像是身处殿堂一样，廊壁光芒闪耀，全都是珍宝。不一会儿，他所患的病就痊愈了。（出《冥祥记》）

卷第一百一十四　报应十三崇经像

费崇先

宋费崇先，吴兴人，少信佛法，精勤。泰始三年，受菩萨戒，寄斋于谢慧远家，二十四日，昼夜不懈。每听经，常以鹊尾香炉置膝前。初斋三夕，见一人，容服不凡，径来举炉去。崇先视膝前，炉犹在，方悟神异。自惟衣裳新濯，了无不净，唯坐侧有唾壶，既撤去壶。即复见此人还炉于前，未至席，犹见二炉，既至即合为一。然则此神人所提者，盖炉影耳。崇先又尝闻人说，福远寺有钦尼者，精勤得道，欣然愿见，未及得往，属意甚至，常斋于他家。中夜，忽见一尼，容仪端俨，著赭布袈裟，正立斋席之前，食顷而灭。崇先及见此尼，状貌被服，即前夜所睹者也。（出《法苑珠林》）

魏世子

宋魏世子，梁郡人，奉佛精进，儿女尊修，唯妇迷执不信。女年十四，病死。七日而苏，云："可安施高座，并《无量寿经》。"世子即为具设经座，女虽持斋戒，未常看经，今即升座，诵声清利。下启父言："儿死便往无量国，见父兄及己三人，池中已有芙蓉大花，后当化生其中。唯母独无。不胜此苦，故归启报。"语竟，复绝。母于是敬信法教。（出《冥祥记》）

费崇先

南朝刘宋的费崇先，是吴兴人，少年时信奉佛法，专心勤勉。刘宋明帝泰始三年，受持菩萨戒，在谢慧远家寄宿斋戒，二十四天里，昼夜坚持不懈。每次听经时，经常把鹊尾香炉放置在膝盖前。刚斋戒了三天，看见一个人，仪容服饰不一般，径直而来举着香炉离去。费崇先看向膝前，香炉还在，才明白是神奇的事迹。自己只有衣裳是新洗的，没有一点不干净的地方，只有坐侧有一个痰盂，于是就收起痰盂。又看见这个人送回香炉放置在面前，还没送到座位时，还看见有两个香炉，等来到座位时就合为一个了，那么神人刚才所提的东西，大概是香炉的影子吧。费崇先又曾听人说，福远寺中有位钦尼，专心勤勉而得道，内心愉悦想要见她。还没来得及前往，想法非常诚恳，就经常在他家中设斋。到了半夜，忽然看见一名尼姑，容貌仪表正直庄重，身穿赭色袈裟，端正地站立在斋席之前，一顿饭的工夫就消失不见了。费崇先之后见到这名尼姑，容貌服饰，就是先前夜里所看见的那样。（出《法苑珠林》）

魏世子

南朝刘宋的魏世子，是梁郡人，奉佛精进，儿女也尊奉修行，只有妻子执迷不悟不肯信奉。女儿十四岁时，患病而死，七天后复苏，说："家中可以安设一个高座，并且放上《无量寿经》。"魏世子就为她准备好了经文和高座。他的女儿虽然受持斋戒，却不经常看经，现在就登上高座，高声诵经，清晰利落。低头开导他的父亲说："女儿死后就前往了无量国，看见父兄和自己三个人，池中已经有芙蓉大花，日后定当化生在那当中。唯独母亲一人没有。承受不了这般

何昙远

何昙远，庐江人，父万寿，御史中丞。昙远奉法持菩萨戒，年十八，丁父艰。哀毁成疾，殆将灭性，号踊之外，归心净土，庶祈感应。时请僧数人，昙远向僧舍忏悔宿业，终无感征。僧舍每加奖励，不令懈怠。尔后因夜转经竟，众僧已眠，昙远忽自歌诵。僧舍惊而问之。昙远曰："见佛身黄金色，光焰丈余，幡花翼从，充满虚空，佛自西至，呼令速去。"昙远素羸弱少力，此夕壮厉悦怿，便于合中取香著手中，并以园花散空。母曰："汝今若去，不念吾耶？"昙远无所言而顿卧，宿信家中，闻此灵异，亦皆欣肃，不甚悲惧。昙远至五更，忽然而终，宅中芬馨数日。（出《冥祥记》）

陈秀远

宋陈秀远，颍川人，尝为湘州西曹，客居临湘县。少信奉三宝，年过耳顺，笃业不衰。元徽二年七月中，宴卧未寝，叹念万品死生，流转无定，惟已将从何来，一心祈念，冀通感梦，时夕结阴，室无灯烛。有顷，见枕边如萤火者，明照流飞，俄而一室尽明，连空如昼。秀远遽兴，合掌喘息。见庭中四五丈上，有一桥阁，危栏彩槛，立于空中。秀远了不觉升之，坐于桥侧，见桥上士女往还，衣装不异世人。末有一妪，年可三十，青袄白裳，行至秀远而立。有顷，又一妇人纯衣白布，遍环髻，持香花前，语秀远曰："汝前身即我也，以此花供养佛故，得转身作汝。"复指青白妪曰："此即复

痛苦，所以回来开导禀报。”说完之后，又死去了。于是她的母亲也开始敬信佛法了。（出《冥祥记》）

何昙远

何昙远是庐江人，父亲何万寿担任御史中丞。何昙远信奉佛法，受持菩萨戒，十八岁时，遇到父亲去世。悲痛异常而患病，将要死去，何昙远哭号顿足之外，归心于佛法，希望能有所感应。当时请了几名和尚，何昙远向着僧舍忏悔过去的罪业，始终没有感动的迹象。僧舍每次都会给予一些奖励，让他不要懈怠。之后有一晚诵完经文，众和尚已经入睡，何昙远忽然自己吟诵佛经。僧舍吃惊地问他，何昙远说：“我看见佛的身上是黄金色，光芒和火焰有一丈多，幡花自行辅翼随从，充满半空中，佛从西方而来，呼唤命我赶快前去。”何昙远向来体弱无力，这天晚上感到刚直健壮，心情愉悦，便从盒中取出香拿在手中，并把园中的花撒向空中。他的母亲说：“你今天如果离去，不会想念我吗？”何昙远没有说话而是立刻卧倒，家里人听说如此灵异的事，也都感到欣喜肃然，没有一点悲伤害怕。何昙远到了五更天，忽然去世，房子里的芬芳香气几天才消散。（出《冥祥记》）

陈秀远

南朝刘宋的陈秀远，是颍川人，曾经担任过湘州西曹，客居于临湘县，年少时信奉三宝，年龄已过六十，精诚信奉而不衰减。元徽二年七月间，闲坐卧榻而未入睡的时候，他感叹万物的死生，流转轮回不定，自己到底将从何而来，专心祈念，希望能在梦中有所感应。当天晚上天阴，室内也没有点燃灯烛。过了一会儿，只见枕边出现像萤火虫一样的东西，照明室内，流动飞翔，不一会儿整间屋子全都明亮，连空中也像白昼一样。陈秀远十分高兴，合掌喘息，只见庭院中四五丈之上，有一座桥阁，高栏彩槛，立在半空中。陈秀远在不知不觉中就升上去了，坐在桥侧，只见桥上的男女来来往往，服饰和世人的没有两样。最后有一名妇人，年龄约有三十岁，青袄白衣，走到陈

是我前身也。”言殚而去，后指者亦渐隐。秀远忽不觉还下之时，光亦寻灭。（出《冥祥记》）

葛济之

葛济之，句容人，稚川之后。妻同郡纪氏，体貌闲雅，有妇德。济之世事神仙，纪亦慕而心乐佛法，常存诚不替。忽一旦方织，俄觉云日开朗，空中清明，因投梭仰望四表，见西方有如来真形及宝盖幢幡映天，心独喜曰：“经说《无量寿》者，即应此耶？”便头面作礼，乃引济之，亦登时见半身及诸幡盖，俄而隐没。于是云日鲜华，五色烛耀，乡里备睹，移时方歇焉。（出《冥祥记》）

董青建

齐董青建者，不知何许人。父字贤明，建元初，为越骑校尉。初建母宋氏，孕建时，梦有人语云：“尔必生男，体上当有青志，可名为青建。”及生如言，即名焉。有容止，美言笑，性理宽和，家人未尝睹其愠色，见者咸异之。至年十四而州辟主簿。

建元初，皇储镇樊汉，为水曹参军。二年七月十六日寝疾，自云：“不振济。”至十八日，临尽起坐，谓母曰：“罪尽福至，缘累永绝，愿母自爱，不须忧念。”因失声大哭，声尽而绝。将殡葬丧秀远面前站住，过了一会儿，又有一名妇人身穿白布纯衣，扎着环形发髻，拿着香花上前，告诉陈秀远说：“你的前身就是我，正因为用这些花来供养神佛，才能轮回转世做你。”又指着那名青袄白衣的妇人说：“她就是我的前身。”说完就离去了。后面指的那名妇人也逐渐消失不见了。陈秀远在不知不觉间回到原地，那些光点过了不久也消失了。（出《冥祥记》）

葛济之

葛济之是句容人，是葛稚川的后代。他的妻子是同郡的纪氏，身材容貌安适高雅，有妇人的美德。葛济之一生信奉神仙，纪氏也敬慕而心中更喜欢佛法，经常守诚而不变。一天，纪氏正在织布，忽然感觉天空开阔明朗，清澈明净，于是就放下梭子仰望四方，只见西方有如来真身以及宝盖幢幡满天，心里暗自高兴地说：“佛经中提到的无量寿佛，就应该是这样了。”便迎头举手行礼，祈求帮助。这时天空中也立刻出现了如来的半身和各个幡盖。不一会儿就消失不见了。于是云日之间鲜艳华丽，五色照耀。乡里的人全都亲眼看见了，过了很久才消散不见。（出《冥祥记》）

董青建

南朝萧齐的董青建，不知道是什么地方的人，父亲字贤明，萧齐高帝建元年初，担任越骑校尉。起初董青建的母亲宋氏，身怀董青建时，梦到有人告诉她：“你必定会生下男孩，身上应当有青痣，可以取名为‘青建’。”等生下孩子后果真像他说的那样，就取名为董青建。他仪容举止文雅，谈吐有礼，性情宽厚谦和，家人从未看见过他有怨怒的神色。见过他的人都能感到他的与众不同，十四岁时就担任了州辟主簿。

萧齐高帝建元初年，皇储镇守樊汉，他担任水曹参军。建元二年七月十六日患病，他自己说：“不用再救治我了。”到了十八日，临死时坐起，对他的母亲说：“罪业尽了福气就来了，我们的缘分将要斋前，其夜灵语云：“生死道乖，勿安斋前，自当有造像道人来迎丧者。”明日，果有道人来，名昙顺，即依灵语，向昙顺说之。昙顺曰：“贫道住在南林寺，造丈八像垂成，贤子乃有此感应，寺西有少空地，可得安葬也。”遂葬寺边。三日，其母将亲表十许人，墓东见建如生，云：“愿母割哀还去，建今还在寺住。”母即止哭而还，举家菜食长斋。

至闰月十一日，贤明梦见建云：“愿父暂出东斋。”贤明便香汤自浴，斋戒出东斋。至十四夜，于明中闻建唤声，惊起，见建在斋前如生时。父问：“汝住在何处？”建云：“从亡来，住在练神宫中，满百日，当得生忉利天。建不忍见父母兄弟哭泣伤恸，三七日礼诸佛菩萨，请四天王，故得暂还。愿父母从今已后，勿复啼哭祭祠。阿母已发愿求见建，不久当命终，即共建同生一处。父寿可得七十三，命终后，当三年受罪报，勤苦行道，可得免脱。”问曰：“汝从夜中来，那得有光明？”建曰：“今与菩萨诸天同下，此其身光耳。”又问曰：“汝天上识谁？”建曰：“见王车骑、张吴兴、外祖宋西河。”建曰：“非但此一门中生，从四十七年以来，至七死七生，已得四道果。先发七愿，愿生人间，故历生死，从今永毕，得离七苦。建临尽时，见七处生死，所以大哭者，与七家分别也。”问云：“汝皆生谁家？”建曰：“生江吏部、羊广州、张吴兴、王车骑、萧吴兴、梁给事、董越骑等家，唯此间生十七年，余处止三五年耳。自今已后，毒厉岁多，宜勤修功德。建见世人死，多堕三涂，生天者少。勤精进，可得免度，发愿生天，亦得相见，行脱差异，无相值期。”又问云：“汝母忧忆汝垂死，可令见汝否？”建曰：“不须相见，益怀煎苦耳，但依向言说之。诸天已去，不容久永远断绝，希望母亲自爱，不必忧愁挂念我。”于是失声痛哭，哭声断绝而死。将要为他在丧斋之前举行出殡和下葬仪式。那天夜里他的鬼魂说：“生死之道互相背离，不要安葬在屋舍之前，自当有位建造佛像的和尚前来把我的尸骨迎回家乡。”第二天，果然有名和尚前来，名叫昙顺，就按照鬼魂的话，对昙顺说了。昙顺说：“贫僧住在南林寺，建造的一尊高一丈八的佛像快要完成，您家贤能的儿子才能有这样的感应，寺庙的西面有一点空地，可以用来安葬他。”于是就把董青建安葬在寺边。三天后，他的母亲领着亲戚十多个人，在墓的东边看见董青建还像活着一样，说：“希望母亲节哀离去，我现在还在寺庙中居住。”母亲就止住哭声而回家，全家吃素而长时间斋戒。

到了闰月十一日，父亲董贤明又梦见董青建说：“希望父亲暂且来到东斋。”董贤明就香汤沐浴，来到东斋斋戒，到了十四日的夜里，在烛火的光亮中听见董青建的呼唤声，董贤明惊起，看见董青建在房前像活着一样。父亲问：“你住在什么地方？”董青建回答：“我从死亡中回来，居住在练神宫中，已满百天，应当转生至忉利天。我不忍见到父母兄弟哭泣伤恸，二十一天里礼拜诸位神佛菩萨，请求四天王，所以能够暂时回来。希望父母从今以后，不要再放声痛哭来祭祀我了。阿母已经发下誓愿请求见我，不久就当去世，和我生活在一处了。父亲的寿命可到七十三岁，去世后，应当领受三年罪过的报应，父亲只要勤奋努力地修行佛道，就可免除罪罚。”父亲问：“你从黑夜中回来，哪里来的烛火光明？”董青建说：“今天我和菩萨诸天的人一同而来，这是他们身上散发的光。”又问道：“你在天上认识谁？”董青建说：“只见过王车骑、张吴兴、外祖宋西河。”董青建说：“我不仅仅是从一家中出生，四十七年以来，经历了七死七生。已经得到四道善果了。先前许下七愿，希望转生在人间，所以经历了生死，从今以后永远结束，得以脱离七苦，我临死的时候，就看见七次生与死。大哭的原因，是要和七家分别。”父亲问道：“你都转生在谁家？”董青建说：“我转生在江吏部、羊广州、张吴兴、王车骑、萧吴兴、梁给事、董越骑等家，只在这里生活了十七年，在别人家只生活了三五年罢了。从今以后，有灾的年份很多，应当勤心修立功德。

住。”惨有悲色，忽然不见。

去后竹林左右犹有香气，家人亦并闻余香焉。建云所生七家：江概、羊希、张永、王玄谟、萧惠明、梁季文也。贤明遂以出家，名法藏。（出《法苑珠林》）

齐竟陵王

齐竟陵王，崇信内典，得热病，夜中垂死。梦见金像，手灌神汤，因遂平复。（出《辩正论》）

张 逸

张逸为事至死，预造金像，朝夕祈命。临刑，刀折而项不伤。官问故，答曰：“唯以礼像为业。”其像项有二刀痕如血，因得免死。（出《感应传》）

释僧护

高齐时，有释僧护，守道直心，不求慧业，愿造丈八石像，咸怪其言。后于寺北谷中，见一卧石，可长丈八，乃顾匠营造。向经一周，面腹粗了，而背著地，以六具拗举之，始初不动。经夜至旦，忽然自翻，即就营造，移置佛堂。晋州陷日，像汗流地，周兵入齐，烧诸佛寺，此像独不变色。又欲倒之，大牛六十头挽不动。忽有异僧，以瓦木土墼垒而围之，寻失僧所在。像后降梦信心者曰：

我看见世间的人死了之后，大多堕入三途恶道，转生天道的人少。勤勉精进，就可以免除法度制裁，许下誓愿转生天道，也能得以相见，如果行事偏离有所差异，就没有相遇的日期。”又问道：“你母亲忧虑担心你快要死了，可让她见见你吗？”董青建说：“不必相见，见了也只是让她更加伤感痛苦罢了，只要按照先前说的那样就可。诸天的人已经离去，不允许我久留。”董青建神情惨然，露出悲伤的神色，忽然间不见了。

离去之后竹林的左右还留有香气。家人也都闻到了余香。董青建说所转生的七家是江概、羊希、张永、王玄漠、萧惠明、梁季文家。于是董贤明就出家了，法号叫“法藏”。（出《法苑珠林》）

齐竟陵王

南朝的竟陵王，尊崇信仰佛经，身患发热急病，夜里快要死亡。他梦见了一尊金像，手端着神汤喂他服下，于是病就痊愈了。（出《辩正论》）

张　逸

张逸因为犯罪将要被处死，预先铸造了一尊金像，早晚祈祷保命。即将行刑的时候，刀折断而脖子没有受伤。官吏问他原因，他回答说：“我只是以礼拜神像为业。”那尊神像的脖子上有两处刀痕，像是有血一样，因而他得以免死。（出《感应传》）

释僧护

北朝高齐时，有个释僧护，守道正直，不求功业，发愿建造高一丈八的石像，大家都对他说的话感到奇怪。之后在寺北的山谷中，他看见一块横着的石头，长有一丈八，于是他雇佣工匠建造。经过了一周，佛像的脸面和身体大概都建造出来了，然而背部着地，用六支杠子撬它，起初撬不动。经过一夜到天亮后，佛像忽然自行翻身，就接着建造，建好后移到佛堂。晋州沦陷的时候，佛像汗流满地，周兵攻

“吾患指痛。”其人寤而视焉，乃木伤其二指也，遂即补之。开皇十年，盗像幡盖者，梦丈八人入室责之，贼大怖悔而谢焉。其像见在。（出《法苑珠林》）

僧澄空

隋开皇中，僧澄空，年甫二十，誓愿于晋阳汾西铸铁像，高七十尺焉。鸠集金炭，经求用度，周二十年，物力乃办。于是造报遐迩，大集贤愚，然后选日而写像焉。及烟焰灭息，启炉之后，其像无成。澄空即深自咎责，稽首忏悔，复坚前约，再谋铸造。精勤艰苦，又三十年，事费复备，则又复写像焉。及启铸，其像又复无成，澄空于是呼天求哀，叩头请罪，大加贬挫，深自勤励。又二十年，功力复集，然后选日，复写像焉。及期，澄空乃身登炉巅，百尺悬绝，扬声谓观者曰：“吾少发誓愿，铸写大佛，今虚费积年，如或踵前，吾亦无面见大众也。吾今俟其启炉，欲于金液而舍命焉，一以谢愆于诸佛，一以表诚于众善。傥大像圆满，后五十年，吾当为建重阁耳。”时观者万众，号泣谏止，而澄空殊不听览。俄而金液注射，赫耀踊跃，澄空于是挥手辞谢，投身如飞鸟而入焉。及开炉，铁像庄严端妙，毫发皆备。自是并州之人，因起阁以覆之，而佛身洪大，功用极广，自非殊力，无由而致。

唐开元初，李暠为太原军节度使，出游，因仰像叹曰：“如此入高齐后，焚烧了许多佛寺，唯独这尊石像不变色。又想要弄倒它，用六十头大牛都拉不动。忽然有名奇异的和尚，用瓦木土坯垒起来并围上了石像，不一会儿和尚不知到哪里去了。石像之后托梦给虔诚信仰的人说："我患上手指疼痛病。"那个人醒后去察看，原来是被木头击伤了佛像的二指，那人就立刻补上了。隋文帝开皇十年，有盗窃佛像幡盖的人，梦见高一丈八的人进入屋责问他，窃贼感到十分害怕后悔而拜谢。这尊佛像现在还在。（出《法苑珠林》）

僧澄空

隋朝开皇年中，僧澄空年龄刚满二十岁，他许下誓愿在晋阳汾西铸造一尊铁像，高七十尺。他搜集金炭，筹备费用，整整准备了二十年，物资和人力准备好了。于是他就向远近布告建造的事，广泛聚集了贤人，然后选好日子铸造佛像。等到烟焰都熄灭，开炉之后，佛像没有铸成。僧澄空就深深感到自责，跪拜叩头忏悔，又坚持之前的誓约，再次谋划铸造。他专心勤勉不畏艰苦，又过了三十年，物资和人力又准备齐全，又铸造佛像。等到他打开炉灶，那尊佛像又没有成功。僧澄空于是向天乞求帮助，叩头请罪，更加受到贬挫，自己更加勤劳奋勉。又过了二十年，物资和人力再一次齐备，然后选定日子，再次铸造佛像。等到了日期，僧澄空就只身登上炉顶，百尺之高险峻峭绝，高声对前来观看的人说："我年少时许下誓愿，想要铸造大佛，如今已白白浪费多年，如果今天和以前同样，我就没脸面再见大众了。我现在等待着开炉，想要舍命于金液当中，一是谢罪于诸位神佛，一是向大家表示诚心的感谢。倘若巨像圆满铸成，之后五十年，我当为它修建重阁。"当时围观的人数上万，都哭号着劝阻他，而僧澄空全都不听。不一会儿金液喷射，明亮耀眼闪烁，僧澄空于是挥手辞谢，像飞鸟一样投身其中。等到开炉时，铁像庄严美好，毛发齐备。从此之后并州人就建起阁子遮盖佛像，然而佛身极大，所需要的功用也极广，除非有特殊财力，不然无法建造。

唐玄宗开元初年，李暠担任太原军节度使。外出游玩的时候，好相，而为风日所侵，痛哉！”即施钱百万缗，周岁之内，而重阁成就，至今北都谓之平等阁者是也。计僧死像成日至鄐，正五十年矣。以佛法推之，则鄐也得非澄空之后身欤？（出《集异记》）

释慧侃

隋蒋州大归善寺释慧侃，曲阿人也，灵通幽显，世莫识之。而翘敬尊像，事同真佛，每见立像，不敢辄坐，劝人造像，唯作坐者。后往岭南，修禅法，大有悟解。住栖霞时，尝往扬都谒偲法师，偲异礼接之。将还山，偲请现神力。侃即从窗中出臂，解齐熙寺佛殿上额，因语偶云：“世人无远识，见多惊异，故吾所不为耳。”大业元年，终于大归善寺。初侃终日，以三衣还众僧：“吾今死去，徒众好住。”便还房内。大众惊起追之，乃见房中白骨一具，跏坐床上，就而撼之，锵然不散。（出《法苑珠林》）

释道积

唐蒲州普济寺释道积，河东安邑县人也。博通经教，洞明玄旨，河东英俊，莫与同风。先是沙门宝澄于普济寺创营大像百丈，功愿未终而卒。耆艾请积继之，积受众勤请，广行缘化，槐檀十迁，而大像成就，道俗庆赖，感彻人天。初积受请之夕，梦二狮子于大像侧，连吐明珠，相续不绝，既寤叹曰：“兽王自在，则表法流无滞，宝珠自涌，又喻檀施不穷。冥运潜符，征效斯在。”即命工匠，图所梦于弥勒大像前，今犹存焉。其寺在蒲坂之阳，高爽华敞，东临州里，南望河山。像设三层，岩廊四合，上方下院，赫仰视铁像而叹息说："像这样美好的相貌，而被风日所侵蚀，真是痛心啊！"于是就施舍百万串钱，一年之内，高阁就建成了，至今北都称它是平等阁。从僧死像成的那日一直到李暠建成重阁，正好五十年。用佛法推论的话，那么李暠莫非是僧澄空的来世吗？（出《集异记》）

释慧侃

隋朝蒋州大归善寺的释慧侃，是曲阿人，他的神通阴阳两界，世人没有不认识他的。而且他崇敬尊像，如同侍奉真佛一样，每次看见立像，不敢擅自坐下，并且劝说别人建造佛像，只有这样才会坐下。之后释慧侃前往岭南，修行禅法，大有领悟。释慧侃住在栖霞时，曾经去扬都谒见偲法师，偲法师用特殊的礼仪接待了他。他将要回山的时候，偲法师请他显现神力。释慧侃就从窗中伸出胳膊，解下齐熙寺佛殿上的匾额，告诉偲法师说："世人没有卓远的见识，看见了大多都惊异，所以我不去做。"隋炀帝大业元年，他在大归善寺去世。去世的那天，释慧侃把三衣还给众僧，说："我现今快要死去，你们要保重。"说完就回到房内。大家惊起上前追赶，就看见房中有一具白骨，在床上结跏趺坐，上前搬动他，发出清脆的声音而不散落。（出《法苑珠林》）

释道积

唐朝蒲州普济寺的释道积，是河东安邑县人。他精通佛教经典，洞察深奥佛理，河东的才俊，没有人能和他相比。先前僧人宝澄在普济寺开始建造百丈高的巨像，许下的誓愿还没有完成就去世了。老少们请求释道积继续宝澄的事业，释道积接受大家恳切的请求，广泛劝化有缘人布施，收集的槐木和檀木从十方各处运送来，而巨像建成的时候，出家的人和世俗的人共同庆贺，感通了众生。当初，释道积接受请求的那天晚上，梦见有两头狮子在巨像身侧，口中连吐明珠，接连不断，于是醒后感叹说："兽王自由舒适，那么表示佛法流传没有阻碍，宝珠自行涌出，又象征着施主们布施不断。是冥间

奕相临，园硙田蔬，周环俯就。佛事隆盛，咸积之功焉。（出《法苑珠林》）

释法诚

终南山悟真寺释法诚，雍州万年县人，事沙门僧和为师，和亦乡族之所推奉。尝有人欲害和，夜诣门，见房内猛火，腾焰升帐，遂即追悔。诚奉佩训勖，常诵《法华》，翘心奉行，朝夕无懈。梦感普贤，劝书大教。既悟，即入净行道。重衬工匠，令书八部般若，香台宝轴，庄严成就。又于寺南横岭，造华严堂，凿山堙堑，列栋连甍，前对重峦，右临斜谷，吐纳云雾，下瞰烟虹，实奇观也。弘文馆学士张孝静者，善于书翰，诚乃请孝静写藏经，斋洁勤拳，大致感应，灵禽异兽，驯扰精庐。贞观十四年，忽谓侍者曰："诸行无常，法缘有竭。九品往生，斯言验矣。吾今去世，汝无忧恼。"言毕，口光烛于楹，奄然而化。（出《高僧传》）

暗送征召，验证成效就在这里。”于是他立即让工匠，在弥勒巨像之前画上自己梦中所见的景象，直到现在还保存着。那座寺庙在蒲坂的南面，空气清爽高大宽敞，东面临近州里，南面望着河山。佛像设有三层，岩廊四面围合，上面是居室，下面是院落，交相辉映，园地高耸，田中蔬果，环绕在周围。佛事隆重盛大，全都是释道积的功劳啊。（出《法苑珠林》）

释法诚

终南山悟真寺的释法诚，是雍州万年县人，拜和尚僧和为师，僧和也受到乡中大族的推崇。曾经有人想要加害僧和，那人夜里进门，看见房内大火燃烧，火焰升腾点燃帐幕，然后就后悔了。释法诚心敬奉行佩训的勉励，经常诵读《法华经》，仰慕奉行，早晚都不敢懈怠。梦中感动了普贤，勉励他抄写佛教经典。醒来后，就诚心举办法事。大请工匠，让他们抄写八部《般若经》，筑香台宝轴，庄严而成。又在寺庙南面的横岭上，建造华严堂，凿山堵坑，房屋列栋屋脊相连绵延，前方朝着重峦，右面临近斜谷，呼吸于云雾之间，向下俯瞰云中彩虹，实在是奇景啊。弘文馆的学士张孝静，擅长书写，释法诚就请张孝静抄写藏经，斋戒沐浴恳切真诚，大受感应，灵禽异兽都在精舍周围变得驯服、柔顺。唐太宗贞观十四年，他忽然对侍者说：“各种行为无常变化，法缘有尽，极乐世界九品无尽往生，这话应验了。我现在快要去世了，你们不要忧愁烦恼。”说完，口中发出烛光照在柱子上，忽然就去世了。（出《高僧传》）

卷第一百一十五　报应十四崇经像

张法义

唐张法义，华州郑县人。年少贫野，不修礼度。贞观十一年，入华山伐树，见一僧坐岩穴中。法义就与语，晦冥不归。僧因设松柏末，以供食之，谓法义曰："贫道久不欲外人知，檀越出，慎勿言相见。"因为说俗人多罪累，死皆恶道，志心忏悔，可以灭之。乃令净浴，被僧衣，为忏悔，旦而别去。

十九年，法义病卒，埋于野外，贫无棺椁，以薪木瘗之而苏，自推木出归家。家人惊愕，法义自说：初有两人来取，乘空行，至官府。入门，又巡巷南行十许里，左右皆有官曹，门闾相对，不可胜数。法义至一曹院，见官人遥责使者曰："是华州张法义也，本限三日至，何因乃淹七日？"使者云："义家狗恶，兼有祝师，祝师见打甚苦。"袒衣而背青肿，官曰："稽限过多，各与杖二十。"言讫，杖亦毕，血流洒地。官曰："将法义过录事。"录事署发文书，令送付判官。召主典，取法义前案，簿盈一床。主典对法义前披检云："其簿多先朱勾毕，有未勾者则录之。"曰："贞观十一年，法义父使刈禾，法义反顾张目，私骂父，不孝，合杖八十。"始录一条，即见昔岩穴中僧来。判官起迎，问何事，僧曰："张法义是贫道弟子，其罪尽忏悔灭除讫，天曹案中已勾毕，今枉追来，不合死。"主典云："经忏悔者，此案勾了。至如张目骂父，虽蒙忏悔，事未勾了。"僧曰："若不如此，当取案勘之，应有福利，仰判官。"令典将法义过王宫，殿宇宏壮，侍卫数十人，僧亦随至王所。王起

张法义

唐朝的张法义，是华州郑县人。年少时贫穷粗野，不修礼仪法度。唐太宗贞观十一年，张法义进入华山砍柴。看见一名和尚坐在山岩的洞穴中。张法义上前和他说话，不知不觉天色昏暗，无法返回。和尚于是摆设好松柏末，来供他食用，并对张法义说："贫僧已经很久不想让外人知道，施主出去后，千万不要和别人说你我曾相见，因为说俗人的事多有罪过，死后都入三恶道，专心忏悔，还可以消除罪业。"于是就让他洁净沐浴，穿上僧衣，做忏悔，第二天告别离去。

过了十九年，张法义病死，埋葬在野外，家贫买不起棺椁，就用柴薪掩埋。之后苏醒了，自己推开身上的柴薪回了家。家人惊奇震愕，张法义自己说：当初有两个人前来捉拿他，跟着他们乘空而去，来到一处官府。进入门中，又沿着巷子向南走了十多里，左右都有官吏办事的场所，门户相对，不可胜数。张法义到了一处办事的院落，看见官吏远远责备使者说："去追捕华州的张法义，本来限时三日带到，为什么久留了七天？"使者说："张法义家中的狗十分凶恶，并且还有祝师，我们也被祝师打得十分痛苦。"说着脱下上衣露出后背给官吏看青肿处。官吏说："你们延期过长，各打二十杖。"说完，杖刑也结束了，血流满地。官吏说："把张法义带去录事署。"录事署交付文书，让送交到判官那里。召唤主典，取来张法义先前的案簿，案簿摆满了整整一床。主典翻阅检查张法义以前的事情，说："他的案簿多有先前用红笔勾除的痕迹，没有勾除的事情就记录下来。"其中："贞观十一年，张法义的父亲让他收割粟子，张法义回过头瞪着眼，暗中骂他的父亲，是不孝，应该打八十杖。"才记录完第一条，就看见先前岩洞中的那名和尚来了。判官站起迎接，问有什么事，和尚迎僧，王曰："师当直来耶？"答曰："未当次直。有弟子张法义被录来，此人宿罪，并贫道勾讫，未合死。"主典又以张目视父事过王，王曰："张目忏悔，此不合免。然师为来请，可放七日。"法义白僧曰："日既不多，后来恐不见师，请即往随师。"师曰："七日七年也，可早去。"法义固请随，僧因请王笔，书法义掌中作一字，又请王印印之，曰："可急去还家，凭作福报，后来不见我，宜以掌印呈王，王自放汝也。"

法义乃辞出，僧令送出。至其家，内至黑，义不敢入。使者去之，遂活。觉在土中，甚轻薄，以手推排得出。因入山，就僧修福。义掌中所印处，文不可识，然皆为疮，终莫能愈，至今尚存焉。（出《法苑珠林》）

王弘之

唐王弘之，贞观中为沁州和川令。有女适博陵崔轨，于和川病卒。经数十日，其家忽于夜中闻崔语，初时倾家惊恐，其后乃以为常。云："轨是女婿，虽不合于妻家立灵，然而苦无所依，但为置立也。"妻从其请。朝夕置食，不许置肉，唯要素食。恒劝礼佛，又具说地狱中事，云："人一生恒不免杀生及不孝，自余之罪，盖亦小耳。"又云："轨虽无罪，然大资福助，为轨数设斋供，并写《法说："张法义是贫僧的弟子，他的罪过全都忏悔而消除了，天上官署的案卷中都已经勾除，今天错被抓捕而来，不应当被判死。"主典说："经过忏悔的事情，这册案卷已经勾除，至于像瞪眼骂父的罪过，虽然忏悔了，但却尚未勾除。"和尚说："如果不能这样的话，应当取来案簿核对，应该有福气，就仰赖判官了。"就让主典带张法义前往王宫，殿堂宏大雄伟，侍卫有几十人，和尚也跟着来到王所在的地方。王站起迎接和尚，王说："大师应当是无事而来？"回答说："并非无事。我有一名弟子张法义被抓捕来，这个人过去的罪过，一齐被我勾除了，不应当死去。"主典又把张法义瞪眼看父的事情禀告王，王说："已经为瞪眼而忏悔，而这个罪也不应当免除。然而他的师傅来替他请求，可以放他回去七天。"张法义对和尚说："我的日子既然不多，以后恐怕再也见不到师父，我请求跟着师父修行。"师父说："七日就是七年，你可以早点离去。"张法义坚持请求跟随，和尚于是向王借过笔，在法义的手掌中书写了一个字，又请王拿印章盖在手上，说："你可以赶快回家去，凭借这个福德，以后见不着我，就将手掌中的印呈给王看，王自然会放过你的。"

张法义就告辞离去，和尚命人送他出去。到了他家，里面很黑，张法义不敢进入。使者驱赶他上前，他就复活了。他觉得自己像是在土中，并且土层十分轻薄，就用手推开柴薪才出来。因而进入山中，找僧修福。张法义手掌中所印的地方，文字无法辨识，但都成为了疮。始终不能痊愈，至今还存在。（出《法苑珠林》）

王弘之

唐朝的王弘之，在唐太宗贞观年间担任沁川和川的县令。家中有女儿嫁给博陵的崔轨，崔轨在和川县病死。过了几十天，他家忽然在夜里听到崔轨说话的声音，起初听到的时候全家人都很惊恐，之后就习以为常了。崔轨说："我是你家的女婿，虽然不应当在妻子家中给我设立灵位，然而我苦于无依无靠，只要给我设立一个灵位就行。"崔轨的妻子听从了他的请求，早晚为他置放祭品，不准放置肉食，只放置素食。且崔轨经常劝说她礼佛，又详细讲述在地狱中华》《金刚》《观音》等经，各三两部，自兹已后，即不复来。”王家一依其言，写经设供。轨忽更来愧谢，因云：“今即取别。”举家哭而送之。轨有遗腹之子，已年四五六岁，轨云：“此子必有名官，愿善养育。”自此不复来矣。（出《法苑珠林》）

崔义起妻

唐司元少常伯崔义起，妻萧氏，父文铿，少不食荤茹酒肉。萧氏以龙朔三年五月亡，其家为修初七斋。僧方食，其婢素玉忽云：“夫人来语某曰：‘生时闻佛经说地狱，今身当之，苦不可言。赖男女等与我追福，蒙放暂归，即向诸僧忏悔。’欲去又云：‘我至二十日更来，将素玉看受罪。’”即如期，素玉便昏绝，三日乃苏，云：“初随夫人到一大城中，有一别院，夫人所住，亦兼有汤镬铁床来至，夫人寻被烧煮，酷毒难说。其夫人父文铿忽乘云在空呼曰：‘早放素玉回。’语素玉女曰：‘我女生时不受戒，故恣行贪嫉。汝归，令崔郎多造功德，为拔此厄。’又见一婆罗门僧从空中下，作梵语，教素玉念《金刚》《法华》《药师》经各一遍，令去。”既活，并不遗忘。有梵僧听之，云：“素玉所传，如同西国语，与中国异也。”（出《报应记》）

的事，说：“人这一生常常难免要杀生或者不孝，其余的罪过，大概都是小罪罢了。”又说：“我虽然没有罪过，还是要帮助我多做福事，可以为我多次设斋供奉，并且抄写《法华经》《金刚经》《观音经》等经书各三两部，从这以后，我就不再来了。”王家人全部按照他说的，抄写经文设斋供奉。崔轨忽然又前来表示惭愧感谢，说：“现在就是来告别的。”全家人都哭着送他。崔轨有名遗腹子，已经五六岁了，崔轨道：“这个孩子将来一定会有好的名声和官职，希望你们能够好好养育他。”从此之后，他就再也没有来过了。（出《法苑珠林》）

崔义起妻

唐朝司元少常伯崔义起，妻子萧氏，她的父亲萧文铿，年少时不吃荤腥不吃酒肉。萧氏在唐高宗龙朔三年五月去世。崔家为她在头七那天举办佛事。和尚们正在吃斋饭，她的婢女素玉忽然说：“夫人前来告诉我：‘活着的时候就听佛经里说过地狱，现在我亲身来到这里，痛苦到不可言说。仰赖大家为我祈祷冥福，承蒙暂且放我回来。’”就向各位和尚忏悔，想要离去又说：“我到二十日再来，将带着素玉去看看我所受的罪。”到了那天，素玉就昏迷晕厥，三天后才苏醒，说：“我起初随着夫人来到一座大城中，有一处别院，是夫人的住处，也兼有汤镬、铁床在其中，夫人一会儿被又烧又煮，残酷狠毒到难以言说。夫人的父亲萧文铿忽然乘着云在空中大声喊道：‘早点放素玉回去吧。’并且告诉我说：‘我女儿活着的时候没有遵守戒律，所以恣行无忌还贪婪嫉妒，你回去后叫崔郎多建造行善的功德，为她拔除这种灾厄。’又看见一名婆罗门僧从空中下来，口诵梵语，教我诵读《金刚经》《法华经》《药师经》各一遍，就令我离去。于是我就复活了，并没有遗忘经文。”有一名梵僧听到经文，说：“素玉所传诵的，好似西域语，和中国话有所不同。”（出《报应记》）

襄阳老姥

唐神龙年中，襄阳将铸佛像，有一老姥至贫，营求助施，卒不能得。姥有一钱，则为女时母所赐也，宝之六十余年。及铸像时，姥持所有，因发重愿，投之炉中。及破炉出像，姥所施钱，著佛胸臆，因磨错去之。一夕，钱又如故，僧徒惊异，钱至今存焉。乃知至诚发心，必有诚应，姥心至诚，故诸佛感之，令后人生希有此事也。（出《纪闻》）

普贤社

开元初，同州界有数百家，为东西普贤邑社，造普贤菩萨像，而每日设斋。东社邑家青衣，以斋日生子于其斋次，名之曰普贤。年至十八，任为愚竖，厮役之事，盖所备尝，后因设斋之日，此竖忽推普贤身像而坐其处。邑老观者，咸用怒焉，既加诟骂，又苦鞭挞。普贤笑曰："吾以汝志心，故生此中。汝见真普贤不能加敬，而求此土像何益？"于是忽变其质为普贤菩萨身，身黄金色，乘六牙象，空中飞去，放大光明，天花采云，五色相映，于是遂灭。邑老方悟贤圣，大用惊惭。其西社为普贤邑斋者，僧徒方集，忽有妇人，怀妊垂产，云："见欲生子。"因入菩萨堂中，人呵怒之，不可禁止。因产一男子，于座之前，既初产生，甚为污秽，诸人不可提挈出，深用诟辱。忽失妇人所在，男变为普贤菩萨，光明照烛，相好端丽。其所污秽，皆成香花，于是乘象腾空，稍稍而灭。诸父老自恨愚暗，不识普贤，刺眇其目者十余人。由是言之，菩萨变现，岂凡人能识？（出《记闻》）

襄阳老姥

唐朝神龙年中，襄阳将要铸造一尊佛像，有一名老妇人极为贫困，向人们谋求帮助和布施，却始终不能实现。老妇人只有一钱，乃是她作为女儿时母亲赐给她的，六十多年来老妇人把它视作珍宝。等到铸造佛像的时候，老妇人就拿着她仅有的一钱，发下宏大的誓愿，之后就把它投入炉火中。等到破炉出像时，老妇人所布施的钱，正好在佛像的胸口，因为磨光锉平的时候把它磨掉了。过了一晚上，钱又像原来那样在佛像胸口了，和尚们感到惊异，这一钱至今还存在。人们这才知道诚心诚意许下向善的心愿，就一定会有诚挚的回应。老妇人的心极为诚恳，所以诸佛有所感应，让后人生出希望。（出《纪闻》）

普贤社

唐玄宗开元初年，同州界内有几百户人家，分为东西两座普贤社庙，建造普贤菩萨像，而且每天设置斋戒。东社庙家的婢女，把刚好斋戒日里出生的儿子放在斋案旁，给他取名普贤。他到了十八岁，任性而愚昧，杂役干的事，他全都尝试了一遍。后来在设置斋戒的日子里，这名小子忽然推倒普贤身像而自己坐到神像的地方。邑里的老人看到了，都十分生气，立即辱骂他，又鞭打他。普贤笑着说："我因为你们诚心，所以降生在这里，你们看见真普贤都不能加以敬重，而去求拜这个土像又有什么好处？"于是忽然改变自身化为普贤菩萨的身形，身上呈现黄金色，乘着六牙白象，在空中飞翔离去，放出极为耀眼的光明，天上香花彩云，五色相映，于是就消失不见了。邑里的老人这才明白他是菩萨，都十分惊讶惭愧。那里的西社正在为普贤举行邑斋，僧徒们正在聚集。忽然有一名妇人，怀孕快要临产，说："现在就要生了。"于是就进入菩萨堂内，人们都怒斥她，但却不能阻止。于是她在灵座的前面，生下一名男孩，屋内因为生产，十分污秽，人们都不可以抱出男孩，更用语言辱骂她。忽然间妇人不见了，男孩变化为普贤菩萨，光亮照耀，相貌端庄美丽，他出生时的那些污

李洽

山人李洽，自都入京，行至灞上，逢吏持帖，云："追洽。"洽视帖，文字错乱，不可复识，谓吏曰："帖书乃以狼籍。"吏曰："此是阎罗王帖。"洽闻之悲泣，请吏暂还，与家人别。吏与偕行过市，见诸肆中馈馔，吏视之久。洽问："君欲食乎？"曰："然。"乃将钱一千，随其所欲即买。止得一味，与吏食毕，甚悦，谓洽曰："今可速写《金光明经》，或当得免。"洽至家写经毕，别家人，与吏去。行数十里，至城，壁宇峻严，因问："此为何城？"吏云："安禄山作乱，所司恐贼越逸，故作此城以遏之。"又问："城主为谁？"曰："是邬元昌。"洽素与城主有故，请为通之。元昌召入，相见悲喜。须臾，有兵马数十万，至城而过，元昌留洽坐，出门迎候，久之乃回。洽问："此兵云何？"曰："阎罗王往西京大安国寺也。"既至寺，登百尺高座，王将簿阅云："此人新造《金光明经》，遂得延算，故未合死。"元昌叹羡良久，令人送回，因此得活。（出《广异记》）

王乙

王乙者，自少恒持《如意轮咒》。开元初，徒侣三人，将适北河。有船夫求载乙等，不甚论钱直，云："正尔自行，故不计价。"乙初不欲去，谓其徒曰："彼贱其价，是诱我也，得非苞藏祸心秽之处，全都变成了香花，接着乘上六牙白象腾空而去，渐渐消失不见。各位父老自恨愚昧，没认出普贤。刺瞎自己眼睛的有十几个人。由此而说：菩萨的变化，岂是凡人能识别的？（出《记闻》）

李洽

隐士李洽从都市进京，走到灞上，正遇上官吏拿着帖子，说："追捕李洽。"李洽看那帖子，文字错乱，不能辨认，对官吏说："这帖子写得很凌乱。"官吏说："这是阎罗王写的帖子。"李洽听后悲伤地哭泣，请求官吏暂且放他回去，让他和家人告别。官吏和他一起走过街市，看见许多店铺中摆放食物，官吏看了很久。李洽问："你想吃点东西吗？"回答说："是的。"李洽就拿出一千钱，按照他的意愿去买，只买了一样食物，吃完后，官吏十分高兴，对李洽说："你现在可以赶快去抄写《金光明经》，或许能够获得赦免。"李洽到家后抄写完经书，告别家人，和官吏一起离开了。走了几十里，来到一城内，城宇高峻整肃，于是问："这里为什么建有一座城？"官吏说："因为安禄山作乱，主管这里的人害怕贼人逃跑，所以建造了这座城来遏制他。"又问："这里的城主是谁？"官吏说："城主是邬元昌。"李洽向来与城主是故交，请求为他通报一声。邬元昌召他进入，相见后悲喜交加。不一会儿，有几十万兵马路过此城，邬元昌留李洽暂坐，自己出门去迎候，过了很久才回来。李洽问："这些兵说了什么？"邬元昌回答说："阎罗王前往西京大安国寺了。"已经来到寺里，登上百尺的高座，阎罗王把生死簿翻阅完，说："这个人新抄写了《金光明经》，应该延长寿命，不应死。"邬元昌赞叹羡慕了好久，令人把他送回，因此李洽才得以复活。（出《广异记》）

王乙

王乙，从年少时起就坚持诵读《如意轮咒》。唐玄宗开元初年，他和同伴三人，将要到黄河北支去。有名船夫请求载运王乙等人，不愿谈论价钱多少，说："正好我自己也要过去，所以就不计较船钱乎！”舡人云：“所得资者，只以供酒肉之资，但因长者，得不滞行李尔。”其徒信之，乃渡。仍市酒共饮，频举酒属乙，乙屡闻空中言勿饮，心愈惊骇。因是有所疑。酒虽入口者，亦潜吐出，由是独得不醉。洎夜秉烛，其徒悉已大鼾。乙虑有非道，默坐念咒。忽见舡人，持一大斧，刃长五六寸，从水仓中入，断二奴头，又斩二伴。次当至乙，乙伏地受死，其烛忽尔遂灭。乙被斫三斧，背后有门，久已钉塞，忽有二人，从门扶乙投水。岸下水深，又投于岸，血虽被体，而不甚痛。行十余里，至一草舍，扬声云被贼劫。舍中人收乙入房，以为拒闭。及报县，吏人引乙至劫所，见岸高数十丈，方知神咒之力。后五六日，汴州获贼，问所以，云：“烛光忽暗，便失王乙，不知所之。”一疮虽破，而不损骨，寻而平愈如故，此持《如意轮咒》之功也。（出《广异记》）

钳耳含光

竺山县丞钳耳含光者，其妻陆氏，死经半岁。含光秩满，从家居竺山寺。有大墩，暇日登望。忽于墩侧见陆氏，相见悲喜，问其死事，便尔北望，见一大城，云：“所居在此。”邀含光同去。入城，城中屋宇壮丽，与人间不殊。傍有一院，院内西行，有房数十间，陆氏处第三房。夫妇之情，不异平素，衣玩服具亦尔。久之日暮，谓含光曰：“地府严切，君宜且还，后日可领儿子等来，欲有所嘱，明日不烦来也。”

了。”王乙起初不想坐他的船，对他的同伴说：“他降低自己的船价，是想引诱我上当，莫非包藏了祸心？”船夫说：“所得到的船钱，只是供我购买酒肉的钱，只因为你是长者，不想耽误你的行程罢了。”他的同伴相信了船夫的话，于是上船渡河。还买了酒和船夫共饮，船夫频频举起酒杯敬向王乙，王乙多次听到空中传来“不要饮酒”的声音，心里更加惊慌害怕。因此就有所怀疑。酒虽然喝入嘴里，但暗中吐出来了，因此唯独他没有喝醉。到了夜里点燃蜡烛，他的同伴都已经酣睡。王乙想到会有变故，就沉默静坐诵读真言。忽见船夫，拿着一柄巨大的斧子，长五六寸，从水仓中出来，砍断了两名奴仆的头，又斩断了两名同伴的头，接着应当轮到王乙，王乙趴在地板上等死，船内的蜡烛忽然熄灭。王乙被砍了三斧，背后有一扇门，早已钉死，忽然有两个人，从门中进来搀扶着王乙，把他扔入水中。岸下水深，又把他扔到岸边，他虽然浑身是血，却没有很疼痛。走了十多里，到了一处草屋，王乙高声大喊：“我被贼人抢劫了。”房中的人收留王乙进屋，关上门不许他人进入。之后就报告到县里。官吏带着王乙来到被抢劫的地方，看见岸高几十丈，这才知道是神咒的力量。过了五六天，在汴州抓到了贼人，问起那晚的缘由，贼人说：“当时烛光忽然昏暗，就看不见王乙，不知道他的去向了。”王乙虽然被砍留下伤口，却没有损伤骨头，不久就痊愈，像以前一样了。这就是诵读《如意轮咒》的功德啊。（出《广异记》）

钳耳含光

竺山县县丞钳耳含光的妻子陆氏，死后半年，含光的任期也届满，从家出来居住到竺山寺里。那里有一座巨大土堆，闲暇的日子里他就登高远望。忽然他在土堆一侧看见了陆氏，夫妻相见悲喜交加，问起她死后的事，陆氏就让他向北望去，看见一座大城，说：“我就住在这里。”并邀请含光一同回去。进入大城，城中房屋雄伟华丽，和人间没有区别。旁边有一处院落，院内向西前行，有几十间房子，陆氏住在第三间。夫妇之情，和往日一样，衣物玩物器具也都和以前一样。过了很久，到了傍晚时分，陆氏对含光说：“地府律法十分及翌日，含光又往，陆氏见之惊愕曰："戒卿勿来，何得复至？"顷之，有绯衣吏，侍从数十人来入院。陆氏令含光入床下，垂毡至地以障之，戒使勿视，恐主客有犯。俄闻外呼陆四娘，陆氏走出。含光初甚怖惧，后稍窃视，院中都有二十八妇人，绯衣各令解髻两两结，投釜中，冤楚之声，闻乎数里，火灭乃去。陆氏径走入房，含光见入，接手床上，良久闷绝。既寤，含光问："平生斋菜诵经念佛，何以更受此苦？"答云："昔欲终时，有僧见诣，令写《金光明经》，当时许之，病亟草草，遂忘遗嘱，坐是受妄语报，罹此酷罚。所欲见儿子者，正为造《金光明经》。今君已见，无烦儿子也。"

含光还家，乃具向诸子说其事，悲泣终夕。及明往视，已不复见，但荒草耳。遂货家产，得五百千，刺史已下，各有资助，满二千贯文。乃令长子载往五台写经，至山中，遍历诸台，未有定居。寻而又上台，山路之半，遇一老僧。谓之曰："写经救母，何尔迟回？留钱于台，宜速还写《金刚经》也。"言讫不见，其子知是文殊菩萨，留钱而还。乃至舍写经毕，上墩，又见地狱，因尔直入。遇闭门，乃扣之，门内问是谁，钳耳赞府即云"是我"。久之，有妇人出曰："贵阁令相谢，写经之力，已得托生人间，千万珍重。"含光乃问："夫人何故居此？"答云："罪状颇同，故复在此尔。"（出《广异记》）

严格，你应当暂且回去，后天可以领着儿子等人前来，对你有所嘱咐，切记明天不用过来了。”

等到第二天，含光又来了，陆氏看见他惊愕地说：“告诫过你不要前来，为什么又来了？”过了一会儿，有身穿红衣的官吏，跟着几十名侍从来到院内。陆氏让含光藏到床下，垂下毡子拖到地上挡住他，告诫他不要往外看，害怕主人客人之间有所冒犯。不一会儿，听到外面大声呼喊陆四娘，陆氏走出房间。含光起初十分惶恐，后来渐渐向外偷看，院中有二十八名妇人，红衣官吏分别让她们解开发髻两两相结，投入釜中，其中冤枉痛楚的叫声，几里之内都能听到，火焰熄灭才离去。陆氏径直走进房内，含光看见她进来，拉着她的手来到床上，陆氏晕厥了很久。清醒过来后，含光问：“你平生斋戒吃素诵经念佛，为什么还要受这样的苦？”回答道：“昔日我快死的时候，有名和尚前来拜见我，令我抄写《金光明经》。当时我答应了他，病情危急行事匆忙，就忘了他的嘱托，由于随便乱说而获罪受到报应，遭受这种酷刑，我所说想要见儿子，正是想让他为我抄写《金光明经》。现在你已经看到了，就不用再去麻烦儿子了。”

含光回到家，就把这些事详细向儿子们说了，彻夜悲伤哭泣，等到第二天再前往土堆查看，却什么也看不见，只剩荒草罢了。于是含光就变卖家产，得到了五百钱。从刺史以下的官吏，各有所资助，共计二千贯。含光令长子用车带着前往五台山抄写经文，到了山中，找遍各台，都没有定居的地方。不久又登上峰顶，半路上遇到一名老僧，对他说：“抄写经文救母，为什么这么迟才来？把钱留在峰顶上，应赶快回去抄写《金刚经》。”说完就不见了，他的儿子知道这是文殊菩萨，就留下钱财回家了。到家后抄写经书完毕，登上土堆，又看见地狱，因而径直进入。见第三间房门紧闭，就上前敲门，门内的人问来者是谁。钳耳县丞就说：“是我。”过了很久，有名妇人出来说：“贵阁让我来感谢你们，抄写经书的功德神力，已经让她托生人间了，让你们也要千万珍重。”含光又问：“夫人你为什么会居住在这里？”回答道：“我的罪状与她相同，所以我也在这里。”（出《广异记》）

席豫

唐开元初，席豫以监察御史，按覆河西。去河西两驿，下食，求羊肝不得，挞主驿吏。外白“肝至”，见肝在盘中摇动不息，豫颦蹙良久，令持去，乃取一绢，为羊铸佛。半日许，豫暴卒，随吏见王，王曰：“杀生有道，何故生取其肝，独能忍乎？”豫云：“初虽求肝，肝至见动，实不敢食。”言讫，见一小佛从云飞下，王起顶礼。佛言如豫所陈。王谓羊曰：“他不食汝肝，今欲如何！”寻放豫还也。（出《广异记》）

裴休

唐开成元年，宰相裴休，留心释氏，精于禅律。师圭峰密禅师，得达摩顿间密师注《法界观》《禅诠》，皆相国撰文序。常被毳衲，于歌妓院中，持钵乞食，自言曰：“不为俗情所染，可以说法为人。”每自发愿，愿世世为国王，弘护佛法。后于阗国王生一子，手文中有裴休二字。闻于中朝，其子弟请迎之，彼国不允而止。（出《北梦琐言》）

牙将子

唐东蜀大圣院有木像，制度瑰异，耆老相传云：顷自荆湘溯流而上，历归、峡等郡，郡人具舟揖取之，千夫牵挽，不至岸。至渝，州人焚香祈请，应声而往。郡守及百姓，遂构大圣院安置之。东川有牙将者，其子常喑，忽一日画地，告其父曰：“某宿障深重，被兹业病，闻大圣院神通，欲舍身出家，依止供养，冀消除罪根耳。”父许之。由是虔洁焚修，夙夜无怠。经数载，倏尔能言，抗

席豫

唐玄宗开元年初，席豫担任监察御史，去河西巡按。离河西还有两个驿站，准备吃饭，想吃羊肝却找不到，就鞭打主管的驿吏。过了一会儿，外面的人说“羊肝已经找到”。只见羊肝在盘子中跳动不停，席豫皱眉蹙额好久，让人拿下去，于是就拿来一匹绢，为羊铸佛。过了半天左右，席豫忽然死去，跟随官吏去见阎王，阎王说：“杀生也有法，为什么要活取羊的肝，你怎么能忍心呢？”席豫说：“当初虽然想要吃羊肝，但是羊肝到了面前看见它还在跳动，实在是不敢吃。”说完，就看见一个小佛从云中飞翔而下，阎王起身顶礼参拜。小佛所说和席豫所说的一样。阎王对羊说：“他没吃你的肝，现在想要怎么办？”不久后就放席豫回去了。（出《广异记》）

裴休

唐文宗开成元年，宰相裴休倾心信奉佛教，精通禅律。拜圭峰密禅师为师，得到了达摩顿间密师所注的《法界观》《禅诠》，都是相国撰写的文和序。裴休曾经披着毛织的衲衣，在歌妓院中，拿着钵盂化斋，自言自语道：“不被世俗之情所污染，可以给人讲授佛法。”常常自己许下宏大的誓愿，愿世世代代为国王，弘扬护佑佛法。后来于阗国国王生下一个儿子，手中写有“裴休”二字。消息传到朝廷，他的子弟请求迎接他回来，那个国家不同意而作罢。（出《北梦琐言》）

牙将子

唐朝东蜀大圣院内有尊木像，制作得瑰丽奇异，德高望重的老人相传说：这尊木像不久前从荆湘逆流而上，经过归峡等郡，郡中的人都驾着船想要将它取上岸，但多人牵拉也不靠岸。这尊木像一直到了渝州，渝州人焚香祷告请求，于是木像就应声而去。郡守以及百姓，就建造了大圣院来安置它。东川有名牙将，他的儿子长久以来不能说话，忽然一天在地上写字，告诉他父亲说：“我的前世的罪孽音清辩，超于群辈。复有跛童子者，睹兹奇异，发愿于大圣院终身苦行，忏悔求福。未逾期岁，忽能起行，筋骨自伸，步骤无碍。事悉具本院碑，殿有东庑，见有喑僧跛童子二画像并存焉。（出《报应录》）

深重，才得了这种病，听说大圣院有神通，想要舍身出家，依托那里供养，希望能消除罪过罪根啊！”父亲答应了他。从此他就诚敬焚香修行，日夜不敢懈怠。过了几年，忽然他能说话了，声音洪亮清晰明辨，超出同辈。又有一名跛脚的儿童，目睹了这件奇异的事，也许下誓愿要在大圣院里终身刻苦修行，忏悔求福，结果还未过一年，忽然就能站立行走，筋骨自行伸展，走路的步伐一点也没有障碍。这些事全都详细记述在本院的石碑上。宝殿东边的廊屋，哑和尚和跛童子二人的画像还保存着。（出《报应录》）

卷第一百一十六　报应十五崇经像

谢　晦

宋尚书谢晦为荆州刺史。谓塔寺不宜在人间，当移之郭外，乃自率部下至新寺门，遣队士八十，持刀斧，毁坏浮图，尊像纵横，瓦木倾坠。俄而云雾暗天，风尘勃起，晦冥即怖走，队人惊散，莫知所以。晦等夜梦，咸见沙门，飞腾空中，光明显赫。又见二人，形悉丈余，容姿甚伟，厉声嗔曰："所行反道，寻当自知！"其后队人满身著癞疾，经时而死。余人并犯法就终，谢晦连年患瘠病，后因谋叛，合家被诛。皆非命而卒。（出《辨正论》）

尼智通

宋尼智通，京师简静尼也，年貌殊少，信道不笃。元嘉九年，师死罢道，嫁为魏郡梁甫妾，生一男，年七岁。家甚贫穷，无以为衣。智通为尼时，有数卷素《无量寿》《法华》等经，悉练捣之，以衣其儿。居一年而得病，恍惚惊悸，肌体坏烂，状若火疮，有细白虫，日去升余，惨痛烦毒，昼夜号叫。常闻空中语云："坏经为衣，得此报也。"旬余而死。（出《冥祥记》）

谢 晦

宋朝尚书谢晦任荆州刺史。他说塔寺不应建在尘世，应将其移至城外，于是亲自率部下到新寺门，派遣八十士兵，携带刀斧，毁坏佛塔，佛像倒得横七竖八，寺院瓦木坠落倾倒。不一会儿云雾遮天蔽日，大风卷起沙尘，环境骤变幽暗阴森，谢晦恐慌遁走，士兵惊惧四散，众人不知为何会这样。入夜谢晦等人在睡梦中，都看到沙门凌空佛光耀眼，又看到两人，身形丈余，容貌姿态奇伟，肃穆嗔怒厉声呵斥道："你们的行为有违仁道，很快你们就会明白。"随后参与此事的士兵浑身都生满癞疮，不多时就病亡了。其余相干人等犯法被处死，谢晦经年久病不愈，后因谋反诛连全家。所有涉事之人都死于非命。（出《辨正论》）

尼智通

南宋尼姑智通，在京城简静庵出家，姿容幼嫩，但道心不坚。元嘉九年，师父圆寂后她便还了俗，嫁与魏郡梁甫作妾，育有一子，已七岁，家境贫寒，衣不蔽体。智通还是尼姑时，有数卷抄在白绢上的《无量寿》《法华》等经书，她拿出经书拆散漂洗，给儿子做了衣服。一年后她患病，神志恍惚，惊慌心悸，肌肤溃烂，症状如火疮，生出细白虫，每日可拨除一升多，疼痛难忍烦忧不安，日夜哀嚎，她常听空中传来声音说："如此报应归咎于你毁坏经书做衣服。"十多日后她就病亡了。（出《冥祥记》）

王袭之

宋吴兴太守琅琊王袭之，有学问，爱老庄而不信佛，唯事宰杀。初为晋西省郎中，性好宾客，于内省前养一双鹅，甚爱玩之。夜忽梦鹅口衔一卷经，可十纸许，取看皆说罪福之事。明旦果见，乃是佛经。因是不敢宰杀，笃信过人。（出《辨正论》）

周 宗

周宗者，广陵郡人也。宋元嘉七年，随到彦之北伐。王师失利，与同邑六人逃窜。间行于彭城北，遇一空寺，无有僧徒，中有形像，以水晶为相。因共窃取之，乃出村贷食。其一人羸病，等辈皆轻之，独不得分与。既而各还家，三四年中，宗等五人，相继病癞而死，不得分者独获免。（出《冥祥记》）

沈僧复

宋吴兴沈僧复，大明末，本土饥荒，逐食至山阳。昼入村野乞食，夜还寄寓寺舍左右。时山阳诸小形铜像甚众，僧复与其乡里数人，积渐窃取，遂囊箧数四悉满。复因将还家，共铸为钱。事既发觉，执送出都，入舡便云："见人以火烧之。"昼夜叫呼，自称楚毒不可忍，未及刑坐而死，举体皆拆裂，状如火烧。吴郡朱亨，亲识僧复，具见其事。（出《冥祥记》）

僧道志

宋沙门僧道志者，北多宝僧也。尝为众僧令知殿塔，自窃幡盖等宝饰，所取甚众。后遂偷像眉间珠相，既而开穿垣壁，若外

王袭之

宋朝吴兴太守琅琊人王袭之，博学广识，信奉老庄不信佛教，专长屠宰。他任晋西省郎中时，生性好客，在府内豢养一对鹅，特别爱逗弄这对鹅。一夜他忽然梦到鹅口中衔着一卷经书，约十页，拿来看其中内容都是祸、福等事。第二日清晨果然看到了经书，乃是佛经。因此他再不敢屠宰生灵，奉佛的诚挚之心远超他人。（出《辨正论》）

周宗

周宗，广陵郡人。刘宋元嘉七年，随到彦之北伐。王师大败，他与六名同乡逃走，抄小路到彭城北，遇到一空寺院，其中没有僧徒，但中央有一佛像，用水晶制成。他们几人一块儿将水晶佛像偷走，出村后换了粮食行头。他们中一人孱弱患病，其他人都轻视他，没有分食物给他。后来他们各自回家了。三四年内，周宗等五人相继患癞疮病死，唯独那个没分到食物的人幸免于难。（出《冥祥记》）

沈僧复

南朝宋吴兴沈僧复，大明（南朝宋孝武帝的年号）末年，因老家闹饥荒，乞食至山阳。白日在村中乞食，夜间返回寄宿寺院附近。那时山阳有众多各类小型铜制的佛像，沈僧复与同乡数人每日都来窃取一些，逐渐将几个箱子口袋装满，沈僧复带铜像回家，将铜像集合在一起铸成铜钱。他私铸铜钱一事很快事发，他被押送出京，刚上船就说：“有人用火烧我。”昼夜哀嚎不断，自言疼痛难忍，未等行刑就死了，尸体全部干裂，有如被火炙烤。吴郡朱亨与沈僧复是旧识，亲眼目睹了此事。（出《冥祥记》）

僧道志

宋朝沙门道志，是北多宝僧人。他曾奉众僧之令看守佛殿佛塔，自己偷了幡幢华盖等宝饰，偷了很多。后来偷走了佛像眉间的宝珠，盗者，故僧众不能觉也。积旬余而得病，便见异人，以戈矛刺之，时来时去，辄惊叫，应声流血。初犹日中一两如此，其后病甚，刺者稍数，疮痍变遍体，呻呼不能声。同寺僧众，颇疑其有罪，欲为忏谢。始问，犹讳而不言。将尽二三日，乃具自陈列，泣涕请救曰：“吾愚悖不通，谓无幽途，失意作罪，招此殃酷，生受楚挎，死婴刀镬，已糜之身，唯垂哀恕。今无复余物，唯衣被毡履，或足充一会。”并频请愿，具为忏悔者。偷像相珠有二枚，一枚已属妪人，不可复得；一以质钱，在陈昭家，令赎取。道志既死，诸僧合集，赎得相珠，并设斋忏。初工人复相珠时，展转回趣，终不安合，众僧复为礼拜烧香，乃得著焉。年余，而同学等于昏夜间，闻空中有语，详听即道志声也。自说云：“自死已来，备婴痛毒，方累年劫，未有出期。赖蒙众僧哀怜救护，赎像相珠，故苦酷之中，时有间息，感恩无已，故暂来称谢。”言此而已。闻其语时，腥腐臭气，苦痛难过。言终久之，乃稍歇。（出《冥祥记》）

唐文伯

宋唐文伯，东海赣榆人也。弟好蒱博，家资都尽。村中有寺，经过人或以钱上佛，弟屡窃取。后病癞，卜者云：“祟由盗佛钱。”父怒曰：“佛是何神，乃令我儿致此！吾当试更虏夺，若复能病，可也。”前县令何欣之妇，上织成宝盖带四枚，乃盗取为腰带。不百日，复得恶病。发疮之始，起腰带处。（出《冥祥记》）

接着凿穿墙壁，做成外面来的贼偷走宝珠的假象，所以众僧并未察觉。过了十几日道志患病，病中看到一非同寻常的人用戈和矛刺他，来去反复，他恐惧惊叫，应声淌血。起初还只是一日中一两次这种情况，后来病重，被刺的次数越来越多，遍体鳞伤，甚至无力呻吟。同寺众僧怀疑他犯下重罪，想让他忏悔，起初询问他时，他避讳不言，二三日后，自己全盘托出，哭着求众僧救他一命说："我愚蠢狂悖不通事理，以为并无地狱存在，一念之差犯下大罪，惹祸上身，活着受严刑拷打，死后受刀割水煮，现已全身糜烂，只求悲悯宽恕，如今我别无他物，唯有衣服、被褥、帽子和鞋，变卖这些东西大概够一次佛会的费用。"道志一再请愿，将这些东西都拿出来做忏悔。又说自己偷了两枚佛像上的宝珠，一枚给了一个妇人，无法再要回，另一枚换了钱，在陈昭家，请大家赎回。道志去世后，众僧集资，赎回宝珠，并设斋为道志忏悔。起初工匠复原佛像上的宝珠，反复安装，不论怎样都安不上。众僧又礼拜佛像烧香祭祀，才得以安上。一年多后，道志的一众师兄们在昏黑夜间听空中传来言语声，仔细听原是道志的声音。道志说："自去世后，饱受诸多苦难，刑期漫长，不知何日可脱，承蒙大家哀怜相救，赎回宝珠复原佛像，得以让我在酷刑中稍有停息，感恩不尽无以为报，特来致谢。"说到这儿就停止了，言语间带出腐臭，让人难以忍受。说完很久才稍有缓解。（出《冥祥记》）

唐文伯

宋朝唐文伯，东海赣榆人。他的弟弟好赌博，败光了家产。他住的村中有座寺院，路过此处的人有的会供奉钱财给佛像，他弟弟多次窃取香火钱。后来患上癞疮，算命的人说："此病是因他偷了佛的香火钱。"他父亲气愤地说："佛是何神？让我儿子病重至此，我再强取些其他东西试验，若也会得病，我就信你所言，真有'佛'这个神。"前任县令何欣的妻子敬献给佛像四条织好的宝盖带，被他偷来作腰带。不足百日，他也得了恶疾，从腰带处开始生疮。（出《冥祥记》）

崔平业

梁人崔平业者，善弓马，为武士监军。一生以偷佛镕铜为业，卖铜以供酒肉，心无惭惧。年五十，妻子兄弟并死，业一身忽病目障，饥寒并至，饿死。（出《辨正论》）

王镇恶

梁人进士王镇恶，有学问而无善心，出言多所非毁，亦为时人所嫌。轻慢佛法，见僧必侮诮。后以教学为业，时有鹿溪寺僧法满寄铜钟一口于其学内，未取之间，镇恶盗以铸钱。后与僧法满对誓，经年重病，而舌弯缩，口不得言。既知负誓，乃舍资铸钟赎罪。至死，口不得言。（出《王氏戒》）

郭祖深

梁人郭祖深，上梁武一十八条事，请废郭内小寺及无业僧尼，梁武不纳。后梦见神唾之，遂病癞，虽悔不差。（出《辨正论》）

卫元宗

卫元宗毁法之后，身著热风，委顿而死。（出《辨正论》）

姜胜生

冀州故观城人姜胜生，唐武德末年，忽遇恶疾，遂入蒙山医疗，积年不损。后始还家，身体疮烂，手足指落。夜眠，忽梦见一白石像，可长三尺许，谓之曰："但为我续手，令尔即差。"至旦，忽忆于武德初年，在黍地里打雀，于故村佛室中，取《维摩经》裂

崔平业

梁人崔平业，擅长骑射，任武士监军，一生忙于将偷佛像熔化成铜，卖铜买酒肉，对此无丝毫愧疚之心。五十岁时，妻子、孩子、兄弟一并去世，他孤身一人忽然患病失明，在饥寒交迫中饿死了。（出《辨正论》）

王镇恶

梁人王镇恶是进士，满腹经纶却无善念，常恶语伤人，被当时人嫌恶。他轻慢佛法，见到僧人定言语讥讽。后来他以教学谋生，当时鹿溪寺有位僧人名法满在他任职的学校寄存了一口铜钟，未取走前，王镇恶偷走铜钟熔化铸成铜钱。后来他对法满起誓说未曾动过铜钟。过了一年他患上重病，舌头弯曲萎缩，口不能言。他知自己如此是因有违誓言，于是出钱铸钟赎罪，至死口都不能言。（出《王氏戒》）

郭祖深

梁人郭祖深，上奏梁武帝十八件事，其中一条是请求废掉城内小寺院与无业僧尼，梁武帝没有采纳。后来他梦到神唾他，之后就患上癞疮，虽后悔上奏但已无济于事。（出《辨正论》）

卫元宗

卫元宗毁坏佛法后，患上受风热阳邪侵袭的病，疲乏困顿枯槁憔悴而死。（出《辨正论》）

姜胜生

冀州故观城人姜胜生，唐朝武德末年，忽然患上恶疾，去往蒙山医治，经年不愈。后返回家中，身体生疮溃烂，手指、脚趾全部脱落。晚间睡觉，忽然梦到一白色石像，大概三尺多高，石像对他说：“只要帮我接上手，我可让你即刻痊愈。”到天亮后，他忽然忆起破，用系杖头吓雀。有人见者云：“盗裂经大罪。”胜生反更恶骂，遂入堂中，打白石像右手落。梦中所见，宛然旧像。遂往佛前，头面作礼，尽心悔过。顾匠续其像手，造经四十卷，营一精舍。一年之内，病得痊，乡人号为圣像。（出《冥报记》）

傅奕

唐太史令傅奕，本太原人，隋末，徙至扶风。少好博学，善天文历数，聪辩，能剧谈。自武德贞观中，尝为太史令，性不信佛法，每轻僧尼，至以石像为砖瓦之用。贞观十四年秋，暴病卒。初奕与同伴傅仁均、薛颐并为太史令。颐先负仁均钱五千，未偿而仁均死。后颐梦见仁均，言语如平常。颐因问曰：“先所负钱，当付谁人？”仁均曰：“可以付泥犁人。”问是谁，答曰：“太史令傅奕是也。”既而寤。是日夜，少府监冯长命又梦已在一处，多见先亡人，长命问：“经文说罪福之报，未知审定有否？”答曰：“皆悉有之。”又问：“如傅奕者，生平不信，死受何报？”答曰：“罪福定有，然傅奕已配越州为泥犁矣。”（出《地狱苦记》）

并州人

并州有人解画，曾陷北虏，突厥可汗遣画佛像。此人时偷彩色，恐被搜获，纸裹塞鼻中，鼻中血出数升。此人后为僧。唐贞观中，于山东住寺，渐渐患鼻。二三年，后鼻中生肉，甚大如桃，脓血狼藉，酸疼不已。后请僧灵颉忏悔，病亦不愈，十年始亡。灵颉尝住慈恩寺，说其事。（出《广古今五行记》）

武德初年，有一日他在黍地里赶麻雀，在原来村中佛堂取出《维摩经》撕破系在棍稍吓麻雀。有人见他如此便说："偷窃撕毁经书是大罪。"姜胜生不听反而恶语相向，又返回佛堂将白色石像的右手打掉。姜胜生梦中所见，宛然如当年的旧佛像。于是他到佛像前，面对佛像叩首行礼，全心全意悔过。请工匠为佛像接上右手，造经书四十卷，另建一说法布道的屋舍。他于一年内病愈，乡里人都称佛像为圣像。（出《冥报记》）

傅奕

唐朝太史令傅奕，本是太原人，隋朝末年，搬至扶风。他自幼博学，擅长天文历法及算数，聪慧有辩才，可以畅谈深奥的话题。武德贞观年间，傅奕曾任太史令，他生性不信佛法，常轻视僧尼，甚至用石像当砖瓦。贞观十四年秋，暴病猝死。当初他与同伴傅仁均、薛颐同任太史令。薛颐先前欠傅仁均五千钱，没来得及偿还傅仁均就去世了。后来薛颐梦中见傅仁均，对方言语如旧，薛颐趁机问傅仁均："过去我欠你的钱，现在该还给谁？"傅仁均答："可给地狱中人。"薛颐追问是谁，傅仁均答："就是太史令傅奕。"随即薛颐梦醒。也就是那晚，少府监冯长命梦到自己在一处见到很多之前去世的人，冯长命问："经文中所说的罪福报应，是否真会被审定？"回答说："都会被审定。"又问："像傅奕那样，一生不信佛法，死后将有什么报应？"答："罪福定有报应，且傅奕已被发配越州沦为地狱中人。"（出《地狱苦记》）

并州人

并州有人擅长画画，曾身陷北魏，突厥可汗派他画佛像。此人常偷颜料，怕被搜查出，便用纸裹好塞到鼻中，鼻中淌血数升。此人后来出家为僧。唐朝贞观年间，他于山东作住寺僧人，逐渐患上鼻病，二三年后鼻中长出肉球，有桃子大小，脓血污浊，酸痛不已。后来他请僧人灵颉为他忏悔，但无济于事，十年后去世。灵顗曾住在慈

薛孤训

唐贞观二十年，征龟兹。有薛孤训者，为行军仓曹。军及屠龟兹后，乃于精舍剥佛面金，旬日之间，眉毛尽落。还至伊州，乃于佛前悔过，以所得金皆为造功德。未几，眉毛复生。（出《冥祥记》）

嶲州县令

唐贞观中，有人任嶲州一县令。往高昌，于寺得一真珠像。至京师，诸大寺欲与千贯钱买之，不肯，遂毁破，卖得一千三百贯。后月余患肿，寤寐之间，见一僧云："何因毁坏尊像？"遂遣人拔其舌，长尺余，苦痛呻吟，数日而死。德安县令薛逵备知此事。（出《冥祥记》）

丁　零

相州邺城中，有丈六铜立像一躯。贼丁零者，志性凶悖，无有信心，乃弯弓射像，箭中像面，血下交流，虽加莹饰，血痕犹在。又选五百力士，令挽仆地，消铸为铜，拟充器用。乃口发大声，响烈雷震，力士亡魂丧胆，人皆仆地，迷闷宛转，怖不能起。由是贼侣惭惶，归信者众。丁零后时著疾，被诛乃死。（出《宣验记》）

唐武宗

长安城北有古冢，高十数丈，传云周穆王陵也。唐会昌六年，正月十五日，有人夜行至陵下，闻人语于林间，意其盗也，因匿于草莽中伺焉。俄有人自空而来，朱衣执版，宣曰："冢尉何在？"二

恩寺，说了他的事。（出《广古今五行记》）

薛孤训

唐朝贞观二十年，唐王讨伐龟兹。有人名薛孤训，任行军仓曹。军队杀进龟兹后，他在一佛堂中剥掉佛面上的金子，十日间，他的眉毛尽数脱落。返回伊州后，他在佛前忏悔，将剥下的金子布施出来作功德。不久，他又重新长出了眉毛。（出《冥祥记》）

嶲州县令

唐朝贞观年间，一人任嶲州县令。一次他去往高昌，在寺庙得到一珍珠佛像。到了京城，各大寺院想以一千贯钱求购，他不肯，将佛像损毁，最终卖得一千三百贯。此后月余他周身肿胀，睡梦中看见一僧人对他说："为何毁坏尊像？"随即派人拔下他的舌头，有一尺多长，他疼痛呻吟，数日后去世。德安县令薛逵悉数知道此事。（出《冥祥记》）

丁 零

相州邺城中，有座一丈六尺高的站姿铜铸佛像。贼人丁零，生性凶残悖逆，毫无信佛之心，弯弓搭箭射铜像，箭正中铜像面中，即刻有鲜血流出，虽加以修饰，但血痕仍在。丁零又选五百力士，请他们合力拉拽直至铜像倒地，企图熔化铜像为铜，制成器物移作他用。那铜像口中发出巨响，声如炸雷，众力士心惊胆丧，匍匐在地，神志混沌天旋地转，惊惧无法起身。由此贼人惭愧恐慌，更多的人选择信佛。丁零后来染病，被诛杀而死。（出《宣验记》）

唐武宗

长安城北有座古坟，高十几丈，相传是周穆王的陵墓。唐朝会昌六年，正月十五，一人夜行至陵墓下，听到林中有人说话，他猜测这人是盗墓贼，便藏在草丛伺机而动。不一会儿有人从天而降，身吏出曰："在位。"因曰："录西海君使者，何时当至？"吏曰："计程十八日方来。"朱衣曰："何稽？"对曰："李某武宗名。坐毁圣教，减一纪算，当与西海君同日录其魂。"忽有贾客铃声自东来，朱衣与二吏俱不复见。后数月，帝果晏驾。帝英毅有断，勤于庶政，至如迎贵主以破羌族，复内地而歼狡穴，武功震耀，肃宪之次也。然金人之教，不可厚诬，则秦时焚书坑儒，后华山中有告祖龙之死者，事不谬矣。（出《传神录》）

王义逸

唐会昌中，有王义逸者，护凤翔军。值武宗斥毁佛刹，义逸以家财易诸瓦木，取其精者，遂大营市邸，并治其第，为岐下之甲焉。居三年，一日有小吏入告，有不便事，且泣曰："某适方就室假寐，有紫衣人招入一朱户，则类将军之第也。见丝竹绮罗，宾客列坐满堂，独无将军。紫衣人指阶下一径曰：'此路可见公主人。'因北趋，见荆棘满地，其路才可容人。步至低屋，排户而入，见将军卧于床上，系其手足。有人持火至，方爇其发，因出涕言曰：'吾不幸，生好贾贩僧寺材础，以贪其利，今系于此，后三日当死。君归为我告其家，速毁邸第，以归佛寺，不可辄留。'既而焰炽，不能尽言。"义逸怒而叱之。明日，果脑发痈，三日而卒。（出《传记附录》）

赘肉

释氏因果，时有报应。近岁有一男子，既贫且贱，于上吻忽生一片赘肉，如展两手许大，下覆其口，形状丑异，殆不可言。其人着朱衣手持笏板，高声问：“冢尉在哪？”两名官吏走出道：“在此。”朱衣人道：“逮捕西海君使者，何时能到？”官吏答：“计算路程十八日可到。”朱衣人说：“如何算得？”答：“李某武宗名。在位诋毁圣教，按减少一纪来算，当与西海君王同日被收录魂魄。”此时忽闻商客的马铃声自东传来，朱衣人与二官吏消失不见。数月后，唐武宗果然驾崩。唐武宗在位时英明果决，勤勉治国，能迎合贵国君主打败羌族，歼灭国内山贼匪穴，功绩赫赫，仅次唐肃宗、唐宪宗。但佛教是不可诋毁诬蔑的，就像秦朝焚书坑儒，后来华山中有人通报祖龙去世，此事非虚。（出《传神录》）

王义逸

唐朝会昌年间，有人名王义逸，任凤翔将军。时值唐武宗毁坏佛堂宝刹之际，王义逸用家中财物换回寺院的砖瓦木料，选其中精美的，建造大量房屋，并修建了自己的宅第，可以说是岐山下第一华美的屋舍了。居住三年，一日有一小吏前来通禀，说有不便直言的事，哭着道：“我刚才在屋里闭眼躺着，一紫衣人招我进一朱门，类似将军您的府邸。见其中丝竹管弦歌舞升平，宾客满堂，唯独不见将军，紫衣人指阶下一小路道：‘沿此路去可见到你的主人。’我依言向北去，满地荆棘，小路只容一人通过，行至一矮屋，推门进去，看到将军躺在床上，被捆着手脚，有人手持火把进来，点燃您的头发，您哭喊道：‘我不幸，生前好贩卖寺庙建筑材料，贪图钱财，如今被绑在此处，三日后将去世。请您返回替我转告家人，尽快拆除由寺庙材料建成的宅第，将材料归还佛寺，不可私占分毫。’随即火越烧越烈，您未能说完。”王义逸听后怒斥小吏，第二日，他脑后果然生了脓疮，三日后去世。（出《传记附录》）

赘肉

佛家讲因果，报应总会发生。近年有一男子，贫苦卑贱，他上唇忽然生出一片赘肉，大小好似展开的两只手，垂下可掩盖住他的嘴，每饥渴，则揭赘肉以就饮啜，颇甚苦楚。或问其所因，则曰：“少年无赖，曾在军伍，常于佛寺安下，同火共刲一羊，分得少肉。旁有一佛像，上吻间可置之，不数日婴疾，遂生此赘肉焉。”（出《玉堂闲话》）

西明寺

长安城西明寺钟，寇乱之后，缁徒流离，阒其寺者数年。有贫民利其铜，袖锤錾往窃凿之，日获一二斤，鬻于阛阓。如是经年，人皆知之，官吏不禁。后其家忽失所在，市铜者亦讶其不来。后官欲徙其钟于别寺，见寺钟平堕在阁上，及仆之，见盗钟者抱锤錾，俨然坐于其间，既已干枯矣。（出《玉堂闲话》）

明相寺

凤州城南有明相寺，佛数尊，皆饰以金焉。乱罹之后，有贫民刮金，鬻而自给。迨至时宁，金彩已尽。于是遍身生癣，痒不可忍，常须以物自刮，皮尽至肉，肉尽至骨而死焉。毁佛之咎，昭报如此。（出《冥祥记》）

僧义孚

僧义孚，青社人，解琴，寓于江陵龙兴寺。行止诡谲，府主优容之，俾赍钱帛，诣西川写藏经。或有人偷窃社户所造藏经出货，义孚以廉价赎之，其羡财遂为所有。一旦发觉，卖经者毙于枯木下。此僧虽免罪，未久得疾，两唇反引，有似驴口，其热痛不可忍也，人皆畏见，苦楚备极而死。同寺有数辈，贩鬻经像，惧而舍财，修功德，以孚为鉴戒。（出《冥报记》）

形状丑陋难以言语。这人每次饿了渴了，须得揭开赘肉吃喝，很是苦楚。有人问他为何如此，他说："我少不经事时性情无赖，曾参军入伍，常在佛寺扎营，与战友宰杀了一羊，分得少许肉，身旁有尊佛像，上唇的空间刚好放置那些肉，我便放了，此后没几日我就染了病，生出此赘肉。"（出《玉堂闲话》）

西明寺

长安城西明寺里有口钟，贼寇谋反后，僧侣流离失所，西明寺空置数年。有一贫民惦记寺里钟上的铜，衣袖间藏着锤和錾潜入寺中凿铜偷窃，一日偷走一二斤，带到集市上卖。如此经年，此事尽人皆知，官吏对此也不加以管制。此后这人全家忽然消失不知去向，买铜的人也奇怪他为何不来卖铜了？此后官府想将钟移至其他寺院，看到那钟正扣在楼上，便将钟放倒，只见盗铜人抱着锤和錾，坐在钟里，尸体已干枯。（出《玉堂闲话》）

明相寺

凤州城南明相寺中有数尊佛像，都用金子点缀着。战乱后，有一贫民在佛像身上搜刮金子，卖了以供自己的生活。等到战事平稳后，佛像身上的金子都没了。随即这人身上遍布皮癣，奇痒难耐，常常自己用东西刮皮肤，皮刮尽了漏出肉来，肉刮掉了漏出骨头后就去世了。他犯下毁坏佛像的罪过，因此招来如此报应。（出《冥祥记》）

僧义孚

僧人义孚，青社人，善弹琴，居江陵龙兴寺。他行为诡异多变，寺主仁厚接纳了他，让他带着盘缠到西川抄写藏经。有人偷窃庙中的藏经卖钱，义孚低价买进经书，将余下的钱占为己有。一日事发，卖经人死在枯树下。义孚虽被免罪，不久患了病，双唇反向生长，好似驴唇，发热疼痛难以忍受，人们都怕看到他，他尝尽苦痛后去世了。同寺其他僧人有贩卖过经书和佛像的，都惶恐不安，舍弃财物用来

开照寺盗

伪蜀金堂县三学山开照寺，夜群寇入寺，劫掠缁徒罄尽。寺元有释迦藕丝袈裟，为千载之异物也，贼曹分取，与其妻拆而易之。夫妻当时，手指节节堕落，须鬓俱坠。寻事败，戮于市。（出《儆戒录》）

僧绍明

伪蜀大慈寺赐紫慈昭大师绍明，主持文殊阁，常教化钱物，称供养菩萨圣像。积有星岁，所获太半入己。后染病，恒见火烧顶至足，周而复始，不胜其苦。悔过忏谢，唱施衣，竟不获免。（出《儆戒录》）

潼江军

伪蜀潼江，起军攻取阆州，兵火烧劫，闾里荡尽。佛寺有一大钟在地，有一卒运大石击钟，令碎而鬻之。钟破裂流迸，正中卒胫，双折而死。（出《儆戒录》）

修建功德，以义孚为鉴。（出《冥报记》）

开照寺盗

前蜀金堂县三学山开照寺一日夜间闯进一群贼寇，他们将僧徒的财物洗劫一空。寺中原有一件释迦佛的藕丝袈裟，是千载难逢的珍奇宝物。被贼官私藏，企图与妻子将袈裟拆开变卖。夫妻二人当即手指节节断裂，发须脱落。很快事情败露，二人被处死在集市上。（出《儆戒录》）

僧绍明

前蜀大慈寺御赐紫慈昭大师绍明，主持文殊阁，他常让僧徒化斋收取钱物，称是用来供养菩萨圣像。如此经年，所得钱物多半被他占为己有。后来他染病，总看到大火从自己的头烧到脚，如此周而复始，苦痛难忍，他虽悔过致歉，布施大量衣物，但已罪无可恕。（出《儆戒录》）

潼江军

前蜀潼江起兵进攻阆州，兵士入城烧杀抢掠，街巷被扫荡一空。城中佛寺地上有一大钟，一兵士搬起一大石撞击钟，想撞碎钟后将其卖掉，钟碎裂四散，一碎片正击中兵士的小腿，结果兵士因双腿断裂而死。（出《儆戒录》）

卷第一百一十七　报应十六阴德

孙叔敖

楚孙叔敖为儿，出游还，忧而不食。母问其故，泣曰："见两头蛇，恐死。"母曰："今蛇安在？"曰："敖闻见两头蛇者死，恐后人又见，杀而埋之矣。"母曰："无忧矣！闻有阴德，天报之福。"（出《贾子》）

崔敬嗣

唐崔敬嗣为房州刺史，中宗安置在房州，官吏多无礼。敬嗣独申礼敬，供给丰赡，中宗常德之。及登位，有益州长史崔敬嗣。既同名姓，每进拟官，皆御笔超拜之者数四，后引与语，知误。访敬嗣已卒，遣安石授其子注官。后官至显达，其孙即光远也。（出《谭宾录》）

裴　度

唐中书令晋国公裴度，质状眇小，相不入贵，屡屈名场，颇亦自惑。会有相工在洛中，大为搢绅所神。公特造之，问命，相工曰："郎君形神，稍异于人，不入相。若不至贵，即当饿死。今则殊未见贵处，可别日垂访，为君细看。"公然之。他日出游香山寺，徘徊于廊庑间，忽见一素衣妇人，致缇褶于僧伽栏楯之上，祈祝良久，瞻拜而去。少顷，度方见缇褶在旧处，知其遗忘也，又料追付不

孙叔敖

楚国孙叔敖幼时出门游玩回家后，忧虑哀愁茶饭无心。母亲问他原因，他哭着说："我看到一两头蛇，担心自己命不久矣。"母亲说："现今蛇在何处？"他说："我听闻看到两头蛇的人会死，害怕日后再有人看到，便将它杀死埋了。"母亲说："无需忧愁，我听闻积攒阴德的人，上天会给他福报。"（出《贾子》）

崔敬嗣

唐朝崔敬嗣任房州刺史时，唐中宗被安置在房州，很多官吏对他无礼。唯独崔敬嗣对他礼待有加，给他充足的供养，唐中宗很感激他。唐中宗继位后，益州长史也叫崔敬嗣。与房州的崔敬嗣同名同姓，唐中宗每次提拔官员，亲笔越过几级官员诏见益州崔敬嗣，才知弄错了人。寻访后才知崔敬嗣已去世，唐中宗派安石授予崔敬嗣儿子铨叙官职一事。后来崔敬嗣的儿子官位显赫，他的孙子即崔光远。（出《谭宾录》）

裴度

唐朝中书令晋国公裴度，年轻时身材瘦小，没有富贵相，功名场上屡次受挫，他自己很是不解。正好洛中有位擅长相面的人，被很多缙绅大夫奉为神人。裴度特意造访，请相士算命，相士说："郎君神貌与常人稍有不同，若不能入朝为官，将会饿死，如今看不出显贵，可另寻他日前来，我为您仔细再看。"裴度应允了。一日他出游香山寺，徘徊在廊屋间，忽然看到一素衣女子，将一橘红上衣放在寺庙栏杆上，祝告良久，瞻仰礼拜离开。不久，裴度看到橘红上衣仍在，及，遂收取，以待妇人再至，日暮竟不至，度挈归逆旅。诘旦，复携往，寺门始辟，睹昨日妇人，疾趋而至，怃声惋叹，若有非横。度从而问之，妇人曰："阿父无罪被系，昨贵人假得玉带二犀带一，直千余缗，以赂津要，不幸失去于此。今老父不测之祸，无所逃矣。"度怃然，复细诘其物色，因而授之。妇人拜泣，请留其一，度笑而遣之。寻诣昔相者，相者审度，声色顿异，惊叹曰："此必有阴德及物，前途万里，非某所知也。"度因以前事告之。度果位极人臣。（出《摭言》）

刘轲

唐侍御刘轲者，韶右人也。幼之罗浮九疑，读黄老书，欲学轻举之道。又于曹溪探释氏关戒，遂被僧服，故释名海纳。北之筠川方山等寺，又居庐岳东林寺，习《南山钞》及《百法论》，咸得宗旨焉。独处一室，数梦一人衣短褐曰："我书生也，顷因游学，逝于此室，以主寺僧不闻郡邑，乃瘗于牖下，而尸骸局促。死者从真，何以安也？君能迁葬，必有酬谢。"乃访于缁属，果然。刘解所著之衣，覆其骸骼，具棺改窆于虎溪之上。是夜梦书生来谢，将三鸡子，劝轲立食之，轲嚼一而吞其二焉。后乃精于儒学，而善属文章，因策名第，历任史馆。欲书梦中之事，不可自为传记，吏部侍郎韩愈素知焉，曰："待余余暇，当为一文赞焉。"愈左迁，其文不就也。（出《云溪友议》）

刘弘敬

唐彭城刘弘敬，字元溥。世居淮淝间，资财数百万，常修德不知道是那女子落下的，想到已来不及追上送还，便先收好，待女子再来。太阳落山了那女子还没来，裴度将其带回客店。第二日清晨，他又带着橘红上衣去等，寺门刚开，就看到昨日那女子急忙跑来，哀婉叹息，像是遇上了麻烦，裴度上前询问，那女子说："家父无罪被抓，昨日有位贵人借我两条玉带、一条犀带，价值一千余串钱，我本想用它打点主管此事的要员，不幸却丢失了。如今家父身陷不测，怕是无路可逃了。"裴度安慰她，又仔细询问失物颜色，两相对应后将东西归还。女子流泪拜谢，请裴度留下一条，裴度笑着拒绝了。不久他拜访之前那位相士，相士再三审视，声色巨变，惊叹道："您定是积下了阴德，前途万里，已不是我能知道的了。"裴度便将前几日的事告诉了他，裴度后来果然位极人臣。（出《摭言》）

刘轲

唐朝侍御刘轲，韶右人。幼年时在罗浮山九疑山习读黄老之道，想修成飞升。又在曹溪了解佛门义理戒律，便着袈裟出家为僧，因此法号海纳。往北去过�川方山等寺，后来定居庐山东林寺，研读《南山钞》《百法论》，将其中宗旨尽数习得。他独居一室，数次梦到一身着短布衣的人说："我是书生，曾游学在外，在此屋去世，因住持不知我家在何处，便将我埋在窗下，但尸骸所居之处狭小，怎么能安息呢？若您能为我迁坟，我定有重谢。"随后海纳询问众僧，果真有此事。刘轲脱下自己的衣服，覆在那书生的骸骨上，备了棺材将他改葬在虎溪山上。当晚梦中书生前来答谢，手持三鸡蛋，劝刘轲立刻吃下，刘轲细嚼一枚吞下两枚。此后刘轲精通儒学，文采斐然，在应试中第名列前茅，连续管理史馆多年。他想将梦中事写下，又不好自己为自己写传，吏部侍郎韩愈早知此事，对他说："等我闲暇之余，写一篇文章称赞刘轲。"韩愈后来受贬，没写成文章。（出《云溪友议》）

刘弘敬

唐朝彭城刘弘敬，字元溥。世代居于淮河淝水一带，家财百万，耀，人莫知之。家虽富，利人之财不及怨，施人之惠不望报。长庆初，有善相人，于寿春道逢元溥曰：“噫，君子且止，吾有告也。”元溥乃延入馆而讯焉，曰：“君财甚丰矣。然更二三年，大期将至，如何？”元溥涕泗曰：“夫寿夭者天也，先生其奈我何！”相人曰：“夫相不及德，德不及度量，君虽不寿，而德且厚，至于度量尤宽，且告后事。但二三年之期，勤修令德，冀或延之。夫一德可以消百灾，犹享爵禄，而况于寿乎，勉而图之，吾三载当复此来。”言讫而去。元溥流涕送之，乃为身后之计。

有女将适，抵维扬，求女奴资行，用钱八十万，得四人焉。内一人方兰荪者，有殊色，而风骨姿态，殊不类贱流，元溥诘其情，久而乃对曰：“贱妾死罪，无复敢言。”主君既深讶之，何敢潜隐？某代为名家，家本河洛，先父以卑官淮西，不幸遭吴寇跋扈，因缘姓与国同，疑为近属，身委锋刃，家仍没官，以此湮沉，无处告诉。其诸骨肉，寇平之后，悉被官军收勍为俘，不可复知矣。贱妾一身再易其主，今及此焉，元溥太息久之，乃言曰：“夫履虽新不加于首，冠虽旧不践于地。虽家族丧亡，且衣冠之女，而又抱冤如此，三尺童子，犹能发愤，况丈夫耶！今我若不振雪尔冤，是为神明之诛焉。”因问其亲戚，知其外氏刘也。遂焚其券，收为甥，以家财五十万，先其女而嫁之。

长庆二年，春三月辛卯，兰荪既归，元溥梦见一人，被青衣秉简，望尘而拜，迫之潸然曰：“余则兰荪之父也。感君之恩，何以报之，某闻阴德所以动天地也，今君寿限将尽，余当为君请于上帝，故奉告。”言讫乃去。后三日，元溥复梦兰荪之父立于庭，紫衣象简，侍卫甚严，前谢元溥曰：“余不佞，幸得请君于帝，帝许我延君寿二十五载，而富及三代，子孙无复后祸。其所残害吾家者，悉平日行善积德但不自夸，无人知晓他的善举。他家境不但殷实，还能让利于人心无怨恨，施惠于人不求回报。长庆初年，有位擅长相面的先生，在寿春道上遇到元溥说："噫，您且慢，我有话相告。"元溥请他进馆并询问他，相面人说："您财运亨通，但往后二三年，大限将至，该如何是好？"元溥哀泣说："寿数长短是天意，先生您如何帮我？"相面人说："面相不及德行重要，德行不及度量重要，您虽寿短，但厚德流光，至于度量更是宏大，我先告知您将来之事，二三年间，您积德行善，也许有希望延寿。一德可消除百灾，还可带来官位俸禄，区区寿数不成问题，望您勉力积攒阴德，我三年后再来。"言罢离去，元溥洒泪相送，此后他便为身后事打算。

他有一女儿将出嫁，抵达维扬后，他为女儿安排陪嫁婢女，斥资八十万寻得四人，其中有一人名方兰荪，样貌殊丽，风骨仪态不似下等卑贱之辈，元溥问她身世，她停顿良久答道："贱妾身负死罪，本不敢直言，您既已起疑，我怎敢隐瞒？我家累世为名门大家，本在河洛，先父任淮西某小官，不幸遇上跋扈蛮横的吴寇，因我家姓氏与贼寇姓氏相同，被疑是贼寇近亲，家人身死官兵刀下，家产被没收，从此埋没，无处伸冤，其他亲属也在平定贼寇后被当成俘虏收押，杳无音信。贱妾只身屡次易主，如今来至您府上。"元溥叹惋许久，说："即便是新鞋也不可放在头上，就算帽子旧了也不可踩在地上。你虽家破人亡，但仍是名门之后，又有这样的冤恨，三尺童子还知发愤，况且是成人！如今我若不帮你沉冤昭雪，将被神明不耻，天理难容。"又问及她的亲戚，知道她外祖父家是刘氏，便焚毁了她的卖身契，认她做外甥女，拿出五十万家财，安排她在自己女儿之前出嫁。

长庆二年春三月辛卯，方兰荪出嫁后，元溥梦到一人，身披青衣手持笏板，叩拜在地，那人热泪盈眶道："我是方兰荪的父亲。感激您大恩大德，不知该如何报答呢？我曾听闻阴德可打动天地，如今您大限将至，我理应为您向天帝求请增加寿数，所来相告。"说罢离开了。三日后，元溥又梦到方兰荪的父亲站在庭中，身着紫衣手持笏板，随行护卫森严，他上前向元溥道谢说："我无才，有幸能为您向天帝请求延长寿数，天帝准许我延长您的寿数二十五年，外加富贵延及三获案理之，存者祸身，没者子孙受衅，帝又悯余之冤，署以重职，获主山川于淮海之间。”因呜咽再拜而去。诘旦，元溥依依，未所甚信。

后三年，果相者复至，迎而贺元溥曰：“君寿延矣！且君自眉至发而视之。”元溥侧冠露额，曰：“噫，有阴德上动于天者。自今后二十五载，庆及三代。”元溥始以兰荪之父为告，相者曰：“昔韩子阴存赵氏，太史公以韩氏十世而位至王侯者，有阴德故也。况兰荪之家无后矣，兰荪之身贱隶矣，如是而能不顾多财之与殊色，而恤其孤，岂不谓阴德之厚哉！”（出《阴德传》）

萧 仿

唐丞相兰陵公萧仿，清誉俭德，时所推伏。尝统戎于番禺，有酌泉投香之誉，以是夷估辐凑，至于长安宝货药肆，咸丰衍于南方之物。由此人情归美。僖宗诞圣于壬午，龙飞于癸巳，皇算十有二载矣。思命耆德，佐佑大化，乃自奉常卿起为上相，时年八十有三。居台席数载，汲引才俊，导畅皇慈，俭德既彰，浇风少革。及薨于位，上甚追悼，而废常朝者三日，册赠之礼，有加等焉。议者曰：高位重禄，苟有其分，阴灵必助其寿考。不然，安有过悬车之岁，而命相之主始生也？太公晚年七十而遇文王，今逾钓渭之年一纪。则知荣辱之分，岂偶然哉！（出《唐阙史》）

孙 泰

唐孙泰，山阳人，少师皇甫颖，守操颇有古贤之风。泰妻即姨代，子孙此后再无祸患。那些残害我家的贼人，尽数被捉拿审理。仍活在世上的将遭灾难，已去世的也将祸及子孙。天帝怜悯我含冤而死，授我高官主管，淮海一带的山川。”随后感激呜咽再三拜谢才离去。天明后，元溥依稀记得梦中的事，但并未深信。

三年后，先前为他相面之人果然到来，迎着他道贺说：“您的寿数已延长，请您让我看看您的眉眼到发间。”元溥扭转帽子露出额头，相面人看后说：“噫，您阴德感动上天，此后寿数延长二十五年，富贵绵延三代。”元溥这才将方兰荪父亲一事告诉相面人，相面人说：“昔日韩子（韩厥）力保赵氏孤儿（赵武）积下阴德，太史公认为韩氏十代都应授封显赫的爵位，是阴德的缘故。况且方兰荪家中无后，方兰荪与您相见时已入贱籍，如此情况下您不顾钱财，也不贪美色，体恤她孤苦，怎能不赞叹您阴德的厚重呢？”（出《阴德传》）

萧仿

唐朝丞相兰陵公萧仿，声誉清白，俭约厚德，受当时人推崇。他曾统帅军队驻守番禺，有砥砺操行、为官清正的美名，因此外地商人慕名而来，以至于长安药店、商行铺子上的货品和药材，比南方的物品还要丰富。可见世人偏心良善之人。唐僖宗诞生于壬午年，驾崩于癸巳年，在位十二年。年高德劭，他辅助宣扬德政教化，亲自提拔常卿任上相，当时已八十三岁。萧仿任丞相数载，招贤纳士，传扬皇恩，发扬节俭美德，浮薄的社会风气得以变革。他去世后，皇上很是怀念，停朝三日，厚礼封赏有加。有议论说：高官厚禄，都有名分，阴灵定参照这些助世人长寿。否则，怎会能有已有七十岁，而任他当宰相的君主才刚刚出生呢？姜太公晚年七十岁遇周文王，如今萧仿遇上明主超姜太公垂钓渭水时的年纪十二岁，如此可知人一生的荣辱际遇，绝非偶然。（出《唐阙史》）

孙泰

唐朝孙泰，山阳人，幼年师从皇甫颖，操行品德颇具古代圣贤之女也。先是姨老以二女为托曰："其长者损一目，汝可娶其女弟。"姨卒，泰娶其姊。或诘之，泰曰："其人有废疾，非泰何适？"众皆伏泰之义。尝于都市，遇铁灯台市之，而命磨洗，即银也，泰亟往还之。中和中，将家于义兴，置一别墅，用缗二百千，既半授之矣。泰游吴兴郡，约回日当诣所止。居两月，泰回，倚舟墅前，复以余资授之，俾其人他徙。于时睹一老妪，长恸数声，泰惊悸，召诘之，妪曰："老妇尝追事舅姑于此，子孙不肖，为他人所有，故悲耳。"泰怃然久之，因绐曰："吾适得京书，已别除官，固不可驻此也，所居且命尔子掌之。"言讫，解维而逝，不复返矣。子展，进士及第，入梁为省郎。（出《摭言》）

李质

唐咸通中，吉州牙将李质，得疾将死。忽梦入冥，见主吏曰："尝出七人性命，合延十四年。"吏执簿书，以取上命。久之，出谓质曰："事毕矣。"遂命使者领送还家。至一高山，推落乃寤。质潜志其事，自是疾渐平愈。后果十四年而终。（出《报应录》）

范明府

唐范明府者，忘其名，颇晓术数。选授江南一县宰，自课其命云："来年秋，禄寿俱尽。"将出京，又访于日者，日者曰："子来年七月数尽，胡为远官哉？"范曰："某固知之，一女未嫁，利薄俸以资遣耳。"及之任，买得一婢子，因诘其姓氏，婢子曰："姓张，父尝为某堰官，兵寇之乱，略卖至此。"范惊起，问其父名，乃曩风。孙泰之妻是他姨妈的女儿。过去姨妈年迈将二女托付给他说："这两姐妹中年长的损伤了一只眼睛，你可娶她妹妹。"姨妈去世后，孙泰娶了姐姐。有人问他，他说："她身患残疾，除我之外还有谁适合娶她？"众人都佩服孙泰的高义。他曾在集市上遇到卖灯台的，他买下后差人擦洗干净，才知原来是银制的，他急忙返回还给卖灯台的人。中和年间，他举家搬至义兴，买下别墅，耗资二百千缗，先付了一半的钱。孙泰游赏吴兴郡，约定返回时搬入。两月后，孙泰返回，停船别墅前，付清另一半钱，差人清理宅院计划搬入，这时他看到一老妇哀泣数声，孙泰惊慌，请老妇前来询问原由。老妇说："我曾在此为公婆尽孝送终，但子孙不孝，将房子卖给他人，所以悲痛不已。"孙泰怅然良久，便欺哄她说："我刚接到京城来信，已迁任其他官职，所以不能住在此处，这所房子仍由您儿子掌管。"言罢，解开船缆离开，再没有回来。孙泰的儿子孙展，进士及第，入梁为省郎。（出《摭言》）

李质

唐朝咸通年间，吉州牙将李质患病将死，忽然梦中到了地狱，见主管官吏说："你曾救七人性命，理应延长寿命十四年。"官吏拿文书为他延长寿命。许久后，出来对李质说："事情办妥了。"随后命使者送李质回家，行至一高山，使者将他推落，他便惊醒了。李质暗暗将此事记下，此后逐渐病愈，后来果然又活了十四年才去世。（出《报应录》）

范明府

唐朝有位明府君姓范，不知他的姓名，精通术数，授任江南某县县宰，他为自己卜了一卦说："来年秋，官运与寿命都将结束。"出京上任前，他去拜访卜者，卜者说："您来年七月寿数将耗尽，何必远去上任？"他说："我原也知寿数不多，但仍有一女未嫁，我想赚些薄禄送她出嫁。"到任后，他买下一婢女，问她姓氏，婢女答："姓张，昔之交契也。谓其妻曰："某女不忧不嫁，悉以女妆奁，择邑客谨善者配之。"秩满归京，日者大骇曰："子前何相绐之甚！算子禄寿俱尽，今乃无恙，非甲子差缪，即当有阴德为报耳！"范曰："俱无之。"日者诘问不已，范以嫁女仆事告之。日者曰："此即是矣。子之福寿，未可量也。"后历官数任而终。（出《报应录》）

程彦宾

伪蜀罗城使程彦宾，临淄人也。攻取遂宁，躬率百夫，直冒矢石，城破，获处女三人。蔚有姿容，彦宾以别室处之。浃旬间，父母持金请赎，公还金归女，告以全人，父母泣而谢曰："愿公早建旌节。"彦宾笑而答曰："吾所愿寿终时无病耳。"后年逾耳顺，果无疾而终。（出《儆戒录》）

家父曾任堰官，逢兵寇作乱，我被掳走贱卖至此。”他惊讶起身，问她父亲的姓名，原是自己的旧交。他便对妻子说：“小女无需再为婚事发愁，我先将小女的妆奁尽数拿出，为故交爱女于城中选一谨慎仁义的良配。”他任期届满归京，当年那位卜者惊叹道：“您为何骗我？当时卜算您官运寿数都将耗尽，如今却安然无恙。不是卜算失误，就是您积下阴德有了善报。”范明府说：“都不是。”卜人追问，范明府将替婢女安排婚事一事告诉了他。卜人说：“这就是了，您福寿绵长不可估量。”后来他历任数官后去世。（出《报应录》）

程彦宾

前蜀罗城使程彦宾，临淄人。攻占遂宁时，他亲率百名士兵，冒着箭雨流石攻下遂宁，入城后俘获三名少女。她们容貌可人，程彦宾把她们单独安排一室，十日内，三人的父母带钱财请求赎回女儿，程彦宾不收钱财将三人完璧归赵，三人的父母感激涕零道：“愿您早日高升。”程彦宾笑答：“我只愿一生无病寿终正寝。”后来他年过六十，果然无疾而终。（出《儆戒录》）

卷第一百一十八　报应十七异类

汉武帝

昆明池，汉武帝凿之，习水战。中有灵沼神池，云：尧时洪水，停船此池，池通白鹿原。人钓鱼于原，纶绝而去。鱼梦于武帝，求去其钩。明日，帝游戏于池，见大鱼衔索，曰："岂非昨所梦乎？"取鱼去钩而放之。帝后得明珠。（出《三秦记》）

东方朔

汉武帝宴于未央，方啖黍臛，忽闻人语云："老臣冒死自诉。"不见其形。寻觅良久，梁上见一老翁，长八九寸，面目赪皱，须发皓白，拄杖偻步，笃老之极。帝问曰："叟姓字何？居在何处？何所病苦，而来诉朕？"翁缘柱而下，放杖稽首，嘿而不言。因仰头视屋，俯指帝脚，忽然不见。帝骇愕，不知何等，乃曰："东方朔必识之。"于是召方朔以告，朔曰："其名为藻，水木之精，夏巢幽林，冬潜深河，陛下顷日，频兴造宫室，斩伐其居，故来诉耳。仰头看屋，而复俯指陛下脚者，足也。愿陛下宫室足于此。"帝感之，既而息役。

幸瓠子河，闻水底有弦歌声，前梁上翁及年少数人，绛衣素带，缨佩甚鲜，皆长八九寸。有一人长尺余，凌波而出，衣不沾濡，或有挟乐器者。帝方食，为之辍膳，命列坐于食案前。帝问

汉武帝

昆明池，是汉武帝下令开凿的，用来演习水战。其中有灵沼神池，相传：帝尧时闹洪灾，尧曾在此池中停泊，池水连通白鹿原。有人在白鹿原钓鱼，鱼线断了鱼得以游走。那鱼托梦给汉武帝，求汉武帝帮它去掉鱼钩。第二日，汉武帝在灵沼池游赏，看到一大鱼口穿绳索，思索言语道："难道是昨日梦中的鱼？"便抓住鱼去掉鱼钩后放走。后来汉武帝得一宝珠。（出《三秦记》）

东方朔

汉武帝摆宴未央宫，正要张口吃饭，忽然传来人声道："老臣冒死前来自诉。"但不见人影。寻了良久，才在房梁上看到一老翁，身长八九寸，脸上赤红褶皱，须发银白，拄杖佝偻前行，老态龙钟。汉武帝问："老翁您怎么称呼？住在何处？有何苦痛？请您尽数说与朕听。"老翁顺着梁柱下来，放下拐杖叩首，叹息不语。然后抬头环视屋子，又俯身指着汉武帝的脚，忽然消失了。汉武帝惊愕，不知如何是好，便说："东方朔定知此人。"便召东方朔前来告诉他发生的事，东方朔说："其人名藻，是水木精华，夏日巢居山林，冬日潜入深河，陛下您连日兴造宫室，破坏了他的居所，所以他才来诉苦。他仰头看宫殿，俯视用手指您脚下，是"足"的意思，希望陛下营造宫室一事到此为止。"汉武帝深受感触，便就此罢手了。

汉武帝驾临瓠子河，听闻水底传来奏乐唱歌声，之前梁上的老翁与一众少年人，身着绛衣素带，帽缨佩环，色泽鲜亮，大家都身长八九寸，有一位身长一尺多，脚步轻盈踏水而来，衣摆并未沾湿分毫，还有几人携带乐器前来。汉武帝正要吃饭，为他们停下筷子，曰："闻水底奏乐，为是君耶？"老翁对曰："老臣前昧死归诉，幸蒙陛下天地之施，即息斧斤，得全其居，不胜欢喜，故私相庆乐耳。"帝曰："可得奏乐否？"曰："故赍乐来，安敢不奏？"其最长人便弦而歌，歌曰："天地德兮垂至仁，愍幽魄兮停斧斤，保窟宅兮庇微身，愿天子兮寿万春。"歌声小大，无异于人，清彻绕越梁栋。又二人鸣管抚节，调契声谐。帝欢悦，举觞并劝曰："不德不足当雅贶。"老翁等并起拜受爵，各饮数升不醉，献帝一紫螺壳，中有物，状如牛脂。帝问曰："朕暗无以识此物。"曰："东方生知之耳。"帝曰："可更以珍异见贻。"老翁顾命取洞穴之宝。一人受命，下没渊底，倏忽还到，得一大珠，径数寸，明耀绝世，帝甚爱玩。翁等忽然而隐，帝问朔："紫螺壳中何物？"朔曰："是蛟龙髓，以傅面，令人好颜色。又女子在孕，产之必易。"会后宫产难者，试之，殊有神效。帝以脂涂面，便悦泽。又曰："何以此珠名洞穴珠？"朔曰："河底有一穴，深数百丈，中有赤蚌，蚌生珠，故以名焉。"帝既深叹此事，又服朔之奇识。（出《幽明录》）

毛宝

晋咸康中，豫州刺史毛宝戍邾城。有一军人，于武昌市买得一白龟，长四五寸，置瓮中养之，渐大，放江中。后邾城遭石氏败，赴江者莫不沉溺，所养人被甲入水中，觉如堕一石上。须臾视之，乃是先放白龟，既得至岸，回顾而去。（出《幽明录》）

请他们坐在餐桌前。汉武帝问："我听到水底传来乐音，是你们奏乐吗？"老翁答："老臣此前冒死诉苦，承蒙陛下施与天地，您即刻停止大兴土木，保全我们的居所，我们喜不自胜，所以私下奏乐庆贺。"汉武帝说："可演奏给我听吗？"答说："我们带乐器前来，怎会不演奏？"其中最高的人引弦高歌，歌词云："天地德兮垂至仁，愍幽魄兮停斧斤，保窟宅兮庇微身，愿天子兮寿万春。"歌声大小与常人无异，清澈悦耳遏云绕梁。又有二人和声奏笛，声调和谐。汉武帝愉悦欣喜，举杯祝酒道："朕并非如此仁德，不值得你们如此称赞。"老翁等人一并起身行礼接过酒杯，各自饮了数升未醉，献给汉武帝一紫色海螺，其中有一物件，状似牛脂。汉武帝问："朕孤陋寡闻不识此为何物。"他们说："东方先生知道。"汉武帝说："可以再拿些奇珍异宝给朕看看吗？"老翁命人取来洞穴之宝。一人领命，下至渊底，转眼返回，拿来一大珍珠，直径数寸，明亮闪耀举世无双，汉武帝喜欢将其拿在掌间赏玩。老翁等人忽然隐去，汉武帝问东方朔："紫螺壳中是何物？"东方朔说："是蛟龙的骨髓，用来敷脸，可美化容颜，若女子有孕，用它分娩会很容易。"此后宫中有难产之人，拿来使用，有奇效。汉武帝用其敷面，肌肤光滑润泽。汉武帝又说："为何这珍珠名洞穴珠？"东方朔说："河底有一洞穴，深数百丈，洞中有一赤蚌，蚌产珍珠，由此命名。"汉武帝深叹此事奇异，又佩服东方朔博学广识。（出《幽明录》）

毛宝

晋朝咸康年间，豫州刺史毛宝驻守邾城。有一军士，于武昌购得一白龟，长四五寸，放到瓮中养着，逐渐长大，放回江中。后来邾城被石氏攻破，逃往江中的人无不溺死，唯有养龟人披甲跳江，觉得好似落在一大石上。片刻后细看，原是先前放生的白龟，靠它抵达对岸，回头再看那龟已离开。（出《幽明录》）

孔愉

孔愉尝至吴兴余不亭，见人笼龟于路，愉买而放之。至水，反顾视愉。及封此亭侯而铸印，龟首回屈，三铸不正，有似昔龟之顾，灵德感应如此。愉悟，乃取而佩焉。（出《会稽先贤传》）

宗叔林

晋阳守宗叔林，得十头龟，付厨曰："每日以二头作臛。"其夜梦十丈夫，皂衣袴褶，扣头求哀。明夜，复梦八人求命，方悟，乃放之。后梦八人来谢。（出《梦隽》）

桓邈

桓邈为汝南，郡人赍四乌鸭作礼。大儿梦四乌衣人请命，觉，忽见鸭将杀，遂救之，买肉以代。还梦四人来谢而去。（出《梦隽》）

刘枢

宋文帝元嘉三年春，彭城刘枢，字正一，自江陵归鄂下，宿上明洲。时夜月微明，吟宴次，忽二人扣舟，高呼正一，云："我自鄂下来，要见正一。"枢引首望之，于岸下见二人，各长五尺余，容貌华饰皆白服，便出与语。乃语枢曰："久欲奉谒，今会良时。"枢曰："卿自鄂下来，有何相谓？"一人曰："闻君儒者也，故修谒耳。"遂与同宴。夜阑，二人俱醉，于饮处便卧。枢甚异之，及左右，皆相目不敢言，乃以被覆之。及明尚寝，欲唤，因举被，见二鱼各长五六尺，眼虽动而甚困矣。不敢杀，乃舁致江中。是夕，枢梦二人

孔愉

孔愉曾到吴兴余不亭，见一人用笼子装着乌龟在路边售卖，孔愉买来放生水中。龟在水中回头看孔愉。后来孔愉受封亭侯铸印，龟头总是回弯，铸了多次都不正，看着很像先前回头的乌龟。孔愉顿悟，这是神灵的恩德感召到了这个地步，就拿回铸印佩戴在身上。（出《会稽先贤传》）

宗叔林

晋阳太守宗叔林，得了十头龟，交给厨师说："每日烹饪两头。"当晚梦到十位丈夫，身着黑色袴褶（上服褶而下缚袴，其外不复用裘裳），对他叩首哀求，第二日晚又梦八人请求饶命。宗叔林这才明白，便放了其余的龟，后来他又梦到八人前来拜谢。（出《梦隽》）

桓邈

桓邈任职汝南，郡中有人带来四只黑色的鸭子作贺礼，桓邈的大儿子梦到四位乌衣人请求救命。他醒后，忽然看到四只鸭子将被杀死，马上救了它们，买肉代替。又梦到四人来拜谢然后走了。（出《梦隽》）

刘枢

宋文帝元嘉三年春，彭城刘枢，字正一，从江陵回鄂下，留宿上明洲，当晚月光微弱，他在席间浅吟低唱，忽闻二人叩船，高喊正一道："我们从鄂下来，想见正一。"刘枢抬头望去，见岸下二人都身长五尺有余，容貌俊美衣着华贵，身着白衣。刘枢与二人对答，二人对刘枢说："早想拜见您，今日恰逢良辰。"刘枢说："二位从鄂下来，有何见教？"一人说："久仰您儒者风范，所以特来拜谒。"三人一同宴饮。夜深，二人酒醉，于是躺下歇在饮酒处，刘枢觉得奇异，环顾左右的人，大家都面面相觑不敢说话，随后为那二人盖上被子。直至天亮二人还睡着，刘枢想唤醒二人，便将被子掀起，只见两只长

衣白衣，各执一珠，放枢卧前，不语而去。及晓，枕前二珠各径寸，乃是双白鱼也。（出《三吴记》）

蔡喜夫

宋景平中，东阳大水，永康蔡喜夫，避住南垄。夜有大鼠，浮水而来，伏喜夫奴床角，奴愍而不犯，每以饭与之。水势既退，喜夫得返故居，鼠以前脚捧青囊，囊有三寸许珠，留置奴床前，啾啾状如欲语也。（出《异苑》）

刘 沼

秣陵令中山刘沼，梁天监三年，为建康监。与门生作食次，灶里得一龟，长尺许，在灰中，了不以燔炙为弊，刘为设斋会，放之于娄湖，刘俄迁秣陵令。（出《续异记》）

刘之亨

梁刘之亨仕南郡，尝梦二人姓李，诣之亨乞命，之亨不解其意。既明，有人遗生鲤两头，之亨曰："必梦中所感。"乃放之。其夕梦二人谢恩云："当令君延一算。"（出《渚宫旧事》）

严 泰

陈宣帝时，扬州人严泰，江行逢渔舟。问之，云："有龟五十头。"泰用钱五千赎放之，行数十步，渔舟乃覆。其夕，有乌衣五十人，扣泰门，谓其父母曰："贤郎附钱五千，可领之。"缗皆濡湿。

五六尺的鱼，眼睛虽能转动但神色迷离，刘枢不敢杀掉，命人将他们抬起放回江中。这夜，刘枢梦到二人身着白衣，各持一宝珠，放于刘枢床前，未曾言语就离开了。天亮后，刘枢看到枕前两枚直径长一寸的宝珠，这二人原是一对白鱼。（出《三吴记》）

蔡喜夫

南朝宋景平年间，东阳发生水患，永康蔡喜夫为避水住在南垄。夜间一大鼠从水面上浮游而来，伏在蔡喜夫奴仆的床角处，仆奴心生怜悯没有驱赶它，每次吃饭时都会分给它些。水势退下后，蔡喜夫得以返回故居，大鼠用前脚捧着一青囊，囊中有一直径三寸左右的宝珠，将其留在奴仆床前，它发出啾啾声好似在说些什么。（出《异苑》）

刘沼

秣陵令刘沼，中山人，南朝梁天监三年任建康监。一日他与门生做饭，在锅灶中发现一龟，长一尺左右，伏在灰中，好像对被烹煮一事全然不以为意，刘沼为这龟设宴，将龟放生于娄湖里，不久刘沼升任秣陵令。（出《续异记》）

刘之亨

南朝梁刘之亨在南郡任职，他曾梦到两位姓李的人，来到他身前请求饶命，刘之亨不解此梦为何意。天明后，一人赠他两只生鲤，刘之亨说："定与梦中感应有关。"便放生了两只鲤鱼。当晚他梦见二人前来谢恩道："理当为您的寿命延长一算。"（出《渚宫旧事》）

严泰

陈宣帝时，扬州人严泰泛舟江上时遇上一条渔船。问渔人打了什么鱼，渔人答："五十头龟。"严泰用五千钱买下龟后放生，走出数十步远，渔船就翻覆了。当晚，有五十位乌衣人敲严泰家的门，对严

父母虽受钱，怪其无由。及泰归问，乃说赎龟之异。因以其居为寺，里人号曰“严法寺”。（出《独异志》）

程灵铣

歙州歙县黄墩湖，其湖有蜃，蛟蜃之蜃也。常为吕湖蜃所斗。湖之近村有程灵铣者，卓越不羁，好勇而善射。梦蜃化为道士，告之曰：“吾甚为吕湖蜃所厄，明日又来，君能助吾，必厚报。”灵铣遂问：“何以自别？”道人曰：“束白练者吾也。”既异之。明日与村人少年，鼓噪于湖边。须臾，波涛涌激，声若雷霆，见二牛相驰，其一甚困，而腹肚皆白。灵铣弯弓射之，正中后蜃，俄而水变为血，不知所之，其伤蜃遂归吕湖，未到而毙。后人名其死处为蜃滩。吕湖亦从此渐涨塞，今才余寻丈之广。居岁余，灵铣偶出，有一道人诣其母求食，食讫曰：“劳母设食，无以报之，今贫窭到此，当为求善墓地。”使母随行上山，以白石识其地。”曰：“葬此可以暴贵矣。”寻而灵铣还，母语之，灵铣驰求之，了无所见，遂迁葬于其所。后侯景作乱，率郡乡万余众，保据新安。遂随陈武帝平贼，累有奇功，军中谓之“程虎”。及陈武受梁禅，灵铣以佐命功臣，与周文昱、侯安都为三杰，如汉之萧张焉，后官止丹阳尹。按灵铣宅湖东二里，宅南有楮树，其大数十围，树有灵。今村人数有祈祷，其祝辞号为“千年树”。其墓在湖西北黄牢山下，故检校刑部郎中程皓，即其后也。（出《歙州图经》）

泰父母说："令郎付过五千钱，如今二老可将钱取回。"那穿钱的绳子都是潮湿的，严泰父母虽将钱收下，但奇怪这钱来得无缘无故。等到严泰返回父母便询问他，他告诉父母花钱赎龟一事的奇异之处。后来他的居所变作寺院，邻里称其为"严法寺"。（出《独异志》）

程灵铣

歙州歙县有个黄墩湖，湖中有蜃，蛟蜃的蜃。常被吕湖中的蜃斗败。黄墩湖附近村中有个叫程灵铣的人，为人卓越超群，不甘受拘束，勇猛擅长射箭。一日他梦到蜃化为道士，告诉他说："我饱受吕湖中蜃迫害，明天它会再来，您可否帮我，我定重谢。"程灵铣就问："如何识别你们？"道人说："束白色绢条的是我。"程灵铣觉得这梦很是奇异。第二日他与村中少年在湖边嬉戏喧闹，不一会儿，湖面波涛汹涌，声如轰雷，只见两牛互相追击，其中一只明显体力不支，它的肚腹皆为白色。程灵铣弯弓搭箭射去，正中后面的蜃，顷刻湖水变成鲜血，两蜃消失不见，受伤的那只想返回吕湖，但没能走到就去世了。后人将它去世之处命名为蜃滩，吕湖自此被堵塞，如今只剩八尺到一丈多宽。此后一年多，程灵铣偶然一次外出时，有一道人到他母亲家中乞食，吃完后说："劳烦您为我准备餐食，无以为报，如今我贫穷至此，只能为您求取一好墓地。"他请程灵铣母亲随他上山，用白石在地面做了标识后说："葬在此处可得滔天富贵。"不多时，程灵铣返回家中，母亲告诉他刚才的事，程灵铣跑出门追寻道人，却了无所见，随后将祖坟迁到标记处。后来侯景叛乱，程灵铣率一万多乡民守卫新安。又随陈武帝荡平贼寇，屡建奇功，军中称他"程虎"。等到陈武帝灭梁建陈，程灵铣凭辅佐新帝的战功做了开朝功臣，与周文昱、侯安都并称三杰，犹如汉朝的萧何与张良，此后他官拜丹阳尹。他的宅院建在黄墩湖东二里处，宅南有楮树，高大繁茂，有数十人围抱那么粗，这棵楮树很灵。村中很多人向树祈祷，祝辞中称树为"千年树"。他的墓穴在黄墩湖西北黄牢山下，上任检校刑部郎中程皓是他的后人。（出《歙州图经》）

韦丹

唐江西观察史韦丹，年近四十，举五经未得。尝乘蹇驴，至洛阳中桥，见渔者得一鼋，长数尺，置于桥上，呼呻余喘，须臾将死。群萃观者，皆欲买而烹之，丹独悯然，问其直几何，渔曰："得二千则鬻之。"是时天正寒，韦衫袄裤，无可当者，乃以所乘劣卫易之。既获，遂放于水中，徒行而去。时有胡芦先生，不知何所从来，行止迂怪，占事如神。后数日，韦因问命，胡芦先生倒屣迎门，欣然谓韦曰："翘望数日，何来晚也？"韦曰："此来求谒。"先生曰："我友人元长史，谈君美不容口，诚托求识君子，便可偕行。"韦良久思量，知闻间无此官族，因曰："先生误，但为某决穷途。"胡芦曰："我焉知，君之福寿，非我所知。元公即吾师也，往当自详之。"

相与策杖至通利坊，静曲幽巷，见一小门，胡芦先生即扣之。食顷，而有应门者开门延入。数十步，复入一板门，又十余步，乃见大门，制度宏丽，拟于公侯之家。复有丫鬟数人，皆及姝美，先出迎客，陈设鲜华，异香满室。俄而有一老人，须眉皓然，身长七尺，褐裘韦带，从二青衣而出。自称曰："元濬之。"向韦尽礼先拜。韦惊，急趋拜曰："某贫贱小生，不意丈人过垂采录，韦未喻。"老人曰："老夫将死之命，为君所生，恩德如此，岂容酬报。仁者固不以此为心，然受恩者思欲杀身报效耳。"韦乃矍然，知其鼋也，然终不显言之。遂具珍羞，流连竟日。既暮，韦将辞归，老人即于怀中出一通文字，授韦曰："知君要问命，故辄于天曹，录得一生官禄行止所在，聊以为报。凡有无，皆君之命也，所贵先知耳。"又谓胡芦先生曰："幸借吾五十千文，以充韦君改一乘，早决西行，是所愿也。"韦再拜而去。

韦 丹

唐朝江西观察使韦丹，年近四十考明经科未中。一日他骑跛驴行至洛阳中桥，见渔人捉得一大鳖，那鳖身长数尺，被放在桥上，喘息困难奄奄一息，命不久矣。路人聚集围观，都想将其买下回家烹饪，唯独韦丹心生怜悯，问渔人那鳖值多少钱，渔人答："付我二千钱我就出售。"当时正值严寒之际，韦丹身上只有衣物，没什么值得当的，便用他乘的跛驴交换，换得鳖后就将它放生到湖中，自己徒步离去。当时有位胡芦先生，不知来自何处，行为迂阔怪诞，会卜算，料事如神。此后几日，韦丹前去算命，胡芦先生急于迎接他，鞋子都穿反了，欣喜地对韦丹说："翘首等待您数日了，您为何来得如此晚？"韦丹说："此次前来拜谒为求一卦。"胡芦先生说："我的朋友元长史谈起您的美德赞不绝口，他诚恳拜托我帮他引荐，我们一道去拜访他吧。"韦丹思忖良久，自己未曾听闻过此官职，便说："先生怕是弄错了，只需为我占卜未来即可。"胡芦先生说："我怎会知道，您的福寿不是我所能知晓的，元公是我的师父，随我前去便可知道详情。"

韦丹随胡芦先生拄杖前往通利坊，一路上幽僻曲折，看到一小门，胡芦先生叩门。一顿饭的工夫，有人应声开门请他们进去，走了数十步，进入一板门，再走十多步，才看见大门，宏伟壮丽，形制如公侯宅院。又看到丫鬟数人，都样貌美丽，她们先上前迎客，宅院陈设艳丽华美，异香盈室。不一会儿出来位老者，须眉银白，身长七尺，衣着粗陋，皮带简洁，两青衣近侍相随而出。老者自称："元濬之。"向韦丹行礼，韦丹惊慌，急忙回礼道："我只是一介书生，没料到您如此看重我，我不明白。"老人说："老夫危在旦夕时被您搭救，如此大恩大德，怎能不报？仁义之人自然不把行过的善事放在心上，但受恩之人自然想以死报恩。"韦丹豁然明了，老者就是那日救下的大鳖，但始终没有明说。老者备下珍馐佳肴，韦丹二人在此逗留整日。入夜，韦丹辞别返回，老者从怀中拿出一卷文书赠予韦丹道："我知您想卜算命数，所以我前往天曹抄录了您此生官运各节点所在，聊以为报，此上记载的有无，都是您既定的命数，贵在您现在可预先知明日，胡芦先生载五十缗至逆旅中，赖以救济。其文书具言：明年五月及第；又某年平判入登科，受咸阳尉；又明年登朝，作某官。如是历官一十七政，皆有年月日。最后年迁江西观察使，至御史大夫。到后三年，厅前皂荚树花开，当有迁改北归矣，其后遂无所言。韦常宝持之。自五经及第后，至江西观察使。每授一官，日月无所差异。洪州使厅前，有皂荚树一株，岁月颇久，其俗相传：此树有花，地主大忧。元和八年，韦在位，一旦树忽生花，韦遂去官，至中路而卒。

初，韦遇元长史也，颇怪异之。后每过东路，即于旧居寻访不获。问于胡芦先生，先生曰："彼神龙也，处化无常，安可寻也？"韦曰："若然者，安有中桥之患？"胡芦曰："迍难困厄，凡人之与圣人，神龙之于蠕蠕，皆一时不免也，又何得异焉？"（出《河东记》）

熊 慎

唐豫章民有熊慎者，其父以贩鱼为业，尝载鱼宿于江浒。闻船内千百念经佛声，惊而察之，乃船中诸鱼也。遂叹异而悉取放之，不复以渔为业。后鬻薪于石头，穷苦至甚。尝暮宿于江上，忽见沙中光焰高尺余，就掘之，得黄金数斤。明日，赍诣都市货之。市人云："此所谓紫磨金也。"酬缗数十万，熊氏由此殖产巨富，子孙于今存焉。（出《报应录》）

王行思

伪蜀渠阳邻山，有富民王行思。尝养一马，甚爱之，刍粟喂晓。”又对胡芦先生说：“请借我五十千文钱，用来为韦君改换坐骑，早日安排好一切出发西行，是我所愿。”韦丹再次行礼离去。

第二日，胡芦先生带着五十缗钱到客店，用以接济韦丹。那文书上云：韦丹明年五月及第，某年被录用授任咸阳县尉；一年后入朝为官。如此仕途辗转十七次，都标注着明确的年月。最后调任江西观察使，官拜御史大夫。到任后三年，厅前皂荚树开花，理当调任北归，再后就结束了。韦丹一直将文书当宝贝一样保存着，自及第后，到调任江西观察使，每授任一官，日月时辰与文书不差分毫。洪州刺史厅前，有一皂荚树，年岁久远，民间传言：“此树开花，地主大忧。”元和八年，韦丹仍在职，一日清晨皂荚树忽然开花，韦丹便辞了官，在回家途中去世。

当初，韦丹见过元长史后，觉得处处透着怪异，之后每次经过东路，就前往先前去拜访的地方寻访，但从未寻得。问胡芦先生此事，先生说：“老者是神龙，变化无常，居无定所，怎能找得到？”韦丹说：“若如您所言，怎会有中桥之灾？”胡芦先生说：“灾祸厄运，凡人与圣人，神龙与蠕虫，在一些时候都在劫难逃，有何值得奇怪的？”（出《河东记》）

熊慎

唐朝豫章有百姓名熊慎，他父亲卖鱼业，曾载着鱼住宿江边。听到船舱传来诵经声，惊讶查探，原来船中的鱼在念佛经，他惊异感叹将鱼尽数放走，此后不再卖鱼。后来在石头城卖柴，贫寒困苦，一日夜宿江上，忽然见沙滩上绽放出一尺多高的光焰，便去发光处挖掘，挖得数斤黄金。第二日，带到市集上买，市集的人说：“这便是所说的紫磨金。”有人出价数十万缗将黄金买下，熊家借这笔钱发家致富，子孙绵延至今。（出《报应录》）

王行思

前蜀渠阳邻山，有富户名王行思。他养了一匹马，甚是珍爱，用饲，倍于他马。一日因乘往本郡，遇夏潦暴涨，舟子先渡马，回舟以迎王氏。至中流，风起船覆，其马自岸奔入骇浪，接其主。苍茫之间，遽免沉溺。（出《儆诫录》）

陈弘泰

伪蜀广都县百姓陈弘泰者，家富于财。尝有人假贷钱一万，弘泰征之甚急。人曰："请无虑，吾先养虾蟆万余头，货之，足以奉偿。"泰闻之恻然，已其债，仍别与钱十千，令悉放虾蟆于江中。经月余，泰因夜归，马惊不进，前有物光明，视之，乃金虾蟆也。（出《儆诫录》）

军粮喂养，厚待此马超其它马数倍。一日他骑马回原籍所在的郡，恰逢夏季久雨江水暴涨，撑船人先将马渡至彼岸，再返回渡王氏过江。行至江中时狂风骤起将船掀翻，那马从岸上奔入惊涛骇浪中，接住它的主人。在苍茫风浪间，王行思竟免受溺死之灾。（出《儆诫录》）

陈弘泰

前蜀广都县百姓陈弘泰，家境优渥。曾有人问他借贷一万钱，陈弘泰追债急切。那人说："请勿忧虑，我先前养了万余只虾蟆，将它们卖掉，足够偿还贷款。"陈弘泰听后对虾蟆生了恻隐之心，免了那人的债，另外给那人十千钱，让他将虾蟆放到江里。此后一个多月，陈弘泰夜间回家路上，马受惊不肯前行，因前面有物什在发光，细看，原是金虾蟆。（出《儆诫录》）

卷第一百一十九 报应十八冤报

杜 伯

杜伯名曰恒，入为周大夫。宣王之妾曰女鸠，欲通之，杜伯不可。女鸠诉之宣王曰："窃与妾交。"宣王信之，囚杜伯于焦，使薛甫与司空锜杀杜伯，其友左儒九谏而王不听。杜伯既死，为人见王曰："恒之罪何哉？"王召祝，而以杜伯语告，祝曰："始杀杜伯，谁与王谋之？"王曰："司空锜也。"祝曰："何以不杀锜以谢之？"宣王乃杀锜，使祝以谢之。伯犹为人而至，言其无罪。司空锜又为人而至曰："臣何罪之有？"宣王告皇甫曰："祝也为我谋而杀人，吾杀者又皆为人而见诉，奈何？"皇甫曰："杀祝以谢，可也。"宣王乃杀祝以兼谢焉，又无益，皆为人而至，祝亦曰："我焉知之，奈何以此为罪而杀臣也？"后三年，宣王游圃田，从人满野。日中，见杜伯乘白马素车，司空锜为左，祝为右，朱冠起于道左，执朱弓彤矢，射王中心，折脊，伏于弓衣而死。（出《还冤记》）

公孙圣

吴王夫差，杀其臣公孙圣而不以罪。后越伐吴，王败走，谓太宰嚭曰："吾前杀公孙圣，投于胥山之下，今道由之。吾上畏苍天，下惭于地，吾举足而不能进，心不忍往。子试唱于前，若圣犹

杜伯

杜伯名恒，任周大夫。周宣王妾室名女鸠，想与杜伯私通，杜伯不肯。女鸠便对周宣王说：“杜伯想私下与臣妾接触。”周宣王信了，将杜伯囚禁于焦，派薛甫与司空锜处死掉杜伯，杜伯的朋友左儒九次劝谏，但周宣王均不予理睬。杜伯已被处死，化作人形前来见周宣王问：“恒所犯何罪？”周宣王召见祝官，将杜伯所言告诉祝官，祝官说：“开始打算处死杜伯时，是谁为大王谋划的？”周宣王说：“是司空锜。”祝官说：“何不处死司空锜向杜伯道歉？”周宣王便处死了司空锜，请祝官向杜伯致歉，但杜伯还是会化成人形前来，说自己无罪。司空锜也化成人形前来问：“臣何罪之有？”周宣王对皇甫说：“祝官为我谋划让我杀人，我杀的人又化成人形向我诉冤，这该如何是好？”皇甫说：“处死祝官用来道歉，就可以了。”周宣王处死祝官向二人道歉，无济于事，他们三人都化成人形找周宣王，祝官还说：“我怎会知道被人隐藏的事，为何将这些罪名加在我的头上而处死我？”三年后，周宣王游赏圃田，随从遍布山野，中午时分，只见杜伯乘白马驾素车，司空锜在左，祝官在右，三人头戴朱冠从路边奔驰而来，弯朱弓搭红箭，正射中周宣王的心脏，射断了他的背脊，周宣王扑倒在弓衣上去世了。（出《还冤记》）

公孙圣

吴王夫差处死了无罪的大臣公孙圣。后来越国讨伐吴国，吴王兵败逃走，他对太宰嚭说：“我之前处死公孙圣，将他的尸首扔到胥山下，现在我们必须经过那里，我上畏惧苍天，下愧对土地，我举在，当有应声。”嚭乃登余杭之山，呼之曰：“公孙圣！”圣即从上应曰：“在。”三呼而三应。吴王大惧，仰天叹曰：“苍天乎，寡人岂可复归乎！”吴王遂死不返。（出《还冤记》）

燕臣庄子仪

燕臣庄子仪，无罪而简公杀之，子仪曰：“死者无知则已，若其有知，不出三年，当使君见之。”明年，简公将祀于祖泽。燕之有祖泽，犹宋之有桑林，国之大祀也，男女观之。子仪起于道左，荷朱杖击公，公死于车上。（出《还冤记》）

游 敦

游敦，字幼齐，汉世为羽林中郎将。先与司隶校尉胡轸有隙，遂诬敦杀之。敦死月余，轸病，目睛遂脱，但言伏罪，游幼齐将鬼来。于是遂死。（出《还冤记》）

王 宏

汉王宏，字长文，为扶风太守，与司徒王允俱为李傕等所害。宏索与司隶校尉胡伸不相能，伸因就狱竟其事，宏临死叹曰：“胡伸小子，勿乐人之祸，祸必及汝。”伸后病，头不得举，眼若睡，见宏来，以大杖击之，数日死。（出《还冤记》）

宋皇后

汉灵帝宋皇后，无宠而居正位，后宫幸姬，众共谮毁。初，中常侍王甫枉诛渤海王悝及妃，妃即后之姑也。甫恐后怒，乃与大足却无法前行，实在不忍心前往胥山，请您在前祷告，若公孙圣还在，理当有声音应答。”太宰嚭登上余杭山大呼道：“公孙圣。”公孙圣的声音在上方回应道：“在。”如此三呼三应，吴王惊惧，仰天长叹道：“苍天，我还能在还朝吗？”此后吴王去世再没有返回吴都。（出《还冤记》）

燕臣庄子仪

燕国大臣庄子仪，无罪却被燕简公处死，庄子仪说：“死者无知无觉就罢了，若死后有知，不出三年，我定让你见到我。”他去世后的第二年，燕简公将前往祖泽祭祀。燕国的祖泽，犹如宋国的桑林，承办国家的大型祭祀，全国男女都会前来观看。祭祀上庄子仪出现在路旁，扛着朱杖痛击燕简公，燕简公被打死在车上。（出《还冤记》）

游 敦

游敦，字幼齐，东汉时任羽林中郎将。游敦先是同司隶校尉胡轸产生嫌隙，再后被胡轸构陷谋杀。游敦死后月余，胡轸患病，眼珠脱出眼眶，口中一直念着自己有罪，说游幼齐带鬼前来，随后便死了。（出《还冤记》）

王 宏

东汉王宏，字长文，任扶风太守，他与司徒王允同被李傕等人构陷。王宏素来与司隶校尉胡伸不对付，胡伸因此进监狱谋杀王宏，王宏临死前感叹：“竖子胡伸，切勿幸灾乐祸，你迟早大难临头。”胡伸后来患病，头无法抬起，眼睛一直像睡着时那样闭着，他看到王宏进来，用大棍击打他，不出数日他就死了。（出《还冤记》）

宋皇后

汉灵帝时宋皇后不受宠幸却居后宫主位，后宫妃嫔合力谗言毁谤她。早先，中常侍王甫枉杀渤海王刘悝及其王妃，王妃是宋皇后中大夫程何，共诬后执左道咒诅。灵帝信之，收后玺绶。后自致暴室，以忧死，父及兄弟俱被诛。诸常侍大小黄门在省署者，皆怜宋氏无罪。帝后梦见桓帝曰："宋皇后何罪过？而听用邪嬖，使绝其命。昔渤海王悝，既已自贬，又受诛毙。今宋后及悝，皆诉于天，上帝震怒，罪在难救。"梦殊明察，帝既觉而惧，以事问羽林左监许永："此为何祥？其可禳乎？"永对以宋后及渤海无辜之状，并请改葬，以安冤魂，还宋家之徙，复渤海之封，以消灾咎。帝弗能用，寻亦崩焉。（出《还冤记》）

徐光

徐光在吴，常行术市里间。种梨橘枣栗，立得食，而市肆卖者，皆已耗矣。凡言水旱甚验。常过大将军孙綝门，褰衣而趋，左右唾践。或问其故，答曰："流血臭腥不可耐。"綝闻而杀之，斩其首无血。及綝废幼帝，更立景帝，将拜陵，上车，车为之倾。因顾见徐光在松柏树上，附手指挥，嗤笑之。綝问侍从，无见者。綝恶之，俄而景帝诛綝。（出《还冤记》）

王陵

司马宣王功业日隆，又诛魏大将军曹爽，篡夺之迹稍彰。王陵时为扬州刺史，以魏帝制于强臣，不堪为主。楚王彪年长而有才，欲迎立之。兖州刺史董莘，以陵阴谋告宣王。宣王自将中军的姑母，王甫怕宋皇后记恨他，便与大中大夫程何一同构陷宋皇后，说宋皇后借旁门左道行巫咒之术。汉灵帝相信了，收回后印与绶带。宋皇后自从移居暴室（汉官署名，主织作染练，宫中染疾的妇人、犯罪的后妃亦居此室），积郁至死，其兄父都被诛杀，朝中诸位常侍、大小黄门侍郎等在中央官署的官员，都怜悯宋氏一门无罪冤死。汉灵帝后来梦见汉桓帝对他说："宋皇后所犯何罪？你听信狎昵奸臣，使得宋皇后枉死，昔日渤海王刘悝，既已做到自贬的份上，仍被诛杀。现在宋皇后与刘悝在天帝处伸冤，天帝震怒，你罪无可恕。"梦中情景清晰如现实，汉灵帝惊醒惶恐，将此事告诉羽林左监许永，问他："此梦是何征兆？可有办法破解？"许永告诉汉灵帝宋皇后与渤海王无辜枉死的实情，并请求将二人改葬，以安慰冤魂，再寻回外逃的宋家人，恢复渤海王的封号，以此来消除祸殃。汉灵帝并未采纳他的意见，不久就驾崩了。（出《还冤记》）

徐光

徐光生活在东吴，他常在街上施行法术，他种植的梨、桔、枣、栗，都能立即享用，集市上卖这些东西的商铺库存数量都有消耗，凡是他预言的水涝情况都灵验准确。他常经过大将军孙綝家门口，掀起衣服走，且左右唾弃。有人问他为何这样，他说："流动的鲜血腥臭难闻，让人无法忍受。"孙綝听闻此事后将他杀害，砍下他的脑袋却不流血。等到孙綝废新帝孙亮，改立景帝孙休，孙綝要去拜谒皇陵，上车后，车就翻覆了，孙綝回头看，只见徐光站松柏树上拍手指挥着车，还嘲笑他，孙綝问近侍看到徐光没有，近侍都说没有，孙綝一直觉得这事膈应，不久，景帝处死孙綝。（出《还冤记》）

王陵

司马宣王霸业日益兴盛，诛杀了曹魏大将军曹爽，篡权之心不言而喻。王陵时任扬州刺史，因魏帝受制于权臣，不是明主，楚王曹彪年长有才能堪大任，王陵想立楚王为魏主。兖州刺史董莘将王陵的讨陵。卒至，陵自知势穷，乃单舸出迎。宣王遂送陵还京师，至项城，过贾逵庙侧，陵呼曰：“贾梁道，吾固尽心于魏之社稷，唯尔有神知之。”陵遂饮药酒死，三族皆诛。其年，宣帝有病，白日见逵来，并陵为祟，因呼陵字曰：“彦云缓我！”宣王身亦有打处，少时遂卒。（出《还冤记》）

夏侯玄

魏夏侯玄，字太初，以当时才望，为司马景王所忌而杀之。玄宗族为之设祭，见玄来灵座，脱头置其旁，悉敛果肉食物以纳头，既而还自安颈而言曰：“吾得诉于上帝矣，司马子元无嗣也。”既而景王薨，遂无子。文王封次子攸为齐王，继景王后，攸薨，攸子冏嗣立，又被杀。及永嘉之乱，有巫见宣王泣云：“我国倾覆，正由曹爽、夏侯玄二人，诉冤得申故也。”（出《还冤记》）

金玄

晋明帝杀力士金玄，谓持刀者曰：“我头多筋，斫之必令即断，吾将报汝。”刀者不能留意，遂斫数疮，然后绝。后见玄绛冠朱服，赤弓彤矢，射持刀者，呼云：“金玄缓我！”少时而死。（出《还冤记》）

经旷

河间国兵张粗、经旷，二人相与谐善。晋太元十四年五月五日，共升钟岭，坐于山椒。粗酒酣失性，拔刀斩旷。旷托梦于母，自说为粗所杀，尸在涧间，脱裳覆腹，寻觅之时，必难可得，当令谋划告诉了宣王，宣王亲率中军讨伐王陵。大军至，王陵自知势颓，便驾孤舟独自迎见宣王。宣王押送王陵回京，行至项城，路过贾逵庙旁，王陵呼喊道："贾梁道，我一生为大魏社稷尽心竭力，唯有您神灵有知。"王陵自饮鸩酒去世，三族受株连。当年，宣帝患病，青天白日下见贾逵前来，与王陵化作鬼祟，宣王高呼王陵表字道："彦云宽恕我吧。"宣王身上也出现了被击打的痕迹，不久后就去世。（出《还冤记》）

夏侯玄

曹魏夏侯玄，字太初，因他当时极负才学声望，受司马景王忌妒而被杀。夏侯玄的宗族为他设立祭祀，看到夏侯玄来到供奉神主的几筵前，摘下头放在一边，将果肉食物尽数装在头里，再把头安在颈上说："我在天帝处申诉，司马子元将无后。"接着景王薨逝，他后继无人，文王封自己的次子攸为齐王，继承景王之位，攸随后也薨逝了。攸之子冏继位，被刺杀。等到永嘉之乱时，有巫师见到宣王哭着说："我国倾覆，正因曹爽、夏侯玄二人的冤屈得以伸张。"（出《还冤记》）

金　玄

晋明帝处死力士金玄，金玄对持刀行刑者说："我头颈筋络繁密，您下刀若能干净利落，我定将报答您。"持刀者并未留心，砍了很多刀口才砍下。后来持刀者见金玄身着绛冠朱服，手持赤弓彤箭，射向持刀者，持刀者大呼道："金玄饶命。"不多时就死了。（出《还冤记》）

经　旷

河间国兵士张粗、经旷，二人相交甚好。东晋太元十四年五月五日，二人同登钟岭，于山巅对坐。张粗酒酣迷醉，拔刀错杀经旷。经旷托梦给母亲，自己说："被张粗杀害，尸身在山涧，衣裳被脱下盖在裳飞起此处也。明晨追捕，一如所言。粗知事露，将谋叛逸，出门，见旷手执双刀，来拟其面，遂不得去。母遂报官，粗伏辜。（出《还冤记》）

万 默

晋山阴县令石密，先经为御史，枉奏杀句容令万默。密寻白日见默来，杀密死。（出《还冤记》）

麴 俭

前凉张天锡元年，西域校尉张颀杀麴俭。俭临死，具言取之。后颀后见白狗，以刀斫之，不中，颀便倒地不起。左右见俭在旁，遂暴卒。（出《还冤记》）

太乐伎

宋元嘉中，李龙等夜行掠劫。于时丹阳陶继之为秣陵县令，令人密寻捕，遂擒龙等。引人是太乐伎。劫发之夜，此伎与同伴往就人宿，共奏音声。陶不详审，为作款引，随例申上。而所宿主人及宾客，并相明证。陶知枉滥，但以文书已行，不欲自为通塞。并诸劫十人，于郡门斩之。此伎声价艺态，又殊辨慧，将死之日曰："我虽贱隶，少怀慕善，未尝为非，实不作劫，陶令已当具知，枉见杀害。若无鬼则已，有鬼必自陈诉。"因弹琵琶，歌数曲而就死。众知其枉，莫不陨泣。经月余，陶遂梦伎来至案前云："昔枉见杀，实所不忿，诉天得理，今故取君。"便跳入陶口，乃落腹中。陶即惊寤，俄而倒，状若风癫，良久苏醒。有时而发，发即夭矫，头乃著背，四日而亡。亡后家便贫瘁，二儿早死，余有一孙，穷寒路次。（出《还冤记》）

腹部，你们遣人来寻尸体时，定不好找，我将让衣裳原地飞起。”第二日清晨前去搜寻，完全如经旷在梦中所言。张粗知事情败露，计划潜逃，他刚出门，就看到经旷手持双刀，迎着他面门而来，张粗无路可去。经旷母亲立即报了官，张粗伏了罪。（出《还冤记》）

万默

晋山阴县令石密，曾任御史，上奏构陷谋害句容令万默，致其死亡。此后不久石密青天白日间见万默来寻他，将他杀死。（出《还冤记》）

麴俭

前凉张天锡元年，西域校尉张颀杀害麴俭。麴俭临死时对张颀说要取他性命。后来张颀见自己身后有只白狗，用刀砍狗，没砍中，自己却倒地不起，左右侍从看见麴俭在一旁，随后张颀暴毙。（出《还冤记》）

太乐伎

刘宋元嘉年间，李龙等人趁夜抢劫。当时丹阳陶继之任秣陵县令，他命人秘密巡查追捕，很快将李龙等人擒获。追捕中牵连太乐伎一并被捕。李龙等人抢劫那晚，太乐伎与同伴们在他人家中，一同奏乐歌唱。陶继之不曾仔细审理，判太乐伎认罪招供，随李龙等人的罪状一并上报。太乐伎所住之处的房主与宾客都为他作证，陶继之自知是误判，但文书已送走，他不想自找麻烦，一并处死抢劫案逮捕的十人，将其斩首于郡门。太乐伎技艺样貌出众，又聪慧善辩，他临刑之日说：“我虽身份卑贱，但自幼心念良善，从未为非作歹，我未曾参与抢劫，陶县令已知实情，却冤枉我无辜被杀，若世间没有鬼就罢了，有鬼的话我定为自己伸冤。”然后弹琵琶唱歌数曲后受刑死去。众人知他蒙冤，无不涕零哭泣。此后月余，陶继之梦到太乐伎来到桌案前说：“之前我冤死，实在气愤，如今申诉得天理为我鸣冤，今

邓琬

宋泰始元年，江州刺史邓琬，立刺史晋安王子勋为帝，作乱。初南郡太守张悦得罪，镲归扬都，及湓口，琬赦之，以为冠军将军，共纲纪军事。袁觊既败，张悦惧诛，乃称暴疾，伏甲而召邓琬。既至，谓之曰：“卿首唱此祸，今事急矣，计将安出？”琬曰：“斩晋安王以待王师，或可以免。”悦怒曰：“卿始此祸，而欲卖罪少帝乎？”命斩于床前，并杀其子，以琬头降。至五年，悦卧疾，见琬为厉，遂死。（出《还冤记》）

孔基

会稽孔基勤学有志操，族人孔敞使其二子从基为师。而敞子并凶狠，趋向不轨。基屡言于敞，此儿常有忿志。敞寻丧亡，服制既除，基以宿旧，乃赍羊酒往看二子。二子犹怀宿怨，潜遣奴路侧杀基。奴还未至，乃见基来，张目攘袂，厉声言曰：“奸丑小竖，人面兽心。吾蒙顾存昔，敦旧平生，有何怨恶，候道见害，反天忘父，人神不容，要当断汝家种。”从此之后，数日见形孔氏。无几，大儿向厕，忽便绝倒，络绎往看，已毙于地。次者寻复病疽而死，卒致兄弟无后。（出《还冤记》）

日特来取你性命。”说完跳入陶继之的口中，落在腹部。陶继之即刻惊醒，忽然倒地，行为好似疯癫，很久才清醒过来变得正常。此后他不时就会发病，发病时身体扭曲，脑袋扭向后背，四日后就病死了。他死后家境穷苦凄凉，两个儿子早亡，独留一孙子在路边贫寒无依。（出《还冤记》）

邓琬

刘宋泰始元年，江州刺史邓琬，扶持还是刺史的晋安王刘子勋登基，发动了叛乱。当初南郡太守张悦犯法，带着镣铐被押送至扬都，行至湓口，邓琬赦免了他，授任他为冠军将军，协同管理军中大事。袁颉兵败后，张悦担心被杀，谎称自己暴病，埋伏好士兵召邓琬来，邓琬到后，张悦对他说：“您发动了政变，如今事态紧迫，该如何破局？”邓琬说：“杀了晋安王静候王师，也许能免灾。”张悦愤慨道：“您一手谋划政变，为何嫁祸新帝？”命人将邓琬斩杀在床前，一并杀死了邓琬的五个儿子。张悦用邓琬首级表诚意投降，五年后，张悦患病卧病，看到邓琬化作厉鬼前后，此后就病死了。（出《还冤记》）

孔基

会稽孔基勤奋好学，胸怀大志，品行高尚，族人孔敞让自己的两个儿子拜孔基为师。但孔敞之子性情凶狠，行事不端。孔基多次将此事告知孔敞，时间久了两个孩子怀恨在心。孔敞不久后去世，服丧期满后，孔基念及旧情，带羊肉好酒探望那两个孩子。二子仍心怀旧怨，暗自安排奴仆在路旁刺杀孔基。奴仆还未返回，二人就见孔基寻来，挽袖怒视，厉声呵斥道：“奸诈竖子，人面兽心。我为人念旧，一生敦睦故交，与你二人何怨之有，竟等在路旁暗杀我，逆天忘祖，人神难容，你家这一脉该当绝种。”此后，孔基显形孔家数日，不久，大儿子如厕，忽然昏厥倒地，来往行人探看，他已暴毙，很快次子也染疾病死，最终兄弟二人后继无人。（出《还冤记》）

昙摩忏

沮渠蒙逊时，沙门昙摩忏者，博达多识，为蒙逊之所信重。魏氏遣李顺拜蒙逊为凉王，乃求昙摩忏，蒙逊怯而不与。昙摩忏意欲入魏，屡从蒙逊请行，蒙逊怒杀之。既而左右当白日中，见昙摩忏以剑击蒙逊，因以疾而死。（出《还冤记》）

支法存

支法存者，本自胡人，生长广州，妙善医术，遂成巨富。有八九尺毾㲪，百种形象，光彩曜目。又有沉香八尺板床，居常芬馥。王谭为广州刺史，大儿劭之，屡求二物，法存不与。王因状法存豪纵，杀而籍没家财焉。死后，形见于府内，辄打阁下鼓，似若称冤，如此经月。王寻得病，恒见法存守之，少时遂亡。劭之比至扬都，又死焉。（出《还冤记》）

张 超

高平金乡张超，先与同县翟愿不和。愿以宋元嘉中，为方舆令，忽为人所杀。咸疑是超。超后除金乡县令，解职还家，入山伐材。翟兄子铜乌，执弓持矢，并赍酒礼，就山馈之。斟酌已毕，铜乌曰："明府昔害我叔，无缘同戴天日。"即引弓射之，超乃死。铜乌其夜见超云："我不杀汝叔，横见残害。今已上诉，故来相报。"引刀刺之，吐血而死。（出《还冤记》）

昙摩忏

沮渠蒙逊在位时，沙门昙摩忏博学多识，受沮渠蒙逊器重，北魏派李顺授任沮渠蒙逊为凉王，并请昙摩忏去北魏，沮渠蒙逊担心昙摩忏到北魏对自己不利不肯放行。昙摩忏想去北魏，多次求沮渠蒙逊放行，惹怒了沮渠蒙逊将他处死。不久沮渠蒙逊的左右、近侍青天白日间看到昙摩忏用剑刺沮渠蒙逊，此后沮渠蒙逊因病去世。（出《还冤记》）

支法存

支法存，本是胡人，生活在广州，医术高明，很快成为巨富。家中纹饰的细毛毯足有八九尺长，其上百种花色，光彩夺目，还有沉香木八尺板床，寝室时常芳香馥郁。王谭任广州刺史，他的长子王邵之多次向支法存求取这两件物什，支法存不给。王邵之因此诬告支法存跋扈不守法度，杀害支法存并没收其家财。支法存死后，在刺史府显形，击打阁下大鼓，好似在鸣冤，如此经月。王谭不久后患病，常看到支法存等着他，没多久就死了。王邵之等到了扬都后也死了。（出《还冤记》）

张　超

高平金乡张超，早先与同县翟愿不和。翟愿于刘宋元嘉年间任舆令，忽然被人杀害。众人疑心是张超所为。张超后来任金乡县令，辞职回家，上山伐木。翟愿兄长之子名铜乌，一日他手执弓和箭，带着酒与礼品，上山赠与张超。二人饮酒后，铜乌说："明府昔日杀害了我的叔叔，你我二人无缘生活在同一片天日下。"随即拉弓射死张超。铜乌当晚见到张超对自己说："我未曾杀害你的叔叔，却遭此横祸被残杀，现在我已申诉，特来报仇。"言罢拔刀刺向铜乌，铜乌吐血身亡。（出《还冤记》）

袁粲幼子

齐高祖欲禅，宋尚书令袁粲举兵不从，被害。其幼子，乳母潜将投粲门生狄灵庆，灵庆杀之。经年，忽见儿骑狗戏如常，后复有一狗，走入灵庆家。遇灵庆，便噬杀之，其妻子并死于狗。（出《古今记》）

庾宏奴

庾宏为竟陵王府佐，家在江陵。宏令奴无患者，载米饷家。未达三里，遭劫被杀，尸流泊查口村。时岸傍有文欣者，母病。医云须得髑髅屑服之，即差。欣重赏募索。有邻妇杨氏见无患尸，因断头与欣。欣烧之，欲去皮肉，经三日夜不焦，眼角张转。欣虽异之，犹惜不弃，因刮耳颊骨，与母服之。即觉骨停喉中，经七日而卒。寻而杨氏得疾，通身洪肿，形如牛马，见无患头来骂云："善恶之报，其能免乎？"杨氏以语儿，言终而卒。（出《幽明录》）

魏辉儁

北齐阳翟太守张善，苛酷贪叨，恶声流布。兰台遣御史魏辉儁，就郡治之，赃贿狼籍，罪当合死。善于狱中，使人通诉，反诬辉儁为纳民财，枉见推缚。文宣帝大怒，以为法司阿曲，必须穷正，令尚书令左丞卢斐复验之。斐遂希旨，成辉儁罪状，奏报，于州斩决。辉儁遗语令史曰："我之情理，是君所见，今日之事，可复如之。当办纸百番，笔二管，墨一锭，以随吾尸，若有灵祇，必望报卢。"令史哀悼，为之殡敛，并备纸笔。十五日，善得病，唯云叩头，未旬日而死。才两月，卢斐坐讥驳魏史，为魏收奏，文宣帝鸩

袁粲幼子

齐高祖有意出家，宋尚书令袁粲带兵阻止，结果被杀害。袁粲幼子被乳母暗中带走投奔了袁粲门生狄灵庆，狄灵庆却将孩子杀了。一年后，狄灵庆忽然看到袁粲的幼子骑狗玩闹如旧，孩子后面还跟着一只狗，那狗走进狄灵庆家中，看到狄灵庆，便将他咬死了，狄灵庆的妻子和儿子也一并被咬死。（出《古今记》）

庾宏奴

庾宏任竟陵王府佐，家在江陵。一日，庾宏让奴仆无患送一车米回家，还未走出三里就被截杀，无患尸身漂到查口村，当时岸边有人名文欣，母亲患病，医者说须用髑髅（死人头骨）磨屑服下，方可痊愈。文欣重赏求索，邻家杨氏妇人看到无患的尸体，便砍下头部给了文欣。文欣用火烧头，想如此去除皮肉，一连烧了三日不见头颅焦黑，眼珠还在转动。文欣觉得奇怪，但舍不得丢弃，便刮下耳颊骨给母亲服下。他母亲即刻觉得骨头卡在喉咙里，此后七日就去世了。不久杨氏妇人患病，通体肿胀，貌如牛马，她看到无患的头前来骂她道："善恶终有报，你能幸免吗？"杨氏妇人将此事告诉儿子，言罢就去世了。（出《幽明录》）

魏辉儁

北齐阳翟太守张善，刻薄残酷贪得无厌，臭名昭著。兰台遣御史魏辉儁前去致力阳翟郡，他发现张善贪污狼藉，其罪当诛。将张善下狱。张善买通监察此案的官员，反过来诬陷魏辉儁为贪污民脂民膏才关押了张善。齐文宣帝大怒，认为司法者诬妄不实，必须激浊扬清，又派尚书令左丞卢斐再次审理此案。卢斐迎合上位者的意旨，坐实魏辉儁的罪状，上奏后判魏辉儁斩立决。魏辉儁留遗言给令史道："此案原委大家有目共睹，如今事已至此，再无转圜余地，请诸位为我备一百番纸、两管笔、一锭墨随尸身下葬，若死后有灵，我定将向卢斐报仇。"令使哀婉，为他收尸并备了纸笔等。十五日后，张善

杀之。（出《还冤记》）

真子融

真子融，北齐世尝为井陉关收租使，脏货甚，为人所纠。齐主欲以行法。意在穷治，乃付并州城局参军崔法瑗，与中书舍人蔡晖，共拷其狱。然子融罪皆在赦前，法瑗等观望上意，抑为赦后。子融临刑之际，怨诉百端，既不得理，乃曰：“若使此等平直，是无天道。”后十五日，法瑗无病死。经一年许，蔡晖患病，肤肉烂堕都尽，苦楚日加，方死。（出《还冤记》）

患病，口中一直念着“叩头”，不出十日就去世了。此后两月，卢斐讥笑批驳魏史，被收押魏国奏报齐国，齐文宣帝赐鸩酒将其处死。（出《还冤记》）

真子融

真子融，北齐时曾任井陉关收租使，贪污巨款，被人控告。齐王想将他依法严办。彻查此事肃清政治，差并州城局参军崔法瑗与中书舍人蔡晖，二人协同审理此案。经查得真子融作案的时间都在齐王大赦天下之前，崔法瑗等人试探齐王心意后，将量刑的时间定在下令后。真子融临刑前百般申诉，无人理会。真子融说：“如果这些人这样下去，怎能有是非曲直，真是没有天理。”十五日后，崔法瑗无疾而亡。一年后，蔡晖患病，皮肉溃烂脱落，病痛日益严重，最后病死了。（出《还冤记》）

卷第一百二十 报应十九冤报

梁武帝

梁武帝萧衍杀南齐主东昏侯，以取其位，诛杀甚众。东昏死之日，侯景生焉。后景乱梁，破建业，武帝禁而饿终，简文幽而压死，诛梁子弟，略无孑遗。时人谓景是东昏侯之后身也。（出《朝野佥载》）

张䄍

下邳张䄍者，家世冠族，末叶衰微。有孙女，殊有姿貌，邻人欲聘为妾，䄍以旧门之后而不许。邻人忿之，乃焚其屋，䄍遂烧死。其息邦，先行不在，后还，亦知情状，而畏邻人之势，又贪其财而不言，嫁女与之。后经一年，邦梦见䄍曰："汝为儿子，逆天不孝，弃亲就怨，潜同凶党。"便捉邦头，以手中桃杖刺之。邦因病两宿，呕血而死。邦死日，邻人又见䄍排门户直入，张目攘袂曰："君恃势纵恶，酷暴之甚，枉见杀害。我已上诉，事获申雪，却后数日，令君知之。"邻人得病，寻亦陨殁。（出《还冤记》）

羊道生

梁太山羊道生，为邵陵王中兵参军。其兄海珍，任溠州刺史。道生乞假省之，临别，兄于近路设顿，祖送道生。道生见缚一人

梁武帝

梁武帝萧衍杀害南齐东昏侯，篡权夺位，株连了很多人。东昏侯去世那日，侯景出生，此后侯景发动太清之难祸梁，攻破建业，梁武帝受囿禁饿死，简文皇帝忧愤压抑而死，南梁宗室子弟几乎无人幸存，当时人传言侯景是东昏侯转世。（出《朝野佥载》）

张 裨

下邳张裨，出身望族，后来家世衰微，他有一孙女，姿容殊丽，邻居想纳此女为妾，张裨自视为名门之后所以没应允这门婚事，邻居愤懑，放火焚毁张裨家的宅院，张裨被烧死。他的儿子张邦此前并不在家，此事发生后返回，知道实情后，他畏惧邻居的势力，贪图邻居钱财，并未计较父亲死因，一声不吭地将女儿嫁过去了。一年后，张邦梦见张裨说："你作为我的儿子，违天逆理有失孝道，背弃亲人谄媚仇敌，勾结奸恶同流合污。"随后掐着张邦的脑袋，用手中桃杖刺向张邦。张邦此后接连病了两晚，呕血而死。张邦死时，邻居见张裨开他家门推门径直走入，嗔目挽袖道："你仗势欺人为非作歹，残暴至极，我被你杀害枉死。现已将冤情上诉，得以沉冤昭雪，此后几日你就知道了。"随后邻居患病，不久病死了。（出《还冤记》）

羊道生

南朝梁太山羊道生，任邵陵王中兵参军。他的兄长羊海珍任漾州刺史。羊道生请假探亲，临别时，他的兄长在路边安排歇脚处为他饯行。羊道生见树上绑着一人，凑近看，原是他旧时的部下，那人于树，就视，乃故旧部曲也。见道生涕泣哀诉云："溠州欲赐杀，乞求救济。"道生问："汝何罪？"答云："失意逃叛。"道生便曰："此最可忿。"即下马，以佩刀刳其眼睛吞之，部曲呼天大哭。须臾海珍来，又嘱兄决斩。道生良久，方觉眼睛在喉内，噎不下。索酒咽之，顿尽数杯，终不能去。转觉胀塞，遂不成咽而别。在路数日死，当时莫不以为有天道焉。（出《还冤记》）

释僧越

梁东徐州刺史张皋，仆射永之孙也。尝因败入北，有一土民，与皋盟誓，将送还南。土民遂即出家，法名僧越，皋供养之。及在东徐，且随至任，恃其勋旧，颇以言语忤皋。皋怒，遣两门生，夜往杀之。尔后忽梦见僧越，云："来报怨。"少时出射，而箭栝伤指，才可见血，不以为事。后因破梨，梨汁浸渍，乃加脓烂。停十许日，膊上无故复生一疮，脓血与指相通，月余而死。（出《还冤记》）

江陵士大夫

江陵陷时，有关内人梁元晖，俘获一士大夫，姓刘。此人先遭侯景丧乱，失其家口，唯余小男，始数岁。躬自担负，又值雪泥，不能前进。梁元晖监领入关，逼令弃儿。刘甚爱惜，以死为请。遂强夺取，掷之雪中，杖棰交下，驱蹙使去。刘乃步步回顾，号叫断绝，辛苦顿毙，加以悲伤，数日而死。死后，元晖日见刘伸手索儿，因此得病。虽复悔谢，来殊不已。元晖载病到家而卒。（出《还冤记》）

见到羊道哭诉道：“溠州刺史想将我处死，求您相救。”羊道生问：“你所犯何罪？”答：“与主将意见不和想叛逃。”羊道生说：“此罪最是可恨。”随即下马，用佩刀剜下那人双目吞下，旧部痛呼求助上天。不久羊海珍到了，羊道生叮嘱羊海珍将其斩杀。过了很久，羊道生才觉得旧部的眼睛还卡在他的喉咙间，吞咽不下去，要来酒相助，饮下数杯，始终无法下咽，转眼间又觉得喉间肿胀堵塞，最后吞咽不成与兄长分别，上路没几日就去世了，当时之人无不认为此事是天道报应。(出《还冤记》。)

释僧越

南朝梁东徐刺史张皋，是仆射张永的孙子。曾因兵败逃往北方，与一当地百姓盟约，那人起誓要将张皋送回南方。此人随后出了家，法号僧越，张皋供养他。到东徐后，僧越随张皋上任，他仗着旧日的功勋，言语顶撞张皋，张皋不满，暗自派两门生趁夜杀了僧越。此后张皋忽然梦到僧越对他说：“我来寻仇。”不久张皋外出射击，箭栝(箭的末端)弄伤了手指，见了一点血，张皋不以为意，用梨汁渍入伤口，结果手指化脓溃烂。伤口不见好转十多日后，手臂上又生出一疮，脓血与手指连成一片，一个多月后死了。(出《还冤记》)

江陵士大夫

江陵沦陷时，有一关内人名梁元晖，俘获一士大夫，姓刘。刘大夫此前遭逢侯景之乱，已家破人亡，被捕时身边仅剩一小男孩，才几岁。他用担子挑着孩子，踏着雪泥，无法前行。梁元晖掌管众人入关一事，他逼刘大夫丢下孩子。但刘大夫很疼惜那孩子，以死相求留下孩子。梁元晖抢走孩子，将其抛在雪地上棍棒交加，然后催促刘大夫离开。刘大夫一步一回首，哀嚎欲绝，他长途跋涉疲累不堪，又加悲恸忧伤，没几日惨死街头。刘大夫死后，梁元晖每日都能看到刘大夫问他索要孩子，因此患上了病，他虽悔恨道歉多次，但刘大夫找他要孩子一事从未停过。后来梁元晖带病回家就死了。(出《还冤记》)

徐铁臼

东海徐甲，前妻许氏，生一男，名铁臼。而许氏亡，甲改娶陈氏，凶虐之甚，欲杀前妻之子。陈氏产一男，生而祝之曰："汝若不除铁臼，非吾子也。"因名之为铁杵，欲以捣臼也。于是捶打铁臼，备诸毒苦，饥不给食，寒不加絮。甲性暗弱，又多不在舍，后妻得意行其酷暴。铁臼竟以冻饿甚，被杖死，时年十六。亡后旬余，鬼忽还家，登陈氏床曰："我铁臼也，实无罪，横见残害，我母诉怨于天，得天曹符，来雪我冤，当令铁杵疾病，与我遭苦时同，将去自有期日，我今停此待之。"声如生时，家人不见其形，皆闻其语，恒在屋梁上住。陈氏跪谢，频为设奠，鬼云："不须如此，饿我令死，岂是一餐所能酬谢？"陈氏夜中窃语道之，鬼应声云："何故道我？今当断汝屋栋。"便闻锯声，屑亦随落，拉然有声响，如栋实崩。举家走出，炳烛照之，亦无异。又骂铁杵曰："杀我，安坐宅上为快耶？当烧汝屋。"即见火然，烟烂火盛，内外狼籍。俄而自灭，茅茨俨然，不见亏损。日日骂詈，时复讴歌，歌云："桃李花，严霜落奈何。桃李子，严霜落早已。"声甚伤凄，似是自悼不得成长也。于是铁杵六岁，鬼至，病体痛腹大，上气妨食。鬼屡打之，打处青黡，月余而死，鬼便寂然。（出《还冤记》）

萧 续

梁庐陵王萧续，为荆州刺史。时有武宁太守张延康，甚便弓马，颇为人伏。代下将还，王要伏事，延康意贪进上，辞不肯留。王

徐铁臼

东海人徐甲与前妻许氏育有一子，名为铁臼。许氏去世后，徐甲续弦陈氏，陈氏暴虐凶残，想杀害前妻许氏的孩子。陈氏诞下一子，那孩子刚诞生陈氏就对他念咒道：“你若不铲除徐铁臼，就不是我的儿子。”她给儿子取名徐铁杵，寓意着以杵捣臼，她心怀怨恨，处心积虑地给徐铁臼苦头吃，饿了不给饭吃，冷了不给衣服穿。徐甲生性懦弱愚笨，又常年不在家，后妻因暴行施加顺利自鸣得意。徐铁臼竟因经年累月挨饿受冻，死在棍棒下，当时才十六岁。徐铁臼死后十多日，他的鬼魂忽然返回家，在陈氏床边说：“我是徐铁臼，受残害枉死，我母亲替我向上天伸冤，得天官发号施令的凭证，前来为我洗刷冤屈，理当让徐铁杵患病，经历与我一样的苦痛，我自有离开之时，现在就在这里等着报应降临。”徐铁臼说话声音与活着时一般无二，家中人不见其形，只闻其声，他一直待在屋梁上。陈氏跪地道歉，多次祭奠他，徐铁臼的鬼魂说：“无须如此，将我饿死，岂是一顿饭能还清的？”陈氏深夜偷偷提及此事，鬼魂应声道：“为何议论我？我现在就该断开你家的房梁。”随后便传出锯木头的声音，木屑随声音飘散，哗啦一声好似梁柱真的崩裂了。全家逃出屋子，秉烛细看，梁柱没有异样。鬼魂责骂徐铁杵道：“杀害我后，你在屋中生活得可还安稳快活？我该烧毁你的屋子。”随即就见房子起火，火光烛天，屋内外一片狼藉，很快火自己熄灭，茅屋如故，不见损坏。鬼魂整日责骂，有时唱歌，歌词云：“桃李花，严霜落奈何。桃李子，严霜落早已。”歌声很是凄凉，似是哀悼自己没能长大。那时徐铁杵六岁，鬼来后，他患病身体疼痛腹部胀大，喘不上气吃不下饭。鬼魂屡次殴打他，挨打处生出淤青，一个多月后他就死了，此后鬼魂也消失了。（出《还冤记》）

萧 续

南朝梁庐陵王萧续任荆州刺史。当时的武宁太守张延康擅长骑射，受人佩服。调令下达张延康即将返回，庐陵王请张延康留下为他遂寻延康为郡时罪，镤系在狱，发使启申，意望朝廷委州行决。梁主素识延康，兼疑王启不实，乃敕送都。王既怀恨，又惧延康申雪，翻复获罪，乃未宣敕，使狱卒说延康曰："如闻王欲见杀，君何不拔身还都自理？若能去，当为方便。"延康然之，遂夜逃。王遣游军设伏，刺延康于城下，乃表叛狱格战而死。又有枝江令吴某，将还扬州，被王要结，亦不肯住。遂使人于道击杀之，举家数十口，并从沉溺。后数年得疾，王日夜常见张吴二人，王但曰："宽我宽我。"少时而薨。（出《还冤记》）

乐盖卿

庐陵王在荆州时，尝遣从事量括民田。南阳乐盖卿，亦充一使。公府舍人韦破虏，发遣诫敕，失王本意。及盖卿还，以数误得罪，破虏惶惧，不敢引愆，但诳盖云："自为分雪，无劳诉也。"数日之间，遂斩于市，盖卿号叫，无由自陈，唯语人以纸笔随殓。死后少日，破虏在槽上看牛，忽见盖卿挈头而入，持一碗蒜齑与之。破虏惊呼奔走，不获已而服之，因得病，未几卒。（出《还冤记》）

康季孙

康季孙性好杀，滋味渔猎故恒事。奴婢愆罪，亦或死之。常病笃，梦人谓曰："若能断杀，此病当差，不尔必死。"即于梦中，誓不复杀。惊悟战悸，汗流浃体，病亦渐瘳。后数年，三门生窃其两妾以叛，追获之，即并殴杀。其夕，复梦见前人来曰："何故负效力，张延康一心上进，辞别萧续不肯留下。庐陵王搜寻张延康任太守时所犯的罪证，将其扣押入狱，派使者上奏，企图让朝廷委派州中全权处理此事。梁王早对张延康有所了解，外加疑心庐陵王奏报不实，亲命将张延康押送入京。庐陵王已对张延康怀恨在心，又担心张延康伸冤翻案后自己获罪，便没有宣读皇命，派狱卒对张延康说："我听闻王爷想杀您，您何不脱身返京为自己申诉，若您愿意去，我可为您行方便。"张延康同意了，趁夜潜逃，庐陵王派游军设伏，将张延康刺死在城下，然后上奏张延康越狱死在缉拿格斗中。另有枝江县令吴某将返回扬州，同样被庐陵王要求留下，吴某也不愿，庐陵王派人在路上将其击杀，全家数十口一并沉江溺死。几年后庐陵王患病，他不论白天黑夜常能见到张、吴二人，他一个劲儿地说："宽恕我，宽恕我。"不久就去世了。（出《还冤记》）

乐盖卿

庐陵王在荆州时，曾派手下的人丈量搜刮百姓田产。南阳乐盖卿，作为从事的一员，也参与其中。公府的门客韦破虏发布的告诫文书，有违庐陵王本意。等到乐盖卿返回，因数目有误而获罪，韦破虏惶恐，不敢承担罪责，只诓骗乐盖卿道："我理当为你沉冤昭雪，无须再申诉。"几日后，乐盖卿被斩首于街市，他哀嚎不已，自陈冤情无门，只能嘱托他人以纸笔陪葬。死后没几日，韦破虏在槽边看牛，忽然见乐盖卿提头走来，端着一碗姜、蒜、韭菜的细末给他，他见来人是乐盖卿便惊叫奔逃，没能跑走已将细末服下，于是患病，不久后便死了。（出《还冤记》）

康季孙

康季孙生性嗜杀，一直为享口福打鱼狩猎，家中奴婢犯错，有的也要被处死。他常年病重，梦到有人对他说："若能不再杀生，这病将痊愈，否则必死无疑。"他便在梦中起誓不再杀生。惊醒后心悸战栗，汗流浃背，但病情逐渐好转。数年后，三门生与他的两个妾室私

信？此人罪不至死，私家不合擅杀，今改亦无济理。”追明呕血，数日而卒。（出《还冤记》）

张 绚

梁武昌太守张绚，尝乘船行，有一部曲，役力小不如意，绚便躬捶之，杖下臂折，无复活状，绚遂推江中。须臾，见此人从水而出，对绚抚手曰：“罪不当死，官枉见杀，今来相报。”即跳入绚口。因得病，少日而殂。（出《还冤记》）

杨思达

梁杨思达为西阳郡守，值侯景乱，时复旱歉，饥民盗田中麦。思达遣一部曲守视，所得盗者，辄截手腕，凡戮十余人。部曲后生一男，自然无手。（出《还冤记》）

弘 氏

梁武帝欲为文皇帝陵上起寺，未有佳材，宣意有司，使加采访。先有曲阿人姓弘，家甚富厚，乃共亲族，多赍财货，往湘州治生。经年营得一筏，可长千步，材木壮丽，世所稀有。还至南津，南津校尉孟少卿，希朝廷旨，乃加绳墨。弘氏所卖衣裳缯彩，犹有残余，诬以涉道劫掠所得，并造作过制，非商贾所宜，结正处死，没入其财充寺用，奏遂施行。弘氏临刑之日，敕其妻子，可以黄纸笔墨置棺中，死而有知，必当陈诉，又书少卿姓名数十吞之。经月，少卿端坐，便见弘来，初犹避捍，后乃款服，但言乞恩，呕血而死。凡诸狱官及主书舍人，预此狱事署奏者，以次殂殁，未及一通叛逃，他将几人追回，一并殴打至死。当晚，又梦到上次那人来对他说："你为何言而无信，这些人罪不至死，你因私事擅自取人性命，如今做什么也无济于事了。"天明他吐便血，几日后就死了。（出《还冤记》）

张绚

南朝梁武昌太守张绚，一日他乘船外出，随行一部下，那人力气小引他不满，张绚动手打他，一棍下去打断了那人的手臂，看状况那人活不了太久了，张绚便干脆将他推进江中。没多久，见那人从水中出来，拍手对张绚说："我错不至死，你枉害我性命，我现在来讨还。"随即跳入张绚口中，张绚因此患病，没几日就死了。（出《还冤记》）

杨思达

南朝梁杨思达任西阳郡守，时值侯景之乱，常年旱荒，饥民偷盗田中麦子。杨思达派一部下看守田地，那部下抓获了饥民就截下那人手腕，一共截了十余人。此后这部下得一男婴，天生没有双手。（出《还冤记》）

弘氏

南朝梁武帝想在文皇帝陵上建寺，未寻得合适木材，宣诏专司，督促他们加紧寻查。此前有位曲阿人姓弘，家境优渥，与亲族一起带着财货到湘州谋生。经营一年赚得一木筏，长千步，由粗壮瑰丽的木材建成，世间少有。行至南津，南津校尉孟少卿依着朝廷旨意丈量木筏，弘氏销售的衣物、彩色布帛等仍有剩余，孟少卿诬蔑那些是沿途劫掠所得，并捏造弘氏的木筏超出规制，不符合商人使用，将其判处了死刑，还没收弘氏的财物用于建寺。此事上奏后很快就施行了，临刑那日，弘氏告诉妻儿，可将黄纸与笔墨放入棺中，若他死后有知，定陈述冤情，又写了数十遍孟少卿的名字吞下。一月后，孟少卿端坐着，就见弘氏前来，起初他还在避退挣扎，后来屈服了，口中还央求

年，零落皆尽。其寺营构始讫，天火烧之，略无纤芥，所埋柱木，亦入地成灰。（出《还冤记》）

朱 贞

梁秣陵令朱贞，以罪下狱，廷尉虞献者覆其事，结正入重。贞遣相知谓献曰："我罪当死，不敢祈恩，但犹冀主上万一弘宥我。明日既是国家忌日，乞得过此奏闻，可乎？"献答曰："此于理无爽，何谓不然，谨闻命矣。"而朱事先明日奏来，献便遇客共饮，颇醉，遂忘抽文书。旦日，家人合束，内衣箱中，献复不记。比至帝前，顿束香案上，次第披之，方见此事。势不可隐，便尔上闻，武帝以为合死，付外详决。贞闻之，大恨曰："虞小子，欺罔将死之人，鬼若无知，固同灰土；傥有识，誓必报之。"贞于市始当命绝，而献已见其来。自尔之后，时时恒见，献甚恶之。又梦乘车在山下行，贞于山上推石压之。居月余，献除曲阿令。拜之明日，诣谢张门下，其妇平常，于宅暴卒，献狼狈而还，入室哭妇。举头见贞在梁上，献曰："朱秣陵在此，我妇岂得不死！"于时屋无故忽崩，献及男女婢使十余人，一时并命。虞鹭是其宗室，助丧事，见献如是，走下堂避之，仅乃得免。（出《还冤记》）

北齐文宣帝

北齐文宣高洋既死，太子嗣位，年号乾明。文宣母弟常山王演，在并州，权势甚重。因文宣山陵，留为录尚书事。王遂怒，潜生异计。上省之日，内外官僚，皆来奔集，即收缚乾明腹心，尚书令杨遵彦等五人，皆为事状，奏斩之。寻废乾明而自立，是为孝昭着宽恕，最后呕血而死。凡是涉及此事的狱官、主书舍人及在此案奏疏上署名之人，接连死亡，不到一年，都死绝了。寺院竣工后无故失火，焚毁殆尽，埋在地下的柱子也化成了灰烬。（出《还冤记》）

朱贞

南朝梁秣陵令朱贞，因犯罪被下狱，廷尉虞献调查了他的罪行，结案后定下重罪。朱贞请旧交对虞献说："我犯下死罪，不求恩典，只希望皇恩浩荡我有幸被宽恕。明日是国家忌日，请求您此事过后再奏报，可以吗？"虞献答："此事于理无妨，有何不可？谨遵您的嘱托。"朱贞一案的奏章还未到次日就已送来，虞献遇上熟人一同饮酒，酒醉，忘记将文书抽出。第二日，家人整理文书后，放在衣箱中，虞献忘了朱贞嘱托的事。等他面圣时，将文书放在桌案上，梁武帝依次批阅，虞献这才看到朱贞的文书，但事已至此无法替朱贞隐瞒，便向梁武帝奏报了，梁武帝觉得朱贞罪该万死，将此案交予手下人处决。朱贞听闻后，很是愤懑道："虞姓竖子，欺骗将死之人，鬼若无知无觉，便与灰土无异；若有知，我发誓此仇必报。"朱贞在街市上刚被处死，虞献就看到他来了。此后，时常能见到朱贞，虞献厌恶朱贞。一日他梦到自己乘车走在山下，朱贞在山上推下石头压他。一月后，虞献任曲阿县令，上任第二日到谢张门下拜谒，虞献的妻子一切如常突然猝死家中，虞献狼狈返回，进屋哀泣。抬头见朱贞在房梁上，虞献说："朱秣陵在此，内子怎能不死？"此时房屋忽然无故崩塌，虞献及男女仆役十多人，一并丧命。虞隲是虞献的宗亲，前来帮助料理丧事，见虞献如此遭遇，跑到堂下躲开，才得以幸免。（出《还冤记》）

北齐文宣帝

北齐文宣帝高洋死后，太子高殷继位，年号乾明。文宣帝同母的弟弟常山王高演，在并州，位高权重。文宣帝去世后，高殷受封常山王任录尚书事。常山王愤懑，暗自生出诡计。进京省亲那日，朝廷内外官僚云集京城，常山王趁机抓了高殷的心腹，就是尚书令杨遵彦等帝。后在并州，望气者奏邺中有天子气。平秦王高归彦，劝杀乾明。遂录向并州，尽杀之。其年，孝昭数见文宣作诸妖怪，就其索儿。备为厌禳，终不能遣而死。（出《还冤记》）

梁武帝

陈霸先初立梁元帝第九子晋安王为主，而辅戴之。会稽虞涉本梁武世为中书舍人尚书右丞，于时梦见梁武帝谓涉曰："卿是我旧左右，可语陈公，篡杀于公不利，事甚分明。"涉即未见篡杀形迹，不敢言之。数日，复梦如此，并语涉曰："卿若不传意，卿亦不佳。"涉虽嗟惋，决无言理。少时之间，太史启云："殿有急兵。"霸先曰："急兵正是我耳。"仓卒遣乱兵害少主而自立。尔后涉便得病，又梦梁武曰："卿不为我语，致令祸及，卿与陈主，寻当知也。"涉方封启报梦之由。陈主为人，甚信鬼物，闻此大惊，遣舆迎涉，面相询访，乃尤涉曰："卿那不道奇事？"六七日涉死。寻有韦戴之事。（出《还冤记》）

韦 戴

陈武帝霸先既害梁大司空王僧辩，次讨诸将。义兴太守韦戴，黄门郎放之第四子也，为王公固守。陈主频遣攻围，不克。后重征之，诱说戴曰："王公亲党，皆已殄灭，此一孤城，何所希冀？过尔相拒耶？若能见降，不失富贵。"戴曰："士感知己，本为王公抗御大军，致成仇敌。今亦承明公尽定江左，穷城自守，必无路活。但锋刃屡交，杀伤过甚，军人忿怨，恐不见全。老母在堂，弥惧祸及，所以苟延日月，未能束手耳。必有誓约，不敢久劳神武。"

五人，给他们编造了罪证，奏报后斩首。不久后常山王废除高殷自立为帝，就是孝昭帝。后来常山王在并州，观测天象的人说邺中有天子气。平秦王高归彦劝孝昭帝处死高殷，于是孝昭帝召高殷与高归彦到并州，将二人一并处死。同年，孝昭帝屡次看见文宣帝化作各种妖怪，在他面前索要儿子，孝昭帝想方设法祭祀除祟，但没能送走文宣帝，最终去世。（出《还冤记》）

梁武帝

陈霸起初立梁元帝第九子晋安王为王，辅佐拥戴他。会稽虞涉原是梁武帝时的中书舍人尚书右丞，当时虞涉梦到梁武帝对他说："卿是我旧日肱骨，可告诉陈公，篡权杀帝对他不利，这事的结果已清晰明了。"虞涉并未看出陈霸有篡权杀帝的迹象，不敢主动对陈霸说。数日后，又梦到此事，梁武帝还说："卿若没能传达我的意思，对卿也有不利。"虞涉虽叹惋，但没有谈及此事的由头，不久，太史奏报道："殿外有迅猛的兵士来犯。"陈霸先说："正是我部下的军队。"仓猝间陈霸派乱兵杀少主自立为帝。此后虞涉患病，又梦到梁武帝说："卿不为我传话，招致灾祸，卿和陈主，不久便知。"虞涉这才奏报此梦。陈主此人，很是相信鬼神，听闻此事震惊，派车迎虞涉，当面询问，埋怨虞涉说："卿怎能不直言此等奇事？"六七日后虞涉去世。不久后发生了韦戴一事。（出《还冤记》）

韦　戴

陈武帝陈霸先是杀害梁大司空王僧辩，接着征讨王僧辩的部下。义兴太守韦戴，是黄门郎韦放的第四子，他为王僧辩守城。陈霸频繁派兵围攻，未能攻克。后用重税欺压，并诱说韦戴道："王公的亲信党羽，都已被歼灭，独留这座孤城，希望渺茫，你为何垂死挣扎？若能投降，我保你富贵。"韦戴说："士为知己者死，我本职便是为王公抗御大军，你我二人早已势不两立。现今明公您已平定江左（江东），我固守孤城，必死无疑。两军相交，死伤无数，军民愤恨，担心乃遣刑白马为盟，戴遂开门，陈主亦宽信还扬都。后陈主即位，遣戴从征，以小迟晚，因宿憾斩之。寻于大殿视事，便见戴来，惊走入内。移坐光严殿，戴又逐入，顾访左右，皆无所见。因此得病死。（出《还冤记》）

隋庶人勇

隋炀帝元德太子寝疾，帝遣见鬼人崔善影看祟。善影幼来无目，而言见庶人勇，瞋目攘袂，大呼云："我不放你！"善影具述勇状貌，如旧相识。（出《法苑珠林》）

京兆狱卒

隋炀帝大业中，京兆狱卒失其名，酷暴诸囚。囚不堪其苦，而狱卒以为戏乐。后生一子，颐下肩上，有若肉枷，无颈，数岁不能行而死。（出《广古今五行记》）

邛 人

唐武德中，邛人姓韦。与一妇人言，誓期不相负。累年宠衰，妇人怨恨。韦惧其反己，自缢杀之。后数日，韦遍身痒，因发癞疮而死。（出《法苑珠林》）

有性命之忧。我家中尚有老母，怕会波及到她，所以在此拖延，未能束手就擒。你我需先立下誓约，我才能投降，此后不敢再劳烦你的军队。”二人用白马立誓结盟（杀白马取血涂在唇上），韦戴打开城门，陈主大度信任放韦戴返回扬都。后来陈主继位，派韦戴随军出征，因韦戴归队稍有迟缓，再加上旧日仇怨将韦戴斩杀。不久后陈主在大殿理政，看见韦戴前来，惊慌奔往内殿。坐在光严殿中，韦戴又紧跟着进入，陈主环视左右，问身边人，无人见到韦戴。陈主因此病逝。（出《还冤记》）

隋庶人勇

隋炀帝太子隋元德（杨昭）患病卧床多年，炀帝请能够视鬼的崔善影来探查邪祟。崔善影自幼没有双眼，他说他看到庶人勇，庶人勇瞪着眼睛捋起袖子大喊道：“我不会放过你。”崔善影详细描述了庶人勇的外貌形态，就像是旧识。（出《法苑珠林》）

京兆狱卒

隋炀帝大业年间，京兆一狱卒，不知姓名，残暴虐待囚犯，囚犯不胜其苦，但狱卒以此为乐。后来他生下一子，此子面颊下双肩上有像是肉制枷锁一样的东西，没有脖子，几岁了还不能行走，后来就死了。（出《广古今五行记》）

邛　人

唐高祖武德年间，有一邛人姓韦。他对一妇人说，发誓永不背弃她。经年后，他对妇人的宠爱衰减，妇人怀恨。韦某害怕她背叛自己，将其绞杀。几日后，韦某浑身发痒，生出癞疮后死了。（出《法苑珠林》）

卷第一百二十一　报应二十冤报

杜通达

唐齐州高苑人杜通达，贞观年中，县承命令送一僧向北。通达见僧经箱，谓意其中是丝绢，乃与妻共计，击僧杀之。僧未死，闻诵咒三两句，遂有一蝇飞入其鼻，久闷不出。通达眼鼻遽喎，眉发即落，迷惑失道，精神沮丧。未几之间，便遇恶疾，不经一年而死。临终之际，蝇遂飞出，还入妻鼻，其妻得病，岁余复卒。（出《法苑珠林》）

邢文宗

唐河间邢文宗，家接幽燕，禀性粗险。贞观年中，忽遇恶风疾，旬日之间，眉发落尽，于后就寺归忏。自云：近者向幽州，路逢一客，将绢十余匹，迥泽无人，因即劫杀。此人云："将向房州，欲买经纸。"终不得免。少间，属一老僧复欲南去，遇文宗，惧事发觉，挥刀拟僧，僧叩头曰："乞存性命，誓愿终身不言。"文宗杀之，弃之草间。经二十余日，行还，过僧死处，时当暑月，疑皆烂坏，试往视之，俨若生日。文宗因以马下策筑僧之口，口出一蝇，飞鸣清彻，直入宗鼻，久闷不出。因得大病，岁余而死。（出《冥报拾遗》）

杜通达

唐朝齐州高苑人杜通达，于贞观年间，受县丞委派送一僧人北去。杜通达见僧人带着一箱子，心想其中定是丝绢，便与妻子合谋，企图击杀僧人。僧人还未被打死时，就听他念了两三句咒语，随即一苍蝇飞进杜通达鼻中，闷在里面很久没出来。杜通达逐渐变得鼻歪眼斜，眉毛头发随之脱落，神志不清，精神不济。不久患上恶疾，不满一年就死了。杜通达临终前，苍蝇从其鼻中飞出，又飞入他妻子鼻中，他妻子也患了病，一年多后也病死了。（出《法苑珠林》）

邢文宗

唐朝河间人邢文宗，家宅临近幽燕，其人性情横暴阴险。贞观年中，他忽然染上恶风病，十几日间，眉毛头发都脱光了，他到寺中忏悔。自言道：近日前往幽州，路遇一过客，那人带着十多匹绢，他于偏僻大泽四下无人之处将那人抢劫杀害。据那人说："此行前去房州，买些经纸。"最终那人没能幸免于难。没多久，一老僧恰好往南去，遇上邢文宗，邢文宗害怕事情败露，挥刀作势要杀死老僧，老僧叩首道："只求饶我一命，我愿发誓永生不再说话。"邢文宗仍将其杀害，抛尸草野。二十多日后，邢文宗归来，路过抛尸处，时值夏日，他心想尸身应早已腐坏，便前去探看，却见尸体俨然如生。邢文宗用马鞭抽打老僧的嘴，其中飞出一苍蝇，振翅声清晰，直飞入邢文宗的鼻中，闷在其中很久不出。随后邢文宗患重病，一年多后去世了。（出《冥报拾遗》）

长孙无忌

唐赵公长孙无忌奏别敕长流，以为永例。后赵公犯事，敕长流岭南，至死不复回。此亦为法之弊。（出《朝野佥载》）

娄师德

娄师德以殿中充河源军使。唐永和中，破吐蕃于白羊涧，八纵七捷，优制褒美，授左骁骑郎将。高宗手诏曰："卿有文武才干，故授卿武职，勿辞也。"累迁纳言。临终数日，寝兴不安，无故惊曰："抚我背者谁？"侍者曰："无所见。"乃独言，似有所争者，曰："我当寿八十，今追我何也？"复自言为官误杀二人，减十年，词气若有屈伏，俄而气绝。以娄公之明恕，尚不免滥，为政得不慎之欤！（出《大唐新语》）

王瑱

唐冀州刺史王瑱，性酷烈。时有敕使至州，瑱与使语，武强县尉蔺奖曰："日过，移就阴处。"瑱怒，令典狱扑之，项骨折而死。至明日，狱典当州门限垂脚坐，门扇无故自发，打双脚胫俱折。瑱病，见奖来，起，自以酒食求之，不许。瑱恶之，回面向梁，奖在屋梁。旬日而死。（出《朝野佥载》）

江融

唐左史江融，耿介正直。扬州徐敬业反，被罗织。酷吏周兴等枉奏杀之，斩于东都都亭驿前。融将被诛，请奏事引见，兴曰："囚何得奏事？"融怒叱之曰："吾无罪枉戮，死不舍汝。"遂斩

长孙无忌

唐朝赵公长孙无忌奏请长期流放之刑，此刑被永久纳入法典。后来赵公犯事，被长期流放岭南，至死未能回京。这便是立法的弊端。（出《朝野佥载》）

娄师德

娄师德以殿中身份任河源军使。唐朝永和年间，于白羊涧大败吐蕃，经八纵七擒，领嘉奖诏书名扬千里，授任左骁骑郎将。唐高宗亲笔下诏书道："卿才兼文武，故授卿武职，切勿推辞。"此后他屡次升迁官拜纳言（官职名，掌传达王命）。他临终时，坐卧不安，无故惊呼道："是谁拍我脊背？"近侍说："没看到什么。"他自言自语，像是在与人争执，说："我寿数应是八十年，现在为何捉我？"又自言自己为官时曾误杀两人，减寿十年，语气似乎有些屈从，不久后气绝。就算是娄公这般明信宽厚的人，都难免犯错滥用职权，为政者怎能不谨慎?（出《大唐新语》）

王　瑱

唐朝冀州刺史王瑱，性情残酷暴烈。当时有位敕使到冀州，王瑱与敕使交谈，武强县尉蔺奖说："阳光照过来了，移到阴凉处再说。"王瑱动怒，令典狱打蔺奖，打折了蔺奖的颈骨，最终蔺奖死了。第二日，典狱在衙府门口垂腿坐着，门自己无故关上，打断了典狱的双脚和小腿骨。王瑱染病，病中见到蔺奖，王瑱惊起，亲自奉上酒菜求饶，蔺奖拒绝，王瑱心生嫌恶，转头面向房梁，蔺奖又出现在房梁上，十日后王瑱去世。（出《朝野佥载》）

江　融

唐朝左使江融，为人刚正不阿。扬州徐敬业谋反，江融牵连此事被编造伪证诬告。周兴等手段残暴的官吏歪曲事实请奏处死江融，将其斩杀于东都都亭驿前。江融受刑前，请奏面圣，周兴说："死

之，尸乃激扬而起，蹭蹬十余步。行刑者踏倒，还起坐，如此者三，乃绝。虽断其头，似怒不息。无何，周兴死。（出《朝野佥载》）

李昭德

唐凤阁侍郎李昭德，威权在已。宣出一敕云：“自今已后，公坐徒，私坐流，经恩百日不首，依法科罪。”昭德先受孙万荣贿财，奏与三品。后万荣据营州反，货求事败，频经恩赦，以百日不首，准赃断绞。（出《朝野佥载》）

弓嗣业

唐洛州司马弓嗣业、洛阳令张嗣明，造大枷，长六尺，阔四尺，厚五寸。倚前，人莫之犯。后嗣明及嗣业，资遣逆贼徐真北投突厥，事败，业等自著此枷，百姓快之也。（出《朝野佥载》）

周 兴

唐秋官侍郎周兴，与来俊臣对推事。俊臣别奉进止鞫兴，兴不之知也。及同食，谓兴曰：“囚多不肯承，若为作法？”兴曰：“甚易也，取大瓮，以炭四面炙之，令囚人处之其中，何事不吐？”即索大瓮，以火围之，起谓兴曰：“有内状勘老兄，请兄入此瓮。”兴惶恐叩头，咸即款伏。断死，放流岭南。所破人家，流者甚多，为仇家所杀。《传》曰：“多行无礼必自及。”信哉！（出《朝野佥载》）

囚怎能请奏？”江融怒斥道：“我无罪枉死，绝不会放过你。”随后被斩杀，但尸体激奋昂扬地站立，踉跄十余步，行刑者将其踹倒，他再次坐起，如此反复三次才气绝。即便被斩首，愤怒仍不平息，不久周兴就死了。（出《朝野佥载》）

李昭德

唐朝凤阁侍郎李昭德，位高权重。宣布一命令说：“自今日起，因公务犯罪受监禁，隐私犯罪被流放，经百日不自首伏法，依法定罪。”此前李昭德收受孙万荣贿赂，拜他奏请授予孙万荣三品官。后来孙万荣在营州谋反，受贿一事败露。屡次受赦免，因他百日内未认罪自首，依法没收赃款并处以绞刑。（出《朝野佥载》）

弓嗣业

唐朝洛州司马弓嗣业、洛阳令张嗣明，二人共同制造巨型枷锁，长六尺，宽四尺，厚五寸。因害怕此枷锁，无人犯罪。后来弓嗣业和张嗣明资助逆贼徐真北上投奔突厥，事情败露，二人自己铐上巨型枷锁，百姓拍手叫好。（出《朝野佥载》）

周　兴

唐朝秋官侍郎周兴与来俊臣共同审理案件。来俊臣另外奉旨可审讯周兴，周兴不知此事。二人一同用餐时，来俊臣对周兴说：“诸多囚犯不愿承认罪行，你待如何？”周兴说：“好办，取一大瓮，用炭在四周炙烤，让囚犯待在其中，还有什么不能说？”随即找来大瓮，用火包围，来俊臣起身对周兴说：“有人状告老兄你，请您入翁。”周兴惶恐叩首，认罪伏诛。后来他被判处死刑，流放岭南。受他迫害的人家，多数流放岭南，被仇家杀害。传曰：“多行无礼必自及。”确实如此啊。（出《朝野佥载》）

鱼思咺

唐鱼思咺有沉思，极巧。上欲造匭，召工匠，无人作得者。咺应制为之，甚合规矩，遂用之。无何，有人投匭言咺，云：“徐敬业在扬州反，咺为敬业作刀轮以冲阵，杀伤官军甚众。”推问具承，诛之。为法自毙，乃至于此。（出《朝野佥载》）

索元礼

唐索元礼，为铁笼头以讯囚。后坐赃贿，不承，使人曰：“取公铁笼头。”礼即承伏。（出《朝野佥载》）

张楚金

唐张楚金为秋官侍郎，奏反逆人持敕免死，家口即绞斩及配没入官为奴婢等，并入律。后楚金被罗织反，持敕免死，男子十五以上斩，妻子配没。识者曰：“为法自毙，所谓交报也。”（出《朝野佥载》）

崔日知

唐京兆尹崔日知处分长安万年及诸县左降流移人，不许暂停，有违晷刻，所由决杖。无何，日知贬歙县丞，被县家催，求与妻子别不得。（出《朝野佥载》）

苏 颋

唐尚书苏颋，少时有人相之云：“当至尚书，位终二品。”后至尚书三品，病亟，呼巫觋视之，巫云：“公命尽，不可复起。”颋因复论相者之言，巫云：“公初实然，由作桂府时杀二人，今此二人

鱼思咺

唐朝鱼思咺，其人心灵手巧。皇上想制作一收进书言事的小匣子，召集工匠，无人能做成。鱼思咺应召制得，符合要求，于是就被采用。不久，有人在匣子中投书弹劾鱼思咺，说："徐敬业在扬州谋反，鱼思咺为他制刀轮用以冲锋，刀轮杀死、重伤诸多官军。"鱼思咺受审后，认罪伏诛。作法自毙，便是如此。（出《朝野佥载》）

索元礼

唐朝索元礼，制作铁笼头审讯囚犯。后来他被查实收受贿赂，拒不认罪。一使臣说："取他的铁笼头来。"索元礼即刻认罪伏法。（出《朝野佥载》）

张楚金

唐朝张楚金任秋官侍郎，他上奏道："谋反之人若得赦令免死，家人需受绞刑或没收官籍发配为奴。"此言被写入法条。后来张楚金被构陷谋反，得赦令免死，但家中男子十五岁以上全部被斩首，妻儿发配为奴。识者说：作法自毙，便是所谓因果报应相生。（出《朝野佥载》）

崔日知

唐朝京兆尹崔日知，安置处理长安万年县及其它各县降职流放的人员时，规定转职人员不许稍有逗留，若犯规停歇，需受杖责。不久，崔日知被贬任歙县丞，县府的人催他离开，他请求与妻儿告别未成。（出《朝野佥载》）

苏　颋

唐朝尚书苏颋，少时有人为他相面说："您将官拜尚书，居二品。"后来苏颋任尚书三品官，患重病，请巫师查探。巫师说："您命数已尽，此病无法好转。"苏颋提及相面人的话，巫师说："您的命

地下诉公，所司减二年寿，以此不至二品。”颋夙莅桂州，有二吏诉县令，颋为令杀吏。乃嗟叹久之而死。（出《广异记》）

李之

唐王悦为唐昌令，杀录事李之而不辜。之既死，长子作灵语曰：“王悦不道，枉杀予，予必报。”其声甚厉。经数日，悦昼坐厅事，忽拳殴其腰，闻者殷然，惊顾无人。既暮，击处微肿焉，且痛。其日，李之男又言曰：“吾已击王悦，正中要害处，即当杀之。”悦疾甚，则至蜀郡谒医，不愈。未死之前日，李之命其家造数人馔，仍言曰：“吾与客三人至蜀郡，录王悦，食毕当行。”明日而悦死。悦肿溃处，正当右肾，即李之所为也。（出《纪闻》）

唐王皇后

唐惠妃武氏，有专房之宠，将谋夺嫡。王皇后性妒，稍不能平，玄宗乃废后为庶人。肤受日闻，及太子之废也，玄宗访于张九龄。对曰：“太子天下本也，动之则摇人心。太子自居东宫，未闻大恶。臣闻父子之道，天性也，子有过，父恕而掩之，无宜废绝。且其恶状未著，恐外人窥之，伤陛下慈父之道。”玄宗不悦，隐忍久之。李林甫等秉政，阴中计于武妃，将立其子以自固，武妃亦结之。乃先黜九龄而废太子，太子同生鄂王瑶、光王琚同日并命，海内痛之，号为三庶。太子既冤，武氏及左右屡见为祟，宫中终夜相恐，或闻鬼声叫笑，召觋巫视之，皆曰三庶为厉。先是收鄂王、光王，行刑者射而瘗之，乃命改葬，祝而酹之。武妃死，其厉乃息。玄宗乃立肃宗为太子，林甫之计不行，惕然惧矣。三庶人以二十五途当初确实如此，由于您任桂府时杀害两人性命，如今这二人在冥府控诉你，专司减去你两年寿数，因此你不能升到二品。”苏颋旧时任职于桂州，有两官吏状告县令，苏颋为县令杀害了两名官吏，闻言苏颋哀叹良久后去世。（出《广异记》）

李之

唐朝王悦任唐昌令，他枉杀录事李之。李之死后，李之长子作灵语（鬼神的话）道：“王悦不仁，枉杀我，我定将报仇。”他的声音很是严肃。几日后，王悦白日在厅堂办公，忽然有拳头击打他的腰部，声音很重，但惊异的是四下并无他人。入夜，王悦被打处轻微肿胀，有痛感。当日，李之的儿子说：“我已击打王悦，正中要害，不日便将他处死。”王悦病情急转直下，到蜀郡拜谒医生，未果。王悦临死前一日，李之请家人备下数人的饭菜，还说：“我与三位客人前往蜀郡，收录王悦，吃完就走。”第二日王悦去世，王悦发肿溃烂的位置在右肾，此事是李之所为。（出《纪闻》）

唐王皇后

唐惠妃武氏，享专房之宠，企图夺嫡。王皇后善妒，对武氏稍有不满，唐玄宗废了她的后位将她贬为庶人。流言四起，牵连到太子，唐玄宗问张九龄此事。张九龄答：“太子乃社稷之本，牵一发动全身，动摇太子之位只会引得民心浮动。太子独居东宫，未曾传出恶名。臣听闻父子之间有天性，儿子犯了错，做父亲的应宽恕遮掩，不应绝情将太子废除。再者太子的罪状并不昭彰，此事怕是有心之人觊觎太子之位，废了太子有损陛下慈父之心。”唐玄宗听后不悦，隐忍此事许久。时值李林甫等人把持朝政，暗中献计于武妃，撺掇她立自己的儿子为太子以巩固地位，武妃与他们结盟。先是罢免了张九龄，再废了太子，太子瑛与兄弟鄂王瑶、光王琚同日丧命，举国哀悼，称他们为“三庶”。太子冤死，武氏与心腹屡次作祟，宫内终日不得安宁，常传出鬼的叫笑声，召巫师前来除祟，都说是三庶作祟。之前收押鄂

年四月二十二日死，武妃至十二月而薨，识者知有神通焉。（出《大唐新语》）

杨慎矜

唐监察御史王抡为朔方节度判官。乘驿，在途暴卒，而颜色不变，犹有暖气，惧不敢殡。凡十五日复生，云至冥司，与冥吏语，冥吏悦之，立于房内。吏出，抡试开其案牍，乃杨慎矜于帝所讼李林甫、王𫟹也，已断王𫟹族灭矣，于是不敢开，置于旧处而谒王。王庭前东西廊下皆垂帘，坐抡帘下，慎矜兄弟入，见王称冤。王曰："已族王𫟹，即当到矣。"须臾，𫟹至。兼其子弟数人，皆械系面缚，七窍流血，王令送讯所。于是与慎矜同出，乃引抡即苏。月余，有邢縡之事，王𫟹死之。（出《纪闻》）

师夜光

唐师夜光者，蓟门人。少聪敏好学，雅尚浮屠氏，遂为僧，居于本郡。仅十年，尽通内典之奥。又有沙门惠达者，家甚富，有金钱巨万，贪夜光之学，因与为友。是时玄宗皇帝好神仙释氏，穷索名僧方士，而夜光迫于贫，不得西去，心常怏怏。惠达知之，因以钱七十万资其行，且谓夜光曰："师之学艺材用，愚窃以为无出于右者，圣上拔天下英俊，吾子必将首出群辈，沐浴恩渥。自此托迹缁徒，为明天子臣，可翘足而待也。然当是时，必有拥彗子门，幸无忘半面之旧。"夜光谢曰："幸师厚贶我，得遂西上，傥为君之五品，则以报师之惠矣。"

王、光王，行刑者将人射杀掩埋，现在命令改葬，为他祝告并斟酒。武妃死后，祸患才停，唐玄宗立唐肃宗为太子，李林甫的计策没能实行，时刻警惕忧惧。三庶人在二十五年四月二十二日去世，武妃到十二月就死了。识者便知此乃神灵显灵。（出《大唐新语》）

杨慎矜

唐朝监察御史王抡任朔方节度判官。他乘着驿马，猝死于途中，死后尸体未变色，仍有温热，大家忧惧不敢将他下葬。十五日后，他起死回生，说到冥司后，与冥吏交谈甚欢，他留在房内，冥吏出门。他打开冥吏的公事文书，是杨慎矜向冥帝诉讼李林甫、王𫟹的状纸，已判王𫟹灭族，他再不敢多看，将文书放回原处前去谒见冥王。冥王府庭院前东西回廊都悬着帘幕，冥王请王抡坐在帘下，杨慎矜前来，拜见冥王喊冤叫屈，冥王说："已诛灭王𫟹全族，他们也快到冥府了。"很快，王𫟹带着枷锁前来。同行的还有他的几个孩子，都带着镣铐两手反绑，七窍流血，冥王下令将他们送审，随后与杨慎矜一并出来，拉了王抡一下，王抡即刻苏醒。此后过了月余，邢縡案发生，王𫟹死于此事。（出《纪闻》）

师夜光

唐朝法师夜光，蓟门人。自幼聪慧机敏醉心学习，他崇尚佛法，便出家为僧，居于原籍所在的郡。在短短十年间，精通了佛门典籍的奥义。另有一沙门名惠达，家财万贯，钦慕夜光的才学，与他结交。当时唐玄宗醉心佛道两家，苦心招集名僧方士，但夜光迫于贫困无法西去长安，心中怏怏不乐。惠达知道后，出七十万钱资助他西行，并对夜光说："您的技艺才华，我私以为无人出您之右，圣上选拔天下英才，您必拔得头筹，受到圣上的恩宠，从此潜心佛门，加官晋爵指日可待。届时您定受众人拥彗迎门，愿您勿忘我这个半面之交。"夜光拜谢道："多亏法师您厚待我，我才能西行，若我能官居五品，定报答您的恩情。"

夜光至长安，因赂九仙公主左右，得召见温泉。命内臣选硕学僧十辈，与方士议论。夜光在选，演畅玄奥，发挥疑义，群僧无敢比者。上奇其辩，诏赐银印朱绶，拜四门博士，日侍左右。赐甲第，洎金钱缯彩以千数，时号幸臣。惠达遂自蓟门入长安访之，夜光闻惠达至，以为收债于己，甚不怿。惠达悟其旨，因告去。

既以北归月余，夜光虑其再来，即密书与蓟门帅张廷珪："近者惠达师至辇下，诬毁公缮完兵革，将为逆谋，人亦颇有知者。以公之忠，天下莫不闻之，积毁销金，不可不戒。"廷珪惊怒，即召惠达鞭杀之。后数日，夜光忽见惠达来庭中，骂夜光曰："我以七十万钱资汝西上，奈何遽相诬谤，使我冤死，何负我之深也！"言讫，遂跃而上，珪拽夜光，久之乃亡所见，师氏家僮咸见之。其后数日，夜光卒。（出《宣室志》）

崔尉子

唐天宝中，有清河崔氏，家居于荥阳。母卢氏，干于治生，家颇富。有子策名京都，受吉州大和县尉，其母恋故产，不之官。为子娶太原王氏女，与财数十万，奴婢数人。赴任，乃谋赁舟而去，仆人曰："今有吉州人姓孙，云空舟欲返，佣价极廉，傥与商量，亦恐稳便。"遂择发日，崔与王氏及婢仆列拜堂下，泣别而登舟。不数程，晚临野岸，舟人素窥其囊橐，伺崔尉不意，遽推落于深潭，佯为拯溺之势。退而言曰："恨力救不及矣！"其家大恸，孙以刃示之，皆惶惧，无复喘息。是夜，抑纳王氏。王方娠，遂以财物居于江夏，后王氏生男，舟人养为己子，极爱焉。其母亦窃诲以文字，母亦不告其由。崔之亲老在郑州，讶久不得消息。积望数年，天下离乱，人多飘流，崔母分与子永隔矣。

夜光到了长安，贿赂了九仙公主的近臣，在温泉受召见。唐玄宗命内臣选十位博学的名僧与方士辩论。夜光被选入其中，他言辞流畅玄奥，力排众议，群僧无人敢与他抗衡。皇上惊异他的辩才，下诏赐他银印朱绶，拜为四门博士，让他每天在近前侍奉。赐宅第及数千金钱彩帛，当时人称他为“幸臣”。惠达从蓟门到长安拜访夜光，夜光听闻惠达来了，以为是来追债的，心中不悦。惠达看出了夜光的想法便离开了。

惠达返回月余，夜光担心他再来，秘密修书一封与蓟门帅张廷圭，说道：“近日惠达法师入京，诬告您修缮军械，意图谋反，很多人知道此事。您忠心不二，人尽皆知，但积毁销金，不能不防。”张廷圭看过信后震怒，召来惠达将其鞭杀。数日后，夜光忽然看到惠达在厅堂中，责骂夜光道：“我用七十万钱资助你西上，你为何写信污蔑我恩将仇报，害我冤死，为何背弃我！”言罢一跃而上，拽住夜光，许久后消失不见，夜光的家僮都目睹了此事。此后几日，夜光就死了。（出《宣室志》）

崔尉子

唐玄宗天宝年间，清河崔氏，家住荥阳。家母卢氏自营生计，家境富足。儿子科举及第，被授任吉州大和县尉，崔母恋旧不愿随儿子上任，安排儿子娶太原王氏之女为妻，备下数十万家产，数名奴仆婢女。前往吉州大和县赴任。崔尉打算租船前往任所，仆人说：“现在有位吉州人孙某，说是他有辆空船将返回吉州，租金低廉，若与他商议一道前行，怕是更稳妥方便。”此后选定了出发时间，崔尉与王氏及奴仆在堂下依次叩拜崔母，洒泪分别登船离去。不知走出多远，晚间停靠野外水畔，船夫早盯上了崔尉的行囊，伺机等崔尉不注意时快速将他推入深潭，再作势要挽救溺水的崔尉。未果说道：“只恨我极力挽救却为时已晚。”随行一众人悲痛不已，孙某抽刀威胁，众人惊惧，屏声敛息。深夜，孙某强娶王氏。王氏正身怀六甲，不得已交出财物随孙某定居江夏，此后王氏诞下一子，孙某将其视为己出，疼爱至极。王氏私下教孩子识文断字，但并未告诉孩子实情。崔尉年尔后二十年，孙氏因崔财致产极厚，养子年十八九，学艺已成，遂遣入京赴举。此子西上，途过郑州，去州约五十里，遇夜迷路，常有一火前引，而不见人。随火而行，二十余里，至庄门，扣开以寄宿。主人容之，舍于厅中，乃崔庄也。其家人窃窥，报其母曰："门前宿客，面貌相似郎君。"家人又伺其言语行步，辄无少异，又白其母。母欲自审之，遂召入升堂，与之语话，一如其子，问乃孙氏矣。其母又垂泣，其子不知所以。母曰："郎君远来，明日且住一食。"此子不敢违长者之意，遂诺之。明日，母见此子告去，遂发声恸哭，谓此子曰："郎君勿惊此哭者。昔年唯有一子，顷因赴官，遂绝消息，已二十年矣。今见郎君状貌，酷似吾子，不觉悲恸耳。郎君西去，回日必须相过，老身心孤，见郎君如己儿也。亦有奉赠，努力早回。"

此子至春，应举不捷，却归至郑州，还过母庄。母见欣然，遂留停歇数日，临行赠赀粮，兼与衣一副曰："此是吾亡子衣服，去日为念，今既永隔，以郎君貌似吾子，便以奉赠。"号哭而别。"他时过此，亦须相访。"此子却归，亦不为父母言之。后忽著老母所遗衣衫，下襟有火烧孔。其母惊问："何处得此衣？"乃述本末。母因屏人，泣与子言其事："此衣是吾与汝父所制，初熨之时，误遗火所爇。汝父临发之日，阿婆留此以为念。比为汝幼小，恐申理不了，岂期今日神理昭然。"其子闻言恸哭，诣府论冤，推问果伏。诛孙氏，而妻以不早自陈，断合从坐，其子哀请而免。（出《原化记》）

迈的母亲远在郑州，许久没有儿子的消息心生异样。希冀数年，时逢乱世哀鸿遍野，崔母猜想自己与儿子应已阴阳两隔了。

此后二十年，孙某借崔尉的钱财发家致富，崔尉子已十八九岁，积厚成器，入京参考。他西上进京，途经郑州，距郑州五十多里时，在夜色下迷了路，一直能看到灯火在前指引，但不见人影。崔尉子随灯火前行，走了二十余里，行至一庄子门前，叩门借宿。主人留他住在厅堂，这庄子是崔庄。家仆暗中观察崔尉子，对崔母说："门厅借宿的客人，相貌与崔尉相像。"家仆又观察崔尉子的言行举止，与崔尉无二，再去禀报崔母。崔母想亲自一探究竟，于是召崔尉子进屋，与他交谈，崔尉子的语气与自己儿子的很像，问了才知他姓孙。崔母悲泣，崔尉子也不知如何是好，崔母说："郎君远道而来，留到明日用过饭再走吧。"崔尉子不敢违逆老人美意，便应允了。第二日，崔母见崔尉子将辞去，悲痛哀号，对他说："郎君莫要惊怪我的哀伤。我曾有一子，外出赴任后音讯全无，至今已二十年。如今见郎君样貌言行酷似我儿，我才哀伤不能自已。郎君西行，归途中定会再经过此处，老身孤苦，见到郎君有如看到自己的儿子，我有一物想赠予郎君，望郎君早日踏上归程。"

崔尉子此去直至来年春季，他应考不中，返回郑州，途经崔庄。崔母见了他十分高兴，留他暂住，临别时赠他盘缠与一套衣物，说："这是我逝去的儿子的衣物，如今我们天人永隔，因郎君样貌与我儿子相似，便将它赠予你。"崔母哀泣送别，崔尉子说："来日再经过此处，我定来探访。"崔尉子回家，没对父母提及此事。此后一日他忽然穿上崔母赠予的衣服，下襟有被火烧留下的小孔，他母亲吃惊地问："这衣服从哪里来的？"崔尉子叙述与崔母相见的经过，他母亲屏退旁人，哭着告诉儿子曾经发生的事："这衣服是我为你的父亲做的，当初熨烫时不慎被掉落的火星烧坏。你父亲临行那日，婆婆留下这衣服做念想。过去我念你年幼，怕你无法替父申冤，不料如今天理昭昭。"崔尉子闻言悲泣，到官府申冤，经审查后孙某伏法，王氏因没有及时陈述冤情，受连坐，崔尉子哀求免去她的死罪。（出《原化记》）

卷第一百二十二　报应二十一冤报

陈义郎　达奚珣　华阳李尉　段秀实　马奉忠　郓卒　乐生
宋申锡　蜀营典

陈义郎

陈义郎，父彝爽，与周茂方皆东洛福昌人。同于三乡习业，彝爽擢第，归娶郭愔女，茂方名竟不就，唯与彝爽交结相誓。唐天宝中，彝爽调集，受蓬州仪陇令。其母恋旧居，不从子之官。行李有日，郭氏以自织染缣一匹，裁衣欲上其姑，误为交刀伤指，血沾衣上。启姑曰："新妇七八年温凊晨昏，今将随夫之官，远违左右，不胜咽恋。然手自成此衫子，上有剪刀误伤血痕，不能浣去，大家见之，即不忘息妇。"其姑亦哭。

彝爽固请茂方同行。其子义郎，才二岁，茂方见之，甚于骨肉。及去仪陇五百余里，磴石临险，巴江浩渺，攀萝游览。茂方忽生异志，命仆夫等先行，为吾邮亭具馔。二人徐步，自牵马行，忽于山路斗拔之所，抽金锤击彝爽，碎颡，挤之于浚湍之中。佯号哭云："某内逼，北回，见马惊践长官殂矣，今将何之？"一夜会丧，爽妻及仆御致酒感恸。茂方曰："事既如此，如之何？况天下四方人一无知者，吾便权与夫人乘名之官，且利一政俸禄，逮可归北。"即与发哀，仆御等皆悬厚利，妻不知本末，乃从其计。

到任，安帖其仆。一年已后，谓郭曰："吾志已成，誓无相背。"郭氏藏恨，未有所施，茂方防虞甚切。秩满，移官，家于遂州长江，又一选，授遂州曹掾。居无何，已十七年，子长十九岁矣，茂

陈义郎

陈义郎，其父陈彝爽与周茂方皆为东洛福昌人。二人同在三乡攻习学业，陈彝爽及第，归乡迎娶郭愔之女，周茂方落榜，与陈彝爽结义。唐玄宗天宝年间，陈彝爽受征调，任蓬州仪陇县令。他母亲留恋旧居，未随儿子赴任。准备行装的几日，郭氏将一匹自己亲手织染的双丝细绢裁剪成衣服献给婆婆，手指不慎被剪刀弄伤，血沾染了衣服，她对婆婆说："我嫁进门来七八年间晨昏定省，如今随夫君赴任，不能再侍候近前，哽咽思恋。亲手制得这衣衫，其上有剪刀误伤后留下的血痕，无法洗去，望您睹物思人，勿忘了儿媳。"婆婆听后哀泣。

陈彝爽坚决请周茂方同去。陈彝爽之子陈义郎这时才两岁，周茂方视此子如己出。众人行至距仪陇五百余里处，石阶陡峭险恶，巴江浩瀚无垠，众人攀着藤萝前行赏玩。周茂方忽然心生歹念，让家仆马夫先行一步，在邮亭备好饭菜，他与陈彝爽按辔徐行在后，忽然于山路险峻处，周茂方抽出金锤打向陈彝爽，击碎其前额，将其推入激流中，又佯装哀号道："我内急离开，回来时见马受惊将长官踢落山崖，现在该如何是好？"当晚大家为陈彝爽举办葬礼，陈彝爽的妻子与仆从为他敬酒，满怀感伤哀痛。周茂方说："事已至此，接下来该当如何？此事无外人知晓，我暂时与夫人冒名上任，得些俸禄，再行返回北方。"言罢丧礼继续，家仆马夫都被予以重赏，陈彝爽妻子不明真相，依了周茂方的话。

上任后，周茂方安顿好陈彝爽的仆从。一年后，他对郭氏说："我如今志得意满，起誓绝不背弃你。"郭氏怀恨在心，并未贸然行动，周茂方提防戒备之心未曾松懈。任期到，周茂方离职定居遂州方谓必无人知，教子经业，既而欲成，遂州秩满，挈其子应举。是年东都举选，茂方取北路，令子取南路，茂方意令觇故园之存没。涂次三乡，有鬻饭媪留食，再三瞻瞩。食讫，将酬其直，媪曰："不然，吾怜子似吾孙姿状。"因启衣箧，出郭氏所留血污衫子以遗，泣而送之。其子秘于囊，亦不知其由，与父之本末。

明年下第，归长江，其母忽见血迹衫子，惊问其故，子具以三乡媪所对。及问年状，即其姑也，因大泣。引子于静室，具言之："此非汝父，汝父为此人所害，吾久欲言，虑汝之幼，吾妇人，谋有不臧，则汝亡父之冤，无复雪矣，非惜死也。今此吾手留血襦还，乃天意乎？"其子密砺霜刃，候茂方寝，乃断吭，仍挈其首诣官。连帅义之，免罪，即侍母东归。其姑尚存，且叙契阔，取衫子验之，歔欷对泣，郭氏养姑三年而终。（出《乾𦠆子》）

达奚珣

唐肃宗收复两都，崔器为三司使。性刻乐祸，阴忍寡恩。希旨深文，奏陷贼官据合处死。李岘执之曰："夫事有首从，情有轻重，若一概处死，恐非含弘之义。昔者明王用刑，歼厥渠魁，协从罔理。况河北残寇，今尚未平，苟容漏网，适开自新之路。若尽行诛，是坚叛逆之心。"守文之吏，不识大体，累日方从岘奏，陈希烈已下，定六等科罪。吕諲骤荐器为吏部侍郎御史大夫，器病脚肿，月余渐亟。瞑目即见达奚珣，但口称："叩头大尹，不自由。"左右长江县，受选任遂州曹掾。如此十七年过去，陈义郎也长至十九岁，周茂方以为定无人知晓当年内情，便教导陈义郎读书，那孩子成才在望，遂州任满后，周茂方带陈义郎赶考。那年科举办在东都，周茂方走北路，让陈义郎走南路，周茂方意在让陈义郎窥探陈彝爽的旧居留存与否。陈义郎行经三乡，有位卖饭的老太太留他用饭，盯着他打量再三，食罢，陈义郎想付饭钱，老太太说："不用了，我怜爱你相貌姿容与我孙子相仿。"言罢打开衣箱，拿出郭氏留下的沾血的衣衫相赠，洒泪送别。陈义郎将衣衫暗藏在行囊中，尚不知此事的缘由与他生父所经历的一切。

第二年陈义郎落榜返回长江县，他的母亲忽然看到那件沾血的衣衫，惊讶地问衣衫的来由，陈义郎将三乡遇到老太太的事告诉了母亲，母亲细问他老太太的年龄相貌，便知那人是她婆婆，随即悲泣。带着陈义郎进了一偏僻厢房，详细说道："你现在的父亲不是你的生父，你生父被此人谋杀，我早想对你坦白，考虑你年龄尚小，我一介女流，若是谋划不周，你生父冤死再无昭雪之日，并非我贪生怕死。如今我亲手留下的沾血衣衫被你带回，不正是天意？"陈义郎暗中磨出一柄快刀，等周茂方睡熟，斩断他的喉管，提着他的首级报官。连帅佩服陈义郎轻生重义，免他死罪，让他侍奉母亲东归回乡。返乡后见婆婆仍活着，谈及过往，取出衣衫对证，二人相视悲泣，郭氏奉养婆婆，三年后婆婆去世了。（出《乾𦠆子》）

达奚珣

唐肃宗收复两都，任崔器为三司使。崔器生性残忍刻薄、好乱乐祸、少施恩惠。他迎合上意订立深文峻法，请奏道叛变效力敌军的官员应按例处死。李岘反对道："凡事都分主犯与从犯，情节也分轻重，若一律处死，怕是有违包容博厚的义理。昔日明君用刑法歼灭主犯，赦免从犯。况且现今河北仍有乱党余孽未清，姑且容他们偷生，正好给他们一条改过自新之路。若赶尽杀绝，则坚定了他们的反叛之心。"墨守成规的官吏不识大体，过了许久才采纳李岘的主张，但陈希烈以下诸人已定罪六等。很快吕湮举荐崔器任吏部侍郎

问之，良久答曰："达奚尹诉冤，我求之如此。"经三月，不止而死。（同《谭宾录》）

华阳李尉

唐天宝后，有张某为剑南节度使。中元日，令郭下诸寺，盛其陈列，以纵士女游观。有华阳李尉者，妻貌甚美，闻于蜀人，张亦知之。及诸寺严设，倾城皆至，其从事及州县官家人看者，所由必白于张。唯李尉之妻不至，异之，令人潜问其邻，果以貌美不出。张乃令于开元寺选一大院，遣蜀之众工绝巧者，极其妙思，作一铺木人音声，关戾在内，丝竹皆备，令百姓士庶，恣观三日，云："三日满，即将进内殿。"百里车舆阗噎。两日，李君之妻亦不来。三日欲夜人散，李妻乘兜子从婢一人而至，将出宅，人已奔走启于张矣。张乃易其衣服先往，于院内一脱空佛中坐，觇觑之。须臾至，先令探屋内都无人，乃下。张见之，乃神仙之人，非代所有。

及归，潜求李尉之家来往者浮图尼及女巫，更致意焉。李尉妻皆惊而拒之。会李尉以推事受赃，为其仆所发，张乃令能吏深文按之，奏杖六十，流于岭徼，死于道。张乃厚赂李尉之母，强取之，适李尉愚而陋，其妻每有庸奴之恨，遂肯。置于州，张宠敬无与伦比。然自此后，亦常仿佛见李尉在于其侧，令术士禳谢，竟不能止。岁余，李之妻亦卒。

御史大夫，崔器患病双脚肿胀，月余后逐渐病重。他闭眼就会看到达奚珣，口中不住地喊：“给大尹（达奚珣曾任正议大夫、河南尹）磕首，这事不是我一人做主的。”近侍问他怎么了，他停顿良久答：“达奚尹前来申冤，我哀求他留我一命。”此后三月，达奚尹不间断地来找他，直到他死了。（同《谭宾录》）

华阳李尉

唐玄宗天宝末年，张某任剑南节度使。中元节时，他下令城中诸寺，充实陈列之物供善男信女尽情游赏。有华阳人李尉，其妻貌美，闻名蜀地，张节度使对此也有耳闻。等到诸寺布置完备，全城百姓都来参观，从事、州县官员及其家属等前来赏玩的人员名单，都要经巡逻官吏上报张某。唯有李尉之妻没来，张某觉得奇怪，派人暗中向李尉的邻里打听，果然是因貌美而没有外出。张某下令在开元寺选出一宽敞庭院，派蜀地一众能工巧匠，极尽奇思异想，制成一场木偶戏，有人在幕后操纵可转动的机械，丝竹器乐齐备，请百姓士庶恣意观赏三日，并说：“三日期满，将进宫表演。”如此一来庭院百里间马咽车阗。两日过去，李尉之妻不曾前来。第三日天色渐晚人群散去，李尉之妻乘兜轿携一婢女前来，她即将出门时就已有人跑到张某处报信，张某换好衣服先到，坐在寺里一座空佛像中窥视。很快李尉之妻到了，她令婢女打探好屋中无人后才下轿。张某见到她，如见九天仙女，此等绝色举世罕见。

他回家后，暗中拜访经常来往李尉家的和尚尼姑及女巫，向李尉妻传达心意。李尉之妻每次都惊讶地拒绝了。恰逢李尉因审理讼案收受贿赂，被仆役告发，张某令有才干的官吏援用法律条文苛细严查李尉，最后奏请判处李尉杖责六十，流放岭徼（五岭以南），李尉死于途中。张某重金打点李尉的母亲，强娶了李尉之妻，恰巧李尉为人愚笨孤陋，他妻子常怨他见识浅陋，便随了张某。张某将她安置到州府，对她宠爱敬重无可比拟，但此后，张某常隐约看到李尉在他附近，他请术士驱邪除秽但无济于事。一年多后，李尉之妻去世。

数年，张疾病，见李尉之状，亦甚分明。忽一日，睹李尉之妻，宛如平生，张惊前问之，李妻曰："某感公恩深，思有所报。李某已上诉于帝，期在此岁，然公亦有人救拔。但过得兹年，必无虞矣。彼已来迎，公若不出，必不敢升公之堂，慎不可下。"言毕而去。其时华山道士符篆极高，与张结坛场于宅内，言亦略同。张数月不敢降阶，李妻亦同来，皆教以严慎之道。又一日黄昏时，堂下东厢有丛竹，张见一红衫子袖，于竹侧招己者，以其李妻之来也。都忘前所戒，便下阶，奔往赴之。左右随后叫呼，止之不得，至则见李尉衣妇人衣，拽张于林下，殴击良久，云："此贼若不著红衫子招，肯下阶耶？"乃执之出门去。左右如醉，及醒，见张仆于林下矣，眼鼻皆血，唯心上暖，扶至堂而卒矣。（出《逸史》）

段秀实

唐朱泚败，奔泾州，京师副元师李晟，收复宫阙。朱泚既败走，收残兵士，才余一二百人。忽昏迷，不辨南北，因问路于田父。田父曰："岂非朱太尉耶？"伪宰相源休止之曰："汉皇帝。"田父曰："天地不长凶恶，蛇鼠不为龙虎，天网恢恢，去将何适？"泚怒，欲杀之，俄而亡其所在。及去泾州百余里，泚于马上，忽叩头连称"乞命"，手足纷纭，若有拒捍，因之坠马，良久却苏。左右问其故，曰："见段司农。"寻被韩旻枭斩。（出《广德神异录》）

马奉忠

唐元和四年，宪宗伐王承宗，中尉吐突承璀获恒阳生口马奉数年后，张某患病，他看到李尉的身形愈加清晰。忽然一日，他看到李尉之妻，样子犹如她在世时，张某惊讶询问，李尉之妻说：“我感念您的恩情，想报恩，李尉已向天帝申冤，您的死期就在今年，但您有人相助，只需挺过今年，往后再无灾祸。李尉已来此寻您，您若能闭门不出，他定不敢登堂入室，切勿出门。”言罢离开。那时华山道士符箓术造诣极深，在张某宅中设坛场，所言与李尉之妻大致相同，张某数月不敢踏下台阶一步，李尉之妻一并前来，告诫他行事审慎警惕的方法。某日黄昏，张某见堂下东厢房竹丛边上探出红衫衣袖招呼自己，张某以为来的是李尉之妻，便把先前听的告诫抛在脑后，走下台阶向竹丛跑去。他的近侍跟在后面呼喊，叫不住他，他跑到竹丛看到李尉身着女人的衣服，李尉将他拽进竹丛，痛击他许久，又说：“若不穿红衫招呼你，你这色胚怎能到阶下？”随即带张某出门，张某的近侍如醉酒一般，等他们清醒，张某已倒在竹丛下，眼鼻淌血，唯独心口留有余温，扶他进屋后就死了。（出《逸史》）

段秀实

唐将朱泚僭位兵败，逃往泾州，京师副元帅李晟收复王宫，收编朱泚败逃后留下的残兵败将，总共只有一两百人。朱泚逃亡路上忽然神志不清，不辨南北，向一老农问路。老农说：“您可是朱太尉？”乱党宰相源休制止道：“此乃汉国皇帝。”老农说：“天地不助长凶恶，蛇鼠之辈无法变成蛟龙，天网恢恢，你能逃到哪呢？”朱泚愤懑，想杀了老农泄愤，转瞬寻不到老农在哪。行至距泾州百余里时，朱泚在马上，忽然叩首连声“饶命”，手脚乱挥像是在抵挡什么，因此坠马，许久后苏醒，近侍问他这样的缘由，他答：“见到段司农了。”不久朱泚被韩旻斩首。（出《广德神异录》）

马奉忠

唐朝元和四年，唐宪宗讨伐王承宗，中尉吐突承璀抓获恒阳军忠等三十人，驰诣阙。宪宗令斩之于东市西坡资圣寺侧。斩毕，胜业坊王忠宪者，属羽林军，弟忠弁，行营为恒阳所杀。忠宪含弟之仇，闻恒阳生口至，乃佩刃往视之。敕斩毕，忠宪乃剖其心，兼两胜肉，归而食之。至夜，有紫衣人扣门，忠宪出见。自云“马奉忠”，忠宪与坐。问所须，答：“何以苦剖我心，割我肉？”忠宪曰：“汝非鬼耶？”对曰：“是。”忠宪云：“我弟为汝逆贼所杀，我乃不反兵之仇，以直报怨，汝何怪也？”奉忠曰：“我恒阳寇是国贼，我以死谢国矣。汝弟为恒阳所杀，则罪在恒阳帅。我不杀汝弟，汝何妄报吾？子不闻父子之罪，尚不相及，而汝妄报众仇，则汝仇极多矣。须还吾心，还吾胜，则怨可释矣。”忠宪如失，理云：“与汝万钱可乎？”答曰：“还我无冤，然亦贳公岁月可矣。”言毕遂灭，忠宪乃设酒馔纸钱万贯于资圣寺前送之。经年，忠宪两胜渐瘦，又言语倒错惑乱，如失心人，更三岁而卒。则知志于报仇者，亦须详而后报之。（出《博异志》）

郓卒

唐元和末，王师讨平郓。汴卒有食郓士之肉者，数岁暴疾，梦其所食卒曰：“我无宿憾，既已杀之，又食其肉，何不仁也！我已诉于上帝矣，当还我肉，我亦食之，征债足矣。”汴卒惊觉流汗。及晓，疼楚宛转，视其身唯皮与骨，如人腊，一夕毙矣。（出《逸史》）

乐生

唐中丞杜式方，为桂州观察使，会西原山贼反叛，奉诏讨俘虏马奉忠等三十人，奔驰入宫。唐宪宗下令将俘虏斩首于东市西坡资圣寺旁。行刑完毕，胜业坊王忠宪，隶属羽林军，他弟弟王忠弁行军时被恒阳军杀害。王忠宪心念弟弟的冤情，听闻恒阳军俘虏到京，就提刀去看。目睹斩首后，王忠宪剖开尸体腹部取出心脏，割下两块臂肉，带回家吃掉。入夜，一紫衣人敲门，王忠宪出门接见，那人自言名“马奉忠”，王忠宪与他对坐。问他深夜来访所为何事，马奉忠答：“为何剖我的心，割我的肉？”王忠宪说：“你是鬼吗？”答：“是。”王忠宪说：“我弟弟被尔等逆贼杀害，我怎能不提刀为兄弟报仇雪恨，杀人偿命以直报怨，为何怪我？”马奉忠说：“恒阳叛军是国贼，我以死谢罪，令弟被恒阳叛军杀害，罪在恒阳军主帅。我并未杀害令弟，为何找我寻仇？你没听过子不闻父子之罪，尚不相及（父子兄弟，罪不相及）吗？你寻错了仇，给自己招来仇怨，你须得将我的心还给我，还有我的臂肉，方可化解仇怨。”王忠宪恍然若失，为自己争辩道：“我赔偿您一万钱可以吗？”马奉忠答：“还清我的东西就不再有怨恨，我可宽限您一段时日。”言罢消失不见，王忠宪备下酒菜、万贯纸钱在资圣寺为他送行。此后一年，王忠宪双臂逐渐枯瘦，言语错乱，症状像失心疯患者，又过三年去世了。由此可知立志寻仇的人，也需先周密考虑仇家是谁再动手。（出《博异志》）

郓卒

唐宪宗元和末年，王师平定郓城。汴军中有兵卒食用了郓军某兵卒的肉，几年后汴军食肉兵卒突然患病，他梦到被他吃掉的郓军兵卒对他说：“你我无积怨，既已将我杀害，又吃我的肉，如此不仁不义！我已讼于天帝，你理当偿还我你的肉，我将其吃下，你用此来还债足矣。”他惊醒，汗流浃背，等到天亮，他疼痛难忍、辗转反侧，看自己的身体只剩皮与骨头，好似一腊人，一夜毙命。（出《逸史》）

乐生

唐朝中丞杜式方，任桂州观察使，恰逢西原一带山贼造反，杜捕。续令郎中裴某，承命招抚，及过桂州，式方遣押衙乐某，并副将二人当直。至宾州，裴命乐生与副将二人，至贼中传诏命，并以书遗其贼帅，招令归复。乐生素儒士也，有心义。既至，贼帅黄少卿大喜，留宴数日。悦乐生之佩刀，恳请与之，少卿以小婢二人酬其直。

既复命，副将与生不相得，遂告于裴云："乐某以官军虚实露于贼帅，昵之，故赠女口。"裴大怒，遣人搜检，果得。乐生具言本末，云："某此刀价直数万，意颇宝惜，以方奉使。贼帅求之，不得不与，彼归其直，二口之价，尚未及半，某有何过！"生使气者，辞色颇厉，裴君愈怒，乃禁于宾州狱。以书与式方，并牒诬为大过，请必杀之。

式方以远镇，制使言其下受赂于贼，方将诛剪，不得不置之于法，然亦心知其冤。乐生亦有状具言，式方遂令持牒追之，面约其使曰："彼欲逃避，汝慎勿禁，兼以吾意语之。"使者至，传式方意，乐生曰："我无罪，宁死；若逃亡，是有罪也。"既至，式方乃召入，问之，生具述根本，式方乃此制使书牒示之曰："今日之事，非不知公之冤，然无路以相救矣，如何？"遂令推讯。乐生问推者曰："中丞意如何？"曰："中丞以制使之意，押衙不得免矣。"曰："中丞意如此，某以奚诉！"遂索笔通款，言受贼帅赃物之状。式方颇甚悯恻，将刑，引入曰："知公至屈，有何事相托？"生曰："无之。"式方曰："公有男否？"曰："一人。""何职？"曰："得衙前虞候足矣。"式方便授牒，兼赠钱百千文，用为葬具。又问所欲，曰："某自诬死，必无逃逸，请去桎梏，沐浴，见妻子，嘱付家事。"公皆许。

式方奉诏平乱。此后朝廷又命裴姓郎中带诏书去招安，经过桂州时，杜式方派押衙乐生与两个副将负责此事。行至宾州，裴郎中命乐生与两个副将到贼营传诏，并修书一封给贼帅，招安他们归顺朝廷。乐生乃是一儒士，讲义气。他与副将到贼营后，贼帅黄少卿很高兴，留他们宴饮数日。黄少卿喜欢乐生的佩刀，恳求乐生将佩刀送给他，他以两名年轻的婢女酬谢。

回来复命后，副将与乐生不和，禀报裴郎中道："乐生将军中机密部署泄露给贼帅，贼帅与他交好，赠他两名婢女。"裴郎中听后大怒，派人搜查，果然搜出两名婢女，乐生详细道出事情原委，并说："我的刀价值几万钱，我视其如珍宝，但我身负皇命。贼帅求刀，我不得不忍痛割爱，他归还之物的价值不足刀的一半，我何错之有！"乐生正在气头上，言辞犀利，裴郎中怒不可遏，将乐生押入宾州监狱。修书与杜式方，在其中污蔑乐生犯下大错，请杜式方将其处死。

杜式方因镇守在远方，制使（皇帝派遣的使者）上书他的部下收受贼帅贿赂，意图判部下死刑，他不得不按法律办此事，但心知其中定有冤情。乐生也备下了详细的诉状，杜式方令人持文牒追捕乐生，面见使臣并说："乐生想逃走，你们切勿阻拦，请将我的意思转达给他。"使臣返回，传达了杜式方的意思，乐生道："我无罪，宁以死证清白，若逃跑，就成了畏罪潜逃。"乐生被遣送桂州后，杜式方将召见乐生，问他此事，乐生详述实情，杜式方给他看制使的文牒，并说："今日之事，我并非不知您含冤，但无法施救，这该如何是好？"杜式方下令审讯乐生，乐生问审讯官员道："中丞对此事是什么意思？"答："中丞按制使的意思处理此事，您在劫难逃。"乐生说："中丞既已有此意，我又何必申诉。"他要来笔认罪，交代了收受贼帅赃物的情况。杜式方哀怜乐生的遭遇，临行前，请乐生到近前说："我知您负屈含冤，您可有未尽之事托付？"乐生说："没有。"杜式方说："您家中可有子嗣？"乐生说："有一子。""您希望他任什么职务？"答："得个衙前虞候就好。"杜式方写了文书，并赠予乐生百千文钱做丧葬费。又问还有什么想要的，答："我自行认了假罪，定不会逃跑，请去除我身上的枷锁，让我沐浴，再见妻儿一面，嘱托一至时，式方乃登州南门，令引出，与之诀别。乐生沐浴巾栉，楼前拜启曰："某今死矣，虽死不已。"式方曰："子怨我乎？"曰："无，中丞为制使所迫耳。"式方洒泣，遂令领至毬场内，厚致酒馔。餐讫，召妻子别，问曰："买得棺未？可速买，兼取纸一千张，笔十管，置棺中。吾死，当上诉于帝前。"问监刑者曰："今何时？"曰："日中。"生曰："吾日中死，至黄昏时，便往宾州，取副将某乙。及明年四月，杀制使裴郎中。"举头见执捉者一人，乃虞候所由，乐曾摄都虞候，语之："汝是我故吏，我今分死矣，尔慎无折吾颈，若如此，我亦死即当杀汝。"所由至此时，亦不暇听信，遂以常法，拉其头杀之，然后笞。笞毕，拽之于外。拉者忽惊蹶，面仆于地死矣。

数日，宾州报，副将以其日黄昏，暴心痛终。制者裴君，以明年四月卒。其年十月，式方方于毬场宴敕使次，饮酒正洽，忽举首瞪目曰："乐某，汝今何来也？我亦无过。"索酒沥地祝之，良久又曰："我知汝屈，而竟杀汝，亦我之罪。"遂暗不语，舁到州，及夜而殒。至今桂州城南门，乐生死所，方圆丈余，竟无草生。后有从事于桂者，视之信然。自古冤死者亦多，乐生一何神异也。（出《逸史》）

宋申锡

唐丞相宋申锡，初为宰相，恩渥甚重，申锡亦颇以致升平为己任。时郑注交通纵放，以擅威柄，欲除去之。乃以友人王璠为京兆尹，密与之约，令察注不法，将献其状，擒于京兆府，杖杀之。既约定，璠翻覆小人也，以注方为中贵所爱，因欲亲厚之，乃尽以申锡之谋语焉。注因报知右军，不旬日，乃伪作申锡之罪状，令人下家事。”杜式方尽数应允。

到了行刑之日，杜式方登上州城南门，命人带出乐生，与乐生道死别。乐生梳洗完毕，在城楼前拜别道：“我今日虽身死，但尚未罢休。”杜式方说：“您埋怨我吗？”乐生说：“并不，中丞您受了使臣的胁迫。”杜式方悲泣，差人带乐生进入一球场，备下丰厚的酒菜。食罢，请来他的妻儿道别，乐生问：“棺椁买好了吗？快点准备，再拿一千张纸和十支笔放在棺中，我死后，将在天帝处上诉。”又问监刑者：“现在什么时辰？”答：“中午。”乐生说：“我中午去世，到黄昏时抵达宾州，取副将性命。明年四月，杀制使裴郎中。”抬头看行刑者，原是虞候的部下，乐生曾代理都虞候一职，对行刑者说：“你是我的旧部，我如今临死，你要小心切勿折断我的脖颈，若折断，我死后将杀了你。”部下那时无暇听乐生的嘱托，就用平常的方法，拽着他的头斩首，再鞭尸，行刑完毕后，拖到场地外。部下忽然痉挛抽搐，面朝下仆倒在地暴毙。

数日后，宾州来报，副将在那日黄昏突发心痛暴毙。制使裴郎中第二年四月去世。那年十月，杜式方在球场为制使设宴，宴饮正酣，忽然抬头瞪着眼睛说：“乐生，你今日为何前来？我无罪。”杜式方要来酒洒在地上为乐生祝告，许久后又说：“我知你含冤，但我还是处死了你，这也是我的不是。”随后沉默不语，被抬到州府，到夜间去世。至今桂州城南门，乐生去世处，方圆丈余寸草不生。此后在桂办任职者，看过此地都诚实办职。自古冤死之人数不胜数，乐生算是其中颇具神奇色彩的人。（出《逸史》）

宋申锡

唐朝丞相宋申锡，初任宰相时，承蒙皇上隆恩，宋申锡也以社稷安定为己任。当时郑注恣意结党营私，擅用权柄，宋申锡想将他铲除。便与友人京兆尹王璠密谋，请他关注并调查郑注做的违法乱纪之事，将罪状呈报皇上，在京兆府将郑注擒获杖毙。计划已订立，但王璠是反复无常的小人，因郑注受中贵（宫中有权势的宦官）器重，想攀附郑注，便将宋申锡的计划尽数告诉郑注。郑注告诉了右军，不告之云："以文字结于诸王，图谋不轨，以衣物金宝奇玉为质。"且令人效其手疏，皆至逼似。狱成于内，公卿众庶无不知其冤也。三事已降，迭入论之，方得谪为开州司马。至任数月，不胜其愤而卒。明年，有恩诏，令归葬京城。至大和元年春，其夫人亭午于堂前假寐次，见申锡从中门入，不觉惊起。申锡以手招之，乃下阶，曰："且来，有少事，要令君见。"便引出城，似至浐水北去数里，到一墟开，见一大坑，坑边有小竹笼及小板匣者数枚，皆有封记。申锡乃提一示夫人曰："此是那贼。"因愤怒叱吒，问曰："是谁？"曰："王璠也，我得请于上帝矣。"复诘其余，曰："即自知。"言讫，拂然而醒，遍身流汗，当时言于家人及亲属，且以笔记于衣箱中。至其年十一月，璠果以事腰斩于市，同受戮者数人，皆同坎埋于城外。乃知宋公之神灵为不诬矣。（出《逸史》）

蜀营典

唐蜀将尹偃，营有卒，晚点后数刻不至，偃将责之。卒被酒，自理声高，偃怒，杖数十，几至死。卒弟为营典，性友爱，不平偃。乃以刀剺肌，作"杀尹"两字，以墨涅之。偃阴知，乃以他事杖杀典。及大和中，南蛮入寇，偃领众数万，保邛偃关。偃膂力绝人，常戏左右，以棘节杖击其胫，随击筋胀拥肿。恃其力，悉众出关，逐蛮数里。蛮伏发，夹攻之，大败马倒，中数十枪而死。初出关时，忽见所杀典，拥黄案，大如毂，在前引。心甚恶之，问左右，咸无见者，竟死于阵。（出《酉阳杂俎》）

足十日，伪造宋申锡的罪证，上报皇上道：“宋申锡写信勾结藩王，意图谋反，并用衣物金玉珍宝做抵押。”郑注还请人模仿宋申锡的笔迹，伪证很是逼真，宋申锡身陷牢狱。公卿大臣、平民百姓无不知宋申锡含冤。经审理宋申锡被革职，朝臣相继为他辩护求情，他才得以贬为开州司马。到任数月后，宋申锡愤懑难平而死。第二年，恩诏（帝王降恩的诏书）下达，宋申锡可归葬京城。唐文宗大和元年春日，宋申锡的夫人午间在堂前打盹儿，看到宋申锡从中门走入，下意识惊坐起身，见宋申锡用手招她，她走下台阶，宋申锡说：“你来，有些事邀你一看。”说着引她出城，恍惚间行至浐水以北数里的荒野，见到一大坑，坑边有数个小竹笼和小板匣，都封着标记。宋申锡提起一个展示给夫人，说：“这是那贼人。”随即怒骂，夫人问：“是谁？”宋申锡说：“王播，我已请求天帝为我沉冤。”夫人又问剩下的人，宋申锡说：“很快便知。”言罢，夫人惊醒，满身冷汗，当即告诉家人和亲属，且用笔记下收在衣箱中。那年十一月，王播犯事被腰斩于街市，一同受刑的还有数人，都埋在城外。这才知宋公的神灵不假。（出《逸史》）

蜀营典

唐朝蜀将尹偃，他营中有一兵士，夜间点名后数刻未归队，尹偃想责罚他。兵士醉酒，自认有理高声大喊，尹偃震怒，杖责兵士数十下，几近致死。士兵的弟弟任营典，生性孝悌忠信，不满尹偃杖责兄长，用刀划破肌肤，刻下“杀尹”二字，用墨染黑。尹偃暗中知道此事，借他事杖杀营典。唐文宗大和年间，南蛮入境，尹偃带兵数万镇守邛偃关。尹偃力量超群，常戏弄身边人，用棘刺击打他人小腿，打完即刻肿胀。他仗着力气，追逐南蛮数里，南蛮伏击，将他包抄，他战败摔落下马，身中十枪战死。他刚出关时，忽然看到被他杀死的营典，拥着大如轮毂的黄色盘案，在前引路。尹偃心生嫌恶，问身边人可看到营典，无人看到，尹偃最终死在战场。（出《酉阳杂俎》）